异世奇情
系列006

一世倾城

武侠奇幻

7 情意浓

YISHI QINGCHENG

SUXIAONUAN WORKS

苏小暖 著

上

江苏凤凰文艺出版社
JIANGSU PHOENIX LITERATURE AND ART PUBLISHING, LTD

图书在版编目（CIP）数据

一世倾城. 7：全2册 /苏小暖著. —南京：江苏凤凰文艺出版社，2017.10

ISBN 978-7-5594-0207-3

Ⅰ.①一… Ⅱ.①苏… Ⅲ. ①长篇小说－中国－当代 Ⅳ.①I247.5

中国版本图书馆CIP数据核字（2017）第081157号

书　　名　一世倾城.7
作　　者　苏小暖
出版统筹　黄小初　侯　开
选题策划　孙红彦
责任编辑　姚　丽
文字编辑　孙红彦
责任监制　刘　巍　江伟明
出版发行　江苏凤凰文艺出版社
出版社地址　南京市中央路165号，邮编：210009
出版社网址　http://www.jswenyi.com
印　　刷　三河市航远印刷有限公司
开　　本　700×980毫米　1/16
字　　数　509千字
印　　张　32
版　　次　2017年10月第1版，2017年10月第1次印刷
标准书号　ISBN 978-7-5594-0207-3
定　　价　59.80元（全2册）

影视版权抢订热线　15801302401

目录【上】

CONTENTS

一世倾城

7 情意浓

目录【下】

CONTENTS

一世倾城

7 情意浓

一世倾城

第一章 暗杀

苏落下意识地抬头，发现亮光耀眼得几乎刺瞎人眼。她抬起右手，遮住眼睛，再次定睛看时，才发现——那些刺眼的光芒竟然来自于刀！

此刻在苏落的头顶上悬浮着密密麻麻的刀，仿佛随时都会砍下。苏落的脸色白了白，心跳都加速了。因为她很清楚，这不是在演习也不是在开玩笑，这是真正的生死考验！

在吓唬了苏落一番之后，那冷静的机械声音又响起了：“三十分钟内你必须回答出三个问题，现在开始第一道问题。”

“用三种药材，将大师级日月宝心丹，改造成大师级白羽宝心丹，计时开始。”

这个问题一出，苏落还没有反应，外面的几位皇级药师眼眸顿时一亮。这问题有意思。

大师级日月宝心丹是由六十三种药材制作而成，而大师级白羽宝心丹，是由七十三种药材精制而成，这两种丹药药效南辕北辙，一个是恢复精神的，一个是治疗内伤的丹。仅用三种药材，就要完成改造，这难度，真不是一般大，因为这里面涉及大量的药理知识。

日月宝心丹的六十三种药材加上大师级白羽宝心丹的七十三种药材发生质变，这其中的变化几乎有上千种之多，既要分析，又要研究，一般的大师级炼药师，没有个几天几夜，根本研究不出来。

熊天平：“哈哈哈，那丫头傻眼了吧？这问题出得可真够刁钻的呀，就算是咱们几个皇级炼药师，凭着这么多年的经验排除掉一些不可能的变化，剩下的几百种也是够呛啊。”

牛孺子：“所以说，从药王谷闯出来的炼药师会受到更多的尊重，同等级下，常规考核出来的炼药师见到药王谷的炼药师得行礼啊。”

米富贵：“哈哈哈，所以说你们啊，都要给我行礼。”

熊天平：“呸，你也就在里面闯过宗师级，你说你敢闯皇级？”

米富贵郁闷地瞪了熊天平一眼：“哪壶不开提哪壶啊你，会不会聊天？”

最正常的公孙自如正楼："你们觉得，这丫头能闯过去吗？"

熊天平："老孙你开什么玩笑？她怎么可能回答得出来？别闹了。"

牛孺子虽然没有说话，却摇摇头。

米富贵也摇头："做不到的，曾经有多少人卡在这一关？而这丫头运气不好，偏偏开题就这么难，她现在要做的事就是立刻选择弃权，不然万刀齐下，这么漂亮的小丫头就要被片成丝咯。"

"我怎么觉得她能呢？"公孙药师摸着下巴，想起苏落之前面色平静讲述赤火玄心丹的事。

"呵呵呵。"其余三大药师都不信，熊天平更是站起来："走了走了，看这么漂亮的小丫头被片成肉丝，还是挺残忍的，我才不要看呢。"

这时候，原本仿佛静止的苏落，眉角微微一动，随后，她平静地开口："日月宝心丹改变成白羽宝心丹又有何难？只需要以紫霞灵心叶为调和，再加入冰锋神绸草和计都圣泪这两种药材便行了。"

当苏落说出这三种药材的时候，原本站起来的熊天平身形一动："咦，这丫头居然答对了。"

其余的三位皇级药师也点点头。

头顶的万刀威势逼人，给人造成严重的心理阴影，而考核的题目又需要大量的精神力去分析计算。这非常考验炼药师的心智，一般的宗师级炼药师都通不过这个考核，但是苏落竟然通过了，所以，这让几位皇级炼药师很惊喜。

"下面开始第二道题……"

第二道题，在别人看来或许很难，苏落却还是镇定自若地回答出正确答案。

"有点意思。"四位炼药师这会儿已经坐直了身子，目不转睛地盯着苏落看了。

虽然说着有点意思，但是他们那闪亮的眼睛已经暴露出了他们心中的企图。

公孙药师此刻更是有一种搬起石头砸自己的脚的冲动。他没想到苏落竟然优秀到这种程度……

"喂，我可告诉你们三位，这丫头已经是我内定的徒弟了，你们可不许抢啊。"公孙药师抢先声明。

"这丫头知道吗？"

"拜师了吗？"

"这丫头同意了吗？"

三位皇级炼药师，连续三个问题，顿时将公孙药师问心塞了……

楚三满脸同情地看着自家舅。叫你嘚瑟吧，现在嘚瑟来竞争对手了吧？而且还是三个最强大的竞争对手，唉。

"时间还剩下十五分钟，下面开始第三道题目……"冰冷而机械的声音再次响起。

第三道题目，比之前那两道难度要高一倍！已经是宗师级炼药师的理论范畴了，而且，随着时间的流逝，悬在苏落头顶的那万把尖刀，正在匀速往下移动。

时间，嘀嘀嗒嗒地流逝，万把尖刀一点一点朝苏落头顶靠近。因为离得近，苏落甚至能够感觉到那密密麻麻的尖刀散发出来的巨大威势！

“这道题对于宗师级炼药师来说也是很难的。”熊天平皱眉。

“药王谷的考核，果然不是一般人可以过的，希望这孩子能撑住，只要她过了这关，我就收她为徒。”牛孺子认真地盯着苏落，一字一顿地说。

“老牛，不管她能不能闯过这关，这徒弟我老米要了，你可不许跟我抢！”

而就在刀尖距离苏落还有一米的时候，苏落终于将第三道问题回答得准确无误。

熊天平站起来：“精彩，实在是精彩！这徒弟我要了！”

牛孺子：“这徒弟我也要。”

米富贵：“这么天才的丫头，一定可以将我的毒术发扬光大，你们都不要跟我抢了！”

公孙自如：“什么都不要说了，这丫头是我先看中的，你们还讲不讲兄弟义气了，居然跟我抢徒弟？”

熊天平：“小丫头凭什么给你当徒弟？必须给我当徒弟！”

牛孺子：“老熊你不行，你脾气太暴，会吓着小姑娘的。”

“那老牛你也不行。”熊天平开始人身攻击了，“因为你长得太丑！”

米富贵：“所以说得让我收徒弟嘛，我可是副会长哦，以后这位置就留给她。”

“以权势压人，太卑鄙无耻了，不同意！”另外三位异口同声，在这件事情上坚决不让步。

苏落那边还一无所知，而这边，四位皇级炼药师已经为了将她收为弟子而吵翻了天。楚三都看呆了。就在不久前，这丫头还什么都不是，现在才过去多久，她竟然就让四位皇级炼药师争着抢着要收她当徒弟？平日里高冷得不近人情的四位皇级炼药师，如今却为了这小丫头差点大打出手，这可真是……这要是传出去，整个帝都非疯了不可。

最后不管这丫头被谁收为徒弟，楚三可以确定，有了这层背景，她以后在帝都不说可以横着走，至少没人敢欺负她了。

四位皇级炼药师到最后都没争出个结果来，这时候，楚三提议：“不如……等她出来后，让她自己选谁当师父？”

四人如梦初醒，对啊，到时候让小丫头自己选！于是，就这样拍板决定了。

四位皇级炼药师伸长了脖子等着，但是他们左等右等就只看到苏落拿到了大师级炼药师的牌子，却没有见她出来。通过那专门对准苏落的镜头，他们忽然发现——

这丫头走的那条路不是要出来啊，这是要去闯宗师级炼药师啊！

四位皇级炼药师面面相觑，却在下一刻变了脸色：“不好！”

“大师级炼药师的考核就这么危险了，宗师级还不难死人？不行，我家宝贝徒弟不能冒这个险！”

诸位皇级炼药师都白了熊天平一眼。

牛孺子："药王谷的考核那么难，一不小心小丫头就会死，到时候到哪里去找这样的徒弟？得想个办法阻止。"

公孙自如："要不，强行进去将人捞出来？"

米富贵摇摇头，一脸的凝重："进不去，到了这个等级后，药王谷的防御系统会自动开启，我们切不断也进不去。"

"如果她有生命危险呢？！"三位皇级炼药师都紧张兮兮地盯着米富贵。

副会长大人深深叹了口气："那我们只能眼睁睁地看着她死了。"

"你！"三人都气呼呼地瞪着他，异口同声，"如果我徒弟有事，我第一个找你算账！"

米副会长大人摊手，一脸的无奈……他也不舍得这样的天才炼药师陨落好吗？

而就在这时候——

苏落并不知道外面有四位皇级炼药师为她的安危而焦急。经过一段漆黑的甬道，苏落已经出现在宗师级炼药师考核区。上一轮考理论知识，而这一轮，考核的不仅仅是炼药，还有实力！

苏落刚一现身，就看到一望无际的草原上，无数的怪物抬头朝她望来。

是草原上的独角乌烟兽！体形彪壮，速度奇快，一身的实力都在那头顶的独角上。它们原本悠闲得很，或是仰躺着露出肚皮晒太阳，或是在河边喝水，或是一群玩闹嬉戏，其乐融融。但是，苏落的出现打破了它们的平静。

这群独角乌烟兽眼底出现一丝戒备，随后戒备很快就变成了暴戾。为首的那只独角乌烟兽大吼一声，犹如振臂一呼的领袖。瞬间，乌压压的独角乌烟兽，全朝苏落狂追而去。

苏落顿时就惊呆了。这群独角乌烟兽的速度就跟龙卷风似的，一旦被追上，它们绝对会将她当成食物，吞噬得干干净净。这不是演习也不是演戏，这是真实的战斗！苏落的脸色没白，但是外面那四位皇级炼药师的脸色已经白得不能再白了。

"哎哟，这群独角乌烟兽怎么这么可恶！我家宝贝徒儿要遭殃了啊！"熊天平紧张地一拍大腿，"丫头，快跑啊！快被追上了！快点快点！"

其余三人都白了熊天平一眼。什么你宝贝徒儿？那是我家的！

"老米啊，你眼力好，你说说，这丫头能不能跑过去啊？"

"对啊老米，这里就你一个人闯过这一关，你快给大伙儿说说！"

米富贵眼睛一眨不眨地盯着画面，面色凝重："这丫头也算运气好，跑的方向是对的，只要她中途不改变方向，也不被追上，一直跑就会出现转机。"

"什么转机？"大家都紧张兮兮地问。

"这丫头再跑十分钟，前面会出现一片沼泽，转机就在沼泽里。"米富贵一脸的担忧，"我现在担心的是，以这丫头的速度，跑到沼泽里再找到小木屋，难啊，而且就算找到……总之，要过这关很难很难很难！"

米富贵简直说不下去了。这时候，药王谷里的苏落，被独角乌烟兽追得简直快哭了！这群可恶的独角乌烟兽，追就追吧，还一边追一边释放出有毒的烟雾。而此刻，正是东北风，所以风挟带着毒气朝苏落蔓延而去。这毒气其实就是独角乌烟兽放出来的屁，其味道之浓郁，简直让人无以言说。

上千只独角乌烟兽同时放屁，这股气体弥漫在空气中，熏得苏落简直想去死。

苏落捂着口鼻，摇摇晃晃地向前跑着，速度明显没之前那么快了。好在她这段时间血脉激活到百分之七，身体素质强大，瞬移速度也加快了，所以跟独角乌烟兽还能保持一段距离。但是，随着时间过去，随着空气里的有毒气体越来越浓郁，这段距离已经逐步缩小了。

不出十分钟，苏落绝对会被独角乌烟兽践踏成肉泥。这一关，如果苏落还没有出手宗师级炼药师的题目，就被独角乌烟兽给踩死……那简直是太冤太冤了。

忽然，苏落想起她刚学的一个群攻技能。独角乌烟兽能用放屁的方式释放毒气，那么，她能不能用大道之音的音波来对付这群独角乌烟兽呢？苏落当即就决定试试。只见她转过身子，深吸一口气，气运丹田，随后大声爆发："大道之音一星，给我爆！"

一道强烈的音波以苏落为中心，呈扇形朝前方辐射。那黑压压一大片的独角乌烟兽，在苏落的大道之音下，一下子被震住了。它们有的耳膜流血，有的鼻孔流血，还有的更是摇摇晃晃几乎站立不住。

苏落这道攻击波，用尽了她的全部力气，所以效果显著，再叫她来第二波，肯定是不行的了。趁着独角乌烟兽状况百出的时候，苏落抓紧时间赶紧跑。独角乌烟兽回过神来后，看到跑得只剩下一个黑点的苏落，又铆足了劲地去追。没有了音波功的攻击，独角乌烟兽在奔跑的过程中渐渐恢复正常，然后，双方的距离不断缩小。

"没想到这丫头在炼药方面是天才，修炼方向也是绝顶天才啊。"米富贵感叹。

熊天平骄傲极了："那当然，也不看是谁家宝贝徒弟。"

三位皇级炼药师集体白了熊天平一眼。那是我家宝贝徒弟！

而这时候，独角乌烟兽距离苏落越来越近，越来越近！如果不是之前苏落用大道之音阻挠了它们一下，这会儿她早已经被独角乌烟兽追上，并且践踏成肉渣了。

不过现在，独角乌烟兽距离苏落也很近了。一千米、五百米、一百米……

四位皇级炼药师紧张得集体站了起来，握紧拳头，目光一眨不眨地盯着屏幕。

"老米！你说的沼泽怎么还没到啊？"

"你是不是忽悠我们啊？我家宝贝徒弟跑这么久了都没看到保命沼泽啊！"熊天平紧张得都怒了。

米富贵无奈地瞥了急躁的熊天平一眼。什么叫作关心则乱，就是他这样的。一开始看不上小丫头，口口声声要走，看一眼都嫌浪费时间，现在可好，关心得好像真是人家师父似的。

就在这时候，公孙自如大叫一声："你们看，前方那黑乎乎的一片，是不是老米说的沼泽啊？"

熊天平顿时激动了，一把掐住自家副会长大人的脖子大喊大叫："老米！老米！是不是？是不是？啊啊啊！老米老米你说话啊！”

米富贵一把扯开大呼小叫的熊天平，但是手臂又被抓住了，激动之下都快被熊天平折断了，他痛得倒抽一口冷气：“算算时间，应该就是了。”

熊天平顿时把米富贵丢开，自己屁颠屁颠跑到屏幕最前面。他这庞大的身躯一过去，顿时挡住其余人的视线。

“你给我走开！”

三位皇级炼药师一拉，平日里受无数人敬仰的熊药师噔噔噔地往后退，后背砰的一声直接撞墙壁上。熊药师疼得倒抽一口冷气，他龇牙咧嘴地一把将米富贵给扯开，自己挤到最前面去。

这时候，苏落已经腾空而起，脚尖轻点沼泽，朝沼泽中央飞去了。

“哈哈哈哈哈！你们看！你们快看！我家宝贝徒弟聪明吧？”熊天平得意扬扬地炫耀。三人都无语地白了他一眼。

看到苏落跑进沼泽中央的小木屋，而那一大波的独角乌烟兽只能围绕在沼泽四周进不去，四人这才大大松了口气。然后，他们全看着米富贵。

副会长大人说：“进了小木屋，里面有配药的草药，如何配就看她自己的选择了。”

果然，苏落伸手推开小木屋的门，就见门内有一个架子，架子上堆满了草药，零零碎碎有三百多种。

米富贵皱了皱眉头说：“这里的药材可以配置出三种药剂。一是毒药，足以将一只独角乌烟兽毒死；二是补药，可以让人在一个时辰之内实力提升五倍；三是迷乱药，可以让对方丧失理智。”

熊天平问：“毒药的剂量只能毒死一只独角乌烟兽？”

米富贵：“对。”

牛孺子：“补药只能提升五倍实力的话，那也打不过这黑压压的独角乌烟兽啊。”

米富贵：“对。”

公孙自如：“迷乱药的剂量也只能让一只独角乌烟兽陷入迷乱状态？”

米富贵：“对。”

“这不是扯淡嘛！毒死或是迷乱一只有什么用？”熊天平又急着问，“老米啊，当初你可是闯过这宗师级关卡的，你倒是说说啊，你当初是怎么做的？”

牛孺子和公孙自如也都全神贯注地盯着米富贵，事关宝贝徒弟，关心则乱嘛。

米富贵说：“我第一次选了毒药，聪明了一把，没有对付一只独角乌烟兽，而是把它们骗进沼泽，然后将毒剂释放进沼泽里，将沼泽化成毒沼泽。”

“没想到老米年轻的时候也聪明过啊。”熊天平点点头。

米富贵没好气地瞪他一眼，继续说道：“一开始我确实杀死了好多独角乌烟兽，可是能在沼泽里活下来的独角乌烟兽都是很厉害的，而且它们适应能力很强，抗毒性变得更强。”

“后来呢？”大家异口同声地问。

“后来，我只能选择放弃。”米富贵无奈地叹气。

米副院长认真而严肃地说：“第二次，我选了补药，终于成功了，不过那时候的我，实力比现在这丫头要强很多，硬生生从狂乱的兽群中杀出一条血路，所以……”所以他们的宝贝徒弟，还是好危险……

苏落倒是可以选择放弃，可是这丫头的性子他们也算是看出来了，一个劲地往前冲冲冲，根本不知道什么叫作放弃。

就在大家焦急的时候，苏落已经开始配药了。只见她那双修长白皙的青葱玉手快速地挑拣着她需要的药材，她才挑选了三种，眼尖的四位皇级炼药师顿时就看出端倪来。

大家异口同声：“她这是要配补药啊！”

熊天平一巴掌拍墙壁上：“补药不行啊！就算她一个时辰之内实力暴增五倍，可这么多独角乌烟兽，她打得过来吗？双拳难敌四腿啊！”

牛孺子摇头，唉声叹气：“这孩子，怎么就这么固执呢，选择放弃不行吗？”

公孙自如和米富贵也点点头，他们觉得，苏落在实力还没到的情况下强行闯关，简直太危险了！还不如先放弃，等实力强大后再来考核。

大家看着苏落在那认真地配补药，又是无奈又是唉声叹气。

就在这样紧张的气氛中，苏落终于将宗师级涅槃大补丸炼制成功了。

“这丫头在炼药方面的技能简直无话可说啊，你们看她炼制出来的宗师级涅槃大补丸，颗粒饱满，晶莹剔透，简直是上品啊！”

“这说明这丫头已经处于宗师级巅峰水准，这要是参加外面的常规考核，分分钟就能拿到宗师级炼药师徽章，可在这里面，唉。”

“这丫头有志气，不愧是我熊天平的宝贝徒弟，哈哈哈！”

其余人都送他一个大白眼。这个时候，苏落手里拿着涅槃大补丸，看着那群冲她嗷嗷叫的独角乌烟兽，眸中闪过一抹狡黠的光芒。

观察室里，众人都一脸颓然。

“不要啊，不要吃啊宝贝徒弟！”

“快认输吧！”

“下次等实力强大了再闯不行吗？”

这四人平日里何等高高在上，即便是见诸位大家族的族长，那也都是被奉为上宾的，可是现在的他们，被苏落急得头发都快白了。

而就在这时候，独角乌烟兽终于克服了对黑暗沼泽的恐惧，哗啦一下跳进沼泽里，溅起了很大的水花，却并没有下陷的趋势。于是，独角乌烟兽更大胆了，从四个方向呈包围的趋势朝小木屋挺进。

“完蛋啦！”四人的脸上都涌现出绝望悲伤的神情。

而此刻的苏落，神色认真地扫视着这群独角乌烟兽。那位追得最快的，很显然是这个族群的老大。经过观察，苏落发现这个族群跟狼族有点相似，几乎所有的独角乌烟兽都听从老大的指挥。那么，如果老大不再是实力最强大的那一只呢，会发生什么事？

苏落眸中闪过一抹狡猾的亮光，因为她锁定了一只最弱小也是最被忽视的小独角乌烟兽。这只小独角乌烟兽身形瘦小，但是目光狰狞，凶狠异常。经过它身边的独角乌烟兽总会有意无意地欺负它一下，因为它是最瘦弱的，处于被淘汰的边缘。

苏落嘴角勾起一抹弧度，趁着独角乌烟兽仰天长啸的那一刻，将手中的涅槃大补丸直接抛进这只黑色的小独角乌烟兽嘴里。等这只小独角乌烟兽回过神来的时候，它发现自己已经把丹药咽下去了。

“呜呜呜——”小独角乌烟兽抓着喉咙，声音带着哭腔。它觉得自己快要死了，因为身体里好热好热，仿佛要燃烧起来。

独角乌烟兽群已经朝苏落的小木屋靠近，越来越近！就在这时候，浑身燥热的小独角乌烟兽忽然仰天一阵长啸：“哦呜——”这清脆而嘹亮的长鸣，显示出它的强大实力。

顿时，所有的独角乌烟兽都顿住脚步，齐刷刷地朝那只小独角乌烟兽望去……

咦，这只小独角乌烟兽爆发出来的长吼，似乎比老大还厉害啊。别的独角乌烟兽有这种感觉，身为领袖的那只怎么可能感觉不到？于是，它快步朝小独角乌烟兽冲去，试图将它一巴掌拍死。小独角乌烟兽感觉到了生命危险，不想死的它当即反抗。于是，两只独角乌烟兽迅速战成一团。

身为领袖的那只眼看着打不过了，当即召唤小弟们前来帮忙！但是，吞下涅槃大补丸的小独角乌烟兽现在明明才是实力最强的那只，它才应该是老大！

于是，这一大波独角乌烟兽分成了两个派系，在推推搡搡间，双方擦枪走火，打起来了！打得那叫一个腥风血雨、天昏地暗啊。

观察室内，四位皇级炼药师，外加一位楚三少，简直目瞪口呆，全身石化。

“涅槃大补丸还能这样用？”米富贵是最受打击的那一位。

“我们都下意识地以为涅槃大补丸是给自己用的，这是给自己限定了思维啊……”

“这小丫头简直……”

四位皇级炼药师这下子是真对苏落表示震惊了！别的都不说，光是这份临危不乱的睿智，就足以让他们刮目相看。

四人对苏落佩服得五体投地。一边争着要当苏落的师父，一边走到药王谷门口，准备亲自迎接苏落出来。

还是楚三少先发现了异样。

“不对啊，她……她好像没有出来的意思啊。”楚三少震惊地瞪大眼睛！

“什么？”四位皇级炼药师都惊呆了！

“这都宗师级炼药师了，她还想怎样？”

“她不会想去考皇级炼药师吧？”

“宗师级炼药师都这么勉强，差点就挂了，皇级炼药师怎么考？”

四位皇级炼药师都焦急地盯着屏幕，屏幕却黑下来了，根本就没有画面。

“人呢？”楚三少也好奇了！

那丫头口口声声要拿到皇级炼药师的徽章，自己之前还以为她会止步高级炼药师呢，结果却大大出乎他的预料。她直接从超级炼药师开始考，然后一路往前冲，大师级炼药师、宗师级炼药师……

谁也没预料到，她竟然会走到现在这个地步！

大家都焦急地拉着米富贵：“老米！快想办法阻止，真让她跑去考皇级炼药师，她非死在那不可！”

“对啊老米，这么天才的徒弟，就这么死了，你能安心吗？！”

大家纷纷用指责的目光瞪着米富贵。

米富贵也很无奈啊：“到了宗师级考核区，我们根本没办法跟里面沟通，你们也知道的，这是药王谷留下的考核，咱们老祖都没办法。”

而就在这时候，画面里闪过一道亮光，只见苏落走进了一片黑暗之中。四个老头顿时眼前一黑，眼底一片绝望！完蛋了！一个年轻的超级天才炼药师就要陨落了！

更让他们焦心的是，皇级炼药师考核全程封闭，除了进去的苏落外，谁也不知道她此刻正在经历着什么。

这四个老头都紧张兮兮的，有的在房间里走来走去，有的双手抱头，有的郁闷地抓头发。

楚三看着这四位皇级炼药师，心中暗暗震惊，没想到一个小丫头竟然能让身份尊贵的四人重视到这种程度，这丫头可真是不简单。他的视线落到那漆黑一片的屏幕上，里面的苏落，此刻究竟经历着什么呢？

皇级炼药师考核区。

当苏落进去的时候，她就发现四周一片漆黑，只有中央投下一道圆形光束。似乎冥冥中有一股意念，控制着苏落走到那圆形光束圈内，盘腿坐下。

苏落闭着眼，感觉到眼前有一道凉风吹过。她下意识地睁开眼。幸好苏落胆子大，要不然的话，这会儿她肯定尖叫出声了。此刻，苏落眼前出现了一位火红凤袍的女子，只见她一双狭长的丹凤眼，眸中水波潋滟，眉心红点，烈焰红唇，艳丽无双。苏落皱眉看着她。

火红凤袍女子悬浮在半空，衣摆无风舞动，狭长的凤眸微挑，她慢条斯理地打量着苏落，慢悠悠地哼了一声：“打搅本座休息的，竟是你这小丫头？倒是好些年没有人进来这了。”

“你是谁？”苏落淡漠地看着她。

“我是谁？你居然不知道我是谁？”傲慢的火红凤袍女子皱眉瞪着苏落。

“你很有名吗？”苏落无辜而迷茫地看着她。

女子直接被苏落问得无语了，错愕之后，她才默默白了苏落一眼：“你不知道绝代药王火红鸾？”

“绝代药王火红鸾？”苏落淡淡地看了她一眼，摇摇头，“没听过。”

绝代药王凤火红鸾大人："……"只见她深吸一口气，再深吸一口气，最后还是忍不住，直接一拂袖，从半空中飞下来，定定地蹲在苏落面前，"你，在跟我开玩笑？"

苏落很无奈地说："我没跟你开玩笑啊，不过我真的没听过绝代药王，更不知道火红鸾是谁……"看着眼前这张扭曲的脸，苏落后知后觉，"不要告诉我，你就是绝代药王火红鸾？"

绝代药王深吸一口气，最后，她哗啦一声站起来，瞪着苏落："你不知道绝代药王，来闯什么药王谷啊？"这位艳光四射的姐姐很暴力，直接给了苏落一个栗暴。

"很痛！"吃痛的苏落捂着额头，委屈地瞪着绝代药王。

绝代药王冷哼："还知道痛，就说明你脑子还能用！算了，你这丫头小小年纪，能够闯到这也不容易，就当是我们有缘了，本药王收你做记名弟子，传你无上的炼药术好了！"

"真的吗？"苏落狐疑地看着她。世上有这么便宜的事？这么大的馅饼砸她脑袋上？苏落有些不信。

"本药王的话，你居然不信！"绝代药王冷冷一哼，"那么，你就去死吧！"

苏落无语："你这人怎么这样，不是跟你学炼药，就是去死，那我当然选择跟你学炼药啊。"

"这还差不多。"绝代药王冷冷一笑，"现在，你闭上眼睛，什么都不要想！我进入你的识海后，才能将炼药知识灌输给你。"

"哦。"苏落很乖很听话，闭上眼睛，让识海放空。

绝代药王眼底闪过一抹诡异的冷笑，只见她身形一闪，一道虚影化为青烟，直接冲进苏落的识海。此时的苏落却忽然发现，她的灵魂进入识海后，就好像被封锁住一样，根本出不来了。

看到苏落脸上的不解和焦急，绝代药王忽然放声大笑："好愚蠢的丫头，哈哈哈，你真的相信本座进入你的识海，是为了教你炼药吗？哈哈哈哈哈——"

苏落状似不解地看着这位狂笑不止的绝代药王。美艳的绝代药王脸上充满了得意："好难得啊，等了这么多年，终于等到了这样一个完美的身体，现在我终于可以借壳重生了，美妙啊！"

此刻，两人都以灵魂的方式，站在苏落的识海内。事实上，苏落很清楚，她的皇级炼药师考核，从她进入这个区域之后就已经开始了。这位绝代药王火红鸾，真是这一关的boss。苏落一早就知道，而她之所以放火红鸾进来，是因为，只有这样苏落才能打败她。她对自己的精神力很自信，拥有随身空间的她，精神力之强大是火红鸾难以想象的。

这时候，火红鸾似乎也感觉到了，她眉头微微一皱，那双狭长的凤眼危险地眯起："你这丫头，精神力不错啊。"

苏落淡淡一笑："彼此彼此。"

火红鸾："你骄傲什么？再强大的精神力，在本药王面前也只有跪的份，哼！现在你乖乖地将身体控制权给本药王，否则的话，本药王一只手捏下去，你就香消玉殒了。"火红鸾一边说一边动手，在苏落还没反应过来的时候，已经捏住苏落那纤细的颈项。但是，苏落的脸色前所未有地平静，她就那么静静地看着火红鸾，目光无波无澜。

火红鸾顿时觉得不好玩，气呼呼地松开苏落："你怎么如此淡定？本药王在抢你的身体啊！你到底知不知道，一旦身体被抢夺，你就是我了！"火红鸾活了这么多年，还没见过如此淡定从容的姑娘。

苏落则浅浅一笑，翦水秋瞳淡淡地看着她："你抢不走的。"

"孩子，你知道吗，盲目自信等于愚蠢。"火红鸾冷冷一笑，"对我这绝代药王而言，要杀你易如反掌。"

"可是你不会杀我。"苏落轻笑起来。

"你凭什么如此自信？"火红鸾就不信了。

"因为我们都是灵魂状态啊，药王阁下不会是灵魂当久了，不记得灵魂是虚无的吧？"苏落笑眯眯地看着她，"我们现在，谁也杀不了谁。"

火红鸾有些意外地看了苏落一眼："所以，你已经知道，我唯一能抢夺你身体的方式，只能是通过炼药咯？"苏落淡淡点头。

"不愧是时隔多年后再次闯进皇级考核区的人，脑子够使啊。"火红鸾对苏落刮目相看，少了一些轻视，"不过，在绝对的实力面前，这些小聪明注定是没用的。"

"绝对的实力面前？绝代药王大人指的是炼药方面的实力吗？"苏落嘴角勾起一抹淡淡的弧度。

"看来，你对自己的炼药实力很自信。"火红鸾似笑非笑地盯着苏落。

"在绝对的实力面前，为什么要不自信呢？"苏落淡然地迎视她的目光，毫不怯弱，跟之前那傻乎乎无辜茫然的样子截然不同。

直到这一刻，火红鸾才反应过来，她指着苏落："你是故意放我进你的识海，真是没想到……"刚才她还一直为自己的聪明而暗自欣喜呢！

苏落无奈地摇头。如果绝代药王的心算能力也这么弱的话，那该多好啊。事实证明，能够拥有绝代药王称号的人，脑子不可能这么不好使。

"既然你都知道了，那我也不怕告诉你。"火红鸾指着周围虚无的识海，对苏落说，"我们接下来要做的就是争夺这具身体的控制权，你守擂我攻擂，我输没任何代价，而你一旦输了，这具美妙的身躯就归我了。"

苏落神色依旧淡然无波，那淡然若水的星眸里带着一丝笑意，看着火红鸾："我知道。"

在火红鸾说出争夺她的身体的时候，苏落就已经猜到这个条件。这是一件很冒险的事，但苏落不得不做。

在知道了有药王谷考核后，苏落是一定要闯药王谷，而不是选择像别人那样进行常规考核，因为她是容云大师的徒弟，她对自己的要求比任何人都高。

火红鸾没好气地盯着苏落："斗争的方式，就是炼药。你配一种药剂，我吃下去，然后帮自己解毒，接下来我配置一种药你吃下去，你给自己解毒，直到毒死对方为止。"

"我知道。"苏落的神色依旧那么淡定。

"因为是在识海里，一切皆为虚无想象，所以，一切草药都可以凭空想象出来。"火红鸾继续没好气地说。

"我知道。"苏落淡然一笑。

"你知道你知道你什么都知道，那现在就开始了！你是后辈你先来，免得本药王一出手，你连炼药的机会都没有了。"火红鸾冷哼两声。

苏落不由得多看了火红鸾一眼。绝代药王，真的是这样的吗？怎么看起来没有那么高深莫测呢……

虽然怀疑，但是此刻已经由不得苏落多想了，每个人的配药时间最多只有十分钟。苏落开始想象，顿时，以她为中心，围绕着她的一个圆圈上，出现了一份份药材，一共五十七份。苏落动作熟练地抹去药材的不稳定因子，然后有条不紊地进行炼药，很快，一枚追魂毒丹就出现在她手里。

苏落递给火红鸾："请了。"

"皇级追魂毒丹？有点意思。"火红鸾冷冷一笑，当即毫不犹豫地将追魂毒丹丢进嘴里，就像咀嚼糖豆一样，吃得很开心。她一边跟吃糖似的，一边手里忙个不停。她的面前同样是一个凭空想象出来的药鼎，药鼎下方是熊熊燃烧的火焰。火红鸾一株一株往里面丢药材，她那纤细白皙的手指，就像精灵在上面跳舞，转出美丽的音符。

苏落一看她想象出来的解药，心里顿时微微叹了口气。不愧是绝代药王，她炼制出来的半月龙莲丹，确实是追魂毒丹的解药，而且，火红鸾还进行了改良。

其中一颗，她让自己服下，而另外一颗，火红鸾继续将其丢进药鼎，然后往里面添加药材。苏落一看，心里微微一惊。她这是要……

没多久，火红鸾就炼制出了加强版半月龙莲毒。苏落微微皱眉："半月龙莲加强版，增加了昇龙秘鳞，秘传秘草变成奇毒。"

"你倒是有点见识，吃吧。"火红鸾将墨绿色的丹药交给苏落。

苏落二话不说就吞下，随后，她也开始炼制丹药给自己解毒。两人为了争夺身体的控制权，在苏落的识海里不断给自己解毒又给对方下毒，如此循环。一开始火红鸾对苏落还有一点轻视，但是随着时间的过去，两人之间已经配置了上百种药剂，她配置的速度快，可苏落也是一点都不落后，紧跟着她的步伐。

"没想到你这丫头小小年纪，倒是个天才炼药师，既如此，那本药王就不客气了。"火红鸾决定炼制出她压箱底的一种毒剂。

苏落淡淡一笑，并没有接话。火红鸾冷笑："此毒剂一出，当世无解，你可就真的要死了！"这是在苏落的识海里，灵魂染毒的话，她的整个精神境界也会崩塌，苏落就会变成一个白痴。

皇鬼妖炎需要九种主材料，九百九十九种辅助材料，火红鸾好不容易才将一千多种材料提取出来，并且开始炼制。

随着时间流过，丹药已经小成了。火红鸾抬头，笑眯眯地看着苏落："这皇鬼妖炎丹啊，真的是世上无解哦，丫头，快想办法破解吧，不然等下这颗丹药进你嘴里，你可就要死咯。"

苏落嘴角微微上扬，表情似笑非笑，似乎漫不经心地问了一句："你的火呢？"

火红鸾不解，低头朝自己的药鼎看了一眼。只这一眼，这位绝代药王的脸色却瞬间僵硬。因为刚才专注于药材，一直没有注意到药鼎下面的火焰，所以现在她才看到，她的火焰被人调包了。现在药鼎下方的火焰，已经变成了她从没见过的异火！

苏落对此自然很熟悉，因为这是她的陨落红莲。她之所以老神在在气定神闲，是因为她有这样一个底牌。之前陨落红莲在吸收了大量的火焰精魄后陷入沉睡，而现在苏醒后的它，威力强大得就连苏落都要侧目。所以，在火红鸾得意扬扬，以为大局已定的情况下，苏落才好心地提醒她火焰的事。

就在火红鸾错愕之际，苏落一个瞬移跑得没影了。火红鸾瞬间意识到危险降临，然而还没等她做出反应……轰——整个药鼎发生了强烈的爆炸！瞬间，浓烟滚滚，剧烈震动。可怜的火红鸾，她原本就只是一抹灵魂，且距离药鼎很近，正处于爆炸中心，所以承受的波动也是最大的。

在爆炸声响起的那一瞬间——火红鸾的身体就被炸得面目全非。这样的她，如何还能再跟苏落比下去？

在她消失的前一刻，她留下一句："有朝一日你冲击神级炼药师的话，我们还会见面的，到时候，你将面对的是我的主人。"说完这句话，火红鸾就化为一道青烟飞走了，而在她原来站立的地方，留下了那件火红色凤袍。

看着那件凤袍，苏落心里久久不能平静。她终于意识到，刚才跟她斗丹的人，并不是真正的绝代药王，而只是她身上的一件凤袍成长出灵智后所幻化的。一件凤袍就有这么强大的实力，那真正的绝代药王火红鸾该是怎样惊才绝艳啊。

就在这时候，苏落只觉得一股气血翻涌。

"唔——"灵魂出了识海后，苏落觉得咽喉一甜，一股鲜血顺着嘴角流出。利用陨落红莲异火，在自己的识海里爆炸，苏落这还是从芸韵那事得到的灵感。

当时芸韵遭遇重创，这次苏落虽然早有准备，也受伤不轻。但这是解决"火红鸾"最好的方式。一旦她将皇鬼妖炎丹炼制出来，便真的无解，至少现在的苏落无药可解。

擦去嘴角的血迹，苏落苍白着一张脸，冷静地自黑暗中走出。

药王谷门口，四位皇级炼药师已经急得团团转了，他们一个劲地埋怨不该让那丫头进去，如此天才的一位炼药师陨落，这是整个炼药界的损失啊！苏落进去了那么久，可是一点消息都没有，这可如何是好？不会真的已经……四人简直不敢想下去。

就在这时候，苏落推开药王谷的门，身影从黑暗中走了出来。四位皇级炼药师全冲了上去，还不等他们发问，苏落手中那火红色的皇级炼药师令牌，就朝他们晃了晃。

竟然真的是皇级炼药师令牌！也就是说，苏落闯过了这一关？！四位皇级炼药师怔在当场，久久没有说话。刚才他们还争着抢着要苏落当他们的徒弟，可结果咧，苏落竟然闯过了药王谷的皇级炼药师考核，这是不是说，事实上这丫头的炼药技能并不逊色于他们？

"你……"四人有很多话想问，却又不知道从哪句话开始，因为他们到现在还没回过神。

苏落看着他们，却只认识公孙自如一个，于是朝他点点头，转头就要往下走。公孙自如哪能让她就这么走了啊，这可是闯过药王谷的皇级炼药师啊。

"你等等！你不能走！"公孙自如当即将苏落拦住，"我们有很多事要问你！"

苏落却微微摇头，有气无力："今天还有事情，等忙完后我会过来炼药师公会的。"说完，苏落挥挥手，潇洒地离开。

等她离开后，另外三人才如梦初醒。

"她，她真的闯过去了？"

"皇级炼药师令牌，还能有假？"

"可是，她这么年轻就……"

"从这丫头的骨骼上看，炼药还没过千年吧？"

"这已经大大破了纪录，可为什么众神之巅的钟声没有敲响？"

忽然，四人似想到了什么，身形猛然间一怔。不对！众神之巅的钟声已经敲响了。就在几十年前，那一次，众神之巅的钟声响彻整个中央大陆，如果没有猜错的话，那钟声就是为了她而响的！

熊天平无语："也就是说，几十年前，她就已经晋升到皇级炼药师了，而现在不过是来走一个过场？"

公孙自如一拍大腿："难怪了！这丫头口口声声说要拿皇级炼药师的令牌。"

公孙自如和楚三都想起之前苏落那信誓旦旦的表情和言之凿凿的话，两人脸上闪过一丝苦笑。

米富贵眼中闪过一道亮光："苏落是万年也难出一个的绝顶天才，可是现在的她实力还不能完全保护自己，所以——"

"炼药师殿堂会来抢人？！"熊天平顿时一语道破天机。

在很久很久以前，世上没有炼药师公会，也没有炼药师殿堂，就只有一个药王谷。药王谷的绝代药王火红鸾，名震天下。她座下两大弟子在她死后反目，大师兄建立了炼药师协会，小师弟建立了炼药师殿堂，从此东西对立，双方势同水火。如果苏落的事被炼药师殿堂获知，那苏落就危险了。炼药师殿堂肯定会来挖人的，如果挖不到人，他们宁愿选择将其毁灭！

想到会出现的后果，四人当即约定，谁也不许将这件事传出去。四位皇级炼药师刚约定完，就发现现场第五个人的存在。望着一双双冷飕飕的眼睛，楚三当即举起双手做投降状："我什么都没听见，什么都不知道，我保证！"

四位皇级炼药师联合起来，足以影响整个帝都的局面，如果他们想杀他灭口，即便是自家爷爷出面，只怕也拦不住。

公孙自如说：“我可以为三儿作保。”

另外三人冷哼一声：“希望如此！这件事，绝对不能让炼药师殿堂的人知道，不行不行，这还不够，从现在开始，我们就派高手暗中保护苏落，绝对不能让这位绝世天才有一丝的危险！”

炼药师的地位是崇高的，炼药师公会的地位更是超然的，投靠他们的强者数不胜数，欠下他们人情的强者更是数之不尽。

于是，四人很快就选出两名强者，日夜不停地保护着苏落。而这些事，苏落还不知道。此刻她正抱着一堆炼药师令牌，骑着千里火云兽，一路朝唐家而去。

药王谷的时间跟外面是不一样的。苏落在药王谷待了三天，但是对外面的时间来说，不过是过去了三个小时。苏落是早上到炼药师公会的，等她回到唐家也不过是中午的时间。

自从苏落留下一句话离开后，唐牧耀就一直守护在唐老身边。唐家的护卫自然拦不住苏落，很快就让她进来了。唐云飞看到苏落，眉头微微一挑，眼底满是冷笑：“哟，这不是传说中厉害极了的天才炼药师吗？怎么，出去晃荡一圈，然后就说自己从炼药师协会回来了？”

苏落淡淡一笑：“是啊，我从炼药师公会回来了。”

“呵呵。”唐云飞根本不信，“就你，也配成为炼药师？别说高级、中级炼药师，就是初级的，你也拿不到啊。”苏落用的时间太短了，即便是考核初级炼药师，没有一天时间，根本是不可能的。唐云飞就曾考过初级炼药师，所以他很清楚。

苏落听了他这话，还很认真地点头：“对啊，初级、中级、高级炼药师，我都没考过啊。”

苏落所说的是没参加过考核，但是这话听在唐云飞耳中，就变成了考核没通过。他正要大肆嘲笑一番，却见苏落从怀里掏出一枚火红色的令牌，啪的一声拍在桌上，冷冷一笑：“倒是捡了这个东西。”

唐云飞一愣，心里更是微微震动。不仅是炼药师，而且还是通过药王谷考核发下来的火红色令牌！好啊，这丫头果然藏了底牌，在他面前扮猪吃老虎！

唐云飞震惊过后，很快调整好心态，笑容有点僵硬：“超级炼药师怎么了，我爹可是连皇级炼药师都治不好，你一个超级炼药师而已，连大师级炼药师都不是，有什么资格在我面前炫耀？”

“大师级炼药师是吧？”苏落淡淡一笑，一枚火红色令牌又啪的一声拍桌上，“睁大你的狗眼看清楚，这是什么！”

大师级炼药师令牌？而且还是药王谷颁发的……唐云飞忽然间有种眩晕的感觉。难道他说宗师级炼药师，这丫头还真能拿出宗师级炼药师令牌来？

苏落似笑非笑地看着他，一块令牌砸他怀里：“看看。”

唐云飞手忙脚乱地拿起令牌一开，居然真的是宗师级炼药师令牌，而且还是药王谷颁发的！

“你，你，你！”唐云飞指着苏落，嘴角的肌肉因为太过震惊而不断颤抖，“你有本事拿出皇级炼药师令牌啊，只要你拿出来，我就让你治！”

唐云飞自己也觉得强人所难。药王谷颁发的皇级炼药师令牌，那代表着无上的地位以及妙手回春的医术，而眼前这丫头不是唐牧耀在帝国学院的同班同学吗？一个修炼元素系的丫头，会是皇级炼药师？怎么可能？！

但是，苏落的手从衣袖里往外掏了掏，最后，一块火红色令牌被苏落掏了出来。苏落将令牌丢给唐云飞：“这辈子都没见过吧？拿去，好好看看去。”

当唐云飞看到这火红色令牌时，他整个人已经不行了，身子如筛糠般不断颤抖。他手忙脚乱地接过令牌，生怕一个不小心，就将这至高无上的令牌给摔地上了。

“皇、皇、皇级炼药师……”唐云飞简直快哭了！这怎么可能？！炼药师协会的皇级炼药师总共也就只有那么四个，可闯过药王谷拿到皇级炼药师令牌，那四位可都没有做到。

“这不会是假的吧？”唐云飞喃喃自语。他抬头，正好看到苏落眼底那满满的嘲讽，顿时觉得脸上一红。炼药师协会的令牌，都是经过专门的灵气加持，根本没办法作假，所以这句话说出来，只能说明他自己有问题。

将令牌从唐云飞手里收回，苏落推门进了唐老的屋子。唐云飞想拦，却已经没有勇气。怎么办……那毒，会不会被发现？唐云飞捏紧了拳头，眼底浮现一抹毒辣的光芒。现在想要杀苏落已经来不及了，更何况杀一位药王谷里闯出来的皇级炼药师，这代价未免太大了。

想了想，唐云飞当即挥手招来一人，在他耳边吩咐了几句，那人领命后迅速离开。

此刻，苏落已经来到唐老面前。唐牧耀一直守护在唐老身边，眼睛都一眨不眨的。刚才他虽没有出去，但是并不代表他不知道发生了什么事，外面的声音能够清晰地传来，所以他知道苏落现在已经是药王谷里闯出来的皇级炼药师。

唐牧耀看到苏落，当即站起来，态度恭恭敬敬的，犹如面对最尊敬的长者。

苏落朝他点点头，没有多说什么直接开始给唐老治疗。唐老的毒本就被催发了，危在旦夕，再不抓紧时间的话，只怕容云师父到了也救不了他了。

唐牧耀看着苏落那双晶莹如玉的手忙忙碌碌，一时间有些怔在当场。世界变化太快了，他到现在还没消化刚才听到的事实。从药王谷里闯出来的皇级炼药师啊……

唐牧耀想起第一次见苏落，距离现在不过是几个月的时间。那时候的苏落，才刚刚进精英班，在他看来，这丫头除了长得漂亮，什么都不是，他甚至觉得，她都没有跟自己平等对话的资格。但是，这才过了多久？她竟然已经是……

一旦苏落皇级炼药师的身份爆出去，唐牧耀相信，整个帝都都会因此而剧烈震动，引起一番狂乱的风暴。他就这样看着苏落，久久没有回神。

“把灵气分成小股，输入你爷爷的涌泉穴。”苏落一边忙着给唐老解毒，一边吩咐唐牧耀。

唐老的身体除了中毒之外，还衰老到近乎油尽灯枯。所以苏落一个人忙不过来，就叫了唐牧耀。

“唐牧耀！”苏落见他没反应，抬头不解地看着他。

“哦，什么？”唐牧耀如梦初醒，一个激灵，不禁暗恼，自己竟然在这样的情况下，看苏落看出了神，真是太不孝了！

苏落没好气地白了他一眼：“把灵气分成小股，输入你爷爷的涌泉穴，我先给你爷爷解毒，但是你得吊住你爷爷的命。”

“好的！”唐牧耀当即上去。

而此刻，唐云飞也进了房间。唐牧耀看到他进来，满脸的戒备，神色严肃。

苏落却似完全没有看到他，或者说把他当成了空气。此时正是治疗唐老的最关键时刻，一点都不能放松。

苏落手中十二枚金针，一一插入唐老身上的十二处穴道，手指犹如弹琴般在十二枚金针上划过，顿时，金针尾端就像被电到一样，不断颤抖。随着这一阵颤抖，金针更深入唐老身体内。忽然，唐老苍白的脸上一道道墨绿色蚯蚓般的青筋根根暴起。

唐老猛然间惊坐起，一口鲜血就狂喷出来。

“哕——哕——哕——”

苏落手疾眼快，一个痰盂端上去，让唐老的血全吐到那瓷白色的痰盂里。那十二枚金针还在不断颤抖，而唐老也不断吐着，一口又一口鲜血，让人看了触目惊心。

“爷爷！”唐牧耀紧张地盯着唐老。这么多血……爷爷的身体到底败坏到了何种程度啊？唐牧耀心疼得眼圈都红了。

“苏落，你快想想办法啊，再这样下去，爷爷的血都要吐光了！”唐牧耀的声音带着一丝哽咽。

唐云飞目光狠戾地盯着苏落，声音冰冷：“苏落，你到底是来救人还是来杀人的？”

苏落没空搭理他。但唐云飞好不容易抓到这个机会，岂会这么容易放过她？

“其实，你根本就不是炼药师吧？药王谷的这些令牌，是你从别人那里偷来的，是不是？”唐云飞冷冷一哼。

苏落没好气地白了他一眼：“你可以找点更好的借口。”

唐云飞冷笑：“如果我爹死了，你就是凶手！唐家不会放过你的！”

唐牧耀瞪着唐云飞：“唐家未来的继承人是我，而不是小叔你，所以，你现在可以闭嘴了！”

“唐牧耀！你简直——”唐云飞一副恨铁不成钢的咬牙切齿状，“被美色所迷，你连你爷爷的性命都不顾了吗？你这样，有什么资格继承唐家？你不配！”

这么大一顶帽子扣下来，这是准备将唐牧耀一脚踹出唐家，抢走属于他的继承人位置了？唐牧耀气得浑身颤抖，心绪紊乱。苏落没好气地瞟了唐牧耀一眼：“你再心绪紊乱下去，你爷爷真要被你害死了。”

苏落一句话，顿时如一盆冷水从唐牧耀头顶浇下，浇了他一个透心凉。对啊，现在最重要的是爷爷。至于苏落，她既然拿得出药王谷的皇级炼药师令牌，唐牧耀就信。

此刻的唐云飞内心很焦急。然而，还没等他想出办法，唐老的呕血症状已经缓解了。只见他重重躺回床上，大口大口地呼吸着。随着时间的过去，他脸上已经恢复了一丝血色，而且，从他胸口的起伏可明显看出，他老人家的生命力在渐渐恢复。

唐云飞的眼中闪过一道冷光！他并不是唐老的亲生儿子，而是被他老人家从战场上抱回来的孤儿。所以，一旦被老爷子发现自己在暗中做的手脚，他一定不会放过自己的！公孙药师治不好，但是这个苏落说不定就……

唐云飞心底浮现一抹惊慌失措。怎么办？怎么才能阻止？

苏落看了唐牧耀一眼："你看，这不就好了吗？你爷爷的毒已经压制住了，病情也在缓慢恢复。"

"嗯！"唐牧耀郑重点头，这一刻，他心中对苏落充满了感激。如果不是苏落，现在的他已经失去了最亲的人，他又会成为孤儿。

唐云飞盯着唐老，眸中阴晴不定，脸色晦暗不明。他亲眼看到老爷子的脸色开始红润，呼吸渐渐变得平稳，而且，老爷子的睫毛微微颤抖着，似乎正要醒来——

唐云飞内心一震。老爷子一定察觉到他的不对劲了，如果老爷子醒过来，岂不是会指出他下毒？

唐云飞再也忍耐不住，就在苏落将要动用最后一支药剂的时候，他一个不小心，脚下一崴，身形朝苏落撞去。苏落一时不察，手里的药剂当即被他撞落在地，发出一阵清脆的碎裂声，药剂跌碎了，里面的透明液体洒落在地上。

苏落抬头，傻愣愣地看着唐云飞，神色间带着一丝难忍的怒火："你做什么？"

唐牧耀看着地上破碎的药剂，顿时一阵心口绞痛，他一个箭步冲上去，一把抓住唐云飞："你干什么？你就这么想让爷爷死吗？爷爷死了对你有什么好处？"

唐云飞仿佛也被眼前这场景给震呆了，他动了动唇，却没有说话，眼底全是颓然和懊悔，哭丧着脸："小耀啊，是小叔不好，小叔一个站不稳就……父亲大人，儿子不孝啊！"

苏落冷冰冰地看着唐云飞演戏，眸中含着一丝怒意："你知不知道，这支药剂是非常难配的！我花了十天时间才提前配出来，现在你撞上来把药摔坏了，你知道问题有多严重吗？！"

很难配吗？那岂不是说老爷子死定了？那简直太好了！唐云飞低垂的眼中闪过一丝得意的冷笑。但是他抬起头时，眸中却带着浓浓的愧疚，表情泫然欲泣："这可如何是好？我真不是故意的……不如你再配啊，要什么药材，我们唐府立刻准备！"

苏落没好气地白了他一眼："现在重新配置怎么可能还来得及？要十天呢！"

"那可如何是好啊……"唐云飞身侧的手紧握成拳，他幸福得快晕过去了。

就在这时候，苏落无奈地从药箱里又掏出一支药剂，叹了口气："幸好我多准备了一支，否则啊，你们家老爷子可真死定了！"

唐云飞猛然间抬头，果然看到苏落手里拿着一支透明的药剂，这一眼，让他紧张得心跳加速。这支药剂让老爷子喝下去，那么，老爷子肯定就会醒来，到时候——

唐云飞来不及多想，就在苏落拿着药剂正要喂进唐老口中的时候，只见唐云飞一个猛扑，朝那药剂扑去。唐云飞的速度很快，实力也比苏落强大太多，他一巴掌拍去，那支药剂当即被撞飞出去，砸落到墙壁上，里面的透明液体顿时飞溅出来。

唐云飞放声大笑。他成功啦！他成功地阻断了老爷子的生路！然而，还没等他得意多久，他却突然发现自己的身体在这一刻被一只充满力量的拳头直接砸飞了。

怎么会……倒飞出去的唐云飞完全蒙了，被狠狠地砸到墙壁上，一股剧痛袭上脑门，他的神志顿时清醒了几分。这是怎么回事？唐云飞朝床的方向望去，瞳孔瞬间紧缩。砸飞他的人，不是苏落，而是——唐老！

只见唐老从床上缓缓地站起来，那威武的身躯，犹如来自地狱的修罗，散发着浓浓的血腥味，蕴含着无穷的威慑力！唐老那双被岁月洗礼过的睿智眼眸，此刻锐利如冰刀，犀利地盯着唐云飞！唐云飞嘴角挂着一丝血迹，心里更是冰冷冰冷的。

此刻的老爷子看上去哪里是之前那样病恹恹的、随时会断气的样子？现在的他，仿佛一位散发着煞气的战神。

唐老缓缓地走到唐云飞面前，蹲下。唐云飞的心瑟缩成一团，目光都不敢跟唐老对视。唐老那只充满力量的手一动，直接抓住唐云飞的脖子，将他提了起来。

“父亲大人……”唐云飞一时之间只觉得脑子嗡嗡嗡地响，他知道现在只有磕头求饶，才有一线生机。

唐老冷冷一笑：“之前小姑娘告诉我，是你给我下的毒，我还不信，幸亏我听了小丫头的话，假装没有清醒，结果让我看到了一出这样的好戏！”

唐云飞此刻什么都明白了。什么老爷子昏迷不醒，什么药剂很难配，全是他们设下的圈套，目的就是引诱他动手！是苏落，全是苏落这臭丫头搞的鬼！这一刻，唐云飞有一种一巴掌将自己拍死的冲动。

唐老捏着唐云飞，目光冰冷：“回答我，为什么要这样做？”

唐云飞在唐老的目光下，眸中闪过一丝狠戾：“你杀了我吧！我是不会说的！”

“你以为你不说，就没人知道了是吗？”唐老冷冷一笑，“你是我从战场上捡回来的，从小抚养长大，我对你跟对小耀的爹一视同仁，你到底为什么要这样做！”

“一视同仁？哈哈哈！”唐云飞大笑出声，“既然一视同仁，为什么唐海峰人都死了，你还要把继承人的位置给唐牧耀，而不是给我？！”

“这就是你叛变唐家的原因？”唐老差点一口气提不上来。

原来这么多年，他竟然养了这么一只白眼狼在身边。

“对！我就是气不过！唐海峰死了，你不把唐家交给我，却要交给一个乳臭未干的臭小子！我才能带领唐家走向辉煌！”唐云飞很不甘心。

唐老眸中忽然闪过一道暴戾之色，他的手猛然收紧：“海峰的死，是你做的？”

唐牧耀的心紧紧提起！父母亲死于一场意外，跟任何人都没有关系，不可能是小叔做的，不会的……

然而，唐云飞这会儿已经知道自己活不成了，所以，他更想将唐老也一并气死，于是将所有的真相倒了出来："我谋划得那么辛苦，终于让唐海峰以意外的方式死去，结果，你这老不死的居然还是将唐家交给唐牧耀，真是枉费我做了那么多安排。"

唐牧耀气得浑身颤抖。这么说来，唐云飞从一开始就心机叵测，他害死了父亲母亲，害得自己出意外差点死掉，更是长期给爷爷下毒……

"我要杀了你！杀了你！"唐牧耀已经丧失了理智，他犹如一只困兽，凶猛地扑上去，一拳一拳地砸向唐云飞。

唐云飞的实力远胜唐牧耀，但是他被唐老抓着，所以只能一动不动地承受着唐牧耀加诸在他身上的痛苦。不知道打了多久，也不知道唐云飞承受了多少重拳，等唐牧耀终于停下的时候，唐云飞已经奄奄一息了。

"你背后的人是谁？"唐老深沉的目光盯着唐云飞。

"哈哈哈，你们，永远都不会知道……"说完，唐云飞头一歪，就要咬舌自尽。然而，苏落早就防着他这一手，所以在他咬舌之前，一根金针戳到了他腮边的经脉上。

唐云飞的嘴巴瞬间麻了，怒目而视，苏落则朝他摊手一笑。最后，唐老亲自出手，终于逼问出唐云飞背后的人，竟然是——慕容家。

"慕容清泽这只老狗！"唐老这一刻终于爆发了，手中青筋暴起，直接将唐云飞给捏死了！

"爷爷！"唐牧耀就看见老爷子将唐云飞捏死的那一刻，身子也软软地倒了下去……

毕竟唐老的病很严重，虽然受到苏落的治疗，但也不可能好那么快。他表现出这样的凌厉之势，其实全靠一口气撑着。现在一口气下去了，自然支撑不住了。

唐老眼睛一闭，直接晕过去了。唐牧耀求救的目光盯着苏落。苏落点点头，八枚金针飞入唐老身体上的穴位。

一刻钟后，苏落将金针拔了，才对唐牧耀淡淡点头："唐老的命是保住了，但是这段时间不能再让他发怒了，不然后果不堪设想。"

"我记住了。"唐牧耀郑重地望着苏落，认真地道，"谢谢！"

滴水之恩，涌泉相报，何况苏落给予他的又怎么能算滴水之恩？唐牧耀发誓，以后只要苏落有需要他的地方，上刀山下油锅，他都在所不辞！

不善于表达的他，没有将这番话说出口，但是通过眼神，他将意思传达得清清楚楚。

苏落朝他点点头："好好照顾唐老。"说完，苏落就走了。

唐云飞虽然伏诛，但是他在唐家经营多年，羽翼颇丰，奋起反扑的话也够唐牧耀受的了。不过，这都是他的责任，唐家的继承人，如果连这样的能力都没有，那还能有什么未来？

离开唐家后，苏落放出千里火云兽，当即就往东华学院而去，但是走出没多远，苏落就忽然发现——不对劲！

苏落的第六感非常准。她隐隐约约感觉到一股杀气正朝她逼来，虽然离得有些远，但是此刻正以飞快的速度朝她接近！苏落来不及多想，催动千里火云兽，以最快的速度朝前方飞奔！千里火云兽，神化阶九星实力，当它飙起速度的时候，速度何等惊。

苏落的神色却越来越凝重，全身爆发出一股浓烈的战意，因为，危险正在以更快的速度接近。

怎么办？这一刻，苏落有一种无处可逃的无力感。苏落还没有想出办法，危险已经降临。来者是两个人，脸上蒙着黑巾，全身笼罩在黑色斗篷里，只露出一双漠然的眼睛，用看尸体的目光，冷漠地看着苏落。

这两名黑衣人，一前一后将苏落围在了中间。这是一条窄巷，前后被堵住，千里火云兽只能停住脚步。苏落冷然地看着他们："你们是谁？"

"杀你的人。"其中一名黑衣人开口，声音死寂，与此同时，两人直接朝苏落发动攻击。

黑衣人一号手中的冷剑如汹涌的海水，杀意朝苏落滚滚而来。

黑衣人二号手中的冷剑，犹如浓烈翻涌的火焰，杀气腾腾。

前后遭遇攻击，苏落狼狈地躲了过去，但是她的神色越发凝重。她感觉得出来，这两个黑衣人的实力都比她强大很多，即便她这时候亮出所有的底牌，也远远不是他们的对手。苏落绝望地想，难道今天真的要死在这里吗？

早在感觉到危险的时候苏落就已经摁下了手中的通讯珏，她将消息发给了两个人，一个是小克，小克正在以极快的速度赶来，还有一个自然是南宫流云，但是南宫流云还在闭关，通讯珏关了。

苏落跟小克通过话，小克全力飞奔的话，可以在一刻钟的时间内到达，但是在眼前这两位强者的围攻下，苏落是绝对支撑不了一刻钟的。

苏落试图说话拖延时间，但是，没有用，这两个人根本拒绝跟苏落交流。

刺——苏落险险地避开颈项，手臂却被刺了一剑，鲜血狂涌而出。剧痛袭向全身，苏落却只能咬牙坚持。在两大高手的联手攻击下，苏落的四周如下了一阵浓密的剑雨，稍有不慎，便会失去性命。

刺——苏落的左腿又中了一剑。

不行！这样下去绝对只有死路一条，得想办法！

"去死吧！"两个黑衣人眼底闪过一抹狰狞的冷笑，他们知道苏落的帮手正在赶来，所以他们决定速战速决。一瞬间，两人爆发出了所有的实力。

大圆满三星！两位都是大圆满三星！苏落的眼中闪过一抹惊色。她悲哀地发现，这样的攻击，她根本抵挡不住。而就在这时，千里火云兽冲了上来，一巴掌拍向苏落，将苏落藏在它的腹部，准备用它强大的身躯去抵挡对方的攻击。

"死！"一道突如其来的剑芒加入战圈，剑芒浓烈，杀气凛然。

原本在苏落面前嚣张跋扈的两位黑衣人，被这位新加入的强者逼得不断后退。他们对视一眼，转身就跑。苏落一抬眼，就看到一个熟悉的人正绅士般朝她伸出手，是楚三。

“怎么是你？”苏落眼眸微微一挑，没有握住他的手，而是自己爬了起来。

千里火云兽在刚刚已经被苏落收进了空间，因为这是南宫流云送的，所以苏落不会允许它受一点伤害。

楚三看到苏落眼底的狐疑，没好气地拍苏落脑袋一下：“你不会以为是我故意派人来追杀你，然后我适时出现，来一出英雄救美吧？你敢这样想试试！”

苏落捂住被拍疼的脑袋，吐吐粉色舌头：“谁让事情这么巧，我又不是故意的。”

“还敢不敢这样想？”楚三板着脸，凶巴巴地怒视苏落。

“不是就不是嘛，那么凶干吗。”苏落没好气地说，“而且，你看，以你的实力，捉住他们易如反掌啊，你却故意让他们跑了，能不让人怀疑吗？”

楚三顿时没好气地白了苏落一眼：“你这丫头胆子倒大，从小到大，还没人这么质疑过你家楚三爷呢！”

啪！啪！啪！楚三一拍手，顿时，他身后的护卫就将那两名黑衣人麻利地提溜回来了。两名黑衣人被特殊的绳索捆绑着，嘴里还被塞了麻核，只呜呜呜的，却一个字都说不出来。

苏落看到这两个黑衣人，知道自己错怪了楚三，当即吐吐舌头：“好啦，是我错怪你了，不过你自己没说清楚，倒也不全赖我。”

楚三没好气地瞪了苏落一眼，也就这丫头，若是换成别人，早就被他楚三少一巴掌拍飞了。楚三很傲娇地摇着扇子，抬着下巴：“这俩人，哪有资格让你家楚三爷亲自动手，也就是为了救你，才会出手。”

“楚三少可不是我家的。”苏落澄清了一句，当即没空理楚三了，她的目标是眼前的黑衣人。

这两名黑衣人一开始不说，但是经过苏落的侦讯手段，他们最终还是说了。

慕容家！派来暗杀苏落的，竟然是慕容家的人！楚三也没想到这两个黑衣人的来头这么大，当即有些愣住。如果说楚家是八大豪门之首，那么慕容家在八大豪门中可排第二位了。楚三正是因为知道自己的家族是怎样的实力，所以，当他知道苏落得罪的是慕容家时，暗暗替苏落捏了一把冷汗。不过，这事并不是不可调和的，只要苏落亮出她的药王谷皇级炼药师令牌，慕容家明着根本不敢拿她怎么样。但是暗中呢？这谁又会知道？

“两位大圆满三星来追杀你，可真是大手笔，丫头，你怎么得罪慕容家了？”楚三饶有兴致地问。

怎么得罪慕容家的？这事儿说起来话可就长了。

“差点把慕容沫打成白痴，抢了她的暮云剑，砸了慕容家的云来楼，不久前又破坏了慕容家布局多年的暗棋，所以……”苏落无奈摊手。

暮云剑……楚三知道，苏落真正把慕容家得罪死，是因为暮云剑。

“如果你把暮云剑还回去的话……”楚三好心地建议。

“没可能。”苏落一句话断绝和解的可能性。别人都只当暮云剑是绝世宝剑，但是苏落知道，它是十二大圣骑士神器之一，是找到她父母的关键，她怎么可能交还给慕容家？

楚三也无奈了，这事看来不太好办啊。

“走吧，我送你回去。”楚三看到苏落衣袖和裤腿上的血迹，眸中闪过一抹关切。

就在这时，苏落感觉到一股冷气。抬头望去，果然看到小克。苏落朝楚三摇头：“不用了，我家小克来了。”

苏落拉着小克，当即就要离开，楚三少却傲娇地冷笑：“你就是这样对待你的救命恩人的？”

苏落停住脚步，转头没好气地看着他：“那你想怎样？”

“你欠我一个人情。”楚三见苏落停住脚步，顿时笑得露出酒窝。

苏落想了想，确实，如果不是楚三及时出现，她根本就等不到小克现身，那么，现在小克看到的将是一具冰冷的尸体。于是，苏落冷眸望着楚三，只淡淡地点头：“好，我欠你一个人情。”

楚三少明显兴致很高：“我什么时候叫你还，你就得还，如果你觉得自己性命不值钱的话，你可以拒绝。”

这个楚三，会不会聊天？苏落无奈地白了他一眼：“好。”

苏落当即拉着小克离去。

“等等！”楚三见苏落急着离去，语气明显有些不好。

“还有什么事吗？”苏落面对自己的救命恩人很无奈，转头略带不耐烦地看着他。

“你都不问我名字……”楚三的情绪有些低落，带了一点小委屈。

苏落：“……”楚三说得还真没错，苏落到现在除了知道他姓楚、在家里排行老三之外，对他一无所知。

楚三那双清澈的大眼睛就这样直直地凝望着苏落。苏落无奈：“那你叫什么名字？”

“楚容锦。我的名字叫楚容锦！”楚三郑重地向苏落宣告，表情非常认真严肃。

“我记住了，楚容锦嘛。”苏落朝他点点头，然后转身离去。

看着苏落离开的背影，楚三少却笑得很开心。苏落，你一定想不到吧，我们很快又可以见面了呢！哈哈！

苏落以为楚三会拿着这个人情好好谋划，但是她绝对没有想到，楚三少这么快就会将这人情给用掉。

事情是这样的——

苏落在小克的护送下回到东华学院，她身上的伤并不重，所以没两天就自己治好了。苏落按部就班地去上课。今天是东华学院的大课，精英班和普通班的学生一起上的。就在放学的时候——

一道突如其来的人影，打破了现场的寂静。来人是一位二年级的学生，在二年级新生中也算是排在前五十名的，只见他手里捧着一大束落枫飘雪花，众目睽睽之下，走到苏落面前。

原本众人正在往外走，但是看到这样的大八卦，当即都聚拢过来。

这位二年级的屈凯恩学长，双手捧着落枫飘雪花，笑吟吟地看着苏落：“苏学妹，这花送给你。”

“哇！好浪漫！”当即，学生中爆发出一阵欢乐的鼓掌声。

“屈凯恩学长可真是大手笔啊，这落枫飘雪花既是观赏花，又可以凝神静气，对修炼颇有帮助的！”

“一朵落枫飘雪花价值一百紫晶币，屈凯恩学长手里捧着的可是九百九十九朵啊！”

“就这么一捧花，价值十万紫晶币！有钱人！”

“屈凯恩学长虽然配不上咱们老大，但是实力不行钱财上补，倒也不是不能考虑的嘛。”

顿时，众人议论纷纷，一个个眼中都闪耀着八卦的光芒。

苏落皱皱眉头，目光冷然地瞟了他一眼：“谁让你送来的？”苏落从屈凯恩身上的装备上一眼就看出他的境况，这位学长不是能够这样奢侈的。

屈凯恩闻言，顿时就笑了：“苏学妹很聪明嘛，我还没说呢，就全猜到了。没错，我是受人之托忠人之事，这花是别人送的，苏学妹收着吧。”

“如果我不收呢？”苏落目光淡然若水，似笑非笑地看着他。

闻言，屈凯恩却笑道：“那位大人说，如果苏学妹不收，这人情就要拖延到下一次了哦。”

屈凯恩不知道什么人情，只是在中间传话的。苏落却一下子就猜出来了。楚三少，绝对是他！这才不过两天，他就急着上门来讨要人情了？不过也好，欠人人情总归要还的，早还早了。

苏落点点头，接过那一大束落枫飘雪花，然后转头就将花丢给费君平：“把花分了。”

众人顿时哑然。老大！这可是落枫飘雪花啊，一朵价值一百紫晶币的超级奢侈名贵花啊，她居然让分了，要不要这么奢侈啊！

在这群学生眼中，一百紫晶币已经很多了，曾经的苏落也是如此。但是在炼药师眼中，紫晶币也只是数字而已。苏落现在最不缺的就是紫晶币，只要唐老多活一天，苏落手里就会多进账一万紫晶币，在这样财源滚滚的情况下，她对紫晶币的需求就不那么迫切了。或者，等过个几年，楚三的私人金库都不如苏落多了。

在众多学生的哄抢中，落枫飘雪花被抢得一干二净。大家抱着落枫飘雪花高高兴兴地回别墅修炼去了，苏落却直接往校外走去。因为刚才楚三已经发消息给她了。

隔很远苏落就看到一辆名贵的闪电雪花骢停在校外，而在闪电雪花骢后面，是一个精致的车厢。

苏落的眼力很好，一眼就看出这只闪电雪花骢不一般，论实力，在她的千里火云兽之上。也就是说，这只闪电雪花骢已经是大圆满阶了，至于几星，苏落还没判断出来。

楚三撩开奢华的帘子，朝苏落扯出一记灿烂笑容："快上来。"

男女共用一个车厢吗？苏落有心避嫌，微微皱眉："如果我不上去呢？"

"那你的人情就只能等下次再还了。"楚三现在能威胁到苏落的，也就只有人情这一招了。苏落没好气地白了他一眼。

落枫飘雪花的事已经在东华分院引起轰动了，苏落做出这么大的牺牲，岂能功亏一篑？苏落当即一跃而上，跳入车厢内，没好气地看着楚三："行了，我上来了，说吧，人情怎么还？"

楚三笑嘻嘻地看着苏落，嘴角的酒窝若隐若现："今天陪我一天，我去哪儿，你就跟去哪儿，今天过后你的人情便算是还完了。"

苏落微微皱眉："如果你带我去杀人放火呢？"

"那就去杀人放火啊，这种事你家楚三爷又不是没干过。"楚三一副小恶霸的姿态，理所当然地说。

不愧是权贵家族出来的小霸王，说起杀人放火还兴致勃勃的。不过苏落还是很严肃地澄清："你不是我家的。"

楚三就当没听见，笑嘻嘻地拍拍苏落的肩头："哎哟，你放心啦，我带你去玩还来不及，谁有空去杀人放火？说吧，去不去？"

楚三都说到这份上了，苏落还能怎么样？

"去哪儿？"苏落没好气地问。

楚三得意扬扬："去了你就知道了。"

"那好啊，随你吧。"苏落手一摊，就答应了。

其实苏落不知道，事实上她可以不欠这个人情的。因为当时楚三出手的时候，唐家的人和炼药师协会的人也都到了。但是楚三少笑容灿烂地阻止了他们出手，然后他自己过去英雄救美，以至于有了后面一连串的人情事件。

就在这时候，苏落的通讯珏突然亮了亮。苏落一看，居然是南宫流云。他终于恢复自由了？苏落当即接通。

第二章 试探

“你在哪里？”南宫流云清冷的声音传来。他的声音里有一丝隐藏的急色，不过他隐藏得很好，苏落并没有察觉。

苏落看了楚三一眼，皱了皱眉，想了想，说了一句：“不知道。”

南宫流云以为苏落是因为他之前没有回应而赌气，很耐心地解释：“前段时间在闭关突破，所有通讯一律屏蔽，而且爷爷在身边守着，所以——”

所以即便他想偷偷地传消息出去也不可能，因为在强大如神佛的南宫老爷子面前，南宫流云还弱小得逃不开他老人家的掌控。

联系不上南宫的时候，苏落心里确实失落，但是更多的是担心，现在既然已经知道他没事，苏落也就放心了。

“所以，你在哪儿？”南宫流云问。

苏落抬头瞟了楚三一眼，歪着脑袋，说：“我不知道在哪儿，不过，我知道跟谁在一块儿。”

“谁？”南宫二少的剑眉几不可见地微微上挑。

“楚三少。”苏落一边偏头笑眯眯地看着楚三，一边对着另外一边的人说。

通讯珏设计得特别好，南宫流云那边的话，楚三是听不见的。楚三见苏落不怀好意地看着自己，心里忽然一阵打鼓，这眼神看着有点瘆人啊。

南宫流云那边气息一顿，苏落甚至能够感觉到冷凝的空气随着通讯珏传来。

南宫流云淡淡一笑：“我知道了。”说完，他直接挂了通讯珏。

楚三少见苏落被对方挂断通讯珏，不由得嘻嘻一笑：“谁啊这么大牌，居然敢挂咱们苏大药师的通讯珏，活腻了他！”

苏落抬头，淡笑着看向楚三少。

叮咚——楚三少的通讯珏亮起。楚三少一看上面的名字，顿时一乐："哎哟喂，今天什么运气，这位爷竟然主动联系我了？"

楚三少眉开眼笑，心情甚好，得意扬扬地接起通讯珏。南宫二少冷淡的声音从遥远的地方传来："楚三。"

"南宫二少，嘿，你家老爷子终于舍得把你放出来了？难得啊，闲着也是闲着，晚上慕容家的宴会你去不去啊？我跟你说，哥几个可好久没见你了，你若再不去，大家都不认识你了。"南宫二少还一个字都没问，楚三就喋喋不休侃侃而谈。

啪一声，南宫二少直接把通讯珏给挂了。

"喂？喂？喂！"楚三少朝着通讯珏喊，但是回答他的只有一片寂静。

苏落笑嘻嘻地看着楚三少。楚三少有点尴尬，不过很快就恢复平常，得意扬扬地问苏落："你知道刚才是谁吗？"

苏落自然知道是谁，但是，她还是一脸无辜迷茫的表情装好奇宝宝："谁啊？"

"那可是大名鼎鼎的南宫二少啊，南宫二少，你不会没听过吧？"别人若敢挂他的通讯珏，楚三少早就爆了，但是南宫流云是不同的。

"南宫二少啊……"苏落摸着下巴，点点头。

楚三少得意地说："那是我发小，从小一起长大的好哥们，这小子啊，现在闷葫芦一个，但是小时候可不这样。"

小时候的南宫流云？苏落心里很好奇，面上却淡淡的："哦？"

楚三少目光放远，一副缅怀的样子："小时候的南宫流云啊，就是一匹小烈马，顽劣不羁，野性难驯，你知道他最可怕的是什么吗？"

"是什么？"苏落当一个很好的听众。

楚三少感慨地说："一匹顽劣的小烈马不可怕，可怕的是这匹小烈马有文化啊，那脑子简直非人类啊。"

楚三少现在想想都觉得难以置信，在南宫流云那样耀眼的光芒下，他居然能保持身心健康地茁壮成长，真是太不容易了。

"怎么非人类了？"苏落状似随意地问，耳朵却高高竖起，不放过楚三少的任何一个字。

楚三少没有意识到苏落的在意，他正愁怎么跟苏落搭话呢，现在见苏落主动问起，当然就竭尽所能地描述了。于是，调皮捣蛋的小南宫成为孩子王，带着一群小屁孩四处闯祸却让大人们有苦说不出的事儿，在楚三的口中，一个个地讲了出来。

比如小南宫五岁的时候，带着小伙伴们将十岁孩子的队伍揍趴下，在对方的哭哭啼啼中，将他们收编为小弟。

比如小南宫六岁的时候，被强者拐走，但是那位拐走他的强者最后却哭着喊着将他送回龙凤家族，从此之后成为南宫家族的护卫。

比如说小南宫七岁的时候，跟家里闹翻了，离家出走，结果他跑到军队里，小小的身子，着一身小小的火红色战袍，不足大人腹部高，却愣是设计将被困绝境的队伍救出。

比如说……

在楚三少口中，南宫流云小时候简直聪明绝顶，腹黑狡诈，同时又调皮捣蛋，桀骜不驯，谁的话都不听，就只听他自己的。

“但是啊……”楚三少轻轻叹了口气，“但是那天之后，一切都变了。这些年来，南宫二少他一直过得不好。”

嗯？苏落的心猛然一跳，脑门如遭雷击。她有预感，楚三接下来要说的话，对她而言非常非常重要。

感觉到苏落身形僵硬，呼吸粗重，楚三抬头，狐疑地看了苏落一眼，很快就笑起来，梨窝隐现：“嘿，是不是很好奇当初发生了什么事啊？”

苏落瞪了楚三一眼，没好气地说：“别人的事，我为什么要好奇啊。”苏落知道，以楚三那恶劣的性子，一旦她说好奇，他肯定就不会讲了。

但是，苏落终究还是低估了楚三。只见楚三笑容灿烂道：“既然你不好奇，那我就不说了，咱们说点别的吧，比如说这个慕容家啊……”

苏落暗中握紧拳头，恨恨地瞪了楚三一眼。楚三心里跟明镜似的，面上却不动声色：“今天是慕容老爷子大寿，怎么都要个面子嘛，我找来找去都没找着伴，所以只能请你去啦，你不会生气吧？”

这个楚三，就是不跟她说南宫的事，真是气死她了！苏落又不好直接问，所以只能一个人生闷气……

楚三见苏落不言语，径自说了下去：“我知道你跟慕容家有恩怨，这次带你去呢，就是要让慕容家看看，你是我楚三的……”

苏落瞪了他一眼。楚三及时咽下后面的话，呃了一声：“你是我楚三的朋友，是我楚三罩着的人，谁敢欺负你，就是欺负我楚三！”楚三一边信誓旦旦地说着，一边将手搭在苏落的肩头。

苏落没好气地将他的狼爪拍开：“不需要。”

“可你要还人情啊，难道你不准备还了吗？”楚三得意扬扬地看着她。

苏落没好气地瞪他，作势要跳车。这次不还，难道还不了吗？大不了以后再还。

楚三见苏落来真的，当即拉住她：“好了好了，不开玩笑了。不过带你去慕容家，是真的为你好，你这丫头不识好人心哪。”

苏落没好气地白他一眼。楚三知道苏落在好奇南宫流云的事，叹了口气：“南宫二少那事儿，我还真不能说，是他的隐私，如果有朝一日他愿意告诉你……呃，这事儿还真是太有难度了。”

苏落又白了楚三一眼。楚三的坐骑一路朝着慕容家行去。

路上有楚三活跃气氛，时间过得倒是很快，没多久就到了慕容府。身为八大豪门中的第二，其府邸之大，不是一般人能够想象的。

楚三衣冠楚楚，带着同样打扮得摇曳生姿的苏落，一路走了进去。

慕容府内张灯结彩，宾客盈门，热闹而喧哗。

楚三倒是没有吹嘘他的身份，至少一路上行来，见到楚三的人都会主动让路，并且努力寒暄，试图跟楚三搭上句话。

楚三见苏落冷凝着一张脸，顿时没好气地戳戳苏落的肩头：“你这丫头，抬眼看看，现场哪个人不努力巴结着你家小三爷，可你倒好，本少爷倒贴着照顾你，你还不乐意。”

苏落笑眯眯地看着他：“那你别照顾嘛。”

楚三少冷哼：“难道让那群狼一样虎视眈眈注视着这里的人来照顾你？想都别想！”

就在这时候，两个少年结伴而来，衣冠楚楚，剑眉星目，气度更是不凡，一看就知道是贵族圈子里混出来的人物。他们举着酒杯，笑吟吟地凑了上来。

“哟，这姑娘谁家的，三哥你也不给介绍下？”

“就是，三哥，介绍介绍嘛。”

这两个少年明显跟楚三很熟，像是跟在楚三屁股后面屁颠屁颠跑的，一个是师子诚，一个是齐天宁，都是帝都权贵家族出来的少年公子。

楚三没好气地横了他们一眼：“去去去，都给我走远远的，被你们多看一眼，就多被亵渎一次。”

“三少好小气！”

两位少年最后再深深地凝望了苏落一眼，无可奈何地退去。

这姑娘真的很美，长发垂到脚踝，墨发随风舞动，犹如森林中舞动的精灵，清新自然。一身洁白如玉的蝶舞仙裙，后摆逶迤拖地，纤细玉臂上，轻挽粉色软纱，仪态大方，笑容甜美，清新脱俗，宛若天仙。

但最诱人的还是那张脸。再华美的词汇也形容不出她的绝世容颜，大家只知道，在见到她的那一刻，她的周围都失了颜色，而她成了目光聚集的中心，让人再移不开眼。这样的美，会让他们不由自主地想到那位美绝天下的南宫二少。

如果南宫二少在，这一男一女，并肩而立，同样美绝人寰，同样倾世天下，那该是怎样一幅让人心动的画面？

可惜，南宫二少是不会出席这样的宴会的。自从回归后，他一向深居简出，见过他的人极少极少。

自从苏落出现后，或明着或暗着，无数目光都汇聚到了这个方向。

楚三得意扬扬，受人瞩目的这位是他家的苏落，真是与有荣焉啊。

本来就是嘛，他楚三少看人的水准，一向顶级。可惜，现在得意的楚三少还不知道，某人正赶来这里。

楚三旁若无人地带着苏落一路往正厅去。

正厅分为两个，玄云厅和然云厅。玄云厅是四大家族八大豪门的世家子弟才能进的，而然云厅，是稍次一些的家族汇聚的地方。所以，当楚三进入玄云厅之后，那些灼热的目光才终于少了一些。但是，苏落的进入，又引起了一阵轰动。

此刻，玄云厅的人已经不少，男男女女，少说也有十几个人。当楚三进去的时候，立即有人抬头望过来："咦，楚三，你身边这位……"

楚三顿时也有点郁闷了，往常他也是人群的焦点，年青一代里面，他自认除了南宫流云，他是第二吸引目光的存在，但是当苏落站在他身边后，他才终于深刻地意识到，什么叫作人外有人。

说话的这人是宁家的老大，宁皓天，宁家未来的继承者，也是跟南宫流云和楚三他们一起长大的发小，还是宁九口中那位跟南宫流云关系莫逆的大哥。

宁皓天并不是一个人坐，他身边还有一位少年。这位少年肤色偏白，身体病弱，目光淡然若水，宛若一枚墨玉，他是林家的四少爷林若羽。

很显然，这两位是在场所有人的核心。

他们的视线望了过来，那在场的这群少年权贵，注意力自然也全都集中过来。

所以，当他们看到苏落的时候，顿时都看得有点呆住。处在这样的身份地位，他们也算是阅美无数了，可看到苏落，他们才终于了解到，什么是极致的美。

那些原本跟他们谈笑风生的少女，也一瞬间寂静下来，面色变得不自然，至于心里怎么想，大概只有她们知道了。

在这么多传说中的天才少年少女的目光注视下，若是换了普通人，早就局促拘谨，忐忑不安，苏落的神色却不动如山，落落大方。

反正苏落也不想融入他们的圈子里，她只是应楚三之约，来还了那恼人的人情罢了。

宁皓天问的话，楚三可不能当没听见。他带着苏落走上前去，朝宁皓天勾起一抹得意的笑容："她是苏落。"

然后，他就开始给苏落介绍在场的人。但是值得楚三介绍的人并不多，他只介绍了三个人，宁皓天、林若羽，还有一个就是慕容家的大少爷慕容泽宇。

众人听到楚三介绍苏落时只说了两个字，顿时就有点蔑视苏落的意思。在他们这个圈子，介绍人的时候，人名不重要，重要的是身后的家族，因为这代表着能不能获得他们的认可。而现在，楚三避重就轻只介绍了苏落的名字，却对她的家族背景一字不提，这只能说明一个问题，这美貌绝伦的苏落，很可能背景普通。

慕容泽宇不认识苏落，却知道她的名字。他看着苏落，眼眸危险地眯起。楚三却淡淡一笑："慕容大少，借一步说话？"

"好说。"慕容泽宇也想知道楚三今天专门将苏落带过来所为何事，于是两人站了起来，朝一边走去。

宁皓天和林若羽见状，笑着说："有什么悄悄话只能你们说？介不介意我们也参与？"

慕容泽宇剑眉微微一皱。他是知道的，宁大、楚三、林四这三个人是从小一起长大的，关系好得很，现在宁大、林四参与进来，明显是拉偏架嘛。不过，慕容泽宇倒不是太担心，因为那位让他恐惧的南宫流云不在。南宫二少如果也站出来明显偏帮楚三的话，那就真的没法说了。

“好，一起去。”慕容泽宇嘴角勾起一抹公式化的笑容，带头离去。在经过苏落身边的时候，他的眼眸中闪过一抹嗜血的冷笑。苏落回他一个淑女的笑容，神色恬淡，目光宁静，无波无澜。

四个人离去后，在场其余的少年正要朝苏落靠拢，却被几个女生瞪着。最后他们只能无奈地摸摸鼻子，悻悻然地走掉。

清除了在场的少年后，剩下的就只有五六位女生了。这几位女生神色各异，却做着同样一个动作——以一种审视的目光，上上下下地打量着苏落，仿佛苏落是一件待沽的商品。其中有一位苏落是认识的，就是被苏落抢走了暮云剑的慕容沫。

慕容沫慢悠悠地走到苏落面前，坐在她对面，道：“好久不见啊，苏落，没想到你还活着呢。”慕容沫嘴角扯起一抹不屑的冷笑。

苏落淡淡地看着她，目光淡然若水。

“小沫，你认识她？”其余的姑娘见慕容沫一副跟苏落熟稔的口气，都心生好奇，纷纷问她。

慕容沫嘴角勾起一抹嘲讽：“之前我不是跟宁学长去下界帮助老师招考吗？这位苏落同学，就是这次从下界招考过来的啊。”

慕容沫别的话都不必说，只这一句话，信息量就足够了。下界？刚才还有人猜测，以苏落这般的容貌气质，又姓苏，说不定是出自那隐退的苏家呢，结果……

“你确定她来自下界？”慕容沫身边的那位，是林家的六小姐林月然。

林月然明恋楚三，整天追在他后面跑，这是整个帝都圈子都知道的事。所以，如果说这里有两个女人最讨厌苏落的话，非慕容沫和林月然莫属。

慕容沫淡然一笑，神色优雅：“不信你们问她啊，苏落，你不会否认你来自低贱的下界这样的事实吧？”

低贱的下界？苏落冷冷一笑，目光冷然地从慕容沫脸上扫过。在听楚三说来慕容家时，苏落就已经有遇见慕容沫的心理准备了，所以对于慕容沫的这些话，她并不理会。反正过了今晚，她跟这个圈子是不会有交集的。

而此刻，苏落对面的那群女人，看苏落的目光都变了。本来楚三模棱两可的介绍还让她们心生忌惮，但是慕容沫的一席话，就好像当场戳穿了苏落高贵身份的谎言。下界代表了什么？在他们这群中央大陆的权贵心目中，下界简直弱小得她们都不愿正眼直视。既然苏落是下界的背景，那就是说，是可以任由她们欺负的咯？

“啧啧，都说楚三挑选女人的眼光好，但是现在看来，确实差到极点了啊。”

“以前的眼光确实挺好的，但是这一次嘛，啧啧……”

“据说楚三的女人一个星期必然一换，哈哈，你们猜这次会坚持多久？”

“坚持再久又能怎样？给楚家做妾都不配，难道还妄想嫁进楚家？呵呵。”

在知道苏落没有背景后，这群人就开始死命地踩苏落了。

当然，并不是所有人都如此，六个人中，有两个人保持着中立的态度，看到她们踩苏落后，眉头微微一皱。毕竟是楚三带来的人，这样死命攻击，真的是淑女所为？但是，她们也没有为苏落出头。而这两个人，一位是宁五小姐，还有一位是慕容十二小姐。

宁五小姐素来清高孤傲，以宁三为榜样，素来瞧不起人，她之所以没出手，是因为她也看不上苏落，所以没必要为一个在她眼中一文不值的人而得罪圈里人。慕容十二小姐则是因为她本就是庶出，胆小怯弱，谨言慎行，这样的场面，哪有她说话的份？

不过，苏落的容貌确实让宁五心里不太高兴，她冷冰冰地斜睨了苏落一眼，站起来道："你们聊。"她觉得，再在这里待下去，都亵渎了她的高洁气质。

就在宁五转身要走的时候，外面忽然响起一阵阵倒抽冷气声。这是怎么了？大家的注意力全被吸引了过去。

就在这时候，客厅门口，一道清瘦颀长的身影迈了进来。看到这个人，玄云厅里几乎所有的人都呆住了。只见他一袭墨色锦袍，俊朗的眉，清丽的眼如黑曜石般散发着灼灼之光，那下巴的线条倨傲冰冷。他只站在那里，就透着一股傲然绝世的锋芒，有一种浑然天成的王者霸气。

"南宫流云！"不知道谁惊呼了一声。

所有人齐齐呆住，就是宁五脸上也顿时有些不自然。

南宫流云凤眸微眯，视线扫过所有人，最后定格在苏落身上。他深沉漆黑的眼眸，就那么定定地看着苏落。苏落以为自己眼花了，但是眨了眨眼，南宫流云还是站在那里，绝世天下的容颜上，一片沉静。

苏落站在原地，目光与他对视。两人隔着十米的距离，周围是一张张震惊的面容，还有各异的心思。但是两人就这样深深地对视着，仿佛整个世界都宁静下来，仿佛时间就定格在这一秒。

两人谁都没有率先说话，反倒是别人打破了沉默。

"南宫二少，你来啦？楚三还说你不来呢。"宁五抬眸望着南宫流云，笑靥如花，故作淡然。

宁静的对视被打破，南宫流云瞟了宁五一眼，朝她微微颔首，算是打过招呼了。虽然只是一个眼神，宁五的心却在这一刻小鹿般乱撞，面色绯红，甚至手脚都不知道该往哪里摆，很有些手足无措。

原本在屋里商谈的几个人听到外面的动静后，都走了出来。楚三一看到南宫流云，顿时就愣住了，有些难以置信地大叫道："你不是对这些完全没兴趣吗？怎么突然就来了？"

南宫二少漆黑如墨的眸懒懒地扫了楚三一眼，唇角的弧度似笑非笑。楚三顿时有点心惊肉跳。南宫二少这样的笑容一出，就意味着他要使坏了。平日里他都是对别人这样笑的，现在怎么对自己笑成这样？是有什么事得罪他了吗？

楚三不解："南宫二少，你怎么一声不吭地就来了？"

南宫流云懒懒地说："来谢谢你啊。"

“谢我？哎哟喂，你开什么玩笑，我最近没做什么帮你的事啊，不过就算无意间帮了你什么，你我之间何须言谢？这是弟弟该做的。”楚三乐呵呵地说。

南宫二少拍拍他的肩头，点点头：“我忙得很，倒是有劳你将这丫头带过来，这丫头闹腾得很，没给你添麻烦吧？”

这丫头？楚三还没反应过来，就见南宫流云的手搭在苏落的肩头上，那修长如玉的手臂将苏落往怀里一揽，苏落娇小玲珑的身子就跌落他怀中。

楚三顿时整个人都不好了，他傻乎乎地看着南宫流云，眼底一片空白。苏落、南宫，他们认识？而且关系好到这种地步？

因为南宫流云的突然出现，因为他对苏落表现出的亲昵，整个玄云厅的气氛都有些凝固了。楚三傻眼，慕容大少傻眼，其余的人也都傻眼了。

宁皓天反应很快，笑呵呵地用拳头捶楚三的胸口：“你小子，原来是帮南宫二少先将人姑娘带来，你不说，我们还以为这丫头是你家的呢。”

林若羽也轻笑：“楚三哥你不地道哦。”

楚三：“呵呵……”他只能傻乎乎地干笑，他到现在还没理清楚这是怎么一回事呢。南宫流云的突然出现，打乱了他的所有计划。

楚三朝南宫流云望去。这一刻的南宫流云单手揽着苏落，那清冷的脸上挂着懒懒的笑，目光幽深，却又仿佛冰冷如尖刀，刺得人心底发寒。苏落也从侧面望着南宫流云。她的南宫不仅惊天动地地好看，而且举手投足间的强势霸气，让人深深地仰望。

宁五看看南宫流云，又看看楚三，再看看苏落……眼眸中有一抹深思。敏感如她，早就感觉到了这三个人之间的不对劲。不过她唯一在意的，是南宫流云的态度。

“流云哥哥，你跟她是什么关系？”宁五想了想，终于还是艰难地问出口。

很多人都为宁五捏了一把冷汗。南宫二少的事，是你能问的？别以为你是宁三的妹妹就可以如此肆无忌惮，毕竟你不是宁三啊。

南宫流云却出乎意料地看了宁五一眼，淡淡一笑：“你说苏落吗？”

“是啊。”宁五紧张兮兮地盯着南宫流云。

南宫二少垂眸，深邃的美眸看着苏落：“丫头，问你呢，我们是什么关系？”

苏落没好气地冷哼。如果你没失忆的话，当然是夫妻关系，不过现在嘛……苏落淡然一笑：“好像没什么关系吧？”

“胡说。”南宫二少纤细如玉的手指一个栗暴敲上苏落的额头，“没回帝都之前，我们都睡一个房子。”

南宫二少的话，犹如一阵飓风扫过，全场顿时寂静无声。都睡一个房子……这关系得亲密到何种地步？他们已经到了这种关系吗？南宫家族知道吗？

苏落没好气地白了南宫流云一眼：“但是在不同的卧室。”

南宫二少懒懒地勾唇，对呆滞如雕塑的众人抱怨：“唉，所以说这丫头不好追啊，看来本少还得继续努力，才能够一亲芳泽呢。”

男人都用一种很无语的目光看着苏落，女人则都用一种很仇恨的视线盯着苏落！南宫二少居然也会追人？而且还追不到？这简直太让人震惊了吧？说出去谁信啊？可现在的问题是，这是南宫二少亲口说出来的啊！至于苏落……她虽然很漂亮，气质也很好，可对方是南宫二少耶，她居然拒绝，拒绝！

就连楚三，都用一种神奇的目光看着苏落："身在福中不知福。"

苏落："……"

楚三少是看明白了，这丫头，南宫二少是看上眼了，而且是在他认识苏落之前。楚三少会跟任何人争，但是跟南宫流云，他不想找虐啊。再说，他本来对苏落也就只处于朦胧的好感中，觉得她神秘，对她感到好奇，所以总想逗着她玩。现在既然知道她是南宫二少看上的女人，别说追了，就是跟苏落稍微亲近一点，楚三都不敢了。

在场的很多人，此刻都有一种恍如隔世的感觉。就在刚刚，她们还在嘲笑苏落身份低微，楚三眼光不好，但是现在呢，事实的真相是，苏落是南宫二少的女人，而且南宫二少还表示，他追苏落追得很辛苦还追不到。

苏落简直就是天下所有女人的公敌！所以，这些少女都理所当然地开始仇视苏落。

苏落感觉到了她们的怒气，没好气地瞅了南宫流云一眼："这下被你害惨了。"

南宫流云漫不经心地说："这些算什么？"龙凤族的女主人不好当，他南宫流云的妻子更是天下最艰难的事业。现在不过是些嫉妒的声音，以后……南宫流云淡淡一笑，没有再想下去。

楚三忽然指着慕容泽宇哈哈大笑："慕容大少，刚才你可是拍桌子表示不给我楚三这个面子，现在你当着南宫二少的面拍桌子试试！哈哈哈——"

刚才在阁楼里，楚三跟慕容泽宇谈判，要慕容家放弃追杀苏落，慕容大少却拍桌子骂楚三多管闲事。

此刻，大家的视线都集中到慕容泽宇身上。慕容泽宇看着南宫流云搂着苏落，举止亲昵，脸色更是晦暗不明。如楚三所言，他可以不买楚三面子，但是面对权贵圈子第三代中最优秀的领袖南宫流云，他能硬着头皮说不？慕容泽宇不敢。

南宫二少微微勾唇，瞟了楚三一眼："怎么回事？"

楚三顿时就乐了："南宫二少，这就是你的不是了，你不是说苏落是你的吗？"

南宫二少点点头。楚三笑了："可是你知不知道，你家苏落差点就被慕容家杀死了。"

南宫二少冰冷的目光落到慕容泽宇身上。慕容家族的第一顺位继承人慕容泽宇，平日里也是万人拥戴的主，嚣张得不可一世，但是面对南宫流云的时候，他总是不自觉地感到自卑……慕容泽宇硬着头皮对南宫流云说："此事没那么简单，二少不能只听片面之言。"

"片面之言？"楚三双手环胸，顿时笑了，"如果当时不是我正好出现，小落落可就真被你们家杀死了，也正是因此落落才欠了我人情，今晚才会出现在你们慕容家的盛宴上。"

楚三的话，南宫流云只听了后半句，他朝楚三点点头："她的人情，我还。"

也就是说，今晚苏落不必再遵守跟楚三的承诺了。苏落松了口气。楚三却惊呼出声：

“哇哦，你说的是不是真的？你可不要骗我！”天知道，要让南宫流云欠人情，是多么困难的一件事！也是多么自豪的一件事。

南宫流云懒懒地瞟他一眼：“你不换？”

“换！赶紧换！必须要换！从现在开始，落落就是你的了。”楚三赶紧退离苏落三步之远，跟苏落保持距离。因为刚才挨着苏落站的，他都能感觉到南宫流云的目光冷飕飕的。

南宫二少冷哼：“落落是你叫的？”

楚三简直郁闷得要挠墙了。这人，要么不在乎，一旦在乎起来那简直就是惊天动地，连落落这两个字都不许人叫了。

“好好，苏落，以后叫苏落。”楚三赶紧投降。

南宫二少这才冷哼一声，算是暂时放过他了。

慕容泽宇看到他们兄弟俩旁若无人的谈话，眸中的寒意越发浓烈。南宫流云表现出一副对苏落志在必得的样子，如果慕容家再追杀苏落，那就是和南宫流云为敌，而南宫流云背后是强大的龙凤族。权衡利弊之后，慕容泽宇正要说话，慕容沫却在这时候飞快地跑出来，斩钉截铁道：“不行！”

楚三无语地看着这个小丫头，找死也不用这样急吧？

不等别人发问，慕容沫就指着苏落，冷冷一笑：“要饶她一命，也不是不行，只要她将暮云剑交出来！”

暮云剑，在别人眼中可是绝世宝剑，慕容家虽然不知道它是十二圣器之一，但也知道它来历不凡。

慕容泽宇点头：“暮云剑是爷爷赐给小沫的，苏姑娘还是将暮云剑交出来吧。”

大家都知道慕容沫手里有暮云剑，因为当初她刚拿到手，就忍不住到处炫耀。

苏落居然抢走了慕容沫的暮云剑？她居然敢抢慕容家的东西，胆子可真是大啊。此刻，所有人都盯着苏落，眼中带着一抹深思。

这时候，苏落大可以将难题丢给南宫流云。只要他出面，以他的面子，慕容泽宇最后还是得答应。但是苏落并没有这样做，因为她不想让别人觉得，南宫流云喜欢的人是一个骄纵妄为狐假虎威的草包。

苏落眉角微挑，淡淡一笑：“慕容沫，难道你没告诉你们家人，暮云剑是怎么被你弄丢的？”

提起这件事，慕容沫顿时眸色发寒。慕容泽宇狐疑地看了慕容沫一眼。跟慕容沫的恼羞成怒相比，苏落显得太淡定、太理直气壮了。

慕容沫重重冷哼：“抢走我的暮云剑，还问我是怎么丢的，苏落你能要点脸不？”

苏落却微微勾唇：“暮云剑都不屑你，你还想当它的主人，慕容沫你能要点脸不？”

“你！”慕容沫气得抬起手，一巴掌朝苏落脸上扫去。但是，她还没挨到苏落，南宫二少手指间一道风刃扫过，慕容沫的右手顿时血肉模糊。

现场，一片寂静。不少人都以为南宫流云宠溺苏落是假的，不过是口头说说而已的，但是现在——

众目睽睽之下，南宫二少直接对慕容世家的慕容沫动手，这已经表明了他的态度。谁敢动苏落，就是跟他南宫流云为敌！

顿时，所有人都后退了一步，用同情的目光看着慕容沫。慕容沫自己被吓愣住了，眼底噙着泪，一时之间不知道该作何反应。

“南宫流云，你——”慕容泽宇惊诧之下，指着南宫流云，怒气冲冲。

南宫二少对慕容泽宇的怒气视而不见，只看着苏落，那深沉幽冷的目光中带了一丝关切：“有没有被吓到？嗯？”

众人惊呆了。人慕容沫打都没打到苏落，苏落能受到什么惊吓？人慕容沫整只右手血肉模糊，手腕齐根断了好吗？！

虽然说以炼药师的医术，可以将断手接续上去，可这么丢脸的事……以后都不好意思出门了好吗？结果你倒好，看都不看泫然欲泣的慕容沫一眼，理都不理愤怒叫嚣的慕容泽宇，却只关心你家落落有没有被吓到。可不可以不要这么偏心？

但是，南宫二少本来就很偏心，他宽大的衣袍覆盖到苏落身上，叹息一声：“穿这么点，一点都不爱惜自己的身子，你是想气死我吗？”

楚三默默地后退……那裙子可是他带着苏落去挑的，南宫二少要怪的人不会是他吧？果然，南宫二少冷飕飕的目光瞥来一眼。楚三的内心是崩溃的。如果他知道苏落是南宫的女人，如果他早知道南宫这么在乎苏落，打死他都不会去招惹苏落，这简直就是自虐嘛。

为了将功赎罪，楚三少当即站出来，对着慕容沫冷冷一笑：“我觉得有必要劝你一句，如果你下次还想对苏落动手，那么，断的部位可就不是手腕了。”

慕容泽宇猛然间站起来，恶狠狠地盯着南宫流云：“南宫流云，这是你的意思？”南宫二少懒洋洋地点头。

慕容泽宇阴狠冷笑：“你这是在向我慕容家宣战？！就为了这样一个女人？”

楚三少顿时就不满了。怎么叫就为了这样一个女人，这个女人可是药王谷闯出来的皇级炼药师好吗？要不是炼药师协会忌讳炼药师殿堂暗中使坏，死命隐瞒她的身份，这身份一亮，你们慕容家遭到炼药师协会封杀都有可能！

慕容泽宇盯着南宫流云，恶狠狠地逼问：“是，还是否？”

慕容泽宇很清楚，龙凤族并不仅仅是南宫流云一个人的。更何况现在政治环境复杂，龙凤族也并不是表面看起来那么一帆风顺。因此，就算南宫流云同意为了一个女人怒发冲冠，他身后的家族也绝对不会愿意。

南宫流云懒懒一笑：“你这是在挑衅我？”

慕容泽宇被睿智的南宫大人将了一军，顿时愣住。

南宫二少：“所以，你想要引起家族对立？”

慕容泽宇：“……”明明不是这样的！

南宫二少：“这是你的意思，还是你们家族的意思？”

南宫二少步步逼近，慕容泽宇连连后退。不，不是的，他不是这个意思！

但是，南宫二少冷冷一笑："暗杀我家落落，就等同于暗杀我。这句话，我南宫流云就撂这了，想挑衅的尽可以一试！"

暗杀南宫流云？谁承受得起南宫二少的报复？曾经，某个庞大的家族因为暗杀南宫流云，结果龙凤族都没出手，南宫二少用他的智慧，一力将对方家族连根拔起，斩草除根！

慕容泽宇整个人都傻愣住了。他原本是有理的，但是在南宫流云的逼问下，怎么就成了主动挑衅的那一个？而且旁人还都用同情的目光看着他……

慕容大少一时间有些下不来台。

楚三一看气氛有些僵硬，便笑呵呵地站出来："好啦好啦，今天不是慕容老爷子的寿辰吗？万年才过一个寿辰，怎么都得好好热闹热闹，南宫二少你说呢？"

南宫二少搂着苏落在一旁柔软的沙发上坐下，语气懒洋洋的："随意。"

楚三一看南宫流云的态度，暗暗松了口气，同时搭着慕容泽宇的肩头，压低声音："哥们儿，给你台阶下你就赶紧下，免得一会儿台阶抽走，你想下都下不去哦。"

慕容泽宇："我妹被斩断手，怪我咯？"

楚三笑看着慕容泽宇："那怪南宫二少？"

慕容泽宇顿时哑然。他敢怪任何人，可是南宫流云……都兴不起这个念头来。慕容泽宇虽然气愤，但还是不得不咽下这口气。

楚三看了，心里暗暗得意。这货刚才还拍桌子誓不罢休，现在南宫二少斩了他妹的手，他倒是胆怯了，果然货比货得扔，人比人得死。

"你们玩！"慕容泽宇气呼呼地丢下这句话，大步流星地离去。

若是南宫流云不在，慕容泽宇也算个人物，但是南宫流云一出现，万众瞩目，耀眼如星芒，慕容泽宇的离去，根本没有引起注意。因为这会儿大家的注意力都在南宫二少身上呢。

慕容泽宇还想有人能拉住他，继续递给他台阶，让他顺势下来的。可他都说走了，没一个人叫他。慕容泽宇气不过，转头一看，好嘛！男的女的，有一个算一个，全围绕在南宫流云身边，简直就是众星捧月，热闹非凡啊！

慕容泽宇内心是失落的。他忽然觉得，那样的场景，是他融入不进去的。他就像被排除在世界之外，成了异类。

慕容泽宇最终还是气呼呼地走掉了。他先去看了慕容沫，好在大师级炼药师就能将断手续接，所以慕容沫其实没什么大问题。在续接好断掌之后，兄弟俩面面相觑……

"大哥，暮云剑一定要拿回来！"慕容沫握拳。

慕容泽宇白了慕容沫一样："你拿得回来？"

慕容沫理所当然地说："不是有哥哥你吗？"慕容沫被送回来得早，所以不知道慕容泽宇和南宫流云的那一番对话。

慕容泽宇郁闷地瞪了慕容沫一眼："你哥哥对付别人可以，但是南宫流云……拉倒吧。"跟南宫流云对立，这不是自己找虐吗？好好的日子不过，非要找虐，何必呢？

慕容沫皱皱眉头："这口气，我是绝对咽不下去的！要不，让爷爷亲自出手？"

慕容泽宇的脸瞬间黑了，口气不善："慕容沫！这件事不要扯到爷爷！爷爷是什么身份，难道跟咱们一起胡闹？"若是爷爷出手，就算能拿回暮云剑，那也没什么可自豪的，慕容家反而会成为权贵圈的笑柄。

"哥，你不会觉得爷爷出手，都没办法从苏落手里拿回暮云剑吧？"慕容沫简直难以置信。

"谁担心苏落？不过一个连大圆满实力都不到的黄毛丫头，但是南宫二少……"慕容泽宇深深皱眉，觉得自己一定脑残了，竟然担心爷爷会败给南宫流云。

慕容泽宇最后下了结论："总之！暮云剑就归她了，这件事就这样了结了，你给我记住，以后不许再去找苏落的麻烦！"

"哥哥！"慕容沫不甘心。

慕容泽宇却大步离去。

"哥哥！"慕容沫简直难以置信。高高在上的慕容家族，竟然拿不回暮云剑！

"你们在哪儿，我现在要过去！"慕容沫一个通讯珏打给林五小姐。

林家五小姐，就是之前跟她一搭一唱的那个人。

"玄云厅呢。小沫，有好戏看了，你能过来的话尽量过来看看，保证你会笑得很开心，哈哈哈！"林五小姐压低声音，却难掩那开怀的笑声。

慕容沫一听就知道，肯定是苏落要倒霉了。当即，她脖子上吊着白色绷带，一溜烟地朝大厅跑去。大厅看上去其乐融融，哪里还有之前那样的剑拔弩张？此刻众人正在玩一种游戏。

这是宁五小姐提议的。当时宁五小姐是这样说的："干坐着也无聊，不如我们玩游戏吧？"

众人都用一种无语的目光看着她。有南宫二少在，你提玩游戏？那不是被他玩吗？

宁五却淡淡一笑："这游戏，南宫二少不能参加，因为他的记忆力太好了，他一参加，我们还玩什么？"

众人会意，南宫二少不参加，那么宁五的目标是苏落咯？

宁五眼眸微挑，显然默认了。她不怕被人看出她针对苏落，毕竟他们这个圈子不是任何人都能进来的，也不是南宫流云一句话，苏落就能获得所有人的认可。

宁五似笑非笑地盯着苏落，眼中勾起一抹挑衅："你敢参加吗？"

这是两个女人之间的对决。此刻，所有人的注意力都在苏落身上。苏落甚至都不知道游戏是什么、游戏规则怎样，但是她不得不答应。因为她不希望别人嘲笑南宫流云眼光不好。

苏落淡淡一笑："好啊。"

南宫流云轻笑，揉揉苏落的脑袋，却什么都没说。看到对面两人举止亲昵，宁五一阵气闷，却不得不竭力忍耐："没想到你还真敢应，不过输了后，可不许哭鼻子。"

苏落淡淡一笑，并不理她。宁五扫视周围一圈："我们来玩记忆力大考验吧？"

楚三嘴角微抽："你最擅长记忆，特别是数字方面，你不会要玩这个吧？"

宁五嘴角微微一勾："还是楚三哥最了解我。"

楚三没好气地冷哼："你可当真是一点都不会不好意思。"

宁五："为什么要不好意思？难道要考修炼实力？那咱们这位苏落姑娘可真要哭鼻子了。"

慕容沫跑出来："就是，苏落可是帝国学院一年级的新生，而且还是东华学院的，我宁五姐姐可是中帝学院的高才生！"

楚三看了苏落一眼，只要苏落说不玩这个，他就会帮她否决。

苏落却淡淡一笑："随便吧。"

既然当事人都这么说了，楚三也就不好再说什么。

大家都是常玩了，规则都知道，只有苏落不知道。

于是，就由楚三来给苏落讲解游戏规则。

楚三尽量讲解得很清晰："这个游戏，其实是玩骰子记数字。骰子一共有一百组，每一组四颗。"苏落点点头。

然后楚三放慢了语速，尽量让苏落能够一次听明白。

"然后，每一组的四颗骰子是一颗一颗叠起来的。我们会有五分钟的时间去记忆这一百组骰子。"楚三看着苏落，见苏落点头表示明白，他才又继续说，"然后我们就按照顺序来出题答题，比如从你开始，你说出组数，比如第五十组，那么我得说出第五十组那四颗骰子的数字，然后我开始给下一位报组数，以此类推。"

苏落点点头："明白。"

楚三见苏落逻辑清晰，便暗暗松了口气，问宁五："答错如何处罚？"

宁五笑眯眯地说："当然是真心话和大冒险啊。"

宁五之所以要玩这个她完全占据优势的游戏，就是要让苏落输，不管是真心话还是大冒险，总之，她的目的很明确，让苏落出丑！一旦苏落出丑，被证明智商低下，那么，就算南宫二少依旧坚持护着她，龙凤族为了下一代着想，也不会承认苏落的身份。

宁五打着如意算盘，却不知道，在场所有人中，记忆力第一的是南宫流云，而第二的人，就是那位融合了智慧头骨的姑娘。

讲完了规则后，游戏便开始了。

众人前方是一张大长桌。桌上是一百组骰子，每组四个骰子都整整齐齐地叠了起来。

正当大家准备记忆时，南宫二少的剑眉却微微一挑，声音慵懒，却不容置喙："骰子重新洗牌。"

慕容沫气鼓鼓地瞪了南宫流云一眼。众人的脸色也微微一变，全都下意识地望着慕容沫。慕容沫："我可没作弊！"

真是此地无银三百两啊姑娘。众人都无语地看着慕容沫，看得她脸色发烫。不过，看到她那刚接好还没痊愈的右手，众人也就不纠结这个事了。

重新换过骰子后，游戏正式开始。参加游戏的人有苏落、宁五、慕容沫、楚三、宁皓天、林若羽。按照坐在沙发上的顺序，第一个是宁五，第二个是苏落，第三个是楚三，第四个是宁皓天，第五个是林若羽，第六个是慕容沫。

宁五嘴角微微勾起："二少帮忙选个数吧？"

南宫流云点点头："六十七。"

中间靠后的位置，是最容易混淆的。

宁五嘴角微噘："三五五六。"

南宫二少点点头。宁五脸上浮现一抹得意，接下来是她给苏落出题，她冷眸扫了苏落一眼："你确定你都记住了？"

"差不多吧。"苏落回答得模棱两可。

楚三顿时皱眉，苏落可真好骗，这时候靠的就是专注力，一旦注意力被转移，刚才记住的那些数字就白记了啊。

宁五淡淡一笑："苏落，你知道吗？如果你第一道题都回答不出来，你会沦为整个圈子的笑话，不仅是你，二少也会被人笑的。"

宁五这是在给苏落制造压力，让她紧张恐慌。

苏落微微一笑："你还有什么想说的吗？"

宁五冷哼一声："既然你听不进去我的忠告，那么说再多又有什么用？第六十五组。"

按照人的正常思维，往后数会比较顺，但是一下往前倒，就容易蒙。就好比一句古诗，给出前半句，后半句就很容易背出来，但是给你后半句，就很难回忆起前半句。

众人的视线都望向苏落。这游戏他们经常玩，所以不管是规则还是技巧都很熟悉，但是苏落是第一次玩，而且从下界上来的人，记忆力怎么能跟他们这些天之骄子比？所以，大多数人对苏落是不抱希望的。

苏落却淡淡一笑："六五三五。"

第六十七的罐子被打开，那竖着的骰子，从上到下果然是六五三五。这下大大出乎大家的意料。刚才苏落可是被宁五拉着说了几句话的，都这样了，她的记忆力还没被打散？

接下来是楚三几个，也不负众望，都流利地说出数字，不过到了慕容沫的时候，她出了状况，惨遭淘汰。输了的话，可是要接受惩罚的。

给她出题的人是林若羽，他明显漫不经心，问道："真心话还是大冒险？"

慕容沫："真心话。"

林若羽点点头："刚才的骰子你有作弊吗？"

顿时，所有人都注视着慕容沫。慕容沫的脸色在一瞬间涨得通红。今天可是慕容家的主场，现在慕容家的两兄妹却一个比一个丢脸。

苏落不由得多看了林若羽一眼。刚才楚三介绍过，他、南宫、宁皓天还有林若羽是一起长大的发小，关系最铁。宁皓天目光深沉，为人冷漠，有一种跟南宫流云相似的清冷。林若羽在苏落的印象中，是高高瘦瘦、白白净净、沉默寡言的少年，没想到他一开口就这么犀利，直指重点。苏落一下子对这位病弱少年印象改观了。

这一刻，慕容沫的内心是愤怒的，拳头紧握，指甲陷进肉里。但是，大家全一动不动地看着她。

“我……”慕容沫恨死了自己选择真心话，她咬着后槽牙，“刚才只是因为……开开玩笑……所以……”

林若羽：“行了，你不用讲了，游戏继续。第七十五组。”

经过刚才慕容沫的打岔，宁五原本记住的数字，有几组已经有些模糊了，不过好在林若羽问的是她知道的，所以宁五很轻易就回答出：“一三四二。”

宁五是故意坐到苏落上家的，因为这样她可以掌握苏落答题的节奏。

聪明如苏落，又怎会不知她的这种小手段？可是，在绝对的实力面前，苏落根本不在意这样的小手段。

宁五笑眯眯地看着苏落：“你前半段记住得比较多，还是后半段记住得比较多？”

“都可以。”苏落实话实说。

宁五心里却冷冷一笑，就连她都已经模糊好几组了，这个下界来的丫头敢说她都可以？

“那……”宁五还想说话，楚三却粗暴地打断了她的话。

“宁五，我怎么发现你废话好多啊，再不问，我都快忘光了！”楚三没好气地催促。

宁五是宁皓天的妹妹，楚三总算是给了她一点面子，没有当面揭穿她。

宁五清冷地瞟了楚三一眼：“又不是跟你说话，你急什么？”

不过她也知道耽搁的时间太多了，快引起众怒了，于是不情不愿地说出一个数字：“七十九。”

苏落淡淡一笑：“五四一五。”

罐子被打开，果然是五四一五。

楚三惊讶的同时，也恍然大悟，对了，苏落是皇级炼药师啊！记忆力能不好？要知道，到了皇级炼药师级别，那主药材、辅助药材，动不动就上百种，那变化动不动就是上千种，而皇级炼药师必须将这上千种可能性考虑周全，不然的话，有一丝一毫的错误，就会功亏一篑。

如果宁五知道苏落是皇级炼药师，知道她那具有强大运算能力的大脑……她会哭吧？

“楚三，你一个人傻笑什么？”宁皓天见楚三一个人在那里哈哈哈的，皱了皱眉头。

楚三看了宁五一眼，说：“笑你妹妹。”

“她怎么了？”宁皓天不解。

“刚才我想明白了一件事。”楚三得意扬扬，“其实我们都错了，哈哈哈，在绝对的实力面前，任何阴谋诡计，那都是没用的！”

宁皓天皱眉：“不懂。”

楚三拍拍他的肩头：“不懂没关系，看下去就知道了，反正我是知道今天的最后赢家会是谁了。”

游戏继续。

果然，随着一轮一轮地进行下去，大家对数字的记忆越来越模糊。林若羽最先被淘汰，之后是宁皓天，再然后是楚三。到最后，就只剩下苏落和宁五两个人了。宁五有些难以相信，她神色如寒霜笼罩，因为比到现在，事情已经脱离她的掌控了。宁皓天、林若羽甚至楚三都相继出局了，现在不管她是输还是赢，苏落只会传出美名。大家会说，你看，那个下界来的苏落居然能跟宁五小姐战得难分难解。如此一来，低贱的苏落就有资格跟她宁五相提并论！这是宁五所不能忍受的！看来，只有加大难度，才能将苏落狠狠地甩出去了！

于是，宁五看着桌上的骰子，淡淡冷哼："继续下去也没意思，不如，我们换个新玩法？"

苏落："哦？"

"现在桌上还有三十组骰子，请被淘汰的人每人选三组出来，我们每个人都将相对应的骰子数写下来，按照准确度和速度来决定输赢。"

苏落淡淡一笑："随你。"

宁五看到苏落淡然无波的眼眸，嘴角勾起一抹不屑的冷笑。装，继续装啊你，就连我都有几组数记不清了，你还能比我强？

十二组数字很快就出来了，宁五和苏落手里分别发了手写牌子。

楚三很爱凑热闹，于是自告奋勇当起了裁判。

"都准备好了吗？"楚三的目光在苏落和宁五脸上扫过，最后定格在宁五脸上。

宁五见楚三笑容神秘，不由得微微皱眉。楚三怎么一副自己输定了的表情？真是讨厌！

楚三越是如此，宁五就越是要将苏落狠狠地踩下去，让所有人都知道她宁五的厉害。

"准备好了。"宁五挑衅地瞥了苏落一眼。

"准备好了。"苏落朝她淡淡一笑，靠在南宫流云温暖的肩头。

而南宫二少也很配合，伸手拂去苏落面颊上的一缕发丝，目光柔和地看着她，仿佛在看稀世珍宝。这样沉醉的目光，宁五怎么受得了？当即，她全身的血液都往脑门上涌去，身侧的拳头更是紧紧攥起。

宁五之前故意捣乱，苏落又岂会不知？所以现在她不过是以其人之道还治其人之身罢了。宁五之前的手段对苏落没有起到干扰作用，但是苏落对她的刺激，却让她几乎丧失理智。

苏落冲她甜甜一笑："宁五小姐怎么全身发抖，太冷了吗？"

宁皓天无奈地看了他家五妹一眼。这丫头清高又好胜，倔强又认死理，自以为聪明却偏偏被人戏弄还不自知。

宁皓天深沉的目光盯着苏落，平稳而沉静地开口："楚三，可以开始了。"

楚三好整以暇地看着这出戏。他摸摸自己的小心脏，还好在苏落事件上自己撤退得快，不然现在的他才是最倒霉的那个。

"好了。三二一，开始！"楚三一挥手。

当即，苏落和宁五都开始答题。

宁五手里的笔沙沙地速写着。相比较而言，苏落的速度要慢一些。

不过，宁五一开始快，到了后来，速度就放慢了，因为有两组数字她拿不太准。苏落却一直是匀速的，一个数字一个数字地往手写板上填，简单而随意。

宁五最后停留在那两组数字上，心里是着急的。她下意识地抬眸朝苏落望去，却见苏落稳如泰山，镇定自若地往上填写着。这样淡然而自信的苏落，给宁五的心理冲击是很大的。而且宁五注意到，苏落已经填写到最后一组数了。

"你要抄我的吗？"苏落抬眸，朝她淡淡一笑。

宁五一怔，顿时就怒了，冷冷一笑："你以为你是谁啊？"

宁五确实看到了苏落的答案，其实如果稳妥起见的话，她最好应该跟苏落填写的一模一样。

宁五不确定是二还是三的那两组数字，苏落那两个空格填写的都是二，而宁五心里也偏向于二。但是苏落现在这么一说，如果宁五还填写二的话，那岂不是说明她真的抄袭苏落？宁五咽不下这口气！所以，她全填了三，然后抢先将手写板递到楚三手里，苏落则稍稍慢了一步。

慕容沫得意地瞥了苏落一眼："宁五姐姐的速度快多了，如果两个人都答对的话，是宁五姐姐赢吧？"

楚三略带担忧地看了苏落一眼。他是相信苏落能答对的，但是她确实慢了一点，如果宁五赢了这一局，不管是真心话还是大冒险，一定会提让苏落很难启齿的问题，或者让她做很难堪的事。

不过，楚三的目光在苏落和南宫流云身上掠过，却见这两位老神在在，气定神闲，目光淡然若水……真是皇帝不急太监急。楚三没好气地白了这两位一眼，然后开始宣布。

第一列，苏落和宁五都回答正确。

第二列，苏落和宁五都回答正确。

……

但是到了第六十三组的时候……苏落和宁五的答案出现了偏差。

苏落的是三五五二，宁五的是三五五三。

"来，让我们看看第六十三组的答案。正确答案是三五五二，苏落答对了。"楚三眼底闪过一抹兴奋。南宫是他兄弟，苏落又是他欣赏的人，所以南宫的苏落很快就被楚三认定是自己人，反倒是宁五，一直没有获得楚三的认可。

所以，楚三毫无疑问地偏向了苏落。

苏落看到这个结果，神色依旧无波无澜。宁五却捏紧了拳头，恶狠狠地瞪着苏落！如果当时苏落不说那句"你要抄我的吗"，宁五觉得自己也会填二的！

楚三笑着说："苏落的速度慢一点，而宁五错了一道题，两人现在打成了平手。接下来，让我们继续看后面的答案，来，打开第八十九组骰子。"

骰子被打开，上面的数字是：四二三五。

楚三举起苏落的手写板，很好，四二三五。

而宁五的脸色是颓然的，是难以置信的。就在她发蒙的时候，楚三笑眯眯地说："那么，接下来就让我们看看宁五的手写板，如果她也是四二三五，那么今晚就要打成平局咯。"

然而，宁五的手写板上写的是四三三五。

宁五居然错了！而且连续错了两个！所以，论起真正的实力，苏落要胜过宁五！这时候，大家的视线都集中到了宁五身上。

宁五整个人都是蒙的，脑子里一片空白，全身的血液都往脑门上冲。她一动不动地坐在那，犹如雕塑一般。丢人……输给了一个下界来的臭丫头，太丢人了！以后她还怎么在圈子里混？

"你作弊！"宁五指着苏落，面目狰狞，"你一定作弊，不然的话，怎么可能赢我？！"

在场几乎所有人都用同情的目光看着宁五。楚三更是说了一句："输不可怕，可怕的是输不起。"

宁皓天也皱起了眉头。

宁五坚决不承认："除非她能证明她没有作弊，否则我坚决不服！"

楚三冷冷一笑，瞥了宁皓天一眼："你们宁家都是这样输不起的？"

宁皓天瞪了宁五一眼："够了！输就是输，不要做更难堪的事！"

宁五觉得好委屈："可她明明就是作弊！为什么你们都不信？我不服气！"

就在这时候，南宫二少冷淡的声音幽幽地传来："要怎么才能服气？"

以南宫二少对苏落表现出来的宠，他竟然没有把宁五拍飞，看起来反而像在帮她？宁五第一反应也是如此，她泫然欲泣："很简单！只要她把我写出的一组数字一字不漏地背下来，我就信！"

南宫流云点点头："好。"

他甚至都没有问过苏落要不要证明，竟然就这样答应下来了？宁皓天和林若羽有点不明白了，宫二对这位苏落姑娘到底是真宠还是假宠？反倒是楚三，他一点都不觉得这有什么。不就是一组数字吗，咱小落落上千种的药材变化都能记得清清楚楚，还能怕你这组数据？

而这次，宁五真是拼了，她抓着笔，在写字板上唰唰唰地写着。数字从一到九，没有任何规律地随机排列：三五一九五七八二六……密密麻麻，一共一千个数字。写完后，她冷冷一笑，朝苏落举着："这里是一千个数字，给你五分钟时间，背吧！"

苏落知道南宫流云为什么要答应。正如她为南宫流云着想，他也是在为她着想。既然有能力，为什么要被扣上作弊的帽子？既然宁五想看，那就证明给她看，将她的气焰狠狠地打下去！苏落欣慰的是，南宫流云懂她。

她的目光在那一千个毫无规律的数字上一一扫过。苏落确实过目不忘，但那是对于有规律的东西而言，炼药的上千种变化同样如此。但是这些数字都是随机手写，只能死记硬背。

宁五看到苏落皱眉，嘴角勾起一抹不屑的冷笑。苏落忽然问宁五：“一千个数字，五分钟的时间，你做得到吗？”

宁五没想到苏落在默记的时候，还有空问她这个问题，愣了愣，冷冷一笑：“我做不到，如果你做得到，那我就承认你比我记忆力强。”

苏落点点头，继续一目十行地扫着那些数字。

事实上，苏落真的可以作弊，她有记忆水晶。别人如果动用记忆水晶，是会被发现的，但是苏落的记忆水晶放在随身空间里，谁也感应不到，只要用记忆水晶拍摄下来，等答题的时候看着背就好了。但是苏落并没有这样做，她也不需要这样做。五分钟的时间，一千个数字，这是苏落给自己设下的考题。

五分钟时间一到，宁五当即将写字板反过来往桌面一扣，笑眯眯地看着苏落：“我怎么觉得你连看都没看完呢？”

楚三没好气地扫了宁五一眼：“哪来那么多废话，赶紧开始吧，说多了她到时候就忘记了。”

宁五冷冷地瞪了楚三一眼，然后才慢悠悠地斜睨苏落：“好啊，既然你这么自信，那开始吧。”

楚三跑到宁五身边：“我跟你一起看。”

宁五简直受不了楚三：“她又不是你家的，你这么殷勤干吗呢？”

楚三：“那是我兄弟家的，再说了，要是人家明明说对了，你偏说人家说错了，故意打断她的思路，那岂不坏事儿了？”

宁五简直有一种被利剑戳中内心的感觉！她本来也是这样想的，这个楚三真是……

“原来你跟我大哥这么多年的交情，也比不上你才认识的苏落啊，说什么兄弟义气，到底比不过女人。”宁五冷笑。

楚三白了她一眼：“胡说八道，我跟你哥有交情，跟你可没交情。宁五，你还真以为你自己是个人物了？”

这两个人越说越呛，都不给对方留面子。宁皓天长叹一声：“还比不比了？”

楚三歉意地看了苏落一眼，说：“开始了开始了。”

苏落淡淡一笑，楚三做朋友的话，倒是挺好的。

既然开始，苏落也就开始背了。一千个毫无规律的数字，想要从头背下来，这比背一本厚厚的书都要难，不过苏落看上去依旧那么淡定从容。她的脑袋歪在南宫流云的肩上，口中朗朗有声，而且很快，大家都听出一种规律来。

苏落不是用读的，而是用唱的……她把从一到九的数字，化成了九个音符。

所以，大家原本以为枯燥的数字，在苏落口中却成为美妙的音符，高低起伏，颇有韵律。一开始，大家还只是觉得好听，宁五和楚三还一个字一个字地盯着那写字板，生怕苏落念错了。但是渐渐地，他们竟然发现自己沉浸在苏落的音律中，简直让人难以置信。要知道，苏落可是大道之音十星功法，有史以来也就只有南宫流云和苏落两个人练成，这十星功法的奥妙，可不仅仅是苏落之前使用的群攻技能音波功那么简单的。

而此刻，连苏落都没有发现，南宫流云偏头看着苏落的目光，如同一道绵软的柔波，星眸为之沉醉，倾倒。

就在大家沉浸在美妙的音乐中，隐隐以为自己寻到了韵律的真谛时，声音戛然而止。

楚三最先反应过来，急躁地看着苏落："怎么忽然就停了呢！"

宁皓天和林若羽看着苏落，眼眸中也闪过一抹讶异。他们的心智何等坚定，但是在刚才那美妙的旋律中，他们竟然进入了一种忘我的境界，如果时间再停留得久一点，于他们境界的修炼领悟有很好的帮助，可惜了。

不过，他们心中对苏落的印象却猛然提高了一大截。

宁五紧紧地盯着苏落，双眼茫然，有一种苍茫天地间她却孤独一人不知所措的感觉……愤怒吗？在绝对的实力面前，已经提不起愤怒了。她神色复杂地看着苏落，久久不语。

事实上，这次鸣唱音律，受益最大的人是苏落。因为在刚才鸣唱的时候，她才是真正进入忘我境界，突破境界的人。

嗡——一道轻微的鸣声响起，苏落周围一道耀眼而圣洁的光芒一闪而过，全部没入苏落的身体之后，苏落当即双眸紧闭，静静地领悟。这一刻，苏落晋升到了神化八星。

楚三简直被惊呆了："这样也可以？！"

众人嘴角微抽，皆是无语。他们见过各种情况下晋升的，可没见过拿着数字当歌唱，唱完后还晋升的……南宫流云也有些惊讶，不过随即勾唇一笑，任何神奇的事情发生在苏落身上都不算神奇，这丫头，本就是一个制造奇迹的存在啊。

南宫流云目不转睛地看着苏落，在他周围三米范围内，已经处于全封闭，一旦有人进入就会被主动攻击。

宁五看着苏落，已经傻掉了。今晚发生的事，比她这辈子受到的冲击都要多。慕容沫也傻掉了，不过她眼中更多的是嫉妒和仇恨！这个苏落！什么时候晋升不好，偏偏要在这么多人面前晋升，不就是神化八星吗？这么弱的实力有什么好炫耀的？

苏落在静静地领悟神化八星的境界，闭上眼睛一动不动。周围的人也因为今晚在苏落身上发生的事而惊讶，也都在沉默地消化着这一连串的事。一刻钟后，苏落缓缓睁开眼。于是，苏落发现，这一刻钟的时间，世界好像静止了一样，每个人都保持着她晋升之前的姿势。

"巩固完毕了？"南宫流云那双深邃的星眸看着苏落。苏落点点头。

南宫流云的通讯珏突然响起，与此同时，楚三几个的通讯珏也随时响起。南宫流云皱了皱眉头。楚三看着南宫流云，欲言又止。

苏落笑看着他，问："有事你就去吧，我在这里待着，没事儿的，放心。"

楚三也说："长辈们叫得急……"

南宫流云亲昵地揉揉苏落的脑袋："好好待着，哪儿也不要去。"

“嗯。”苏落很乖巧地朝他抿唇而笑。

南宫流云深深凝视了她一眼，这才转身离去。楚三也朝苏落点点头，快步跟上南宫流云的脚步。

南宫这边的人都走了，只剩下苏落一个人孤孤单单。慕容沫看着独自留下的苏落，嘴角勾起一抹冷笑，她走到苏落对面坐下，就那么直愣愣地看着她，得意地说：“苏落，你知道他们为什么要走吗？”

苏落摇摇头。慕容沫冷笑：“因为……呵呵，我不告诉你。”

苏落耸肩：“我也不是很想知道。”

“但是你得承认，别看南宫二少表现得怎样宠你，但遇到重要的事，他不还是把你撇下了，甚至连原因都不告诉你，知道为什么吗？”慕容沫直勾勾地盯着苏落。

“哦？”苏落不太愿意搭理她。

“那是因为，在我们这个圈子里，像你这种长得漂亮有点小聪明却出身低微的人，有一种约定俗成的身份。”慕容沫冷笑地看着苏落，“侍妾！你最多只能做南宫二少的侍妾！龙凤族不会承认你的！”

苏落朝慕容沫一笑，完全没有被她的话影响。慕容沫没想到苏落这么难对付，她话都说得这么清楚了，苏落居然还无动于衷。

“你脸皮怎么这么厚，我话都说这么清楚了，你就不会给点反应？”慕容沫简直要被苏落气死了。

苏落淡淡地看着她，甚至还提醒道：“这是不是表示，你说的东西，太没有震撼力了？”

慕容沫简直要被气疯了。她是来气苏落的，结果自己反倒快要被气死。

慕容沫看着情绪低落的宁五，叹了口气，宁五被苏落之前那一番惊艳打击得暂时没有战斗力了，所以这场战斗还得她来。于是，慕容沫吊着一只还未痊愈的手，朝苏落冷冷一笑：“想要有震撼力的？我只怕说了，你承受不住！”

苏落啊了一声，慢悠悠地说：“那你不要说了。”

慕容沫：“我偏要说！”

苏落随意地点点头：“哦。”

慕容沫很想抓着苏落的衣领摇晃，你到底会不会聊天啊！深吸一口气，确保自己不会被苏落气死，慕容沫这才冷笑道：“别看南宫二少现在对你这么好，事实上，他真正喜欢的人不是你！”

“哦？”苏落淡笑着看着她。

“他喜欢的是宁五的姐姐，宁家三小姐，宁静仪。宁三姐姐才是南宫二少一生的至爱，你苏落算什么东西！”慕容沫眼底充满了不屑和讥讽。

苏落的眼里依旧无波无澜，她只哦了一声。

慕容沫继续打击苏落：“你是不是觉得我不信，觉得我故意编故事骗你的？”

苏落依旧维持着淡笑的表情，翦水秋瞳淡淡地看着慕容沫。

“自欺欺人的愚蠢女人啊，啧啧。”慕容沫冷笑，“宁三姐姐可是无数人敬仰的皇级炼药师，你比得上吗？

“宁三姐姐的实力，甚至超过宁家大少，你觉得你的实力跟宁大少相比如何？

“你知道南宫二少为什么喜欢紫色蔷薇花吗？因为宁三姐姐喜欢。”

苏落淡淡一笑：“哦，我不知道。”

慕容沫皱了皱眉头。她说得这么辛苦，结果人家轻轻松松来句不知道，表情还那么淡然无波，这可不是慕容沫要的反应。

“你到底喜不喜欢南宫二少啊！”慕容沫凶巴巴地瞪着苏落。

“你说呢？”苏落似笑非笑。

“你要是喜欢，在听到这些事情后，不可能无动于衷，所以……”慕容沫恍然大悟，“我知道了！”

苏落无语地看着自顾自激动的慕容沫。

只见慕容沫不屑地盯着苏落：“原来你不喜欢南宫二少，你接近他，只不过是贪慕他的权势！你这个虚荣的女人！”

苏落简直无语了。慕容沫竟然能自说自话，而且还信以为真了。苏落觉得再跟她聊下去，自己都会变脑残了，于是站起来，准备去外面走走。

“你给我站住！”慕容沫指着苏落，“你敢走出这个房间试试！”

苏落理都没理她，径自往外面走。

“你！”慕容沫想冲上去给苏落一个耳光，但是，慕容泽宇从斜刺里出来，一把拽住慕容沫，眼底盛满了怒火。

“你想跟南宫流云为敌？”慕容泽宇恶狠狠地瞪着慕容沫。

慕容沫委屈地扁着嘴，慕容泽宇瞪她：“少给慕容家惹事！”

“可她就是个什么都不是的下界来的臭丫头！”慕容沫不服气。

“只要南宫流云还喜欢她，她就可以为所欲为。这句话你给我记到脑子里去，否则出事了，别怪我没警告过你！”慕容泽宇戳戳慕容沫的脑袋。

慕容沫泫然欲泣，眼眸含泪，委屈极了。慕容泽宇却没空安慰她，只说：“言语上得罪她倒没什么，至于别的，且看吧！”慕容泽宇在等，等南宫流云抛弃苏落的那一刻，就是慕容家下手抢夺暮云剑的时候了。

苏落从大厅里走出来，外面是空旷的庭院，四周花草树木，隐隐约约。她本就是出来透气的，所以沿着小道一路游览，闻着清新的空气，倒也惬意。

苏落走了没多久，忽然看到前方一道白色的身影孤单地坐在低矮的网状吊床上，背影颀长纤瘦，手中一支玉笛，正在吹奏一曲清冷的音律。

这个人的背影，让苏落觉得眼熟。不过，她没有打扰他，只静静地立在一旁，等他吹奏结束。笛声呜咽袅袅，如泣如诉，让人心里忍不住浮现悲伤的情绪。

大约过了一炷香的时间，音律缓缓停下，苏落毫不吝啬地鼓掌。自从她修炼了大道之音后，在音律方面简直是无师自通，她虽没怎么学过，但是凭着本能，就能分辨出笛声的优劣。毫无疑问，这位少年的笛声孤冷清越，仿佛心有哀伤，让人不由自主地产生共鸣。

慕容沫的话，对苏落真的一点影响都没有吗？不是的。事实上，在听到南宫是因为宁三才喜欢紫色蔷薇花时，苏落的心瞬间揪起。

慕容沫不知道，但是苏落曾经去过南宫流云的别院，在夏叔打理的那个别院里，她确实看到了紫色蔷薇，一丛一丛，一眼望去，一片漫无边际的紫。

原本苏落觉得好看，但是想起那一片触目的紫很有可能跟宁三有关，苏落就忍不住了，恨不得立刻跑到南宫流云面前，当场质问他。但是理智告诉她，不可以。

所以，苏落面上一片淡定无波，事实上却已经不能再听慕容沫讲下去了，不然她会如慕容沫预期的那样出现负面情绪，不理智地对待南宫流云，从而误会丛生。

刚才的一阵音律，竟让苏落有一种寻到知音的感觉。而且，这个人苏落是认识的。

白衣少年清瘦的身影转过来，一眼就对上苏落。少年看到苏落，整个人僵立当场！

“宁学长，好久不见。”苏落定定地看着宁九，笑容灿烂。不管前一刻有多悲伤，苏落都会适时地将情绪隐藏好，越是悲伤，笑容越是灿烂。

宁九漂亮的美眸深深地凝视着苏落，眼底涌动着激动和狂喜。

“你！”宁九满脑子都是苏落的笑靥如花，他什么都没想，直接长臂一伸，将苏落搂入怀中。然而，苏落并不知道，在她走出那座大厅后，就有人一路跟踪她，而这个人，就是唯恐天下不乱的慕容沫。

慕容沫看到宁九深情地将苏落紧紧抱住，那么用力，明显是动了真情！这一眼，顿时让慕容沫眼睛通红，怒火中烧。宁学长是她的！这个苏落，勾搭南宫二少还不够，还跑来勾搭宁学长，简直朝三暮四水性杨花！慕容沫当即就想冲上去给苏落几巴掌，但是理智告诉她，她打不过宁学长……苏落，你给我等着！

慕容沫当即一个通讯珏发消息给宁五，让她赶紧想办法把南宫二少引到这里来。慕容沫的措辞很激动：苏落跟男人深夜幽会，但是这个男人不是南宫二少，你懂的！

宁五当然懂，她当即开始计划。

而这边，苏落被宁九一个熊抱，有点蒙了。她当即将宁九往外推，但是宁九的实力比苏落强太多了，所以苏落怎么都推不开。苏落只能无奈地提醒：“你先放开我。”

宁九这才意识到自己的举动，依依不舍地放开苏落。不过他那双漂亮的星眸还是一眨不眨地盯着苏落，眸中星辰涌动，情生意动。

“你还活着？这些日子过得好吗？有没有受伤？什么时候到的帝都？进帝国学院了？你怎么来慕容家了？”宁九依旧难以抑制激动，一个又一个问题抛给苏落。

“你竟不知道我回来了？没人告诉你吗？”苏落觉得好疑惑。

“没有人告诉我！”宁九咬牙。

事实上，这事也是乌龙。当时那条船上，那群学生不够资格加宁九的通讯珏，所以没办法将苏落回来的消息传递给他。至于老师们，许老师以为石老师会给宁九说，石老师以为邹老师会说……如此一来，大家都以为宁九知道了苏落回来的消息，却没意识到，宁九全然不知。

苏落见到网状吊床，便示意宁九过去坐下。今天夜色好，难得遇见共患难的宁学长，苏落颇有谈兴，于是，便将昇龙号分离后的事情，拣能说的给说了。

两人交流得很愉快，常会有笑声传出。

慕容沫怕被发现，所以躲得有点远。但这样一来，她就听不见他们谈话的具体内容，只听见他们传来的欢乐笑声。慕容沫暗暗握拳，心里对苏落的七分恨意，已经涨到了十分。暮云剑可以让，但是宁学长坚决不行。也不知道宁五是怎么回事，到现在了还没将南宫二少拉过来!

就在这时候，苏落的通讯珏亮了亮。苏落看到南宫流云的名字，当即就接通了。南宫流云声音清冷，开门见山："你在哪？"

这个问题，苏落可不知道怎么回答。于是，苏落问宁九："这是在哪儿？"

宁九不知道跟苏落通话的人是谁，但可以肯定的是，这个人此刻就在慕容府，而且很有可能就是他带苏落过来的。

宁九淡淡地说了一句。苏落朝他点点头，然后冲通讯珏里的南宫流云说："慕容府后花园悠然亭附近。"

"原地等着，哪都不要去，记住了吗？"南宫流云的声音带了一丝冷意。

苏落想起之前南宫流云嘱咐过她哪里都不要去就留在客厅，结果她却跑出来了……

苏落点点头："好。"

"带你来慕容府的人？"宁九状似随意地问。

苏落点点头："嗯。"

"男人？"宁九的拳头微微攥紧，只有他自己才知道这一刻有多么紧张。

苏落点点头："嗯。"

能进慕容府，还能在府邸里自由走动的人，果然是权贵圈子里混的。这一刻，宁九的内心是复杂的。如果再犹豫下去，会不会太迟了？可是突然表白，又显得唐突。有小天才之称的宁九公子，此刻内心是不平静的，是焦躁的，是忐忑和不安的。

而就在慕容沫等得急躁的时候，一道轻微的脚步声响起。慕容沫抬眸一看，月光下，那飘逸出尘的颀长身影，不是南宫二少还能有谁?

南宫流云径直朝慕容沫而来，还没等她打招呼，他就速度很快地从她身边一闪而过。但是，慕容沫找来找去，都没找到宁五的身影。宁五这是去哪里了，竟然没有跟来看好戏?

直到现在，慕容沫还以为南宫流云是宁五设计跑来捉奸的，而事实上，南宫流云根本没有跟宁五碰上面。

他能找来这里，是苏落告诉他地址的。

苏落和宁九并不知道南宫流云已经找来，而宁九正在默默地酝酿着告白的台词。因为那位将苏落带进慕容府的人，让他有一种危机感。

“苏落……我……”宁九欲言又止。

苏落一边欣赏着月色，一边心不在焉道：“嗯？”

“我……我们……”宁九觉得自己的咽喉像是被一只巨大的手掐住，让他几乎说不了话。

“我们怎么了？”苏落偏头，那双漂亮的翦水秋瞳清澈如一汪泉水，茫然不解地看着宁九。

“我们……我们还没加通讯珏呢！”宁九灵机一动。在帝国学院那么受欢迎被追捧的宁学长，在自己心爱的人面前却紧张得像个小傻瓜，所以说爱情啊……

“对哦。”苏落点点头，“来，互相扫一下，就可以了。”

苏落拿出通讯珏，跟宁九的通讯珏对准。一道轻响，扫描完毕，对接成功。

“苏落……我……”宁九深吸一口气，正想表白，但是——

一道清冷的声音，打断了他好不容易鼓起勇气的告白。

“不待在厅里，怎么到处乱跑？”南宫流云淡粉色的唇角微微上挑，清冷的脸上浮起一抹笑，慵懒地看着苏落。而且，他还很自然地走到苏落身边，修长的手臂理所当然地搂住苏落的纤腰，态度亲昵。

“里面太闷，出来透透气。”苏落叹口气，这个年青一代的权贵圈子，她始终是融入不进去的。

南宫二少纤白如玉的手指轻点苏落的鼻尖：“下次不许再乱跑了，记住没？”

“嗯。”苏落朝他灿烂一笑。

两人旁若无人，亲密无间，衬得一旁的宁九形单影只，落寞寂寥。

南宫二少仿佛现在才发现宁九的存在，唇角微微上挑：“宁九？”

一世倾城

第三章 赌气

宁九此刻真的完全傻掉了。他自小跟在大哥屁股后面，而他大哥宁皓天是南宫二少的发小，所以他跟南宫流云也算熟悉，早就听说南宫二少已经回归。不过这还是南宫二少失踪万年之后，宁九第一次见到他。这还是其次。最重要的是，南宫二少表现出来的对苏落的亲昵！

“你、你们……”

昇龙号上一别也不过几十年，宁九却突然觉得，他已经错过了。犹记得在昇龙号上，他还跟苏落提过南宫二少……谁会想到，他最敬仰的偶像，竟然跟他心目中的女神这么亲密地站在一起？宁九已经完全傻掉了。

“怎么了？”南宫二少凤眼微挑，眼眸深邃如夜空星辰，“你认识我家落丫头？”

“你，你家？”可怜的宁九，有点结巴了。即便在帝国学院他是叱咤风云的人物，但是在从小就仰望的偶像面前，他也只是个不成熟的少年。

南宫二少点点头，垂眸看着苏落：“外面冷，回吧。”说完，他牵着苏落的手径直走了，留下宁九一个人站在原地，犹如被冰冻的雕塑一样。

而此刻，隐藏在黑暗中的慕容沫简直气得肺都炸了。这么好的机会，南宫二少怎么不暴怒呢？他们怎么不大吵特吵呢？怎么这么简单地就结束了呢？！原本还以为会是一场精彩绝伦的好戏，结果南宫二少一出现，一句“我家落丫头”，然后就把人牵走了？

身为围观群众，慕容沫表示看得一点都不过瘾。看着宁九一个人呆愣愣的，慕容沫从黑暗中走了出来，朝他行去……

南宫二少一贯清冷，拉着苏落离开后就没有再说话，也没有瞧苏落一眼，只是专注看着前方的小道。苏落也没有说话。刚才她配合南宫流云，只是因为他们两人之间的问题不需要旁人插足，否则那会越来越复杂，直至脱离掌控。

想起宁三，想起紫色蔷薇，苏落心里不爽，猛地一抽手，想从南宫流云的大掌中将自己的手抽回。但是，南宫二少的力道，岂是她能反抗的？

就在苏落暗自反抗的时候，耳畔却传来一阵轻笑声。

你还笑？！苏落抬眸，恨恨地瞪了南宫流云一眼。南宫二少目光如沉静的湖泊，眸中含笑看着她："有没有人告诉你，你生气的时候很像皱着眉头的小老鼠？"

"你才小老鼠！"苏落气呼呼地瞪他，"放手！"

南宫二少唇边浮着懒洋洋的笑："不放。"

"你给我放手！"苏落看到他笑，越发觉得生气。她生气那么久，纠结那么久，结果他还笑得那么开心，现在还来逗弄她，不开心！

"为什么要放？"南宫二少声音极好听，犹如澄澈碧水、潺潺溪流。

苏落任性地说："我不想被你牵着，行了吧？"

南宫二少看着这小丫头表现出骄纵的一面，犹如发飙的小狮子，越发觉得好笑。他声音慵懒闲适，就像在哄小孩："好了，不要任性了，人来人往的，这样打情骂俏真的好吗？"

苏落气呼呼地瞪着他。这男人怎么这样！对别人清冷高贵强势霸道得不可一世，但是私下里面对她时，却死缠烂打，黏上来撕都撕不下来。

"你松手，我有话要问你！"苏落觉得今天必须得把宁三的事问清楚，否则会让她如鲠在喉，食不下咽。

南宫二少语调懒洋洋的，漫不经心地说："不松手的话，倒是可以考虑回答你。"

苏落冷哼："松手会死吗？"

南宫二少："我怕一个回答不好，你就会跑。"

苏落心里暗道，他料得还真准，不过真以为拿他没办法吗？哼哼，苏落猛地一甩手，咔嚓——

"我的通讯珏！"苏落惊呼一声。

就在刚才她甩手的时候，那白玉般的通讯珏竟然有了一丝裂缝。苏落气呼呼地瞪着南宫流云："都是你！要不然的话，通讯珏不会坏的！"

苏落越怒，南宫二少笑得越开心，他还给苏落顺毛，揉揉她的小脑袋："就是一条裂缝，没大问题，拿来，我给你修修。"

"你还能修通讯珏？"苏落惊讶地看着他。

南宫二少得意地瞟她一眼："你男人什么不会？"

苏落："瞧把你得意的，我倒要看看你怎么修。"这么一打岔，倒是暂时把宁三的事给忘记了。苏落褪下通讯珏，双手环臂看着南宫流云。

南宫二少会不会修通讯珏？这要从通讯珏的起源开始说起。通讯珏一开始应用于军部，而军部对于龙凤族来说，就是自家后院似的，所以事实上，一开始通讯珏的雏形就来自于龙凤族。所以，南宫流云还真会修，而且他对于通讯珏的熟悉和权限，不是别人能够想象的。

苏落看着那条裂缝正以肉眼可见的速度修复，眸中闪着小星星，南宫流云果然没有骗她哦。

但是，苏落不知道的是，南宫流云此刻破解了她的通讯珏，进入她的权限中心，找到了宁九的号——

南宫流云淡粉色的菱唇微微勾起一抹弧度，选择了“删除”。一般人选择删除也就删除了，南宫二少的权限却是可以选择永久删除此人。

“你在干吗？”苏落见南宫流云漫不经心地笑着，好奇地问。

“帮你修补漏洞。”南宫流云做坏事脸不红气不喘，丝毫没有罪恶感。

“哦，那可要帮我好好修修，免得被人黑了什么的。”苏落想，修补漏洞大概跟她前世的电脑修补漏洞差不多吧。

“乖。”南宫流云摸摸苏落的小脑袋，觉得这小丫头真可爱。

如果你们以为南宫二少拿着苏落的通讯珏永久删除此人，这事儿便完了，那就大错特错了。因为南宫流云又进入了中央系统，给苏落这个身份设定了本人永久不接收宁天霖的任何好友申请。别怀疑，南宫二少就是有这样的权限，不过，不能轻易动用罢了。

他现在动用也不是通过官方途径，而是绕过后台，以黑客的身份篡改了信息。这样一修改，也就是说，不管苏落的哪个通讯珏，宁九都不能申请好友。不管宁九换哪个通讯珏，他都没办法加苏落好友。宁九，被苏落，永久拉入黑名单了……

宁九不知道这件事，苏落也不知道这件事，恶劣的南宫二少是唯一的知情人，不过他却表现得一点都不知情的样子，将修复好的通讯珏交给苏落：“戴上吧，不过修复期接收没问题，尽量不要主动呼叫。”

“哦。”苏落哪里想得到南宫流云会那么恶劣地将宁九的号给永久删除，她乖乖地接过通讯珏戴上。

事实证明，南宫二少不出手则已，一出手，可怜的宁九就被秒了。

苏落看着修复如初的通讯珏，给南宫流云竖起两根大拇指。南宫流云笑得很开心，但是苏落总觉得哪里怪怪的。

“你笑得好奇怪。”苏落说出了心里的疑问。

南宫流云：“不应该说，你笑得很好看吗？”

“好看肯定是好看，你什么时候不好看？”苏落没好气地轻哼。

“时间也差不多了，走，回去了。”南宫流云牵着苏落径直往外走。

“不是说是慕容老爷子的寿辰吗？还没给他老人家贺寿呢。”苏落提醒。

南宫流云轻笑，漫不经心地偏头瞟了她一眼：“还是不要让他看见你为好。”

“为什么？”苏落问。

“他直接开口跟你讨暮云剑当寿礼，你给不给？”南宫二少语气慵懒，一边走，一边笑看着苏落。

“你在开玩笑吧？那可是慕容家的掌舵人耶，会这么不要脸？”苏落不信。

南宫流云没好气地对苏落点头：“你不觉得慕容家从上到下都不要脸吗？”

这话说得可真够大胆的！估计也就只有南宫流云敢这样吧。苏落点点头，对这句话再赞同不过了。

“反向推论，得出什么结论？”南宫流云淡笑地看着苏落。

“上梁不正下梁歪？”苏落也是极聪明的，一点就透。

“呵呵呵。”南宫流云极少笑得如此开怀，“我家小落落说得好，上梁不正下梁歪，这话说到心坎里去了。”南宫流云搂着苏落，渐行渐远。

还没出慕容府，不远处有个人恭恭敬敬地走了上来，在南宫流云面前站定：“南宫二少，我们家老爷请您务必去寿宴，主桌就缺您一位了。”

年青一代中，能够坐主桌的，也就南宫流云一位。

苏落认出来了，这位就是之前她和楚三进来时迎接楚三的，楚三叫了一声慕容管家。苏落想，这位慕容管家之前对楚三只是礼貌，对南宫流云却有一种本能的敬畏，这态度从细微处一眼便分辨出来了。

南宫流云牵着苏落，淡然而立，如墨般深邃的眼瞟了慕容管家一眼，懒洋洋地开口：“告诉你们家老爷，女儿不仅要生，还得会教，可听清楚了？”

南宫二少可小气了。以他的实力，会不知道慕容沫躲在树后面偷看？会不知道慕容沫想把事情闹大？敢设计他的人，南宫二少是从来不吝啬让对方知道他的手段的。

慕容管家这下知道，肯定是慕容家的小姐得罪南宫流云了，而至于是哪一位……想都不用想，除了最会闹腾的慕容沫小姐，还能有谁？

慕容管家连连点头：“清楚了，都记下了，小的一定一字不漏地将您的话转达给老爷。”南宫二少点点头。

“可是这席面……”慕容管家很为难，弱弱地抬头，祈求地望着这位南宫二少。南宫二少到场了，却连席面都没坐就离开，外界难免会猜测慕容家得罪了南宫流云，这事……对慕容家影响太大了。老爷下了死令，一定要将南宫流云请回去，这可真难为他了啊。苏落都替这位慕容管家委屈。

南宫二少懒懒地扫他一眼，漫不经心地开口：“你挡住本少爷的路了。”

慕容管家心里发苦，但立马恭恭敬敬地挪到路边，祈求地望着苏落。苏落耸肩，表示无奈。

慕容管家不待南宫流云再次赶人，脸上挤出一抹笑容：“那小的送您出去吧。”

南宫流云冰冷的目光从他脸上扫过。慕容管家立即恭恭敬敬地弯腰，不敢跟南宫流云对视，并且赶紧改口：“二少请走好。”

南宫流云轻哼，拉着苏落扬长而去。

出了慕容府，苏落深深地呼出一口浊气，抬头仰望星空，淡淡地说：“外面的空气好清新。”

南宫流云没好气地拍拍她的脑袋：“走了。”说着召唤出坐骑。

他的坐骑又换了，这次换成了大圆满六星的雪蹄乌龙驹。只见它毛发纯白，目光深沉，沉静得犹如一座雪山，给人一种拒人于千里之外的冰冷。

南宫流云走到雪蹄乌龙驹面前，拍拍它的脑袋，跟它说了几句话。雪蹄乌龙驹那双黑漆漆的眼睛幽冷地盯着苏落，冷哼一声，别过脸去。

苏落心想，这只大圆满的雪蹄乌龙驹，脾气倒不小，跟南宫流云一样傲娇，真是什么样的主人养出什么样的坐骑啊。

南宫流云飞身跃上雪蹄乌龙驹，朝苏落伸出修长手臂。苏落握住他的手，一跃而上，坐在了雪蹄乌龙驹背上。

“起。”南宫二少一道清冷的声音响起。

苏落以为雪蹄乌龙驹会放开脚蹄飞奔，但是她想错了。只见雪蹄乌龙驹缓缓展开两侧的羽翼，雪白的双翼晶莹如白玉，每一根羽毛都仿佛精雕细琢打磨而成，耀眼而炫目。雪蹄乌龙驹带着苏落和南宫流云缓缓升空，朝着既定的方向掠去。

苏落睁大眼睛，回头看南宫流云。这里不是不允许飞行的吗？

南宫流云神色淡然，理所当然：“你不知道有些人生来就是拥有特权的吗？”

苏落没好气地白了他一眼，果然，权贵的圈子她不懂，南宫二少的特权，她算是领教到了。

苏落翱翔在帝都的空中，迎面是习习凉风，身边是南宫流云温暖的胸膛。放眼望去，下方灯火阑珊，一个个小小的光点，犹如满地的萤火虫。整个帝都辽阔无边，一眼望不到头。帝都这样的美景，只怕没几个人能享受到吧。

雪蹄乌龙驹的速度非常快，苏落觉得刚坐上去，这边雪蹄乌龙驹就已经到达目的地了。看着下方的别院，苏落的眼眸微微一闪。

这里是南宫流云的别院，静园。上次她重伤后，就是被南宫流云带到这里休养的。上一次，苏落看到静园两个字还没什么想法，只觉得名字起得好，宁静悠远之地。但是现在，当她知道宁三的名字叫宁静仪之后，再看到这静园两个字，苏落的心没来由地微微一震。她故作淡定地道：“南宫流云。”

“嗯？”南宫流云偏头，疑惑地看着苏落。

“你的字写得很好，可为什么这牌匾上的字，不是你写的？”苏落状似无意地问。事实上，她最想问的是，这牌匾上的字究竟是何人所写。字迹清秀雅丽，清逸出尘，不像是男人写的。

南宫流云神色淡然，目光从那牌匾上扫过，随意地嗯了一声。然后，就没有然后了。苏落没有气馁，白了南宫流云一眼：“我发现你很不会聊天哎。”

“怎么了？”南宫流云懒洋洋地瞟她一眼。

“除了嗯，你就不会说点别的吗？比如说，谁人写的、什么时候写的、为什么是她写的。”苏落拉着南宫流云的衣袖，看似随意，心却不由自主地高高提起。

南宫流云似乎不想谈论这个话题，声音淡然：“一位故人写的。”

“故人？哪个故人？”苏落咄咄逼人地追问。

南宫流云猛然间站住，深邃的眼眸深沉地看着苏落，眸中意味深长：“你不认识，所以，不要问了。”他明显不想谈论这个话题。

“为什么叫静园？”苏落握紧拳头，瞪着南宫流云。

南宫流云显然有些不耐烦了，双眸射出审视的目光：“你到底想说什么？”

苏落：“静园静园，是不是因为那个人的名字里有个静字？”苏落再也忍不住，这句话脱口而出。问出来后，她自己也解脱了，直直地盯着南宫流云，神色认真极了。

“谁跟你说的？”南宫流云那双深邃的眼眸危险地眯起，“慕容家那几个？”

“谁跟我说的重要吗？”苏落紧紧地凝望着他。南宫流云长眉一展，眼眸如利刃，看得苏落心里有点发怵。

“你……”南宫流云指着苏落，最后还是拍拍她的脑袋瓜，“庸人自扰。”

“什么意思？”苏落瞪着他，眸中隐藏了一丝委屈，逼问着。

南宫流云长叹口气，拉着苏落往里面走：“慕容家那些东西可真不怎么样，饿半天了，走，吃点东西垫垫肚子。”

苏落下意识地想甩开他的手，但是他抓得那么紧，怎么甩得开？这一刻，苏落无比痛恨自己的实力，怎么就跟南宫流云差那么多？害她现在连反抗的力道都没有。

虽然被牵着进去，但是苏落心里依旧气闷。她努力让自己冷静下来，一边走一边思考。南宫流云这是在转移话题，很显然他不喜欢谈论这些，或是不喜欢她提起宁三。这是苏落得出的结论。同时她也在反思，她是不是表现得太过理所当然了？现在的她，跟现在的南宫流云，其实还没有到完全相知相恋的地步。他们重新相识于西卡森林，在田园村生活过一段时间，而今天的慕容府见面，其实他们并没有那么熟。或者说，苏落对南宫流云很熟，南宫流云对她却还没那么熟。所以，她那样咄咄逼人，会不会太不理智了？是不是应该等感情再深一些，才能问？

苏落懊恼地想，若是以前的南宫流云敢这样，她早就发作了，可现在……苏落有些拿不准。果然是被宠坏了……苏落看着身侧这张俊美绝伦的侧脸，心里觉得委屈，却又无处发泄，只能低着头，被他牵着走。

南宫流云似乎没有感受到苏落情绪不佳，一贯清冷淡然，似乎刚才的事一点都不重要。

两人进门后，夏管家早已经迎出来：“二少还没用餐吧？要吃点什么？材料厨房都已经备好了。今天是赵师傅当值。”夏管家一边招呼着，一边殷勤地忙前忙后。

南宫流云慵懒地抬手：“赵师傅吗？他最擅长家常小菜。”

夏管家笑着说：“赵师傅早早地就在厨房里预备了，糯米鸡粥炖了整整一天，可算是入味了。饭可是摆在南院？”

这个季节有些热，外面星光璀璨，凉风习习，南院的风景好，一抬头便是星芒闪耀。

南宫流云神色慵懒地点点头，径自拉了苏落过去。夏管家下意识地多看了苏落一眼，他认出了这位姑娘就是之前二少带回来的那位。上次苏落出乎意料地收服了千里火云兽，所以夏管家对她的印象还不错。只是，看着自家二少牵着她一路进去，眼底有一抹隐藏不住的忧色，最后他还是摇摇头，去厨房吩咐了。

南院天井边，一张楠木桌子散发着淡淡的清香。南宫流云与苏落对面而坐。苏落始终低垂着头，沉默不语，闷闷不乐。南宫流云本也是清冷的人，不喜说话，不过见苏落如此，他心口的位置竟隐隐有一丝抽痛。南宫流云轻叹口气。

“这茶不错，从大青山上的青龙泉连夜运来的。”南宫二少一边举着茶壶，一边跟苏落寒暄。

从小到大，让他主动寒暄的人，就只有眼前这一位，这位却不领情，闷闷不乐地别过脸去。南宫流云不免失笑：“这可是龙袍茶，专供皇帝喝的，这么好的茶也不喝？”

苏落冷哼：“我的神仙茶，不比你的龙袍茶差。”

“哦？倒要见识见识。”南宫流云朝苏落展眉一笑。

苏落冷笑：“你叫我拿出来，我就拿出来吗？”

但她毕竟还是理他了。

南宫流云没好气地看着苏落：“你不拿出来，又怎么能证明比龙袍茶好呢？”

“证明了比龙袍茶好又怎样？”苏落依旧闷闷不乐，兴致不高。

“那我就给你讲一个故事？”南宫流云微微勾唇。

“谁要听你讲故事，不要！”苏落傲娇地拒绝，随后反应过来，那个故事很可能就是……

“你……说的故事是不是静园的来历？”苏落盯着南宫流云。

“静园的来历有什么好讲的？”南宫流云不以为然，“不过，你倒是对这事挺感兴趣的，为什么？”

为什么？苏落怔怔地看着南宫流云。她都表现得这么明显了，为什么他还要问？看着南宫流云那慵懒的笑容，苏落的心猛然间提了起来。他这是在笑话她吗？这一刻，苏落的心忽然一阵阵发凉，脑子一片空白。以前的南宫流云，如果知道她为他吃醋，会高兴得手舞足蹈，简直乐疯了，可现在的南宫流云不仅不为之高兴，反而还取笑她？苏落哗啦一下站了起来。不得不说，现在的苏落是敏感的，南宫流云的一个眼神，她都能胡思乱想出很多东西。

“怎么了？”南宫流云那双深邃的眼眸定定地望着她，“是不是哪里不舒服？”

“我不舒服，现在就要回去。”苏落一脚迈出，后椅被她带倒，哗啦一声倒在地上。而苏落也被绊得一个踉跄，身子跌倒在地。

南宫流云目光淡然如水地看着她，朝她伸出手。看着近在咫尺的这双白玉般的手，苏落理也不理，自己稳稳地站起来，头也不回地往外走。然而，还没等她走出几步，南宫流云却拉住了她。

“放手！”苏落恶狠狠地瞪着他。

“放了你会走。”南宫流云认真地看着苏落。

两人互相凝视着，谁也没说话。最后还是苏落沉不住气，她昂首挺胸，冷冰冰地盯着南宫流云："南宫二少，你到底什么意思？"苏落从来没有受过这样的委屈，此刻被气得面色赤红，眼眸湿润。

南宫流云面色清冷，不显喜怒，但是可以看出他眼底有一丝无奈。

苏落的视野中出现一抹紫色，她抬眸望去，发现天井旁边的那块空地上，竟也是一大团紫色蔷薇花。之前在夜色的掩盖下，苏落竟没有发现。

苏落恨恨甩开南宫流云的手，径直走上去，手中的暮云剑直接横劈过去。那一大片紫色蔷薇花在苏落的神女剑法第六重境界下，直接被劈得七零八落。等南宫流云发现的时候，已经来不及了。

就在苏落要劈第二剑的时候，南宫流云已经反应过来，他猛地将苏落往后一扯，厉声质问："你干什么？"

情急之下，南宫流云没有控制住力道，苏落被他那么大力地一扯，手臂咔一声，顿时骨折了。随着那一声响，四周一片寂静。南宫流云的理智也终于回归大脑："你……"

他朝苏落伸出手，苏落却大力地将他的手打开，目光如凝结的冰霜，冰冷冻人。在这样的目光下，南宫流云的心空了一拍。

"落落……"南宫流云前进一步。苏落却扶着那只断臂后退一步，她看着他的目光是那样陌生，那样冷漠，就好像在看一个仇人。南宫流云没来由地一阵惊慌，仿佛最重要的东西正从指间溜走。

"南宫流云，我没想到……这些紫色蔷薇在你心里竟然这么重要。"苏落的声音很轻，轻得仿佛凋零的落叶。

"这些紫色蔷薇……"南宫流云开口。

"闭嘴！"苏落愤怒地指着他，"我一个字的解释都不要听！"

"冷静一点，你的伤势需要治疗。"南宫流云强制地拉住苏落，想要将她的断臂接回去。

"放手放手放手你给我放手！"苏落疯狂地嘶吼着，双手双脚失去理智地拍打踢踹，甚至牙齿都用上了。

咔一声响，南宫流云趁乱将她的手臂接了回去，然后后退一步，举起双手投降："好，我放手，你不要生气。"

苏落脚步一阵踉跄，差点跌倒。南宫流云想扶住她，却被她一把甩开。苏落唇角紧抿着，倔强地盯着他，声音如万年积雪般冰寒："南宫流云，既然你这么在意你的紫色蔷薇，那你就抱着它们过一辈子吧，本姑娘不奉陪了！"

透过迷蒙的泪眼，苏落最后深深地凝望了南宫流云一眼，最后毅然转身，决然离去。她清瘦的背影在夜色下，显得衣袂飘飘，步履飘忽……南宫流云的心猛然间像是被一只大手揪住，疼得他心口痉挛。他抬起手摁住那个地方。明明爱得没有那么深，为什么感觉却这么强烈？

苏落决绝地走出静园，放出千里火云兽，正要离开，却忽然意识到，千里火云兽不是她的，是南宫流云送的。苏落冷冷一笑，拍着千里火云兽的脑袋："从此以后，分道扬镳，好好照顾自己。"

苏落留下千里火云兽，清瘦的身影踏入夜幕中，很快就不剩一点痕迹。

夏管家刚吩咐厨房将菜端上来，可当他来到天井边的时候，发现四周一片狼藉，紫色蔷薇花瓣在空中飞舞，洋洋洒洒，而眼前已经不见了自家二少和苏姑娘……

"这……"夏管家怔在当场。

没有了千里火云兽，苏落漫无目的地走着。她的心碎成一片一片，脑子一片空白，有一种被整个世界抛弃、生无可恋的绝望感。她只觉得茫然，不知道该往何处去。前方有一个黑影，定定地立在路中央，双眼漆黑，眸中有一丝担忧。

少年纤细的身影被月光拉得很长，不知道什么时候等在这里的，也不知道等了多久。苏落茫然地看着他，迟钝的脑子很慢才反应过来："小克。"

看到小克的瞬间，苏落隐忍了许久的泪水终于决堤，倾泻而下。但是她没有冲上去抱住小克哭个痛快，而是与他擦肩而过，步伐加快。小克并未言语，只沉默地跟在她身后。两人一路沉默地往前走着，苏落走快，小克也跟得快；苏落走慢，小克也跟得慢。两人之间始终隔着十米的距离。

小克不知道怎么安慰她，只紧紧地跟着她，保护着她，不让她走出自己的视线。不知走了多久，前方出现一栋栋红色的欧式风格建筑物。漫无目的地走了一夜，没想到最后还是本能地回到帝国学院。

苏落走了一夜，也想了一夜。她想明白了：靠人人跑，靠山山倒，所以，最重要的还是靠自己的实力！

苏落握了握拳头，将南宫流云的影子从她的脑海里摒弃，甩甩头，恢复清新愉快的表情。至少，表面上是如此。

苏落转头，朝小克一笑："走那么慢，快过来。"

苏落看着小克，眼底有一丝愧疚。这孩子不知道她身上发生了什么事，也不知道如何问、如何安慰，但是他有着动物般的敏感，能够感觉到她的悲伤，所以，一整个晚上，他内心的惶恐肯定不亚于她。

苏落朝小克展颜一笑的时候，发现这少年明显松了口气，紧绷而僵硬的身体也微微放松。他走到苏落身边，那双漂亮清澈的眼睛定定地看着她。

他没有问发生了什么事，也没有说安慰的话，只定定地看着她，认真而严肃地告诉她："我在。"我在你身边，一直都在。

昨晚从静园出来的时候，苏落觉得自己被整个世界抛弃，人生荒芜到绝望。但是小克的这句话，在她枯萎的心房里注入了一股清泉。是啊，爱情只是生活的一部分，没有了爱情她还有亲情、友情，她还要收集十二大圣器，寻找父亲母亲大人，与天道斗……

她肩负着这样的重担，却陷入儿女情长，庸人自扰，实在不该。这段感情，苏落现在不想再提，她要将其冰封起来，留待以后再说。因为现在的她还有更重要的事情要做！

“小克，我们要变得很强很强，这样才不会被人欺负。”苏落朝小克伸出拳头。

“嗯。”小克的拳头跟苏落的在空中碰撞。

只是，感情的事，真的能够说冰封就冰封起来吗？南宫二少出手，苏落真的招架得住吗？

日子不紧不慢地过去。

南宫流云那边竟然一点动静都没有，甚至都没来找过苏落。如果说一开始苏落还对南宫流云抱有期望，经过这么长时间，苏落已经渐渐心如止水。似乎，南宫流云的痕迹真的被她从心里抹去了。

东华学院的日子，因为有了小克而变得热闹非凡。

这一日，精英班在许老师的带领下，下蟒域修炼。蟒域，顾名思义，就是蟒蛇成群出没的地狱，环境严苛，危险重重。不过精英班的学生没有让许老师失望，经历过一场殊死搏斗后，虽然不少人身上挂了彩，但他们是兴奋的。因为这次全班精诚合作，不仅通关蟒域，而且还创下了新的纪录。

正在大家休整完毕准备回学院的时候——

“不好啦！大事不好啦！”二班的一个人朝精英班飞奔而来，“南楚学院的学生暴动了！因为他们的第一、第二名回来了！现在正准备来我们东华找回场子呢！”

南楚学院？之前不是被他们家苏老大如入无人之境地进去杀人放火爆炸，最后不仅全身而退还拿到奖赏的南楚学院？

“嘿！南楚学院竟然敢跟我们斗，活腻了他们！”

“就算他们的第一、第二名回来又怎样？咱们有苏老大啊！”

“但是咱们苏老大最近连课都没上，将自己关起来，情况好像不太好啊。”

“而且你们知道吗，南楚学院的第一、第二名，可不是那么简单的，更何况这次更是神功大成来势汹汹啊！”

“怎么个不简单法？”

“他们的第二名周二飞，这次外出历练，回来后据说实力暴涨，号称打败芸韵不在话下！芸韵可是实打实的大圆满一星，他敢叫嚣，就说明他至少也是大圆满一星的实力！”

“这周二飞外出到底有了怎样的奇遇，实力居然大涨啊？”

“这还是南楚学院的第二名呢，你们知道他们家的第一名狂妄到什么程度吗？”

“什么程度？”

“这位南楚学院的第一名叫辛一豪，为人冷漠，全身散发着冰山般的气息，他没有多说什么，而是实实在在地将周二飞打败了。”

众人哗然，看来这两位王者归来后，很不好对付啊。

“咱们的苏老大呢？”

“苏老大在闭关修炼，据说这个月不会出来。”

“那怎么办啊？咱们班除了苏老大，可没人能拦住他们了啊，芸韵也闭关了，都不知道什么时候会回来。”

“就算芸韵回来，她也不会为我们出头吧？”

“怎么办？”东华学院顿时陷入了一种巨大的慌乱阴影中。他们都很清楚，苏落上次在南楚学院引爆炸弹球，让南楚学院遭遇了有史以来最大的耻辱，南楚学院定然会报复回来的，以前他们不担心，因为他们有苏老大嘛。可是现在，苏老大闭关了，他们该怎么办？

这种慌乱，一直到他们回到东华学院也没有停止。

小克虽然进了帝国学院。但是他课也不上，修炼也不去，每天就守在苏落的修炼室门口。

这一日，他听到了纷纷扰扰的动静，却并不觉得有什么，因为这些都不重要，重要的是守护姐姐。但是，越来越多的人往苏落所在的精英SS修炼室跑。他们当然不敢打搅苏落，一个个站在那里，翘首以盼，焦急万分，都盼着苏落能够及时出来。但是左等右等，他们家苏老大都没有出来的意思，这让他们心里极其绝望。

“南楚学院那边发来消息，他们家的第一和第二将会在今日午时，带着一大拨人前来复仇！”

“这可怎么办呀？你瞧瞧，咱们这第一的苏老大，闭关；第二的芸韵，闭关；第三的赵加……实力差上一大截，第四的严崇杉，实力还是差上一大截，第五的钱桂，重伤未愈；第六的苏蕾，重伤未愈……”

“哎哟，真是越数越心凉，根本抵挡不住啊，怎么办才好啊？”大家都急得满头大汗，不住跺脚，目光更是死死盯着修炼室那道门。

就在这时候，不知道谁看了通讯珏，大叫一声：“完了完了完了！南楚学院的那群人已经出发了！他们全院出动，除了外出历练的，其余的全部跟过来的，浩浩荡荡的，很可怕啊！”

修炼室门口，众人面面相觑，额头上汗珠滴滴滚落。

“苏老大，你倒是快出来啊！”

“苏老大，求求你了，没有你，东华学院这次在劫难逃啊。”

“只有在你的带领下，我们才有办法抵抗南楚学院的挑衅，不然的话……”后果简直不堪设想！

谁都知道，南楚学院这次是专门来找场子的。而这种事，老师不会参与。这也是帝国学院的传统。

但是，修炼室的门依旧紧紧闭着。有位纤瘦的少年双手抱臂，斜倚在门框上，皱眉看着他们。

“你们吵到她了。”少年小克冷漠地开口。

这里所有人都不认识小克，更不知道小克的实力。因为小克刚来的时候，那惊人的破纪录动作是悄然进行的，并没有公开。中帝学院来请他的事，也没有人知道。小克从来不去上课，整天只跟着苏落，拿着鸡腿啃，沉默寡言，很多人难免会将小克当成小跟班，而忽略了他真正的实力。所以，这群人对小克就不像对苏落那样尊敬。

本来就已经急死了，这少年又这么凶，就有同学被激怒了。

“我们又没有打扰苏老大，只是在外面等着而已，你这人怎么这么不懂礼貌？”

“就是，南楚学院的第一、第二来了，如果苏老大知道的话，一定会站出来的。”

“如果苏老大出关，却发现我们都被南楚学院打得半死不活，一定会怒发冲冠冲去南楚学院，可到那时候她孤身一人，如何是好？”

涉及苏落的安危，少年小克不由得皱了皱眉头：“什么破第一、第二，我一个人把他们全打趴下。”

众人一听，哎哟喂，这少年牛皮吹的，可真是不要脸啊！

“你以为你是谁啊，还把第一名第二名打趴下？咱们东华学院的前十名，可没你的位置！”这人叫常子烨，曾经跟费君平发生过冲突，后来被苏落教训了一顿。

小克冷冷一笑：“不服？”

常子烨：“当然不服！”

也不见小克什么时候动的手，众人只觉得眼前一花，再定睛看时，常子烨已经被踹到墙壁上了。

本来，被小克踹的话，常子烨不死也重伤，幸好在入学的第一天苏落就叮嘱小克，学院里打架，不要把人打死了，不然会有麻烦。

于是，小克见常子烨这么弱，怕真把他打死苏落会有麻烦，只用了一成的力。但尽管如此，常子烨仍被踹得头晕眼花，捂着肚子弓成煮熟的虾子形状。

众人全蒙了。这少年，原来是深藏不露吗？

众人面面相觑，随即，第二个人又冲了上去。小克以同样的姿势，脚下一踹，人就飞了。第三个人、第四个人、第五个人……最后所有人一拥而上！结果就是——飞！飞！飞！

一共十五个人，小克抬了十五次脚，把人全踹趴下了。这几天小克心里也憋着气，又无处发泄，于是，就发泄在这十五个人身上了。

“还有吗？”小克表示不满。他的气还没出完呢，怎么就没人可以打了？真扫兴！

而被踹飞的那十五个人虽然身上疼得快喘不过气，但是他们的精神是兴奋的。

“天，这少年是何方神圣？”

“这身手不下于咱们苏老大吧？”

“似乎比咱们苏老大还厉害，你们觉得呢？”

大家眼神对视后，顿时异口同声：“还有！”

“哪儿？”小克问。

“走！跟我们走，我们带你去打架！”这十五个被小克揍得鼻青脸肿的人，全部神采飞扬地簇拥着小克往外走。

而此刻，南楚学院的人已经到了。在辛一豪、周二飞的带领下，这群人非常嚣张！黑压压地冲进了东华学院。

他们还有口号："交出苏落！交出苏落！交出苏落！"

好几千号人，异口同声吼着这句话，那威力简直让人恐惧。南楚学院的人团结一致，东华学院的学生也不甘示弱，双方人员在训练场上对峙！

但是双方实力差距明显！东华学院这边领头的是第三、第四的赵加和严崇杉。

南楚学院那边领头的是第一、第二的辛一豪和周二飞。

看到东华学院的领头者，南楚学院的学生全部哄堂大笑，更加嚣张地喊着："交出苏落！交出苏落！交出苏落！"

面对即将爆发的大混战，南楚学院的老师们意气风发，东华学院的老师们则愁眉苦脸。

这事儿大条了。东华学院即将遭遇史上最严重的侮辱！但是老师们也只能干着急，不能出手。

手下跟呼延雷汇报这件事的时候，他气得一拍桌子："关键时刻，躲起来做缩头乌龟！苏落，你也就只有这点能耐了！"

可是人家闭关，呼延雷大人又不能跑去将她抓出来。如果人家正在晋升的关键时刻，被人打搅了，轻则前功尽弃，重则走火入魔，这样的仇如杀人父母，谁也不敢干的。所以呼延雷只能生闷气，却不能拿苏落怎么办。

而此刻，南楚学院的人发现东华学院这边的弱势后，一个个更是极尽嚣张。

"把你们的苏落叫出来啊！"

"不会是得知我们辛大人、周大人回来，早早地躲起来了吧？"

"之前不是很嚣张地跑来我们南楚学院闹事吗？现在躲起来做缩头乌龟啦？"

"简直可笑！"

东华学院的学生全部气得满脸涨红，却敢怒不敢言。因为一旦战斗，他们将会遭遇更多的侮辱。他们现在只能等，等苏落能赶上这场战斗。然而他们心知肚明，苏老大这个月是不会出关的，因为早早就得到了消息……

就在双方剑拔弩张的时候——

"来了来了来了！"

东华学院的学生都低头看自己的通讯珏，有一条群发一年级的消息：来了。

来了？肯定是苏老大来了！顿时，东华学院的人一个个眉开眼笑，精神振奋。

"你们瞎嚷嚷啥！我们苏老大来了！"

"看我们苏老大不把你们揍扁！"

"就是，看你们能横行霸道到几时，都给我们等着！"

东华学院的人一个个昂首挺胸，心情大好。

于是，就在这样的情况下，一群人簇拥着小克而来。

东华学院将这十几个人上上下下打量了个遍，脸色却越来越不好："人呢？"

"苏老大人呢？"

"不是群发消息说苏老大来了吗？"

在这一瞬间，大家忽然有一种非常不好的预感，因为他们似乎……误会了什么。

常子烨一脸茫然："苏老大在闭关修炼啊。"

"嘶——"东华学院这边的学生，全部倒抽一口冷气。

糟了糟了糟了……

常子烨这话说得响，所以南楚那边的人也都听见了。闻言，他们顿时捧腹大笑。

"哈哈哈哈哈！不是说你们苏老大来了吗？人呢？"

"快叫苏落滚出来！"

"苏落这个缩头乌龟！还不快滚出来！"

小克原本还只是凑热闹揍下人而已，但忽然听到那些侮辱苏落的话，小克少年顿时就怒了。自家姐姐最近心情不好，他连一句大声的话都不敢说。结果咧，这群人居然敢这么叫嚣，是可忍孰不可忍。

少年小克的巴掌拍了过去。砰砰砰——连续三掌，刚才辱骂苏落的三个人，身子顿时犹如断线的风筝，远远地砸飞出去。

四周……慢慢寂静下来。

东华学院这边鸦雀无声，南楚学院那边同样悄然无声。两边的学生，包括老师们，全部瞪着眼睛看着少年。

刚才被小克一巴掌拍飞的三个人，在南楚学院并不是无名氏，也是小有名气的，都是精英班前二十的人物。

这个人，到底是从哪里冒出来的？实力这么强大？

东华学院这边，原本因为苏落没来而绝望的人，在这一刻，眼睛瞬间闪闪发光。常子烨激动地跟大家说："他就是小克，苏老大身边的人，看实力并不亚于苏老大呢！大家可以放心了！"

可以放心了吗？大家心里总还是有一点怀疑的。

虽然击飞了三个人，但是小克并不解气，大大咧咧地往前一站，划下一条道来，冷飕飕的目光从南楚学院那群学生脸上扫过："你们，刚才，谁，辱骂，苏落的，自动，站，出，来！"小克说话声音清晰，一字一顿。

南楚学院的人，原本何等骄傲得意，但是在小克的目光中，那么黑压压的一群人，就仿佛被集体冰冻住一般，怔在当场。

小克冷冰冰的目光扫过："没人站出来？很好——"

小克的视线转向站在不远处的南楚学院的那位老师："你是领头的？"

这位老师是南楚学院的教导主任，慕容老师。出身于慕容家的慕容主任，得到了慕容沫的命令，在学院里对苏落下绊子，所以这次南楚学院气势汹汹而来，有很大一部分原因，是这位慕容主任在暗中搞鬼。慕容主任站在边缘，因为这是学生们的战斗，他过来只是监督大家不能闹出人命而已。就好像东华学院这边，呼延雷大人也带着一群老师在一旁观战一样。

慕容主任没想到小克手指一指，就指向他，顿时，他感觉无数目光都集中到他脸上。慕容主任冷冷一笑："东华学院的学生都这么没礼貌的吗？"

小克懒得跟他废话，而是直接说："你是对面这群人里实力最强的，所以领头的必然是你，别废话，给我滚出来！"

小克绷着脸，神情认真而强势，简直霸气侧漏。哗——所有在场的人，这一瞬间，全部倒抽一口冷气。

这位少年简直……暴强啊！那位可是南楚学院的教导主任，除开这一身份，人家还是慕容家族的子弟，这位少年居然直接让他滚出来啊……

呼延雷大人也倒抽一口冷气，老脸为之一抽。他见识过苏落的狂妄，但是跟这位小少年一比，简直是小巫见大巫。

慕容主任被小克气得差点绝倒，他指着小克："你这个……你这个小子！看我不打死……"

慕容主任被气得差点丧失理智，但是他很快反应过来，现在是学院双方学生的战斗，一旦老师出手，那后果就会变得很严重。

小克可不管，朝慕容主任一指："死老头，还不快滚出来受死！"

"噗！"东华学院这边的学生，一个个笑喷出来。

帝国学院的学生狂妄的也不少，但是狂妄得指着对方教导主任的鼻子骂死老头，还让对方滚出来受死的，还真是有史以来第一个……

"你！"慕容主任差点被气得脑溢血，但是他又确实不能亲自下场跟小克打，他能做的，就是让他们学院的学生替他争这口气。

事实上，小克这一举动，确实惹得南楚学院的学生怒了。他们虽然也在心里天天骂教导主任，但是别人骂不行！

排名第二的周二飞同学猛然间站出来，冷冰冰地斜睨小克："小子，你很嚣张啊。"

小克冰冷的目光轻蔑地扫了他一眼，认真地摇头："你不是我的对手，滚吧。"

南楚学院那边的人简直快被小克气死了，慕容主任更是被气得说不出话来！

这少年，以他的目光看，境界也没多高，不过是神化九星的境界，比周二飞差多了。他就不信了，大圆满一星的周二飞会打不过神化九星的这个臭小子！

慕容主任冷笑。他觉得就这样让周二飞将小克打趴下，一点都不解气，于是他提出："不如，我们来赌点东西吧？"

小克冷冰冰地扫了这死老头一眼，都说那人不是自己对手了，怎么还赌东西？老糊涂了吧？

慕容主任还不知道自己这样被小克鄙视，朝小克冷冷一笑："如果你赢了，这块白云珏给你，但要是你输了，你得给我们南楚学院扫十年的厕所！"

慕容主任认为，小克一定会答应的！因为白云珏对于从神化九星晋升到大圆满一星，帮助是非常巨大的，可以说是生死一线之别。

众人也都盯着小克。输了不过是扫十年厕所而已，答应吧，快答应了吧……

小克却皱皱眉头：“什么破石头，送我都不要。”小克家里可是有一位主神娘亲，什么宝贝没有，这种破东西给他家铺地板都不配，居然还想让他扫十年厕所？这老头脑子是豆腐做的吧？

居然被拒绝了？慕容主任也难以置信。不过他很快就想明白了，肯定是这少年害怕了，露怯了，哈哈哈，叫你狂，叫你再狂妄啊！

慕容主任冷冷一笑，从空间储存袋里又拿出一样东西，这是一袋火红色沙土，通过透明的袋子，可以看到沙土里有一种火红色的光芒闪耀。

慕容主任冷笑：“那就赌落日红沙！”

什么破沙子，烦不烦啊！小克刚想拒绝，邹老师却暗中拉了他一把。当初昇龙号上知道小克厉害的人不多，而邹老师正好是其中一位。老邹当初想抓黑衣人，被小克揍得够惨，所以他知道小克的实力。

这落日红沙可是老邹心心念念想要的宝贝，于他修炼很有好处，可惜平日里慕容云峰藏着捂着跟宝贝似的。

小克瞪了他一眼：“老头你干吗？”

老邹嘴角微抽，但还是压低声音：“小克啊，过来过来。”

小克不耐烦地瞪他。老邹声音很低，带着一丝请求：“你跟他赌好不好？赢了我分你一半，厕所也不用你扫。”

小克冷笑：“全分给我我都看不上，还分一半，你在搞笑吗？”

老邹抓抓脑袋，终于想出了一个好办法：“那要不这样，赢了我另外给你一个金凤天沙，这东西对你没什么用，但是对你姐可有用了，输了的话，厕所我帮你扫，你不管输赢都是稳赚啊，对不对？”

金凤天沙？姐姐要？

不等小克答应，老邹又许下条件：“你要是赢了的话，以后我的课你都可以不来上的，还给你满分。”

“只要挥挥拳头，就有这样的好事？”小克狐疑地看了老邹一眼。

老邹简直绝倒。哎哟！对于你来说那是挥挥拳头的小事，可对于别人来说，要打败周二飞简直是不可能完成的任务好吗？

“你说，我敢骗你吗？”老邹苦着脸。

小克一想，也对，这小老头要是敢骗自己，那就揍他。

小克点点头，正要往战斗台上跳去，老邹又拉住小克。

“你好烦！”小克不耐烦地瞪着这小老头。

邹老师在这学院里也是受人尊敬的主，但是在小克面前，他被直呼小老头反倒觉得显得亲切。

“小克啊，咱们商量个事儿成吗？”老邹很不好意思地搓着手。

“快说。”小少年黑着脸。

老邹就吞吞吐吐地说：“那个啥……你能不能赢得困难一点？最好跟对方激战几百回合，最好再受点伤，才勉强赢了……这样好不好？”

“什么？”小克像看白痴一样看着这小老头。

老邹压低声音：“那慕容老头手里还有好东西呢，你要是一拳头把周二飞给打飞了，那后面的好东西就骗不出来了……”

少年小克皱眉思考着。老邹当即一剂猛药：“说不定这慕容老头下次拿出来的东西，正是你姐姐需要的呢？”老邹算是摸清楚小克的脉搏了。这少年很不好讲话，但是一旦涉及苏落，他却是最好讲话的。

少年小克冷飕飕的目光瞥了老邹一眼：“当真？”

“童叟无欺啊！”老邹举双手保证。

“那好吧。”小克皱皱好看的剑眉，跳上战斗台，绷着脸，严肃地对周二飞说，“本来想一拳头拍飞你，不过我想了想，还是决定花两百招来打败你，行了，别废话，出招吧！”

天可怜见，小克说的可全是大实话。可是，众人的反应却是——噗！一个个都喷了！见过狂的，没见过这么狂的！

慕容主任更是差点一口老血喷出来！你要是大圆满二星、大圆满三星，然后说出这番话来，那也算你有底气，但是你这个神化九星境界，竟然在大圆满一星面前说这样的话，简直可笑！

周二飞也被逗乐了。他虽然还是大圆满一星初阶，但是对付眼前这个小少年，简直易如反掌。所以，他也狂妄地冷笑道：“别说两百招！二十招之内我就能打败你！”

小克用看白痴的目光看着这个人。世上愚蠢的人怎么那么多？

接下来就是战斗了。

可怜的小克，他明明可以一脚将对方踹飞然后回去继续守着苏落的，可是，约定了两百招，不能多也不能少啊。那既然数量上没办法改，就改速度吧。于是，小克打得那叫一个神速，只见一道道残影飞过，周二飞根本反应不过来。

双方一上手，周二飞就意识到不对劲。他完全打不着小克，而小克明明可以一脚踹飞他，结果每次都擦过。

就在周二飞还没反应过来的时候——

“一百九十九招了。”小克出声提醒周二飞。

周二飞很茫然，一百九十九招怎么了？然而下一刻，却见小克飞起一腿，朝周二飞腹部重重踹去。周二飞还没反应过来，就已经被小克踹下了战斗台。

这时候，小克忽然想起来，那小老头可是让他再假装受点伤的……怎么办，人都被他踹下去了啊。

可怜的小克，想了想，噔噔噔后退三步，假装自己被反震向后。老邹捂住脸，简直不敢看……这演技，连三岁的小孩都骗不到。

众人一看，顿时：“……”这演技，还能再假一点吗？

慕容主任看着小克，眼眸危险地眯起。刚才他看得清楚，小克的实力确实比周二飞要强，他说两百招，还真的是两百招啊。看到少年噔噔噔地后退三步，慕容主任心里也是一震，少年这是在故意装弱？

对，也不对！

慕容主任生性多疑，所以又多想了一层。小克这拙劣的装弱演技，是想告诉别人，他在装弱，他的实力其实比周二飞强很多，如此一来，就能震撼全场，甚至就连辛一豪也能被震慑住。

慕容主任朝南楚学院这边的学生望去。果然，他们看着小克的目光带着一丝敬畏，还有恐惧！甚至连辛一豪，眼中也有一闪而过的惊色。

慕容主任不由得朝小克竖起大拇指。这少年，好会装！只怕他接下来又会狂妄地大放厥词，然后将南楚学院的学生吓走。

不得不说，有时候，还真是错有错着。

小克将周二飞踹下去后，又恢复了他的狂妄本色：“还有谁敢挑战的？抓紧时间，我很忙！”

南楚学院的学生都被小克刚才那故意装弱的一手演技给镇住，心里都七上八下的，拿不定主意。

就连辛一豪，也在权衡小克的真正实力。

小克狂妄地冷笑：“不敢上来？那就滚出去！留在这里真占地方。”

“哈哈哈哈哈！好！”小克这句话简直太解气了，东华学院的学生全部捧腹大笑，拍手叫好。

之前他们被南楚学院的学生压制着，被他们欺辱，现在有了少年小克，大家顿时有一种昂首挺胸的自信！

慕容主任冷笑：“辛一豪，你上去。”

“老师……”辛一豪皱了皱眉。

慕容主任瞪了他一眼：“老师已经看出他的把戏了，这小子在故意装大尾巴狼，实际上他的实力就比周二飞强一点点，你是货真价实的大圆满一星巅峰实力，无须怕他！”

辛一豪闻言，恍然大悟，惊出了一身冷汗。他抬头，深深地看了那位狂妄的少年一眼。刚才，他竟然犹豫着不敢上去，他是大圆满一星巅峰啊，居然惧怕一位神化九星的少年，他的强者之心呢？

辛一豪知道，就算是为了稳固他的强者之心，这一战，他也必须要打。于是，在所有人的目光中，辛一豪一跃而上，跳上战斗台。

小克转头去问慕容主任：“死老头，继续啊。”

“继续什么？”慕容主任不解。

“赌啊！”小克很不耐烦地瞪他，自己演了好半天的戏，那么辛苦，不就是骗他要好东西吗？

慕容主任绝倒：“……”

慕容主任赌气：“不赌了！”

小克横眉冷竖：“你确定？”

慕容主任很确定地表示：“就是不赌了！”刚才那一斤落日红沙，简直心疼死他了。

小克戏演得那么好，他居然说不赌就不赌，简直欺负人啊。

“很好，那你们准备挨揍吧！”小克一肚子火气，而且刚才打周二飞一点都不过瘾，所以——

小克回头对东华学院的人说：“我要去打架了，你们随意！”

这个时候，东华学院和南楚学院的学生都还面面相觑，有点不明白小克这句话的意思。

说完，小克也不多解释，只见他飞身而起，直接一脚踹向辛一豪。辛一豪冷笑，身形一动，避开了小克这一脚。但是，他没有想到，小克的速度竟然那么快，第一脚避开，第二脚又已经到了他的面门。第二脚继续避开，第三脚已经到了他的咽喉，第三脚避开，但是第四脚——

小克用了四招，将南楚学院的第一名辛一豪同学踹飞！可怜的辛一豪，之前声势造得多么轰轰烈烈，现在却被踹得风筝似的，越飞越远……

周二飞被踹晕过去，辛一豪又被踹成风筝飞走了，南楚学院的学生现在可谓群龙无首。而这个时候，小克直接冲进人群，哗啦啦一拳头过去，五六个人就被他撂倒了。一记腿风扫去，又是五六个人被扫飞了。这简直就是凌虐啊！单方面碾压的凌虐！

东华学院的人一看，顿时两眼放光！直到这一刻，他们才终于明白小克刚才那句话的意思，原来他说的要去打架，是这意思啊。

赵加看得简直兽血沸腾：“同学们！南楚学院的人跑来东华学院挑衅，我们就任由他们挑衅？”

“不！”

“南楚学院的人跑来东华学院侮辱我们，我们就任由他们侮辱？”

“不！”

“那我们应该怎么办？”

“打回去！”

这群血气方刚的少年，热血全部被激活，瞬间沸腾起来。

赵加带头朝着前方的南楚学院冲去：“杀！”

“杀！”一大拨东华学院的学生犹如汹涌的浪潮，滚滚而去，杀气腾腾！

南楚学院的学生都有点傻眼了。现在的形势已经完全逆转。之前是南楚学院有第一、第二名领头，所以他们稳操胜券，斗志昂扬，嚣张跋扈，对东华学院极尽侮辱。但是现在情况完全反过来了。小克一出手，南楚学院的第一、第二名就被踹飞了。接下来小克带头冲进南楚学院的人群，一出手就横扫一大片，看得人胆战心惊。如此一来，南楚学院的士气瞬间降至冰点。

赵加带领东华学院的全部学生趁乱冲进去，拳打脚踢，下手暴狠。全场一片混乱。老师们也是嘴角抽搐，有些傻愣在当场。

这是学院跟学院的群殴啊！一个不慎引起死亡，那后果就严重了。而且，多了小克这么个异数，原本弱势的东华学院瞬间就像强壮的血牛，攻击力那叫一个强啊！

可怜的南楚学院，他们原本是过来找场子的，但是现在别说场子了，命能保住都算万幸了。

其实南楚学院这些人都得感谢苏落。要不是她有先见之明，教育小克不能杀人，南楚学院的这群人在小克手下，早就死得干干净净了。

慕容主任一直目不转睛地盯着战斗场，这一看，顿时老脸僵硬，气得涨红。这群东华学院的人真无耻啊！他们专门跟在小克身边。

小克一道掌风推出去，南楚学院的人至少被拍飞五六个，然后东华学院的学生就好像伺机而动的猎人，一支小队冲上去，对准这五六个人就是拳打脚踢，直到将他们打得半死为止。

如此一来，南楚学院的学生不断倒下，东华学院的学生却毫发无伤，越战越勇。南楚学院原本浩浩荡荡的五千人，此刻已经剩下半数不到了，其余的一大半，全倒地上，有的哀号，有的痛晕过去。

慕容主任一看形势不对，就冲呼延雷嚷嚷："老雷，看在我们多年的交情上，适可而止吧。"再打下去，南楚学院真要全部躺下了，他丢脸不说，也没办法跟上面交代啊。

呼延雷看到小克那上蹿下跳的样子，也有些不爽，于是点点头："胜负已分，再打下去就伤了两院的和气了，就依你所言。"

于是，慕容大人和呼延雷大人手一抬："住手！"

南楚学院的人巴不得赶紧停止战斗，所以下意识地住手，但是东华学院这边，大家本来打得正嗨呢，突然住手，什么意思啊？难道不记得南楚学院的人之前是怎么侮辱我们的吗？东华学院的学生们全部心不甘情不愿，满脸怨念。

然而就在这时候，一道身影忽然朝慕容大人面门袭去，慕容大人感觉到危险来临，但是还没来得及做出反应，就感觉右眼眶一阵剧痛。等他反应过来要动手时，小克早已经跳出战斗圈子，对怒气冲冲追上来的慕容大人说："你自己说停止战斗的，还追？要脸不？"

慕容大人捂着被小克一拳头打成熊猫眼的右边眼眶，气得差点跳脚。

东华学院的学生看到南楚学院的教导主任被小克揍成熊猫眼，还被气得差点跳脚，全部哈哈大笑起来。爽！真是太爽了！

小克扫了气呼呼的慕容大人一眼，一脸迷茫地说："不是停战了吗？你们怎么还不走？又没留你们饭。"

"哈哈哈哈哈——"东华学院的学生顿时捧腹大笑。

小克大人太逗了，毒舌得大家好开心。事实上，小克不是在逗他们笑，他是真的这么想。

慕容主任朝呼延雷冷冷一笑："这就是你们东华学院的态度？"

呼延雷本来就看小克不爽，于是板着脸，瞪着小克："还不快跟慕容大人道歉！"

小克用看白痴的目光看了呼延雷一眼，看得呼延雷内心一悸。他忽然意识到，小克是能一拳头把慕容主任砸成熊猫眼的，小克不会也对自己来这么一下吧？想到这，呼延雷大人心里对这不按常理出牌的小克生出一抹恐惧。

小克扬了扬拳头，冷笑一声，转头离去。因为姐姐说过，这臭老头虽然长得丑，但好歹是什么主任，能不揍尽量不要揍他。

看着小克骄傲地扬长而去，呼延雷大人忽然有种松了口气的感觉。慕容主任却瞪大了眼，故意挑拨："呼延雷，你们东华学院都这么以下犯上的？你这教导主任很没威严啊。"

呼延雷冷冷一笑："煮熟的鸡蛋热敷，活血散瘀非常有效，言尽于此了。"

"你！"被戳到痛处的慕容主任暴怒。

呼延雷又故意气他："天才总是特立独行的，我为我们东华学院有这样的天才而荣幸，慕容主任一再质疑，是因为你没遇到过这样的学生啊。"

慕容主任差点一口老血喷出。最后，他只能怒气冲冲地带着四五千南楚学院的学生回去了。他们来的时候斗志昂扬，群情激奋，走的时候鼻青脸肿，垂头丧气。

东华学院荣誉保卫战，没多久就传了出去，西夜学院和北雪学院也是尽人皆知，就连中帝学院都有人在传播。小克一战成名，一跃成为跟苏落并列的两位老大之一。小克对于这些传言，一概无视，漠不关心。现在这位瘦削少年依旧双手环胸，靠在门框上，静静地等待着他姐姐出关。

苏落这次闭关，除了巩固神化八星实力，同时还将她身上的技能上升了一个境界，战斗力大大增强。空间奥体神功五十重！灼阳奥体神功五十重！因为需要无数的灵气，所以苏落就在精英SS修炼室里，一待一个月。

等苏落出来的时候，她看上去还是神化八星实力，但是战斗力大大增加了。

本来陨落红莲也能升级的，只是现在的精英SS修炼室里面的火焰精魄它已经很傲娇地不要吃了，这让苏落很发愁。

当苏落打开门，第一眼看到的就是小克。小克目光定定地望着苏落的眼睛。

"你看什么？"苏落没好气地问。

"眼睛。"小克老老实实地回答。上次红肿得跟桃子似的，现在看上去恢复正常了。

如果说，这世上还有一个人不会说谎，那这个人绝对是小克。他说的，从来都是真话。苏落没好气地白他一眼。

小克从怀里拿出一只袋子，丢到苏落怀里，一句话也没说。苏落接过袋子一看："咦，这是什么？"

苏落还没辨认出是什么，却见她身上的陨落红莲兴奋地尖叫："金凤天沙！"

不等苏落反应过来，陨落红莲已经一把夺过金凤天沙咔嚓咔嚓就给吃干净了。苏落目瞪口呆，还没来得及多问，就见陨落红莲朝苏落一挥手：“好东西，继续要，五十斤，我去修炼了。”说完，陨落红莲就一溜烟跑不见了。

五十斤？苏落差点吐血。刚才小克拿过来的充其量不过一斤，陨落红莲好大的胃口，一开口就是五十斤，叫苏落去哪里买？

而就在这时候，中帝那位副院长竟然又亲自过来了。冷副院长看着小克，声音冰冷：“院长有请，快跟我走。”

冷副院长所谓的院长，那可是大人物，神秘莫测，就连中帝学院的学生都不曾见过他。对于别人来说，帝国学院的院长召见，那绝对是兴奋得快疯掉，小克却一点兴趣都没有，甚至都懒得看这位冷副院长一眼。

冷副院长本来以为，自己都亲自过来请人了，够给面子了，这小少年再狂妄，至少也会收敛点吧？结果，竟然跟上次一样傲慢无礼。若是上次那样，冷副院长肯定甩手扬长而去了，可是，他明显感觉到，上次他没有请到苏落和小克，院长大人对他已经隐隐有些不满了。

想到这，冷副院长不得不隐忍怒意，看着小克，挤出一抹很勉强的笑：“之前的东华学院荣誉保卫战，你做得很好，院长大人肯定会奖励你，如果你不去的话，东西可就没有了。”

小克皱皱眉头：“我没有想要的。”

冷副院长差点被噎死。修炼之人怎么可能没有想要的？就连他冷彦明，修炼到这种程度，也还是希望有更多有助修炼的宝贝啊。

苏落忽然目光一亮，对小克说：“去吧去吧，问问院长大人有没有五十斤金凤天沙。”

小克：“哦。”

冷副院长看着小克，还没等他说话，小克已经催促他了：“快走啊！动作怎么这么慢！你有痴呆症吗？”

冷副院长差点被小克气死！不过，他还是狐疑地看了苏落一眼。他纡尊降贵亲自过来，甚至抬出了院长大人，都没让这位小少年有一丝反应，结果苏落一开口，小少年就催促着赶紧走……冷副院长也是服了。

小克被冷副院长带走，不过苏落还疑惑呢，什么东华学院荣誉保卫战？于是，苏落拿起通讯珏……然后，她怔怔地看着通讯珏，半晌没有动作。

如果这时候有人经过她身边，一定能感觉到她周身的悲伤。这个白玉通讯珏，是南宫流云送的，是他亲手修复的。苏落想也没想，抬手将通讯珏从手腕上摘下，丢进了空间的角落。

说冰封，那就要冰封得彻底。千里火云兽还了，通讯珏封存了，说好了不再想念，但是想到这个名字，心里还会隐隐作痛，会瞬间沉默下来。

小克的事，倒不用专门找人打听，因为苏落刚出修炼室，就有学生高高兴兴地跟苏落打招呼：“苏老大你可出来了！跟你说啊……”

然后，苏落就知道了小克霸气侧漏的事迹。但听到小克一拳头将慕容老头揍成熊猫眼，她差点笑喷了。果然是无所畏惧的小克。

有时候想想，小克才是最幸福的。有背景强大的娘亲，有数之不尽的修炼资源，有卓绝的天赋，有一切最好的东西，人生简直完美。不过，有一个人的人生比小克还完美，他就是……苏落摇摇头，不能再想了。

过去那么多年，习惯了任何事情第一时间想到南宫流云，所以这是苏落现在戒不掉的习惯。苏落觉得自己得找些事情做，不然的话会胡思乱想。现在的她，该做什么呢?

金凤天沙，五十斤，就算院长那里有，也不可能一下子给这么多吧？所以，还得从别处想想办法。

苏落很快就想到了，别的地方或许没有，但是炼药师公会绝对有。更何况，苏落早就答应了那四个老头要过去的。于是，苏落直接朝炼药师公会而去。

但是没走多久，苏落就发现，有人在跟踪她。到底是谁？意欲何为？苏落能够感觉到，对方的实力很强，但是没有要杀她的意思。于是，苏落也不点破，一路朝炼药师公会而去。

炼药师公会依旧雄伟壮丽地伫立着，仿佛千万年来，静静地看着周围的人事变迁。

接待处，依旧是那位圆脸小姑娘。她听到脚步声，习惯性地抬头，随即，眼眸中顿时爆发出火热的光芒。

“苏姑娘！”接待小姑娘一个箭步冲上来，紧紧拽着苏落的衣袖，生怕她会跑走似的。

苏落有点被她的热情弄蒙了：“别着急，我既然来了就不会跑，你先放开我的衣袖，然后告诉我发生了什么事。”

接待小姑娘难掩心中的激动：“苏姑娘，你终于来了啊！那四位皇级炼药师这一个月来天天跑这来问你过来没有，一天要问五六次，简直……吓死我了啊。”

苏落：“……”

其实也难怪接待小姑娘激动，平日里这四位皇级炼药师，哪个不是高高在上、倨傲冰冷、受万人敬仰的主？但是这一个月来，四位皇级炼药师就跟小孩似的，天天黏在接待处，开口闭口就是“那丫头来了没，那丫头说了第二天来这都几个第二天了？那丫头说话不算数我要把她开除”！

每天晚上他们都会气呼呼地回去，然后第二天又跑来问接待小姑娘何曾见过这样的大人物？天天被他们逼问，她精神压力大得都快要自杀了。所以，当她看到苏落，就跟看到救命稻草似的，生怕她跑了。

苏落顿时轻笑起来：“好了，你现在可以通知他们我过来了。”

苏落知道那四个老头为什么眼巴巴地等她来，因为她欠他们一个解释。药王谷的皇级炼药师考核他们是看不到的，当时苏落赶得急，没来得及告诉他们，难怪他们好奇地天天跑来问。

接待小姑娘将苏落到来的消息送上去，忽然，她眼尖地发现外面有个鬼鬼祟祟的身影。接待小姑娘问：“那人是谁啊？保护你的人？”

苏落摇头："不知道是哪个神经病家族出来的，一路上跟着我，也不知道要干吗。你说，这个家族是不是有病啊？"

接待小姑娘："就是，管他什么家族，只要得罪咱们炼药师公会，就没好日子过。"

苏落继续挑衅那位跟踪者："是啊，也不知道这家族是不是人渣中的极品，禽兽中的禽兽，或是哪种动物生出来的混血儿……"苏落一连串的话，骂得又狠又毒，而且还不带脏字，接待小姑娘都服了！

苏落有些怀疑外面那位跟踪她的人是慕容家派来的，但不是很确定，所以现在才会故意挑衅他、激怒他。果然，这人忍了又忍，实在忍无可忍，气冲冲地朝苏落走来。

然而，炼药师协会可不是任何人想进就能进来的，而且这个人的目标明显就是苏落。

炼药师公会千万年来屹立不倒，有一批强大的修炼者守护是关键。所以，当这个人怒气冲冲地跑进来时，当即被人按下了。

苏落笑眯眯地在他前面蹲下，慢悠悠地打量着他："慕容家的？"

这人冷冷一笑："我是龙凤族的！"

"龙凤族吗？"苏落淡淡一笑，"我最讨厌龙凤族的人了，杀了。"

"喂！"这人朝苏落大声喊着。

"你是龙凤族派来的吗？"苏落淡淡一笑，继续问他。

"我……"

"慕容沫给了你多少好处，让你违背家族意志，转而帮她个人办事？"苏落慢悠悠地看着他。

苏落的精神力很强，目光盯着这个人的时候，盯得他有些眩晕，眼见着真相即将被说出的时候，他却反应过来了。苏落不由得懊恼，如果她能学到神瞳之术就好了，审讯的时候，精神力集中，神瞳一射，对方就会被控制心神，老老实实地将实情说出。

这是当初黑白师父闲着无聊的时候说给她听的，可惜了，两位师父也不知道去哪里寻找神瞳之术的功法。真是让人遗憾的一件事啊。

虽然问不出来，不过苏落基本已经确定这是慕容沫的动作，于是挥挥手："拖下去打。"

那人非常不服气："凭什么？你以为你是谁啊！炼药师公会的人怎么可能会听你的？！"

苏落淡淡一笑，她也没拿出皇级炼药师牌子，而是拿出药王谷闯出来的大师级炼药师牌子，在炼药师协会的那群人面前一晃。

谁不知道药王谷里闯出来的牌子是高人一等的？而就在这时候，副会长大人得到消息，急急忙忙跑下来，其余的三位也中断了研究，亲自跑下来迎接苏落。于是，在四位皇级炼药师的簇拥下，苏落被请到了副会长办公室。

熊天平一开口就吐槽："你这丫头，说好了第二天来，这都多少天了，怎么现在才来？"

苏落笑了笑："忙。"

副会长摆摆手："好了好了，闲话不谈，现在你可以说说闯药王谷皇级炼药师的时候发生的事了吧？"

苏落淡淡点头："你们知道绝代药王吗？"

"绝代药王火红鸾？"四位炼药师都睁大了眼睛瞪着苏落。

苏落点点头："我碰到了绝代药王火红鸾……"

"不可能！"熊天平重重一拍桌子，"火前辈早已经……反正绝对不可能！"

苏落没好气地白了他一眼："我碰到了绝代药王火红鸾身上的红鸾凤袍。"

接着，苏落就将那日的事情跟诸人说了。听完后，大家都惊讶不已。副会长说："绝代药王前辈身上的红鸾凤袍都能修炼出神智，她却香消玉殒，让人悲痛……"

"香消玉殒吗？"苏落狐疑地看了他们一眼，"可是那红鸾凤袍说，等我闯药王谷神级炼药师的时候，火红鸾前辈就会亲自出来会我了啊。"

"你说什么？！"四位皇级炼药师瞬间盯着苏落，眸中有着极度难以置信的神色，"这不可能，火红鸾前辈已经死了，怎么可能亲自出来考你？这不可能。"

苏落摊手："等我晋升神级炼药师的时候不就知道真假了嘛。"

"也对哦。"众人恍然大悟。可是随即又一想，神级炼药师！至少也得几百万年后……咦，不对，这丫头修炼到皇级炼药师也才不过三百年，若是这世上还有一个人可以晋升到神级炼药师，大概也就只有她了。

苏落问："药王谷又是怎么回事？"

副会长解释，跟药王谷里那位红鸾凤袍的话差不多，当年火红鸾前辈有两位徒弟，在她死后，师兄弟反目，大师兄建立了炼药师公会，小师弟建立了炼药师殿堂。

副会长看着苏落："知道祖师爷为什么跟当年那位小师弟分道扬镳吗？"

苏落摇头，好奇地看着副会长大人。副会长认真地说："因为当年祖师爷的小师弟在人体上炼毒，然后吃人！"

"炼毒？吃人？"苏落皱眉。

副会长大人点头："他们用毒在人体上做实验，实验成功后，会把这个人吃下去，从而练就百毒不侵，成为万毒之王。"

"我们炼药师公会救人，炼药师殿堂则毒死人。"

"我们炼药师公会堂堂正正，光明正大，炼药师殿堂却邪恶、阴森、毒辣。如果说我们炼药师公会是光明的代表，那他们炼药师殿堂就是黑暗的化身。"

苏落淡淡地看着副会长大人。副会长大人跟她这么详细地介绍炼药师殿堂，绝对不会无的放矢的。

副会长问苏落："现在有谁知道你是药王谷闯出来的皇级炼药师？"

苏落说："很少。"

副会长大人："你要记住，炼药师殿堂最喜欢干的事，就是摧毁炼药师公会的天才炼药师，特别是年轻的天才炼药师。”

说到这，副会长大人叹息一声：“这么多年来，炼药师天才不少，为什么到最后就只有我们四位皇级炼药师？因为他们都在中途……陨落了。”

这自然是炼药师殿堂干的。

副会长严肃而认真地盯着苏落：“一旦你的事被传出去，炼药师殿堂绝对会盯上你，他们善于用毒，善于隐匿，善于暗杀，以你现在的实力，根本无法自保。”

苏落点点头。

“所以，务必保密。”副会长说，“我会在炼药师公会给你安排一个职位，本来以你的实力当长老都绰绰有余，不过这样太引人注目了。”

“不安排职位不行吗？我还要在帝国学院，可能没办法经常过来。”苏落说。

副会长大人没好气地白了苏落一眼：“你现在可是我们炼药师公会重点保护的人，不安排职务，怎么有理由安排人保护你？你真以为炼药师殿堂在咱们炼药师协会里没有藏人吗？”苏落一想，也对。

“所以，只能委屈你，降低一级，去药方阁待着吧。”副会长说，“至于时间，你放心，你现在当务之急就是将自己的实力提升上去，这样我们几个老头才不会整天提心吊胆，担心你会被人半夜切割了脑袋。药方阁管理上早就步入正轨，有副阁主管着，你只是挂个名，偶尔有空去走走就行了。”

苏落：“哦。”

“你刚才对外拿出的是药王谷大师级炼药师牌子，这很好。”副会长大人夸奖她，“以后对外，你就宣称是大师级炼药师，这样的实力，既不会引起炼药师殿堂的注意，又符合你的年纪。”以苏落现在修炼三百年的时间来说，能够晋升到药王谷大师级炼药师，也已经够得上天才的标准了。

苏落点点头，便算是达成协议了。

有了炼药师公会这层保护，苏落往后在帝都的路就会好走很多，她也算是有背景的人了。

苏落忽然想起此行的目的，于是问副会长大人：“公会里有金凤天沙吗？”

“怎么没有啊，多的是，你要多少？”熊天平问。

金凤天沙是修炼火元素武者梦寐以求的东西，就连东华学院的那位邹老师，他失去一斤金凤天沙也是肉痛得不得了。

但是苏落现在在炼药师协会里可是受这四位皇级炼药师力宠的，有好资源自然都向她倾斜。

苏落淡淡一笑：“先来五十斤吧。”

“噗——”熊天平差点一口水喷出来，“五、十、斤？你当这金凤天沙是大米啊？哪里会有五十斤这么多！这是修炼的东西，不是药材。”

牛孺子这边已经询问清楚了，对苏落说：“库存有三十斤，要不先拿去？剩下的我们炼药师公会替你收集？”

炼药师公会要的东西，只要布告一发出去，就响应者众，因为谁都想要炼药师公会欠自己人情。

苏落点点头：“也行。”

办妥了这件事后，她便在副会长的带领下，朝药方阁而去。其余的三位都回去他们自己的研究室，继续研究他们的新药方了。

副会长到的时候，药方阁的副阁主已经到了，恭恭敬敬地迎接了他们。副会长简单地交代：“她叫苏落，以后就是药方阁的阁主，有什么事你直接请示她，不必跟我请示。”

副阁主眼眸中闪过一丝微讶。副会长大人冷着脸：“听清楚了？”

副阁主赶紧点头：“请副会长大人放心，我一定会好好辅助苏阁主，管理好药方阁。”

副会长大人点点头，又温和地问苏落还有什么需求。苏落摇摇头，轻笑道：“我也就是过来熟悉下，以后有什么问题当然是直接找副会长大人你了，我是不会客气的，因为我不是个会让自己受委屈的人。”

副会长轻笑起来：“这个性子好，谁也不能给你委屈受。”他又交代了几句后，就自己忙去了。

副会长大人走后，这位副阁主看苏落的目光就有那么点不对味了。那种审视的打量让苏落感到不舒服，于是她冷冰冰地瞪对方一眼。

副阁主阴冷一笑，上任阁主去了后，副阁主一直以为自己会是阁主继任人，所以他兢兢业业，认真卖力，但谁知道，竟然空降了这么一个年轻的小姑娘，这不是开玩笑吗？

副阁主朝苏落瞟了一眼，不阴不阳地冷笑：“请问阁主大人，是哪个等级的炼药师啊？”

苏落也不瞒着：“大师级炼药师。”

副阁主差点跳起来，他可是宗师级炼药师，都还是副阁主，结果这小丫头居然以大师级炼药师的身份，空降下来当阁主？他常均培不服！

常均培不服苏落，所以也就不搭理她。苏落想，我还不想搭理你呢，反正你管事我管你，出了事我只管找你就是了。

不得不说，苏落的这个办法，简单直接有效，直指重心。如果常均培知道苏落是这想法，估计要重新衡量一下这个被他忽视的小姑娘了。

常均培对苏落冷冷地说：“这里的药方多且杂，第三层最里面那一柜子都是残缺的药方，姑娘最好别动，其余的要看请随意，恕我不能奉陪了。”说完这句话，常均培就趾高气扬地走了。

苏落看着常均培傲慢地离去，嘴角微微一抽。这人，可不好相处。本来副会长大人将自己介绍给他，是要他带着自己好好熟悉环境的，这下好了，他倒是走了个干干净净。

这药方阁原本还有三四个人的，但是常均培离开的时候，竟然把他们全给带走了。苏落摊手，看来这药方阁的人得好好教教了。不过这事不急，她今天只不过是来转转，熟悉熟悉环境。

药方阁很大，足有三层楼高，每一层都是一个个的楠木架子，架子上摆着深海精玄铁盒，盒子里装着各种各样的药方。因为是普通药方，所以并没有上锁。苏落拿起来一看，第一层是高级炼药师以下的药方，于她而言并没有帮助。于是，她又晃悠着来到第二层。第二层是大师级炼药师之下的药方，苏落随意看了看，发现也没什么意思。于是，她又来到了第三层。第三层放着宗师级炼药师的方子，每一个深海精玄铁盒都上了锁，没有钥匙是打不开的，而钥匙……苏落摊手，都在常均培手里，可不在她这。

苏落淡淡一笑，她现在能接触到的，就是放到最后一个柜子里的药方。据常均培说，这些药方都是残缺不全的，也补不全，所以全堆放在这里。苏落想，这常均培倒有意思，这唯一放到外面的残缺药方叫她别动，而锁起来的药方叫她随便看。

不过，苏落伸手拎起一张药方，扫了一眼，当即咦了一声。这药方确实是缺的。就好比这张宗师级日月真莲丹，上面残缺不全地记录了一百五十二种药材，至于炼药的过程，也是断断续续的。

苏落摇头，这张药方都空在最难的位置。她抬头一扫，见不远处有一张方桌，方桌上备着笔墨纸砚。于是苏落就淡然地走过去，拉开椅子坐下，自己磨好墨，提笔蘸了蘸墨水，就着空白处开始写。

可以说，苏落对真正的药方比任何人都熟悉，因为这炼药配方是容云大师留给她的练习册上面的题目。这就好比试卷上做填空题一样，因为苏落知道准确的答案，所以填起来效率特别高。第一张日月真莲丹很快就填写了准确部分，苏落吹口气，墨汁就干了。她拿起砚台压住药方的一角，免得被风吹了去。然后开始看第二张。好吧，第二张也是师父给的练习册上有的。于是，苏落果断地填补上第二张药方。然后是第三张、第四张、第五张……

苏落花了半个时辰，手里厚厚的一沓药方已经被她全部填好了。剩下的药方，苏落扫了几眼，好吧……全部是她容云师父教过的。

苏落干脆好事做到底，继续填写。有时候苏落觉得，有一个强大无比的师父，真是天底下最幸福的一件事了。

不知不觉中，天已经不早了。苏落搁下笔，伸伸懒腰。坐了一下午，真的很累人的。她收拾好笔墨纸砚，又将填补好的药方全放置到原来的铁盒子里，这才施施然地走出去。副会长大人很忙，苏落也没跟他打招呼。至于常均培，这么高贵冷艳的下属，苏落也懒得理他。

走出炼药师公会，苏落就看到夕阳余晖下，一道纤细瘦长的影子出现在炼药师协会门口，随着影子往上望去，苏落看到一个瘦削纤细眉清目秀的少年，双手抱臂，斜倚在墙壁上，静静地守候着。他微垂着头，阳光洒在他身上，在他眼睑处落下一片淡淡的阴影，使得他有一种神秘的感觉。

“小克。”苏落笑嘻嘻地朝小克招手。

这孩子，大老远的，怎么跑过来找她了？咦，不对，他是怎么找到炼药师公会来的？自己好像没告诉过他吧？不过苏落转念一想，当初小克也不知道她在静园，也是精准地找到了她，这或许就是他的本能吧？

苏落朝小克招手，小克抬起头，皱了皱眉，迈开笔直的大长腿，朝苏落走来。

“走了。”他看了苏落一眼。

“为什么要急着回去啊？趁着天色还不晚，可以逛逛嘛。”苏落拉住小克。

“饿。”小克瞥了苏落一眼。

好嘛，原来是饿了，才循着本能找过来的，苏落也是无语了。不过她仔细想想也是，自从上个月她跟南宫流云吵架之后，跟着就闭关，然后又到炼药师协会，根本没时间好好给小克做吃的。

“好，咱们回去，姐姐给你露一手。”苏落高兴地牵着小克的手，两人扬长而去。

而此刻，不远处的地方躺着一个血迹斑驳的人。他原本被打得昏迷过去，然后被丢出去，但是现在——他亲眼看到苏落牵着美少年的手，两人渐行渐远，消失在夕阳余晖中。

这个之前跟踪苏落的人，当场就看得眼睛直了。小姐让自己跟踪苏落，主要是盯着她跟南宫二少的相处，谁知道……这个苏落竟然背叛了南宫二少，不行，他得赶紧把这个消息告诉小姐。

第四章 陷害

这位被苏落遗忘的跟踪者，当即通过通讯珏，将自己看到的传递给自家小姐。

慕容沫原本懒洋洋地躺在床上养伤，手臂上的伤其实养得差不多了，可她自从知道苏落跟南宫二少在一起，而宁九又喜欢苏落后，做什么事都提不起劲。

叮咚。通讯珏的声音响起。慕容沫一看通讯珏，是被归为“苏落去死”这个分组的一个跟踪苏落的家族手下。

“说。”慕容沫靠在床垫上，声音冷冰冰的。

那人很激动地将苏落和小克手牵手离去的消息说了。

“什么？！”慕容沫当场激动得蹦起来，脑袋撞到天花板上，痛得她差点流泪。不过，即便身体痛着，她也是狂喜的。

“你说什么？再说一遍！苏落和谁？手牵手？！”慕容沫并不知道苏落和南宫流云现在处于冷战期，所以听到这事后特别震惊！

“是的，跟一个白白净净的瘦削美少年，手牵手往帝国学院的方向去了，这少年的实力，深不可测。”

慕容沫难掩内心的激动：“你给我盯着！死死地盯着！有任何异动要随时告诉我！”将命令下达后，慕容沫抱着通讯珏，在房间里走来走去，兴奋不已。

苏落跟别的美少年手牵手？哈哈哈！这是脚踏两只船的节奏啊，太棒了！苏落，此时不毁你，我都觉得错失良机呢。慕容沫本来想直接冲过去找南宫流云，将这个消息告诉他，但是她想了想，还是觉得这样太刻意了，苏落固然会被处理，但是她慕容沫也得不到好。于是，慕容沫跑去找她哥哥慕容泽宇。

慕容泽宇一听这消息，并不像慕容沫那样激动。

“哥哥！你觉得呢？”慕容沫仰着巴掌大的小脸，兴奋地望着她哥。

慕容泽宇淡然地说："这事现在还不能下定论，等调查报告出来后，再定后面的计划。还有，让你的人回来，实力太差。"

"哦。"虽然被说自己手下实力差，但慕容沫还是很开心。因为对付苏落的计划得到了哥哥的支持，也就等于得到了家族的支持。

苏落，你等着去死吧！

因为配方还没填完，第二天苏落又去了炼药师公会。但她不知道的是，此刻的炼药师协会，气氛凝重得犹如结冰，紧张得如临大敌。

昨天苏落离开后没多久，常均培就回到药方阁，想看看苏落都干了些什么。

第一层，没动过的痕迹。

第二层，还是没动过的痕迹。

第三层……常均培发现，第三层楼的桌案上，笔墨虽然洗干净了，但是动过的痕迹很明显！也就是说，苏落动过这里的药方？

誊抄？撰写？常均培又细细地检查了一番，终于发现问题所在，那些残缺的药方被人动过！

常均培拿起药方一看，顿时气得差点失去理智。这些药方虽然残缺，但能被放到第三层，哪一张不是贵重的？而之所以没有被补全，是因为连那四位皇级炼药师也拿这些药方没有办法。

常均培看着药方空白处被填得满满当当的，而且还煞有介事地填上了炼药的步骤和过程，可这些步骤一看就知道不正确。如此珍贵的药方竟然被这样涂鸦，是可忍孰不可忍。常均培很清楚，要扳倒苏落，就要趁现在这个机会！于是，他抱着厚厚一沓药方怒气冲冲地朝副会长办公室奔去。

此刻，副会长也正发愁呢。人人都说炼药师公会富得流油，可事实上真不是这样啊。他们确实收入高，但是花费也高得离谱。就比如眼前这三位皇级炼药师，他们基本不给人看病，天天躲在实验室里研究他们的新药方，每天花费的药材那是如流水般把钱撒出去，却还没什么成效。

而现在，三位皇级炼药师跑到他的办公室，就是来问经费的。

"老米啊，就一句话，咱们是不是兄弟？"

"老米啊，既然老熊这么说，那我也问你一句，这药材你还提供不提供了？"

"老米啊，你既然给他们提供药材，总不能厚此薄彼不给我吧？"

米富贵简直被他们折腾得脑袋抽筋。若是别的炼药师，要多少药材多少经费，炼药师协会都供得起，但问题是，眼前这三位研究所用的药材动不动都是贵得离谱的。

"我说，你们几个要不要暂停下手里的活，休息休息？"米富贵态度很好地笑着问他们。

熊天平一拍桌子："不行！老子研究的暗黑仙魂丹正到最关键的时候，这一停，岂不是投入的经费都前功尽弃了？”

牛孺子：“我的兽皇仙罗丹同样如此。”

公孙自如：“附议。”

前面投入的经费？米富贵简直想哭。炼药师公会每年赚那么多钱，到现在却还是入不敷出。

就在他们讨论激烈的时候，门被敲醒了。

“好了好了，都先别吵了。”米富贵朝外面哼了一声，“进来。”

常均培抱着一沓药方告状来了。一进来，看到公会里的四位皇级炼药师聚齐，他顿时紧张得大气不敢出，诚惶诚恐。

米富贵看到常均培，眉头微微一皱，轻哼：“什么事，说。”

常均培的视线从四人的脸上扫过，心里暗想，就算那苏落是你米副会长家的亲戚，有三位皇级炼药师在，你也不能太明着徇私！今天真是天助我也。

常均培心中窃喜，面上却装出惶恐的样子，有些惊慌失措地说：“要不，小的还是明日再来？”

这是暗示这事不想让三位皇级炼药师知道了？米富贵哪里会不知道常均培的小心思，微微皱眉：“你只有一分钟的时间。”

常均培知道不能再惺惺作态下去，于是酝酿出义愤填膺的怒意，说：“会长大人，您先看看这个。”常均培将苏落“涂鸦”过的那厚厚一沓药方给交上去，痛心疾首地说，“会长大人，这些药方虽然残缺，可都是我们炼药师公会的瑰宝啊，可是——可是你们看看，现在这些药方都被新任阁主给毁了啊！”

新任药方阁阁主，岂不是苏落那丫头？于是，四位皇级炼药师一人抓一把，将药方给抓过去细细地看起来。而站在他们面前的常均培还在滔滔不绝地告状：“这药方被涂鸦成这样，都不知道哪里是正确的，哪里是不正确的。副会长大人，我知道您拔擢后辈，可是有些人升得太快，揠苗助长啊。”

四人的目光死死地盯着手里被填补完整的药方，眼睛就像长在纸上，一动不动。常均培还没意识到四人的异样，还在不停诉苦：“这位苏阁主年纪轻轻就大师级炼药师，确实不一般，可实在不能服众嘛。估计她自己也知道这一点，所以修改残缺药方，试图树立自己的威望，可这不是瞎闹吗？唉，这可真是……”

正在认真看药方的熊天平暴怒，一拍桌子：“你小子给老子闭嘴！唠唠叨叨，烦死了！”

一声怒喝，顿时吓得常均培一阵瑟缩，一个字都不敢说了。他偷偷打量着诸位炼药师，只见他们认真地盯着药方，一边看一边掐指计算，神色非常认真。

常均培心中顿时有一种很不好的预感。果然，米富贵最快看完一张，抬眸瞥了常均培一眼，继续低头研究第二张去了。

只这轻描淡写的一眼，就看得常均培心惊肉跳。

“你确定这是苏落填写的？”米富贵看完第二张药方后，目光直直地盯着常均培。

常均培点点头：“那个时间段就只有她一个人，没别人了。”

米富贵严肃地点点头：“这件事我会处理，你先回去，还有，此事不可跟任何人提起，明白了吗？”

米富贵威严的目光从他身上扫过，带着一股骇人的威慑力。

常均培额头沁出一层冷汗，他赶紧回答：“小的知道，小的一定保密！”

等常均培走后，几位皇级炼药师迅速交换了一个眼神。

熊天平最是耐不住性子，急吼吼地说：“你们怎么看？”

牛孺子说：“我看了两张，想法新颖而大胆，数量清晰，计算精准，我刚才默算了一下，居然真是对的，试验一下，就能确认了。”

公孙自如：“我这里也同样如此。”

熊天平：“我这里不用计算，我老熊敢拿人头担保，这丹方绝对是正确的！”

四人将试验的事情交代下去后，面面相觑，室内一阵沉默。

片刻后，牛孺子率先打破沉默：“常均培说是苏落……”

公孙自如：“除了她，应该没别人了，毕竟是闯过药王谷皇级炼药师考核的。”

熊天平长吁短叹：“唉，怎么感觉咱们四个人，年纪都活在狗身上了？”

米富贵白了他一眼：“不要太妄自菲薄，这整个灵界有多少炼药师在仰望着我们？”

这倒也是，他们四个算是站在炼药师顶端位置的存在了，如果连他们在苏落面前都自卑成这样，那下面那些人还活不活了？

米富贵严肃地说：“不管怎么说，这件事绝对不能传出去，要是被炼药师殿堂的人知道……”

这个决定大家当然赞同，不过……

牛孺子提出疑问：“我们对苏落这么优待，会不会引起炼药师殿堂的注意？”

大家纷纷点头。

牛孺子：“那怎么办呢？”

“就说，苏落是老米的孙女？”熊天平建议。

米富贵瞪了他一眼：“孙女你个头，那丫头的炼药术还在我之上呢，我愿意她不愿意啊。”

“那怎么办呢？”

四人都没有办法，只能等待苏落过来再商量对策。

苏落来得挺早，因为她计划今天将剩余的配方全给写了。

苏落到药方阁一看，咦，看来这位常均培真是不服她啊，日上三竿了还不见人影。

于是，苏落就直接去了米富贵的办公室，告状谁不会啊。然而，还没等她告状呢，米富贵就告诉她，那个常均培已经被他调往药田种草药去了。

从清闲的药方阁调到药田，这是很明显的贬谪啊。

“为什么？”苏落好奇地问。

米富贵就将常均培告状的事给苏落说了。苏落顿时无语了，好吧，搬起石头砸自己的脚，常均培大叔你要好好保重。

“经过昨晚的试验，现在可以确定的是，你的这些药方都是正确的。”米富贵用一种神奇的目光看着苏落，“你……你师父是？”

苏落是不能提容云大师的名字的，因为容云大师跟娘亲有关系，一旦被天道发现她的存在，后果不堪设想。苏落想了想，说：“我师父是黑白双绝。”

“什么？”米富贵顿时震惊了。黑老头和白老头这俩老怪物在中央大陆大名鼎鼎，修炼的神功是互补的。如果他们分开来算，实力虽强，但还不会让大家族恐惧，然而黑白双绝联手，实力可不是一加一那么简单，而是连续翻好几倍。所以，联手的黑白双绝，绝对能进入整个中央大陆的前十名！

“你师父居然是黑白双绝……”米富贵震惊了一会儿，随即摇摇头，“不惊讶，不惊讶，以你的天赋，谁收你为徒都不惊讶。”

“副会长大人认识我师父？”苏落问。

“曾有一面之缘，关系还算可以。”米富贵说。

“对了。”苏落终于找到一个可以问的人了，于是赶紧问，“副会长大人可知万流山论剑？”

“自然知道，中央大陆绝对强者的争夺战嘛，你是想问你黑白师父的情况吧？”米富贵笑看着苏落。苏落也不扭捏，点点头。

米富贵说：“一旦进入论剑，整个万流山关闭，谁也进不去，也没有任何人知道他们的消息，只能等待下次万流山的开启。”

“那万流山什么时候才会开启？”苏落问。

“少则几十年，多则上百年，甚至有一次竟长达千年……所以，时间是不固定的。”米富贵安慰苏落，“你的两位师父联手，怎么都在十名之内，无须担心。呀，我想到了。”

“什么？”苏落被惊了一惊。

米富贵说：“一旦你填补药方的机密泄露出去，后果不堪设想，而我们几个老头对你开放最高权限很容易引起别人的怀疑，我们商量了一下，也没商量出结果来。”

“那么现在呢？”苏落问。

“我们只说你是故人之徒，等对方查下去，只要查到黑白双绝身上，就算是炼药师殿堂也得收敛。哈哈哈，你这两位师父可是最小气的，一旦报复起来，炼药师殿堂可会损失惨重啊。”米富贵松了口气。

于是，事情就这样定了下来。

苏落回去药方阁继续补未完成的配方。此刻，她并不知道，慕容家已经利用手里的人脉，将她和小克的事调查得清清楚楚。

两人亲如姐弟，同住一栋别墅，出双入对，关系匪浅。慕容泽宇得到情报后，微微皱眉。

“大哥，到底怎么样啦？”慕容沫兴奋地跑了进来。

慕容泽宇摇摇头：“他们似乎没有暧昧关系，只是姐弟之情。”

慕容沫冷笑：“嘴长在我们身上，我们说他们有暧昧之情，他们就有！”

慕容泽宇看了慕容沫一眼。

慕容沫被看得心底发毛：“大哥，你干吗这样看我？”

慕容泽宇温柔地说：“小沫，你说得对，我们说他们有，他们就有。很好，接下来的事你且看好了。”慕容泽宇心中已经有了主意。

上次在慕容家，南宫流云对外宣称苏落是他的女人，而现在爆出苏落脚踏两只船，那南宫二少的脸可就被打得啪啪啪的啊。

于是，在慕容泽宇的运作下，这件事开始在他们这个圈子里小范围传播开来……而传播的源头，慕容泽宇自然将慕容家摘得干干净净。

苏落并不知道自己被慕容家针对上，此刻的她正在药方阁里。午后的阳光透过打开的窗户，静静地投射到她身上，四周有一种说不出的安静气息。苏落手中执笔，认真地填写着一个个文字和数字。投入到工作里的她，认真、宁静，而且专业，有一种让人窒息的美，不过很可惜，这样的美没人看得到。

没多久，苏落终于将所有的配方填写完毕。不过这些配方没经过验证，就算米富贵再信任她，也不能直接进行大规模制药。所以，苏落起身朝副会长办公室走去。

米富贵不在办公室，苏落想了想，朝熊天平的实验室走去。因为她之前听副会长提过，最近一段时间，这三位皇级炼药师都在闭门研究新药方，研究得都快疯魔了。至于苏落为什么首先找熊天平，因为他的实验室距离副会长办公室最近嘛。

还没走近熊老的实验室，苏落就被人拦住了。那人冷冰冰地打量了苏落一眼：“这里是皇级炼药师的实验室，擅闯者，杀无赦！”

不得不说，这位守门的人实力非常不一般，铁塔般的身体、浑身充满力量的肌肉，还有不亚于大圆满五星的实力，当他用凌厉的目光盯着人时，很少有人不心生胆怯。

苏落内心有些无奈。虽然四位皇级炼药师都捧着她，但是她现在根本不能公开自己的身份。她无奈地瞥对方一眼：“告诉你们熊药师，苏落找他。”

这位守门者也不是籍籍无名的，能被熊老招为守门人，自然有他的实力在。他叫仇塔，原本是监狱里被判无期徒刑的囚犯，但是被熊老带走收编了。他暴戾的目光盯着苏落，那目光告诉她，只要她的脚敢越过这道门，不管她是什么身份，他都会毫不犹豫地出手。

就在这时候，熊老的三徒弟看到这里的异动，走了过来。这位三徒弟并不认识苏落，冷漠地扫了她一眼：“你是谁，怎么到这来的？”他威严的声音中，带着满满的凌厉。

苏落这时候才意识到，她虽然有药方阁阁主的身份，但是她没令牌啊。

“你是说那一道道的门吗？”苏落状似无辜地瞥了他一眼，“我一经过那些门就自动开启了啊。”当然这是因为副会长给了苏落权限，苏落的脸就有识别功能。

三徒弟伯格皱了皱眉头，严肃地盯着苏落：“我不管你是怎么进来的，现在立马滚出去！这不是你能来的地方！”

苏落眉头微微皱起：“这么说，我进不去了？”

“仇塔，把她扔出去！”伯格说完转身就要走。

仇塔闻言，准备执行他的这道命令。苏落抬手做了个暂停的手势，无奈地看看仇塔，又看看伯格：“进副会长办公室都没你们这里讲究，要打扰你们熊老亲自出来迎接，你们觉得这样真的好吗？”

伯格冷冷地瞥了苏落一眼，嗤笑一声，嘴角勾起一抹不屑的冷笑。苏落叹息一声，然后拿出通讯珏。她看着伯格的背影：“喂，你跟熊老什么关系？”

“他是我师父！”伯格扭头，不屑地瞥了苏落一眼，骄傲而自豪地宣布。

“哦，谢谢。”苏落打开通讯珏，当场就告状，“熊老，你徒弟欺负我，救命啊！”苏落故意加重了语气，显得形势急迫。

“你！”伯格还是第一次亲眼看到自己被栽赃嫁祸的，顿时就无语了，指着苏落的指尖都因为愤怒而颤抖，不过他很快冷笑：“我师父的通讯珏是你能加上的吗？就连他的徒弟我，也是在实力达到宗师级炼药师之后，才终于加到师父他老人家的号！况且，师父他老人家做实验的时候，从来都是将通讯珏屏蔽的！”

所以，这漂亮的小姑娘根本就是在骗他，而他刚才还差点被骗了。

但是，伯格不知道的是，最高等级的通讯珏可以设定一个特定的小组，在这个小组里的人，任何时候发的信息都不会被屏蔽。伯格没资格进这个组，苏落却非常有资格。

苏落嘴角微勾：“那你有没有欺负我？”

伯格冷笑：“就算欺负你又怎么样？你这丫头还能报复——啊！”伯格捂着后脑勺，痛得眼泪都快要出来了，因为刚才那一道咯嘣脆响，他的脑壳都要被打裂了。

伯格眼泪汪汪地转身。在他身后，他最尊敬崇拜的师父，正用一种仿佛吃人的目光恶狠狠地瞪着他。不等伯格开口，熊老就又一巴掌朝伯格脑门上拍去：“敢欺负小苏落？啊？吃了熊心豹子胆了你！”

伯格很委屈：“师父我没有……嗷呜……师父好痛！”

熊老还不解气，又狠狠地拍了两巴掌，然后问苏落：“要不要来拍两下解解气？”

苏落：“……”

见苏落摇头，熊老才把伯格丢开，冷哼：“这里的事不用你做了，去药田锻炼一百年，如果表现不好，你就永远不用回来了！”

伯格简直想哭。一百年？不过口头上得罪了这小姑娘就要被罚一百年，天哪，杀了他吧！这真是无妄之灾啊。他求救地看向苏落，因为他终于意识到，他严重低估了这位口中说着她所过之处门自动一一打开的姑娘。

就连他伯格，那也得一重重地输入密码，而这种门自动打开的待遇，也只有师父才有。

熊老冷笑地看着伯格。伯格脊背一凉，他清楚，以师父的性子，如果自己开口求这位漂亮的小姑娘，那么药田劳动就不仅仅是一百年了……师父一直是听不进人劝的，就算是副会长亲自劝也没办法。

但是，苏落开口了："小事一桩，倒不用去药田劳动。熊老，方便带我参观下实验室吗？"苏落的笑容里看不出不悦的成分。

熊老见苏落真的没生气，这才白了伯格一眼："行了，滚回你的座位上去！"

伯格都傻眼了。以师父的脾气，一直是别人劝他往东他老人家偏往西的，今天居然真被劝住了……他不由得深深地看了苏落一眼。他果然严重低估了这位漂亮的小姑娘，今天之后，他一定将这位小姑娘当神仙一样供起来。

熊老带着苏落回了他的内部实验室。实验室有一个足球场那么大，里面足足有大小不一、新旧不一的一百个药鼎，每一个药鼎都有来历，价值不菲。

跟熊老的装备一比，苏落顿时觉得自己的炼药设备太简陋了。

苏落看见这一百个药鼎都在运作，而且从冒出来的白烟味道上分辨，它们在炼制同一种丹药。

皇级炼药师，同时开一百个药鼎炼药，这花销……苏落倒抽一口冷气。

熊老一边领着苏落参观，一边抱怨："唉，如果你再迟来几天，这样的场景你也看不到了。"

"哦？"苏落表示好奇。

"老米嫌花费太多，要停了暗黑仙魂丹的项目。"熊老长吁短叹，"他嫌弃投入多，可也不想想，真正的暗黑仙魂丹炼制出来，对黑暗系元素法师来说，效果有多恐怖！"

苏落没好气地瞥了熊老一眼，随即看向熊老的暗黑仙魂丹，眼眸几不可见地微微眯起。因为这暗黑仙魂丹她是有印象的，在师父的笔记上记载过这一段。

苏落现在才真正意识到，自己的师父在炼药师这一领域有多么强大。

再联系到碧落大陆时候师父的表现，苏落眸中暗暗带了一丝不解。师父明明那么厉害，为什么在碧落大陆上一开始只表现出宗师级炼药师的水准呢？想来想去她还是想不明白，只能等下次见到师父的时候再问了。

而这时候，熊老还在唉声叹气，愁眉苦脸。事实上他也知道，他这样开一百个药鼎同时炼药，花费的药材换算成紫晶币的话……数目之大让人无法想象。

熊老满脸愁苦之色："三个项目全部停止是不可能的，但至少会停一个……"

苏落忽然问："对了，炼制到第一百零八转的时候，是不是会透析出白色晶体？"

"哦？你说那些垃圾啊？确实有透析出来，不过那些白色晶体我都检查过了，一点用都没有，全是垃圾，还特别占地方，我让徒弟都拿去丢了。"熊老可能抱怨了。

苏落看着熊老："……"

熊老一抬头看到苏落那无奈的目光，心里顿时打了个寒战："你干吗？"

苏落无奈地看着他："你说，那些白色晶体是垃圾？"

这位皇级炼药师被苏落的目光看得毛毛的，弱弱地问："难道不是吗？"

苏落没有回答，只淡淡地看了熊老一眼：“帮我打包一份白色晶体，现在就要。”

“哦。”在别人面前何等趾高气扬的熊老，此刻却听话地亲自去帮苏落打包白色晶体。

熊老再次细细地查看这白色晶体，发现还是垃圾啊……

苏落没好气地问熊老：“我听说牛老研究的是兽皇仙罗丹？”

熊老不解地看着苏落，但还是点点头：“是啊。”

苏落又问：“公孙前辈炼制的是天悲蛊甲丹？”

熊老猛点头：“是啊是啊。”

“当初是谁给你们的试题？”苏落好奇地问。

苏落记得，师父给她留下的笔记里，连续三页，分别讲述的就是暗黑仙魂丹、兽皇仙罗丹，还有天悲蛊甲丹，而现在这三位前辈也分别研究的是这三种丹药。

这其中，会不会有某种联系？

熊老见苏落提到这个，不由得唉声叹气：“那是一位强大的炼药师，我们都怀疑他是神级炼药师或者更高！”

“比神级炼药师更高？那是什么境界？”苏落不解地问。

“不知道，这是我们几个老头自己猜的，反正那位前辈的炼药水平高得简直……”熊老用了一个词汇来形容，“神乎其技！”

“哦？”苏落淡笑着看着他，“这位前辈叫什么名字？”

“容云大师。”熊老长叹一口气，“这位前辈是我老熊生平所见最强大的炼药师，没有之一！”

苏落心中暗喜，自己师父被人崇拜，她也有一种与有荣焉的感觉。不过，海皇老爷爷告诉过她，这些关键词能不提尽量不要提，否则被天道捕捉到，后果不堪设想。

苏落也是无奈了。她现在不知不觉中已经招惹了不少敌人。她手里代表海皇身份象征的海皇三叉戟一旦被海皇候选者知道，一定会不顾一切地来暗杀抢夺！她手里的暮云剑，如果被慕容家发现，一定会不顾一切地来暗杀抢夺！她药王谷皇级炼药师的身份一旦被炼药师殿堂发现，这恶魔般的炼药师殿堂一定会不顾一切地来暗杀！

苏落悲哀地发现，她来中央大陆后都没干什么坏事，就已经招惹上三个强大势力。她的小命现在简直岌岌可危啊。

不过苏落又庆幸，幸好她闯过了药王谷皇级炼药师考核，有了炼药师公会的保护，至少有了跟强大势力对抗的底气。

“当初我们炼药师公会天才陨落，形势式微，我们跪求容云大师帮忙，但是容云大师没有答应，只给出了这三道题。当时他说，这三个丹方一旦炼制出来，就拥有了抗衡炼药师殿堂的实力，不然的话，任由炼药师殿堂发展下去，炼药师公会总有一天会被其吞噬，到时候，全天下的炼药师都会被炼药师殿堂吸纳，去炼毒吃人！”

“可是我们研究了这么多年，几乎将公会所有的收入都投入进去了，可是收获远远比不上投入。外人只看到炼药师公会光鲜的一面，可又怎么会知道，其实我们的财务已经千疮百孔。”熊老是真正心痛啊。

苏落忽然神来一笔：“打包好了没有？”

熊老满心的伤痛顿时被苏落驱散得干干净净，他郁闷地瞪了苏落一眼。

苏落淡淡一笑：“带我去找牛老。”

“我这还上着一百个药鼎呢，怎么可能走得开？丫头乖，别胡闹了。”熊老没好气地瞪了苏落一眼。

苏落没好气地说：“如果现在跟我走，不过是浪费一天的药材，但如果不跟我走，以后的每一天你都会继续浪费药材，话就这么一句，来不来随你。”

苏落说完，转身就走，干脆而利落。

熊老愁眉苦脸地看了看药鼎，到底抵不过好奇心，跟着苏落一路去了。

熊老并不知道，他此刻做了他这辈子最正确的决定。

牛老的实验室在另外一栋楼，隔了至少五公里。

又是一道道烦琐的门，同样也有守门者，不过这次因为带了熊老，没人敢对苏落不客气。

熊老和苏落直奔牛老的实验室而去。

谁也不知道，因为苏落的出现，炼药师公会从今天起，将会发生怎样翻天覆地的变化……

牛老也很苦恼。

因为他们三个是同时知道公会会取消项目的事的。

牛老的研究速度比熊老还慢呢，花费比熊老还多呢，所以他才是最担心的那个。

熊老带着苏落，一路畅通无阻地来到牛老的办公室。

牛老认出熊老的脚步声，没好气地哼哼：“别告诉我你的研究突破了，要不然揍死你。”

熊老闻言哈哈大笑，一拍牛老的肩头：“借你吉言，说不定还真就是如此。”

“嗯？”牛老觉得今天的老熊有点奇怪，于是抬头瞟了他一眼。

熊老问：“怎么样了？”

牛老一边忙碌着手里的试验，一边唉声叹气：“还不就那样？炼出来一锅药渣，你看，还有这些红色液体。”

熊老则笑嘻嘻地看着苏落：“你这丫头，还卖关子呢？”

牛老不解地看了熊老一眼：“什么情况？”

熊老说：“还记得这丫头之前将药方填好的事吗？”

“当然知道啊。”牛老用看白痴的目光看着熊老。

熊老哼哼两声：“那些丹药，咱们几个老头可补不全，对吧？”

“对啊。”要是能补全，早就补了，哪里还会遗留到现在？

“所以，你也承认这丫头在炼药方面比我们强，对不对？”熊老问。

“这个……”想到苏落连闯药王谷皇级炼药师考核，又填补完历史遗留下来的残缺药方，牛老点点头，“确实如此。”

熊老拍掌：“现在这丫头说，我们研究的丹方她有办法。”

牛老讶异地看着苏落：“我承认你在炼药方面超过我们几个老头，可是我们手中的项目已经研究十几万年了，到现在卡在中间这段，你真的有办法？”

苏落知道，师父既然给他们安排了研究方向，肯定是为他们好，如果她现在一股脑地将炼制过程告诉他们，于他们而言就是揠苗助长，违背了师父的初衷。

所以，她只需要授之以渔就行了。

苏落问：“公孙前辈也有这样的问题吗？”

“有啊，我们三个都有这样的问题。”熊老忙不迭地说。

苏落想了想：“那把公孙前辈和米副会长都请来这里，我一次性讲了，免得还要一次次实验。”

因为好奇，所以熊老和牛老的效率特别快，没多久公孙前辈和米副会长就都来了。然后，四位中央大陆最受人敬仰的皇级炼药师就像小学生一样坐在苏落对面，听苏落讲课。

苏落说：“我师父的笔记本上有过暗黑仙魂丹、兽皇仙罗丹、天悲蛊甲丹的炼药摘录，所以我知道一些，现在给你们讲讲，做一些参考。”

“等等！”熊老目光惊诧，猛然间站起来，“暗黑仙魂丹、兽皇仙罗丹、天悲蛊甲丹……这三种丹药已经有人炼制出来了？！”

这一惊，非同小可！

如果已经有前人研究出来，那他们花费了这么多的人力物力财力，几乎拖垮了炼药师公会都还炼制不出来，这会让他们觉得自己是猪！

苏落能理解他们的情绪。身为高高在上的皇级炼药师，他们从来没有这样惶恐不安过吧？

于是，苏落淡淡一笑：“是啊，我师父炼制出来了啊。”

苏落这话一出，炼药师公会这四个老头顿时犹如被霜打的茄子似的，全蔫了。

居然有人已经炼制出来了……他们有一种茫然失措的感觉。

米富贵最先回过神来：“你师父是谁？除了黑白双绝，你还有师父的对不对？！”

看到激动成这样的米副会长，苏落点点头：“我师父，就是给你们出题目的人啊。”

“什么？！”

苏落这话一出，顿时四个老头全部惊诧地看着苏落：“你你你，你居然是……天哪！”

那位给他们出题目的容云大师，可是神级炼药师，现在整个中央大陆绝无仅有的一位！

“难怪，难怪你小小年纪就已经是皇级炼药师了。”

“也只有这样强大的师父，才能教出这样天才的徒弟。”

四位皇级炼药师都暗暗松了口气。本来苏落的神秘来历和炼药天分让他们有一些惊慌失措，现在这一切都得到了合理的解释。

苏落笑了笑："我不会告诉你们具体的步骤，因为这是师父对你们的考验，肯定有师父的用意。"

"当然当然。"四位皇级炼药师此刻看苏落的目光都有一种看老师的感觉。

一开始这种崇拜会让他们有点不好意思，但是自从知道苏落是容云大师的徒弟后，他们就崇拜得理所当然了。

苏落点点头，开始一边给他们炼制，一边讲解："熊老的暗黑仙魂丹，炼制到一半时透析出来的白色晶体对熊老没用，但是于牛老的兽皇仙罗丹而言，非常有用。"

"你们看。"苏落控制着牛老药鼎的火候，将白色晶体慢慢投入。

这时候，牛老的兽皇仙罗丹本来需要的那三种最贵的药材，苏落并没有放入，而是多了几道工序，将白色晶体融化进去。

在苏落繁复的手法下，牛老瞪大了眼睛。因为他看到，只添加了白色晶体而没有添加那三种昂贵药材的兽皇仙罗丹炼制过程步入了正轨。

牛老脸上的肌肉一阵阵抽搐。研究过程中，最耗费财力的就是那三味药材，如果可以用白色晶体替代的话，那简直……

熊老的眼角也在一点点抽搐。

"老，老牛啊，我之前丢掉的白色晶体，加起来比咱们这座炼药师公会还大啊……"熊老快哭了。他到底浪费了多少钱啊！

牛老也快哭了！最想哭的人是米富贵……

光是苏落提出这一步，就为炼药师公会省了多少钱啊！

然而，事情还没完。

苏落问牛老："手法步骤都记下来了吧？"

牛老极其认真郑重地点头："是的，全都记下来了！"

苏落点点头，然后从药鼎中透析出一种暗紫色的液体装入瓶中。

如果说，兽皇仙罗丹的步骤有两百步的话，那么苏落现在炼制的就是一百二十到一百三十步这样一个过程。

苏落将暗紫色液体放到一边，然后开始炼制公孙前辈的天悲蛊甲丹。

同样是炼制到第一百二十步的时候，苏落加入暗紫色液体，同样是繁复的手法，避免了三种昂贵的药材，而用暗紫色液体成功地完成替代。

公孙自如睁大了眼睛，满脸震惊："这样也可以？"

是的，这样也可以。

等天悲蛊甲丹炼制到一百三十步的时候，苏落将透析出来的褐色液体接出来，给他们看："知道这是什么东西吗？"

四位皇级炼药师闻了味道，只觉得很熟悉，却猜不出来。

于是，他们都疑惑地看着苏落。

忽然，米富贵惊讶地叫了一声："这是……皇级神仙丹的主药材！"

不是疑问，而是肯定句！

皇级神仙丹，名门贵族甚至皇族最喜爱的东西，一管药剂，快活似神仙，不仅是精神上的愉悦，而且还会增强实力，所以非常受欢迎。但是价格实在是太高了，只有极少部分人才买得起。

苏落淡笑，点头："副会长说得没错，这是皇级神仙丹的主药材。本来皇级神仙丹需要一百零七味药材，其中贵重药材三十味，一管皇级神仙液的成本十万紫晶币，但是现在有了这主药材液体后——"

苏落淡淡一笑："成本只需要一万紫晶币！"

米富贵一直在算账："也就是说，老熊的白色晶体可以给老牛用，老牛的紫色液体可以给公孙用，公孙的褐色液体可以炼制皇级神仙液，而皇级神仙液卖出去后，可以支撑老熊的药材，这，这是一个循环啊！"

四位皇级炼药师都倒抽一口冷气。原来十几万年前，容云大师就给他们设计了这样一条路！想想也是，以容云大师的睿智，怎么会让他们因为炼药而将整个炼药师公会拖垮呢？原来这其中竟然有这样的奥秘，而他们这无数年来居然将这些透析出来的产物当垃圾丢……现在想想，真是想哭都哭不出来了。

苏落知道现在的他们心情肯定是五味杂陈，这事……苏落只能安慰："幸好发现得早，以后你们就用这个循环研究，三个丹药研究项目都不用停。"

"何止不用停，以权贵对神仙液的需求，还有的赚。"米富贵笑出声来。

其余的三位皇级炼药师也都哈哈大笑起来。此刻，他们对苏落既敬爱又感恩。因为苏落的指点，几乎挽救了整个炼药师公会。

苏落走后，四位皇级炼药师决定："就算付出生命，我们也要保护苏落不伤分毫！"

而有了炼药师公会的保护，苏落往后的路将会好走很多。

回到帝国学院后，苏落依旧安静地上课、修炼。

这一日，苏落拖着修炼后疲惫的身子，躺在床上，倒头就睡。然而通讯珏却在这一刻响起。不是南宫流云送的那白玉通讯珏，而是学校里发的那个。

苏落闭着眼，抓起来就问："喂？"对方没有回应，那边似乎一片静默。

苏落拿起通讯珏一看，居然没有对方的信息？这怎么可能？！

通讯珏跟苏落上一世的手机颇为相似，对方呼叫进来，总也得有手机号码的，但是现在苏落看到的确实是一片空白……黑夜中，苏落一下子清醒了，猛地坐起来，握紧了通讯珏："你到底是谁？！"对方依旧没有说话，似乎在等待她说话。

"为什么你的通讯珏没有信息？"苏落依旧冰冷地问。没有信息，没有号码，什么都没有。

苏落忽然冷冷一笑："你是宁九？"对方依旧沉默。

"还是小克？"苏落嘴角勾起一抹残忍的冷笑。

一阵长久沉默后，通讯珏被挂断。黑夜中，苏落拥被而坐，怔怔地看着手里的通讯珏，久久没有回神……没有号码没有名字，想拉进黑名单都不行。苏落冷哼一声，将通讯珏关了，闭上眼睛睡觉。但是，她的情绪还是被影响到了，在床上翻来覆去烙饼似的，就是睡不着。最后苏落只能点了自己的昏睡穴……

这个通讯珏就像是一个插曲，挂断之后就再没有打过来。

苏落看着通讯珏的目光越发深沉。让苏落没想到的是，她以为会永远陪着她的小克，竟然离开了。小克自然不愿意离开苏落，但是当他娘亲让他回去的时候，在他强大的娘亲大人面前，他根本没办法反抗。

不过小克告诉苏落，等他蜕变之后，一定会以最快的速度赶回来。

这段时间是小克的蜕变期，也是他成长过程中最重要的一段时期，所以他娘亲大人要将他留在身边，给予最完善的培养。

小克走了后，苏落还没来得及伤心，神龙岛的人又找上门来，目的很明确：小神龙。

小神龙和小克一样不想离开，但是龙族对于苏落来说太过强大，她根本无力阻止，也不能阻止。

小神龙自龙蛋里孵化出来后，几乎一直跟在她身边，仅仅回过龙族一次，那次回去后实力大涨。而现在是小神龙从幼儿期到少年期的蜕变时刻，所以，只有回到神龙岛，它才能最大程度地激活神龙血脉，才能前途无量。

虽然不舍，但苏落还是含泪朝小神龙挥手。

这段时间，苏落的情绪很失落。跟南宫流云冷战，小克离开，小神龙离开……原本热热闹闹的生活，仿佛就只剩下了一个人。

苏落默默看着躺着晒太阳的小黑猫的脑袋："现在只有你和小红莲了。"

小黑猫朝苏落喵了一声："吃毒，喵——"

苏落顿时无语地瞟了它一眼，现在她终于发现，小黑猫才是最让她养不起的。

不过，苏落现在不是穷光蛋了，自从她在炼药师公会得到高等权限后，炼药师公会的药材苏落几乎能够免费拿来用的，当然最昂贵的还是得跟米副会长申请。

苏落之前的一席话，帮炼药师公会省了那么多开销，几乎是挽救了濒临破产的炼药师公会，所以她提出申请的话，米副会长是不会拒绝的。

所以，苏落最近经常往炼药师公会跑，去炼毒给小黑猫吃。

这一天，苏落的通讯珏响起。是唐雅岚的。苏落接起来："怎么了？"然而，对面传来的却并不是唐雅岚的声音，而是苏落熟悉的慕容沫。

"嘿，苏落，很冒昧打扰你了。"慕容沫的声音听起来很开心。

苏落却微微皱起了细眉。能让慕容沫开心成这样，想必对她苏落而言，就不是开心的事了。苏落没好气地轻哼了一声，并没有说话。

"你就不好奇为什么唐雅岚的通讯珏在我手里吗？"慕容沫笑嘻嘻的，语气有一丝胜券在握的欣喜。

"说。"苏落的声音冷然而淡漠。

“这么冷淡啊，那看来咱们的苏大美女跟唐小姑娘也没有大家传说的那么好嘛。”慕容沫哈哈大笑。

苏落对她的忍耐是有限度的，于是冷冰冰地说：“还有事吗？”

“你真的不管唐雅岚的死活？”慕容沫微微一怔。

苏落慢条斯理地说：“我可能忘记告诉你了，唐雅岚家跟南宫家族是亲戚，如果你想对唐雅岚不利的话，最好自己掂量掂量。”

唐雅岚居然是南宫家族的亲戚？这倒是失算了，不过慕容沫打算假装不信！

预感苏落立马会挂掉通讯珏，慕容沫当机立断：“你现在立刻来芙蓉坊大街二十三号，一刻钟内见不到你，就等着收唐雅岚的人头吧！”说完，不等苏落说话，慕容沫啪的一声将通讯珏给挂了。

苏落的眉头微微皱起，先给费君平挂了通讯珏，知道唐雅岚今日一大早出门到现在还没回来，心里已经信了一大半。可惜的是小克不在，不然的话，龙潭虎穴也闯得。

苏落很清楚，慕容沫之所以要抓唐雅岚，肯定是因为自己，就算不是唐雅岚，也会是费君平，会是她身边亲近的任何人。对于唐雅岚来说，这倒是无妄之灾，不管如何，都要将她平平安安地带回来。

苏落对帝都不熟，对权贵圈子更不熟，于是直接挂了通讯珏给唐牧耀，直截了当地开口：“芙蓉坊大街二十三号，是什么地方？”

唐家也算权贵之家，唐牧耀也是在这个圈子里混的，所以他当即皱眉：“整个芙蓉坊都是冷家的产业，怎么了？冷家的人极不好相处，你不会得罪冷家了吧？”

虽然没见过冷家的任何一个人，但是苏落对于冷家是有印象的。冷家是四大超级家族之一，公开跟南宫家族为敌。苏落的眉头皱得更深了。

芙蓉坊二十三号。

苏落静静地看着那紧闭的铜门，眸中闪过一丝冷意。里面静悄悄的，似乎一个人都没有。

门被推开，等苏落进去后，又悄然关上。

庭院最深处，传来了一道道似有若无的音乐声。苏落抬眸扫去，她可以确定，四周一个人都没有。没有人指引，苏落只能循着那道音乐之声，一步步走进去。走了大约一炷香的时间，前方出现一道紧闭的院门，而乐曲声就是从那里面传来的。

院门没有上锁，苏落轻轻一推就推开了。院子里的场景让苏落微微怔了怔，不像是她想想的那样剑拔弩张，里面的气氛反而极好，宽敞的院落，装潢出了极致的奢华。

庭院里，身姿曼妙的舞女翩然舞动。左右两边，姿容妍丽的女子手持乐器，陶醉其中。

视线的尽头，是一张软榻。一袭绯色红袍似血一般，给人一种极致的危险感觉。那是一个男人，年纪不大，跟南宫流云年纪相仿。他侧卧软榻上，单手支耳，血色锦袍下摆垂至软榻边沿，好似鲜血染红了整张软榻。他抬起手，片片晶莹如洁白的樱花般洋洋洒洒落入他的手心、身上、眉间。他抬眸望着半空，目光放空，仿佛沉浸在独属于他的世界里，浑身透着一股冰冷的孤寂。

即便门被推开，即便有人进来，即便那个人此刻正用审视的目光打量着他，他依旧沉浸在自己的世界里，一动不动。

苏落打量着这个身着血色红袍的少年。

第一感觉是，这个人极致危险。

第二感觉是，这个人一定很孤独。

少年不知何时从他的世界里出来了，他抬眸，略略扫了苏落一眼，目光如三月樱花般淡然，仿佛在他眼里，苏落只是一片小小的樱花瓣。

“你是谁？”苏落微微皱眉，心里暗忖，难道自己找错了？慕容沫其实是骗她的？

“你就是被慕容家的小丫头骗来的笨丫头？”眼前的红衣少年开口，说话不紧不慢，慵懒邪魅，那双上挑的丹凤眼微微瞟了苏落一眼。

苏落轻轻冷哼：“慕容沫呢？”

“我当然在啊。”慕容沫掀起帘幕，从里面走出来，出来的并不止她一个，还有慕容泽宇、唐雅岚，以及苏落在慕容家见过的那几个人。

苏落看着这群鱼贯而出的少年少女，微微皱起眉头。这是什么意思？还有唐雅岚。

苏落没好气地白了她一眼。

唐雅岚已经朝苏落飞奔而来，挽住她的手臂：“苏姐姐，你来啦，她们都说你会来，我还不信呢。”

苏落寒眸微微冷凝：“你不知道我为什么要来？”

唐雅岚无辜地摇摇头。

苏落的视线落到慕容沫身上，慕容沫则笑容满面地看着苏落。

慕容沫说：“来都来了，还追究为什么要来，有什么意思？这可是冷少的局，难道冷少请你来，你还要拒绝不成？”

冷少……答案已经呼之欲出了。

“哪个冷少？”苏落昂然而立，淡然问出。

这句话一出，四周瞬间静到极致。

大家都用一种看傻瓜的目光看着苏落。别看冷少现在看着和和气气的，但下一秒就有可能狂风暴雨，脾气可不好了。而且，帝都谁人不识冷七少？唯一可以跟南宫二少相提并论的绝世少年，苏落居然没听过？

大家怕冷少瞬间发火，一个个大气不敢出，都惶恐地别过脸去。而此刻，冷七少冷冽逼人的目光张狂地盯着苏落，审视般看着她，那目光如冰刀般瘆人。

苏落本不惧任何人的审视，但奇怪的是，在这双犀利的目光下，她竟有一点点紧张。

其实苏落不知道，这位冷七少眼睛上的功夫可绝不一般。

“你在紧张。”冷七少微微勾起嘴角，那双黑曜石般的眼眸里浮现一抹邪笑。

他的身侧，立着两个妍丽少女，一个手持华贵的冷剑，守护在侧，另外一个少女则时时刻刻伺候着他。一次次为他换上温度最合适的茶，在他起身的时候帮他穿靴，当他站起来的时候，帮他抚平衣袍上几不可见的褶皱。

这位冷七少可真会生活，排场也真是大。

苏落淡淡地看着他："我没紧张。"

冷七少盯着苏落，嘴角挑起一抹冷笑："你真的在紧张。"

苏落双手抱臂，慢悠悠地摇头："我真的没有紧张。"苏落想，这个人倒是跟南宫流云有的一比，同样强势霸道。

冷七少似笑非笑地斜睨苏落："我可不像某人那样锋芒毕露。"

苏落瞟了冷七少一眼，暗想，难道这个人会读心术?

冷七少似笑非笑地斜睨苏落，目光深沉。

苏落开始在心里用英语想：Theman……

我用英语想他总归听不懂吧?

"……"冷七少眼底有一丝茫然，因为他猜不透那些乱码的意思，所以略带疑惑地瞥了苏落一眼。

不会吧？真会读心术？再试你一试!

于是，苏落在心里狂骂这位冷七少：看到你的脸，我就觉得你爸妈在制造你的时候没认真，你长得这么抽象简直突破人类想象。有种人，必须要人指着他的鼻子骂，他才知道骂的是他……

苏落这回是用正常语言骂的，所以她清楚地看到，冷七少的脸越来越黑，一股低气压盘旋在他的头顶，仿佛随时会爆炸。

好吧，经过测试证明，这位冷七少真的会读心术。

冷七少："胆子倒不小。"

苏落装无辜："什么？"

冷七少凑近苏落，苏落莫名惊慌，往后倒退一步，后面却是一堵墙壁。

冷七少单手支撑在墙壁上，俯下身，温热的气息在苏落耳边萦绕，他的声音带了一丝奇异的冷笑："你是第一个在第一时间证明我会读心术的人。"

他的声音很轻，犹如飘扬的羽毛，在苏落的心底划过，弄得人心痒痒的。

苏落却捂着鼻子："阿嚏，阿嚏，阿嚏！"

连续打了三个喷嚏，然后她一边捂着鼻子，一边对冷七少摆手："不好意思，你身上的味道我真的闻不惯，阿嚏！阿嚏！"

冷七少的脸黑沉沉如乌云，仿佛随时能滴出水来。他一直跟南宫二少争高低，可见他的身份、地位、实力，都是跟南宫二少相差无几的，这样的人，受万人宠爱，清冷高贵，傲气冲天。

从苏落见到他开始，不过短短五分钟，苏落已经连续下他好几次面子了。

所以，受到冷七少低气压的影响，全场寂静下来，就连悦耳的丝竹声都已消失。

大家都别过脸去，不敢跟冷七少那黑沉沉的目光对视，生怕一不小心就做了炮灰。

“咳！”冷七少拳头抵在唇边轻咳一声，幽冷的目光沉沉地盯着苏落，红唇微启，“难怪他会看上你，确实有点意思。”

“多谢夸奖。”苏落目光平静地直视他，淡然而笑。

冷七少看上去依旧懒洋洋的，明明在笑，笑意却不达眼底，眼中更是有着一种说不出的诡异色彩，他盯着苏落：“你知道我在想什么吗？”

苏落摇头。

冷七少开门见山：“你应该知道，他喜欢的东西，我都会抢。”

“哦？”苏落眼眸微微眯起，感觉不太妙。

冷七少淡漠的眼里，带着一丝邪魅妖娆的笑：“他喜欢的人，我也会抢。”

苏落似笑非笑地看着他：“所以，你喜欢我吗？”

慕容沫惊诧地看着苏落。她这次之所以叫苏落过来，其实是冷七少的意思，但是她没想到苏落对于这件事的态度竟然如此放松？

冷七少似笑非笑：“我喜欢跟聪明人讲话，你很聪明，所以我喜欢。”

苏落从他头顶看到脚底，目光似有几分笑意，捂着唇：“南宫流云喜欢的人你就抢，所以事实上你喜欢的人，其实是……”

苏落凑到他耳边，轻轻说了四个字。

冷七少握紧拳头，额头青筋暴起，恶狠狠地瞪着苏落，简直一个字都说不出来。

众人都难以置信地看着苏落。

虽然不知道她最后跟冷七少说了什么，但是可以看出冷七少真的被惹恼了。

这位苏落姑娘，未免也太强了吧？

要知道，冷七少一向以冷漠著称，极少动怒，而他一旦动怒，便会血流成河！但是现在苏落已经是第几次惹怒他了？冷七少竟然没有杀人耶！他们佩服苏落惹怒冷七少的本事，也佩服她现在还能安然无恙的幸运。

特别是冷七少身边那两个侍女，见惯了七少弹指间对方灰飞烟灭，第一次看到他这么容忍一个人。

在七少眼里没有男人女人之分，只有活人和死人之分。

苏落笑嘻嘻地看着冷七少，神色轻松，犹如在看一位熟悉的朋友。

至于冷七少……他是第一次见苏落这样不按常理出牌的丫头，聪明睿智，观察入微，牙尖嘴利，反应敏捷而且气势逼人。

“真不愧是他看中的女人。”这是冷七少第二次说这样的话，他顿了顿，那阴柔邪魅的脸上，笑容强势逼人，“看来，这次是真的志在必得了呢。”

苏落打量着眼前这位长身玉立、挺拔轩昂的少年，没好气地白他一眼：“志在必得？你觉得有这个可能性？”

冷七少似乎意识到他对眼前这小丫头太和善了，所以微微皱了皱眉。其实他自己也有一抹一闪而过的困惑，按说以他的脾气，小丫头这样冒犯他，十有八九被他杀了，而现在，他居然这么容忍她？真是奇怪。

冷七少将这奇怪的感觉摒弃掉，淡漠地道："传膳。"

很快，一个个让人眼前一亮的妍丽少女端着小案几并餐盘上来，一一摆好，又一一退去。

冷七少冷然瞟了苏落一眼："坐。"

苏落自从知道他会读心术后就防备他了，心里的想法都是用英语表达的，所以冷七少想读懂她的心思，真是不可能完成的任务。

冷七少冷哼，却不得不承认苏落的办法很有效。

这是第一个知道他的读心术后不是惊慌失措而是在下一秒立即做出反应的姑娘，让人有一种意外的惊喜。

冷七少犀利而深邃的目光盯着苏落，霸气外漏："吃！"

苏落不想坐，却被那两个侍女给摁下去了。

苏落简直郁闷得快捶桌子了，因为她发现一个让她无奈却又不得不接受的事实，就连那个给冷七少换茶的丫头，实力都比她强。这真是一个悲伤的故事。

苏落默默地拿起筷子。

在场的人不少，冷七少坐在上首中央的位置，苏落坐在他左边第一个位置，唐雅岚坐在苏落下首，慕容沫以及那群人也依次坐了下来。

唐雅岚这傻妞，看到一桌的美食，已经高高兴兴地狼吞虎咽，吃得非常开心了。

慕容沫几个也都动了筷子。

唯独苏落，手里拿着筷子，眼底却带了一丝苦笑。

冷七少冷冷坐于上首，目光深邃、犀利地盯着苏落，霸气地冷声道："吃！"

冷七少这一声，蕴含着无穷的威压，震得人心惊胆战，诚惶诚恐。

苏落抬头，清澈的眼眸可怜兮兮地看着冷七少。

冷七少瞪着她："你在撒娇吗？"

苏落冷哼："这味道我吃不惯，可以请别人代劳吃吗？"

其实哪里是吃不惯，而是……苏落面前的六道菜分别是鲍鱼汁万年鲜灵芝、百味煎鱼耳、一品梅花参、白花紫菜卷、水晶炒风味、碧绿扒鲍片。

其实每个人的菜都是一样的，但苏落观察过她面前的菜品，那是一种无色无味的毒药。既然无色无味，为什么苏落会知道呢？

因为她对危险有一种本能的直觉，更重要的是，她手里有一只小黑猫，小黑猫是未来的万毒之王，当它看到这六道菜时，顿时蠢蠢欲动，耳朵高高竖起，处于兴奋状态。能让小黑猫兴奋到这种程度，可见这菜里的毒品级肯定不低。

苏落抬眸望着冷七少，故意在心里用正常语言疑惑地想：难道冷七少想毒死我？可他不是刚说了对我有兴趣吗？所以，这毒其实是要迷倒我，然后做霸道之事？

苏落那双漂亮而清澈的眼眸，就那样盯着冷七少，将心里的信息通过眼睛传递过去。

冷七少刚喝了口酒，接收到苏落眼里的信息，顿时咳了一下。

一向稳重冷漠的冷七少竟然也会喝酒呛到？

众人下意识地抬头，纷纷好奇地望向冷七少。当他们意识到冷七少黑着脸时，赶紧低下头去。

冷七少瞪着苏落，周身仿佛有一股黑沉沉的旋涡在凝聚，杀气腾腾。

苏落瞪着他："没说话，就当你默认了哦，冷七少默认的事，可没办法反悔了。"

苏落一边说，一边笑嘻嘻地将小黑猫从空间里抱出来，放到桌上。

这些毒素苏落不能吃，但是对于未来的万毒之王小黑猫来说，简直就是超级美食啊！

天天吃苏落炼制出来的毒丹，它每次都只能吃个半饱，真是很心焦。

小黑猫即便很饿，它的动作还是那么优雅，不过，它生怕冷七少会喊停似的，吞噬的动作却不慢，不到两分钟，苏落面前的盘子已经一扫而光。

小黑猫摸摸圆鼓鼓的小肚子，钻进苏落的空间里炼化去了。

而在这一过程中，冷七少一直黑着脸。

这是他对苏落设下的考验。他冷七少可不是什么人都要的，即便是经过南宫流云验证的女人，所以他给苏落设下了三关，而这毒便是第一关。

如果她知情的话，她也没办法。

因为吃下毒药，立刻就会死，而不吃毒药，连闯三关的话，冷七少真的会抢夺她。

这是阳谋。不管苏落怎么做，都会入局。

但是，看到苏落这么容易就通过第一关，身为出题者，冷七少的心情显然不太好。他坐在高高的位置上，犹如逐云之巅的神明，带着深潭般平静冷漠的心，俯瞰着苏落。

苏落悠然站起来，拉着大快朵颐的唐雅岚，对冷七少淡笑："用过午膳，时候也不早了，我们就先告辞了。"

但是还没等她走出两步，她面前已经挡了一个人。

冷家的侍女实力非同一般，能够贴身伺候冷七少的姑娘，实力更是出类拔萃。

站在苏落面前的，是那个手持冷剑的侍女。苏落连那个端茶递水的侍女都打不过，更别说这位手持冷剑的侍女了，苏落只能回眸，目光冰冷地盯着冷七少："什么意思？"

冷七少缓缓站起，迈下台阶，在他走动间，他腰间的白玉坠子随风而动。

最后，他定定地站在苏落面前，如墨般的冷眸如寒潭般冷厉，殷红的薄唇紧紧抿成一条白线。他盯着苏落，认真而严肃地告诉她一个事实："你以为，这里是你想来就能来，想走就能走的？"

苏落知道，今日想要全身而退，只怕难了。

她没好气地侧眸问唐雅岚："你是怎么到这来的？"

唐雅岚此刻也意识到不对劲，直觉告诉她，冷七少很危险，他说杀人，就真的会弹指间把人给杀了。

所以她心有余悸地看着苏落："我本来想上街逛逛，走着走着就被敲了闷棍，醒来后就在这里了……"

苏落看着冷七少冷笑："是你设计我的人，慕容沫只是执行者？"

冷七少并不否认："她脑子不够。"

苏落点点头，表示赞同他的这个观点。

慕容沫茫然地指着自己的鼻子："……"

苏落双手环臂，开门见山："说吧，还有什么？"

冷七少一个眼神，他那漂亮的侍女立刻将他的软椅搬过来，放到他身后。

冷七少懒懒地斜靠在锦绣软椅上，找了个舒服的姿势，瞥了苏落一眼，大概是觉得仰视让他累着了，于是他指着前面那个舞姬："你坐这。"

舞姬何等聪慧，当即趴在地上，将身体调整成拱形，宛如稳固的椅子。

这位舞姬做得熟稔，可见不是第一次了。

苏落："……"

她可不习惯坐别人背上，苏落的空间里什么没有，自带板凳什么的，也没什么稀奇的。

于是，苏落从空间中掏出一把造型奢华大气的太师椅，噔的一声，放在冷七少面前。她的椅子，不论造型还是大小都比冷七少的有气势。

冷七少看到苏落那暗自得意的小眼神，冷冷一笑。

"你问我还有什么条件，那么，实话告诉你也无妨。"冷七少盯着苏落，一字一顿，"跳舞。"

"什么？"苏落瞪着他。

"跳舞诱惑我，成功了，便算你过关。"冷七少目光里带着浅笑，笑容神秘而妖冶。

"我不会同意。"苏落身侧的拳头握紧，因为她知道，这个变态的冷七少不是在开玩笑！

原本如老友相见般轻松的气氛，陡然间僵凝。而就在这时候，苏落只觉得眼前一道白光闪过，再定睛看时，就看到冷七少的手指掐着唐雅岚那皓白纤细的颈项。

冷七少明显没有收力，因为苏落能够听到一道细微的咔嚓声，还有唐雅岚眼底那近乎窒息的绝望。

苏落的眼瞳瞬间紧缩！直到这一刻，她才真真正正意识到，眼前的这位可不是什么温驯友好的小绵羊，而是一只凶狠暴力的豺狼！

"住手！"苏落眼看着唐雅岚的脖子就要被掐断，当即喝止。

冷七少的手微微松了松，冰冷的嘴角勾起一抹嗜血的冷笑："你是不是想说，她家跟南宫家族有姻亲，所以我不能杀她？"

苏落愤怒地瞪着冷七少。冷七少不愠不怒，温和地对苏落说："南宫流云的表妹我都杀过，更何况是个小小门户的姻亲了，死不足惜的。"

"冷云景你这个变态杀人狂！"苏落怒斥一声。在这些强者眼里，人命如蝼蚁，抬手皆可收割吗？在他们这些权贵眼里，平民就是刍狗吗？

面对苏落的呵斥，冷七少似乎很受用，那双邪魅妖娆的眼眸瞬间亮了，他舔了舔嗜血的红唇："这称号，我喜欢。"

苏落："……"

冷七少很好心地建议苏落："看在你替我起了个不错外号的分上，你多了一个选择。"

苏落冷冰冰地看着他。冷七少邪邪一笑，笑容嘲弄讥诮："你现在可以头也不回地离开，当然我会毫不犹豫地扭断这小丫头的脖子。"

而第二个选择，苏落只能答应冷七少之前的提议，留下来，用曼妙的舞姿迷惑他。苏落很清楚，冷七少打击南宫之心不死，他一定会将其录下来，然后将这段影像传给南宫流云。

"我选择第三条路。"苏落盯着冷七少。

"妇人之仁，难成大事。"冷七少教训苏落。

苏落回以冷笑："心狠手辣，冷酷残暴！"

冷七少忽然凑近她，一股凌厉的气息带着强大的压迫感，山雨欲来般朝她身上笼罩下来。他身上有一种特别的气味。苏落下意识地捂住鼻子。

原本暧昧因子萦绕的氛围，在苏落的这个动作下，荡然无存。冷七少："你跟南宫流云都这么败兴吗？"

苏落很认真地摇头："他身上有一股芳草清香，很好闻，你比不上。"

苏落这句话的最后三个字，惹恼了冷七少。

"找死！"冷七少嗤笑一声，转身就朝那高高在上的位置走去，他一边走一边冷笑道，"你确实有第三种选择，这种选择，会让你性命不保的，可爱的小丫头。"

就在冷七少坐上高位时，苏落这边，已经围了一群舞姬。这群舞姬一共四十九个人，摆出了七七回旋阵，将苏落围绕其中。

冷七少笑容阴鸷，煞气逼人："精彩的表演，开始了呢。"

精彩的表演？苏落一点都不觉得这事有多精彩，此刻的她正陷入一种前所未有的重压之下。

四十九名舞姬翩然起舞，七七回旋阵随着她们曼妙的身姿一圈圈地回旋，就好像一枚石子投入镜湖，荡起一圈圈涟漪。而随着波纹扩大，那种将苏落笼罩起来的重力更是压得苏落喘不过气。

苏落的脑子越来越重，就像打瞌睡一样，一下一下地往下垂。忽然，苏落打了个激灵，猛然间清醒。她下意识地抬头，朝冷七少望去。此刻的冷七少，嘴角勾起一抹戏谑的冷笑，那双好看的深眸邪魅且阴冷，就那么直勾勾地盯着苏落，闪出妖邪般的光芒。

苏落却在心里暗骂："变态！"

冷七少会读心术的，所以虽隔得很远，他也能知道苏落眼底的意思，读懂后，他非但没有生气，反而乐在其中，那双好看的凤眸灼灼如华，光华耀眼。

苏落拒绝跳舞诱惑他，所以选择了一条九死一生的路。

这四十九人并不仅仅是舞姬，还是实力不俗的强者，不然的话，七七回旋舞也发挥不出这样的威力。苏落意识到，一开始还能抵挡，但是随着时间过去，七七回旋舞的攻击力越来越强，这就不是她能抵挡的了。所以，一味防御到最后很可能是死，只有主动进攻还有一点点活路。难怪冷七少说，这是一条九死一生的路。

随着她们不停旋转，苏落虽然闭着眼，但依旧感觉到一阵阵头晕目眩，恶心想吐。

七七回旋舞，舞姿柔软到极致，犹如一枝枝垂柳在她眼前飘来荡去。要如何才能以攻击抵挡七七回旋舞的攻击？是不是要极致的刚烈才能打破？

忽然，苏落眼中微微闪过一道光芒，她朝冷七少望去。而此刻的冷七少，那双如鹰隼般的冷眸深邃魅惑，泛着妖邪的光芒。苏落眼眸微敛，眸中是微微的冷然。舞动带起的风，吹拂着她那如墨般的青丝。苏落看着冷七少，淡淡一笑，透过冷然的目光，她传达给他一个意思：七七回旋舞，也没那么了不起。

冷七少看到自信的苏落，目光变得诡异起来，眸中还有一丝疑惑。而就在这时候，苏落噗一口鲜血喷到她前方的位置，鲜血染红了她胸前的衣襟。

冷七少淡淡地凝视着苏落，她口中没那么了不起的七七回旋舞，害她吐血了呢。

苏落嘴角勾起一抹诡异而神秘的笑，这样的神情，看得冷七少那样内心强大的人都有一种毛骨悚然的感觉。这丫头，要干吗？冷七少提高了警惕。

而此刻的苏落，摸出一管鲜红的口红，往唇上一抹，深吸一口气后，她猩红的唇大张，酝酿出狰狞而扭曲的表情。

苏落诡异地瞟了冷七少一眼，在他疑惑的目光中开唱。她唱的这首神曲歌词是这样的：

啊哦

啊哦诶

啊嘶嘚啊嘶嘚

啊嘶嘚咯嘚咯嘚

啊嘶嘚啊嘶嘚咯哎

啊哦

啊哦诶

啊嘶嘚啊嘶嘚

啊嘶嘚咯嘚咯嘚

啊嘶嘚啊嘶嘚咯哎

啊

啊呀呦

啊呀呦

啊嘶嘚咯呔嘚咯呔嘚咯呔

嘚咯呔嘚的叹嘚咯呔嘚咯叹
呔咯嘚呔咯嘚呔咯嘚
呔咯嘚呔咯的嘚呔咯嘚咯叹
唉呀呦

这在苏落曾经所在的那个世界，是一首耳熟能详的神曲，在路上随便拉个人都能啊哦——啊哦诶。

但是这个世界，完全没听过这样的韵律啊！

七七回旋舞，柔若细柳，柔若无骨，柔情似水，然而在这样柔软的音律里，突然来了一阵狰狞高亢的“啊嘶嘚啊嘶嘚啊嘶嘚咯嘚咯嘚”，简直……

就连冷七少表情都像被雷劈了一样。

只见他呆呆地坐在锦绣软椅上，抬起手指，指向苏落，张了张嘴，但是喉咙里一个字都发不出来。他眼睁睁地看着苏落顶着那犹如血盆大口的烈焰红唇，在那里手舞足蹈地唱着“啊嘶嘚咯呔嘚咯呔嘚咯呔”……

另外的那群权贵少年少女，也全被雷劈了似的，睁大双眼傻愣愣地看着苏落。而最重要的是，原本在苏落周围纤姿曼舞的四十九个舞姬，有心神比较弱的，已经被苏落的大道之音十星功法加《忐忑》神曲，给震得心神不宁，舞步出错了。

七七回旋舞为什么会有如此强大的威力？就是因为它是阵法，齐心协力下威力才会成几何级数爆发，但现在有人出了错，阵法就出现漏洞了。

苏落一边狰狞地唱着，一边眼观四路耳听八方，所以她很快就抓到了这位心神最弱的姑娘。

苏落盯着这位姑娘，眼底是邪恶而神秘的诡笑，口中是啊呀呦啊呀呦。

大道之音十星功法的威力可不是一般人能承受的，更何况配上这首神曲，简直如有神助。

所以，被苏落盯着的那位姑娘只觉得脑子轰隆隆地炸裂，她头痛极了，能听到她的同伴们在呼喊她、鼓励她，但是她真的做不到——

最后，这位姑娘抱着脑袋，痛晕在舞台上。

舞台上的每一个舞步、每一个位置都是固定的，少了一个人，七七回旋舞阵势出现漏洞。

这让原本的重压有了一丝减缓。

于是，苏落再接再厉，利用逐个击破原则，将一位又一位舞姬击晕。

随着时间的推移，苏落对大道之音的领悟越来越多，因此爆发出来的音律攻击力也越来越强大。此消彼长下，舞姬们的回旋舞阵势越来越弱。

基本上到了后来，苏落跟舞姬一照面，对准她的眼睛吼一句，那位舞姬就倒下了。《忐忑》一共四分二十三秒，自苏落开口唱到结束，四十九位舞姬，全被苏落唱晕了。此刻她们正被冷七少的人拖下去，至于结局如何，这不是苏落能干涉的事。而被苏落的神曲震住的人，还久久回不了神。

这首神曲大概会在他们心里留下难以磨灭的印记，此生都不可能忘了。

苏落抬眸，轻蔑地瞟了冷七少一眼，大拇指得意地擦过鼻子：本姑娘不是说了吗，七七回旋舞没什么了不起啊?

冷七少用一种很神奇的目光看着苏落。

镇定如山的冷七少，刚才被苏落吓得不轻。不过回头想想，这丫头果然聪明机智反应快，利用这乱七八糟的歌里的高亢音域和诡异的节奏，打乱柔情似水的七七回旋舞节奏，从而找到阵势漏洞，逐一击破。

原本九死一生的局面，她只用了五分钟不到就完胜。真是让人惊喜。

回过神来的冷七少眉眼带笑，一边站起来，一边鼓掌，如鹤立人群，光彩夺目。

苏落看着冷七少，眸中略带得意："唱得怎样？"

冷七少纤细如玉骨节分明的手指朝苏落勾了勾。

苏落狐疑，但还是走了上去。见她离得有点远，冷七少长臂一拉，苏落就被他拉近了距离。

冷七少端详着苏落的这张脸，黑曜石般的眼眸光泽透亮，熠熠发光。

两人对视。

苏落眼眸微眯，本能地意识到危险，下意识地后退，但是还没等她躲过去，冷七少就俯身而下，修长的手指从她唇边抹过。

"难看死了。"冷七少将苏落之前因为唱《忐忑》而特意涂红的口红抹去。

苏落瞪了他一眼："这关算闯过了吧？"

冷七少似笑非笑地点头："当然。"

"那我可以带人走了吧？"苏落没好气地冷哼。

冷七少却邪魅地轻笑出声，声音慵懒沙哑，并且摇摇手指："不行。"

苏落真的怒了，恶狠狠地盯着他："你还想怎样？"

还有完没完了，一关又一关的?

冷七少墨发随风舞动，眼底泛着一抹似笑非笑的潋滟笑意："我给你设定了三关啊，现在才过第二关，你说呢？"

"如果我不答应闯第三关呢？"苏落冷冷地斜睨他。

也不见冷七少如何动，只见他伸出那只洁白如玉的手掌，顿时，手掌心犹如旋涡口，强大的威能释放出来。

原本离他远远的唐雅岚，在这样的吸力下完全无法抗拒。她想跑，但是后背被吸住，就好像冷七少手里有一根线，直接把她吸到他手上。

在这个过程中，冷七少一句话都没说，提着唐雅岚，就那么似笑非笑地看着苏落，威胁的意味十足。

苏落简直要败给他了。

“就三关？”苏落心里暗怒，面上却沉静如水。

“就三关。”冷七少尊贵非凡，气势凛然。

“第三关是什么？”苏落没好气地瞪他。

冷七少将唐雅岚丢开，殷红朱唇微启：“这个嘛，对于你来说，有点难度。”

苏落冷哼：“冷七少设下的考题，哪关不难？”

冷七少认真地看着苏落，面色严肃：“这一关，特别难。”

“哦？”苏落好奇。

冷七少红唇微启，声音淡漠如斯：“这第三关，你要战胜我啊，你说难不难？”

“你疯了吧！”苏落死死瞪着他，指着自己的鼻子，“我要战胜你？”

冷七少：“对，你要战胜我。”

“呵呵。”苏落回以一记冷笑，“我不跟疯子说话。”

年青一代里，除了南宫流云，有谁敢放言能战胜冷七少？她苏落才修炼三百年，怎么跟他比？

冷七少见苏落真的生气了，修长如玉的手指拍拍苏落的后背：“话还没说完生什么气？允许你场外求助的啊。”

苏落瞬间眼眸一亮：“随便谁都可以？”

苏落自己当然不行，但是以她在炼药师公会的身份，叫一位隐藏强者出手帮忙对付冷七少那绝对可行。

冷七少同情地看着苏落，眼眸如深海中倒映的星辰：“你只能向一个人求助，你知道他是谁。”

苏落微微怔住。虽然隐隐有这种感觉，但是当冷七少说出这句话的时候，他今天的目的才算是真正揭晓了。他铺垫这一关又一关，其实真正的目的是南宫流云。

之前在慕容家，南宫流云何等维护苏落，只要说她在冷七少手里，南宫流云岂会不来？

但是——苏落如墨般的黑眸里透着冰冷犀利的光芒：“我不会通知他！”

冷七少见苏落神色愤怒，还很温柔地拍拍她的肩头：“放心，我已经通知他了。”

苏落身侧的拳头紧紧握起：“他不会来的。”

冷七少如水晶般澄澈的眼眸瞟了苏落一眼：“不会啊，他正在赶过来的路上。”

苏落怔在当场。跟他冷战已经有两个月了，他根本没有来找过她，甚至连那一通沉默的通讯珏，她都不确定是不是他的，他会因为冷七少的一句话而过来？

如果是以前的南宫流云，苏落坚信，即便他在做最危险的任务，也会放下一切奋不顾身地飞到她身边保护她。但是现在的南宫流云……苏落脑海里浮现出上次在静园里他的冷言冷语，甚至弄伤她后他连一句关切的话都没有。

每每想起那一刻的场景，苏落的心就一阵阵发冷。这样的南宫流云，已经跟她分道扬镳，渐行渐远，他还会因为她而过来吗？苏落表示怀疑。

第五章 绝杀

此刻的南宫二少，并没有苏落想象中那么轻松。这两个月，他并没有在帝都，而是深入帝国大陆最危险的塔布大森林。

南宫家族本部。

重症病房里，从昏迷中苏醒才三天的南宫二少看着窗台上那盆紫色蔷薇花发呆。他的目光望着紫色蔷薇花，却又似透过蔷薇穿过遥远的时间和空间，望着一道久违的人影。他的外表强势霸道，骄傲得不可一世，内心却如此寂寞。

就在这时候，楚三从外面进来，他一向是大大咧咧的性子，但是看到南宫流云望着那盆紫色蔷薇花时，楚三眸中浮现一抹酸涩。

他刻意走过去挡在紫色蔷薇花面前，阻挡了南宫流云的视线。

南宫二少皱眉，瞟了他一眼。

楚三气鼓鼓地瞪着他，但最终还是深深吸一口气道："南宫流云你够了！就算种出第七转紫色蔷薇花又怎样？南宫流星他也不可能……"

"楚三，你现在最好立刻闭嘴。"南宫二少冰冷嗜血的目光阴沉沉地盯着他。

楚三气不过，想说什么，最后还是没说，只盯着南宫流云道："你自己好自为之，不要最后苦了自己又辜负了别人。"

南宫流云没有说话，只淡淡地瞟了楚三一眼，目光清冷。

就是在这个时候，南宫二少看到了冷云景发来的信息。

冷云景也猜到南宫流云不会跟他通话，所以留了一条信息。

南宫流云淡漠的清眸略略扫过一眼，很简单的五个字："苏落在我这儿。"

短短一句话，却让身上缠着厚厚绷带的南宫流云剑眉深锁，面色阴沉。

楚三无奈地看了南宫流云一眼，就连南宫爷爷都让他将通讯珏摘下来好好休息几天，结果他死活不摘，似乎在等着某个人呼叫他，却总也等不到。

而此刻，南宫流云掀开被子，动作迅速地换上了一身月白色锦袍。

楚三眨眨眼睛就看到南宫流云一身华丽的月白锦袍，袍角层层叠叠，流光敛影，仿若遗世贵公子，脸上又带着咬牙切齿的怒。

楚三赶紧拉住南宫流云："你这是要去哪？"

"松手。"南宫流云的气势冷冽逼人。

楚三气得眼圈都红了："南宫流云你疯了吧？！你知不知道你一个人去塔布大森林有多危险？你知不知道为了这盆第五转的紫色蔷薇花你几乎快要没命了！你知不知道十天前你是被人抬着从塔布大森林出来的，当时大家都以为你已经死了！好不容易抢回来一条命，你就这么不懂得珍惜？！"

南宫流云那张颠倒众生的绝世容颜上神色坚定，语气不容置喙："是兄弟就给我让开。"

楚三冷笑："你看，你现在的实力连我都推不开，你还想出去？你知不知道，这世界有多少人疯狂地喜欢你，就有多少人丧失理智地想杀了你！你就这么想下去陪宁三和许三？"

"闭嘴！"从来都内敛的南宫流云这一刻真的怒了。

楚三似乎有点不安，拍了拍自己的嘴："你这是要去哪？你这样的身体，你以为走得出你们南宫家族本部？"

南宫流云瞟了楚三一眼，黑曜石般的眼眸浅浅发光，眸底漆黑如墨，深不见底。楚三被看得心里发毛，后退了一步，下意识地就想跑。

南宫流云却拍着他的肩，语气还是冷冷淡淡的："楚三，多谢你提醒我了。"

南宫流云身上的绷带没有拆掉，他直接剥了楚三的外套套上，身形利落地离开。而可怜的楚三，此刻被南宫流云点了昏睡穴，被塞在被窝里正呼呼大睡。

以敏捷的身手和高超的演技，南宫流云成功扮成楚三，离开龙凤族本部。

出了龙凤族本部后，南宫流云抓起通讯珏，接连挂了几个出去。

打完通讯珏后，他的眉目非但没有舒展，反而皱得更紧，他乘着雪蹄乌龙驹，以最快的速度赶往芙蓉坊二十三号。

不像苏落是从大门口进去，南宫流云降临的方式，与他的身份地位非常匹配。

雪蹄乌龙驹从半空中以优雅的姿势降落，稳稳地停在庭院里。

而此刻，苏落正跟冷七少对峙。

因为久久等不来南宫流云，苏落脸上虽依旧冷淡，眸中却越来越失望。终究，她还是希望他心里是有她的。

然而，就在苏落失望的时候，南宫流云骑着雪蹄乌龙驹，犹如高贵的王者一般，降落在所有人面前。

只见他一袭月白色锦袍，俊美无双绝色天下，举手投足间尽显优雅与尊贵。

这样的他，让人觉得遥远而不敢靠近。

南宫流云一出，顿时全场寂静。所有人的目光都不由自主地朝南宫流云望去，包括冷七少。

而所有人目光焦点中的南宫二少，优雅从容地朝苏落走去，最后，定定地站在苏落面前。

他们二人已经有两个月没见了。

南宫流云无视那一双双窥探的眼，深邃漂亮的眼睛一眨不眨地凝视着苏落，眸中千回百转，仿佛有无数的话要对她说，却又不知从何说起。

苏落黑白分明的清澈眼眸凝视着他。

两个月不见，他仿佛有了些变化，但依旧那么光芒万丈，明眸皓齿，风姿卓绝，俊朗的眉，清丽的眼，面部线条如刀削般倨傲冰冷。

他定定地站在她面前，温柔地凝望着她，仿佛她是他捧在手心的稀世珍宝，忽然间，苏落觉得很委屈。既然在意，为什么这两个月对她这么疏离冷漠？

想到这两个月的委屈，苏落红唇紧抿，恨恨地别过脸去！

就在这时候，冷七少慢悠悠地踱步而来，双手抱臂，笑吟吟地看着他们，眸中那一抹戏谑毫不掩饰。

南宫流云面色平静，目光波澜不惊地扫过冷七少。

冷七少双手正晃晃悠悠地朝苏落肩头搭去，可还没接触到苏落那纤细的肩头，南宫流云幽冷的声音带着嗜血的杀意响起："手不要了？"

冷七少的手顿在半空，他朝南宫流云邪魅一笑，原本摊开的手掌握成拳头收了回去，他没好气地白了南宫流云一眼："你认真的？"

南宫流云冷哼，牵着苏落的手："我要带她走。"

出乎苏落意料的是，冷七少居然一口答应："你可以带她走啊，走吧走吧。"

冷七少朝苏落挥挥手，很随意轻松的样子。

但是苏落知道，冷七少是故意的，他话说得漂亮，却又要拿唐雅岚来威胁自己。

"放开我。"苏落冷冷地瞪着南宫流云，"冷变态故意的，他让我走，下一秒就会拿唐雅岚威胁我，你别忘了唐雅岚是你家亲戚。"

冷七少微笑着鼓掌，凤眸邪魅地微挑，看着苏落："这是跟本少爷学的读心术？看来你对本少爷也不像你说的那样无动于衷嘛。"

苏落懒得看他，只盯着南宫流云。她的意思很明白，要带她走，同时也必须带走唐雅岚。

南宫流云扫她一眼，语气有些不悦："泥菩萨过江了还要普度众生，你可真能啊。"

苏落气呼呼地甩掉他的手："我不用你管，你走开！"

南宫流云瞪着她，苏落也倔强地迎视他的目光，毫不示弱！

南宫流云最终还是先败下阵来，有些头痛地揉揉眉心，略略转身，瞪了冷七少一眼："看别人家里吵架很好玩？"

冷七少双手抱臂，斜靠在树上，摸着下巴状似思考，然后慵懒地一下一下点头："别人家的不好看，但是南宫二少居然会跟女孩子吵架，平生头一遭啊，身为你的对手，我表示非常幸灾乐祸呢。"

苏落恨恨地瞪着南宫流云，犹如张牙舞爪的小狮子般朝他吼："谁是你家里的，不要毁我清誉！"

冷七少掩唇而笑，笑容如阳光般灿烂。

午后的阳光斜斜地从枝叶上漏下来，细碎的光洒在冷七少身上，再加上他那邪魅的气质，有一种别样的迷离感。

南宫流云有些头痛地看着苏落，最后只能无奈地叹口气，朝冷七少冷哼："划下道来。"

冷七少有些意外地看了南宫流云一眼。

最了解你的人，不是你的朋友，而是你的敌人。

将南宫流云视为平生唯一劲敌的冷七少从小就研究他，所以才会如此惊讶。

曾几何时，拒人于千里之外，素有洁癖的南宫二少，竟然主动牵小姑娘的手，而且对方还很不愿意地要甩开，这在冷七少眼里真真正正是第一次。

当年，宁三那么喜欢南宫流云，为了救他那三弟，以她自己之血孕育紫色蔷薇花，甚至因此身体孱弱到坐轮椅的地步，宁三牺牲到这种程度，也没见南宫二少脸色好看多少。可现在的他，啧啧，有意思，看来这丫头真的值得争一争了。

如果苏落能读懂此刻冷七少的心里话，她跟南宫流云会少走多少弯路?

冷七少看着南宫流云，脸上原本的漫不经心收敛了许多。

他虽然在笑，但是笑容并不显轻松，反而有一丝凝重。

"一百招之内分胜负。"冷七少的眼神冷冽逼人。

南宫流云却不紧不慢地瞟他一眼，摇摇头。

"你不答应？"冷七少目光张狂。

南宫流云摇头，声音温润，慢条斯理地说："对付你，一招足矣。"

冷七少简直被南宫流云气乐了，盛气凌人地盯着南宫流云："我将你视为平生唯一的对手，你却对我轻视忽略，南宫流云，很快你就会知道轻视我的下场。"

南宫流云目光冰冷清浅，唇角微勾："出手吧。"

苏落不知道，冷七少也不知道，南宫流云在塔布大森林寻找紫色蔷薇花时重伤昏迷，生命垂危，三天之前才苏醒过来，他身上的伤仅仅止住血而已，余毒还未清，这时候的他应该躺在病床上休养而不是跟人生死相搏。

只见南宫流云长身玉立，清冷高贵，气势逼人，没人知道他厚厚绷带下还未痊愈的累累伤痕。

两位当世强者对峙，闲杂人等早已远远退去。

南宫流云温柔地看着苏落，温润地开口："你先退到一边去，乖。"

他的声音温柔中带着那样的宠溺，就仿佛之前因为宁三的吵架从来不曾发生过一样。

南宫流云，你怎么就能这样理所当然地认为我还喜欢着你呢？

苏落冷哼一声，退到远处。

“一招吗？南宫流云，就让我冷七看看你如何一招制胜！”冷七少手中的玄冰灵印酝酿完毕后，淡漠的话语轻轻地从他口中吐出。

“爆！”冷七少大喝一声。

随着他声音落下，庞大的火焰犹如蘑菇云一样冲天而起！惊天动地的爆炸声响彻天际！那炙热的温度几乎要将地面焚化！冷七少一出就是大杀招！

众人的目光瞬间朝南宫流云望去，南宫二少实力超群，不知道会如何一招将冷七少击败呢？

让众人失望的是，南宫流云没动。

他就静静地站在那里，四周是爆炸而起的蘑菇云以及熊熊焚烧的烈火，他却一动不动地站在那里，身形清瘦而脊背挺直，看得人心微微一疼。

天！南宫二少这是在做什么？他就任由冷七少攻击他而拒绝做出任何反击？

这哪里是一招制胜冷七少，这是要一招败落吧？

冷七少也是不解，剑眉皱得快打结了，却忽然间一怔！

“南宫流云，算你狠！”冷七少指着南宫流云的鼻子，破口大骂，“到了这种程度，你事先说一句会死吗？我冷七在你眼里就是这般小气的人？！”

这个人！明明身受重伤，明明不能动武，却硬生生地承受他的玄冰灵印。

玄冰灵印是他的最强杀招！南宫流云简直就是在找死！

“这就是低估我冷七的下场！”冷七少恨恨地瞪了南宫流云一眼，却见他一脸云淡风轻地笑着，冷七少恨不得一拳头砸过去将他脸上的笑容砸烂。

伤到快死了，还笑？说什么南宫二少聪明绝顶，天下无双，其实是天下无双的大笨蛋吧？

冷七少腹诽完，又没好气地白了苏落一眼：“你也是大笨蛋！”

遭遇无妄之灾的苏落不解地看着冷七少：“什么？”

冷七少没理苏落，却指着她朝那清冷高贵的身影冷冰冰地放言：“南宫流云，这大笨蛋我跟你抢定了！”

说完，一脸阴霾的冷七少心情很不爽地走掉了！他设计了今天这场戏，特意掳劫了唐雅岚逼苏落，又通过苏落引出南宫流云，可谓煞费苦心，目的就是想跟南宫流云好好打一场，证明他冷七少的实力！他是想战胜南宫流云，但不是战胜身负重伤的南宫二少！那会让他觉得胜之不武，这比杀了他还难受！

冷七少一走，其余的人心里惶恐，也赶紧走了。慕容沫就是跑得最快的那一位。

原本热热闹闹的院子，顷刻间就只剩下南宫流云、苏落，还有唐雅岚三个人。

南宫流云依旧僵硬地站在原地，甚至连一根手指都没动。他月白色的锦袍依旧干干净净，身上更是一尘不染，看上去仿佛不是经历过战斗，而一直沐浴着阳光。

苏落不懂冷七少为何一招之后就离开，也不懂他那些莫名其妙的话是什么意思。

事实上，以苏落的聪明，那些话若真听到心里去了，很快就能想明白。可是此刻的她一个劲地在心里告诉自己，不要想关于南宫流云的任何事，摒弃任何跟南宫流云有关的信息。

因此，苏落到现在都还不知道，在她身边不远处的南宫流云正承受着怎样剧烈的痛。

南宫流云漂亮的剑眉几不可见地皱起，他一步一步缓缓地走到苏落面前。

此刻的他，还是那么霸气地盯着苏落，拉住她的手："跟我走。"

苏落嘴角噙着一抹冷笑，讥讽地看着他："南宫流云，在你心里我是什么？是你呼之则来挥之则去的玩具？想要我就来逗逗，不想要了就折断手臂丢弃到一边？是什么让你这么自信失去后还能再追回来？如果以前给过你这样的错觉我道歉，现在我明明白白地告诉你，我们，已经，没有关系了。"

苏落狠狠地甩开南宫流云的手，大踏步地往前走去。

唐雅岚担心苏落，回头看了南宫流云一眼，就看到了不可思议的一幕，但她还是加紧脚步追着苏落而去！

天空不知不觉下起了雨，一开始还是毛毛细雨，到后来，稀里哗啦倾盆而下。

唐雅岚找到苏落的时候，苏落正蹲在树边，紧紧抱着自己，风雨飘零中，背影孤单而悲伤。

唐雅岚站在苏落的不远处，目光复杂地看着她。苏姐从来没有说过她跟南宫二少的事，所以刚才自己看到他们两个的言行举止时，整个人都蒙了，直到现在才反应过来。

唐雅岚慢慢走到苏落面前蹲下，清澈漂亮的眼睛认真地看着苏落："苏姐姐，其实南宫二少他……"

苏落依旧埋首在双膝里，右手抬起，示意唐雅岚不要多说。

若是平时，唐雅岚也就不说了，但是现在人命关天啊！

她可怜兮兮地看着苏落："苏姐姐，我不知道你们之间发生了什么事，但是二少他受伤了，他朝你走过来的时候，地面形成了两条血线啊！"

唐雅岚见苏落没有反应，知道她不信，不由得猛摇晃她："苏姐姐我说真的！南宫二少他身上的血流到靴子里，又从靴子里漏出，他一路走来，都是一个个血色的脚印，我没有骗你！"

苏落抹去雨水跟泪水的混合液体，深吸一口气站起来，淡淡地看着她："不要再提这个人的名字！"

唐雅岚委屈地站在原地："……"人家说的都是真的嘛。

"你不去，那我去！"唐雅岚赌气地冲着苏落嚷嚷，转身就要跑。

苏落声音冰冷："你要是去了，大家朋友都没的做！"

说完，苏落迈开步子，大步离去。但是她的脑海里还是不由自主地想起唐雅岚的话。受伤？全身都是血？血脚印一路而来？

苏落茫茫然回头，但是身后除了瓢泼大雨，哪里有什么身影？唐雅岚也学会骗人了吗？苏落越想走得越快。

唐雅岚被苏落喝了一声，也不敢回头找南宫流云，不过她记得嫂子说过，南宫流云有一个很要好的朋友叫楚三。唐雅岚故意跟苏落拉开一点点距离，然后迅速将信息发给她家嫂子，嫂子肯定知道楚三的联系方式。

倾盆大雨中，原本雍容华贵、不可一世的少年，随着苏落离开的方向，一步一步地跟着。唐雅岚没看错，他身上确实涌出一股股血水。血水顺着衣衫一路往下，靴子早已毁在冷七少的玄冰灵印之下，因此，一步一个血脚印也是真的。

不过倾盆大雨下，血脚印刚一出现就被雨水冲刷干净，没有留下一点痕迹。

墨色青丝被雨水打得凌乱，衣衫被雨水打湿紧贴于身上，一向举手投足间尽显优雅与尊贵气质的南宫二少，此刻有些狼狈。他脊背挺直，倾世绝色的容颜上，深邃的美眸盯着前方，薄唇抿成一条直线，下巴线条如刀削般倨傲而冰冷。

即使已经没有了苏落的影子，他依旧一步一个血脚印地向前，缓慢而机械地挪动着，仿佛这样就能追到她身边。那么强势霸道的南宫二少，那么权势滔天的南宫二少，那么不可一世的南宫二少，此刻却只剩下一抹悲凉的影子，在滂沱大雨中，那么艰难地摇摇晃晃着朝着苏落消失的方向挪动。等楚三得到消息赶到的时候，南宫流云已经倒在地上了。

雨不知什么时候已经停了。南宫流云周身都是血水，一眼望去，触目惊心。看到这个平日里连金缕蚕锦精制而成的外袍都不会穿第二次的南宫二少，就这么无力地倒在路边的坑洼里，一动不动，就好像已经死去，平日里胆大包天的楚三此刻双腿发软，几乎站立不住，脑海里更是一片空白。

“南宫、南宫二少！”楚三在一瞬间的惊慌失措后，赶紧一个箭步冲上去。但是比楚三还快的，是他身后那群龙凤家族的强者。看到自家未来的族长如此模样，他们顿时一个个眼眸赤红欲裂，几乎集体发疯。这可是他们家最宝贝的二少！

顿时，现场一片混乱。

“炼药师！炼药师！马上过来！”

“立刻准备急救！快去家族拿神级速救丹，快快快！”

“立刻呼叫军部！保护现场！”

“查！给我仔细地查！”

苏落一路哭一路走，只觉得自己脑子里混乱成一团，大地间白茫茫的仿佛就她一个人，茫然不知所措，不知道前往何方，也不知道该归往何处。

而就在这时候，她的脑海里忽然出现一道声音。

海皇老爷爷终于苏醒了，对苏落说的第一句话就是：“我刚才感觉到了十二大圣器的气息。”

“什么？”苏落突然间怔住。

海皇老爷爷认真而严肃地说：“是的，玄冰灵印就是十二大圣器之一。”

“玄冰灵印？冷云景的玄冰灵印？”苏落的声音带着一丝哭泣后浓重的鼻音，讶异地问。

海皇老爷爷点点头：“是的，不过我还感应到了另外一股十二大圣器的气息。”

苏落当即脑袋一蒙，随即问：“您是说，除了冷云景的玄冰灵印，还有另外一个十二大圣器之一在帝都？”

海皇老爷爷说：“是的，帝都目前我感应到的就有两股，等我实力多恢复些，还能感应得更远。”

在苏落绝望的这一刻，突然得到这样的好消息，就好像大海上被风雨飘打随波逐浪陷入绝望的一叶扁舟突然看到了前方的灯塔。

苏落重重地握拳：“我知道了。”

冷云景，看来这段时间我们要经常见面了。

此刻的苏落还不知道，南宫流云被接回龙凤族后，正陷入生死危机。

四大超级家族之一的龙凤族，将领占据军部半壁江山的南宫家族，此刻他们家所有的高级将领都夜不能寐，寝食难安，焦急万分。因为他们寄予厚望的未来家族领袖正生死未卜。

高级将领们内心焦急，最苦的莫过于他们手底下的兵，一个个被操练得死去活来又活来死去。

苏落不知道，这次事件会波及这么广，这么严重。此刻的她，坐在桌前，单手撑着下巴，想着怎么从冷七少手里将他的玄冰灵印抢过来。但是，还没等苏落有所行动，竟然已经有人对她发动了暗杀行动！

当然，苏落并不知道，因为那些暗杀的人还没接近她，就被炼药师公会的强者给干掉了。

前天一位暗杀者，昨天两位，今天三位，这事已经惊动了炼药师公会的皇级炼药师们。

苏落可是宝啊，他们都觉得，这炼药师公会以后肯定是要交给苏落。现在竟然遭人暗杀，明显是被某个家族针对上了！然后在苏落完全不知情的情况下，他们开始查了。但是这群人隐藏得很深，根本查不出什么，米副会长怒了！

只有千日做贼，哪有千日防贼的？一定要想出一个好办法，杜绝再有人刺杀那丫头。

于是，米富贵将其余三位皇级炼药师召集了过来。

最近三位皇级炼药师可谓心情大好，所以笑容满面。

坐到顶级会议室里后，熊老率先开口：“哈哈哈，自从不担心投入的紫晶币后，做起实验来真可谓得心应手，事半功倍啊！”

牛老没好气地顶了顶熊老的胳膊：“我说老熊，你速度就不能快点啊？你那透析出的白色晶体都不够用！”

公孙自如也郁闷地瞪着熊老：“你看，你速度一慢，老牛就被耽搁了，老牛一耽搁，我到哪里去找紫色液体？所以老熊，你可要加快速度不能停啊。”

熊老前所未有地满足，得意地挑着下巴："嘿嘿，现在知道我老熊重要了吧？不过嘛，最近几天一直做实验确实累了，要好好歇上一歇，哈哈哈……"

其余两位皇级炼药师眼珠子飞刀似的瞟去。

熊老满足得意后，忽然想到："咦，最近怎么没看到苏丫头？"

这一说，大家都想起来了，确实，已经有好几天没看到那丫头了，真是想念。

而这时候，米富贵一脸愁容地走进来。他听到大家讨论苏落，愁容越发严重了。

熊老最先发现不对劲，好奇地问："老米，你这是怎么了？"

大家也都纷纷看着米富贵。

米富贵没好气地说："苏落有麻烦了。"

"什么？"三位皇级炼药师瞬间站起来，目光严肃地瞪着米富贵。

米富贵也是一脸无奈："有一个势力在追杀苏落，派出的暗杀者一天比一天多，一副非杀她不可的架势。"

熊老激动得一拍桌子："难道是炼药师殿堂发现了？！"

米富贵却摇摇头："炼药师殿堂擅长用毒杀人，而不是派人暗杀，而且如果是炼药师殿堂，他们不畏惧被我们知道。现在问题是，炼药师殿堂还不知道她的实力，所以，此事我们才要从长计议。"

"那会是哪家势力？"熊老气呼呼地问！

米富贵严肃地摇摇头："从情报上来看，这股势力来自帝都某个家族，不过现在还没具体定位到哪一家，这事需细细调查。"

"等查出是哪家搞的鬼，必然让他进我们炼药师公会的黑名单，竟然敢暗杀我们未来的炼药师公会会长大人，活腻了他！"熊老一把年纪了，不过依旧热血而冲动。

牛老和公孙药师也都点头表示赞同："必须拉黑名单！"

米富贵没好气地说："拉不拉黑名单这事先不提，现在最重要的是商量出办法，怎么好好地保护我们未来的会长大人。"

熊老率先发话："派人二十四小时贴身保护寸步不离！"

牛老也说："而且必须得实力强大！"

公孙白如也说："我这里还有不少强大的修炼者欠着我人情呢，要不要从中挑选？"

米富贵说："保护肯定得保护。之前我们派出的人，已经一天二十四小时贴身保护了，而且还不是一个两个，对付暗杀者绰绰有余，我现在担心的是另外一件事。"

"什么事？"诸位皇级炼药师问。

"我担心有人明面上给这丫头气受。"米富贵考虑得很周到，说道，"你想啊，既然暗杀苏落，那必然会有一系列针对她的办法，到时候如果所有人都排挤苏丫头，那她得多伤心啊。"

熊老："对！咱们的苏丫头不能受气。"

牛老："更不能受委屈。"

不得不说，炼药师公会这几位万人敬仰的老头，对苏落的好是发自内心的，方方面面都替她考虑得很周到。

米副院长认真而严肃地扫视一圈，然后认真地说："所以，我们今天的议题就是，选出一个可以站在台面上来帮助苏落的人。"

熊老又是第一个开口："要不，让我那小徒弟给苏落当小厮？还真别说，我那小徒弟长得眉清目秀，而且炼药水准也很高啊。"

牛老没好气地白了他一眼："长得眉清目秀能秀得过苏丫头？炼药水平高能高得过苏丫头？人家自己可是药王谷里闯出来的皇级炼药师！"

公孙药师接了一句："而且你到底是让你徒弟去保护苏丫头，还是去跟她学炼药的？"

熊老没好气地说："那你们说嘛，选谁明面上保护她？"

牛老说："我家八徒弟啊，你们都知道的，他特能打，实力不俗，明面上就能保护苏丫头。"

熊老冷哼："你家八徒弟？你家八徒弟是能打，可他之前干了那些破事，你好意思拿出来推荐？"

米富贵倒是觉得牛老那徒弟不错，因为确实能打，所以他插了一嘴："给人家一个改过自新的机会嘛……"

但是米富贵的话，被淹没在熊老和牛老的口水战中，泛不起一丝涟漪。

熊老说："能打有什么用，苏丫头最近跟帝都那群权贵子弟走得近，你徒弟能打，打得过这些权贵子弟？"

牛老顿时没好气了，硬着头皮："打不过又怎么样，能打过你徒弟就行！"

熊老特别得意扬扬："我徒弟是不能打啊，但是我徒弟家里有钱，再啰唆，我让我徒弟把你徒弟买了你信不信！"

米富贵看到他们吵来吵去，顿觉头痛："好了你们不要吵了，我徒弟最合适。"

三位皇级炼药师都无语地看着米富贵："你徒弟才十岁！"

米富贵说："我徒弟才十岁，炼药水平不高，打架力气也不行，手里也没什么钱，脾气还坏，可是我徒弟跟苏落走一块儿，保准没人敢给她气受。"

众人一听，顿时恍然大悟："对啊，你徒弟的身份……"

米富贵的徒弟，虽然干什么都不行，可他有一个让人畏惧的身份：当朝陛下的九皇子。

他是先皇后留下的唯一嫡系血脉。如果按照正统血脉来说，这位小皇子便是将来的皇位继承人。

让小皇子跟着苏落，自然是万无一失了，谁敢给小皇子气受？活腻了不成？就连四大超级家族，那也只有客客气气的份。

"可你家小徒弟那暴脾气，行不行啊？"

"而且你徒弟是小皇子啊，怎么可能天天跟在苏丫头身边啊。"

"而且就算你想，你徒弟也不愿意干。"

三位皇级炼药师都担心。

米富贵摸着下巴，思考了良久，说了一句建议："让苏丫头收小谦当徒弟怎么样？"

他虽然是疑问的口气，但是很显然早就拿定了主意。

"你狠！"熊老朝米富贵竖起大拇指！

牛老和公孙药师也朝米富贵竖起大拇指："太狠了！"

商量完毕后，米富贵就打通讯珏，通知苏落和小谦过来。

小皇子皇甫谦，小名小谦。

先皇后早早就去了，小谦是在现在的冷皇后身边长大的，性子被养得极其差，骄纵任性欺行霸市，该做的不该做的，小小年纪的他都做过了。

苏落这几天又将自己关起来疯狂修炼，整个人看上去脸色苍白无血色，气色非常不好。

新生联赛还有一段时间才举行，这段时间苏落总想找些事情来忙，免得自己胡思乱想，所以米富贵的这条信息正正好。苏落从精英SS修炼室出来，直奔炼药师公会而去。

见苏落来了，米富贵笑眯眯地朝她招招手，待她走近，他却微微皱眉，一脸关切："丫头，你被暗杀吓到了吧？没事没事，咱不急，有整个炼药师公会当你最坚实的后盾，不怕不怕哈。"

米富贵就像哄自家小孙女似的哄着苏落。

苏落："啊？有人暗杀我？"

米富贵这才想起来，这事苏落还不知道，于是，他认真地将这件事说了。

苏落微微皱眉："有一股强大的势力正在暗杀我？"

米富贵心疼地看着这个憔悴的小丫头，点点头："或许是两股，现在还没查清楚，不过你不要担心，我们已经想到办法了。"

"什么办法？"苏落很好奇几位皇级炼药师会整出什么来。

于是，米富贵将他们定下的计划给苏落讲了一遍。

"收徒弟？还是收小皇子当徒弟？"苏落一副"你有没有搞错"的表情。

米富贵却无比认真地点头："这孩子原是我徒弟，现在转投你名下，以后就归你负责了。"

"陛下也同意？"对于苏落来说，皇帝陛下太过遥远，她现在连见一见的资格都还没有。

米富贵点点头："昨晚我进宫专程见了皇帝陛下，跟他密谈了你的事，把你是药王谷皇级炼药师的身份跟陛下说了，陛下没什么不同意的。"

苏落还在沉思，米富贵接着说："为了不引起炼药师殿堂对你的怀疑，避免他们在你实力弱小的时候就使出非常手段，这些是必须做的。"

"一定要这样做吗？"苏落无奈地看着米富贵，"不用什么小皇子师父的身份保护，也没人欺负得了我吧？"

米富贵语重心长地道："没有尊贵的身份，在南宫二少那个圈子你如何自处？"

就在这时候，外面传来一阵脚步声。

米富贵有些头痛地对苏落说："小皇子来了，他脾气有点……不好，你多担待着点吧。"

米富贵这句话刚刚说完，办公室的门就哐当一声重重砸到墙壁上。

苏落抬头望去。

只见一位粉雕玉琢很是漂亮的小男孩风风火火地走进来，张扬地瞟了米富贵一眼，不悦地皱眉："老头你这么急叫我来干吗？我忙着呢！"

米富贵没好气地白了他一眼："你过来你过来。"

小男孩不悦地瞪他："干吗？"很不听话地站着没动。

米富贵无奈地走过去，牵着他走到苏落面前一放，对小男孩说："小谦啊，我给你介绍个师父，很厉害的哦。"

小皇子似乎有点兴趣，目光闪闪发光："很厉害的师父，有多厉害？比老头子你还要厉害吗？"

天天被追着叫老头子，米富贵已经习惯了，但是让苏落听到这样有损威严的称呼，他还是有点尴尬，轻咳一声："是啊，很厉害，比我还要厉害。"

"这么厉害那你现在才告诉我？"十来岁的小皇子显然不悦，瞪了米富贵一眼，转头看到苏落，顿时眼前大亮，"咦，这美女是谁，长得很漂亮啊，是不是那位很厉害的炼药师的孙女？"

米富贵朝苏落尴尬地扫去一眼，轻咳两声，然后故作威严地板着脸："这位苏落苏姑娘，就是我给你介绍的师父，你快点跪下磕头拜师吧！"

"什么？"小皇子这一惊非同小可，那双漂亮的大眼睛瞪得大大的，指着苏落，就好像喉咙被卡住一样，"老头子，你说什么啊？"

米富贵没好气地说："以后她就是你师父，你认也得认，不认也得认。"

"不行！"小皇子气得差点蹦起来，"坚决不行！"

米富贵冷冷一笑："不行？嗯？"

"真不行，小老头，你就算想虐我也换个方式啊。"小皇子见硬的不行就来软的。

米富贵却笑眯眯地拿出一样东西在小皇子面前晃了晃："还记得这东西吗？"

那是一个盒子，里面是什么东西米富贵和小皇子都心知肚明，米富贵笑得如同一只老狐狸："你拜不拜师？"

"老头子你狠！"小皇子气呼呼地指着米富贵，"有本事你别把这东西请出来啊！"

反正米富贵在这位小皇子面前也没有威严了，于是他笑呵呵地说："我没本事不把它请出来，你有本事不遵命啊。"

"死老头你狠！"小皇子怒气冲冲的。

米富贵却笑呵呵地看着他，白色的胡子一闪一闪的。

小皇子气呼呼地别过脸，瞪了苏落一眼："拜见师父！"

他潦草地喊完就算完了。

米富贵和蔼可亲地拍拍小皇子的肩头，小皇子别扭地甩开他的手，气呼呼地瞪着他。

米富贵大大一笑：“好了，跟你的新师父好好聊聊吧。”

说完，他丢下苏落和小皇子，自己先走一步，还将门带上了。

苏落有些头痛地揉揉眉心。

她现在强烈怀疑，米富贵哪里是为她找一重护身符，分明是压制不住这小霸王了，于是将这烫手山芋转到自己这里来了吧？

米富贵带着那精制的盒子一走，小皇子又抖起来了。

他双手抱臂，傲慢地瞟了苏落一眼，挥挥手：“行了，这儿没事了，你可以走了，以后每天跟我请一次安就行了。”

苏落没好气地瞟了小皇子一眼。

小霸王凶狠地瞪着苏落，语气不善：“跟你说了给本皇子跪下请安，你是聋子吗？”

苏落无奈地叹了口气。

小霸王老气横秋地瞪眼：“你叹什么气，本皇子本来是拜皇级炼药师为师，现在转投你这小姑娘门下，我还没嫌弃你呢，你倒嫌弃起本皇子来了？活腻了吧你！”

苏落实在不想跟这位小霸王废话，将手中的东西朝小皇子扬了扬：“跪下吧。”

小皇子一看这盒子，顿时气得哇哇叫：“我去！老头子竟然把盒子放你这儿了，这是什么时候的事？为什么我都没看见——”最后一个字话音还未落，就见小皇子身形如电，犹如一只敏捷的小猴子，飞一般朝苏落蹿去。

他速度快，手下更是凶猛，十成的力全部爆发！他根本没有考虑过对方的实力如何，也不会考虑怎么收招，将所有的实力都爆发了出去！只要达到目的就行！

这是个被宠坏的孩子，这是苏落对他的第二印象。

苏落的实力比小皇子自然要好得多，只一招小皇子就被她双手反剪在身后。苏落的力道不小，小皇子疼得龇牙咧嘴，大喊：“护卫！护卫都死哪去了？护卫！”

可这里是米富贵的办公室，那些护卫早被远远地隔离了，怎么可能听得到他们家小主子的求救声？

苏落没好气地拍了一下小皇子的脑袋：“服不服？”

“不服！”小皇子疼得惨叫，但还是不服。

苏落无奈地看了他一眼，说：“这盒子里到底是什么东西？我打开看看呗。”

“等等！”小皇子一把拉住苏落，那双清澈的漂亮大眼睛紧张兮兮地瞪着苏落，“不许看！”

“你说我就听？你以为你是我师父？”苏落呵呵冷笑，动作可不慢。

“师父！”小皇子气呼呼地瞪着苏落，最终还是懊恼地认了。

虽然他表面屈服，暗地里却一直不服气，想要报复。小皇子咬牙切齿地暗下决心，一定要找机会好好教训这个新师父，将东西抢回来！

回到帝国学院后，苏落碰到了唐牧耀，他跟苏落说，上次她留下的丹药唐老已经吃完了，情况也好多了，问苏落怎么办。

苏落跟着唐牧耀去了唐家，看过唐老后，苏落眉头舒展，笑着说："唐老的毒已经解了三分之一，不过越到后面，毒解得越缓慢，还是要耐心才好。"

"所以，我爷爷不会死了是吗？"唐牧耀激动地一把抓住苏落！

之前苏落也没说能治好唐老，只说能延续性命。

苏落半开玩笑地说："治好不敢说，多活三五年却是能保证的，就是不知道你们出不出得起紫晶币。"

"虽然会很困难，但是难不倒我们唐家。"唐牧耀目光灼灼地望着苏落，"如果能千年万年让爷爷的命延续下去那就再好不过了！"

苏落没好气地摇摇头："你跟我去一趟炼药师公会，那里药材齐全，而且配置也方便。"

刚进炼药师公会大门，唐牧耀就看到一位小小少年双手叉腰，耀武扬威地立在宽阔的大厅里。小皇子骄纵任性，在帝都那是非常有名的，几乎让所有人头痛不已。

唐牧耀在帝都生活了这么久，自然是懂规矩的，所以看到小皇子的时候，他远远地就行了个礼。他抬头一看，苏落还站着，以为她不知道小皇子的身份，于是赶紧提醒："这位是帝都威名远扬的小霸王，得罪了别人还有活路，得罪了这位小皇子，那绝对是死路一条，你的皇级炼药师身份不是没公开吗？随便行一礼，咱们赶紧走。"

就连唐牧耀对这小皇子都心有余悸，可见小皇子在别人心目中的印象有多恐怖了。

很快唐牧耀就面色僵硬，脊背发寒了，因为这位邪恶的小皇子，一脸狰狞邪佞笑容地往这边而来。

唐牧耀单膝跪地，不敢起来了。小皇子当唐牧耀是空气，慢悠悠地走到苏落面前，正要冷笑，苏落手里却不知何时多了个小盒子，正在津津有味地把玩着。小皇子原本得意扬扬的脸色顿时变了。

苏落眼眸半眯着，笑吟吟地看着他。小皇子只觉得头皮一麻，最后，他只能硬着头皮，在唐牧耀的疑惑目光下，朝苏落欠身行礼："师父……"

"乖徒弟。"苏落伸手摸摸小皇子那小脑袋瓜子，将小盒子收起来。

小皇子气呼呼地瞪着苏落："你除了威胁我还会啥？！简直胜之不武！"

苏落笑眯眯地瞟了他一眼："胜之不武还不是胜了？"

小皇子为之气结："我不服！"

苏落没好气地瞅了气呼呼的小皇子一眼："小朋友，不服的话找你原来的师父去，或者找你父皇去，跟我说没用。"

苏落摆摆手，示意小皇子别废话她很忙，然后就带着唐牧耀去药房了。

小皇子就被丢那里。此刻炼药师公会人来人往，于是，众目睽睽之下，传说中霸道任性不可一世的小皇子，竟然第一次吃瘪了，而且是在一位大师级炼药师面前。

小皇子很生气，暗自腹诽，你把我丢下，我偏偏要跟着你！今天不管你去哪儿我都跟定了！非得破坏你的计划不可！小皇子自信满满地握拳！

随后大家就看到被苏落丢下的小皇子带着一群护卫，浩浩荡荡地尾随苏落而去。

炼药师公会设计得很精妙，一道道门将药材分门别类。很快苏落就来到最高等级的药材库。

药材库有人守着，是一位目光矍铄的白胡子老爷爷。

苏落拿出写了一百零六种药材的单子递过去："按照单子上抓吧。"

白胡子老爷爷有些惊诧地看了苏落一眼。他守护高等级的药材库多年，还是第一次见到这位小姑娘，而且她一开口就要一百零六种药材，简直豪气。

白胡子老爷爷摇头："你是哪位皇级炼药师的弟子？有手谕没有？没有手谕的话，这药材库的门是不能开的。"

"手谕？"苏落不解。

之前她拿药材都是去中级药材库拿，那门都没人守着，苏落手里权限也够，所以进去出来都是毫无障碍的，直接拿了药材就走人。

白胡子老爷爷白了苏落一眼："简直胡闹，没有手谕，怎么开启防护权限？皇级炼药师哪个不知道？说，你到底是谁派来的？要干什么？"

然而白胡子老爷爷话还没说完，苏落的脸就凑了上去，嘀一声响，那防护门应声而开。

白胡子老爷爷傻了。

苏落指指自己："我的权限好像够哦。"

白胡子老爷爷更傻眼了。

能够直接刷脸开启高级药材库的，整个炼药师公会不超过十个人，怎么她可以？

苏落没有替白胡子老爷爷解惑，而是自己进去找药材。

白胡子老爷爷赶紧通知米副会长……

米富贵一听这事，顿时哭笑不得："这丫头是黑白双绝的徒弟，拥有炼药师公会最高权限，往后她要拿什么药材就让她拿，就算她搬光整个药材库都任由她，懂吗？"

白胡子老爷爷摇头：不懂……

他是真不懂啊。什么叫就算搬光整个药材库都任由她？这、这、这……

就在苏落挑拣完一百零六种药材出来的时候，小皇子刚好带着一批人浩浩荡荡地过来。他瞥了苏落选出来的药材一眼，顿时一惊。这丹药很难的啊，不过师父教过一次，他学会了呢！

小皇子得意扬扬地看着苏落："咦，这是炼制奇木神脑丹的药材，你竟然会炼制奇木神脑丹？"

苏落没好气地瞅他一眼："我是你师父，什么不会？"

小皇子现在已经跟苏落杠上了，呵呵冷笑，很不给面子地说："奇木神脑丹需要的控制力可霸道了，你一个女人会什么会，还是老老实实交给我吧，怎么样，我帮你朋友把这奇木神脑丹给炼制了，你把那个盒子还给我？”

小皇子小小年纪，但是一副老气横秋的样子，倒是让苏落有些忍俊不禁。

苏落心里暗笑，面上却不动声色，她细细地打量着小皇子：“你真会炼制奇木神脑丹？”

小皇子得意了：“那当然，我师父可是手把手教过我的。”

小皇子口中的师父自然不是苏落。

苏落审视地瞧了他一眼：“既然你这么想表现的话，那好吧，给你这个机会，只要你用这些药材将奇木神脑丹给炼制出来，我就把盒子原封不动地还你。”

“哇！真的假的？”小皇子简直难以置信了，双眸亮晶晶地瞅着苏落，惊喜莫名。

说到底，他还只是个心智尚未成熟的小孩子。

苏落认真地点头：“嗯，不过你要答应我一个条件。”

“什么条件，你随便开！”听说能拿回锦盒，小皇子顿时豪气冲天，“我可以让父皇赏赐你豪宅美男田庄，你要修炼的炼药的，只要叫得出名字，尽管说。”

“你叫什么名字？”在小皇子的激情昂扬中，苏落忽然神来一笔。

“皇甫谦，现在允许你叫我小谦。”小小少年特别傲娇。

“哦，小谦，如果你炼制不出来，那你就做好跟在我身边一个月的思想准备吧。”苏落似笑非笑地看着他。

小皇子顿时愣住！

这漂亮女人野心够大的呀，什么都不要，就只要他……小皇子有点小小的羞涩呢。

苏落何等聪明，哪里不知道这新收的为非作歹的小徒弟在想啥，当即一个脑瓜崩就弹过去：“乱想什么！”

“唔——”小皇子吃痛，眼泪哗哗地流，郁闷地瞪着苏落。

不过能够拿回锦盒，这对小皇子来说是再好不过的消息了，于是小皇子满口答应。

可怜的小皇子，光顾着高兴了，根本没有注意到苏落眼底那一闪而过的狡黠。

炼药室。

小皇子真会炼制奇木神脑丹吗？事实上他会，不过他炼制的是简易版，炼制相对来说容易得多。但是苏落要炼的并不是普通的奇木神脑丹，而是增加了她的异火和繁复手法才能精制而成，至于小皇子……

所以，小皇子各种失败。一连失败了五次，小皇子脸都皱成小苦瓜状了，特别不解：“上次明明可以的，师父明明教过的！”

苏落似笑非笑：“你确定炼制不出来吗？这可是拿到锦盒最好的机会哦，机不可失失不再来哦。”

小皇子恨恨地瞪了苏落一眼：“再来！”

于是继续一次又一次地失败，失败得小皇子都快哭了。在这过程中，苏落一直冷眼旁观，一个字都没说。到最后，小皇子怒了，直接将药鼎一摔，气呼呼地抱怨：“这个药材有问题！”

苏落没好气地瞥了他一眼：“你自己能力有问题却怪在药材上面去，丢不丢人啊。”

小皇子倔强地梗着脖子，没好气地瞪着苏落：“那你行你来啊！”

苏落淡笑着看着他：“如果我炼制出来，你可就输了。”

小皇子冷笑：“你以为本皇子是那么言而无信的人吗？本皇子倒要看看你怎么炼制出来。”

苏落冷笑：“炼药师领域博大精深，多加入一种药材就千差万别，可没你想的那么简单。你看好了，多了一味赤羽真丝后，奇木神脑丹的炼制过程就要繁复三十六转。你之前炼制的那种不过是普通版的，而这颗奇木神脑丹是特别版的……”苏落一边动手，一边给小皇子解说。

苏落说得深入浅出，通俗易懂，精彩绝伦，所以即便是小皇子那么桀骜不驯的也听得津津有味。等苏落讲解完，特别版的奇木神脑丹也炼制出来了。

苏落并不是只炼制一颗。揭开药鼎后，十二颗奇木神脑丹呈椭圆形排列，每一颗都饱满圆润，洁白晶莹，散发出诱人的气息。

小皇子也不是蛮不讲理的人，丹药是好是坏他还是能分辨出来的，所以当他看到苏落揭开药鼎露出饱满莹白的丹药时，他那张精致漂亮的小脸就很臭。

小皇子一边冷哼一边吐槽：“刚才一百零八转，岂不是皇级炼药师的范畴？那我怎么可能炼制出来？！你故意坑我的！”

苏落笑嘻嘻地看着他：“我有说我炼制不出来皇级丹药吗？”

“反正你骗人！”小皇子气呼呼地瞪着苏落。

苏落仍然笑嘻嘻地道：“这么说，咱们的小皇子是要耍赖咯？说过的话转头就不认，真是不要脸啊哈哈。”

“你得意什么！谁说不要认了！我偏偏就认！”小皇子最是激不得，被苏落一激，顿时就爆了。

有了小皇子的承诺，苏落觉得得物尽其用，趁着这个机会，将小皇子拉出去晃悠一圈，让那些权贵见识见识，然后小皇子的使命也就可以结束了。

就连苏落都没想到，机会这么快就来了。

因为唐老的身体渐渐恢复，所以唐家为了给唐老去病气，特意举办了寿宴。

唐牧耀邀请苏落过去。

若是平日里苏落自然是能拒绝就拒绝的，但是这一次，她却欣然答应。因为她正好可以趁着这个机会，带小皇子出去晃悠一圈。

而此刻的苏落并不知道，这段时间正是南宫流云生命垂危的时刻，即便到了现在，他依旧没有脱离生命危险。

南宫家族的人将南宫流云严密地保护了起来，在他的病房外面里三层外三层地重兵把守，就连一只苍蝇都飞不进去！

病房里，南宫流云即使闭着眼，依旧眉头紧锁，睡得很不安宁。

楚三、宁皓天几个轮流看守着南宫流云。

寂静的深夜，楚三几个全都深深地皱着眉，关切地看着病床上气息虚弱仿佛随时会断了气息的南宫流云。那么强势霸道不可一世的南宫二少，躺在那里，原本绝美的容颜此刻却惨白极了，让人看着特别心疼。

楚三握紧拳头，狠狠地砸向墙壁！

“都是我不好，如果不是我给他机会离开，如果不是我赶过去得太迟，南宫二少也不会……”楚三的声音带了一丝哽咽。

这个漂亮的大男孩，脸上一直都是阳光灿烂的笑容，乐观的天性，整天喋喋不休的，此刻他却懊恼地抱住脑袋，泛白的手指痛苦地插入头发里。

宁皓天声音冰冷，不怒自威：“是谁？”

这个问题，南宫家族的人也问了楚三不止一次，楚三却只摇头表示不知。

只要一查就能够查到唐雅岚身上，扯出唐雅岚，后面就是苏落。

楚三现在不知道南宫流云对苏落的态度，但是他很清楚，一旦牵扯到苏落，龙凤族绝对不会放过她！在如何对待苏落这个问题上，楚三没有决定权，他能做的就是等南宫流云苏醒后做出指示。

宁皓天好看的剑眉紧锁，声音如万年寒冰：“这段时间南宫二少的心情一直不好，会不会是跟那丫头有关？”

林若羽皱皱眉头：“宁哥指的是苏落？”

宁皓天目光森冷，凌厉地盯着楚三：“一直有传闻南宫二少跟她冷战，如果这件事跟苏落有关，就算南宫二少放过她，我们做兄弟的也决计不能就这么算了！”

楚三微微一怔，下意识地别过眼去。

四周一片寂静，气氛压抑得让人窒息。

就在这时候，床上传来一道似有若无的声音。声音很轻，如果不是此刻格外寂静，谁也感觉不到南宫流云那微弱的喘息声。

“南宫二少在说话！”楚三浑身一震，惊喜莫名，一个箭步冲到了南宫流云身边。宁皓天和林若羽也都难掩激动地快步冲上去。

南宫流云的双眸依旧紧紧闭着，眼睑处有一抹淡淡的黑影，整个人苍白而憔悴，原本水润的菱唇此刻如枯竭的湖泊。

宁皓天过来的时候，南宫流云已经说完了，所以他什么都没有听见。于是他一把扯过楚三：“他说什么？”楚三咬牙，别过脸去。

宁皓天瞪着楚三，林若羽也盯着楚三，两人一左一右将楚三包围起来，打定主意，他不说出来就不放过他。楚三此刻内心天人交战，刚才南宫流云的那句话，让他眼眶发涩。

而此刻，苏落并不知道这些事。

答应了唐牧耀要参加他爷爷的寿宴，所以这一天苏落去了。但是她有点倒霉，路上就碰到了慕容沫。慕容家和唐家也只是维持表面上的关系，所以让慕容沫为代表去唐家，这多少有点轻视的态度。

慕容沫看到苏落，表情尤其复杂。

那天的事，她亲身经历，所以比任何人都知道苏落对于男人的吸引力。一个南宫二少为她神魂颠倒也就罢了，冷七少第一次见她，也是对她另眼相待，一次次地破例。或许就连冷七少自己都没发觉，他对苏落容忍度有多高。一个又一个优秀的男人为苏落破例，这让慕容沫嫉妒的同时又有一种莫名的恐惧，同时她对苏落也越来越恨。所以这次，当她看到苏落身边一个人都没有时，恨不得立马让自己身边的高手将苏落杀死！

但是，她将这个疯狂的计划告诉她身边的高手时，这位高手告诉她，在苏落周围，他至少感应到两股力量，而这两股力量都与他的实力不相上下，只要他一动，慕容沫绝对会第一时间被杀死！

两股力量？！苏落怎么会有两股力量在保护？难道是南宫二少派人保护着苏落？一定要找个机会把苏落杀死！慕容沫握紧拳头。

而就在这时候，一个人朝慕容沫迎面而来。慕容沫看到他，眉头微微皱起，很显然不太开心看到这个人。这个人是严世杰，严家的老二。

严家也是八大豪门之一，只不过无数年来，严家的声望渐渐没落，现在已经属于八大豪门末尾了。

这个严世杰一直喜欢慕容沫，对她宠爱有加，多有维护。他看到慕容沫紧紧皱着眉头，顿时关切地迎上去："沫沫，怎么啦，是不是有人欺负你，给你委屈受了？"

慕容沫看到凑上来的严世杰，越发不高兴了。她从心里喜欢的是宁经语，但是自从上次慕容家的宴会后，他就去了他们家的族地，闯九死一生的生死谷去了。

宁九哥哥早不去晚不去，为什么那晚见了苏落和南宫二少后就决定进入宁家族地的生死谷？虽然不想承认，但是慕容沫用脚指头都能想出来，宁九哥哥是为了苏落去的！

他想闯生死谷，经历九死一生，获得族地传承，只有这样他才有资格站到苏落身边！可恶！慕容沫越想越气。

严世杰见慕容沫脸色不好，心疼地唤道："沫沫……"

慕容沫眼底忽然闪过一抹邪恶的冷笑。她讨厌严世杰，更讨厌苏落，如果让这两个她讨厌的人互掐，而她隔山观虎斗，岂不快哉？

于是，慕容沫指着前方那一抹淡紫色的身影："就是她欺负我！"

严世杰抬眸望去，却见那一抹曼妙身姿亭亭玉立，影影绰绰，光是一个背影，就让人看得神魂颠倒，难以自拔。

"你确定……她欺负你？"严世杰咽了咽口水。

慕容沫看到严世杰这副痴呆的表情，顿时有种一脚将他踹到茅坑的冲动！搞什么！本姑娘是让你替我出气，结果你露出这副表情是给谁看！她虽然不喜欢严世杰，但是看到喜欢自己的男人对别的女人流口水，她还是觉得非常不爽，对苏落的怨恨也越发深了。

她冷冷一笑："就是她欺负我！如果你不能帮我出气，以后永远都不要跟我说话了！"

严世杰真的有多喜欢慕容沫吗？当然不是。事实上，他一直缠着慕容沫，更多的还是为了她身后的背景。

慕容家，八大豪门排行第二，如果能够与之联姻，严家的日子会好过很多。

要知道，现在有多少后起之秀对严家的位置虎视眈眈，有多少家族想跻身八大豪门之列？

"好！我去帮你出气！"严世杰拉着慕容沫走上去。

慕容沫本想甩开他的手，但是看到严世杰那一脸郑重严肃的样子，她也好奇他到底要怎么教训苏落。

来唐家贺寿的人苏落几乎全不认识，所以她一个人幽静地立在庭院里赏花。但是，想安安静静地赏花，也不是那么容易的事。

严世杰拉着慕容沫朝苏落走来，中气十足道："喂！"

苏落依旧静静地欣赏着眼前的美景，仿佛没听见他的声音。

"喂！"嚣张的声音再次响起，同时，严世杰的手朝苏落的肩膀抓去。

苏落岂能被他抓住？身形瞬间一动，已经移开了。

苏落翩然转身，盯着眼前的人。原本还很嚣张的严世杰在看到苏落的容颜时，顿时怔住。这是一张怎样的脸？他根本形容不出苏落有多美！

苏落细眉微蹙，不悦地扫了他一眼，转身想走。慕容沫却冷冷一笑："苏落，不做亏心事你走那么快干吗？"同时，她朝严世杰瞥去一眼，声音愤怒中带着嘲讽："严世杰，刚才你怎么说的？"

慕容沫一边提醒严世杰，一边朝他腋下狠狠拧下去！严世杰吃痛，顿时回过神来，同时他也听到了慕容沫的话。一边是绝世佳人，一边是和家族利益有关的女人……严世杰脑子里天人交战，暗暗责怪自己怎么这么愚蠢，揽了这活干。

严世杰偏头看到慕容沫嘴角那一丝冰冷的笑，顿时心中一惊。慕容沫……慕容家……他很快抉择出什么才是对他最有利的，所以，毫不犹豫地选择了慕容沫。

严世杰收起对苏落的所有欣赏，冷冷一笑："你是哪家的姑娘？"

慕容沫在边上冷冷一笑："她可不是哪家的姑娘，她是从下界来的贱民！"

严世杰配合地瞪着苏落："既然是贱民，见了本公子为何不行礼？太不知礼数。"

苏落一副"这个蠢货在说什么的"迷茫表情。严世杰看到苏落这副表情，顿时不悦了："说说你怎么了？还不能让人说了？你说你一个贱民，有什么资格来唐家的寿宴？谁请你来的？"

严世杰面上骂着，心里却异常高兴。下界来的贱民？好极了！如此低贱的身份，等出了唐府，再命人暗中将她掳劫到他的别院，来个金屋藏娇，哈哈哈！

就在这时候，严世杰的爹陪着唐老一路过来。严申宇大概是有求于唐老，所以态度恭恭敬敬，谄媚有加。而唐老只是目视前方，偶尔随意地嗯嗯两声。

严申宇大概是有事要说，所以扶着唐老一路往这边僻静之地而来，所以双方就这样遇上了。

苏落和唐老对视一眼，两人还未说话，就见严申宇冷冰冰地扫了苏落一眼："这姑娘是谁？"

严世杰为了表明自己的立场，赶紧说："不过下界来的小姑娘，谁知道是谁啊，爹您管这干吗呀。"

严申宇呵斥严世杰："孽障，不老实承认错误，还敢胡说八道，如果不是你又乱来，小沫会生气？"

严申宇见慕容沫一脸怒容，而苏落又美若天仙，想当然地就以为苏落勾引严世杰，所以，他那双锐利的眼盯着苏落，如要吃人般泛着凶光："小小丫鬟，到处勾引，简直不知所谓！若是在我们严家，早就拖出去乱棒打死了！"

既然严世杰说这是下界来的姑娘，所以严申宇想当然地以为苏落是唐府的丫鬟。

苏落双手背在后面，笑眯眯地看着这对父子，随后她的视线又落到慕容沫脸上。苏落的身份慕容沫知道得不多，但那一点也足够让她忌惮了，不过她居然不提醒严家父子，看来她是要坐山观虎斗了。不过，苏落可不会让慕容沫得逞。

苏落笑吟吟地看着严申宇，眸中浮现一抹毫不掩饰的嘲讽。

严申宇顿时一股气涌上来！这次为了求唐老那件事，他可是舍下老脸跑来求，可是唐老态度模棱两可，让严申宇头发都愁白了。所以当他看到严世杰"偷吃"被慕容沫抓到，怕慕容家那边的事也黄掉，才会那么急地跑出来呵斥。

而此刻，苏落似笑非笑的冰冷目光瞅着严申宇，这让严申宇脚底升起一股寒气，就好像有什么不好的事情正在发生。

苏落慢悠悠地看着他："丫鬟？这位老眼昏花的老人家，你是在说我吗？"

老眼昏花的老人家？严申宇差点被气吐血！他可是比唐老差一个辈分的，唐老精神抖擞的，他就被形容成老眼昏花的老人家？

严申宇气呼呼地怒喝一声："对客人无礼，这就是唐府的规矩？唐老，如果这是您故意下逐客令的话，请明说，不用请出一个小丫鬟来侮辱我们父子！"

唐老的脸色黑沉得犹如乌云压顶，神色不善。

严申宇觉得唐老因为这个小丫鬟而生气，于是变本加厉地呵斥苏落："磨磨蹭蹭，还不快滚！"

唐老嘴角勾起一抹冰冷的笑，目光森冷如尖刀般盯着严申宇："说够了没有？"

严申宇回头，不解地看着唐老。唐老径自走到苏落面前，神色亲和，面上带笑："丫头，怎么一个人来了？小耀没去接你？"

苏落淡淡一笑："他今天任务重，让他忙去了。"

唐老顿时板着脸："他今天最大的任务就是陪着你，这个小兔崽子，居然跑去忙了，看我回头不拍死他！”

苏落浅浅一笑：“唐老身体好些了吗？”

唐老顿时乐了：“自从被你看过后好多了，都能下地走路了，你看，走这么稳当了。”

苏落板着脸严肃地说：“您现在的身子还虚着呢，走走是好事，但时间不能太长，这看着走的时间也差不多了，该回去了。”

苏落严肃地说着医嘱，而旁边的三个人都听呆了。什么情况？！唐老出了名的脾气火暴，最不喜欢别人在他面前唠叨，而眼前这个小姑娘居然敢这么跟唐老说话？不是说这是下界来的小丫头吗？这不是唐家的丫鬟吗？严申宇是最疑惑的。

但是让他更疑惑的是，听了这话，唐老非但不生气，反而好脾气地跟苏落讨价还价：“才走了半个时辰，再半个时辰怎么样？”

苏落皱皱眉头。唐老没好气地说：“两刻钟，再不能少了。”

苏落虽然不太赞同，但还是点点头：“好吧，两刻钟后您可不许再耍赖。”

苏落和唐老的对话处处透着随意，就好像两人熟稔得没有尊卑之分。严申宇怔怔地看着眼前这一幕，顿时有一种脊背发寒的感觉。而这时候，唐老刚好偏过头，视线对准严申宇。只一眼，严申宇顿时有一种被冷水从头淋到脚的感觉。

这……刚才他训斥的丫头，估计大有来历，要不然，以唐老的身份，不可能跟对方平等相交。严申宇虽然隐隐猜到，但是要他道歉，比登天还难。他怔怔地站在原地，脸色红中透着铁青，道歉的话却怎么都说不出口。他的视线转向他儿子，心里更是懊恼得不行！

严世杰一脸茫然地看着他爹。他也不知道苏落的真实身份……

严世杰转头看着慕容沫，是慕容沫引他针对苏落的。而此刻的慕容沫，依旧那么冷静地看着苏落，嘴角带着些微嘲弄，不知道她在想什么。

事实上，慕容沫不觉得苏落有医治唐老的本事。但是她知道苏落跟南宫流云还有冷七少的关系，所以她觉得，唐老这是在陪苏落演戏，专门吓唬严申宇的。所以，她才会露出那么诡异的神色。

就在这时候，唐牧耀找过来，告诉唐老，送寿礼的时刻到了。唐老冷冰冰地瞥了严申宇一眼，转头就走了。

严申宇瞪着严世杰，严世杰则望着慕容沫：“你不是说，她是下界来的贱民吗？”

慕容沫冷冷一笑：“难道她不是下界来的贱民吗？”

严世杰一愣，既然慕容沫敢这么说，那么苏落绝对是来自下界的。

“还有什么是你没告诉我的？”严世杰的目光紧紧盯着慕容沫。

慕容沫冷冷一笑，心中暗想，没告诉你的事儿多着呢，不过她面上却冷冷淡淡地说：“她是帝国学院的学生。”

“就这样？”严世杰怀疑地看着慕容沫。

“就这样。”慕容沫冷冰冰地点头。

严世杰：“刚才唐老说的帮他治病，又是怎么回事？”

慕容沫没好气地说："唐老的病不是炼药师公会的皇级炼药师治好的吗？关苏落什么事？你不会觉得苏落能治好唐老的病吧？"

"那唐老为什么要帮她说话？"严家父子不解。

"可能……"慕容沫灵机一动，"唐牧耀一直喜欢苏落啊，可能唐老想让唐牧耀娶她吧，所以故意抬高她的身价嘛。"

唐牧耀要娶一个下界来的姑娘？唐家好歹也是老牌世家，唐牧耀要娶的，就算不是门当户对的女子，好歹也得是中央大陆的吧？下界来的姑娘，就连做妾的资格都没有，只能做侍婢通房丫头之类的啊

"走，去看看唐老葫芦里卖的是什么药。"严家父子完全被慕容沫忽悠了，充满了对苏落的好奇。

此时，大厅里满满当当的人，管家正在忙着收礼物。

慕容沫嘴角勾起一抹得意的冷笑："也不知道下界来的那姑娘送得起什么。"

严世杰眼眸一亮："爹，你说唐老陪她演戏是不是临时起意？"

严申宇点点头："当时是我带着严老走的那个方向。"

严世杰嘴角勾起一抹得逞的笑："那么，你们猜这位下界来的姑娘送得起什么礼物呢？"

慕容沫看着严世杰渐渐走入她设计的圈套，顿时有一种前所未有的成就感。这种不动声色间引诱别人去为自己做事的感觉，真是太爽了。

严世杰还没注意到这一点，和他爹交换了一个眼神。于是，一个主意在他们脑中闪过。

严申宇微微皱眉，以唐家内敛的家风，肯定是不会传唱礼物的，可不传唱的话怎么会有好戏看呢？

慕容沫却冷冷一笑："我有办法。"

当初唐牧耀的小叔在唐家卧底了那么多年，后来虽然阴谋暴露因此而死去，在他死后，他在唐家的势力也被瓦解。但是，他毕竟在唐家经营多年，势力盘根错节，所以根本没办法连根拔起，到现在唐家还隐藏着慕容家的卧底。

慕容家为了锻炼慕容泽宇，将这方面的事交给了他。而慕容沫因为一次偶然的机会，得到了卧底在唐家的一个人的名字。现在，为了让苏落在诸世家面前丢脸，慕容沫决定动用这个底牌。所以，慕容沫去找了二管家。

大管家统管着寿宴的方方面面，二管家则管理收受寿礼这个环节，所以慕容沫真的找对人了。二管家当然很为难，慕容沫竟然将他暴露在严申宇和严世杰面前……

可他虽对慕容沫咬牙切齿，却不得不照着慕容沫的要求去做。

"大源李府，沧海刀一对。"

二管家站在寿宴的右边，一边命人拆礼物，一边传唱。原本寂静的场面，因为这一声传唱而陷入了诡异的气氛之中。而这时候，唐牧耀正扶着唐老出来，苏落则跟在他们身后。

听到这声音，唐老身形微微一动，唐牧耀则深深皱眉："爷爷，咱们家何必要传唱？这

样是不是太高调了？”

唐牧耀都懂的道理，唐老怎么会不懂？所以他眼底酝酿出了一抹杀气！

唐牧耀顿时明了：“爷爷，这不是您的主意？”

唐牧耀既然这么问，那自然也不是他的主意。

见唐老神色冰冷，唐牧耀顿时猜到了什么，脸色也瞬间铁青。

苏落看到他们两个脸色变幻莫测，顿时就明白了：“你小叔的事还没完呢？”

唐牧耀为难地看着苏落，因为这次传唱，苏落的礼物……

传唱已经开始，再阻止就显得太刻意，所以，只能让这件事继续下去。

不过，唐牧耀朝唐老说了几句，唐老点头后，唐牧耀朝苏落略略点头，就匆匆离去。

唐老回头，没好气地瞟了苏落一眼：“进去吧。”

于是，苏落搀扶着唐老进入大厅。

而此刻，二管家已经硬着头皮传唱到第四份寿礼。当苏落搀扶着唐老走进来时，二管家明显身形一震，呼吸一窒。

众人看到苏落搀扶着唐老，脸上也都是各种表情，震惊、讶异、不解、疑惑……口中却都喊着唐老，热情洋溢。

唐老的视线慢慢地从他们脸上扫过，然后从严申宇脸上瞥过，最后定格在二管家身上。在唐老的注视下，二管家明显身形僵硬，脊背发寒，就连传唱的声音也带着一丝颤抖。但是，唐老并没有阻止他，而是坐到上位，让所有人瞻仰。

各大世家的人，心中充满了疑团。以唐家现在的局势，低调才是正道，他们怎么突然行事这么高调？原本还以为是唐牧耀年轻气盛自作主张，但现在看来又不像。众人都有些不解。

随着一件件寿礼被送上来，大家的注意力很快就被寿礼给吸引了。不愧是传承了无数年的豪门世家，拿出手的东西都质量上乘，一道道惊呼声从众人口中传出。

“严家寿礼——尊胜剑一柄！”

尊胜剑，这可是上品神器，价值不菲，可见严家这次确实是准备了尊贵的寿礼。众人纷纷露出艳羡的目光。

严世杰不由得朝苏落瞥去一眼。有尊胜剑珠玉在前，也不知道这丫头能拿出什么来。不过，让严世杰纳闷的是，见到这一样样贵重的寿礼，苏落无动于衷，连眼睛也不眨一下，仿佛对这些东西一点兴趣都没有。

不过——严家的寿礼还没完呢！严世杰得意扬扬地想，等下面的寿礼报出来，他就不信苏落的眉头不动一下。

“严家寿礼，皇级神仙液两瓶。”

随着这声音一出，顿时全场倒抽冷气！

皇级神仙液？这可是宝贝啊！不仅可以延年益寿，而且对年青一辈的实力增长有着莫大的好处，从来都是有价无市，根本抢不到的。

不过最近炼药师公会倒是偶尔会有一瓶流传出来，可即便是这样，那价格也是超级贵的，都被炒到一百万紫晶币一瓶了。

这两瓶皇级神仙液，可是严家花费了很多财力物力人力才终于抢购到手的，因为有事求到唐家身上，所以才忍痛送了出来。

因为这贵重的寿礼，严世杰一直得意扬扬地盯着苏落，不错过她脸上任何一丝细微的表情。果然！他看到苏落嘴角勾起一抹淡淡的弧度。她在笑什么？

而此刻，苏落内心有一种很无语的感觉。这皇级神仙液，不就是她指点三位皇级炼药师循环利用透析晶体，最后由公孙药师炼制出来的吗？这群人在惊讶什么？严世杰在得意什么？好奇怪哦。

苏落忽然插话问了一句："这个……皇级神仙液，很贵吗？"她记得成本也不过就一万紫晶币啊，这群人何必这样？

苏落这话一出，顿时全场的人都用一种鄙视的目光看着她，仿佛她罪大恶极似的。苏落都无语了。严世杰得意地站出来给苏落科普："下界来的人，即便考进帝国学院，还不是一样孤陋寡闻？"

"哦？请指教。"苏落态度很好。

严世杰道："皇级神仙液你都不知道，你敢说你是在帝都混的？皇级神仙液是最近由炼药师公会推出来的，珍贵至极，百万紫晶币都难求，你说贵不贵？"

百万紫晶币都难求？苏落真心惊讶了。真是这样的话，那炼药师公会就真的大赚特赚了。别说给熊药师提供药材，就是提供三位炼药师的研究都绰绰有余了。

慕容沫嘲讽地扫了苏落几眼。嘲笑了苏落之后，慕容沫代表的慕容家终于将东西呈了上来。

"慕容家族，皇级神仙液，五瓶！"二管家喊到五瓶皇级神仙液的时候都替慕容家肉疼。

全场都用羡慕的目光看着那被呈上去的五瓶皇级神仙液。现在，在中央大陆，最高档的送礼规格就是皇级神仙液，没有之一。

苏落看着他们痴迷的目光，嘴角微微抽搐。慕容沫一直关注着苏落，所以当她注意到苏落的表情时，顿时冷冷一笑："苏落，你在冷笑什么？"

"啊？"苏落一脸迷茫，她有在冷笑吗？

"你就是在冷笑！"慕容沫紧抓不放，"对了，礼物都唱完了，怎么没听到你的礼物啊？你不会就送一堆空气吧？"

唐老的寿礼，苏落既然答应了要来，自然早早就有准备了。所以，苏落没有理会不断挑衅她的慕容沫，直接从空间里取出一个用素色帕子包裹着的东西送上去："我的寿礼。"

大家的目光都紧紧盯着那一方素色的帕子，很好奇帕子里面包裹着什么东西。慕容沫盯着那素色帕子，眸中也闪过一丝狐疑。苏落这么自信，难道真准备了好东西？如果是这样的话，那这传唱岂不是为她作了嫁衣裳？

就在大家都好奇而怀疑的时候，二管家终于打开了素色帕子，露出里面的东西。看到那个东西，所有人都一副难以置信的表情。二管家很显然也被惊呆了，愣了愣神，不过很快就反应过来，清清嗓子开始传唱：“苏姑娘送的寿礼——一块鹅卵石。”

真的是鹅卵石？众人一开始还怀疑自己的眼睛，因为毕竟唐老寿宴，竟然送一块鹅卵石做寿礼，这简直是亵渎唐老。

大家的目光全集中到苏落身上。被这么多人盯着，苏落却淡定如初，笑容依旧。众人都看不懂了。

唐牧耀悄悄来到苏落身边，将一样东西塞她手里，对她使了个眼色。苏落手里抓着一个锦盒，有些茫然不解。唐牧耀见苏落迷茫，顿时没好气地戳戳她的肩，同时对二管家说：“苏落的东西还没送完。”

众人看着苏落手里的木制锦盒，顿时有些怀疑。既然有锦盒，为什么之前不一起拿出来？是因为苏落有底牌所以有恃无恐，还是唐牧耀刚才将礼物送苏落手里的？

但现在大家最好奇的是，这木制锦盒里到底是什么东西。于是，大家催促二管家：“快打开看看。”

二管家虽然很不愿意，但是众目睽睽之下，也只能打开了。

“哇！是紫雾奇芝丹！虽然不比皇级神仙液，但至少比鹅卵石好多了。”早已有识货的人认出来了。

紫雾奇芝丹确实符合苏落的身份。既不会显得太过贵重，又不会让人觉得失礼。当然，只要不跟慕容家比的话，苏落这份礼物已经算是很好了。

但现在，慕容沫还不打算放过苏落，所以，当她看到紫雾奇芝丹的时候，顿时冷冰冰地嘲笑苏落：“我还以为以你现在的身份，拿到皇级神仙液不难的，看来他也没那么宠你嘛。”

苏落似笑非笑地瞅着慕容沫：“我什么身份？不是下界来的贱民吗？”苏落这话是说给严世杰父子听的。之前严世杰之所以针对苏落，就是因为苏落无依无靠的身份，所以他才敢肆意妄为。

果然，严世杰看苏落的目光带着一丝前所未有的震惊和愤怒。严申宇也黑着脸看着慕容沫。因为他们不愚蠢。

从现在慕容沫的话来看，这苏落一定有着非同一般的背景，就算她没背景，宠着她的那个人也很可能背景深厚。

苏落看到严世杰父子对慕容沫黑脸，心中暗笑，知道她的计划达成了。

慕容沫之前不是坐山观虎斗吗？那么现在，坐山观虎斗的人已经变成了她苏落，虎斗双方就是严世杰父子PK慕容沫。

但是，以严家现在的地位，敢放弃慕容家吗？既然不敢放弃慕容沫，又怎么敢得罪她？所以，严家父子虽然气得半死，但并没有发生让大家喜闻乐见的事。

就在这时候，炼药师公会的人来了，来的是熊药师的徒弟伯格。伯格看到苏落，顿时眼前一亮，跑到她身边去，高高举着手："苏姑娘的寿礼还没送完呢，这里还有！"于是，继唐牧耀之后，苏落又得到炼药师公会的赞助。

大家怔怔地看着苏落。还有礼物？之前的礼物已经很珍贵了，她还有什么礼物？

苏落甚至都没动一根手指，伯格已经乐呵呵地将礼物献上去了。苏落不用动脑子都可以猜到伯格送的是什么东西。

苏落不觉得好奇，但是大家都好奇啊。他们可都知道伯格的，身为皇级炼药师的弟子，伯格在苏落面前恭恭敬敬，在别人面前地位却不低。

二管家将礼物打开，只看一眼，他整个人就怔住了。大家一看二管家这反应，顿时更好奇了。到底是什么礼物？为什么连二管家都被吓成这样？

二管家求助地望着慕容沫……大家却都催促二管家："东瞅西瞅什么？快说啊！"

"到底是什么寿礼？赶紧唱啊。"一道道催促的声音，将二管家催得焦头烂额。

慕容沫心里忽然有一种很不好的预感，因为她一直关注苏落，所以很清楚苏落之前的紫雾奇芝丹是唐牧耀假借苏落之名出的礼物。而现在的礼物，慕容沫也可以肯定，绝对是炼药师公会假借苏落之名送来的。

这两方势力都怕苏落的礼物拿出来见不得人，所以暗中出手！

她倒要看看，炼药师公会为了苏落，到底会拿出什么礼物来。

所以，她给了二管家一个暗示的眼神。二管家被催得额头冷汗都冒出来了，得到允许后，他颤抖着声音，咬牙切齿地宣布："苏落寿礼之三：十瓶皇级神仙液。"

此话一出，顿时全场倒抽一口冷气。什、什么？十、十瓶？！这会不会太夸张了？！这个一直被鄙视为从下界上来的姑娘，轻轻松松地就拿出十瓶皇级神仙液？

这个数字给大家的震撼实在太大了，以至于二管家宣布出数量后，很多人都张大嘴巴，久久回不过神来。严家父子不必说，嘴巴张得大大的，几乎能塞下两个鸡蛋。就连慕容沫也被惊得怔在原地，全身僵硬，脸上是难以置信的神色。

这不可能！这怎么可能？十瓶皇级神仙液？慕容沫怔怔地看着苏落："你……到底怎么做到的？"

南宫二少对她宠溺无边，冷七少对她志在必得，现在就连炼药师公会都为她一口气拿出十瓶皇级神仙液！

所有人都傻傻地看着苏落，渐渐有人开始议论。

"这姑娘真是下界来的吗？"

"真的毫无背景吗？"

"好像是慕容家的姑娘说的？"

于是，一双双饱含好奇的眼盯着慕容沫。特别是严家父子，死死地盯着慕容沫，眼底闪烁着怨毒的光。

今天牺牲二管家传唱，为的还不是让苏落在所有世家面前丢尽脸面？可结果呢，丢尽脸面的竟然是慕容家！慕容沫哪里受得了这个？只见她嘴角勾起一抹嘲讽的冷笑："苏落，你还打算装傻到什么时候？”

苏落：“啊？”

慕容沫：“果然还在装傻！别以为刚才唐牧耀给你塞礼物的时候，我没看到！”

这事，除了一直盯着苏落的慕容沫外，还真的没多少人知道。所以，当慕容沫将这件事扯出来的时候，全场的人都用一种诡异的目光看着苏落。

慕容沫嘴角勾起一抹阴冷讥诮的讽刺笑容：“还有炼药师公会，苏落，你敢说，这十瓶皇级神仙液是你的手笔？”

苏落无奈耸肩。慕容沫说得完全正确，她没有任何可以狡辩的地方，所以她耸肩表示默认。

众人没想到苏落竟然直接默认……她竟然作弊！这让刚才对她改观的人，又一瞬间对她充满了反感。

这些人也不想想，能够让唐牧耀亲自出手，能够让炼药师公会一口气拿出十瓶皇级神仙液的人，哪里是简单人物？

“苏落，连送礼都要别人帮你，你丢不丢人啊？就你自己那块破石头，简直笑死人了。”慕容沫发出夸张的嘲笑。

苏落无奈地瞥了她一眼，轻叹一声，偏头看着站在一边的唐牧耀：“打一盆清水来。”

唐牧耀虽然好奇，但还是很快吩咐人打来一盆清水。苏落从那堆积如小山般的寿礼中，将那块普通的鹅卵石找出来，然后吩咐：“将鹅卵石放进水盆里。”

大家都不知道苏落神神秘秘的弄什么，但是很明显，这块鹅卵石并不像表面看上去那么普通。

唐牧耀在所有人好奇的目光中，转头问苏落：“你确定？”他左看右看，甚至用灵气感应过，这就是一块再普通不过的鹅卵石了，哪里有什么特别的？

苏落严肃而认真地点头：“放进去。”

唐牧耀暗暗叹气，将手中的鹅卵石慢慢地放进透明的清水盆里。一瞬间，所有人的视线都集中到那清水盆里，被苏落的故弄玄虚吊起了好奇心。

但是——

“什么嘛，一点变化都没有啊。”

“那就是一块再普通不过的鹅卵石啊。”

“故弄玄虚什么的，简直太讨厌了。”

面对众人的质疑和恼怒，苏落的神色依旧淡定无波。她双手负在身后，小胸脯自信地挺着，脸上是淡淡的微笑。而就在这时候，那块平平无奇的鹅卵石忽然发生了一丝变化。只见鹅卵石上闪过一道七彩斑斓的光芒，随后，光投射到墙壁上。墙壁上映照出一幅画。

这幅画，一开始谁也看不懂，但是上面那老者坐化的画像却深深地吸引着众人的目光。所有人都盯着这幅画，视线没有挪开半分。很快，有人的脸上出现惊喜之色。

但是，唐家的人反应更快。在唐老的示意下，唐牧耀动作敏捷地立刻将那块鹅卵石捞起来捏在手里。

大家正看得入神，却冷不防发现墙壁上的那幅画不见了，顿时都急了。

“唐家小子，你急什么呀？我们还没看完呢。”

“就是，老唐，你不会这么小气吧？不就是一幅画吗？”

“让我们看完再收呗。”

一道道催促的声音响起。

唐老却淡淡一笑：“诸位，不好意思，这是苏丫头送的寿礼，看一次里面的灵气少一次。你们想要看啊，等你们做寿的时候，让人家丫头也送嘛，哈哈哈——”说完，唐老很不客气地将那块鹅卵石给收起来了。

老一辈的人都看出了鹅卵石的神奇之处，但是年轻人到现在还没看明白，他们只知道这幅画非常吸引人，一旦盯着，整个人的灵魂都被吸收进去似的，心灵都得到了净化。

所以，有好奇的小辈问长辈：“这鹅卵石，到底是什么呀？”

前辈就会带着遗憾的语气说：“这鹅卵石确实是普通的鹅卵石，但是用乾元灵波药浸润，描绘出一幅世尊莲花坐化图。这世尊莲花坐化图可不一般，看得越久，越能延年益寿，这可是绝世宝贝啊！”

另外一位老头插话说：“世上能够用乾元灵波药剂炮制出世尊莲花坐化图的，也就只有皇级炼药师。”

“我曾经有幸看过一次世尊莲花坐化图，那幅图是公孙药师炮制的，但是无论从大小还是灵气浓度来说，都比不上眼前这幅延年益寿图。”

“所以，能够炮制这幅图的人，除了米副会长，应该没别人了吧？”

“让副会长亲自出手炮制？那这苏落的面子可真够大的。”

“能不大吗？没看到之前炼药师公会替她送来十瓶皇级神仙液吗？”

“不过说起来，这样一幅延年益寿图，对老唐来说，确实再适合不过了。”

“可惜了，像这种图都是一次性消耗品，看一次就少一次，而且炼制也耗神，价值高得很。”

在场的诸人都议论纷纷。

与此同时，很多人都注意到慕容家的人脸色很不好。慕容沫此刻全身僵硬，神色都不对劲了。今天拿出二管家这个底牌，她为的就是让苏落丢脸。结果现在苏落反而落了大大的好，出尽风头，这绝对不是她的初衷。

不行，一定要让苏落丢脸！但是苏落行事太小心了，她根本抓不到把柄。慕容沫又故技重施：“苏落，你很得意吗？”

“啊？”苏落一脸茫然地看着她。

慕容沫冷冷一笑：“你知不知道，律法规定，一个平民见了权贵是要行礼的，而你，跟我行礼了吗？”

“啊？”苏落是真的茫然了，什么行礼？

慕容沫冷笑连连："平民见了贵族要行礼的哦，你见到这么多贵族都没行礼，你说你是不是触犯了律法？"

慕容沫这次丢了这么大的脸，还失去了二管家，她是一定要将苏落黑下去的。

周围的人都微微皱起眉头。

律法确实有规定，但是这位姑娘看上去高贵优雅，通身气派，哪里像平民了？他们都不觉得这有什么，但是如果真有人紧抓不放刁难的话，也确实可以刁难。不过，能让炼药师公会为她拿出十瓶皇级神仙液，还有世尊莲花图，这位苏落姑娘真的是平民吗？慕容沫明显是被气得失去理智了吧？

很多人看着慕容沫，眼底闪过一丝失望之色。

"来啊，给我行礼啊！"慕容沫朝苏落冷笑，一副倨傲的表情。

苏落的眉头微微皱起。

唐牧耀的怒气全部显示在脸上："慕容沫你够了！"

慕容沫朝唐牧耀冷冷一笑："平民给贵族行礼，本就是规矩，我有错吗？"

唐牧耀被噎住。这，确实没错，但是——

"苏落！我以慕容家的名义命令你，立刻给我滚过来，跪下！"慕容沫已经失去理智，不顾慕容家的声誉，直接拿家世压人了。

大家都抬眸望着人群中的苏落。

刚才风光一时的苏落，现在又该如何处理这件事呢？很多人都为苏落捏了一把冷汗。他们只觉得，让如此优雅高贵绝世无双的女子给慕容沫下跪，实在太折辱人了。

唐老的眉头深深皱起。他一直没有开口，因为一旦他开口，就代表着跟慕容家正式决裂了。但是，他绝对不会允许苏落给慕容沫下跪，即使要跟慕容家撕破脸。

唐老拄着拐杖，缓缓地站起来。然而，已经有人比他更早出现了。

一位小小少年，一身青衣小帽，一副小厮般的打扮。谁也不知道，这位小小少年其实早早就溜进了大厅。刚才传唱礼物的时候，小小少年其实就在角落里藏着，没人发现他的身影。所以苏落大出风头的时候，小小少年莫名有种与有荣焉的感觉。

小小少年觉得很奇怪，这个女人他还讨厌着呢，怎么看到她风光，他会跟着高兴呢？

然而还没高兴完，就发现……慕容家那个丑八怪竟然说那个女人是平民，然后还逼她下跪行礼！

打扮成小厮状的小皇子顿时大怒！虽然那个女人很讨厌，但好歹也是他刚拜的师父，怎么能被人欺负？绝对，不允许！

于是，小小少年满脸怒容地站出来，炮弹一样朝慕容沫冲过去："丑八怪，居然敢叫我师父下跪，那我是不是也要给你下跪？"

话音落的时候，小皇子已经冲到慕容沫面前了。小皇子习惯性踹人，所以这一次也不例外，只见他狠狠一脚朝慕容沫踹去！小皇子年纪这么小，又专注在炼药上，说实话，实力实在不咋的，平日里他踹人一踹一个准，那是因为人家知道他是皇子，被他踹比躲开要少受罪，而且小皇子身边总是一堆堆护卫守护着。但是现在小皇子一身青衣小断打扮，谁知道他会是那位被宠得无法无天的小皇子啊？所以，就在小皇子朝慕容沫冲过去，还一边冲一边骂，甚至想一脚踹上去的时候——

正在气头上的慕容沫早已经反应快速地一拳头砸了过去。

可怜的小皇子……脚还未接触到慕容沫的身子，已经被慕容沫一拳头给砸出去了。

别人不知道那是小皇子，但是苏落知道啊。小皇子被砸出去的时候，苏落也是惊了，当即一个旋身，在小皇子的身体即将砸到墙壁上的前一秒，卸去冲击力，将小皇子硬生生地拽了回来。如果让小皇子撞到墙壁上，这么小小的身子，只怕不死也重伤！

苏落将小皇子放到地上，关切地问："怎么样？痛不痛？"

痛？小皇子现在已经不知道什么叫痛，他满脑子都是愤怒愤怒，报仇报仇！

小皇子从小被娇惯到大，不曾受过一指之力，现在竟然被人一拳头砸脸上，而且差点被砸死啊！小皇子一把推开苏落，怒气冲冲地朝慕容沫走去，大怒："丑八怪，你敢打我！你们慕容家谋杀皇子，罪该万死！"

皇子？听到这两个关键字，全场的人顿时倒抽一口冷气。果然，当大家再认真看这位青衣小帽的小断的时候，很快就认出来，这位可不就是那位骄纵妄为无法无天的帝都小霸王九皇子吗？大家看到小皇子右眼眶上的熊猫眼，再回想起刚才慕容沫的那一拳，顿时……

他们都用看死人的目光看着慕容沫。如果不是苏落在关键时刻救下小皇子，现在的慕容家已经大祸临头了。刚才还嚣张跋扈的慕容沫，在认出小皇子的时候，整个人都蔫了，脸上更是出现惊慌失措的表情。她绝望地看着自己的右手，刚才她狂怒之下，用了十成的力去打小皇子……她竟然用了十成的力去打小皇子……天哪……慕容沫真的被吓哭了……

而此刻，认出小皇子后，几乎所有人都哗啦啦跪了一地。到现在还站着的，就只剩下被吓蒙的慕容沫和淡定从容的苏落。

小皇子看到慕容沫急得眼眶都红了，眼底怒气更甚："别以为哭了，本皇子就会饶你狗命！"

慕容沫真的被小皇子吓哭了，但是小皇子根本没有饶过她的意思，只冷冷一笑。慕容沫跪在地上，双肩剧烈颤抖，哭得万分激烈。

这时候，被小皇子甩开的护卫们终于出现了，看到小皇子右边眼眶的熊猫眼，顿时吓得魂飞魄散。他们非常清楚，这件事只有慕容家站出来顶罪，他们受到的惩罚才会最轻。于是，可怜的慕容沫就被凶神恶煞的护卫们老鹰抓小鸡一样拎起来带走了。

大厅里的人全部怔怔地看看小皇子，又看看苏落。气氛僵硬而尴尬。苏落也觉得，唐老好好的一个寿宴，气氛弄成这样非常不好，所以戳戳小皇子："过来。"

小皇子本来还别扭着，苏落却没好气地白他一眼："保证在半个时辰之后将你的熊猫眼去掉。"

小皇子现在顶着熊猫眼多尴尬啊，所以只能不情不愿地跟着苏落走了

就在苏落处理小皇子的熊猫眼的时候，有一个人正以极快的速度朝唐家寿宴飞奔而来。

第六章 重逢

现在的楚三很急，之前他就提议，既然南宫流云一直昏迷不醒，既然他口中一直念叨着苏落，那不如将苏落找来，这样的话或许南宫流云生存的意志会更强烈。但是在知道冷七少的事后，宁皓天和林若羽对苏落的印象很不好，所以都不赞同。

这事便僵持下来。但是今天的南宫流云全身冷汗淋漓，口中不断地呓语，呢呢喃喃间全是苏落，楚三少再也抑制不住，打听到苏落的方位后就追赶过去。

楚三少到的时候，正好看到一群凶神恶煞的宫廷侍卫押着慕容沫气势汹汹地离开。楚三心里一惊，难道苏落出事了？

“苏落！苏落！”楚三在唐家急得团团转，扯开喉咙大喊大叫。

这时候，很多人都还没有离开，所以大家都惊奇地看着神色惊慌的楚三。楚家小三跟那位神秘的苏落姑娘难道也有关系？如果这样算的话，唐家、小皇子，还有楚家……这位姑娘到底是什么来历？！

“有没有看到苏落！”楚三仓促间一把抓住唐牧耀，神色凝重。

唐牧耀见楚三急，也不废话，直接说：“你跟我来。”

路上，唐牧耀问楚三什么事，但是楚三闭口不言。因为南宫流云的事不仅仅是南宫家族的事，而且是整个军部的事，现在多少双眼睛正死死地盯着那个地方？

唐牧耀将楚三带到了后院。楚三一眼就看到正在捣药给小少年敷脸的苏落，顿时目光就是一沉。南宫流云生死未卜她不闻不问，结果现在却为了一个小屁孩的一点伤亲自治疗，强烈的对比让楚三心中来气。他冲过去一把抓起苏落的手：“跟我走！”

苏落刚调制好药膏，药膏还抓在手里呢，整个人就被楚三扯得一个趔趄，差点摔倒。

“楚三？”苏落被拉着急匆匆地走着，抬头间看到了熟悉的侧脸。从遇到楚三开始到现在，他从来都是阳光热情的，从没有像现在这样凝重焦急。

“你……怎么了？”苏落何等冰雪聪明，能够让楚三急成这样的，百分之九十九是救人。

救人……救谁？苏落的全身微微僵硬了一下。

楚三一个字不说，只拉着苏落快速离开。顶着半边熊猫眼的小皇子从后面冲上来，一把抓住苏落的另外一只手：“不许走！”

楚三正郁闷得无处发泄，当即朝小少年狂吼：“你个小兔崽……”待他看清楚小少年的脸时，声音戛然而止。

小少年挑衅地朝楚三仰起下巴：“骂啊，继续骂啊！”

楚三一头冷汗。现在他终于想明白了，慕容沫之所以被一群气势汹汹的宫廷护卫押走，肯定是得罪了小皇子。

“小皇子殿下。”楚三朝小皇子行了一礼，“刚才心急之下多有冒犯，还请多多包涵。”说完，楚三拉着苏落继续快速奔走，速度并没有慢下来。

“你们去哪里，我也要去!”小皇子追得很急，但是楚三的速度不是他能追上的，所以他只能看到楚三带着苏落越走越远，直至两个小黑点消失在视线中。

小皇子气得握拳，对护卫们狂吼：“给我追！”

小皇子最是激不得，楚三急匆匆地带走苏落，激起他的好奇心后，他是不可能当这件事没发生过的！

楚三带着苏落同坐一匹坐骑，飞速地往南宫家族总部飞奔而去。这是一匹万里赛风驹，速度之快，犹如风驰电掣。它的背部很宽，足以容纳十个人，而此刻，上面只有两个人对面而坐。

苏落皱眉看着楚三，楚三也正用一种难言的目光，看着苏落欲言又止。

“说吧。”苏落看着他，“你要带我去见谁？”

看到苏落泰然自若的神色，楚三的剑眉深深皱起，神色颇为不善。

“如果没别的事，我……”苏落作势要跳下万里赛风驹，楚三喊住了她。

“难道你完全不知道？”楚三看着苏落纤瘦的背影，目光阴阴沉沉的，带了一丝埋怨，“你真的什么都不知道？”

“什么？”苏落站在万里赛风驹上，居高临下地望着坐她对面的楚三，目光深邃。

“南宫流云快死了。”楚三突如其来的一句话，让苏落下意识地后退一步，差点滚下万里赛风驹。

好在楚三反应快，一把抓住苏落，将全身僵硬的她从万里赛风驹身侧扯上来。

“看来你也不是完全无动于衷的。”楚三缓缓松了一口气，他最怕的就是苏落无动于衷，如果是这样的话，他真的不知道自己会不会恨她。

被拉上来的苏落僵硬地坐在万里赛风驹上，好几次想张口，却都问不出话来。

楚三看着这样的苏落，叹了口气，坐到她旁边看着她。

“他真的？”苏落双手抱膝，侧头望着楚三，那双漂亮清澈的眼睛，仿佛被抽走了魂魄般无措。

楚三看着苏落，认真地说：“南宫二少现在昏迷不醒，身体的热度用尽了办法都退不下去，南宫家族有自己的皇级炼药师，但也束手无策。”

皇级炼药师都束手无策吗？苏落的脸色有一种失去血色的苍白。

现在的他，身体严重到这种程度了吗？他怎么会把自己弄成这样的？苏落的心高高提起。

楚三认真地看着她脸上的表情，目光深沉，幽冷地说：“自从大雨那天之后，南宫二少失血过多，发烧昏迷，几次险象环生，差点就活不过来了。”

苏落脸上的血色一瞬间褪得干干净净：“大雨那天？”

这些天就下了一场大雨，大雨那天岂不就是冷七少抓走唐雅岚那天？

“怎么会……失血过多……发烧昏迷？”苏落喃喃自语，但是电光石火间，她的脑海里突然浮现当初唐雅岚说的话。

那时候南宫流云接了冷七少的一掌，冷七少则气势汹汹地走了。

当时，滂沱大雨中，唐雅岚不止一次很焦急地跟她说，南宫流云受伤流血了，一步一个血脚印。那时候她的反应粗暴而激烈，走得决绝不回头。她觉得，以南宫流云的实力，怎么可能承受不住冷七少的一掌？

所以，唯一的解释是——

“这两个月，他受过伤？”苏落轻声问。

楚三认真地凝视她：“单枪匹马独闯塔布大森林，是那么容易的吗？第五转紫色蔷薇花是那么好找的？不受伤才怪。”

一瞬间，苏落的脑子犹如被两道雷劈中。独闯塔布大森林，找宁三喜欢的紫色蔷薇花？是因为那天她一剑毁掉了他心爱的女人喜欢的紫色蔷薇花，所以他单枪匹马去塔布大森林吧。苏落心里酸酸涩涩的，咽喉像是被一只大手掐住，胸口堵得她沉闷到窒息，几乎喘不过气来。

楚三并没有停止述说，神色间带着抱怨：“事实上，他是被人从塔布大森林抬出来的，当时的他差点就死了，吓得整个龙凤族兵荒马乱。”

苏落点点头，情绪低落到极点。为了宁三，他真是连命都不要了啊，既然他这么喜欢宁三，为什么还说要跟她一起走下去？在他心里，自己到底算什么？苏落双手紧紧抱住膝盖，脆弱得仿佛易碎的瓷娃娃。

楚三并不知道苏落内心的想法，他见苏落情绪低落，以为她被南宫流云的事吓住，于是冷冷哼了一声：“你以为这样就完了吗？龙凤族花了多少力气才终于将他抢救过来，结果呢，他醒来不过三天，就跑去跟冷七战斗！”说到这里，楚三真是气得不行，气愤中的他没看到苏落那双瞪大的漂亮大眼睛，此刻正一眨不眨地盯着他，仿佛连呼吸都忘记了。

苏落就那么傻傻地看着楚三，殷红薄唇微启，神色震惊。楚三沉浸在自己的情绪里：“三天，濒临死亡的他，伤势能恢复到什么程度？”

“当时他身上缠着那么厚的绷带，他们家的皇级炼药师告诫他，连下床走路都不许，可结果，他竟然跑去跟冷七生死决斗！”

苏落整个人都蒙了，脑子里一片空白，就那么傻乎乎地看着楚三，久久回不了神。楚三见苏落反应不对，不由得瞥了她一眼：“你不知道？”

苏落张了张红唇，却发现自己哑了一样，一个字都说不出来。

南宫流云，他竟然……当时的他，竟然是刚刚经历了生死，当时的他，缠着厚厚的绷带，当时的他，甚至连下床都不被允许……可是，他应约来了。

苏落脑海里一直是那天的场景。他犹如白马王子般从天而降，一身月白色锦袍猎猎生风，风姿俊朗，卓尔不凡。他从坐骑上下来，步履平稳淡然，根本看不出一点受伤的痕迹。苏落的心紧紧揪起，每一次呼吸都灼烧得她疼痛。

楚三说：“我不知道他为什么一定要去见冷七，但是我想，以他惜命的程度，能够在那样的程度下将他叫走的，除了你，也就没有别人了。”

苏落怔怔地看着楚三：“不，不是的……”南宫流云为了宁三的紫色蔷薇花，硬生生扭断她的胳膊；为了宁三的紫色蔷薇花，孤身独闯塔布大森林。所以不是的，他不是像楚三说的那样，只有她才能影响到他。

事实上，宁三更能影响到他的情绪，而她，是永远争不过一个死人的。

想到这，苏落的情绪又低落了几分。

楚三没有发现苏落的异样，继续说道：“那天的事我知道得不多，但是我很清楚，你抛弃了他。”

“我……”苏落下意识地想解释。

楚三却抱怨地看着苏落，就是因为这样，原本对苏落印象不错的宁皓天和林若羽对苏落充满了敌意。

楚三那双清澈的眼睛，前所未有地认真：“可是，苏落你知道吗？即使你抛下他头也不回地走掉，将重伤的他丢弃在滂沱大雨里，他却还一步一步追着你，以至于最后……”

楚三的眼眶都红了，他死死地盯着苏落，眸中布满了血丝：“他伤得那么重，全身都在流血，每走一步都在消耗他的生命，你却那么决绝！苏落，你可曾想过，这个重伤被你抛弃的少年，在别人眼里是何等骄傲尊贵，何等不可一世？！”

“我……”面对楚三的指责，苏落心痛、委屈、难以辩解……说什么都表达不出她的意思。

她只知道她的心很疼，有种被放在火上炙烤的疼痛，苏落难受地捂住自己胸口位置，大口地呼吸着。

楚三依然在逼她：“你知道吗？当时我们找到他的时候，他一头栽在水坑里，就像浸泡在血水池里，你能想象吗？他那么骄傲矜贵的人，满脑袋的血水泥水！”

苏落动了动嘴唇，却一个字都说不出来。

她能说什么？在她完全不知情的时候，所有事都成了她的错。明明，南宫流云是为了宁三受的伤，明明他心里真正最在意的是宁三，为什么所有人都跑来指责她，说她罪大恶极不可饶恕？

而南宫流云，他又是为什么？那天之后，两个月不闻不问的冷战，就好像他们之间真的再没有关系，可忽然之间，他又……似乎很在意她，非她不可？

楚三深吸一口气："事实上，宁老大、林四他们都不让找你，如果可以的话，我也不想找你，可是现在……该死的！南宫二少昏迷，生死之际口中一直喊着一句话，该死的我居然还听清楚了！"

苏落茫然地望着楚三。楚三的眼眸犹如黑洞般，紧紧攫住苏落的呼吸："他失去意识的时候，口中一直说着：落落，慢点走，等等我……他一直在重复着这句话！他们家的皇级炼药师说，如果不是有这股意念支撑着，以他当时的失血程度、伤势重创程度，当场就死了！"

轰——苏落脑门上犹如一道惊雷狠狠劈过，瞬间，她只觉得全身剧烈颤抖，双眼更是茫然地看着楚三。

落落，慢点走，等等我……所以即使看到她头也不回地离开，他就像唐雅岚说的那样，缓慢地，一步一个血脚印，走着她走过的路吗？那么骄傲的少年，那么完美的天之骄子，他竟然……一想到这幅画面，苏落心里就疼得不行。眼眶里一层迷蒙的雾水，随着她轻轻眨眼，大颗大颗地滚落雪白的面容。怎么，怎么会这样……

"我不信，我不信！"苏落双手环膝，绷着脸，坚定地摇头。

楚三深深地叹了口气："我不知道你们之前发生过什么，但是苏落，南宫二少对你是不一样的，他……"

"他对我是不一样，这点我承认。"苏落深吸一口气，将心里的情绪强制压抑住，黑白分明的眼眸认真地看着楚三，"但是，他不只对我一个人不一样。"

"你……"楚三忽然间恍然大悟，"你知道宁三？"

苏落顿时苦笑。她只说一句南宫流云不只对她不一样，楚三就直接问她是不是知道宁三，这还不明显吗？南宫流云对宁三确实是另眼相待的，宁三在他心里占据的位置是特别的。

楚三看到苏落苦笑，顿时意识到自己说错话，他轻咳一声："其实宁三吧，事实上，南宫二少对她……"

苏落却打断他的话："你确定我们要讨论她吗？"

"宁三"两个字就是苏落的魔咒，她所有的不开心都是因宁三而起，所以，在苏落这里，"宁三"两个字是禁忌。

楚三从善如流："好，这些事局外人确实不好说，不过苏落，我只跟你说一句，南宫二少肩负龙凤族的未来，他以及他身后的那些人，对他的性命看得比什么都重要，所以，能够让他不顾性命承受冷七一掌的，只有你，真的只有你！"

苏落偏过头去。有些话，她会听，有些事，她会用眼睛去看。

南宫家族很快就到了。

楚三丢给苏落一套青衣小帽，对苏落说：“知道真相的龙凤族人见到你，只怕杀了你的心都有，所以你没办法光明正大地进去，换上这套小厮的衣裳，跟在我身边便行。”

楚三没告诉苏落的是，龙凤族知道真相后，本来想对苏落采取行动，但是炼药师公会的米副会长出现了，跟龙凤族谈了三天三夜，龙凤族才终于撤销对苏落的追杀令。

而这件事，米副会长他们因为关心苏落，并没有跟她提起。

苏落看着青衣小帽，微微发呆，不过很快就叹了口气，动作迅速地将衣服换上。如果楚三没有说那番话，她不会去见南宫流云。但是现在话已经说到这个地步，苏落如何还能拒绝？虽然她心里茫然失措，不知道如何是好。

门口不能多待，所以苏落迅速换上青衣小帽，扮作楚三的随从，在他的带领下，光明正大地朝南宫流云的院落走去。如果换作别人，肯定诸多盘查，但因为是楚三，所以根本没人拦他。

没多久，两人就来到南宫流云的院落。

门外没人拦着，但是进入院子之后——第一个拦下苏落的，就是宁皓天和林若羽。他们看到苏落，顿时神色不善，特别是宁皓天，直接拦在苏落面前，斜睨了她一眼，转头冷冰冰地盯着楚三：“你干什么？”宁皓天神色威严，声音明显带着责备。

林若羽轻描淡写地扫了苏落一眼，眉头深深皱起。他虽然没有明说，但脸上的表情也在告诉楚三，他不赞同。

楚三没好气地盯着宁皓天：“现在这情况，你能唤醒南宫二少吗？”宁皓天被将了一军。

楚三又扫了林若羽一眼：“你能吗？”林若羽别开眼去。

楚三认真而凝重地盯着他们：“你们不是一直问我南宫二少那天说了什么吗？”

在宁皓天和林若羽若有所思的目光中，楚三将苏落拉到他们面前，坚定地指着苏落：“南宫二少说的就是她，他一直念着她的名字，我不信你们不知道。”

南宫流云不止一次在昏迷中喊着苏落的名字，所以，一直守在他身边的宁皓天和林若羽不可能不知道。

但正是因为如此，所以在知道调查到的真相后，他们才替南宫二少不值，替他委屈。

“孽缘！”宁皓天深沉的目光盯着苏落，想警告些什么，但最终还是沉默地走开。

林若羽的态度要比宁皓天好一些，他皱着眉，看着苏落：“你会唤醒他的，对吗？”

苏落却淡然摇头：“我尽量。”

宁皓天顿时斜了苏落一眼。南宫二少躺在里面生死未卜，她只说尽量？难道不应该拼尽全力吗？！

“你配不上南宫二少！”宁皓天恶狠狠地盯着苏落，目光凶狠。

楚三忙站出来，将宁皓天隔开：“他们之间的事，我们外人不好插手，宁大你少说两句。”

楚三对苏落说：“你进去吧，我们在门外等你。”这个时候，他们几个不适合进去。

苏落冷静地点点头，推门而入，在关门的时候，苏落严肃地留下一句：“没有我的允许，谁也不许进来。”

宁皓天被苏落理所当然的表情气乐了：“她以为她是谁，还不许任何人进去！”

楚三长长叹了口气。如果他不是知道苏落是药王谷闯出来的皇级炼药师，他对苏落的信心也不会那么足。但是这件事，炼药师公会下了死命令，绝对不允许透露出去，否则……楚三知道，到时候不只他，楚家也会承受炼药师公会的怒火。

所以，楚三没好气地说：“这丫头医术不错，再加上是南宫二少惦记的人，所以看看吧，反正情况也不会比现在更差了。”

话虽如此，宁皓天却满脸的不信。

苏落进去后一眼就看到躺在雪白软榻上的南宫流云，即使昏迷着，他依旧有一种拒人于千里之外的气场。他似乎在自己周围设立了一道屏障。面对他时，周围的人都会不自觉地退避三舍，与他保持距离。他有着贵族般居高临下的疏离，如果不是他主动靠近，别人根本无法接近他。

苏落站在南宫流云的软榻前，看着那张好看的脸。他昏迷的日子不短，俊美的容颜因为失血过多而过分苍白，且清减不少，那好看的菱唇因为失水而干裂。只看一眼，苏落原本故作的冷静就一泻千里，心紧紧揪着，酸酸涩涩地疼。

口中说着不在乎，自以为就真的不在乎了，但是一看到这样孱弱的他，本能的心痛就跑出来作怪。

苏落深吸一口气，将上涌的情绪强制压制住，因为她还有更重要的事要做。她在他身侧半跪下来，雪白如玉的手触摸着他的手腕。

苏落大口大口地呼吸，才终于平静下心绪给他把脉，诊视他的病情。

花了半个时辰，苏落终于将南宫流云的身体仔仔细细地检查了一遍。

在检查的过程中，苏落多次心疼得想流泪又强制忍住。她想不明白，她跟南宫流云分开也没多久，他怎么能在这么短的时间内，将自己的身体搞成这样？

除了跟冷七对掌落下的内伤外，他身上大大小小的暗伤不止十处，他竟然毫不在乎，根本不予理会！现在年轻没事，等年老了，这些暗伤累积到临界点，一旦爆发，就会像唐老那般……

“怎么这么不爱惜自己的身体！”苏落既心疼又恼怒地瞪着榻上的苍白容颜。

南宫流云眼眸紧闭，丝毫没有苏醒的迹象。

“楚三说，你是因为我才失血过多，那么，我便将血还给你。”苏落静静地看着那张倾世容颜，声音轻轻的，如羽毛般划过，“这样，我们，便两不相欠了。”

苏落摊开右手，妍华匕首出现在她手中。

苏落轻柔地将南宫流云扶起，与他对面盘腿而坐，在他的左右手掌上划了一刀，同时也毫不犹豫地在自己的手掌心上划了两刀。随后，两人双手相抵。

南宫流云失血过多，苏落则血液充沛。

所以苏落催动着自己周身的血液，顺着干净的血管，源源不断地流进南宫流云的身体内。

南宫流云一直处在昏迷中，但是他能够本能地分辨血液的好坏，一开始他还处于防御状态，但是很快，他本能地意识到苏落的血液乃天地间最珍贵的天材地宝后，都不用苏落催动，本能就紧紧地攫住，汩汩不断地吸收。

苏落失血的速度越来越快。她的脸色也越来越苍白，身体越来越冰冷，嘴角却保持着淡淡的笑容。因为她能够感觉到，南宫流云原本枯木般的身体，在吸收了她的血液之后，犹如枯木逢春，生机渐渐复苏。

这个时候，是不允许任何人打搅的，一旦传输中断，不仅苏落会遭到重创，南宫流云也会因此而伤上加伤。

而就在这时候，门口传来一道不合时宜的声音："你们怎么都在外面？"

苏落原本平静的心境，随着这句话，顿时犹如镜湖里投入一块石头，将她惊醒。南宫流皓！南宫流云的哥哥！曾经在带走南宫流云之后，派龙凤族的人千里追杀她！

而此刻，这个硬生生将南宫流云和苏落拆散的南宫大少，正站在距离苏落不足三十米的门外，威严地质问楚三他们。

南宫大少为人严肃凌厉，所以楚三几个打心眼里怵他。宁皓天正要说话，却被楚三抢先一步："南宫二少在里面休息呢，我们怕吵着他，所以出来外面说话。"

南宫流皓那双犀利的深眸盯着楚三："没人在里面照顾他？"

"呃……"楚三有一瞬间的停顿。在查出真相后，南宫家族的人对苏落那态度……简直可怕。楚三用脚指头都能想到南宫大少进去后会发生什么事，所以内心才会这样纠结。

南宫流皓森冷的目光盯着楚三，随即，迈开大步就往里面走。楚三心中大惊。

苏落可是说过的，在她治疗期间，不允许任何人打搅！

所以，楚三大步跑到南宫流皓面前，伸出双手，勇敢地拦住南宫大少："你不能进去！"

南宫流皓顿时被楚三气到了："你说什么？"他堂堂南宫大少，在自家院落里，竟然被外人拦着不许进去？简直荒谬！

他正要一手拨开楚三，就在这时，宁皓天和林若羽也站在了楚三身边，以他们的力量，支持着楚三。

"你们两个……"南宫大少有些愣住了。

宁皓天叹了口气，认真地看着南宫大少，一个字都没说，那双漆黑的深眸却真切地表达了他的意思。他虽然不赞同楚三做的事，但因为是兄弟，所以无条件支持，而林若羽也同样如此。

"你们简直疯了！"南宫大少眼眸危险地眯起，"里面到底是谁？值得你们这样做？"

楚三梗着脖子："里面没有谁！"

南宫大少冷笑，与此同时，一股强大的灵气瞬间朝里面试探去。楚三一看，顿时脸色微变。就在南宫大少的灵气释放出去的时候，楚三的灵气顿时飞出，将南宫大少的灵气死死缠住。

宁皓天和林若羽也反应迅速，移动位置，三人呈三角形状，将南宫大少包围其中，合力抵挡南宫大少的灵气。

南宫大少虽然实力非凡，但是楚三三个也都不弱，所以三人联手，竟然将南宫大少的灵气阻挡住了。

南宫大少没想到他们竟然如此胆大妄为，被气得额头上的青筋更是突突暴跳。

“最后再说一遍！再不退开的话，杀无赦！”南宫大少声音冰冷，杀气凛然。

楚三依旧坚定，宁皓天和林若羽也没有退缩，三人非但没有放弃，反而将灵气又增加了一倍。

“好，很好，你们竟然反了！”南宫大少大怒，再不留手，全力出招。

南宫大少毕竟实力比他们强，所以即便三人联手，也不是他的对手。

轰！一道雷光轰然爆炸，三人被狠狠地甩出爆炸圈，朝后倒飞出去，重重砸到围墙上。

将三人甩开后，南宫大少大步流星地朝里面冲去。而这时候，楚三少不知哪里来的力气，飞扑上去，一把抱住南宫大少的大腿：“你不能进去！”

南宫大少双目赤红，踹不开楚三，于是直接一拳砸去。楚三被砸得喷出一口鲜血，但是他依旧咬紧牙关，死死抱着南宫大少的大腿：“她说过，治疗的时候任何人都不能进去打搅！你也不行！”

“放手！”南宫大少大怒，又是一记重拳砸去。楚三没有说话，但是双手抱得更紧。南宫大少简直被气得快疯了。

守护在外面的龙凤族高手哗啦啦全冲了进来，南宫大少一看，顿时朝楚三冷冷一笑，随后对那群人吩咐：“给我把门撞开！”

宁皓天和林若羽眉头深深皱起，他们来不及多想，当即一左一右站在大门口，守住了门。

“里面到底是谁，值得你们如此？”南宫大少阴冷地盯着他们。

楚三吐出一口血，神志这才清醒了一些，他几乎整个人挂在南宫大少的大腿上，气喘吁吁地说：“她在治疗南宫二少！”

“治疗？”南宫大少才不信，“谁在治疗？”

楚三不说，南宫大少冷笑：“给我砸门！”

就在大家闹得不可开交的时候，门吱呀一声开了，一道清瘦孱弱的身影出现在众人面前。所有人的视线都集中到她身上。楚三松开南宫大少，利索地站起来，一抹嘴角的血迹，惊诧地盯着苏落。宁皓天和林若羽也都皱眉看着苏落。

但是最惊讶的人，却是南宫大少。

“是你!”南宫大少冰冷的声音带着森冷的凌厉气势，利剑般刺向苏落。

面对南宫大少的狠戾，苏落苍白的脸上却浮现淡然的微笑：“好久不见。”叙旧的语气，仿佛曾经熟稔。

此刻的苏落，跟进房之前的她相比，整个人都发生了变化，仿佛生命力被狠狠抽去了一半，面色苍白毫无血色，全身酥软没有力气，仿佛风一吹就会倒下去。

这样的苏落苍白、虚弱、纤瘦，却有一种虚弱的美，让人移不开眼。所有人都屏住呼吸，深深地看着苏落。

南宫大少恶狠狠地瞪了苏落一眼，飞快冲进房门。与她擦肩而过的时候，不知道南宫大少是太急还是故意，撞了苏落一个趔趄。此刻的苏落哪里还受得了这样的撞击，当即被撞开。

宁皓天和林若羽担心南宫流云，早已跟着南宫大少冲了进去。只有楚三，在苏落差点被撞飞的时候，一把拽住了她。不过他自己被南宫大少揍得也只剩下半口气，所以拉不住苏落，两个虚弱的人双双跌倒在地。苏落撞到楚三，当即一口鲜血吐在他胸口上。

“你——”楚三担忧地看着苏落。

苏落朝楚三摇摇头，挣扎着站起来，沉默地往前走去。她的背影虚弱而决然，在夕阳的余晖中，渐渐拉长。楚三倒在地上，看着那渐行渐远的小小身影，眼眶忽然间有些酸涩，心里也酸酸的，难受得近乎窒息。

房间里突然传来宁皓天惊喜的大叫：“南宫二少醒了！南宫二少醒了！”

他醒了，而苏落……楚三再朝那个方向看时，却已经找不到苏落的身影了。楚三挣扎着站了起来。南宫二少已经不需要他挂心，那么现在，他要做的就是将南宫二少牵挂的她，安安全全地送出龙凤族。如果没有他，苏落是出不了龙凤族的。

忽然间，他脑海中浮现南宫大少盯着苏落时，眸中那一闪而过的仇恨。楚三的心瞬间紧紧揪起。若是让苏落落入龙凤族手里，后果简直不堪设想！但是楚三出去的时候，已经找不到苏落了。

苏落一个人自然走不出龙凤族，在她踉踉跄跄的时候，龙凤族的人就将她拦下了。盘查出她不是龙凤族人之后，正要将苏落关起来，小皇子刚好带着一批人浩浩荡荡地过来。

小皇子朝苏落冷笑：“没有本皇子，你连门都走不出去，还不快感谢本皇子！”

苏落却身形一晃，整个人倒向小皇子。

“喂，喂！”在小皇子惊慌失措的叫声中，苏落只觉得一阵黑暗袭来，随即便完完全全陷入了泥沼般的昏迷中。

等苏落醒来的时候，发现自己回到了炼药师公会。四位皇级炼药师正围绕在她身边，一个个紧张兮兮的，就好像她随时会性命不保一样。

苏落刚睁开眼，眼尖的熊老最先发现，急急忙忙朝苏落冲来，口中大叫：“丫头啊，你终于醒了！”

苏落撑着床垫，正要坐起来，却发现自己一阵眼冒金星，头晕眼花，当即又跌回床上。

这一幕，看得四位皇级炼药师心里那叫一个心疼啊。

“你这丫头，真不知道怎么说你好。”

“那南宫流云再好，能有你自己的命重要？”

“失去全身三分之二的血液，你差点儿死掉知道吗？”

“就算再喜欢，没命了，还怎么喜欢他？你用命救了他，岂不是便宜了别的女人？”

四人给苏落一检查身体，再结合南宫家族的事，然后问了小皇子几句，当即将真相还原得七七八八了。

苏落一阵苦笑：“我不会死。”

“是，你不会死，但你的实力现在掉到什么程度了你自己看看！”熊老没好气地说。

苏落还真的听了熊老的话，查看自己的灵气，这一看之下，她也是无奈了。原本她已经晋升到神化八星的实力，差一点就能进入神化九星了，可是这次被她自己这么一折腾，实力又降到神化五星了。

“是不是血液恢复到原来的程度，实力就能恢复上去了？”苏落问熊老。

“你自己说呢？”熊老没好气。

那就是不行了……苏落微微叹息。再过一个多月，新生联赛就要开始了，现在的她实力退步到神化五星，真是让人发愁。

“真没办法吗？”苏落郁闷地看着熊老。

此刻的苏落，脸色苍白，一身病弱，再加上略带撒娇的语气，简直让人招架不住。米富贵心疼得不行，直接将熊老推开：“你先别急，也不是完全没办法。”

苏落问：“什么办法？”

米富贵说：“冷家第七子，冷云景，他身上拥有玄冰灵印，而玄冰灵印对于实力恢复有着常人无法想象的强大作用。”

“冷七少？玄冰灵印？”苏落喃喃自语。

熊老拍拍胸口：“这小子一身修为都在玄冰灵印上，所以这玄冰灵印确实有几分能耐，八成能恢复你的实力。”

苏落想起冷云景那妖冶神秘的形象，微微摇头：“要请动他，不容易的。”

熊老：“当然不容易，这小子用玄冰灵印治好你，就等于把他自己的实力修补给你，怎么可能容易？不过你放心，炼药师公会出马，没什么不行的。”

米富贵也笃定地点头：“你好好休息，不要担心，冷七明日就会过来。”

就算冷七不过来，四大皇级炼药师也准备将他拎回来，让他将灵气补给苏落。皇级炼药师就是这样强势、霸道、蛮不讲理！

第二天，就在苏落的将信将疑中，冷七少还真来了。他倒不是被皇级炼药师拎过来的，而是自己悠然自得地踏进门来。看到床上半坐着的苏落，冷七那样冷静的人，眼中也闪过一丝异样。他的眼眸危险地半眯起来，冷然地走到苏落床前，径自在床沿上坐下。

那扇柄毫不客气地敲上苏落的额头：“怎么把自己弄成这样？装可怜骗取本公子的怜惜？”

苏落扑哧一声笑出来，随后没好气地白了他一眼：“冷云景，怎么会有你这样自恋的人？”

冷七少的手出其不意，一把抓住苏落的手。

苏落眼眸冷凝：“放手！”

她不喜欢跟陌生人肢体碰触，但是在冷七少面前，全盛时期的苏落都没办法反抗，更遑论虚弱时期的她了。苏落冷冰冰地盯着冷七少，面容冷凝而僵硬。

与苏落僵硬的反应相反，冷七少却娴熟而自然地将苏落的手翻过来，于是，两道触目惊心的血痕出现在他眼前。之前为了不让血液凝结，苏落特意在手掌心涂抹了不愈草汁，所以在输血的过程中，伤口一直没有愈合，输血一直没有中断。

冷七少垂眸，深邃的侧脸投下一抹阴影，从苏落的角度看，只看到他半垂的眼眸里，有着一闪而过的寒芒。气氛瞬间冷凝如结冰，苏落猛地抽回手，将手放回被子里。

冷七少抬眸，不以为然地瞟了苏落一眼，漫不经心地冷哼：“封脉血式，啧啧，谁值得你为他封脉血式呢？”

苏落看到冷七少脸上那似笑非笑的嘲讽，顿时心情不悦：“关你什么事！”

冷七少毫无顾忌地又将扇柄砸向苏落的脑门。苏落吃痛，没好气地斥他：“你干吗？”

欺负了苏落后，冷七少像得意的小少年，心情顿时就好了，他摸着下巴，眼眸闪亮：“听说南宫流云醒了呢。”苏落别过脸去。

冷七少则一直盯着苏落，笑嘻嘻地说：“他醒了，你却倒下去了，他因失血回归而醒，你则因失血过多而昏厥。”

苏落死死盯着冷七少，声音冰冷：“闭嘴！”

冷七少双手呈投降状态，凑上去，俊朗的容颜在苏落面前放大：“好好，我不猜了，那你告诉我嘛，你把血输给他了，对不对？”

一张俊美绝伦的脸，拥有尊贵的身份，却带着点少年式的撒娇，三项加起来的攻击力，是无敌的，世间女子如何抵挡得住？苏落却没好气地白了冷七少一眼，将他那张卓尔不凡的容颜毫不留情地推了出去。

冷七少一副受伤的表情，扁着红艳艳的嘴，状似委屈地看着苏落。苏落差点被他气乐了，这一副委屈的样子给谁看？难道他不记得就在不久前，芙蓉坊二十三号，他是怎样极致张扬肆意嚣张跋扈的？

“冷七少，不要忘记你今天来的目的。”苏落冷冰冰地盯着他。

冷七少见苏落真的不为所动，略显失望，随即又恢复正常，眼眸含笑，看着苏落慢悠悠地道：“苏落，你有求于我呢。”

苏落白了他一眼：“谁叫你来的，谁有求于你。”

她才不要欠冷七少人情，因为她很清楚，别人的人情好还，冷七少的人情，她还不起。

冷七少冷哼，慢悠悠地瞟她一眼：“熊药师要我来救你的。”

“哦。”苏落漫不经心地应着，似乎不是很在意。

“苏落，你有秘密哦。”冷七少那双漂亮的眼睛一眨一眨的，神秘兮兮地指着苏落，

"皇级炼药师为了你，亲自跑去把我拎过来，所以，你跟熊药师到底什么关系？"

苏落歪着脑袋认真地想了想，然后回答冷七少："他欠我人情，所以这件事后你索要人情的话，最好找他不要找我。"

冷七少白了她一眼，原本还想要她的人情呢。

苏落提醒他："熊药师找你来干吗的？"

"帮你恢复实力。"冷七少郁闷地瞪着苏落。

"那你还磨磨蹭蹭的，快干活啊，早干完早回家。"苏落瞟了他一眼。

冷七少顿时脾气上来了："你就这么想我回家啊？"

如果不是因为是苏落，即便熊药师亲自来提人，他冷云景也有千百种办法回避过去。但因为是她，所以他非但没回避，反而主动积极地过来了。

但是，一向自恋的冷七少发现，苏落并不想单独跟他待在一起。

苏落一脸茫然："我们又不熟，难道还留你吃晚饭啊？"

冷七少顿时被苏落的这句话呛得差点咳嗽。

"你——算你狠！"冷七少气呼呼地指着苏落。

他明知道苏落在装傻，却无能为力，但是心态幼稚的冷七少冷哼一声道："要恢复实力是吧？好啊，我们也来封脉血式！"

"什么？"苏落是真不懂了。

冷七少哗啦一声将床上的锦被丢在地上，直接跳上床，在苏落对面盘腿而坐，然后朝苏落伸出手，傲慢地斜睨她："拿来！"

苏落下意识地想将手往身后藏，冷七少却不允许她逃避。不等苏落反应过来，锋刃已经在苏落的两只手掌上分别划过。原本已经结痂的伤口，随着冷七少的动作，瞬间鲜血狂飙而出。还没等苏落有所反应，冷七少的双掌瞬间被挑起两道血花，随后，在苏落还没来得及反抗的时候，冷七少的手掌已经与苏落的相对。

"冷云景，你疯了！"苏落顿时大怒。

然而，她对面的冷七少嘴角噙着邪恶魅惑的笑容，深邃的美眸一眨不眨地盯着她。苏落不能收回手，因为一旦封脉血式开启，就不能轻易喊停，除非有一方支撑不住。苏落气呼呼地瞪着冷云景："快住手！"

冷云景状似无辜地白了苏落一眼："愚蠢的丫头，玄冰灵印融于我的血液之中，不输血给你，如何恢复你的实力？"

苏落果断地拒绝："我的身体里不要出现你的血！"

冷七少委屈地看着苏落，一副受伤的表情。他低垂着脑袋，一句话不说，手中却没有停止输血的动作。

四大皇级炼药师不知何时已经出现在床前，听到苏落说不要封脉血式，顿时急了。要知道，苏落想要迅速恢复实力并且在短时间内再行突破的话，吸收冷云景的血液，用玄冰灵印温润经脉，是再好不过的办法。

熊老当即瞪了苏落一眼："你傻啊，这么好的血液，白给的干吗不要？"

"可是……"

苏落还没来得及反驳，就被熊老狠狠瞪了一眼："反正人情已经欠了，欠深还是浅，还不都是一个人情？你的血液那么少，现在正是需要大补的时候，所以不要废话了，赶紧吸收，多多益善！"熊老大手一挥，就这样愉快地替苏落决定了。

确实如熊老所言，现在的苏落身体里血液含量偏低，如果不补充血液的话，别说恢复实力，就是生命都有危险。

熊老好奇地瞟了冷云景一眼，摸着下巴。这小子挺上道啊，不过想追他们家小落落？血液要，恶狼赶走，这是他们一致的想法。

冷七少输送血液的时候，苏落一直在运气抵抗，所以进度缓慢。他朝苏落勾起唇角："能和你近距离接触，我欢喜得很，真希望时间就这样停止。"

苏落气呼呼地瞪了他一眼。冷七少见苏落气呼呼的样子，越发觉得她可爱，深眸中闪烁着星辉，语气带着笑意："如果我的血注定要进入你的身体，你何不选择接受？这样也能尽快结束，然后把我踹飞啊。"

苏落瞪着冷七，而冷七俊朗的容颜上带着灿烂的笑，那双漂亮的大眼睛更是笑意满溢。

真的反抗不了吗？忽然，苏落觉得脑子越来越昏沉，越来越迷糊……最后陷入了泥沼般的黑暗中。

等苏落再次睁开眼的时候，就看到一张放大的俊美容颜出现在她面前。

"你怎么还没走？"苏落利落地坐起来，这才发现她的实力已经恢复到原来的神化八星巅峰了。不，不对！在睡了一觉之后，苏落突然发现她的实力已经不知不觉中进入到神化九星境界。

"你……"苏落看到冷七少俯身而下，那强大的气息笼罩下来，顿时皱了皱眉头，身子往后仰，跟他保持距离。

可苏落退，冷七便进，到后来，苏落几乎仰躺在床上，冷七几乎俯身其上。这姿势太暧昧了，苏落心里不喜，眉头深深皱起，指着冷七："你给我起来。"

冷七扁着嘴，可怜兮兮地看着苏落。苏落一点也不犹豫，干脆推他："快点给我起来！"

冷家七少在苏落的推搡下，似乎手里没力气，整个人朝苏落压去，将半爬起来的苏落直接往床上压去。苏落的后脑勺砸在床沿上，疼得她龇牙咧嘴，但她的第一反应就是去推冷七："你给我起来！"

冷七赖在她身上，似乎一点力气都使不出来，有气无力地呢喃："我没力气……爬不起……"

"别给我装！"苏落咬牙切齿。以她现在神化九星的实力都推不动他，这叫没力气？

冷七抬起头，漂亮清澈的大眼睛可怜兮兮地望着她："给你输了那么多血，你看看我的脸，是不是很苍白？是不是变丑了？是不是很难看？"

苏落："……"她没有回答，而是将全身力气倾注在脚上，然后朝冷七的胸口狠狠一踹。可怜毫无防备的冷七，直接被苏落踹到了床底下去。

冷七摇摇晃晃地站起来，指着苏落，满眼悲愤："你这个女人！"

苏落挑着尖细的下巴，傲然地瞟着他。这女王般的姿态，简直让冷七爱死了，他最终只郁闷地瞪着苏落，摸着被撞疼的后脑勺，漂亮的眼睛抱怨地瞪着苏落："我为了救你，三天三夜没睡，好不容易把你救醒了，你却一脚把我踹开，你说说，世上怎么会有你这样无情无义的女人嘛！"

苏落挑衅地看着他，冷冷一笑。冷七更郁闷了。他的抱怨，这个女人根本不在意。

冷七没有意识到，这一次见面，他跟苏落的气场掉转了一下。第一次见面的时候，因为不在意，所以他置身事外，气场强势，而这一次，他主动靠近苏落，气场直接就落了下乘。这是尊贵特权惯了的冷七少第一次受挫，却让他有一种前所未有的新鲜感。

从炼药师公会回去帝国学院，已经是三天后的事了。

很多人跑来关心苏落，比如唐雅岚她们。苏落看到唐雅岚，心里有些懊悔，如果之前她把唐雅岚的话听进去，也就不会发生现在这样的事情了。

后来苏落从和楚三的对话中知道，是唐雅岚通过曲折的方式将南宫流云的事告知楚三，不然的话后果不堪设想。

"谢谢。"苏落郑重地对唐雅岚道谢。

"啊？"唐雅岚不明就里。

苏落淡淡一笑，并不想多谈这件事。南宫家族要杀她，南宫大少对她恨之入骨，宁皓天、林若羽对她有意见，这些苏落都明白，也让她很无力。她现在能做的就是回避这件事。

在苏落静心修炼的时候，有些人却在故意针对她。比如说慕容沫背后的慕容家族。慕容沫被小皇子抓到皇宫里去了，慕容家的人知道后，利用手里的权势多方营救，最后，慕容沫是被救出来了，但是已经奄奄一息，而慕容家为此也付出了很大的代价。

慕容家手里的不夜城被皇族收回。如果知道不夜城会被收回，慕容老爷子可能就不会拿不夜城去换慕容沫了。得知为慕容家带来滚滚财源的不夜城被小皇子收入名下后，整个慕容家族都陷入一种愤怒的情绪中。

不夜城的收益占慕容家收入的四分之一！偌大一个家族，年收入的四分之一就这样被拿走，任谁都咽不下这口气。他们敢得罪小皇子吗？不敢。所以，在了解来龙去脉之后，慕容家将这股怒火对准了苏落。

经历过唐家寿礼之后，慕容家虽然知道苏落跟炼药师公会交好，也知道她跟小皇子交情匪浅，但是慕容家需要泻火的工具！当然，在知道苏落不是毫无背景之后，慕容家的出手也不是明目张胆的。

现在就有一个很好的机会。再过一个多月，帝国学院新生联赛就要开始了。届时，东华学院、南楚学院、西夜学院、北雪学院，这四大学院会进行新生联赛，角逐出第一名！

而西夜学院的第一人慕容方，正是慕容家暗中扶持的潜力强者。慕容方有多强大，这要从南楚学院的第一名辛一豪和周二飞说起。自从上次辛一豪和周二飞被小克一脚踹飞之后，这两位被人抬回去之后就静心修炼，而他们学院也竭尽所能地给他们提供最好的修炼资源。

而现在，他们终于晋升到了大圆满一星巅峰的实力，然后又听说小克已经不在了，所以这两位就激动地要跑回去找苏落报仇！

但是，这两位很不幸地遇到了两个人。一个是慕容家的慕容方，还有一个是冷家的冷云毅。慕容方称霸西夜学院，而冷云毅制霸北雪学院。慕容方看谁都不顺眼，冷云毅对谁都不服气，而他们是彼此看对眼的竞争对手，所以多了一份尊重。

然后，当慕容方和冷云毅做最后一环的任务遇到南楚学院的辛一豪和周二飞时，他们自然不会手下留情。因为最后一环的任务，只有一方才能拿到任务奖励。

所以，慕容方对付辛一豪。

而冷云毅对付周二飞。

辛一豪原本以为，经过这段时间的修为巩固，他对付不了蛮横无理的小克，但是对付苏落是绰绰有余的。

而其余的人，他更是没有放在眼里。是，他没有想到，在他进步的时候别人也都在进步，而且进步的速度比他还要快！

慕容方对辛一豪，五招，胜！

冷云毅对周二飞，三招，胜！

冷云毅也就罢了，打完人，领了奖励飘然而去。

但是慕容方秉承了慕容家的嚣张，当着无数人的面公开侮辱辛一豪，将南楚学院贬斥得一文不值后，这才扬长而去。

南楚学院这两位气得差点疯掉。

“这世界到底是怎么了！”连番受挫的辛一豪和周二飞，差点抱头痛哭。

他们这么努力这么拼命，运气又好到逆天，可结果呢，竟然跟慕容方和冷云毅的实力差距越来越远，远得他们简直快要崩溃了。

周二飞：“一哥，咱们还去不去找苏落报仇？”

辛一豪没好气地白了他一眼：“之前慕容方是芸韵的手下败将，而芸韵是苏落的手下败将，然后我们是慕容方的手下败将，你说，我们会是食物链顶端的苏落的对手吗？”

周二飞：“也不知道慕容方和冷云毅怎么修炼的，这段时间进步飞快！”

辛一豪：“何止他们，只怕芸韵的进步也神速。”

至于要不要找苏落报仇的问题，很快他们就不需要考虑了。

因为现在外面的传闻都是，慕容方要在新生联赛前对苏落发起挑战！

本来东华学院这边的人也不会觉得慕容方有多厉害，但是自从慕容方五招击败南楚学院的第一名辛一豪后，东华学院的人就上心了！

辛一豪当初带领南楚学院的学生过来挑衅，所以他的实力大家是清楚的，再经过这段时间的修炼，大圆满一星巅峰实力妥妥的。

而现在，大圆满一星巅峰实力的辛一豪，被慕容方五招搞定！那么，慕容方的实力，究竟强大到何种境地？

神化九星巅峰实力的苏落，会是慕容方的对手吗？

于是，不仅苏落身边的人，东华学院的所有师生，此刻都为苏落捏了一把汗。

唐雅岚更是每天守着苏落不让出门，就怕她一不小心就着了慕容方的道。

慕容方那边倒没有亲自过来下战帖，只是传出要跟苏落战斗的风声，这风声有越演越烈的阵势。而就在这时候，苏落从闭关中苏醒，走出房间。这则消息岂能瞒过苏落？

不过，对于这样的挑衅，苏落只是冷冷一笑，不予理会。

因为现在她最关心的是集齐十二大圣器的事。

海皇老爷爷提醒苏落："玄冰灵印越是融入到对方的身体，越是难以剥离，等最后人印合一，就算想剥离也完全没办法了，所以——"

所以最好趁着现在冷七少的玄冰灵印还没修炼到极致，先下手为强。但是冷七如此强大，岂是苏落想下手就能下手的？

现在的苏落，手里已经有五种圣器了，分别是暮云剑、海皇三叉戟、昊天锤、陨日刀、冰心棋子，然后还知道第六种圣器玄冰灵印的下落。

苏落对海皇老爷爷道："玄冰灵印的事，不是一时半会儿就能拿到手的，必须从长计议，否则只会招致冷家无穷无尽的追杀。"

海皇老爷爷也知道冷家的势力，所以他也没说什么，不过——

海皇老爷爷不知道看到什么，忽然浑身颤抖。苏落很少看到海皇老爷爷如此激动，不由得一愣："怎么回事？"

海皇老爷爷颤抖着声音："第七大圣器的下落，已经知道了。"

苏落不由得一惊。

"您感应到了？在哪里？是什么？"听到十二大圣器的消息，苏落的声音也带着一丝颤抖。

"在任务库里。"海皇老爷爷在苏落的空间里闲着无聊，经常会翻开帝国学院的信息栏，所以刚才他在翻阅信息的时候，捕捉到一条任务消息，而这条任务消息的奖励，竟然就是迦蓝幽索！

当海皇老爷爷将这件事跟苏落说了一遍后，苏落也蒙了。这可真是踏破铁鞋无觅处，得来全不费工夫。谁能想到，堂堂十二大圣器之一的迦蓝幽索，竟然是帝国学院官方发布的任务奖励呢！

然而，任务已经发布，却是不能取消了，任务奖励也没办法撤销。所以，苏落要想得到这根迦蓝幽索，必须完成这项任务。

苏落迟疑地看着海皇老爷爷："这任务奖励真的是迦蓝幽索吗？会不会是同名？"

于是，苏落又跑到发布任务的大厅，非逼人拿出迦蓝幽索给她查看，等海皇老爷爷点头后，苏落才真正确定，这根被丢在角落、为一年级新生提供任务奖励、毫不起眼的迦蓝幽索，确实是当年的十二大圣器之一。只不过随着时间过去，迦蓝幽索蒙上了一层厚厚的油脂，遮掩了它本来的光彩。

确定了迦蓝幽索是真的之后，苏落所有的注意力就全部集中到这根迦蓝幽索上了，于是，她就认真地、一字一字地看着任务详情。

绞杀叛贼将军李文绝，提首级来换迦蓝幽索，任务发布者，佚名。谁发布的任务不重要，在任务取消不了的情况下，谁完成任务拿到奖励才是真正重要的事。

绞杀叛贼将军李文绝……这个李文绝是谁？苏落根本一点概念都没有。

叛贼将军，那肯定是军中之事。

苏落原本第一个求助对象是南宫流云，但是以她现在跟南宫流云的关系，怎么可能会主动找他呢？于是，苏落想到了第二个混军队的冷七少。之前在炼药师公会的时候，冷七少硬逼着苏落将通讯珏加上，而现在，终于派上用场了。

苏落也不管现在是什么时辰，直接就挂过去。冷七少正在听他爷爷的训斥，听得他耷拉着脑袋，垂头丧气的时候，感应到通讯珏里苏落的请求通话，顿时精神一振。

“爷爷，您放心，下次我一定注意，绝不会再胡乱犯错了。您讲了这么久也累了吧？喝口茶润润喉，孙子我如个厕去，回来再听您老的教诲啊！”话音未落，冷七少早已经脚底抹油，跑得飞快。

“臭小子，给我回来！”老爷子中气十足地怒吼。

“爷爷，中场休息十分钟，就十分钟！”冷七少兴奋地一边朝他家老爷子挥手，一边兴冲冲地溜走。

冷家老爷子狐疑地摸着山羊须：这小子，兴奋得有点不对劲啊。

“喀喀！”冷七少清清喉咙润润口，故作一本正经，冷傲地吊着嗓子，“干吗？”这声音，威严中带着一丝傲娇，有一种高高在上的冷酷。

苏落皱了皱眉头，朝通讯珏上扫了一眼，确定是冷七少，又狐疑地问了一句：“冷云景？”

“是本少爷！不过本少爷忙得很，没空跟你谈情说爱，有事说事，速度！”冷七少觉得，自己之前太放下身段了，以至于苏落都不拿他当回事儿了，所以从现在开始，他要像南宫流云那样端着！

但是，当苏落听到这段话时，嘴角无语地抽搐，随即，哐当一声，苏落将通讯珏给关了。冷七少正等着苏落讨好他呢，却忽然发现对面一片寂静，他喂喂了几声，还是没有反应，拿下通讯珏一看，顿时怒气冲冲。这个骄傲的女人，居然挂了！

傲娇的冷七少气得嘴角抽搐。想他冷云景，从小到大呼风唤雨，从来都是被人哄着惯着宠着，谁敢挂他的通讯珏？那简直就是找死！

“可恶的女人！”冷七少握拳，气呼呼地在庭院里走来走去。这个女人为什么忽然挂通讯珏给他？还记得加通讯珏的时候，自己可是交代了，若是遇到危险，不管什么地方，不管任何时间，只管挂给他便是。

忽然，冷七少的心猛然间一颤，这丫头不会遇到危险了吧？不然以她那别扭的性子，会给他挂通讯珏才怪咧！

冷七少顿时内心一惊，当即一个通讯珏挂过去。通讯珏被接起来，一道冷静的声音从对方那边传来：“喂。”

“你在哪里？有多少人追杀你？现在情况如何？快说！”冷七少的声音犹如一连串的炮弹朝苏落飞射而去。

“啊？”苏落蒙了，“我只是想问你，叛贼将军李文绝是怎么回事？”

在苏落看不到的地方，冷七少的脸黑沉沉的，几乎能滴出水来。

“你也没听说过？”苏落问。

冷七少没好气的声音传来：“李文绝这个任务，你要接？”

苏落：“当然啊。”

冷七少冷笑一声：“新生联赛就快开始了，你现在最重要的任务难道不是拿到新生联赛的第一名吗？”

“在我看来，绞杀李文绝比新生联赛第一名要重要。”苏落冷静地说。

冷七少冷笑：“那是没人告诉你，拿到新生联赛第一名，在帝国学院可以享受到四大超级家族嫡系子弟的待遇。”也就是说，苏落如果拿到新生联赛第一名，她在帝国学院的待遇就等同于当初的南宫流云、冷七少、宁皓天等人。

冷七少又冷冷一笑：“这待遇，包括所有的修炼资源，都会向你倾斜，所以，你觉得新生联赛第一名，不重要吗？”

很重要，但是，再重要也比不上绞杀李文绝后的迦蓝幽索奖励。所以，苏落冷静地告诉冷七少：“我要去杀李文绝。”

冷七少简直被苏落气乐了：“李文绝，大圆满五星实力，你拿什么去杀？”

苏落：“……”

冷七少：“李文绝在西南边陲之地，你乘船需要五十年，你怎么去杀？”

苏落：“……”

冷七少：“李文绝手下三万士兵，个个骁勇善战，魁梧威武，你如何杀他？”

苏落：“虽然看起来很艰难，但是我一定要去杀他！”

“不能等？”冷七少冷静地问。

苏落注意过截止日期，而此刻的她只能幽幽叹气：“一个半月后任务自动销毁。”

也就是说，苏落必须在一个半月的时间，找到李文绝，在三万兵士的包围下，杀了李文绝，拿了他的首级，在规定的时间内回来复命。这个任务的难度，不仅难在杀人，而且难在时间。

冷七少嘴角勾起一抹邪恶的笑，星眸笑眯眯地看着苏落：“你在求我？”

苏落没有回避，淡定地点头：“如果你能做到的话。”上次是熊老的人情，而这次，是苏落主动欠冷七少的人情。

冷七少显得很开心，语气轻松："既然是你求本少爷，那还有什么不好说的？不就是两颗破空定位珠吗？你准备好，半个时辰后本少爷过去找你。"

破空定位珠，可以瞬移到西南边陲之地，不需要五十年，五十分钟就够了。这样好的宝贝自然稀缺，所以即便是矜贵如冷云景，他手里也没有如此长距离瞬移的破空定位珠，但是他爷爷有啊，只是当宝贝似的收藏起来了。

当即，冷云景就偷偷溜进自家宝库，小心翼翼地取了两颗破空定位珠后，动作迅速地跑到苏落所在的地方。

冷七少得意扬扬地跟苏落炫耀："看到没有，有了这破空定位珠，五十分钟就可以到西南边陲，不过你可得小心着点用，这东西贵得很。"

能让看尽大场面的冷七少说出贵得很这三个字，可见破空定位珠是真的非常非常昂贵。苏落伸手要将破空定位珠拿过来，冷七少却收好破空定位珠，一脸淡定地说："这东西，我来保管。"

苏落没好气地白了他一眼："我去做任务，还是你去做任务啊？"

冷七少理所当然地说："当然是我陪你去做任务啊。"

苏落皱眉，她不太想跟冷云景单独出去做任务。

"为什么不想跟我单独出去？"冷云景问苏落。

"孤男寡女，影响不好。"苏落冷哼。

事实上，苏落知道冷家跟南宫家族世代仇敌，冷云景和南宫流云又是同时代最杰出的两个人，命运让他们成为宿敌。现在苏落虽然觉得跟南宫流云分开了，但她也不想因此站在冷七少这边。

冷七少顿时乐了："你居然担心这个？简直……好吧，那再随便拉两个人凑凑数，这样你就放心了吧？"冷七少从家里偷了破空定位珠，哪里还敢在他爷爷跟前待？

"咦，那里有两个人。"冷七少何等眼力，一眼就看到不远处有两个人扛着武器朝东华学院而来。

而这俩倒霉蛋，正是南楚学院的辛一豪和周二飞。

在被慕容方打击之后，帝都学院几乎所有的人都知道南楚学院有多弱，南楚学院的第一、第二名有多可怜。当漫天的同情和指责铺天盖地席卷而来时，辛一豪和周二飞承受不住了，他们现在急需一场战斗，来提高他们的名气。

一共五大学院，中帝学院就不去说它了。

西夜学院有慕容方，北雪学院有冷云毅，身为手下败将的他们根本没有勇气再去挑战，所以他们最后的主意打到了苏落身上。因为他们没有跟苏落交过手，所以心里总有一丝侥幸。

于是，一大早他们就扛着武器来东华学院找苏落，准备将铺天盖地的侮辱和指责都转移给苏落，只要他们能打败苏落。然后，在他们晃晃悠悠过来的时候，就被冷七少看到了。

"哎，你们俩，就说你们呢，过来。"冷七少颐指气使，态度傲慢得理所当然。

辛一豪和周二飞不认识冷七少，但是他们不会感应不到冷七少身上散发出来的尊贵而强大的气息，于是两人很听话地走过来。

冷七少没理他们，偏过头，过分漂亮清澈的眼睛看着苏落，笑嘻嘻地问："这俩人怎么样？"

他就好像在挑拣东西似的，语气轻描淡写，而事实上，这两位可是帝国学院南楚分院的第一、第二名。

苏落没好气地白了冷七少一眼，很直白地单刀直入："难道你看不出来，其实我最不想让你去吗？"

第一次见面时桀骜不驯的冷七少，现在在苏落面前脾气却好得不行，他慢悠悠地说："我不去，你可杀不了李文绝。"

他说的是事实。原本有小克在，杀李文绝不是问题，但是以苏落现在的实力，就只有被杀的份了。

正因为知道，所以苏落才更郁闷。这个任务，必须完成才能拿到迦蓝幽索，而且任务不等人，所以……苏落虽然心不甘情不愿，却拒绝不了冷七少自告奋勇的帮助。

如果……如果没有跟南宫流云闹翻，如果是和南宫流云一起出去做任务，那该……苏落用力摇头，将这个想法强力压制住，转头对冷七少说："好。"

这一声好，隐隐有一丝赌气的成分在里面。

"那就这两个人凑数了？"冷七少似笑非笑地瞥了苏落一眼。

"随便。"苏落随意地说。

带不带都无所谓，反正她跟南宫流云已经那样了，避嫌不避嫌的，又有谁会在意？苏落赌气地想。

冷七少不知道苏落内心的想法，如果他知道，肯定不会带这两个碍眼的家伙。

而南楚学院的辛一豪和周二飞还不明白发生了什么事情，就被抓了壮丁。

"走了。"冷七少左手抓一个，右手拎一个，将辛一豪和周二飞抓住。

"喂，你们是谁，要干吗？"周二飞大喊大叫。

冷七少傲慢地瞟了他们一眼："带你们免费西南边陲一日游，废话那么多！"

"西南边陲一日游？开玩笑！我们要去东华学院挑战苏落！什么西南边陲一日游，才不要去！"周二飞同学拼命挣扎，却无济于事。

冷七少闻言，漫不经心地瞟了苏落一眼，嘴角浮起溢满深意的笑容。

"你们要找苏落挑战？"冷七少问。

"对啊！我们是南楚学院的第一、第二名，苏落是东华学院的第一名，只要打败她，加诸在我们身上的耻辱就可以全盘转移到她身上，所以你快放开我！"周二飞同学气呼呼地瞪着冷七少。

冷七少对待这些人可不会像对苏落那样温柔。他拎着周二飞，偏头看着苏落，带着询问的语气："要不杀了吧？"

周二飞的直觉告诉自己，这位凌厉强大的少年，语气是认真的，他不是在开玩笑。

周二飞顿时蒙了：“你，你们是谁？”

冷七少用上位者目空一切的傲慢态度，瞟了周二飞一眼：“冷云景、苏落。”

冷云景？好熟悉的名字。苏落？咦！他们不就是来东华学院挑战苏落的吗？

辛一豪和周二飞对视一眼，都在彼此眼中看到了极度的震惊，他们双双瞪着苏落：“你就是传说中的苏落？！”

之前苏落去南楚学院炸人的时候，辛一豪和周二飞不在。后来辛一豪和周二飞到东华学院挑衅的时候，苏落正好闭关。所以，他们虽然彼此久仰大名，但这还是他们第一次见面。

苏落点点头：“所以，如果你们要挑战我的话，去东华学院是找不到了。”

冷七的身影突然微微一震，因为他感应到，他那位神通广大的爷爷发现破空定位珠不见了，此刻正雷霆大怒！

“走!”冷七少将手中的破空定位珠捏碎，而后四个人在原地消失不见。

破空定位珠，撕裂空间，并且在空间隧道中进行瞬移，所以速度才会那么快。

此刻的四个人，就像被包围在一个小小的封闭空间，而这封闭空间正在以最快的速度移动。辛一豪和周二飞反应过来的时候，已经在封闭空间移动十分钟了。

这两位简直蒙了。

“我、我们现在，在……哪里？”周二飞有一种很不好的预感。

苏落冷静地回答他：“空间乱流。”

空、空间乱流里？辛一豪和周二飞傻乎乎地看着苏落。不是传说空间乱流里罡风恐怖，大圆满五星之下的人进入，会被罡风片成肉卷吗？不过好奇怪，他们现在就好像处在一个封闭的正方形空间，外面是凛冽呼啸的罡风，而封闭空间的里面，却完全不受影响。

“难道这就是传说中的破空定位珠？”不，不对！苏落虽然在帝国学院名声显赫，但是，她绝对买不起昂贵到让人咋舌的破空定位珠，那么——

忽然，辛一豪和周二飞对视一眼。

刚才他们好像听到一个熟悉的名字，好像是冷、冷云景？冷家的人？超级四大家族之一的冷家人？

“冷云景！”辛一豪脑中灵光一闪，猛然间一拍大腿，大叫一声！

这密闭的空间，三人都用看白痴的目光看着他。坐在苏落身边的冷七少更是不悦，那漂亮的凤眸威严地朝他射去。

辛一豪顿时有一种手脚冰凉、脊背发寒的惊惧感。

冷云景啊！不就是冷家那位传说中能够跟南宫二少相提并论的冷七少吗？难道，传说中遥远如云端的冷七少，现在真的化为凡人，出现在他面前？这怎么可能？一定是假的吧！

“你，你，你……冷七少？”辛一豪惊恐地瞪着冷云景。

冷云景漫不经心地斜睨了他一眼，不理他。

“您真的是冷七少？这不可能吧？冷七少怎么会平易近人得跟凡人似的？您怎么才能证

明您才是传说中的冷七少？”周二飞也想起冷云景的名字，于是凑上去，喋喋不休地问。

冷七少对苏落好，但是对待别人态度可从来都是傲慢随意、不可一世的。

于是，冷七少对周二飞的证明是……挥舞着拳头，直接砸他眼眶上。

“嗷呜——”冷七少一出手，周二飞的右眼眶顿时被轰出一个青紫色的熊猫眼，他的身体更是被狠狠砸到封闭空间的墙壁上。

好在破空定位珠化成的封闭空间牢不可破，所以周二飞被砸到墙壁上，又弹到对面……就好像壁球一样在两个墙壁中间回弹。如此反复九次，他的身体才终于卸去了这股强大的力量，最后滚落地面。可怜的周二飞同学，双手双脚平摊在地，全脸全身都是瘀青红肿的血块，脑袋更是被撞得嗡嗡作响。他躺在地上，连动一根手指头的力气都没有了。

辛一豪惊惧地瞪着冷七少，口中下意识地喃喃自语：“冷家的回弹指……”

刚才周二飞叫冷七少证明他的身份，于是，冷七少很随意地伸出手，使用了冷家的回弹指，弹得周二飞头晕眼花。

辛一豪此刻哪敢去质疑冷七少的身份，他更不敢问自己为何莫名其妙地进入这封闭的空间，甚至不敢问这是去做什么……

周二飞这时候哪里还敢怀疑冷七少的身份？这位少年杀神，简直让人恐怖！他挣扎着往后面挪，用尽所有的力气，试图拉开与冷七少的距离。

冷云景看着这两个白痴一步步地往后挪，翻了个白眼。他若想杀人，手一掐，他们不就死翘翘了？挪什么挪？

有了破空定位珠，他们只用了五十分钟的时间就到达目的地了。即使安稳地出了空间乱流，辛一豪和周二飞还是胆战心惊。他们看看周围的景色，再看看通讯珏里的定位，才终于意识到，五十分钟之前他们还在帝都，而五十分钟之后的他们，已经踏上西南边陲的土地。

真是让人难以想象的事。

不过——

“你、你们掳劫我们，到、到底要干吗？”周二飞喘着气，惊疑不定地看着眼前这对俊男靓女。

不得不说，冷云景容颜倾世，邪魅桀骜，苏落眉目如画，倾城无双，这两个人站在一起，就像从壁画里走出来的一对神仙眷侣，让人看了不由得心悦诚服，简直太赏心悦目了。

“杀人。”苏落瞥了他们一眼，开门见山，毫不隐瞒。

“杀人？！”辛一豪和周二飞脸色顿时白了，“杀、杀谁？”

用了昂贵无比的破空定位珠，如此千里迢迢地跑来，到底，要杀谁？

既然之后是一条船上的人，苏落不妨告诉他们实话：“李文绝，手下拥有三万重兵的一位上校。”

上、上、上校？辛一豪艰难地咽了咽口水。要知道，中帝学院毕业后也仅仅是从少校做起，而他们学院毕业进入军部是从尉官做起，现在苏落竟然一开口就是刺杀上校大人，这简直……

“你这是在找死！而且还想拖我们两个人去死！”周二飞激愤地瞪着苏落，“我不干！”周二飞觉得他们好倒霉，怎么偏偏在那个点，出现在那个地方？

从冷七少话中的意思来看，他之所以选中他们，只是因为他们正好出现。

冷七少森冷的目光瞟了他们一眼，嘴角勾起撒旦般似笑非笑的诡笑，漂亮的星眸里更有一种说不出的暴戾，让人心底发寒。只这一眼，就让辛一豪和周二飞心惊胆战，不敢再说半个不字。

冷七少目光凌厉地扫了他们一眼：“本少爷就算选中你们去死，这也是你们的荣幸！”

“这个任务你们要是好好完成，回到帝都后自然有奖励等着你们，如果再叽叽歪歪，本少爷不介意现在就掐死你们。”

在冷七少散发出的恐怖气息威慑下，辛一豪和周二飞只觉得头皮一阵阵发麻，脊背发寒。他们脑海里只剩下两个字：服从。

他们的内心其实非常羡慕苏落。冷七少对她那么好，说话从来都是温言细语外加主动攻击，舰着脸缠着她，可偏偏苏落还不理他，从来都是冷脸对他。辛一豪和周二飞都替苏落急啊！这么好的男人，一旦抓住就意味着权势地位实力等梦寐以求的东西，她怎么就能这么淡定呢？

周二飞暗中扯了扯辛一豪，默默地羡慕着：“如果我们是女人就好了……”

辛一豪没好气地踹了他一脚：“你以为随便什么女人都能得到冷七少的这种对待？”

传闻中的冷七少，万花丛中过，片叶不沾身，对女人呼之则来挥之则去，矜贵傲慢，任性妄为，清冷如高月，谁也得不到他的特殊对待，而现在，这个特殊出现了。

苏落一双漂亮的眼睛一边看周围，一边扫着地图。根据她之前查到的资料，李文绝带兵驻守大青山，而根据地图显示，他们现在所站的位置就是大青山附近。既然这个任务是她的，那么，猎杀的节奏就应该由她掌控。就在苏落思考作战计划的时候，冷七少从苏落背后凑上来，那张俊颜探过苏落的肩头，看着她手中的地图。

两人挨得很近，冷七少鼻翼间喷出的热气萦绕在苏落耳边，热热的，带着一股暧昧的气息。苏落下意识地往前走了一步，跟冷七少保持距离。冷七少仿佛完全没意识到这点，又从苏落身后凑上来，修长的手指指着地图上的一处，对苏落说：“这里是他们的老巢。”

苏落不解地皱眉。因为根据地图显示，这里是一处山坳，山坳里怎么适合驻军？

冷七少双手环胸，得意地勾起唇角，凤眸星辉熠熠：“这你就不知道了吧？”

“请指教。”苏落点点头。

“这山坳里，地图上看着平平无奇，但事实上，进去之后别有洞天，你手里的地图还不够精准。”冷七少一边说，一边掏出另外一张地图，得意扬扬地递给苏落，带着邀功般的笑容，“这是中央军部里备份的大青山地图，拿去看吧。”

“军部地图？”苏落深深地看了冷七一眼。

军部的地图从来都是机密，不可能对外人开放，冷七随手就能拿出军部地图给她看？

“你家少爷我可是上校军衔，大青山级别的地图当然能调出来啊，这有什么好奇怪的？”话虽如此，但是冷七少炫耀得意的语气谁都听得出来。

“军部的地图能随便给人看吗？你确定不会有问题？”苏落可是知道，军部的一切都是保密保密保密的！

冷七少：“当然不能随便给别人看啊，但你又不是别人，你可是我……”

见苏落瞪眼，冷七少暗暗吐槽，你可是我冷七未来的小娘子，给你看还不是给自己人看，怕什么嘛。

冷七少随意地挥着那白玉般的手：“大不了回去的时候被爷爷咆哮几声、藤条抽几下嘛，能有什么事？”

冷七少说得轻描淡写，苏落却狐疑地看了他一眼，她知道事情不会这么简单地解决。但是现在，最重要的就是杀李文绝，所以这份地图，苏落接下了。

冷七少见苏落收下地图，凤眸中的笑容越发星光熠熠。他知道，自己现在对苏落帮助越大，她欠自己的人情就越多，苏落的人情，当然是多多益善嘛，值了！而现在，他不妨再送苏落一个人情。

冷七少漂亮的凤眸微微上挑，那双修长的手臂搭在苏落的肩头，在苏落耳边吐气如兰，气息魅惑：“现在告诉你一个至关重要的情报。”

苏落挥开他的手，与他对面而立，目光森冷地盯着他：“信不信我斩了你的手臂！”

冷七少似乎没看到苏落满脸的怒意，笑嘻嘻地说：“你要的李文绝来了。”

苏落果然被他转移了注意力：“什么？”

冷七少说：“如果没猜错的话，李文绝正好在这一片狩猎，现正赶着一群魔兽朝这边过来，如果我们不在一分钟之内找到藏身之地，除了我之外的你们，将会被当成奸细万箭穿心而死。”

冷七少笑嘻嘻地说着残忍的话。他似乎就是这样的人，一边笑得阳光灿烂，一边拿刀捅得人鲜血四溅。

辛一豪和周二飞瞬间跑到冷七少面前，用紧张而惊惧的目光恳求地看着他。

而这时候，早早被苏落放出去的小黑猫回来了，它向苏落汇报：“前方三公里处的悬崖上有一处山洞，能够容纳四人。”

苏落抱起小黑猫，朝冷七扫了一眼：“不要嬉皮笑脸了，快走！”

说完，苏落动作迅速地朝前方悬崖洞穴而去。

苏落知道，冷七有时候虽然嬉皮笑脸，但是这种事情不会开玩笑。

冷七少原还想让苏落求他的，没想到这丫头动作这么迅速，早早放了小黑猫跑去查探地形，于是他只能摸摸鼻子，纵身一跃跟苏落并肩而行。

辛一豪和周二飞对视一眼，立即将全部灵气注入双脚。可即便如此，他们还是惊奇地发现一件事。冷七少的速度，再快再迅速，他们都不会惊奇，但是苏落——

为什么苏落的速度会这样快？快得他们根本追不上！

辛一豪和周二飞对视一眼，都在彼此眼中看到一丝后怕！就在一个小时之前，他们俩还满怀期待地扛着武器要跑去东华学院找苏落，打败她，然后将全校对他们的侮辱转移到苏落身上。但是现在，这个还未进入大圆满境界的苏落，仅仅展示了她的速度，就已经深深地将辛一豪和周二飞震撼住了！

速度就已经如此恐怖，实力又将达到怎样的境界？这样的苏落，他们两个居然不知天高地厚地想要去挑战……真是想想都觉得之前的他们好可笑。

很快，大家都进入了洞穴中。刚一进去，苏落就感觉到外面一阵铺天盖地的铁蹄声，犹如汹涌狂潮般席卷而来，那千军万马汇聚而成的威慑力，震得人灵魂发颤。

冷七少双手环臂，漫不经心地斜倚在洞壁上。他慢悠悠地瞟了苏落一眼，出声提醒："如果不做点什么，可是逃不过李文绝的气息感应哦。"

辛一豪和周二飞都紧张地盯着冷七少。以冷七少对苏落的态度，一旦遇到危险，绝对会带着苏落跑路，而他们两个炮灰就只能自生自灭了。

苏落如何听不出冷七的意思？他有办法隔绝气息，而现在的他，就等着她开口求。

冷七少仿佛很喜欢看到苏落求他。

不过……苏落朝冷七少微微勾起嘴角，一声不吭，手中运出繁复的手掌印，一道七彩华光闪过，重力空间凝结而成的结界将洞口封住。重力空间是透明的，封住洞口后，依旧可以观察外面，气息却被隔绝了。就在苏落将空间封闭的时候，千军万马轰鸣般的声音已经疯狂涌至。

最先出现的，不是李文绝的部队，而是一群汹涌狂暴的魔兽。这群魔兽，最弱的神化五星，最强的竟然是大圆满境界。只见它们全部惊慌失措，疯狂地朝前方奔跑，脸上有着对死亡的恐惧。跑到最前面的是一只金毛烈火狂狮，它全身如火焰笼罩，每根毛发就是一道火焰。苏落看不出它的实力，只知道它很强大。

冷七少靠在苏落身边跟她普及："这只领头的金毛烈火狂狮，实力可不一般，最少也是大圆满三星的实力。"

大圆满三星的金毛烈火狂狮，此刻却像见了鬼似的，没命地往前狂奔，那么，追逐它的，该是怎样强大的存在？就在这群魔兽跑至苏落面前的洞穴时，两道尖锐的箭矢从天而降。这两支箭矢挟带着凌厉罡风，以同样的速度飞射，没有哪支快一分，也没有哪支箭矢慢一分。

苏落重力空间凝聚出的结界，跟箭矢隔着上千米，却被箭矢的罡风所影响，结界如蜘蛛网般裂开。苏落的心直往下沉……

而更让人震惊的是，那两支箭矢快如流星般闪过，最后扑哧一声，精准地分别射入金毛烈火狂狮的双眼！以这样的速度，箭矢绝对会穿透而出，但是让所有人惊讶的是，箭矢就这样牢牢地长在金毛烈火狂狮的脑袋里。

苏落的心，继续直线往下沉……射箭之人到底是谁？他究竟厉害到何等程度？

辛一豪和周二飞更是连连倒抽冷气。

"好精准的箭！竟然能精准地射入金毛烈火狂狮的双眼！"

“不过好奇怪，箭矢明明可以射出去，为什么停留在金毛烈火狂狮的脑袋里？”

“这个人，要的是金毛烈火狂狮的皮毛。”苏落认真而笃定地说。

金毛烈火狂狮完整的皮毛，铺在榻上，人坐上去修炼火元素，一定事半功倍。甚至，用金毛烈火狂狮的皮毛建成一座封闭的火元素修炼室，修炼效果更佳。

而金毛烈火狂狮的皮毛一旦破损，火元素逸散出一丝，那效果就大打折扣了。

苏落冷眸微凝：“两箭刺穿金毛烈火狂狮的眼睛，箭矢在它脑袋里爆炸，瞬间致死却不伤皮毛一丝一毫，如果这个人是李文绝本人的话……”苏落的心继续往下沉。

冷七少从军部权限库里调出李文绝的基本资料，拉了苏落过来，让她看通讯珏。基本资料里显示了李文绝每一次升迁的过程，以及对他实力的评定。

冷七少见苏落若有所思，凑上阳光笑脸：“要不要看特殊渠道关于李文绝的情报？”

基本资料看了还没事，但是特殊渠道的情报……到时候如果被军部知道，苏落也就只有进入军部这一条路了。苏落没好气地瞪了冷七少一眼，这个少年立志于将她扯进军部泥潭，她是不会上当的。

“不要！”苏落很干脆地拒绝。

冷七少长叹一声，没好气地瞟了苏落一眼：“那我告诉你要不要嘛？”

“不要！”苏落依旧干脆地拒绝。

“不用还人情的，要嘛要嘛。”冷七少摇晃着苏落纤细的手臂，带着点撒娇的语气。

苏落用看白痴一样的目光看着这位形象全无的冷七少：“你还可以再幼稚一点吗？跟第一次见面时候能不能保持一致的形象？这样我很容易认错。”

现在的冷七少，哪里还是苏落第一次见的那个高冷傲慢不可一世杀人不眨眼对苏落不屑嘲讽的冷七少？这人还真是能屈能伸，各种角色扮演手到擒来，让苏落都惊了。

冷七少可怜兮兮地看着苏落，她都无奈了，不耐烦地挥手：“好了好了，你快说吧！”

真没见过这样的，别人死命捂着机密一个字不敢透露，冷七则完全相反，不让他说他还不开心。身在福中不知福的苏落并没有意识到，冷七少只有对她上赶着讨好，而对别人……谁敢多看冷七少一眼，他都能眨眼睛将人杀了，更别说刺探机密什么的了。

冷七少得到允许，很是开心，笑容阳光般灿烂，他坐到苏落身边，兴冲冲地说：“李文绝来自神武宗，是神武宗七长老的小儿子，他能够一路快速升迁上来，全是因为他身边站了一位能人。”

“哦？”苏落认真地看着他。

冷七少见苏落那双漂亮清澈的眼睛一眨不眨，认认真真地看着自己，顿时有一种前所未有的满足感，心情越发愉快雀跃，他得意地说：“李文绝身边的人，人称神箭手李凡，所以刚才那一箭绝对不是李文绝射的，真正射箭的人是李凡。”

“他的实力？”苏落面目冷凝。

冷七少托着下巴，星眸涌动，认真地看着苏落：“不比我差。”

就在苏落他们小声交谈的时候，他们通过透明的结界，将眼前这一幕，永久铭记。

第七章 战斗

苏落他们面前就是一座山坳，魔兽们跑到这里，就跟进了包围圈似的。

这里四面都是高耸的山壁，而悬崖上方，密密麻麻全是李文绝的手下。

李文绝一声怒喝，顿时万箭齐发，犹如天空中下了箭雨，无数箭矢密密麻麻地朝山谷里的魔兽射去！一时间，魔兽绝望的怒吼咆哮凄厉呜咽声彻山谷，这里简直成了一座炼狱。

不断有箭矢射偏，朝苏落所在的洞口而来。

重力空间的结界不断被削弱，后来还是冷七少实在看不过去了，出手帮忙，才能将结界维持下去，直到李文绝的人收拾好猎物扬长而去。

这支部队来得快去得也快，一阵台风似的肆虐一番，最后只剩下染血的山谷。还有目瞪口呆的围观人群。

“好凶悍的队伍！”

“好可怕的实力！”

“然而，我们要去刺杀的，是这支部队的老大？”

“开什么玩笑！”

辛一豪和周二飞面面相觑，最后，视线对上冷七少。冷七少则眼眸带笑地看着苏落：“本少爷心情好才会出手哦。”换言之，如果苏落不求他，他是不会出手的。

在见识了这场狩猎之后，苏落的心一直往下沉。如果说原本刺杀李文绝还有百分之一的可能性，那么现在，连千分之一的可能性都没有了。

周二飞弱弱地建议：“要不，我们还是回去吧？”

苏落横了他一眼。这任务的奖励物品是迦蓝幽索，十二大圣器之一！她怎么可能会放弃？

“你们想回去自己走回去吧，不送了。”苏落干脆地摆摆手。

辛一豪、周二飞面面相觑……没有破空定位珠，他们想回去的话，可没办法进空间乱流，就算能进去也会瞬间被罡风片成肉卷，而从外面回去，至少需要五十年的时间！这两位顿时蔫了。

“天无绝人之路，一定有办法的。”苏落从洞穴里走出来，一路爬到悬崖顶上，目光犹如贵族巡视领地一样睃巡着四周。

一定有办法的。

苏落四处张望，她自己都不知道在找什么，只知道她现在需要借助外力。

冷七少不知何时走到苏落身边，嘴里叼着一根麦秆，躺在悬崖边上，一双腿高高跷起，双手枕在脑后，悠然自得地看着苏落着急。

苏落的视线扫过他颀长俊美的身躯，他全身似乎都在得意扬扬地呐喊：求我啊，快来求我啊。

苏落没好气地白了他一眼，她就不信自己想不出办法。苏落的视线朝着山下眺望。忽然，她看到不远处有一个个小黑点正在朝悬崖这边过来。

冷七少得意扬扬：“丫头，我有办法进入军帐哦。”

苏落不理他，继续盯着前方那一行小黑点。

冷七少不知道苏落正全神贯注盯着下方的小黑点，依旧在那里得意扬扬地道：“我有办法用军令将李凡从李文绝身边调开哦。”

苏落还是不理他。

冷七少试图说服苏落接受他的帮助：“李凡可是李文绝的左膀右臂，一旦离开，李文绝就成了没有自保能力的人，杀他还不是易如反掌，如此迅速利落地杀完李文绝，回去后还能赶上新生联赛，你说是不是？”

冷七少说得开心，却始终没有得到苏落的回应。冷七少顿时有一种被冷落的不开心，他跳起来，一拍苏落的肩头：“有没有听我说话呢？”

苏落没有回头，依旧紧紧盯着那越来越近的小黑点。

“那是不是人？”苏落指着很远的地方那些小黑点，问冷七少。

冷七少点点头。

“什么人？”苏落问。

“好像是一支军队。”冷七少有些拿不定主意。

又过了大约一刻钟的时间，冷七少笃定地说：“是军妓队伍。”

苏落看着那支足有上千人的队伍，眼眸闪烁，一个主意在脑海里迅速成型。

冷七少看到苏落那忽明忽暗的神色，心里顿时一跳：“你不会是想……”

苏落朝他咧开嘴，嘻嘻一笑。冷七少顿时打了个寒战，大声喝道：“不行！”

“为什么不行？”苏落疑惑地看着他。

“你怎么能去假扮军妓？胡闹！”冷七少板着脸，神色骇人！

苏落没好气地白了他一眼：“谁说我要去扮军妓了？”

“不是你去，难道是我去？”冷七少没好气地哼哼。

“冷七少想去的话，我倒是举双手赞成，就凭你这花容月貌天人之姿，还不把李文绝上校迷得神魂颠倒神志错乱？”苏落越想越觉得好玩。

冷七少嘴角微抽，无语地白了苏落一眼：“你得庆幸，你的名字叫苏落。”若是换了别人，敢说上面那段话，早就被冷七少灭了。

苏落哼哼两声：“像你说的，李文绝实力一般，只要将李凡调走，那么杀他就不会多难。扮演军妓，是一个接近他的最方便快捷的办法。”

不是苏落扮演，也不是冷七少扮演，那么……现在就只剩下两个人了。辛一豪和周二飞面面相觑，都在彼此脸上看到扭曲的神色，他们齐齐盯着苏落：“你……”

苏落朝他们点点头，告诉他们残忍的真相：“你们扮演军妓。”

辛一豪和周二飞顿时全身僵硬，脊背发寒……

冷七少似笑非笑：“如果你们想逃的话，除非逃到冷家势力找不到的地方，否则的话……”

冷家乃四大超级世家之一，要杀一两个人就像踩死一两只蚂蚁那么简单。

辛一豪和周二飞只能恨自己倒霉被捉过来，拒绝的话，却是怎么都不敢说的。

苏落见他们愁眉苦脸，笑着说：“放心吧，我会把你们化妆得很美，迷得李文绝将军神魂颠倒的程度。”

辛一豪和周二飞同学顿时鸡皮疙瘩都起来了。

苏落看着那一个个昏迷不醒的人，嘴角勾起一抹得意的笑。

这支队伍被苏落设计迷晕之后，她也没闲着，开始给辛一豪和周二飞打扮了。苏落可是学了容云师父的移形换颜，所以，别说换容貌了，就是换体型，对她来说问题也不大。

之前苏落可是跟小七爷打听了李文绝的情况的，性感冷艳和冰山女神的调调，李文绝上校都喜欢。于是，苏落就给周二飞设计了性感冷艳路线，然后，给辛一豪设计了冰山女神路线。

在苏落的一双妙手之下，两张绝美的容颜出现在众人面前，但是身体还没经过改造，所以看上去反差太大，太过滑稽。不过这也难不倒苏落。身为皇级炼药师，苏落之前为了尝试新药物，炼制出了好几颗皇级化形丹。服下皇级化形丹之后，可以根据脑海中幻想的模样，随意调整自己的身体，高矮胖瘦，都可以调整，但是只能保持七天。

苏落将皇级化形丹递给两人的时候说了：“幻想出你们最想要的女神身材。”于是，周二飞幻想出来的身材，果然丰胸细腰，火辣性感，媚惑无边；辛一豪幻想出来的身材则含蓄多了，看上去就是冰山女神的范儿。

苏落想凭空将这两个绝世美女塞进去，并不是容易的事。于是，她最先拍醒那位老鸨。这位年逾三十的老鸨缓缓睁开眼，刚刚打了个哈欠，苏落直接将一颗绿莹莹的丹药往她嘴里塞。

"咯咯咯！"老鸨被呛得肺都差点咳出来了。

等这位明艳动人的老鸨发现眼前出现一张绝世天下的容颜时，当即就看呆了，怔怔地看着苏落。还没等苏落说话，老鸨就凶狠地一把拽住苏落，语气快如珠落玉盘："别走！不管你是谁，老娘要定你了！快来人，把这姑娘给抓起来！"

苏落嘴角微微抽搐地瞪着这位大娘："你干吗？"

这时候，护卫纷纷苏醒，一听老鸨呼喊，一群人哗啦啦地跑上来，将苏落一群人包围起来。老鸨得意地双手叉腰："这张脸，李将军必然喜欢！"

苏落："啊？"

不过她很快就反应过来，对老鸨说："慢！"

老鸨："嗯？"

苏落挤出笑容，赶紧一把将她之前辛苦打造的两位绝世美女扯过来，指着辛一豪："这是我们家的大小姐。"然后又指着周二飞："这是我们家二小姐。"

然后，苏落果然看到老鸨的眼睛一瞬间光芒绽放。苏落跟她们比，容颜相差无几，但是身材就跟瘦竹竿火柴棍似的，完全没有可比性。于是，老鸨当即放弃苏落，转而走向这两位人间极品。

被老鸨打量着，辛一豪和周二飞只觉得毛骨悚然，全身鸡皮疙瘩都起来了。

"你们家小姐？"老鸨质疑地扫了苏落一眼。苏落点点头。

"那这位是？"老鸨指着冷七少。

冷七少何曾被一个凡人如此指着鼻子过？若是换作平日，他早就翻脸了，但是此刻他角色扮演得很开心，一副小厮模样，朝老鸨挤出讨好的笑容。

辛一豪和周二飞瞬间倒抽冷气，完了完了，这老鸨死定了。苏落可没想那么多，她拍拍冷七少的肩头，对老鸨说："我是丫鬟，他是小厮，我们家现在就只剩下我们四个人了，呜呜——"

老鸨将信将疑："你们四个人怎么会在这里？"

然后苏落就编造了一通出门遭遇魔兽群，好不容易才逃过一劫，但是其余的人都死了，现在他们身无分文，没有坐骑代步，穷困潦倒，穷途末路，求老鸨伸出援手云云。

当然，以苏落的口才，这个故事肯定编得逻辑严密，严丝合缝，高潮迭起，精彩纷呈。所以老鸨及一众护卫都听得如痴如醉，脸上露出同情之色。

苏落心中暗想，早知道这老鸨要抢人，之前她就不用急着放倒他们，现在倒不好解释了。

苏落故作疑惑："对了，你们之前怎么全晕在地上？我们还以为你们都死了呢。"

老鸨斜了苏落一眼："呸，小丫头童言无忌！快快闭嘴，小心你们家小姐不要你了！"

苏落似乎受惊地闭嘴。这时候，护卫队长骑马过来，听了苏落的话，他对老鸨说："废话少说，快快上路！"

苏落抱拳，一脸英气勃发："哦，你们要启程了吗？那我们也走了，大家就此别过，从此青山不改绿水长流，大家后会有期。”

老鸨像看白痴一样白了苏落一眼，一把拽住她的胳膊：“我们一起走。”

苏落：“啊？”

老鸨看了看自己身后庞大的队伍，得意地扫了苏落一眼：“也不瞒你们，我们这是前往李文绝大人的军营，而这些娇艳如花的姑娘，全是军妓。”

“啊？！”苏落被吓得脸色都白了。

“现在放在你们面前的有两条路。”老鸨得意极了，森冷的目光从苏落、冷七、辛一豪、周二飞脸上扫过，最后阴森森地冷笑：“一条，就是死！”

成功地看到苏落颤抖了一下后，老鸨又换了一种态度，笑容和蔼：“还有一种，就是跟我们去军营，这是唯一的活路。”

苏落颤抖得更厉害，似乎惊慌失措。老鸨得意地冷笑，随即挥挥手：“现在你们有一分钟的时间商量，去吧。”

于是，苏落拉着她家“小姐”和“小厮”跑到一边商量。苏落只问冷七一个问题：“迷药的事……”因为冷七少会读心术。

冷七淡淡一笑：“在他们到这里之前，曾经经过一处土匪山寨，在那里吃过饭，所以他们以为是那群土匪干的。那群土匪打家劫舍，也不是什么好东西，狗咬狗，倒是好玩。”

可以预见，这群护卫回去后，肯定就要带兵去屠山寨了。

“那他们信我编造的故事吗？”苏落对自己编故事的能力还是很自信的，只是想确认下。

小七爷无语地瞟了苏落一眼：“如果不是跟你认识，本少爷也差点信了。”

主要是苏落连细节都描绘出来了，七分真三分假，真的很难分辨。

商量完毕后，苏落就代表小团队跑去郑重地跟老鸨说：“我们家小姐要嫁上层军官！”

老鸨心里冷笑，这可是军妓，是送去给军官们玩儿的，谁会娶你们？不过，先骗到手再说。

老鸨连连点头：“好好，一定让你们家小姐嫁给上层军官，到时候你跟着你们家小姐也吃香的喝辣的。时间不早了，赶紧启程。”

苏落和冷七少也想钻进车厢里，却被老鸨一把抓住：“你们两个在边上扶车！这里面可不是你们能进的！”

辛一豪和周二飞被吓得魂飞魄散，全身颤抖如筛糠。那可是冷七少啊……不让上车还让人家扶车？要不要这么可怕！

苏落和冷七倒是一脸怡然自得，让扶车就扶车，听话得不得了。

于是，一行人浩浩荡荡地朝着军营的方向去。

一路上行来，苏落早已将这边的地形记得清清楚楚。果然如冷七的情报上所看到的，驻军并不是在地图上标志的大峡谷，大峡谷只是给外人看的幌子而已。

随着一条宽阔的道路进去，七转八转之后，来到一处平坦的地域。

山高林密，地势险峻，一眼望去都是丛林。但是苏落仔细辨认，很快就发现与植被同色的帐篷隐藏在密林间，如果不仔细看的话，根本分辨不出来。

忽然，不知道从哪里钻出两个人，手里的武器指着苏落这群人：“你们是谁？干什么的？”

护卫队长上去，跟他们交涉。苏落看得出来，这两个人是驻军的外围人员，专门负责检查的。应该不会有问题吧？苏落下意识地看了冷七少一眼。

可是，冷七少反馈给苏落的情报并不是她想要的：“他们开始查名单了。”

果然——

护卫队长将一本名册递上去，然后叫大家挨个站好，接受检查。

“我们的名字……”苏落压低声音，跟冷七少说话。

冷七少嘴角勾起邪恶的笑容：“我们刚加进队伍，你觉得他们会有空填上去吗？”

而且这名册在过来的时候就登记造册，盖好官印，不是可以随意添加删减的。

苏落：“……”

这样的话，就有点麻烦了。

美人们互相搀扶着下来，排成了两排，一边五十个人，中间是足够容纳两人通过的小道。

这些美人都是千挑万选出来的，环肥燕瘦，各色各款都有。她们这样一站出来，顿时，众人只听到一道道倒抽冷气的声音。虽然轻微，却逃不过苏落的耳朵。所以，她可以听出在这密密麻麻的草丛中，埋伏着多少暗哨。

那两个人一个拿着名册唱人名，一个辨认，审查过的人就进入车帘中，不需要再抛头露面。

随着一个个人名喊过去，站在外面的人越来越少，到最后，就只剩下苏落这几个人了。而名册上，已经没有名字了。审查员的目光在苏落他们脸上睃巡了一圈，目光惊艳，却森冷而凌厉地盯着老鸨：“这几个人为什么名册上没有？”

老鸨可是胸有成竹的，凑上去小声地跟审查员嘀嘀咕咕起来。老鸨的话很简单，这几个人是路上她看着人漂亮愣是给拐过来的，人家现在还不知道是来做军妓呢，若不然的话，可不会来。这可是好人家的女孩儿，清清白白的身子，专门给上校大人准备的。

审查员的目光直接从小丫鬟打扮的苏落身上掠过。不是说苏落长得不好看，而是苏落身板清瘦，而且她这几天刻意将自己的脸抹成了蜡黄色，所以看上去病恹恹的，气色很差。

于是，审查员的视线就定格在那俩绝世大美人身上。在苏落的暗示下，周二飞同学媚眼如丝凤眸微挑，朝审查员抛了个魅惑的媚眼。审查员只觉得自己胸口一阵剧烈颤抖，魂魄都要被勾了。

审查员的目光往下移，看到那高耸半露雪团般的胸脯，身子都酥了。还有另外一位冰山美人，那又是另一种极致的味道了。

这两个人的身材，简直太火辣太完美了！若是换了别人，审查员还会多刁难，但是这俩绝世大美人，只要不太愚蠢，前途绝对光明，所以审查员非常客气地把她们请上了车，殷勤地将她们往军营里送。

这一幕，有些出乎苏落的意料。苏落问冷七少："他们不会故意把咱们放进去，然后瓮中捉鳖吧？"

冷七少没好气地揉揉苏落的脑袋："先不说他们那张被你描绘出来的脸，单是他们自己幻想出来的身体，对男人的吸引力，简直……啧啧。"

苏落挥开他的手，冷眸扫了他一眼："警告你，这头不是你能揉的！"

"还有专属的说法？那谁能揉？南宫流云吗？"冷七少凑近苏落，压低声音，口中的热气喷到苏落的颈项边，有一股说不出的暧昧因子在他们周围萦绕。

苏落一拳头砸向冷七少的腹部。

"唔——"冷七少捂着腹部，瞪着苏落。

就在这时候，老鸨朝苏落扯开喉咙："小苏、小景，你们两个比你们家小姐还不听话，快走了！"

老鸨觉得这家人真是奇怪，两位美艳无边的小姐乖得跟提线木偶似的，叫她们干啥就干啥，那丫鬟和小厮反倒难管教。

经历过审查后，苏落一行顺利进入军营重地。下了车之后，许多军官闻讯赶来，老鸨却将大门哐当一声关上，将他们全隔绝在外面。笑话，哪能现在就让这群人占了便宜去？

也不知道是不是凑巧，在关门之前，周二飞同学就站在最显眼的位置，再加上那火辣到极致的身段，那群军官的鼻血顿时就哗啦啦地往下流。

老鸨得意扬扬地看了周二飞同学一眼，眼底那个得意劲就别提了。她觉得，在路上捡到这两个绝品美人儿，是上天对她最大的眷顾。这佳人的颜值，简直高到让人发指。

老鸨特意给周二飞和辛一豪分了最好的居住环境，在这简陋的军营，愣是给找出一个古色古香的四合院，也是难得。

然后，老鸨就打发苏落和冷七少好好照顾他们家大小姐和二小姐。

进了屋，关了门，冷七少大马金刀往深紫檀木圈椅上寻了个最舒坦的姿势斜靠着，而被老鸨千娇万宠的大小姐、二小姐，则急急忙忙地端茶送水揉肩捶腿，还生怕伺候得不好。如果老鸨看到这一幕，非内心崩溃不可。

苏落双手环臂，看着被伺候得舒舒坦坦的冷七少，没好气地道："休息好了没有？"

冷七少朝苏落招招手。苏落不过去。小七爷就得意地挑眉："难道你就不想知道今晚李文绝会在哪里？"

苏落想起了冷七少的读心术，知道他有自己所不知道的情报，只能无语地走到他身边，居高临下地俯视他，冷冰冰地开口："说吧。"

到底还是过来了。冷七少那好看的剑眉挑起，朝苏落得意地露出可爱的虎牙："想知道啊？"

苏落没好气地踢了他一脚："爱说不说。"

冷七少被踢了，却笑得很开心："我说了，你再踢我一脚好不好？"

苏落："你是白痴吗？"

冷七少亮晶晶的眼眸星辰般闪耀，迷恋地凝望着苏落，点点头。

苏落无语地敲了冷七少一记栗暴："别装！"

冷七少表现得很迷恋她，但是苏落知道，事实上他并没有他表现出来的那样痴迷，至于原因，她也很想知道。

"唔——"冷七少捂着额头，俊美无瑕的年轻容颜上，漂亮的大眼睛水汪汪的，扁着红艳艳的嘴，幽怨地瞪着苏落，萌得人心都要化了。

但是苏落显然是铁石心肠，对冷七少的卖萌无动于衷，瞪了他一眼："不要卖萌！说正事！"

"哦。"冷七少可怜兮兮地瞟了苏落一眼，见苏落面色如寒霜笼罩，知道激不起她的同情，无奈地叹口气，"李文绝明面上住在军营中央帅营，但实际上，他住在偏营。"

苏落心中一凛："他知道有人要杀他？"

冷七少略一思考："下面接触的这些人，表现和心理都没有问题，或许得接触到李文绝才能下定论。"

于是，苏落和冷七少商定了今晚夜探李文绝的营帐。如果可以的话，一刀了结了他，那是再好不过的。然而，在冷七少不太可能出手的情况下，苏落想要独自杀李文绝，那几乎只有千分之一的可能性。

夜，渐深，四周漆黑一片，伸手不见五指。

辛一豪和周二飞受限于实力，没有出动。

苏落和冷七少在黑夜中悄然出了院子，选定了正确的方向后，一路疾驰而去。他们早早就准备了军营的衣服，而且一路上冷七少对于军部暗哨的排布又非常熟悉，所以两人一路畅通无阻地接近了中央帅营。

中央帅营附近，五步一岗十步一哨，警戒严密。但因为有冷七少这位上校在，他熟悉军营的调动规律，所以在他的带领下，时而隐蔽，时而疾驰，时而静止，经过一番迂回周旋，他们站到了中央帅营边缘。

苏落不得不朝冷七少竖起大拇指："帅！"

得到苏落的夸奖，冷七少傲娇地抬着下巴，大拇指擦过鼻尖，得意扬扬。

苏落没好气地瞟了他一眼，军部最幼稚的上校，大概非这位少年莫属了。想起第一次见面时这位冷七少那冷酷薄情不可一世的骄傲样儿，苏落顿时摇头，谁能想到真正在他残酷变态的表象下，内里竟是这副傲娇模样？

这样的冷七少，让苏落不由自主地想起碧落大陆的南宫流云。那时候的他，似乎也是这样，强势霸道，春风得意，傲娇得尾巴都要翘起来了。

"做事。"苏落手肘撞了冷七少一下，示意他有人来了。

两人身形一闪，在夜幕下，悄无声息地绕过守卫，进入帅营内。他们紧贴着营帐，又隐藏在黑暗之中，竟然没有被发现。

透过明亮的灯火，苏落细细地打量着宽敞的营帐。营帐有半个足球场那么大。宽大的床上，一位三四十岁的肥胖男人正全身光裸着压在一位身材曼妙的女人身上，不断上下起伏，声音粗喘。隐藏在黑暗中的苏落脸色微红。

幽深的角落里，冷七少黑白分明的眼眸星辰般闪亮。他看看那个身材曼妙而火辣的女人，再扫一眼苏落的身材，轻轻地摇摇头。

这是什么眼神啊！苏落恶狠狠地踩了他一脚！冷七少吃痛，捂着脚，哀怨地看着苏落。

苏落：胡思乱想乱看什么！

冷七少委屈地看着苏落：我只是想看看你藏好了没有，可千万别被发现了，你都在胡思乱想些什么，没想到你这么不纯洁。

苏落一口老血堵在喉咙里。这里又不适合吵架，所以她只能恨恨地瞪着冷七少，手在他腰间一拧。冷七少疼得指着苏落。苏落这才冷冷一笑，松开手，还顺手抚平他那被拧皱的衣服。

黑暗的角落里，两人明争暗斗，倒还是苏落占了上风。好在苏落还记得这回来是做正事的，于是，她询问地看了冷七少一眼。

苏落问的是：这位就是李文绝？

冷七少摇摇头。

苏落又用眼神问：这位不是李文绝？

冷七少又摇摇头。

苏落白了他一眼：那他到底是不是呢？

冷七少那双黑白分明的大眼睛很无辜地看着苏落：没有对上眼，没法读取他的想法，所以确定不了。

苏落：那你现在出去喊他一声。

冷七少得意扬扬：李凡就隐藏在附近，一旦出去就是一番战斗，你确定要欠我这个人情哦？

苏落：算了！我自己想办法！

冷七少俯身，凑近苏落："要不，我现在跑出去把李文绝杀了，你嫁我如何？"

苏落他们怕被人发现，所以躲在角落，空间很小，两人距离很近。而这句话，冷七少是凑到苏落面前说的，将声音压得极细极细，热气却喷在苏落敏感的鼻翼。

"阿嚏！"苏落下意识打了个喷嚏，并且一把推开冷七少。冷七少一时不察，当即被苏落推了个趔趄，只见他噔噔噔倒退三步。

"谁？"在床上运动的李文绝上校听到动静，当即翻身而起，将他身下的女人提起，迅速挡在自己身前。

与此同时，随着李文绝的一声暴喝，隐藏在黑暗中保护他的李凡，后背的弓箭以闪电般的速度取下，力量饱满的身躯立即弯腰射箭。

神箭手李凡，例无虚发，百发百中！而这一次——

冷七少来不及多想，朝苏落使了一个眼色，抓起她就往外面丢。就在苏落被丢出去的那一刻，李凡的箭已经朝冷七少的面门爆射而来。

就在李凡以为百发百中而收工的时候，原地却失去了冷七少的身影。李文绝披衣而起，面色惊慌：“让人给跑了！”

李凡沉默地点头。李文绝顿时气绝。

“这是刺杀！刺杀！留这样一个人时时刻刻要刺杀本将，你觉得本将会安心吗？还不快去追杀他！”

李凡静默地看了他一眼，却没有动，因为他不是李文绝支使得动的人。李凡没有说的是，如果这个人真的要杀李文绝，以他刚才爆发出来的实力，十个李文绝都被杀干净了，哪里还有力气在这里大吼大叫？

李文绝见李凡没有照做，更是气得狠了，冲出帐外，大喊抓刺客！

李凡看着李文绝的背影皱眉。以那人的实力，要刺杀李文绝绰绰有余，他既没有刺杀，也没有夺取情报，那他到底为何而来？李凡根本想不到，冷家的七少，军部的上校，传说中的绝世天才会玩心大起，一路保护着苏落来刺杀李文绝。

在冷七少将苏落丢出去的时候，苏落纵身一跃，反身飞到帅帐顶上。

冷七少的第一反应是救她，她却不能一走了之，这样的人情她欠不起，更何况，苏落心里还有一个瞬间想出来的计划，如果计划奏效的话，说不定任务很快就能完成了。所以苏落静立在营帐顶上，俯瞰底下的情景。

苏落看到冷七少躲开了李凡那例无虚发的箭矢，暗暗松了口气，但同时也对冷七少真正的实力好奇。

还没等苏落好奇完，冷七少已经飞身而出。

苏落暗自窃喜，等李凡追逐冷七少而去，她就可以翻身进入营帐，将李文绝当场格杀！这就是她刚才瞬间迸发的灵感。但是，让苏落郁闷到内伤的是，李文绝咆哮着让李凡去追杀冷七少，李凡竟然无动于衷，双手抱臂，冷漠地斜睨李文绝。

苏落：“……”

眼看着快要被发现了，苏落这才无奈地跳进黑暗中，消失在茫茫夜色里。

刚才过来的时候，因为有冷七少的指点，所以进退隐藏之间都恰到好处，但是现在出了刺客事件，整个营地都沸腾了，随之而来的就是汹涌而动的士兵！所以，苏落之前跟冷七少学的那点东西，全都不奏效了。

刚跑过一处丛林，苏落见前方无人，正要冲过去的时候，却发现自己全身无法动弹了，因为有一个人，正用利剑指着她的后背。

是谁？竟然在她毫无察觉的时候用利剑指着她的致命之处？这个人的实力，得强大到何种程度？

苏落当即双手高举，慢慢地转过身来。然而，在看到那个人时，苏落差点一巴掌拍过去。冷七少正斜靠在树干上，黑暗中，那双深邃的星眸带着戏谑的笑，他手中拿着的也不是什么利剑，而是一根枯树枝！

苏落咬牙切齿，正要大喊一声，但是冷七少的速度比她还要快，只见他修长的手臂一紧，苏落已经被他卷入怀中，与此同时，他那双炙热的大掌捂着苏落的口鼻，俯身而下，压低声音："不要说话——"

果然，就在冷七少说完这句话之后，一道悄无声息的影子从他们头顶的树梢上掠过。先是第一个，然后是第二个、第三个……苏落惊出了一头的冷汗。如果刚才她大喊，又要暴露了。苏落无奈地瞪了冷七少一眼，如果他不是每次都故意作弄她，她会暴露出大家的位置吗？

等那七个人飞走之后，苏落正要站起来，冷七少却牢牢固定住她的身子，压低声音，在她耳边喷着热气："再等等。"

还等？果然，又过了三十秒后，原先掠过的七个人，又原路返回了。

苏落："……"

冷七少得意扬扬："这可是我们军部的传统。"

"那你们军部还蛮狡猾的。"苏落没好气地瞥了他一眼，"接下来呢，还有吗？"

冷七少说："再等等，算算他们出现的频率。"

果然，这七个人分开来后，就在这片丛林里打转，每隔三十秒，就会在苏落他们所在的位置出现一次，比定时还准。

苏落都摸透了他们的规律，冷七少还一直摁着她不让她起来。

苏落顿时没好气地拍他的手："你不走，我可走了！"

冷七少幽怨地瞟了苏落一眼，幽幽地说："如果时间永远停留在这一刻……"

"那你就一个人停留吧。"苏落看都不看他一眼，径直转身快速掠过。

冷七少无奈地摇摇头，跟在苏落身边，一路护航。在接近他们居住的院落时，苏落发现，一群群士兵将院落包围起来了，包括老鸨手下所有人的居住地。

苏落不由得跟冷七少对视一眼。

重兵把守之下想要闯进去，可是难上加难，可如果不闯进去，少了两个人，立刻就会被发现端倪，所有的计划将功亏一篑。

冷七少双手抱臂，朝苏落得意地挑眉："求我啊，只有我才能带你进去哦！"

苏落讥讽地瞥了冷七少一眼，一把抓起他的手，直接一个瞬移。在冷七少还没反应过来的时候，苏落已经带着他进入庭院。

冷七少："……"

苏落漂亮的眼尾扫了他一眼："你欠我一个人情。"

冷七少："……"

两人旁若无人地换过衣服后走出来，正好看到急得快哭了的老鸨。老鸨看到苏落，瞪了她一眼："外面乱得很，在捉拿刺客呢！你们两个不要到处乱跑！"

苏落夸张地捂着嘴巴，瞪大双眼，满脸的难以置信："捉拿刺客？居然有人敢在军营里行刺？"

冷七少那双眼睛，似笑非笑地瞟着苏落，欣赏着她的表演。老鸨没好气地说："可不是吗？那俩刺客简直比猪还蠢，这里可是军营重地，驻扎着三万大军！他们居然敢行刺李上校，也不知道是不是脑子进水了。"

苏落嘴角微抽，反驳："可能那俩刺客实力很强呢！"

老鸨顿时阴冷地笑了："实力很强？实力很强的话，会被人发现？"

苏落无语。

就在这时候，谁也没想到，李文绝竟然会亲自过来此地。看到李大人，兵士们纷纷让开。一身肥肉的李文绝威武地走在最前面，他的身侧永远跟着那位沉默寡言深不可测背着弓箭的李凡。两人之后，才是诸位军官。

老鸨没想到李文绝会过来，顿时惊讶了，随后是一阵后怕。难道她的队伍里真藏了奸细？！老鸨很机灵，赶紧给苏落使眼色。苏落何等聪明，老鸨一个眼神，她就明白啥意思了。于是，趁人不备，她偷偷地溜走了。

至于冷七少，这个人太傲了，让他留下来对李文绝低头谄媚是绝对不可能的，而且冷七少不论是气质还是容貌都太出众了，瞒得过别人，却瞒不了李文绝和李凡，所以苏落顺手将冷七少也带走了。

冷七少狐疑地看了苏落一眼。正常情况下，苏落不应该问他，这个李文绝是真的还是假的吗？

等半天没等到苏落发问，冷七少自己倒是问了。苏落淡淡地看了他一眼："刚才离开李文绝的营帐的时候，我在他的营帐里释放了一种香料，李文绝的衣服上沾染了香料，所以我可以确定他就是之前我们碰到的那个。至于他是不是真的……昨晚做那档子事的时候都有李凡贴身守护着，可见他假不了。"

冷七少的眼底闪过一丝意外。苏落的表现，让他有一些惊艳，因为他习惯了漂亮的女生没脑子，有脑子的女生不漂亮，所以冷不防看到这么绝美的姑娘脑子又够用就特别惊讶。

"不要崇拜我，这完全算不上什么事儿。"苏落随意地摆摆手，迅速推门而进。

而此刻，辛一豪和周二飞顶着一张漂亮诱人的脸，却做着抠脚大汉的事儿。一个大马金刀地往椅子上一坐，威武而严肃，另外一个则跷着二郎腿，抖啊抖的。不用说，这个抖腿的，非周二飞莫属。

"李文绝来了，你们表现的机会也来了，快快快，行动起来！"苏落拍掌激励他们。

李文绝来了！辛一豪和周二飞惊出了一身冷汗。

辛一豪急声问："我们扮演军妓，不是为了顺利进入军营重地吗？现在已经进来了，怎么还有事儿啊？"

周二飞急得额头冒汗："我们……李文绝……你不会是想……"

"反正你们是男的，又吃不了亏，怕什么？要吃亏也是他堂堂上校吃亏，要丢脸也是他堂堂上校大人丢脸，反正这件事就咱们几个知道，我就不信李文绝他好意思往外传。”苏落信誓旦旦，“更何况他的脑袋也没几天好留了，刺杀他的重任，可是在你们身上哦。”

因为，苏落的重任是将李凡引开。否则，有李凡在李文绝身边，在冷七少不动手的情况下，刺杀就是妄想。

辛一豪和周二飞：“可不可以拒绝？”

苏落似笑非笑地看着他们。

两个男人郁闷得快内伤了，没办法拒绝，只得硬着头皮上了。

于是，苏落带着两个哭丧着脸的绝世大美人儿，风风火火地往外赶。当然苏落离开之前，也没忘记再往自己脸上抹一层蜡黄色的油脂。

还没到大厅，苏落就感觉到气氛的冷凝和僵硬。

随后就听到李文绝一声愤怒的暴喝：“将这不知好歹的老鸨给本将抓起来！”

就在这时候，苏落带着两个大美人出场。不得不说，两张被苏落移形换颜后的脸，是非常惊艳的！而且，两位大美人的出场是很特殊的！

就在李文绝暴喝一声，要将老鸨给抓起来的时候，苏落往右首边的周二飞的后背上拍了一巴掌，将他直接拍向李文绝，同时大叫一声：“桑妈妈，你怎么了？”

苏落故作紧张惊慌地冲向老鸨，周二飞则被苏落一巴掌拍到李文绝面前。李文绝抬眸望去，就看到一张绝世容颜朝他飞来。那艳光四射的容颜，那火辣妖冶的身姿，那惊慌失措的神色，简直让万花丛中过的李文绝大人顿时痴了。

于是，哐当一声响，周二飞重重砸到李文绝怀里，将痴呆的李文绝大人，砸醒了。吃了化形丹后，周二飞不仅身材变得火辣，身形也矮小了许多，只到李文绝肩部的位置，这样更显得小鸟依人。

周二飞的鼻子撞到李文绝的胸，撞得他嘤咛了一声。李大人心疼得脸都皱成一团，一把拉住周二飞的手：“姑娘，怎么样？有没有撞疼？”

被他碰触的周二飞一阵剧烈瑟缩，他下意识地将李文绝一推，一脸恼怒。但是那恼怒的表情在李文绝看来，也是绝艳到了极致。

只见周二飞快步走到辛一豪身边，拉着他的手，深呼吸平复着内心的情绪。于是，拜周二飞所赐，辛一豪的冰山女神角色，也入了李文绝的眼。李文绝见过的女人，多是热情似火，媚眼妖娆，所以周二飞的样貌虽然出众，他倒还能克制，可是辛一豪这绝艳的冰山女神形象，他可就见少了，所以一见之下，根本移不开眼。

苏落跟老鸨对视一眼，眼底撞出热情的火花。成了！

果然，饥渴的李文绝懒得跟众人废话，而这时候，搜查的兵士也回来回复，没有搜查到刺客。

李文绝摆摆手，下令：“好好赏赐桑妈妈，至于这两位美人儿，本将军就先带走了。”

老鸨高兴还来不及，哪里还敢有二话，当然是忙不迭地答应了。真正被吓到的人只有辛一豪和周二飞。

老鸨自然不知道，还亲昵地拉着他们的手，和蔼地交代：“你们两个要好好伺候李将军，可不得怠慢了，知道吗？”

李文绝不耐烦地左手牵一个，右手牵一个，拉了就走：“美人儿快随本将军回去侍寝，快走快走！”

李文绝碰到如此人间绝色，而且一次还来俩，哪里还把持得住？

辛一豪和周二飞被李文绝抓着手，又听到他说侍寝，吓得冷汗都冒出来了。但是苏落的目光从他们脸上扫过，他们的冷汗便硬生生地止住了。冷七少说的话，他们哪里敢违背？若是这次不帮苏落完成这个任务，等回到帝都后，日子可更不好过啊。于是这两位只能硬着头皮，挤出比哭还难看的笑。

李文绝从这两位美人儿出现的那一刻起，就只用下半身思考问题了。

但是李凡不一样。他天生冷漠，对人防范戒备，所以思维敏锐的他感觉到了一丝不对劲。

于是，他拦下李文绝：“且慢。”李文绝不悦地扫了他一眼。

李凡盯着老鸨：“这两个人姓甚名谁，家乡何处，来历背景，亲戚朋友，知道的全部讲一遍！”

这是怀疑上那两个人了。苏落的余光扫过李凡，一颗心微微提起。

不过，这件事老鸨也怕露馅，所以早就想好了说辞，按照之前苏落说的，又添油加醋，煽情地给李凡说了一遍。

辛一豪和周二飞虽不想跟李文绝走，但如果这时候露馅，那是十死无生，于是这两位立即现出悲伤的情绪。

当老鸨说到伤心处的时候，辛一豪悲悲戚戚地垂泪，周二飞比较夸张，抓着李文绝埋首在他怀里嘤咛哭泣。李文绝大人一颗心都在他们身上，哪里受得了这个，顿时整个身子都酥了。

李凡在听了这段说辞后，却是冷冷一笑：“杀你们的山贼作何打扮？有多少人？骑什么？说哪里口音的话？为什么你们能逃出来？当时的情景你们给我一五一十地说清楚！”很显然，李凡丝毫不相信。

根本没有的事，要如何才能说清楚？只要一细说，当场就会被拆穿。不得不说，李凡这一手真是直戳重点。就在苏落要站出来说话的时候，有人比他先一步站了出来，这个人就是周二飞。事关生死，周二飞真是豁出去了。

他哭得更伤心了，紧紧抓住李文绝大人的手，艳丽无双的眼眸泪花闪耀：“将军，如此绝望的情景，您真的要我们姐妹再回忆一遍吗？我们真的很不想……回忆父母兄长被杀的场景……嘤嘤嘤，头好痛……”周二飞柔若无骨的身子几乎整个挂在李文绝大人身上，一副体不胜衣、弱不禁风、楚楚可怜、随时都会昏厥的白莲花状。

走华丽冷艳路线的姑娘，表现出如此柔弱的一面，更让人心疼了。李文绝大人已经心疼得胸口都揪起来了。

李凡还在一个劲地逼问："问你们话，还不赶紧回答？若是有一丝差错，你们每个人都要被关在牢里这辈子就别想再出来了！"

"够了！"李文绝大人恶狠狠地瞪了李凡一眼，"你没长眼睛吗？你没看见……"

周二飞很识相地提醒道："奴家是飞飞，姐姐叫双双。"

李文绝大人怜爱地摸摸周二飞洁白无瑕的容颜，温柔地嗯了一声，转头朝李凡暴喝："你没看到双双和飞飞被你吓成什么样了吗？还叽叽歪歪叽叽歪歪，就你观察入微，就你能耐是吧！"

李凡："……"他用一种看白痴一样的目光看着李文绝。难道他忘了，就在不久前，他刚刚经历过一场刺杀？

李文绝看到李凡眼底的不屑，越发恼怒，任性脾气上来，重重一拍桌子："既然你这么能耐，那你留下来调查，没调查出结果，你就别回来了！双双、飞飞，咱们走。"说完，李文绝左边一个，右边一个，搂着两位绝世大美人儿扬长而去。

那些兵士面面相觑，看看李文绝又看看李凡，最后意识到李文绝才是上校大人，于是一个个蜂拥似的追随李文绝而去。

院子里，原本浩浩荡荡过来的人，就只剩下李凡一个了。李凡的目光阴狠地盯着苏落，眼睛一眨不眨，阴阴沉沉的。老鸨见势头不对，一边溜，一边说："我、我去给你们沏茶，李大人您好好审查，好好审查。"

苏落摸摸鼻子，这个李凡倒是比李文绝聪明，意识到不对劲了。

不过，不等苏落说话，李凡已经一步一步，慢慢地走到苏落面前，目光定定地盯着她，嘴角勾起一抹嗜血的冷笑。

"小姑娘，难道你就没话要对我说？"李凡语气深沉地道。

苏落嘴角咧开傻乎乎的笑。

"别装了，不像。"李凡摆摆手，"说吧，你们到底是什么人，是谁派你们来刺杀李文绝的？"

"啊？"苏落一脸茫然，"我们，刺杀李将军？哈哈，这想法太搞笑了吧？您到底在说什么？我怎么完全听不懂？"

李凡的手臂鹰爪般伸向苏落咽喉要害处！

苏落似乎毫无反抗之力，被抓住之后，她惊恐地望着李凡："李大人……"

李凡的手瞬间收紧："还敢狡辩，说！"

苏落痛苦地挣扎："说……什……么……"

李凡冷冷一笑："还不说实话是吧？不过是个丫头，杀了也就杀了！"

李凡狰狞地冷笑，忽然间，他意识到一丝不对劲，因为他发现自己的手掌心多了点东西。

于是，他将苏落往地上一丢，低头去看自己的手掌，发现手掌中多了一层蜡黄油腻的东西，再去看苏落的颈项时，就看到苏落原本蜡黄的颈项，竟然出现细白的五指印。被五指抹去的肌肤欺霜赛雪，跟旁边的蜡黄色相比，十分明显！

“你！”李凡对苏落冷冷一笑，“果然有猫腻！”

苏落转身就跑。

“哪里跑！”李凡凶狠地朝苏落发招。

就在他的攻击即将到达苏落后背时，苏落早有感应，身子顺势往地上一滚，险险避开恐怖的攻击。可这道攻击波却没有停止，老鸨刚好捧了茶汤上来，迎面撞上。只听见哐当一声响，托盘被击飞，泡好的茶汤飞到半空，茶水洋洋洒洒地淋向李凡，茶碗砰的一声砸落地面，摔成了碎片。

至于老鸨……没有实力傍身的她，被那一拳击中心脏位置，当即一口老血喷出，身子重重倒下。虽然没有当场死亡，但也无力回天了。

李凡见苏落又要跑，顿时暴喝一声：“给我站住！”

然而让他惊奇的是，在他的暴喝下，苏落竟然真的站住了，举着双手，慢慢转过身，朝李凡咧开嘴，露出灿烂的笑容。李凡心里忽然有一种感觉，似乎哪里不对劲，但是具体又说不出来。这种感觉让他的心悬浮在半空中，找不着落点。

“你笑什么？”李凡皱眉瞪着苏落。

举着双手做投降状的苏落歪着脑袋，笑嘻嘻地看着李凡：“我在笑李大人你啊。”

“我怎么了？”李凡阴毒地冷笑，“有本事笑我，看来是很有胆量赴死了！”

谁知，这句威胁的话对苏落似乎没有一点用，她笑得越发灿烂，而且还很好心地提醒：“李大人，在杀我之前，我建议你最好检查一下自己的身子。”

李凡顿时意识到不对劲，因为在听完苏落的这句话之后，他真的觉得脑子有点晕晕的，甚至还出现一瞬间的视觉晃动。

苏落在他面前挥挥手：“怎么样？是不是觉得有点头晕？有点晃动？是不是很想睡觉啊？”

“你到底做了什么？”李凡猩红的双眼嗜血般盯着苏落！

苏落笑嘻嘻地看着李凡，原本做投降状的手早放下了，改为双手环臂，傲娇地挑着下巴：“之前在李文绝将军的帅营里，难道你没闻到檀香味道其实发生了一点变化吗？”

帅营里，原本焚烧着燃情的香料，因为李文绝需要这些东西助兴。

而苏落进去之后，做的第一件事就是往香料里加了点东西。

苏落下毒的手段可不是一般人能比的，冷七少如果不是刚好站在她身边，也不会意识到苏落做的手脚。

“你……加了什么？”李凡只觉得一阵眩晕袭来！

“化灵粉啊。”苏落笑嘻嘻地说，“应该说是隐藏版化灵粉吧。这化灵粉太稀罕了，即便是我，手里也就只有这么一点，全奉献给你们了，你们应该感觉到荣幸才对。”

“你！”李凡差点一口鲜血狂吐出来！

看着李凡气疯的脸，苏落似乎心情很好，又笑嘻嘻地说：“隐藏版的化灵粉是不会对你们造成影响的，原本我还想着晚上潜入你们的帅帐，再给你们下一回激活的销魂香粉，但谁料你们居然自个儿找过来了，这可真是……”

苏落做了个无奈的手势：“我想不下毒都说服不了自己啊，于是，就顺势下了点销魂香粉了，喏，你看，那檀香里的就是。”

“你！”李凡凶狠地盯着苏落。

一般的毒对李凡来说是没用的，但是皇级丹药，特别是苏落这位药王谷里闯出来的皇级炼药师所炼制的毒，还是有一定概率重创他的。

苏落笑嘻嘻地说：“这两种毒分开来用，一点影响都没有，然而一旦在血液里融合，半个小时就会出现反应，而现在已经过去半个小时了，李大人，你感觉如何啊？”

“你！”李凡能够清晰地感觉到，身体里的灵气正在消失。这是有生以来第一次，他感到深深的绝望。他都已经这样了，那李文绝……

苏落何等聪明，李凡的一个眼神她就知道他在想什么，于是笑嘻嘻地点头：“李文绝的实力可不如你，再加上他激动之下，血液加速流动，所以——”苏落这句话还没说出口，只见门被推开，两个人影走了进来，一个是辛一豪，一个是周二飞。

“你们……”李凡看到他们，身形剧烈颤抖。

辛一豪和周二飞顶着一张绝世容颜，走到苏落面前，恭恭敬敬的样子。苏落问：“李文绝呢？”

辛一豪将一个大盒子递给苏落。苏落打开看了一眼，随即合上木盒盖子，将其丢进空间角落。等回到帝都后，可是要凭借李文绝的脑袋去交任务的，这是任务物品，马虎不得。

而此刻，苏落面前的李凡，整个人都惊呆了。那颗人头……是李文绝！不是找过来假装的人，而是真正的李文绝！他的耳朵上有一颗非常淡的痣，李凡整日跟在他身边，所以很容易辨认出来。

“你们死定了！”李凡指着苏落，“你可知道他是谁？”

苏落：“谁？”

“李文绝出身神武宗！而他的父亲，就是神武宗执法堂堂主三长老！”李凡凶狠地盯着苏落，眼眸愤怒得似乎能喷出血来，“招惹了神武宗，你们死定了！”

而他李凡，也死定了！因为当初离开神武宗的时候，三长老就亲口交代他：“李文绝活，你活；李文绝死，你死！”

神武宗？苏落觉得这个宗门好生熟悉，似乎在哪里听过。很快，苏落就想起来了，当初在克塞岛的时候，她遇到了一群人，她就是从他们手中将昊天锤给坑蒙过来的，当时那群人就是出身神武宗。

那时候苏落才知道，神武宗是跟帝国学院遥遥相对的竞争对手！

而苏落，杀了神武宗三长老的儿子！

李凡狰狞狂笑：“李文绝的本命玉珏已经破碎，很快三长老就会派人过来了，你们就等着去死吧！”

说完这句话，李凡手中出现一柄匕首，扑哧一声轻响，匕首狠狠插入李凡的胸膛，他当场气绝身亡！

他这般慷慨赴死的勇气，让苏落的心微微震动了一下。谁又会想到，就在半个小时前，李凡还强势凌厉地审查着苏落，而现在的他，却被苏落硬生生地逼死。

苏落有些发怔地看着眼前这一幕。

冷七少不知何时出现在苏落身边，看着苏落，拍拍她瘦削的肩头。

他带着安慰的语气道："很多人全族都依附着神武宗而活，李凡能忍气吞声跟在李文绝身边，很显然就属于这种人，只有他死了，而且死得距离李文绝的死亡时间越近，他的家族就越安全。"

苏落："……"

冷七少叹了口气："你这丫头……"

原本冷七少已经想象了苏落求他杀李凡，然后他傲娇地拒绝这样的画面，但是，事情的发展太出乎他的意料。他没想到苏落会靠着她自己的力量，活活逼死李凡！

如果这丫头要对付他的话……冷七少的心紧了紧。因为他发现，苏落的下毒，让人防不胜防，就连他都有点不自信能完全躲过去。这丫头……一次又一次让他惊艳。

"神武宗的人要过来了，事不宜迟，现在我们必须立刻离开。"冷七少目光紧紧盯着苏落，神情前所未有地认真和严肃。虽然他很希望能够和苏落再多待一段时间，但是现在形势已经不允许他任性了。

苏落点点头。

一听说可以回帝都，辛一豪和周二飞重重吐出一口浊气。他们之前那么拼，可不就是为了能早早回到帝都去过正常的生活吗？现在好了，终于可以回去了，可喜可贺啊！

冷七少看了看时辰，拿出破空定位珠。一个隐隐约约的密闭空间出现在众人面前，大家心头一喜，终于可以回去了！

然而就在这时，原本隐约可见的密闭空间忽然间不见了！

搞什么？！苏落几个人顿时瞪大眼，疑惑地看着冷七少。此刻的冷七少，脸色黑沉沉的。

"冷云景？"苏落忽然有一种很不好的预感。

冷七少眉头深深皱起："破空定位珠不能用。"

"为什么啊？"苏落顿时蒙了。她的任务最多只有一个半月的时间！难道说，她千辛万苦终于拿到李文绝的首级，却因为任务过期而失败……

冷七少好看的剑眉微微皱起："破空定位珠施展的时候被打断，只有一个原因，那就是——同时有另一颗破空定位珠正在朝这边过来！两颗破空定位珠必然会发生冲突，而强的那一方逼退弱的那一方。"也就是说，冷七少被对方硬生生地逼退了！

冷七少是何等身份和实力，他居然被逼退？那对方的实力……

在李文绝和李凡死后，立刻就有破空定位珠定位这里，这说明来人就是李凡口中的后台，而这个后台，现在的实力比冷七少还强……

苏落：“……”这回，是真的捅马蜂窝了。

冷七少当机立断：“走！”

不仅是神武宗强者过来的问题，李文绝和李凡的死一旦在军营里爆开，整个营地都会炸锅。所以，最好早点离开。

就在他们离开后不到三分钟，营地上光芒闪耀，两道人影现出真身。这两个人，一个是神武宗的十五长老！还有一位是三长老的关门弟子。

三长老在得知李文绝和李凡的本命玉珏破碎后，当即下令去抓捕真凶！能在军营重地暗杀李文绝和李凡的，绝不是普通人物，所以三长老暴怒之下也没掉以轻心。他自己闭关过不去，便派十五长老和自己的弟子过来。

有神武宗的十五长老坐镇，三长老信心十足。

时空光圈连接着李文绝的尸体，所以当十五长老和三长老的关门弟子李青踏出光圈时，正好处在帅营里，第一眼看到的就是李文绝的尸身。

“师兄！”李青当即目眦欲裂，愤怒得面目扭曲。

只见李文绝赤身躺在床上，原本雪白的床单被鲜血染红，血液从床单浸润到地板上，触目惊心。然而更让人震惊的是，这是一具无头男尸！

李青跟李文绝素来关系好，当即双眼赤红，飞冲过去。他知道李文绝的本命玉珏碎了，但是没想到他会死得这么惨。

“是谁？是谁？到底是谁杀了师兄？”李青愤怒的狂吼声在营地里回荡。

原本寂静的营地，因为这一声音而剧烈躁动。杀人了？军官们全部朝营地蜂拥而去。十五长老更是愤怒难当，于是这群军官冲进去后，立刻成了这两人发泄的对象！

“重兵包围下，李文绝还会被暗杀，你们这群饭桶！”李青手一挥，顿时一群军官全被他掀得倒飞出去。

军官们刚看到李文绝的尸体，还没反应过来就被震飞了，他们下意识地就将这两个人当成杀害自家将军的凶手！

于是，众军官愤怒地狂吼一声：“大将军被人杀了！来人啊！把这两个人抓起来！”现场顿时陷入一片混乱中。

十五长老冷哼：“捉拿真正的凶手去！哪有空跟这群蝼蚁啰唆！”只见十五长老宽大的袖袍扫过，顿时，他周围一百米范围内，除了李青外，所有人全被扫得倒飞出去。

与此同时，十五长老一拍李青的后背，两人瞬间飞身而起，朝着一个方向暴掠而去。

而此刻，冷七少正带着一行人朝西北森林里飞奔而去。

苏落看到他那张原本俊美无瑕嬉皮笑脸的容颜此刻却如寒霜笼罩，不由得微微一怔，意识到这次来的强敌一定非常恐怖。苏落问：“是不是跑出一定的范围，就可以用破空定位珠了？”

冷七少那双漂亮的眼睛看了苏落一眼，又别开眼去。苏落："你不要告诉我，被打断后，破空定位珠就无效了。"如果说对方在使用破空定位珠，而他们无法使用的话，那么现在敌人肯定已经到达了，可冷七还带着他们一路往西北森林跑，这足以说明很多问题。

冷七少没想到苏落的思维会如此敏锐，出乎意料地看了她一眼，点点头。原本他是不想打击她的信心的，但是，既然她看出来了，也就不会再故意瞒她。

果然如此……苏落的脑子轰的一声，有一种被雷劈中的感觉。没有了破空定位珠，就意味着他们没办法在遇到危险的时候一甩破空定位珠，从这遥远的西南边陲回到帝都。

这就意味着，要想从这里到帝都，至少需要五十年。

这就意味着，苏落无论怎么赶，都没法在规定的时间内缴纳李文绝首级的任务物品。

这就意味着，苏落也没办法参加帝都的新生联赛。

而这西南之地，是神武宗的地盘！他们杀了神武宗三长老的宝贝儿子！

苏落："……"

冷七少见苏落当场变了脸色，以为她害怕对方追杀，于是拍拍她瘦削的细肩，安慰她："我会一直护着你，别担心。"

苏落摇头。与其说担心，倒不如说她是失望，满怀的希望，瞬间破灭。

"五十年，都没办法见他一面了。"苏落怔怔地看着冷七少，有些失魂落魄。

他，指的是谁，冷七少如何不知？在听到这句话的时候，原本以为自己不会有任何反应的冷七少，忽觉胸口仿佛被人重重砸了一拳。这一拳又狠又急，等他回过神来的时候，只感觉到剧烈的疼痛。

冷七少清澈漂亮的眼眸里有一丝难以置信的茫然……他这是怎么了？

一向被娇宠着长大的冷七少，第一次知道什么叫求而不得，所以在茫然后，他闷闷地问："你不是不喜欢他了吗？"

苏落抬眸，那双水灵动人的美眸中闪过一丝黯然："你信吗？"

又是一道重击，在冷七少平静的世界里呼啸而过。冷七少恶狠狠地瞪着苏落。苏落疑惑不解地瞥了他一眼。冷七少的拳头瞬间掐紧。他在生气，在难过，而她竟然还用这种疑惑不解迷茫无知的眼神看着他，仿佛在问：你在生什么气？为什么要生气？这有什么值得生气的吗？一向无坚不摧的冷七少突然有一种郁闷的挫败感……

果然，苏落不解地扫了他一眼："你在想什么？"

冷七少干脆不理她，恨恨地别过脸去。苏落心里也委屈啊。没有了破空定位珠，她的迦蓝幽索……苏落真是想想都欲哭无泪，现在哪有心情安慰傲娇的冷七少？

前方两个人闹别扭，后面紧跟着的辛一豪和周二飞却面面相觑。当局者迷，旁观者清。他们看得很清楚，冷七少这回怕是真上心了，而苏落反而不在状态。

就在这种诡异的气氛中，十五长老和李青竟然追上来了。十五长老暴怒地大吼："站住！"

他之所以能追上来，是因为这群人身上有李文绝的最后气息。

人还没追上，远远地十五长老就是一道攻击爆射而来，凶猛的爆炸声四起。冷七少当即皱眉，朝苏落冷喝一声："走！"

"你——"苏落话音未落，就被冷七少一掌拍得朝前方远远飞出去。

辛一豪和周二飞见势头不妙，脚底也是铆足了劲，飞快地朝前飞奔。

苏落虽担心冷七少，但是她也知道，她的实力跟冷七少不是一个级别的，若是她强留下来，只会给冷七少带来麻烦，她心里顿时有一种浓浓的挫败感。

冷七少留下来，阻挡了最强大的十五长老。十五长老引以为傲的攻击被冷七少硬生生地挡了下来。看着这个年轻人，十五长老眼底有刹那的诧异，但是随之而来的是熊熊怒意，因为他确定自己没有找错人！

能够杀李文绝和李凡的，在这军营重地，除了眼前这人就没别人了。他嘴角勾起一抹嘲讽的冷笑："年轻人，能挡住我的攻击，你很了不起。"

冷七少冷笑地斜睨他。十五长老讥诮地瞟了他一眼："但是，还不够。"

冷七少只冷笑，不说话。十五长老有一种被蔑视的感觉，这种感觉让他非常不爽。

"你去追杀那几只小蝼蚁。"十五长老决定好好会会冷七少，同时又不想有漏网之鱼。

李青朝十五长老点点头，当即朝前方飞奔而去。

就在李青跟冷七少擦肩而过的时候，冷七少出手了。一道火光几乎要在李青身上爆炸的时候，十五长老出手挡下了攻击："快去！"话音未落，十五长老已经跟冷七少战成一团。

李青回头看着他插入不了的战局，当即施展全力朝前方追杀而去。他是打不过这少年，但是对于前方逃跑的三个人，以他的实力却是绰绰有余的。李青嘴角勾起邪恶的冷笑，速度瞬间飙升。

李青的实力至少是大圆满三星，所以在全力奔袭下，他很快就看到了前方拼命逃命的三个人。最前方是一个鹅黄色衣裙少女，后面是两个身材火辣的绝世美女。在"她们"回头的一瞬间，李青看到了"她们"的容颜。刹那间，李青有一种从半空中往下坠落的感觉。他下意识地揉揉眼睛，难以置信地盯着前方那三道曼妙的身姿。怎么可能！世间出一位姿容倾世的绝色女子实属难得，而眼前竟然出现三位，而且各有各的风姿，简直让人移不开眼！原本他以为小师妹是世上最好看的姑娘，但是跟眼前这三个人一比，小师妹简直被比成了渣啊！

不过——李青下意识地舔了下殷红的嘴角，仿佛在品味香甜的血液。

事实上，除了李青自己之外，就只有师父和小师妹知道他的最强底牌。不是招数上的攻击，而是他的血翼蝙蝠。李青的身体里封印了一只强大的血翼蝙蝠，这只血翼蝙蝠平日里喜欢吸强大魔兽的血液，但是它最喜欢的，是美女的血！越是漂亮女孩的血液，对血翼蝙蝠的实力增长越有好处。所以，当李青看到眼前的三位绝世大美女时，心里的兴奋是抑制不住的，他甚至激动得全身颤抖。面对三位绝美的人儿，李青隐藏在内心深处的变态想法被激活了。他要的是玩弄对手的虐杀，而不是一招致命，让对方死得那么轻松。

所以——

追杀在三人后面的李青，不见了。当周二飞再次回头的时候，眼底闪过一丝诧异：

“咦，那个飞在半空中的鸟人呢？怎么不见了？”

因为有血翼蝙蝠的加持，所以李青能飞起来，也因此才能迅速定位这三个人。

本来三个人跑得要死要活，听周二飞这么说，全都回头看去。

苏落的目光在周围扫了一眼，眸中闪过惊诧之色。那个血蝙蝠似的鸟人，本来追得很紧，根据她的估算，不到一炷香时间就能追到他们了，可突然间他怎么就不见了？

于是，三人停下脚步，环顾四周。周围是高耸的古木，遮天蔽日，视线昏暗。四周寂静得可怕。

“我怎么有种毛骨悚然的感觉？”周二飞心有余悸。

“我的鸡皮疙瘩全起来了，感觉很不好。”辛一豪不是迷信的人，但此刻声音也打着哆嗦。

苏落稳在原地，在这种诡异的气氛中，她的内心也会惊惧，但是她面上从来都是波澜不惊，风过水无痕般淡然。

忽然——

“喵呜——哈哈哈！”突如其来的一阵恐怖笑声，在寂静而阴森的森林里回荡。苏落都被吓了一跳，更别说辛一豪和周二飞这两位了。

诡异的声音后，并没有什么东西跳出来，反而是——

“血，血，好多血！”周二飞眼尖地发现，四周无穷无尽的血，就好像水一样，正在朝他们所在的位置弥漫而来。黏稠的血液、鲜红的视觉、刺鼻的血腥味，让三个人深深地皱眉。

苏落嘴角勾起一抹冷笑：“什么东西，给我滚出来！”话音未落，苏落已然动手。她听到了一点细微的动静，于是伸手朝那个方向一抓。苏落手疾眼快，手中顿时多了一样东西。

“这是……”周二飞二人看着苏落手中的东西，顿时目瞪口呆。那是一个很诡异的魔兽尸体，它全身的血液都流干了，整个身体干瘪得如枯树一般，好像一具皮囊。

苏落随手将这只魔兽的皮囊丢掉，嘴角勾起一抹冷笑：“那人在吓我们呢，不过，这有什么好怕的？走吧！”

漫山遍野的血，诡异的声音，营造出了恐怖的效果，但是等真正看穿之后，就什么都不是了。

就在苏落准备继续往前走的时候，一声怪笑从众人头顶传来。众人抬头望去——却见一张诡异的网朝他们铺天盖地而来！

在这一瞬间，苏落想抓辛一豪和周二飞逃跑已经来不及了，因为这两位很天才地朝着苏落一左一右两个方向飞速逃去。苏落手一捞，却捞了个空。

黑漆漆的网当空砸下，而且这张黑网仿佛有生命似的，变得越来越大，黑网自带的黑暗恐怖的气息几乎将每个人的身体冰封，让他们行动迟缓。

就在网接触到苏落的身体的刹那，只见苏落运起灵气，一个瞬移，移出了黑网的范围，辛一豪和周二飞两人则没有苏落幸运，苏落只能眼睁睁地看着他们被黑网笼罩！

苏落逃开黑网后，就见黑网团成一个球状，随后半空中出现一只庞大的血翼蝙蝠，血翼舒展开来，在苏落身上投下一片阴影。

血翼蝙蝠尾部拖着球形黑网，在半空中围绕着苏落打转。它在跟苏落炫耀它的战利品！它在表示，它要抓苏落，也同样是易如反掌的事。

黑网内，辛一豪和周二飞吓得脸色都白了，他们从半空中往下看，就看到漫山遍野的血液河流般涌动，触目惊心，让人心生寒意。

苏落转头就跑。看到苏落跑，血翼蝙蝠一瞬间有些愣住。

“嗤嗤嗤，你的人在我手里，你还敢跑！嗤嗤嗤——”血翼蝙蝠发出一阵怪异的诡笑。

血翼蝙蝠就是李青，李青就是血翼蝙蝠。

抓了两个人还不够，李青的目标是苏落！于是，他那长长的尾巴后面拖着球形黑网，一路追捕苏落而去。苏落速度很快，瞬移飙升到极致。她可不想沦落为被血翼蝙蝠吸光血的干瘪尸体。但即便她的瞬移已经大幅度提升，但是两只脚终究跑不赢两只翅膀，所以，苏落很快就被血翼蝙蝠追上了。

苏落往东，血翼蝙蝠往东；苏落往西，血翼蝙蝠往西。明显是在逗弄苏落。他一边逗弄，一边发出嗤嗤的诡笑声。

“小丫头，放弃吧。”血翼蝙蝠戏谑地冷笑。

“放弃了，会怎么样？”苏落问他。

血翼蝙蝠嘿嘿怪笑：“放心，你们三个都不会死，因为你们将成为我培育的血人，源源不断地给我提供血液，嘶，好美的血液啊。”血翼蝙蝠说到美人的血液，顿时就嘴馋了。只见他手一动，周二飞就被从黑网中扯出，拎在他手里。

“啧啧，好美的女人，血一定很好喝。”血翼蝙蝠拍拍周二飞颈部的血管，眼底闪烁着变态的笑。

苏落的拳头紧紧握起。周二飞虽然是被冷七少随手招来的，但是这几天大家同属一个阵营，合作得也很好，现在眼睁睁地看着他将被吸血，苏落有些出离愤怒，却又有一种无奈的挫败感。

周二飞剧烈地挣扎着，脸上是惊恐的表情。血翼蝙蝠那么大只，谁知道会不会一口收不住，直接将他吸成干尸啊？

血翼蝙蝠非常得意：“越是漂亮的妞，获得的能量就越多，哈哈哈，这一口下去，说不定就能晋升了呢！”

咔一道轻响，随后是咕噜咕噜吸吮血液的声音。血翼蝙蝠的脑袋死死趴在周二飞的脖子上，而周二飞浑身僵硬，几乎要被活活吓死了。

出乎众人意料的是，血翼蝙蝠在深深吸了一口血之后，忽然全身僵硬，似乎被雷劈了一样。

这味道，怎么怪怪的？不仅不像绝色美女的血液那么香甜，反而有点臭男人的恶心味！血翼蝙蝠认认真真地盯了周二飞一眼，看到的依旧是绝色容颜。难道，是自己的味蕾出现问题了？

血翼蝙蝠深吸一口气，对着周二飞的颈项又是深深一口吸去。这一大口血，还没完全咽下去，就把他呛住了！

“咳咳咳——呸！”血翼蝙蝠终于证明，他的味蕾没有问题，有问题的是这个绝世大美妞！

血翼蝙蝠一时间怔在原地，有些傻愣愣地站着。就在血翼蝙蝠发怔的时候，苏落眼底也闪过一丝疑惑。什么情况？变态的血翼蝙蝠，怎么忽然间像被人点了穴道一样？甚至就连他之前得意炫耀的周二飞，也被他丢弃在地上，好像不要的垃圾一样。苏落百思不得其解。

而此刻的血翼蝙蝠同样百思不得其解，不过他很快反应过来，他还抓着一位绝世大美妞呢。于是他手一动，辛一豪就被他抓在手里。血翼蝙蝠阴森着一张脸，直接下口咬破辛一豪的咽喉。血翼蝙蝠咕噜噜一口血灌进嘴里。

“噗——”还没咽下去多少，血翼蝙蝠就直接将辛一豪丢了出去。这血不对！完全不对！绝世大美妞的血不该是这样的！

血翼蝙蝠将辛一豪丢出去的同时，自己的身体也剧烈地晃了晃。

“怎么会是男人的血？”血翼蝙蝠只觉得自己出现了中毒的迹象。他要吸的血，有非常严格的标准，其中第一条就是不允许吸男人的血。一旦吸了男人的血，就会出现中毒症状，吸得越多，中毒就越严重。这一点，只有他自己知道。

以前他不知道的时候，误食过男人的血，那几次差点就死掉了，后来才慢慢地领悟过来，之后就对男人的血液避如蛇蝎。

苏落三人听了血翼蝙蝠的话，内心一惊。这血翼蝙蝠倒是厉害，吸口血立刻就能分辨出是男人还是女人？

苏落看着恢复人形的血翼蝙蝠脸色发青，不由得惊讶：“你好像中毒了？”

李青到现在还没想明白，所以应着苏落的话点点头：“喝男人的血会中毒。”低头苦思冥想的李青完全没有意识到，在他说完这句话后，苏落那三人顿时面面相觑，互相对视。

第八章 伪装

"喝男人的血会中毒？哈哈哈哈哈！"周二飞一个翻身爬起来，指着李青狂笑，"老子就是男人啊，你吸了老子的血，还能不中毒？哈哈哈哈哈！"

苏落却气得想踹周二飞一脚。这样大的底牌，就这样说出来，他怎么就这么愚蠢呢？

"什么，你是女扮男装？"李青顿时反应过来，一个箭步冲上来，对准周二飞身上的布料开撕。顿时，周二飞身上被撕得清清凉凉的。

李青丝毫不管这具周二飞幻想出来的完美身体，一把抓向周二飞的胸。

"你个死变态！"周二飞反应过来，当即狠狠朝李青踹去。

李青一把抓住周二飞的裤管，又是刺啦一声——当李青看清楚周二飞的下身时，顿时气得大喊大叫："你才是死变态！死变态！死变态啊啊啊啊啊！"

不得不说，这是因为周二飞躲懒，如果是女性，那还不得蹲着排水并且每个月都会有那么几天身子不爽利？再说裙子遮着也没人知道，所以他当时图方便就保持了原生态。

李青气得一巴掌差点把周二飞拍飞。

这还是因为苏落看势头不对，赶紧一手拉着周二飞，另一只手带上辛一豪，直接一个瞬移跑走了。

李青岂会放过他们？当即就要追！但是，男性血液进入他的身体后，毒素排山倒海地涌出来。李青当即盘腿坐下，运起灵气排毒。

苏落不是没考虑过趁着李青中毒的时候对他下手。但是她很快就意识到，李青吸的血不多，中的毒也就不深，如果他不顾一切地厮杀，最后的结果就是两败俱伤。所以，趁着李青疗伤的时候逃跑是最好的选择。

冷七少跟十五长老的战斗久久没有传来消息，这让苏落心里隐隐有一丝担忧。不过现在的她，最该担忧的是她自己。难保李青不会灵光一闪，抓着她吸血。

她一路疾驰而过，尽量不在地上留下痕迹。

时间一天天过去，冷七少一直没有消息。

辛一豪和周二飞一直处于紧张惶恐的状态，哭丧着脸："没多久新生联赛就要开始了。"

"我们就算长了翅膀也飞不回去啊。"

"可惜了，听说这次的奖励比以往任何时候都要丰富。"

两人一边说，一边拿眼神瞅着苏落。

苏落没好气地白了他们一眼："还新生联赛呢，能渡过眼前的难关死里逃生，就算是上天对我们最大的恩赐了。"

辛一豪和周二飞差点泪奔。被莫名其妙地拐过来，又莫名其妙地成了女儿身，现在更是莫名其妙地遭遇大鸟人的追杀……一连串无妄之灾，简直让他们不知道该怎么办了。

"接下来我们该怎么做？"这一路上，辛一豪和周二飞做事都会询问苏落的意见，下意识里已经当她是领头的了。

苏落环顾四周，只见眼前是一座漂亮的镜湖，水波不兴，静谧如初，周围绿草如茵，古树参天。她当即在两棵树之间系了一张吊床。

周二飞瞠目结舌地瞪着苏落："你、你这是要干吗？"

苏落用看白痴的目光看着他，理所当然地说："睡觉啊。"

"睡、睡觉？"周二飞都快疯了，惊骇地瞪着苏落。

苏落皱眉，瞥了他一眼："这么一路逃亡下来，好久没睡觉了，难道你们都不累吗？"

怎么会不累？但是为了活下去，累不是应该的吗？

苏落很好心地拍拍周二飞的肩头："睡吧，睡一觉起来，困难就会迎刃而解。"说罢苏落翻身躺上吊床，寻了个最舒服的姿势，双手交叠在腹部，闭上眼睛，三秒进入睡眠状态。

周二飞和辛一豪面面相觑，表情只能用苦笑来形容。随后两人到了一株大树底下，开始窃窃私语。

"睡一觉起来问题就迎刃而解，你信吗？"周二飞问。

"你当我是白痴吗？"辛一豪鄙视他。

"可是，苏落都这么说了。"周二飞摊手，"她现在睡得跟小猪似的，我们怎么办？"

辛一豪："把她打包扛走？"

周二飞却不同意："我们速度本来就慢，扛着她走就更慢了，血翼蝙蝠一追上来咱们就死翘翘了。"

辛一豪盯着周二飞："那你想怎样？"

周二飞附到辛一豪耳边，低低说了几句话。他表情笃定，眼神自信，最后还郑重地朝辛一豪点点头。

辛一豪却迟疑了："这样真的好吗？"

他一边说，一边朝不远处树荫下的吊床看了一眼，看到苏落睡得香甜，这才略略放心。

周二飞说："这有什么不好的？总比我们留在这里等死好吧？再说，也不是我们抛弃她啊，是她自己跑不动了要睡觉的，这事可不赖我们。"

两人商量了一会儿，得出结论：跑！

吊床上的苏落睡得可沉了，这两个人跑掉，她一点反应都没有。可事实上，苏落的身体在睡觉，灵魂早已经跑进空间里炼药了。其实这一路上苏落并不是简单地逃亡，她一边逃，一边在想办法。现在她终于想到了，而在这里停留，一边可以让身体休息，一边可以在空间里炼药。

当她饱饱地睡了一觉，翻身而起的时候，太阳已经快要落山了，那两个被苏落亲手勾勒出来的绝世大美女却不见了。苏落倒不担心他们跑，因为这已经是第七天。第七天是皇级化形丹药效消失的时间，也就是说，今天起，那两个人的身体会恢复到男儿身，但是呢，脸上会顶着苏落移形换颜的容貌。

所以苏落很清楚，就算他们跑了，等意识到这一点后，也会屁颠屁颠地跑回来找她的。果然，在苏落动手做了丰盛的晚餐，饱食一顿之后，那两个人悻悻地跑回来了。他们看着苏落，神色扭捏，很不自然。

苏落也不点破，只轻描淡写地瞟了他们一眼："跑哪儿去了？"

周二飞忙接了一句："我们看您睡得熟，特地出门找野味去了，您瞧，这是四耳红兔，嘿嘿嘿——"

苏落："……"'

出了这事儿后，辛一豪和周二飞就寸步不离地跟着苏落，眼神中频频发出暗示，让苏落解开他们的移形换颜。苏落却当没看见。

在之后的路途中，苏落一路跑，一路将炼制出来的丹药给小白鼠吃。

小白鼠处于森林里食物链的最底层，肉质鲜美，实力又低，所以大家都喜欢吃它。

不过好在小白鼠繁衍的速度快，基数大，所以怎么吃都吃不完。

苏落选择小白鼠下手，就是这个原因。

李青解毒并且追上来的速度比大家想象中的要慢，但最终，他还是追了上来。

"看来这几天，你们很逍遥啊。"血翼蝙蝠巨大的翅膀在半空中扫过，苏落等人犹如经历一场惊心动魄的龙卷风，吹得他们摇摇欲坠，几乎站立不住。

谁也没有想到，经历中毒事件之后，血翼蝙蝠的实力竟然比之前更强大了！而此刻，李青的注意力则被苏落身边的两个人吸引过去！这两个人就是辛一豪和周二飞。

娇艳欲滴的容颜，加上肌肉健硕虎背熊腰的身躯……唠！

李青顿时有种想狂呕的冲动！

"你们！"想起这段时间清除余毒的痛苦，李青顿时有一种暴怒的冲动，"我要杀了你们！"

狂怒之下的他，出手毫不留情，威力凶猛得让人惊惧！

一阵阵剧烈的罡风疯狂涌动！空气因为剧烈摩擦而发出刺刺的声响，仿佛整个空间都要被撕裂！

可怜的辛一豪和周二飞被飓风吹得像两只白色的塑料袋在半空中飞舞，完全控制不了自己的身体。

苏落弯着腰，卸去一丝疯狂的风力，利用重力空间做铠甲包围自己，这才能够勉强体面地保持平稳。但是，如果近距离认真看的话就会发现，苏落的身体正在剧烈地颤抖，仿佛随时都会崩塌。

“噗！”苏落一口鲜血喷出。随后她清晰地感觉到，李青释放出来的风力又在酝酿着另一波的攻击。当第二波狂暴罡风狠狠砸到苏落身上时，苏落又喷出一口鲜血，身子几乎摇摇欲坠。

李青冷冷一笑，大吼一声：“全部给我去死！”

这样危险的境况下……冷七少不见了。身处遥远帝都的南宫流云也不可能出现。苏落能靠的只有她自己。只见她从衣袖中掏出一片树叶，在狂暴的罡风中，缓缓吹动起来。一道清越的声音，在凛冽罡风的呼啸中响起。这道声音，仿佛冲破层层云雾，冲到九重云霄，充斥整片森林。

这一刻，仿佛森林里所有的魔兽都听到了这道呼啸声，这仿佛是一种来自灵魂深处的召唤。辛一豪和周二飞眼底闪过一丝疑惑，李青的眼底同样闪过一丝不解。只有苏落，嘴角微微翘起。

轰鸣般的声音越来越近，越来越急，越来越有一种千军万马齐发的威慑感。

没多久……

嚎呜！

嗷呜！

咔咔咔——

嚓嚓嚓——

整个森林的魔兽都被苏落惊起。

森林里的这些魔兽，就像潮水似的朝他们所在的地方狂涌而来。看着那密密麻麻的脑袋和身躯，看着那一双双嗜血般猩红的眼睛，看着那一只只狂暴得似乎失去理智的魔兽……

李青倒抽一口冷气。他不会运气这么背，刚好碰上魔兽潮了吧？不过，即便碰上，那他也要先杀了眼前这三个人解恨。于是，李青没有理会这无数的魔兽，反正他有飞行利器，再不行飞走便是。

砰——李青强大的攻击朝苏落疯狂砸去。

“小心！”面对那恐怖的威压，辛一豪和周二飞脸色骤变。然而，谁也没想到的是，就在这招过来的时候，无数的魔兽全部蜂拥而去，在苏落和李青面前排出一条长而坚固的防御兽墙！这些疯了似的魔兽，就像是苏落的家奴，一个个忠诚而争先恐后地挡在她面前，为她而死。

魔兽们单独一个的话，不是李青的对手，但是当它们联合起来，实力凝聚成一团的时候，即便是李青，那也是够他喝一壶的。

双方出击，砰一声响。魔兽这边稳如泰山，李青则被轰得倒退七步，才勉强稳住身形。他难以置信地看着排成一队的魔兽。这个世界玄幻了吗？这些魔兽竟然全跑苏落面前，一起共同对付他。

不仅李青想不通，辛一豪和周二飞眼底也闪过一丝疑惑。

而此刻，她手中多了一片树叶。嘶——嘶嘶——嘶嘶嘶——有规律的乐声响起。原本渐渐平息下来的魔兽，在听到这道音律后，瞬间全身紧绷，眼睛呈赤红色，看着李青的目光闪耀着熊熊烈火，就好像眼前的李青灭了它们全族似的。

李青顿时有一种很不好的感觉，他的视线往下移，看向苏落的脸。苏落神色淡然，胜券在握，这足以证明她是知情的，甚至这些魔兽都是受她操控的！

之前一路上苏落都在思考一种全新的丹药，而后来终于被她研究出来了。这是一种魔灵冥丹。

苏落一开始将魔灵冥丹喂给小白鼠，而身为森林食物链最低端的存在，小白鼠很快就被高它们一个等级的魔兽吞噬了。但是魔灵冥丹并不会随着小白鼠的死亡而消失，反而会在高等级的魔兽血液里潜伏。

也就是说，食物链底层的野兽被别的野兽吃了，魔灵冥丹就会潜伏在那些吃它们的野兽体内。

这样就跟瘟疫一样，很快就让无数的野兽感染了这种魔灵冥瘟疫。

魔灵冥丹平时是潜伏的，就跟没事一样，但是一旦接受某种特殊信号的刺激，这些魔兽就会狂暴！

所以，当苏落吹起那片树叶的时候，魔兽群的反应才会那么大。

事实上，李青虽然震惊，但还不至于到怕的程度，因为他的底牌还没有出。

“操控魔兽群就很了不起吗？”李青看到苏落的脸色隐隐发白，眼底闪过一抹诡笑！

“出来吧，我的血蝙蝠们！”

血翼蝙蝠在空中翱翔，在它的召唤下，无数的血蝙蝠铺天盖地般汹涌而来，整个天空都被血蝙蝠笼罩，遮天蔽日，宛若黑夜。

苏落、辛一豪、周二飞三人顿时被笼罩进包围圈中。

苏落依旧神色淡定，辛一豪和周二飞却面色骤然大变！全身更是毛骨悚然！

“天哪！这么多的血蝙蝠！”

“别说被咬了，就是它们撒泡尿，都能把咱们淹死！”

“我查过了，这李青在神武宗七十二真传中排名第三十六名，什么时候真传弟子第三十六名有这样的实力了！”

“神武宗底蕴深厚，深不可测，这都没什么好说的，现在的问题是，我们被血蝙蝠包围了，怎么办？”

要是李青一声令下，让这些血蝙蝠来咬他们，那……

苏落昂然而立，神色依旧那么淡然，脸上充满了自信，嘴角微微翘起一抹弧度："他不会放血蝙蝠来咬我们的，安心看戏吧。"

周二飞怒视苏落："看戏？十死无生的险境里，你还有心情看戏？"

辛一豪更是被吓得脸色苍白全身颤抖，他拉了拉周二飞："逃亡途中都能说睡就系起吊床睡觉的人，你能指望她害怕吗？"

周二飞："……"

苏落没好气地瞟了这两个人一眼。

他们怎么就不明白呢？之前李青喝过他们的血后，中毒那么久才终于缓过来，现在的他哪里还敢让他的血蝙蝠们来吸血？这明摆着就是吸毒啊。

果然！李青大手一挥，一声令下："给我把这群魔兽的血吸光！"

于是，原本笼罩着整个天空的血蝙蝠们，瞬间朝魔兽们冲去！

跟中了苏落魔灵冥丹的魔兽们比起来，血蝙蝠的数量要大很多，一只魔兽至少有上百只血蝙蝠围攻。

看着一只只倒下去的魔兽，李青得意扬扬地看着苏落："怎样？"

苏落还给他鼓掌："非常富有牺牲精神，勇气可嘉，可敬可佩。"

李青不懂，以为苏落狡辩，冷冷一笑："知道为什么不下令让血蝙蝠吸你的血吗？"

苏落："不是怕中毒吗？"

李青被苏落这句话噎了下，不过随即冷冷一笑："让你的左膀右臂一只只断掉，最后才轮到你，你不觉得这样的游戏才好玩吗？"

苏落哦了一声，却摇摇头："你的这个愿望，恐怕不能完成了。"

李青皱眉。

苏落淡淡一笑："因为，你和你的血蝙蝠们，会比我死得早，所以你见不到那一幕的。"

李青闻言，双手叉腰仰天狂笑，笑得眼泪都快要出来了。

苏落疑惑地瞟了李青一眼："你笑什么？"

李青狂妄地指着眼前的魔兽："我的血蝙蝠一共十万八千只，你能操纵的不过是这些弱小的魔兽，你信不信一刻钟之内，你的魔兽全都会变成干尸？！"

苏落摇头："不信。"

"呵呵！"李青冷笑，"那就睁大你的眼睛好好瞧瞧吧！"

然而，李青这句话刚说完，眼前就发生了不可思议的一幕。

高空中那黑压压一片的血蝙蝠突然间仿佛失控一样，双眼赤红，全都掉转脑袋，凶神恶煞地瞪着李青！

当十万八千只血蝙蝠全盯着自己的时候，即便是身为主人的李青，也有一种脊背发寒的感觉。

这是怎么了？

李青忽然意识到不对，他顾不得什么，当即命令血蝙蝠："咬死她！"

他的手指指向苏落！因为他隐隐感觉到，这是最后的机会了，如果不在这时候把苏落咬死，他再没有机会了！

而这时候，苏落摸出那普通的树叶，放在嘴边吹了起来。

嘶嘶——嘶嘶嘶——

然后她放下树叶，命令血蝙蝠："咬死他！"

李青指着苏落。

而苏落，也指着李青。

两人对视，李青出离愤怒，而苏落嘴角却勾起淡淡的笑。

就在李青觉得苏落的命令简直荒谬的时候，他引以为傲的血蝙蝠叛变！十万八千只血蝙蝠不断地变大，狂躁，失去理智，疯狂地朝李青蜂拥而来！

"住手！你们要干什么！

"天哪！我是你们的主人！

"啊啊啊！我的手！

"我的脚！

"啊——"

痛苦的号叫声，渐渐平息下去……

李青的身体到最后被血蝙蝠吸光了血，变成一具干尸躺在地上。他至死都想不明白他的血蝙蝠们怎么会反过来攻击他。

而随着李青死去，疯狂的血蝙蝠们转而开始攻击魔兽，紧跟着就是血蝙蝠和魔兽的混战。

魔兽逐渐死去，血蝙蝠们也没好到哪里去。

因为它们的存活是靠着李青的血脉，现在李青渐渐停止了血液流动，那么对它们来说，宿主没有了，留给它们的也就是死路一条。

在李青彻底死亡那一刻，这些血蝙蝠纷纷坠落地面。

地上，魔兽尸骸堆积，很快又覆盖上血蝙蝠的尸体，远远看去，就像一座座高低不平的小山坡。

辛一豪和周二飞被这场景惊得整个人都傻了。

看着苏落一次次拿出绿叶子，一次次令形势转变，如果他们还不知道这一切出自苏落之手，那他们就真是傻瓜了。

"是苏落……"

"真的是苏落……"

"她竟然有这样的实力……"

"而我们之前居然还可笑地想挑战她……"

两人对视一眼，都在彼此眼中看到了无奈的苦笑……

就在这时候，砰的一声响。

两人齐齐望去，却见苏落笔直地栽倒在地。

“苏落！”两人朝苏落飞奔而去，不断呼喊，摇晃着她的身体，苏落却仿佛陷入了永久的沉睡中，一点反应都没有。

事实上，苏落能够坚持到现在已经到极限了。魔灵冥丹的炼制困难就不说了，最难的部分还在于对它的控制。苏落在炼制魔灵冥丹的过程中，滴入了自己的血液，正是因为有了她的血，魔灵冥丹的药效才能发挥到极致。

一开始，中毒的魔兽少，苏落还能坚持。到后来，中毒的魔兽越来越多，苏落就有些吃力了。最后当十万八千只血蝙蝠也加入进来的时候，苏落的精神世界差点崩塌。好在苏落精神力强大，还有整个随身空间支撑，源源不断地给她提供精神源泉，所以她才能够操控那么多灵兽。但这样的过程是非常痛苦的，每一秒，苏落都能清晰地感觉到脑袋如针扎般疼痛，每一次呼吸，都给苏落带来几乎毁灭的痛苦！但是她不能叫也不能喊，更不能停止。

她能做的，只有坚持！如果她先倒下，那么赢的人就变成了李青。坚持到李青死，坚持到血蝙蝠死，坚持到不能再坚持，她才允许自己痛晕过去。在昏死之前，苏落在脑海里对自己说：以后，再也不动这个禁忌药了，太疼了。

苏落在泥沼般的黑暗中一直沉睡。等她再次睁开眼的时候，感觉到阳光从茂密树叶的缝隙中斜漏下来，在她脸上投下点点光晕。

苏落下意识地抬手遮住刺眼的光亮，然后缓缓睁开眼。

习惯了黑暗，甫一接触到阳光，苏落只觉得眼睛被刺得难受，于是她又闭上了眼睛。

就在这时候，一道激烈而兴奋的声音却冲天而起。

“动了，动了，苏落动了！”

苏落在心里无奈地叹气，这是周二飞的声音。无论经历怎样的生死困境，他总是那么风风火火、乐观热情。

苏落无奈地睁开眼睛。可她第一眼看到的并不是周二飞，而是冷七少。苏落本来还担心他，看到他毫发无伤，又松了口气：“你没事就好。”

冷七少却被感动到了，一把抓住苏落，乐坏了：“小落落，原来你昏迷的时候还惦记着我，真是太让人感动了呜呜呜——”

苏落没好气地白了他一眼，现在她全身没力气，想瞪他都觉得耗力气。

“冷七少陪我来做任务，要是把你伤了，我可赔不起。”苏落实事求是道。

冷七少却不接受这个说法：“不管，反正你就是关心我，你最关心我了！”

苏落无语地嘴角微抽。

“你现在怎样？”冷七少见苏落脸色苍白得可怕，唇角更是毫无血色，深邃的美眸中闪过一抹不易察觉的怜惜，声音也放柔了许多。

苏落挣扎着要坐起来。冷七少立马伸手扶着苏落靠坐在古树上，关切地凝望着她。那深深的眼眸如一泓清泉，高深莫测，似能让人不由自主地沉醉进去，直到失去自我，但是这样的眼波攻势，对苏落是无效的。

她苦笑着摇摇头："浑身没力气。"

脑子更像是被炸裂后又重新黏合到一起似的，一大片一大片地空白，每说一个字，都疼得她神经痉挛抽搐。

冷七少正要命令苏落躺下休息，却见苏落忽然发问："对了，我昏迷了多久？"

"一个月。"冷七少没好气地说。

当他终于把神武宗的第十五长老打趴下，好不容易跑来支援的时候，看到的却是苏落倒下去的身影，那一刻，他以为整个世界都崩塌了。

这一个月，冷七少用尽了各种办法。

如果不是他源源不断地注入灵气给苏落，别说一个月，就是十年她都醒不过来。当初苏落在炼制魔灵冥丹的时候就算过会昏睡十一年，现在一个月的时间就苏醒，一想就知道这是冷七少的功劳。

"谢谢。"苏落郑重地凝望着冷七少，认真地道谢。

面对苏落真诚的道谢，冷七少好看的两道剑眉却朝中间拢了拢，声音更是冰冷："你我之间，何须道谢？"

苏落苦笑着摇头："你我之间，才最需要道谢。"

冷七少在拉近两人的距离，苏落却在刻意疏远。冷七少那琥珀般好看的美眸深深地凝视着苏落，苏落则朝他淡淡一笑。

这个没心没肺的女人！冷七少暗哼一声："笑什么笑？忙活了这么久，任务物品交不上去，你怎么还不哭？"

"多谢冷七少提醒。"听到这话，苏落真的很想哭。

她忙活了这么久，数次险象环生九死一生，终于将敌人消灭，拿到了李文绝的首级，可是，回不去啊。

苏落想想现在的日期，想哭都哭不出来："今天是任务期限的最后一天。"

冷七少还嫌伤她不够，又加了一句："新生联赛第一天。"

"不捅刀会死吗？"苏落气呼呼地瞪他。

现在明摆着回不去，这冷七还在她伤口上撒盐，简直可恶！

"而且神武宗的人快追上来了哦。"冷七少又狠狠地捅了一大刀，"他们家十五长老被我杀了，这次派出的人实力肯定比之前更强。"

苏落："不要说你没把握。"

冷七少前所未有地诚实，认真地冲她点头："我真的打不过。"

苏落："……"

冷七少仰躺在草坪上，双脚跷着，双手枕在脑后，嘴里叼着一根麦秆，潇潇洒洒地哼着曲儿。

苏落简直服了："苦中作乐？"

冷七少笑嘻嘻地说："有你在身边，甜腻死了。"

苏落干脆别过脸不看他那张阳光灿烂的绝美容颜。见苏落不理他，冷七少闲不住了，伸出修长如玉的手指戳戳苏落。苏落挪了个位置。冷七少又扯扯她的衣袖。

苏落赏了他一个大白眼："干吗？"

冷七少那双漂亮的眼睛里闪着一丝笑意："你真的跟南宫流云闹翻了？"

苏落横他一眼。哪壶不开提哪壶，不提醒她会死吗？

冷七少被苏落横了一眼，反倒越发眉开眼笑："其实吧，我倒是有一个主意，这个主意呢，可以一箭双雕。"

苏落没说话，只狐疑地看着他。冷七少嘿嘿一笑，摸出通讯珏挂了过去。

苏落的眼眸微微眯起。冰雪聪明如她，怎么会猜不出冷七少话中的意思？他这是在打给南宫流云，让南宫流云来带走他们。可是，冷七少都得去偷他爷爷的破空定位珠，南宫流云手里就一定有破空定位珠吗？更何况，即便他有，这么珍贵的宝贝，他会用在她身上吗？

苏落面上虽然表现得漫不经心，事不关己，但是当冷七少朝南宫流云挂通讯珏过去的时候，她却竖起耳朵，全身紧绷，听得仔细。

冷七少打了半天，却没打通。他朝苏落无奈地摊手："他不接。"

苏落轻哼一声，闭上眼睛，将所有的情绪都收敛在黑暗中。

"小落落，"冷七少推着苏落，"神武宗的人真的追杀过来了，我能跑但是你根本跑不了，真的是死路一条。"

苏落轻哼，不理。

"你给他挂一个，说不定他会接你的。"冷七少认真地对苏落建议。

"不要！"苏落前所未有地坚持，转过身，目光森冷地盯着冷七少，一字一顿，没有丝毫情绪起伏，"我就算死，也绝对不会向他求助。"说完，苏落一甩袖走人。但是因为精神力太匮乏，所以还没走两步，就直接往前扑，扑通一声，摔晕过去。

冷七少："……"他将苏落扶好，看着她额头上细密的冷汗，还有苍白而痛苦的脸色，神色顿时有些复杂。想了想，他终究还是拿起通讯珏，给对方发过去一段影像。

帝国学院。

对于帝国学院来说，今日非常热闹，甚至比以往任何时候都要热闹得多，因为这是新生联赛的第一天。如果说仅仅是新生联赛，还不至于引起整个帝都的关注，事实上，这一次帝国学院新生联赛的门票，经过一次又一次转手，票价已经到了难以企及的地步。即便是最后一排视野最差的位置，票价也足足翻了百倍。

这一切的原因就是——

"你们听说了吗？这次新生联赛，南宫二少会过来。"

“你的消息未免也太滞后了吧！南宫二少当然会过来，而且他还会是评委哦。”

“这消息居然是真的！”

“当然是真的，南宫二少亲口承认的，还能有假？”

“而且哦，不只南宫二少，听说楚三少、宁大少，还有林四少，这四个人全是这次新生联赛的评委。”

“噢，天哪！怎么会有这种事？天哪，天哪……”

“不仅这四位少爷，听说冷七少也会到哦，五大评委，全是年轻俊美天资卓绝还未婚的翩翩美少年哦。”

“哦，天哪，天哪——”

这些人还不知道冷七少跟苏落一样被困在西南边陲之地过不来。

“话说，这些贵族权少，为什么要来当评委啊？”

“就算他们吃饱了撑的没事儿，也是去做中帝学院的评委吧？跑咱们新生联赛里做评委？想不通啊。”

别说他们想不通，就是帝国学院的长老们也都想不通。但这样诡异的事，就是这样发生了。

“对了，你们最近听到过苏落的消息吗？”

“你是指之前东华学院呼声很高的苏落吗？”

“除了她，还有别人吗？这次比赛，她应该能在五位权少面前露脸了。唉，可惜啊，如果早知道这次的评委是五位权少，我真应该留级到一年级来，听说二、三年级消息灵通的，有好几个留级了呢。”

“为了能在五位权少面前露脸，这些人也真是拼了。”

“对了，之前说到的那位苏落，我劝你们啊，还是别提她了，这个人完全没资格，简直就是个胆小鬼。”

“这话又是怎么说的？”

“西夜学院的第一名慕容方，北雪学院的第一名冷云毅，这两个人你们总听说过吧？”

“当然！”

“慕容方和冷云毅听了苏落的呼声后，就向苏落下了战书，结果你们猜怎么着？”

“怎么着？”

“哈哈哈！那苏落居然躲起来了！面对这两大学院的第一名，她竟然跟缩头乌龟似的躲起来了！任何人都找不到她！东华学院都被人笑死了！”

“啊？”

“这次比赛，也不知道她还有没有脸出现呢。”

大家议论纷纷之际，忽然——

“天哪！”

“南宫二少！”

“南宫二少过来了！”

“还有宁大少！”

“还有楚三少！”

“还有林四少！”

“冷七少呢？冷七少哪里去了？”

“啊啊啊啊！南宫二少！”

一道道疯狂的呼叫声，点燃了现场的气氛。

能够考进帝国学院的，都不是平庸之辈，平日里一个个矜持而高冷，但是一看到南宫二少，所有的矜持清高都不见了，剩下的只有尖叫，疯狂的尖叫。

现场气氛异常火热。

前方汹涌的人潮自动分开一条笔直的通道。南宫二少长袍宽袖，衣袂飞扬，袍角层层叠叠，宛若流光飞舞。在一群人的簇拥下，他走得不紧不慢，气势却冷冽逼人。那张绝世容颜，是世间任何辞藻都无法形容的美，他仿佛凝聚着最闪亮的光芒，深深地攫住所有人的呼吸。

平日里，楚三几个也算是权少中的翘楚，星辉熠熠，但是跟南宫流云同时现身的他们，星芒却硬生生被压了下去，暗淡许多。

全场那么多人似乎全部化为虚无，只剩下那么一个光彩夺目的人。

南宫二少一头乌黑的青丝倾泻而下，随风而动，冷然前行。

就在这时候，他的通讯玨响了。不用看，通过感应他就知道，这是冷七少挂来的。

不接。

继续打。

继续不接。

在醒来得知冷七跟苏落一起去西南边陲的消息后，南宫流云一度将冷七拉黑，但最后还是将他放了出来。因为他不想错过有关那个人的丁点消息。

为什么不接？因为他不想听到冷七的声音。

果然，没过多久，冷七发来一段影像。

“我就算死，也绝对不会向他求助。”

扑通——南宫二少无奈地闭嘴，揉揉眉心，长叹口气，再睁开眼时，他的眼眸宛若被清水浸润过，明亮如星辰。

他瘦削而颀长的身子掉头，大步流星地离去。

“南宫二少！”

“南宫二少去哪儿？”

“南宫二少怎么走了？！”

为了南宫流云的出场，四大分院的副院长都出现作陪，但是众目睽睽之下，无数人的期待中，南宫二少走得那么干脆决然，一点都没给这些副院长留面子。

“南宫二少！”楚三大声喊着，但是南宫流云没有回头，只是朝后摆摆手，翩然离去。

所有人都蒙了。这是发生了什么事情？到底是谁给南宫二少发的通讯珏？通讯珏里是什么内容？为什么一通通讯珏就能把南宫二少召走？到底是谁有这样大的魅力？又是谁在南宫二少心里占据这样重要的地位？

无数人脑海中都浮现这一个个疑问，却又百思不得其解。而现场只有楚三少惊讶之后，嘴角勾勒出一抹淡笑，他挥手示意大家冷静：“他去接个人，相信很快就会回来了。”

接人？接谁？是谁这么大牌，能够让南宫二少不惜得罪这么多院方领导，也要亲自去接？到底是谁啊？楚三这么一说，大家越发好奇了，抻长脖子，仿佛下一刻南宫二少就会牵着那个神秘人出现。

四大分院的副院长只能苦笑连连。本来南宫二少出现后，他们就要宣布比赛开始，可现在——

楚三走到四位副院长身边，说了几句话。于是，这场原本马上要举行的新生联赛，硬生生地暂停了。

若是别人暂停了新生联赛，大家肯定意见很大，但是现在大家高价买到入场券，为的就是看南宫二少。因此，在南宫二少不在的情况下，即便院方要继续比赛，观众们也不肯啊。

这哪里还是新生联赛，分明就是南宫二少的粉丝见面会。

西南边陲。

苏落在昏厥后再次苏醒，就只见到辛一豪和周二飞。经过第二次休息，苏落的精神力恢复了一点，不像一开始那样说句话都针扎似的疼痛了。

苏落环顾四周：“咦，冷七呢？”

周二飞没好气地瞪了苏落一眼，回道：“冷七少说神武宗的人来了，所以他去把神武宗的高手引开。”

苏落：“哦。”

周二飞顿时皱眉，盯着苏落：“你好像一点都不关心他！”

苏落疑惑：“冷七吗？放心吧，他实力那么强，没事的。”

周二飞生气地道：“冷七少强是强，也确实是年青一代里的翘楚，但修炼时间摆在那里，面对神武宗的长老，他也还是不敌啊。”

苏落瞟了他一眼：“之前他不就把那十五长老打败了吗？”

周二飞急了：“当时你昏迷不醒，所以不知道，事实上，冷七少找到咱们的时候，衣衫褴褛，身上多处外伤，内伤也很严重，看到你没事，他笑了笑，然后直接就晕过去了。”

冷七少竟然……

苏落怔了怔，漂亮的眼睛定定地望着周二飞，眼底闪过一丝认真之色。

辛一豪也凑过来说：“冷七少昏迷了三天就醒了，外伤恢复了，但是内伤……”

“你们怎么看出他内伤没有恢复？”苏落狐疑地扫了他们一眼。

这两个人一个劲地讲冷七少有多好，该不会是被那少年给收买了专门来讲他的优点的吧？

这事儿换别人肯定干不出来，但是冷七少……在苏落的印象里，这位少年一直是肆无忌惮、恣意张扬、任性妄为，只有想不到没有做不到的。

周二飞说："我们一开始也没看出来，但当时你昏迷不醒，一直冒冷汗，还不断痉挛，喊着'南宫我好疼'……"

苏落："……"

周二飞瞪了苏落一眼："冷七少当场就变了脸色，但是看你那么难受，他还是二话不说将他的精神力传给了你。"

"他把精神力传输给我了？"苏落惊诧极了。

要知道，灵力传输容易，但是精神力传输非常难，那需要对精神力的精准控制力，一般人绝难做到，更何况冷七少身上还有伤。

周二飞继续说："是啊，当时冷七少伤成那样，动一下就抽冷气，他又是那么娇生惯养从没吃过苦的小少爷……那种情况下，他还是把精神力传输给你了，不然你以为你为什么能这么早醒过来啊？"

苏落的心微微一动。她想说点什么话来反驳，可话到嘴边，却发现在事实面前，所有的反驳都是借口，毫无立足之地。可是冷七少……他为什么要对她这么好？他是想让自己喜欢上他，然后拿这点去跟南宫流云炫耀吧？

想到这里苏落冷冷一笑："他有不可告人的目的。"

周二飞快被苏落气死了："冷七少不可告人的目的就是他喜欢你！他为了救你，都吐血了，可你呢，非但没念着他的好，反而口口声声念着南宫南宫，硬生生将冷七少气得吐出七口血。"

苏落："……"

周二飞谴责完苏落不讲道义后，又很八卦地凑上来："对了，你口中的南宫，不会是南宫……二少吧？"

苏落没好气地白了他一眼，保持沉默。这就表示默认了。

周二飞语重心长地劝苏落："唉，怎么说你好呢，冷七少喜欢你，已经是你上辈子修来的福分了，你可不要吃着碗里的还看着锅里的，免得鸡飞蛋打啥都捞不着。"

苏落从来不知道原来周二飞竟是这么八卦的一个人。她没好气地瞪了他一眼："你很啰唆！"

周二飞见苏落不听劝，更是苦口婆心："那南宫二少是什么人啊？那是什么家世？那么尊贵无比的权少能喜欢你？"

苏落一口气噎在喉咙里，什么话都反驳不出，只黑着脸郁闷地瞪着周二飞。

周二飞以为被自己说中，继续语重心长地说："现在有个冷七少喜欢你，已经是你十辈子修来的福气了，你怎么就不懂得珍惜呢？怎么还这么好高骛远地想着南宫二少呢？"

苏落：“你话太多了！”

周二飞：“我是真为冷七少不值啊，他伤得那么重，还跑去将神武宗的强者引开，也不知道他现在怎么样了……”

苏落原本想把周二飞拍晕的手顿了顿，她不再吭声，只淡淡叹了口气，低头开始反思。说起来这次任务可真是失败得彻底。今天就是任务期限的最后一天，而她现在不仅缴纳不了任务物品，还参加不了新生联赛，而且还欠了冷七少一个大大的人情。

苏落郁闷地拍拍自己脑袋，随后长长地叹息。如果这时候，南宫流云出现，将她带回帝都……忽然，苏落感觉到地面一阵微微的颤动，空气中传来轻微的摩擦声，前方的空气好像蜘蛛网般皲裂。这样的感觉，最近一段时间苏落经历过两次，还有什么不明白的？

不止苏落，就是周二飞和辛一豪也充满戒备地盯着那道门一样的空间，想了想，两人还是走到了苏落面前。

冷七少离开前下过命令，如果苏落死了而他们活着，那么不只他们，他们身后的家族也将会全部覆灭！

门上的蜘蛛网全部皲裂，一道神祇般的身影出现在众人面前。看到这张脸，三人当场傻掉。这是一张完全无法用言语形容的绝美容颜，更难能可贵的是，那通身的气派，超然的气质，傲然于世的气势，将他和普通人远远区分开，他就仿佛活在云端的神佛，深沉的美眸俯瞰着芸芸众生。

苏落霍然站起：“你、你怎么……”

在辛一豪和周二飞呆若木鸡的震惊中，南宫流云不紧不慢地走向苏落，深沉的眼中浮现一抹温柔，嘴角微微扬起一抹弧度。他看着她，目光黑沉深邃得仿佛能将人的灵魂吸进去。他站在她面前，冷静而淡然地说：“我来了。”

苏落怔在原地，一时间不知道该作何反应。但在最初的震惊后，她下意识的反应就是冷漠。自从上次从静园离开后，她跟眼前这个别人眼中耀眼无比的权少就没有任何关系了。

南宫流云看到苏落刻意表现的疏离，脸上浮现一抹温润如玉的笑容，如三月樱花般璀璨醉人，他那双纤长白玉般的手抚上苏落的墨色发丝。

苏落下意识地推开他，后退一步，戒备地瞪着他：“尊贵的南宫二少，您纡尊降贵来这里做什么！”

推、推开了？辛一豪和周二飞被震惊得瑟瑟发抖。眼前这个人他们曾经远远地见过一面，所以非常清楚地记得，这位就是南宫二少！龙凤族那位南宫二少！周二飞口中那个绝对不会喜欢苏落的南宫二少！而现在，这位权势超然的南宫二少，不远千里来到西南边陲接苏落，苏落却一把推开了他。

周二飞就那样盯着苏落，嘴巴大得能塞下两个鸡蛋。他咿咿呀呀，就是一个字都说不出来。

在南宫流云眼中，旁观者都是空气，他眼前只有苏落。被推开后，南宫二少双手负在身后，深邃漂亮的眼眸望着苏落，微微叹息一声，神色带着就好像看着自己宠爱的小姑娘耍任性而无奈的那种宠溺。

他越是如此，苏落心里的怒气就越是高涨。这段时间她那么伤心难过甚至绝望到崩溃，但是再度见面的时候，他一脸轻描淡写，就仿佛什么不好的事情都没发生过，他根本就是一点都不在意嘛！

苏落气呼呼地瞪着他。

南宫流云倾世容颜上的笑依旧温润如玉，他伸出纤白如玉的手，拉住苏落："走，我带你回去。"

苏落气得甩开他的手，语气坚定而决然："不要！"

南宫二少绝美深邃的眼就那样定定地看着她，温柔地叹气："乖，不要闹。"

这是在怪她无理取闹咯？

苏落冷笑："南宫流云，我们什么关系，我有什么资格在您这位尊贵的权少面前胡闹？您未免把我看得太高了吧？"

南宫流云就那样深沉地看着她。

苏落也不甘示弱，仰着尖细的下巴，冷冰冰地回视着他。

辛一豪和周二飞一看势头不好，当即手牵手，蹑手蹑脚地往后退，一步又一步，慢慢地挪到远处。因为他们很清楚，如果再不识时务地待下去，南宫二少一个眼神过来，他们就等着身首异处吧。

最终，还是南宫流云先放下身段，一边举手表示无奈，一边认真地说："落落，你还记得今天是什么日子吗？"

这样霸气的王者，别人别说靠近，就是看一眼都不敢，可是现在，他就像看着自家淘气任性的女孩那般无奈。

苏落冷哼："不就是新生联赛吗？延误了也就延误了，很了不起吗？"

南宫流云似笑非笑："是吗？"

苏落又瞪了他一眼。

南宫流云总是这样，从来不会回答别人的问题，总是漫不经心地问"是吗"。其实他心里早已经有答案了，只是在笑话别人罢了。

苏落冷冷地皱眉："是啊！就是这样的！"

南宫流云靠近苏落，两人之间的距离进一步拉近。

苏落抬头就看到近在咫尺的南宫流云。他的肌肤是真的好，雪白细腻，没有一丝毛孔，没有一点瑕疵，如羊脂白玉般光洁。他那双乌黑的眼睛如黑曜石般浅浅发光，微微半眯起来，深深地凝望着她。

苏落冷哼一声："反正我就是死也不会跟你求助的！"

南宫二少眼底含着浅笑，叹气道："那请求你接受我的帮助好吗，落落小公主？"

苏落瞪了他一眼，冷笑："南宫二少，原来你也有这样嬉皮笑脸的一面，真是难得啊。"

面对傲娇的苏落，南宫二少英雄气短，叹口气，定定地望着苏落："消气了吗？"

苏落很骄傲地仰着纤细皓白的脖子，坚定摇头："没有。"

南宫二少葱白的手优雅而又有些苦恼地揉揉眉心："那怎么办呢？"

苏落冷笑："你走吧！我是不会跟你回去的！"

说完这句话，苏落却觉得一阵天旋地转。她的精神力消耗太严重，到现在也仅仅恢复一点点，刚才的一番对话已经让她好不容易聚集起来的精神力消耗光了。

苏落因为眩晕而脚步不稳，一直凝视着她的南宫流云如何不知？他脸上闪过一抹心疼，动作更是闪电般迅速，苏落刚一踉跄，他就稳稳抱住她的身子，两人鼻翼碰撞，四目相对，近在咫尺。

南宫流云三千青丝飘逸出尘，一袭锦袍更是翩然飞舞，高贵而雅致。

苏落的肌肤细如白瓷，冰肌玉骨，风姿秀丽。

洋洋洒洒的淡粉色樱花，翩然而下。

他抱着她，两人四目相对，时间仿佛静止。这一刻的画面，犹如清香淡雅的水墨画，缱绻瑰丽，美不可言。

苏落也沉浸在这样的意境中，有一瞬间失神，但是她很快就回过神来，当即用力地将南宫流云一推："你给我走开！不要碰我！"

看着眼前洋洋洒洒的樱花瓣，苏落脑海里想起的却是那灼红耀眼的紫色蔷薇花。紫色蔷薇花犹如噩梦般出现在苏落的生活世界和精神世界，让她的世界笼罩着恐怖的阴霾。

南宫流云看她摇摇欲坠，脸色更是苍白，美眸中闪过一抹疼惜，抓着苏落的手丝毫没有松开。他板着脸，声音冷冽："不要胡闹。"

"我没有胡闹。"

"迦蓝幽索也不要了？"南宫流云目光冰冷清浅，声音冷冽逼人。

苏落疑惑地看着他："你怎么知道迦蓝幽索的事？"

南宫流云淡淡地看着他："你觉得有事情能瞒过我？"

苏落："你派人查我！"

南宫流云目光犀利而深邃，霸气外露："你觉得我会让你跟别的男人外出却什么都不查？"

这理所当然的霸道态度，令苏落被气得差点仰倒，她不由得冷笑："南宫二少，我们没有任何关系了，你有什么资格理直气壮地表现你的占有欲？你不觉得这样很可笑吗？"

生气也需要很大的力气，所以苏落有一种头痛欲裂的感觉，但是她那双清澈漂亮的眼睛却冷冽地盯着南宫流云，眸中仿佛点燃了熊熊烈火。

一向淡定从容的南宫二少被苏落逼得也有点动气，但是他面上依旧淡然，只拉着苏落："我们回去。"

"不要！"苏落气呼呼地甩手，"你给我走开，我不要跟你回去！"

两位当代最杰出的少年少女，吵架动气的时候，也跟一般的男女吵架没什么区别。所以，智商情商再高的人，遇见对的爱情，也一样束手无策。

南宫流云那双深邃美眸就这样盯着苏落，不言也不语。

苏落心中的怒气值却一直在累积。

凭什么！当初在静园的时候，为了宁三的紫色蔷薇，他可以毫不犹豫地扭断她的胳膊，后来他为了宁三的紫色蔷薇，更是独闯塔布大森林差点死了，那他现在凭什么理直气壮地站在她面前，强势霸道地表示他不允许她跟别的男人外出做任务？

苏落心里既生气又委屈，累积到一个临界点，就爆发了。

只见她冷冷一笑："要跟你回去也可以，但是我得先等到云景。"

冷云景，冷七少，平时苏落都是冷七冷七地叫，但是现在在南宫流云面前，她故意叫云景，显得她跟冷七少非常亲近。

果然，亲昵的称呼让南宫流云那洁白无瑕的绝美容颜慢慢笼上了一层阴霾，犹如乌云密布的天空，四周的空气一瞬间变得冷凝。

辛一豪和周二飞原本以为自己已经退得够远，但是当他们感觉到无边的寒意时，顿时又手牵手赶紧往后跑。

而此刻，南宫流云深黑的冷眸如寒潭般幽冷，他盯着苏落，一字一顿，声音没有一丝起伏："你说什么？"

苏落抬眸，看到南宫流云动怒，她有一种报复的快感，越发想激怒他，于是越发冷笑："我说，要跟你回去也可以，但是我得先等到云景。"

"云景？"南宫流云淡粉色的薄唇紧抿成一条直线，浅浅的凤眸危险地眯起。

苏落定定地看着他那双一眼望不见底的深邃黑瞳，点点头："我不会丢下他。"

我不会丢下他和我不能丢下他，只差一个意思，但是苏落在斟酌之后，还是选了前一句，因为她知道，这句的杀伤力更大。

她现在说话完全是奔着气死南宫流云去的。果然，南宫流云那双美丽得不像话的眼睛里，点燃了浓浓的火焰。就在苏落以为南宫流云会暴怒的时候，他却忽然清浅地笑道："看来，我不在的日子里，你们玩得很开心啊。"

苏落点头："是啊是啊，很开心啊。"

南宫流云咬牙切齿："所以你宁愿放弃新生联赛，宁愿放弃迦蓝幽索，宁愿放弃我，也要等他了？"

前面两句，为了道义，她可以毫不犹豫地点头，毕竟如果没有冷七，她也完不成任务。但是最后一句……苏落下意识地抬眸，看着眼前的南宫流云。此刻的他，冷得如千万年累积的冰雪，带着压抑的嗜血杀戮气息，尊贵的王者霸气！他的手放在她纤细的颈项上，仿佛她点下头，就会身首异处。

然而，苏落向来是吃软不吃硬的，所以南宫流云表现得越强势，苏落的反弹就越大。她不愠不怒地直视着他，嘴角勾起残忍的笑，红唇吐出两个字："是啊。"

轻轻的两个字，轻如鸿毛，但是在南宫流云的世界里，却卷起惊涛骇浪、雷霆重击。尊贵霸气的南宫二少平生第一次怔在当场，呆若木鸡。他抓着苏落的手用力得骨节泛白。

苏落的手好疼，疼得她脸上布满了一层细密的汗珠，疼得她近乎窒息，疼得她几乎要晕过去，但是她咬着牙，仰着下巴，嘴角挂着残忍嗜血的冷笑，眼底满满都是嘲弄和讥诮。她用这样的眼神，挑衅地看着他，以激怒他为乐。

苏落原以为骄傲尊贵如他，一定受不得这份委屈，一定会甩袖走人，从此大路朝天各走半边。但是，出乎苏落意料的是，她明显感觉到南宫流云深吸了一口气，平静心潮。他那双深邃的冷眸直直地盯着她，透着阴鸷的锋芒，带着绝世的霸气。

南宫流云殷红润泽的薄唇微微勾起一抹弧度，如同血色彼岸花般妖娆绽放。他盯着苏落，仿佛透过眼前这张脸，直射她的灵魂深处，将她的所有谎言拆穿。他就那样盯着她，盯着她……

就在苏落以为整个世界都静止的时候，忽然——

一股强悍的气息朝苏落压迫而来。苏落下意识地往后退，但是她后面就是那株千年古树。砰的一声，苏落后背直直撞上古树的躯干，疼得她眼泪都快要出来了。然而还没等她惊呼出声，一道浓重的阴影朝她强压而来。

“唔——”苏落反应过来后，开始拼命地挣扎。但她越是挣扎，处于愤怒中的南宫流云就越不放过她，反而越发激起他身体里最原始的征服欲。

南宫流云将苏落强压在树上，一只手捧着苏落的后脑，另一只手捧着她那洁白无瑕的容颜，紧实的身子更是压得苏落所有的挣扎都显得徒劳无功。

狂热的吻，铺天盖地，如疾风骤雨般疯狂地朝她席卷而来。苏落这次是真的激怒南宫二少了。而这世上，能够将南宫流云激怒到这种程度的，也只有她一个人而已。

霸道的吻，强势的吻，凶狠的吻，狂躁的吻……犹如一重又一重波浪，在苏落以为结束的时候，又狂卷而来。在最初的狂暴之后，狂吻渐渐平息下来，化为细密而不失温柔的吻。他捧着她的脸，仿佛捧着绝世珍宝，温柔得让人心醉。苏落一开始剧烈地挣扎，到后来迷失了自己，沉醉在他的温柔乡里，久久难以自拔。

而不远处，想要跑走却又控制不住好奇的辛一豪和周二飞两个人，双手覆盖在脸上，透过细细的一条缝，看着那缱绻缠绵的一幕，久久没有说话……

“我的那个天哪……”周二飞两只手左右开弓，扇了自己两个大嘴巴。

“你干吗打脸？”辛一豪虽然也震惊，但已经回过神来了。

周二飞讷讷地说：“本来不就是啪啪啪被打脸吗？”

辛一豪这才想起之前周二飞对苏落说的那些话，当时他苦口婆心地说，南宫二少怎么可能会喜欢你？你怎么能这么好高骛远？冷七少喜欢你已经是你上辈子修来的福分了……

然而事实是，南宫二少求苏落而不得，将她压在树上强吻。

“如果不是那周身的霸气，真不信他就是南宫二少啊……”

在南宫流云的强吻下，本来就精神力严重透支的苏落……晕过去了。南宫流云抱着柔软的身子，深邃黑瞳看着身下的人儿。想到苏落只有睡着了才不会像原先那样张牙舞爪、拒人于千里之外，南宫流云无奈地叹了口气。抱着她，宠溺地看着她，南宫流云眼底的冷冽寒气渐渐退去……

他手中出现了一颗破空定位珠。辛一豪和周二飞看着南宫流云手里的破空定位珠，顿时大喜，激动地狂叫："哇哈哈哈，破空定位珠啊！我们可以回去啦！我们终于可以赶上新生联赛了！"

"快走，我们快追上去！"于是，两人手牵手，愉快地朝原来的地方狂喜地飞奔而去。然而，他们的速度，又怎能比得上破空定位珠的速度？随着破空定位珠的释放，南宫二少和苏落的身影被迷雾笼罩。待迷雾散去时，原地已经失去了他们的身影，只留下面面相觑的辛一豪和周二飞。

"南宫二少和苏落人呢？"

"他们，走了？"

"就这样将咱们丢下了？"

辛一豪瞥了周二飞一眼，颓然地重重叹息："将咱们丢下不是很正常的事吗？"

"可是我们……"周二飞不知该怎么表达。

辛一豪冷冰冰地瞟了他一眼："冷七少和南宫二少对苏落另眼相待，宠爱有加，你不会真的以为这两位平易近人、和蔼可亲吧？"

周二飞一听，顿时一阵哆嗦，颤抖着声音道："那，我们怎么办？"

辛一豪想了想，叹口气说："我们现在这张脸……"

周二飞这才意识到，苏落没有解开他们的移形换颜，所以他们依旧是绝世大美人的脸加粗犷肌肉魁梧身……

辛一豪说："我们先等冷七少吧。"

辛一豪的脑子比周二飞的好用，所以他很清楚，南宫二少抱着苏落离开，主要是想杜绝她留下来等冷七少的机会。

不愧是杀伐果断腹黑睿智的南宫二少。

帝都，东华学院。

这次新生联赛举办地点在东华学院，只有几个人知道，这是南宫二少亲自指定的。

在南宫二少消失的这段时间里，东华学院里熙熙攘攘。

一开始众人一边等待着南宫二少回来，一边欢乐地八卦。但是随着时间过去，南宫二少怎么也不来，大家的耐心渐渐就差了。而压力最大的，莫过于学院的副院长大人了。

此刻，四大学院的院长大人正聚在一起，悄声商议。

东华副院长："南宫二少久也不来，我们怎么办？"

南楚副院长："如果南宫二少一直不回来，我们怎么办？"

西夜副院长："我们可以先开始吗？"

北雪副院长："你在开玩笑吗？"

诸位副院长沉默。

南宫流云身后的龙凤族太恐怖，四大副院长根本得罪不起。

所以……

“还是请示冷大人吧。”

冷大人，中帝学院的冷副院长。若是以往，冷大人自然直接开口说比赛了，毕竟冷家跟南宫家族世代仇敌，多一桩少一桩又有什么关系？

但现在的问题是，他们家宝贝七少爷早早就表示他要做评委，所以——

冷副院长很郁闷地表示：“等！”

这一刻，他很庆幸南宫流云的消失，因为只有这样，他才有借口不让比赛开始，不然的话，在南宫流云的压迫下，他都不知道该怎么拖延。

有了冷副院长的话，四位分院副院长都跟吃了定心丸似的，安安心心地坐等。

日头从东方升起，升到当空，再往下落。

台下那么多人，就这么干坐了一天。

四大分院副院长和中帝学院的副院长也直挺挺地坐了一天。眼看着日头偏西，彩霞满天，众人打着哈欠，疲惫地伸伸懒腰，看来今天是等不来南宫二少了。

果然，冷副院长站起来，大声地宣布：“比赛延迟。”

至于什么时候恢复，冷副院长没说，因为他也不知道南宫流云和冷七少什么时候回来。

就在众人遗憾地准备离场时——

空气中突然传来一阵剧烈的波动，就好像水中的倒影一样扭曲着，一道空间之门出现在所有人面前。

冷副院长眼底浮现一抹笑意。他记得冷七少偷走了老爷子的破空定位珠，所以，一定是冷七少回来了。

先于南宫流云回来，正好狠狠地打南宫家族的脸，非常好！

于是，冷副院长一脸激动地看着那道空间之门，嘴角带着笑意。

而此刻，所有人的注意力全被那道剧烈如蜘蛛网的空间之门吸引住了。

在大家好奇的目光中，空间之门碎裂，一个黑洞出现在所有人面前，大家能够清晰地感觉到黑洞里剧烈得仿佛能将人灵魂吞噬的罡风！

寒气笼罩整个赛场，无数的人下意识地用手挡住眼睛，弓着腰，稳住下盘，才不至于被泄漏出来的龙卷风吹走。

就在这时——一道月白色的颀长身影，在所有人惊疑不定的目光中出现。

他长袍宽袖，衣袂飞扬，那张颠倒众生的容颜是世间任何辞藻都不能形容的美。他怀里抱着一位玲珑纤细的姑娘，冷然地自半空中踏出，而他身后那道碎裂的黑洞，开始缓缓地闭合，直至完全平静。

南宫流云抱着苏落，自半空中仿佛踏着阶梯一步一步冷然地走下，一头墨黑青丝倾泻而下，神秘妖冶，衣袂飘飘，飞扬若仙。他宛若超凡脱俗的谪仙，举手投足间尽显优雅与尊贵。

"南宫……二少……"

大家已经不是第一次见南宫二少了，按说不该这样震撼，但是他的出场方式实在太拉风了。他本就耀眼如太阳，所有的光芒都聚在他身上，更何况这次他怀里还抱着一位姑娘！那是谁？那到底是谁？

许多人在心里鬼哭狼嚎般呐喊，现场却诡异地安静。所有人都怔怔地看着南宫二少冷然地落地，看着南宫二少温柔地用披风拢了拢被他抱在怀里的姑娘，生怕吹来的风伤了她的娇颜。那宠溺的目光，那温柔的动作，那仿佛全世界就只有一个她的眼神……简直让人疯狂！

这个赛场上，无数人都是花高价拿到的高额门票，就只为远远地看梦中男神一眼……而现在男神怀里竟然抱着一位仙姿玉骨的小公主。

这不啻于晴空霹雳，将她们劈焦了。

大家原以为，南宫二少既然出现，定然会将小公主放下，让大家见一见真颜，满足大家的好奇心。但是让所有人失望的是，南宫二少并没有停下脚步，抱着那位神秘的小公主，大步流星地离去。

他甚至都没有跟副院长他们打招呼，就这样走了。

之前南宫二少突然离场的问题得到了解答，因为他接人去了。

那么现在问题来了——

"她是谁？"

所有人脑海里都浮现了这个问题。

别人不知道，楚三几个却一清二楚。

相比较宁皓天他们紧皱的眉头，楚三却开怀极了，他朝副院长们摆摆手："看来明天也没办法举行新生联赛了呢。"

楚三几个也走了。

冷副院长的手则紧紧握住！先回来的竟不是他们家的七少，而是南宫流云！

他用通讯珏联系冷七少，但是得到的结果是，不通。

冷副院长阴鸷的目光死死盯着南宫流云傲然离去的背景，对身边的人下令："去查！查清楚那丫头是谁！"

其实不只冷副院长，帝都各方势力都伸出了触须，试图查明南宫二少在众目睽睽之下抱回来的姑娘是谁。

静园。

南宫流云温柔地将苏落放到床上。

就在苏落的身子沾着床垫的时候，她的手一巴掌拍向南宫流云那张绝世容颜。

啪——清晰的巴掌声在寂静的夜空中响起。

室内的空气陡然间冷凝！苏落没想到他竟然不闪不躲，顿时怔住。她清楚地看到南宫流云那洁白无瑕的脸颊上，浮现一道清晰的五指印。

这是南宫二少从小到大第一次被人打脸。

原本端水进来照顾苏落的秋月，当即怔在原地，水盆哐当一声砸落在地……

南宫流云幽冷的目光从她身上扫过。

平日里比别家小姐还镇定从容的秋月，在接触到南宫流云那森冷的目光时，双腿剧烈颤抖，脑子里更是一片空白。她颤抖着双唇，一个字都说不出来，当即转身跑了出去，跑的时候还被低矮的门槛绊了一下……

秋月惊慌成这样，可见南宫二少被甩巴掌这事，是何等不可思议。

但是苏落在最初的惊讶后，很快就平静下来。她那双清澈漂亮的眼睛，斜睨着南宫流云，眼底满满都是挑衅。

南宫流云居高临下地看着她，乌黑的眼眸高深莫测，深不见底。

苏落毫不示弱，挺了挺小胸脯，表示她一点都不怕。

南宫流云纤细的手指抚上苏落洁白的容颜，苏落的身体一瞬间有些颤抖，但她还是坚定而愤怒地盯着他，眼底燃着小宇宙，瞪着那近在咫尺的五指印。

南宫流云倾身而下，温热的气息喷在她雪白的面容上。

苏落下意识地伸手捂住自己的唇，高度戒备地瞪着南宫流云，仿佛在瞪一个登徒子。

南宫流云忽然轻笑出声，漂亮的星眸里，带着不容忽视的笑。

苏落原本以为他会打她，但是他竟然笑了，笑起来的他是那样好看，苏落脑海里不由自主想起一句诗：仿佛兮若轻云之蔽月，飘摇兮若流风之回雪。

这一笑，仿佛拨开乌云，阳光普照大地，原本冷凝的空气，在这轻笑间全部消散。

南宫流云从来都是控制全场气氛的，他冷则全场冷，他笑则全场笑。

苏落没好气地瞪了他一眼，双手抵在他的胸口上，试图将他推开，和他保持距离。但是苏落费尽了力气，南宫二少那清瘦的身子却岿然不动。

南宫流云看着苏落，星眸中涌动着别样的情愫，那深邃的眼眸仿佛一口深潭，将人的灵魂都勾了去。

世间女子，谁能抵挡住南宫二少这般的眼神？即便是苏落，在这样的星眸下，心跳也不受控制地渐渐加速……

不得不说，南宫二少的调情能力和他的天赋一样，与生俱来地强。

南宫二少不仅深情地凝望着苏落，那双纤白的手更是握住苏落抵在他胸口的小手，缓慢地来回摩挲，摩得苏落心口酥酥麻麻的，身子微微颤抖。

两人的身体，慢慢靠近。

好看的唇角，慢慢靠近……

有那么一瞬间，苏落沉浸在他制造出的柔情蜜意里，忘记了所有的争吵和矛盾。

但是，仅仅是那么一瞬间。

下一刻，苏落的眼角余光看到了窗台上那被万分呵护的紫色蔷薇。

那妖冶的紫，仿佛一双挑衅的眼眸，嘲弄地看着苏落，提醒着她之前在静园里发生的事。

苏落回过神来，面色顿时如寒霜笼罩，眸中射出一道寒光，用力将南宫流云推开，声音更是恼怒非常："南宫流云，你在干什么！"

可怜的南宫二少，一个不察，被苏落推得一个趔趄，差点摔倒在地。

苏落掀开被子站起来，犹如女战神附体，戒备而森严地盯着南宫流云："我要回去！"

南宫流云无奈地看着苏落，眼眸中有着难以掩饰的落寞。

苏落明明看见了，却视而不见，坚持己见："我要回去！"

她利落地穿上鞋子，怒气冲冲地往外走。在经过南宫流云身边的时候，一只强而有力的手却拉住了她。

苏落用力地甩开："放开我！"

南宫流云漆黑的眼眸如受伤的困兽，定定地看着苏落，神色落寞而孤寂，他说："落落……"

苏落怕他的话会让自己心疼而原谅他，所以率先开口："南宫流云，小景呢？我不是说过，小景在，我在，小景不回来，我也不会回来的吗？"

冷云景、云景，再到小景……南宫流云深沉的眼眸中透出傲然绝世的锋芒，冷冽逼人，他就那么深深地盯着苏落，一眨不眨地盯着，恶狠狠地盯着！

苏落还不断地挑衅他："你知不知道，小景为了保护我，受了那么重的伤，却还不顾生命危险跑去将神武宗的高手引走。南宫流云，小景为了我，连性命都不顾，那么你呢？"

苏落能够明显感觉到，握住她的那只手，收紧，僵硬，指节泛白。苏落没有抬头去看南宫流云此刻的神色，她怕看到会让她心软的东西。

她一把推开南宫流云，大步往外冲去。而这一次，南宫流云只怔怔地望着她离去的背影，眸中波光冷凝。

苏落忍耐着精神上的疼痛，冲出静园，一路往东华学院奔去。但是她跑了没几步，就感觉阵阵眩晕袭来，脚下一阵踉跄，摔倒在地。

苏落觉得委屈极了，也不挣扎着起来，就那样抱着膝盖哭着。

第九章 圣器

月光下，一抹颀长清瘦的身影站在她身后，看着她的目光充满了怜惜。他慢慢蹲下身，修长的手指抚摩着苏落柔软的发丝。他的动作温柔而醉人，带着深深的无奈。

苏落只顾着抽泣，不理他。

南宫流云深深地叹息一声，一个公主抱将苏落抱了起来。

苏落激动地挣扎起来：“放开我！我不要回静园！”

南宫流云简直被她闹得没办法，清淡地说：“我送你回东华学院。”

但是这个时候，苏落还没忘记她的任务，于是，别扭地说：“我要去任务大厅！”

南宫流云揉揉苏落的脑袋，苏落含着眼泪的眼眸气呼呼地瞪着他。

南宫流云倒是轻笑一声，再度叹气。这丫头，张牙舞爪的，脾气倔得很，可不好收拾。

南宫流云召唤出他的雪蹄乌龙驹，抱着苏落坐上去，翱翔天际，感受着夜空的寂静。

苏落一直别扭着，所以刻意跟南宫流云保持着距离。

南宫流云也由着她，只是那双深邃如星辰般的眼眸，自始至终没有从她身上移开。

那样灼热的视线，苏落如何感觉不到？她只是假装不知道罢了。

任务大厅。

苏落的运气是真的好。

她终于赶在最后一秒，拿到了任务奖励：迦蓝幽索。

看着手中这条湛蓝色的绳索，苏落的心情总算好了一些。

现在她手里已经有暮云剑、海皇三叉戟、昊天锤、陨日刀、冰心棋子、迦蓝幽索六大圣器了。

十二大圣器已经完成一半，苏落几乎能够看到胜利的曙光了。

至于第七种，玄冰灵印……苏落有些头痛地揉揉眉心。

冷七少全身的修为都在玄冰灵印里，如果拿走他的玄冰灵印，那是不是意味着他将会变成一个废人？

苏落气呼呼地瞪了南宫流云一眼。如果不是跟他吵架，这次去西南边陲也不用欠冷七少人情，也不用跟他熟悉，不熟悉就不会有负罪感，但是现在……

苏落感觉自己的脑袋又开始隐隐作痛了。

南宫流云那双深邃如星空的眼眸里，浮现一抹茫然……这是又怎么了？

僵硬的气氛中，雪蹄乌龙驹将他们驮到了东华学院。

雪蹄乌龙驹也感觉到了气氛的僵硬，所以它并没有喧哗，而是安静而沉稳地停在苏落指定的那栋别墅天台上。

雪蹄乌龙驹还没停稳，苏落就迫不及待地跳下去，然后头也不回地走掉了。直到她关上天台的门，还能够深深地感觉到那道落在她后背的灼热视线。但是，苏落只当看不见。

下了天台，苏落来到客厅。

让苏落奇怪的是，唐雅岚和费君平并不在客厅。在经过唐雅岚的房间的时候，苏落发现她正双手抱着膝盖，望着窗外皎洁的月默默垂泪。

如果没看到苏落也不会多管闲事，但既然已经看到了，就不能不管。

她忽略自己隐隐作痛的脑袋，抬手敲门。

有节奏的敲门声将唐雅岚从哀伤的情绪中拉了回来，她抬眸一看，就看到了苏落。

"苏姐姐！"唐雅岚顿时激动地从床上扑下来，软鞋都来不及穿，就炮弹一样朝苏落冲来，抱着苏落不撒手。

苏落任由她抱着，关切地看着那双哭红的眼睛："怎么了？"

"没、没事。"唐雅岚手忙脚乱地拭去眼角的泪，扬起灿烂的笑，"苏姐姐终于回来了！这段日子可担心死我们了！"

苏落揉揉眉心。

离开南宫流云强大的压迫力后，苏落感觉隐隐抽痛的脑袋好受多了。

于是，她顺势在唐雅岚的床头坐下，问她："我不在的这些日子发生了什么事？"

提到这个，唐雅岚气得泪花又涌了出来："事儿可多可多了！其中最可恶的就是西夜学院的慕容方和北雪学院的冷云毅！"

"哦？"苏落靠在床头上，找了个舒服的位置，抬手示意唐雅岚继续说。

于是，唐雅岚就一五一十地跟苏落讲了这一个多月来发生的事。

就在苏落离开的这一个多月，慕容方和冷云毅多次向苏落发起挑战，若是有小克在，小克三下五除二就能把他们揍扁。

可是现在小克不在，所以费君平和唐雅岚站了出来，表示苏落闭关修炼等待最后的新生联赛总决赛。

慕容方和冷云毅颇为不屑，不过以他们的身份，也不好做什么。他们手底下的人却不收敛，不断地挑衅东华学院的学生。

最近一段时间，东华学院的学生被西夜和北雪两大学院联合起来欺负，校园冲突不断升级。

唐雅岚郑重而认真地看着苏落："苏姐姐，你走了之后，咱们学院的学生受了很多委屈，大家都等着你站出来，像以前一样，带领大家一路凯旋，扬眉吐气！什么西夜学院，什么北雪学院，咱们用拳头揍得他们满地找牙！"

"你受伤了？"苏落犀利的目光在唐雅岚身上扫过。

唐雅岚也不隐瞒："校园冲突事件中，我和君姐首当其冲，都不同程度地受了伤，不过苏姐姐别担心，有许老师他们护着，只要不出东华学院，那些人不能拿我们怎么样的。"

也就是说，这段日子，东华学院一直龟缩在学院里，受尽了辱骂和污蔑，唐雅岚和费君平因为跟苏落关系亲近，不仅受到辱骂，而且还受伤了。

苏落原本平静的心，在听了唐雅岚的诉说后，一簇火苗被瞬间点燃！

"你刚才哭什么？"苏落没忘记自己从天台走下来的时候看到的场面。

唐雅岚听到苏落问这个，抱着苏落哇哇大哭："苏姐姐，我不要离开你，呜呜呜——"

苏落嘴角微抽："你总得说什么事，我才能决定帮不帮得了你吧？"

"我得拿到新生联赛前二十名，否则的话，我就会被退学呜呜呜——"唐雅岚哭得可伤心了。

通过她断断续续的话，苏落总算明白，在自己离开后，唐雅岚被慕容沫算计，跟慕容沫立下了赌约，如果不能进入新生联赛前二十名，她就必须自动退学。

这是慕容沫在小皇子事件后给苏落的一个反击。而唐雅岚明显是受苏落所累。

苏落眼眸半眯，那边唐雅岚还在哭："可是，我连参加新生联赛的资格都没有啊。"

之前每个学院角逐出前十名，所以四大学院四十个人，争取进入前二十名的名额。

"我的名额让给你。"费君平听到声响走过来，毫不犹豫地说。

唐雅岚感动地抽泣："可有了名额，我也打不过别人啊。"

这倒也是，唐雅岚是东华学院精英班第一百名，让她进入新生联赛的前二十名，这难度太大了。

苏落无奈于唐雅岚竟然会上慕容沫的当，但唐雅岚也是因为自己才引起慕容沫的注意，这事说到底是她跟慕容沫的较量。

苏落看着唐雅岚，无奈地说："你现在按照四大学院新生实力联合起来排的话，大概是五百名的位置，而要在短短几天的时间里冲到前二十名……"

唐雅岚快哭了："我也知道这事儿不可能。"

苏落的回答却出乎她的意料："我有办法。"

唐雅岚和费君平齐齐看着苏落："什么办法？"

这根本是比登天还难的事啊。

苏落神秘一笑，拿出一颗赤红色的丹药递给唐雅岚："吞了。"

"哦。"唐雅岚对苏落无条件信任，别说一颗丹药，就是让她现在立刻去死，唐雅岚都不会有任何怨言。

纤细手指捏着赤红色丹药轻轻放入口中，唐雅岚咬破外面的薄衣，将赤红色液体吸吮得干干净净。

“有一股清香的味道，很好吃呢。”唐雅岚兴奋地问苏落，“这是什么丹药？”

“暴力升级丹。”苏落淡淡一笑。

这丹药，其实前段时间苏落在炼药师公会里的时候就一直在研究。

她在学院里的这两个朋友，费君平经过她的丹药洗髓，已经找到了正确的方向，踏入了快速升级的道路。

唐雅岚跟苏落认识在前，那么信任她，苏落却一直没有帮她练功升级，这是苏落隐藏在心底的愧疚。

所以，苏落花了不少时间查阅师父的笔记，从而炼制出了这颗丹药。

“暴力升级丹是什么？”唐雅岚漂亮的脸上一片茫然。

苏落说：“你现在实力太弱，这颗暴力升级丹可以透支你的潜力，硬生生帮你提升三星，不过在之后很长一段时间里，你就不能再晋升了。”

“什、么？”唐雅岚眼睛闪闪发光。连续提升三星，怎么会有这么好的事？！她却不知道，苏落为了减去暴力升级丹的副作用花费了多少心思。

苏落淡淡点头：“嗯，你可以暴力提升到神化八星，这样的实力，前三十名已经绰绰有余了。”

“嗯嗯！”唐雅岚激动地望着苏落，期待下文。

苏落又淡然地说：“之后我会教你一道剑招，这一剑法你学会之后，进前二十名也够用了。”

“什么剑法这么厉害？”唐雅岚好奇极了。

苏落说：“这剑法可不简单，它只有一招，但是这一招简单又速成，而且还威力最大！”

看着唐雅岚亮晶晶的眼眸，苏落出言打击她：“这剑法叫敌我剑！顾名思义就是，这剑法要敌我皆伤的。”

“啊？”唐雅岚眼底忽然有一种不好的预感。

苏落没好气地瞟了她一眼：“你以为呢？”

从新生联赛五百名，坐火箭似的嗖嗖嗖跑到前二十名，能是那么简单的事儿？

唐雅岚想到跟慕容沫赌输的后果，咬牙握拳：“我拼了！”

苏落点点头：“你也该认真了。”

帝国学院的人，哪个不是拼了命似的修炼？从进校到现在，很多人的实力都一再突破，唐雅岚却整天玩玩闹闹，到现在都没什么进步，不然苏落何苦要透支她的潜力，一下子将她拉拔晋升三星？

苏落当场就将敌我剑法教给唐雅岚，并再一次告诫：“这一招，必须要有一往无前的气势，绝不能有丝毫退缩，你千万记住了！”

经过一番指点，苏落也是累了，于是挥挥手，去了自己房间休息。

唐雅岚刚学了这一招，正新鲜着，于是拿着剑跑到院子里练。

苏落不知道自己昏睡了多久，再睁开眼时，外面日光大盛，草木清新。走出房间就看到费君平双手抱胸，斜靠在廊上，看着庭院里的唐雅岚大皱眉头。

看到苏落出来，费君平大大松了口气：“老大你可算是醒了，你这一睡就睡了三天，可吓坏我们了。”

居然睡了三天？难怪之前精神力透支的脑袋现在感觉正常多了。

苏落忽然想到一件事：“新生联赛！”

费君平用一种很奇怪的目光看着苏落，这目光中有疑惑、敬佩，有好奇、崇拜，有……混合到一起，非常复杂。

苏落被她看得有些发毛：“干吗？”

费君平拉了苏落在秋千上坐下，她自己则坐在秋千旁边的石凳上，开堂审问。

“三天前，在新生大赛战斗场，无数师生面前，南宫大人抱着一位神秘少女从天而降，衣袂飘飘，宛若神祇。那位被南宫大人抱在怀里的人，是你吧？”

苏落想了想，三天前被南宫流云抱回来的，除了她，应该就没别人了，于是点点头。

费君平当时也在场，不过隔得远，没看清楚，不过她心中早已经猜到是苏落了。

于是，她笑着说：“这事现在已经在帝都引起轰动，不说平民百姓，就是权贵之家，据说茶余饭后也都在谈论南宫大人怀里抱着的神秘小公主。”

苏落嘴角微抽。

费君平说：“南宫大人说他身子不适，得养着，所以这新生联赛的比赛就延迟了。”

苏落：“那有说什么时候恢复吗？”

费君平坏笑地看着苏落：“当时南宫大人从空间乱流里走出来，一身干净清爽，霸气冲天，谁都看得出来他没病，而他说的养病，据有心人推测，是他怀里那姑娘受伤，南宫大人所谓的养伤就是等她伤好呢。”

苏落：“……”

费君平说：“换言之，就是那位神秘姑娘什么时候养好伤，这新生联赛就什么时候开始。所以，神秘的姑娘，你的伤什么时候能养好啊？”

苏落没好气地瞪了费君平一眼：“不要胡说。”

费君平微微一怔，她这样打趣，苏落不该是这样的反应啊，难道她真的跟南宫大人不好了？

就在费君平不解的时候，苏落指着唐雅岚：“她怎么样了？”

说到唐雅岚，费君平简直快哭了：“老大，唐雅岚的胆子太小了，敌我剑根本发挥不出来。”

费君平回忆起自己之前跟唐雅岚对剑的情景。

唐雅岚胆子小，瑟瑟缩缩，畏首畏尾，十成的剑法她只发挥出了一成。

费君平一招将她的剑拍飞，忍无可忍："你胆子这么小还想进前二十？做梦吧你就！"

唐雅岚委委屈屈地瞅着费君平，捂着被震到酸麻的虎口，弱弱地说："我胆子就是这么小嘛，你又不是第一天认识我，天生的，本能反应嘛……"

费君平想了很多办法，都没能给唐雅岚解决这个问题。

于是，苏落问起来的时候，她只能无奈地哭诉。

苏落看着花园里唐雅岚那翩跹的身姿，眼眸中有光芒闪过，嘴角勾起一抹浅浅的弧度："我有办法。"

新生联赛一拖再拖，正在大家以为会无限期拖延下去的时候，忽然得到消息，新生联赛明天就要正式开始了！

而唐雅岚这里，一听这个消息，一双眼睛就像受惊的小白兔，楚楚可怜。

苏落在外面走了一圈，回来后，拉了唐雅岚到角落，压低声音："搞定了。"

"什么？"唐雅岚不解。

苏落得意扬扬："我已经帮你收买了你的第一轮对手，他在比赛中会故意给你放水，所以你放心地朝他使出敌我剑，把他杀下战斗台便可以了。"

"哇！真的吗？！"听到苏落的话，原本整日蔫蔫的唐雅岚顿时如夏花般绽放。

苏落拍拍她的肩，走了。

本来唐雅岚是没有资格参加新生联赛的，毕竟她是一百名，但是，东华学院这边在名额上出了点问题。

原本排名第二的芸韵通知学院，她自动放弃这次新生联赛。

芸韵可是院方的种子选手，她不在，东华学院拿得出手的就没几个了。

就在院方痛惜不已的时候，苏落进去了。

也不知道苏落怎么跟呼延大人说的，总之，苏落出来的时候笑眯眯的，而呼延大人足足打破了三个茶杯。

唐雅岚的名额就这样拿到了。

四十进二十的比赛，对于苏落来说，简直易如反掌。

她对面是北雪学院一位神化八星实力的新生，这名新生对于别人来说实力很强，但是对于现在的苏落来说——

她都没心情同他玩，一出手，直接将对方拍下战斗台，比赛结束。

这场本就悬殊的比赛，并没有引起轰动，因为苏落可是顶着东华学院第一名头衔来的。所以赢了是理所当然，输了才会引起轰动。

这之后，就是唐雅岚上场了。

但是在唐雅岚上场之前，苏落没想到自己的座位边上多了一个人——慕容沫。

苏落淡漠的目光从她脸上扫过，并没有说话。因为在苏落的认知里，慕容沫只是个跳梁小丑，苏落并不屑跟她说话。

慕容沫知道下一场是唐雅岚的比赛，特意过来坐到苏落身边，本就是故意要奚落她，并且亲眼看到唐雅岚落败，看到唐雅岚被学院开除。

美好的想象让慕容沫心情很好，却捕捉到苏落那一扫而过的目光中所蕴含着的蔑视，慕容沫当即怒火中烧，朝苏落冷冷一笑："听说唐雅岚是你在帝国学院最好的姐妹？"

苏落冷然看着战斗台，当慕容沫是空气。

慕容沫也不介意，得意扬扬地朝苏落冷哼："你这样认真是对的，因为这将是你最后一次看到唐雅岚在帝国学院的战斗台上活跃了，好好看吧。"

苏落似笑非笑地瞟了她一眼，依旧没有搭理她的意思。

苏落这样的无视，比狠狠抽慕容沫一巴掌还狠。

慕容沫嗤笑一声："行，既然你这样沉得住气，那就睁大你的眼睛看看吧，我倒要看看唐雅岚输了后，评委们又会如何偏帮！"

苏落没好气地看了慕容沫一眼，摇摇头："看来小皇子的事，你还记不住教训，既然如此——"

"什么？"慕容沫忽然有一种很不好的预感。

苏落说："这次唐雅岚要是赢了，她留下，而你，就等着被小皇子永远关小黑屋吧。"

慕容沫冷笑："唐雅岚会赢？你在说什么鬼话？你可知道她的对手是谁？"

唐雅岚运气不佳，抽到的对手比苏落的对手要强大，是西夜学院一位神化九星实力的新生。

这名新生魁梧而强壮，犹如铁塔似的戳在那，气势骇人。

若是平日，唐雅岚见到这样的对手，不说敌我剑了，就是正常的剑术她都发挥不出来。

但是这一次，唐雅岚却笑眯眯的，自信满满。

这位西夜的新生叫汪大力，天生神力，是慕容方的手下。

汪大力面容狰狞而扭曲："臭丫头，出招吧！"

唐雅岚笑嘻嘻地看着他，心想，我苏姐姐已经收买你了，你还这么嚣张，你也太爱演了吧！

不过唐雅岚不得不佩服对方的敬业。瞧这人长得这么憨厚，演起戏来却那么逼真，眼底的杀气都这么像真的！

唐雅岚也敛了神色，进入演戏状态，大手一挥："来吧，拿出你全部的实力，我要让你知道我的厉害！"

汪大力冷冷一笑！他家老大可是吩咐了，若是将这小丫头打残，就给他好多积分！

于是，汪大力朝唐雅岚狰狞一笑，使出全部的力气！

唐雅岚觉得汪大力就算是在演戏，那眼神也太可怕了，所以她闭上眼睛，举着冷剑："啊！"

一声暴喝，唐雅岚顿时全身气势恢宏！她完全不惧怕无处不在的剑光，以及随时可能伤害到自己的剑气，完全无后顾之忧地全力轰出那一招——敌我剑！

就在唐雅岚暴出这一剑的时候——

汪大力整个人都傻了。

这剑势，怎会如此可怕？在他还没反应过来的时候，一股可怕的剑气朝他身上暴射而去。

砰砰砰——汪大力身上就好像中弹一样，弹起十几道血痕，随后，他的身体倒飞出去，直接飞出了战斗台，重重砸落地面！

如此重大的变故，让所有人震惊当场！全场，寂静无声。

东华学院的学生，更是眼珠子都要瞪出来了！

之前芸韵弃权空出一个名额，本来应该顺延到第十一名，但是苏落一声不吭就把名额给了唐雅岚。很多人表面上没什么表示，但是私底下都在议论苏落公私不分，毕竟唐雅岚是东华学院第一百名啊！

但是现在，眼睁睁看着唐雅岚一剑击败西夜学院排名第六的汪大力！那刚猛的剑势、强大的威力，不可能是作弊，所以……从什么时候起，唐雅岚竟然有了这么强大的实力？如果唐雅岚一开始就有这样的实力，何至于一整年都被人欺负打压？

众人的视线全部集中到苏落身上。

自从苏落进入帝国学院，唐雅岚的日子才真正好过起来……也就是说，是苏落在短短几个月时间内，将唐雅岚从东华学院的第一百名，直接拉到能够打败西夜学院第六名的程度！

如果他们知道苏落不是花了几个月的时间，而只是五天不到的时间，大概会吓疯吧。

众人全用崇拜而敬仰的目光看着苏落，眼底有着狂烈的激动。

而此刻，坐在苏落身边的慕容沫如遭雷劈，完全忘记反应。

怎么可能！自从前几次吃过亏之后，慕容沫已经不是之前那么无脑冲动的性子了，她在跟唐雅岚打赌之前可是特意找人试探过，得出唐雅岚的真实实力后才引诱其上当的。

至于她的对手汪大力，他是慕容方的人，而慕容方是她慕容沫的人，绝对不存在被收买的风险。所以，慕容沫怎么都想不明白，唐雅岚怎么可能会在短短的几天时间内实力暴涨！

就在慕容沫心口发凉脊背发寒的时候，苏落偏过头，那双幽潭般的眼眸盯着她，似笑非笑道："看来，慕容沫小姐要被关一辈子小黑屋了呢。"

慕容沫恶狠狠地盯着苏落："你作弊！"

"哦？"苏落微微勾起嘴角，眼角余光瞟了台上的评委一眼，举手，"慕容沫小姐说这场比赛作弊哦。"

顿时，原本哄闹的现场一片寂静。

大家纷纷转头，用看白痴一样的目光看着慕容沫。

评委席上，南宫流云那几位大人物的目光，也漫不经心地瞟了过来。

慕容沫顿时暴露在所有人的视线之下。那些带着嘲讽讥诮的目光，仿佛将她剥得干干净净。

唐雅岚那么强大的剑意，是人都看得出来，那根本不是作弊能够使出来的，汪大力是实实在在被打下去的。慕容沫竟然张口就说作弊？这是对评委们发出的挑衅吗？

看到评委席上那几位少年微微皱起的眉头，慕容沫面色一红，恶狠狠地瞪了苏落一眼：“我哪有说作弊，少污蔑我！”说完，慕容沫提着裙子飞快地跑了。

看着慕容沫跑得好像后面有狗在追，苏落嘴角扬起一抹得逞的笑容。

而这时候，赢了一场的唐雅岚高高兴兴地跑到苏落面前，脸上是难掩的兴奋，还有一抹神秘兮兮的窃喜。

“苏姐姐，我赢了！我赢了哦！”唐雅岚拉着苏落的手，觉得苏落太神奇太伟大了！

原本让她愁得头发都要白了的事，苏落一来，轻描淡写地直接就给化解了。

苏落淡淡点头：“凭你的实力赢的，该谢的人是你自己。”

唐雅岚却一脸迷茫：“苏姐姐，这场战斗才不是靠我的实力赢的，如果不是你收买对手放水，我根本赢不了嘛，我能赢全是苏姐姐你的功劳啊。”

苏落没好气地拍拍她的肩头：“汪大力是慕容方的人，慕容方是慕容沫的人，我怎么收买得了？”

“可是你那天出去……”唐雅岚想起那天老大出去后，回来就跟自己说……

“我那天出去只是买了一包瓜子啊。”苏落淡然地看着她。

“啊？”唐雅岚震惊，“可是……”

“回来后跟你编了个故事啊，你不会真信了吧？”苏落神色古怪地看着唐雅岚。

“啊？”唐雅岚的小脸都白了！想起刚才自己上台之后不管不顾地直接放大招，顿时腿都软了……

苏落笑着拍拍唐雅岚的肩头：“好好坐着，下一场是费君平的比赛。”

就在苏落跟唐雅岚对话的时候，苏落能够明显感觉到，一股灼热的视线自全场视野最佳的方向投射到她身上。

她知道这道视线的主人是谁，但她全程旁若无人地跟唐雅岚聊天说笑，眉眼不抬分毫，仿佛那道视线她根本感觉不到。

接下来是费君平的比赛。

这场比赛，让苏落的眉头深深皱起。费君平的对手，好巧不巧竟然是慕容方。

就在前一刻，苏落利用唐雅岚狠狠打了慕容沫的脸，而这一刻，慕容方就对阵费君平，老天不会是在作弄她吧？

战斗台上，费君平和慕容方相对而立。

微风飘过，吹起慕容方宽大的袍角，层层叠叠，流光飞舞。他那俊朗的脸上，眼眸戏谑地半眯起来，嘴角更是勾勒出一抹嗜血的冷笑。

慕容方这是要下杀手了！正式比武，刀剑无眼，所以在比赛之前大家都签署过死亡书，而合理的战斗死亡率是在帝国学院允许范围内的。

苏落看着慕容方那蠢蠢欲动的腿脚，清晰地意识到，等战斗一起，慕容方绝对不会给费君平认输的机会，而且，绝对的强大实力让他拥有这样的能力。

而此刻，裁判正在倒数：三、二……

苏落的心猛然间提起！

费君平曾说过，这场比赛有曾经轻贱过她的族人观看，所以，为了这一刻能扬眉吐气，她曾经那么努力地修炼！只要进入新生联赛前十，她就有足够的资格回到家族，将曾经轻视她的人践踏在脚下。但是，这段时间的努力，终究抵不过运气啊……

就在裁判即将喊出一时，就在慕容方即将下杀手的那一刻——

“我认输！”费君平认真而平静地看着即将朝她飞射而来的慕容方，“实在不好意思，打断慕容大人杀人泄愤的机会了。”

费君平朝慕容方一抱拳，转身下台，走得决然，一点都不拖泥带水。

她这一走，全场却反而激动起来！

因为费君平刚才那句话……

原来刚才慕容方想要杀她吗？能够进入帝国学院的，又怎么会愚蠢？他们想到慕容方刚才嗜血而诡谲的目光，再想到慕容沫之前在苏落那里吃的亏，心中顿时了然。

慕容方看着费君平离去的背影，视线落到苏落身上。他缓缓地勾起嘴角，朝苏落投去一抹诡异而阴冷的笑容，笑容中充满了挑衅。

这两场比赛，实在出乎东华学生的意料。

评委席上，宁皓天、林若羽有些无精打采，毕竟这种程度的比赛对于他们来说，实在太弱智了。而他们之所以来参加比赛，只是为了陪南宫二少，顺便看看苏落那丫头有什么惊人之处。

这结果嘛……

宁皓天打着哈欠：“无聊。”

林若羽淡然一笑：“幼稚。”

楚三没好气地白了他们一眼：“哪里无聊，怎么幼稚了？你们没看到吗？那唐雅岚能进入二十强，全是苏落的手笔，还有那费君平，面对慕容方能果断认输，那可不是一般人能做到的，这俩都是苏落的小跟班。”

宁皓天：“谁是唐雅岚？”

林若羽：“哪个是费……什么……君？”

不是一个重量级的，所以没有资格进入他们的关注范围。

楚三简直没好气：“你们两个……”

而此刻，大家都发现南宫二少太安静，于是顺着他的视线望过去，正好定格在苏落脸上。

楚三几个对视一眼，全部叹气。

这一场场比赛下来，身为主评委，南宫二少连一个眼神都没给台上的人，他那灼热的视线，自始至终，都黏在苏落身上。他们毫不怀疑，南宫二少之所以抢了这主评委的位置，为的就是能够在绝佳的地方，光明正大地看苏落。

楚三简直没好气了。

军部那么多事等着他处理，他的属下一个个累得跟狗似的，龙凤族的长老催命符似的催着，可他倒好，早早等在最好的位置等待苏落出现，而苏落自始至终都没有抬头看他一眼。

苏落完全无视了这灼热的视线，在唐雅岚和费君平比完后，便带着两人径直离开了比赛现场。

“南宫二少，你们家落落走了。”楚三没好气地提醒。

很显然，“你们家落落”这五个字取悦了南宫二少，他抬眸，那好看到极致的殷红薄唇勾起，乌黑的眼眸黑曜石般灼灼发光。他朝楚三点点头，拍拍他的肩头：“主评委的位置，你先担待着。”说完，南宫二少起身，朝着苏落离开的方向漫步而去。

“不是，你这……”楚三无语望天。

如果他没记错的话，接下来还有七场比赛，而身为主评委的南宫二少，竟然就这么任性地丢下比赛……

宁皓天和林若羽也是无语得嘴角微抽。

“这苏落，真就这么重要？”宁皓天发现，他已经将苏落的重要性估算得很高了，但现在看来，还是低估了。

楚三没好气地说：“接下来的比赛，你就看着吧。”

有南宫二少在，还不知道会怎么偏心呢。如果有人敢伤苏落，楚三都不会有丝毫怀疑，南宫二少会暗中下手将那人废掉。因为现在的南宫二少，在面对苏落的事情上，简直任性又傲娇，一颗心都偏得没边了。

南宫流云尾随在苏落身后，离得不远也不近，只静静地走在她身后十米处。

唐雅岚好奇地回头望去，这一眼，顿时让她惊讶地捂住嘴巴，激动地攥住苏落的衣袖，还知道压低声音：“是南宫二少！是南宫二少啊！”

费君平完全不信，回头一看，下一秒，她的脑袋嗖的一声转了回来，双手捂住胸口位置。

一想到南宫二少正在她们身后，唐雅岚和费君平被吓得脸色发白，手脚都不知道往哪里摆。

苏落却仿佛什么事都没有似的，闲庭信步。唐雅岚和费君平对视一眼，都在彼此眼中看到了焦急。她们俩慢慢加快了脚步……差距慢慢变大，最后，两人落荒而逃，跑得飞快，很快就连人影都不见了。苏落只能无奈地长叹口气。

通往别墅的路上，寂静无声。阳光下，一前一后两道身影，一直保持着十米的距离。前面的身影全身散发着冷意，自顾自走着。后面的身影一双美眸看着前方的背影，静静地跟着。两人一路上没有交谈，完全就像两个不曾认识的陌生人。

时间一分一秒地过去，前方已经出现别墅群的影子。直到苏落踏进别墅，两人也没有说过一个字。

看着苏落冷然地进入别墅，用力地将门关上，南宫流云黑曜石般漆黑的眼眸里，如有一道流星划过，眸底闪着醉人的柔波。

三天后，二十进十的比赛。

费君平已经弃权。

东华学院的人满心以为唐雅岚会再接再厉，再创辉煌，没想到她也选择了弃权。而苏落……苏落怎么都没想到她对上的人竟然是……周二飞！周二飞也没想自己上场就遇到苏落，顿时傻在那里了。

苏落清楚地记得，在西南边陲的时候，南宫流云只带回了她，当时周二飞、辛一豪，还有冷七少都留在那里。现在既然周二飞回来了，那么冷七少呢？他是否也安全无虞地回来了？苏落心中充满了疑惑。但是最让她疑惑的是……

"你脸上的……"苏落记得，她给周二飞和辛一豪脸上用了移形换颜，没有她的独门绝技，绝对难以将他们脸上的移形换颜移除的。但是现在，周二飞那张脸已经恢复了本来面目。

苏落的话还没说话，周二飞就跟兔子似的往台下蹦，一边跑一边说："我弃权！"西南边陲一行，他算是怕了苏落了。更何况，从苏落显示出来的实力来看，他在苏落面前简直不堪一击，所以认输是最好的办法。结果他还没跑掉，苏落已经一把将他拎在手里。

"放开我！放开我！"周二飞挣扎着大叫。

苏落却没有放过他的意思，拎了他就往僻静的地方飞掠而去。

"救命啊！非礼啊！"周二飞情急之下都不知道自己喊的是什么。

苏落整张脸都黑了下来。就算要非礼，也是他周二飞占大便宜吧！苏落直接一记手刀下去将周二飞砍晕，拎着人潇洒掠走。

众人："……"见过强悍的土匪，可没见过这么强悍的女土匪……

"苏落拎着周二飞要去干吗？"

"周二飞喊着非礼，这是真的吗？"

"为什么被拎走的人不是我……"

众人心中哀怨不已。

宁皓天似笑非笑地看着南宫流云，打趣道："怎么不去阻止？"

南宫流云冷冰冰地瞟了他一眼："你太小看她了，也太小看我了。"

宁皓天的笑容僵在嘴角。楚三则拍拍宁皓天的肩头，明知道他懂南宫流云的意思，还特地给他翻译："你太小看苏落了，连南宫二少都不要的苏落，会看上那样的人？"

见宁皓天尴尬，楚三又笑嘻嘻地说："你也太小看南宫二少了，这样明显的事他都吃醋，那他还是我们敬仰的南宫二少？宁大，我怎么发现你最近智商有点不够用啊？"

"喀喀。"宁皓天假装咳嗽化解尴尬，"开个玩笑罢了。对了，苏落拎着那谁干吗去了？”

“逼问去了。”南宫二少双手交叠在脑后，靠在软椅上，嘴角勾勒起一缕邪魅的弧度。

至于逼问什么事，南宫二少似乎也是知道的。

宁皓天深深叹口气，这世上还有什么事能瞒过他的眼睛吗？

想到这，宁皓天心中一凛。他对苏落的印象不好，南宫二少是不是也了然于胸？所以之前他故意引自己来当这个评委，就是让自己亲眼看看他恋慕的苏落有多让人惊艳？

直到这一刻，宁皓天才恍然大悟，那次葡萄架下的谈话，南宫二少不经意间为现在埋下了伏笔。他能算计自己，必然也算计了龙凤族的人，所以这场新生联赛，并不是普通的比赛，他这是要将苏落的潜力展现给所有人看啊。

果然是……腹黑狡诈的南宫二少。为了苏落，他可算是步步为营，机关算尽。只希望，苏落承受得住他的宠，不要让大家失望。

原本对新生联赛感觉幼稚的宁皓天，在想通里面的关键点后，对苏落的重视程度又拔高了一个等级。

此时的苏落并不知道这里边的弯弯绕绕，她拎着周二飞到了角落，一记手刀将他拍醒。

周二飞醒来后，看到苏落，惊吓过度，拔腿就要跑。但是苏落已经一巴掌将他拍得坐地上了。

“如果不想被变成真正的女人，就回答我的问题。”苏落冷冷一笑。

真正的女人？周二飞吓得差点哭了。

西南之行，简直是他挥之不去的噩梦，苏落一上来就抓住他最大的弱点，于是，周二飞只能含泪点头。

“你们三个人都回来了？”其实苏落真正想问的是冷七少回来没有。

周二飞猛点头：“冷七少带我们回来的。”

苏落的眉头一跳。他不是说破空定位珠不能用了吗，怎么又……

“他可受伤了？”苏落冷着脸。

“受伤了啊，可严重了，当时找到我们的时候，那鲜血流了一地，神武宗的高手又凶巴巴地追上来，如果不是冷七少诈死抢过领头那人的破空定位珠，我们三个人就都死光光了。”周二飞幽怨地看着苏落，“冷七少那么对你，你却……你对得起他吗？”

他的话，苏落何尝不明白，他这是在弱弱地吐槽南宫流云只带了她走，却把大家抛下了。

只是南宫二少那样的身份，不是他能埋怨的，所以他不敢怨恨。

听到冷七少鲜血流了一地，苏落眼眸微微眯起，她丢下周二飞转身就走。

“你去哪里？去找冷七少吗？”周二飞对着苏落的背影喊道。

但是回答他的，是苏落那渐行渐远的清冷背影。

就在这时候，一道黑影从周二飞身边闪过。

周二飞左右看看，没人啊，一定是他的错觉吧。

事实上就在两人对话的时候，暗中埋伏着两个人。

在苏落离开后，一道黑影朝苏落追踪而去，另一道身影则飞快地朝龙凤族掠去。

南宫二少摆明了非苏落不可，所以龙凤族的人全擦亮了眼睛在观察苏落的一举一动、一言一行。

黑影飞蹿进龙凤族的某间庭院。

一年轻男子一身月白色锦袍，负手而立，背影颀长，散发着冷绝的气息。

黑影将刚才记录的对话呈上。

年轻男子看过一眼后，眸中点燃两簇火苗，手里的纸片瞬间化为灰烬！

“继续盯着。”年轻男子嘴角勾起笑，眼里也明明在笑，给人的感觉却淡漠无比，狠绝而残酷。

另外一个黑衣人尾随苏落而去。

苏落本来是朝着冷家去的。冷七少是因为帮她而受伤，于情于理，她都不能坐视不管。

但是走在半路上，苏落的通讯珏微微一动。苏落的目光从通讯珏上扫过，脊背瞬间微微僵硬。唐雅岚腹痛难当？

她给唐雅岚挂了通讯珏过去，那边传来哎哟哎哟的惨叫声，看样子确实病得不轻。

苏落想了想，半路又折回，朝她的别墅行去。

而战斗台那边，南宫流云嘴角勾起一抹浅浅的弧度。

楚三见南宫流云笑得跟狐狸似的，好奇地问：“你笑什么？”

南宫流云的笑容如三月樱花般醉人：“我大嫂最近身子不太好，你多去看看吧。”

南宫流皓的娇妻，是楚三少的表姐。

楚三少闻言，眉头微微一皱：“没听人说起啊，什么时候起身子不大好的？”

南宫流云眼底是邪魅低沉的笑，但是在楚三少看来，却有一种冷冽逼人的感觉。

从楚三少的角度看，南宫流云此刻抬眸望着渺远的天空，深邃的侧脸颠倒众生，半晌，他才幽幽说出两个字：“今晚。”

“啊？”楚三少一开始不懂。

现在还是下午，他怎么就知道水雪薇今晚会身子不好？但是很快，楚三少的身体就哆嗦了一下，他震惊地盯着这个神色温润慵懒漫不经心的美少年：“你……你要对她……”

为什么？

电光石火间，楚三少想明白了其中的关键：“你大哥要对苏落下手？！”

所以，他先下手为强，拿水雪薇做手脚，威慑南宫流皓？

楚三少的脸瞬间白了，冷汗滴滴往下滚落。

因为苏落，这两兄弟要阋墙吗？

“你简直……”楚三少指着南宫流云，简直无话可说。

而此刻，在他们身边的宁皓天和林若羽两个人，也愣在当场。南宫流云竟然……

原来，他们还是太低估苏落在南宫流云心目中的地位了。

宁皓天脸色有些苍白，林若羽雪白的额角滚落一滴冷汗。

南宫流云旁若无人地跟楚三的这番对话，与其说是说给楚三听，倒不如说是告诫他们两个。

“南宫二少你……”

“南宫流云你……”

为了苏落，简直丧心病狂。但是两人除了默默地擦汗，什么话也说不出来。

经过一场接一场的比赛，十个人选已经出来了。慕容方和冷云毅毫无疑问地进了十强。苏落、严崇杉也进了。还有一个辛一豪。其余的人，苏落并不认识。

十进五的比赛，苏落运气很好，遇到的是南楚学院的第三名，毫无疑问，苏落完胜！

苏落一直想跟慕容方遇上，但一直都遇不上，反倒是她身边的人，一个个偏巧都碰上他。

之前费君平遇到慕容方也就罢了，现在严崇杉竟然也遇到了。费君平直接认输，严崇杉却不管不顾地选择战斗，这让苏落的眉头紧紧皱起，因为她很明显地看到了慕容方眼底的狠戾。

一开始，两人势均力敌，大家狠狠地惊艳了一把。因为严崇杉在东华学院一直默默无闻，或者说，整个东华学院在苏落的光彩绽放下，其他人都变得暗淡无光。然而就是这样暗淡无光的一个人，站出来跟种子选手慕容方战成了平手。甚至严崇杉的表现让评委席上的那几个人都微微侧目。

严崇杉，严家庶出的七公子，一向是没有存在感的，但是现在，这颗年轻的新星正冉冉升起。

然而，喜悦并没有持续多久，慕容方开始反击了。他的反击狠绝而暴戾。他盯着严崇杉，冷冷一笑：“少年，表演结束了，现在开始是你的结局。”

砰——慕容方重重一拳砸到严崇杉身上。严崇衫没有被砸飞，但是他的血液全部涌到了脸上，瞬间面色涨红。

紧接着慕容方一脚踹向严崇杉。严崇杉重重地砸落地面，一口鲜血狂喷出来。然而不等他反应过来，慕容方重重一脚砸他后背上。

“啊！”严崇杉痛得瞬间仰头，又是一口鲜血。

严崇杉，快认输啊！苏落身侧的拳头紧紧捏了起来。他根本打不过慕容方的！

然而，这时候的严崇杉即便想认输，慕容方也不给他机会了。只见他抬起脚，又是狠狠一脚踹了下去。

“我……”严崇杉闷哼一声，后面一个字都说不出来。

苏落眸底一片怒意。慕容方这是准备在大庭广众之下将严崇杉凌虐至死吗？

“慕容方，你太卑鄙了！严崇杉已经认输了！你给我住手！”苏落冰冷的目光盯着慕容方，气势汹汹地喊道。

如果可以的话，苏落会冲上战斗台去。但是这里的战斗台不一样，为了防止被干扰，一旦交战双方进入战斗台后，战斗台就会被封锁，除非分出胜负。

慕容方听见了，扭头朝苏落勾起一抹嗜血的冷笑，依旧毫不犹豫地一脚踹向严崇杉。严崇杉又是一声闷哼，痛得叫都叫不出来了。此刻的他，后背一阵血肉模糊，几乎烂成了一团泥，简直触目惊心。

苏落心中憋着一团怒火。她跟严崇杉接触得不多，这少年从一开始的傲慢到服从，然后默默帮她做了很多事，她岂能让他受尽屈辱后，再在众目睽睽之下被凌虐至死？！

“慕容方，你给我住手！”苏落双目赤红，眼底一片猩红。

面对苏落的怒火，慕容方戏谑地勾起嘴角，得意扬扬道：“不要急嘛，下一场就轮到你了呢，现在先把这多管闲事的小兔崽子给解决了，哈哈哈——”

苏落不在的这段时间里，严崇杉帮苏落做了不少事，所以得罪慕容方得罪狠了。

严崇杉已呈半昏迷状态，根本没办法认输，现在能够喊停的只有评委席上的人了。苏落森冷而凌厉的目光射向南宫流云，眸中犹如点燃两簇熊熊烈火，疯狂暴怒。

南宫流云没有想到，有朝一日，苏落会为了别的男人用这样的目光看他。一时间，南宫二少俊美的容颜上如千万年积雪笼罩，整个赛场上犹如冰霜弥漫。

“结束。”南宫流云终究在心里长叹一声，手一挥，战斗台的结界瞬间如蜘蛛网般裂开，而高高抬起一只脚的慕容方仿佛被冰冻了一样，保持着抬脚的姿势。

苏落冲上去，直接将皇级凝血丹往严崇杉口中塞。费君平、唐雅岚几个也赶紧冲上去帮忙。

慕容方目光森冷地盯着苏落，缓缓收回腿。刚刚那一瞬间，他仿佛全身麻痹，身体不受自己控制。苏落上来的时候，明明他想一脚踹向苏落的，可结果，还没等他踹出去就发现自己动不了了。

难道是……慕容方惊惧的视线投向南宫流云。难道是那位坐在上位，俊美无双，雍容矜贵的南宫二少出的手？带着这样的怀疑，慕容方再不敢随意出手，对苏落冷冷一笑：“希望下一场你能报仇。”

苏落放下严崇杉，缓缓站起身，嗜血的目光盯着慕容方，一字一顿：“在此之前，希望你不要先死了。”

慕容方冷笑：“这句话反送给你！”慕容方一边狂傲地冷笑，一边傲然地走下战斗台。

苏落看着他离去的背影，脸色如寒霜般凝结，身侧的拳头紧紧握起。

不管苏落对慕容方是什么想法，慕容方的实力在诸多人的宣扬下，已经隐隐有新生联赛第一名的架势。

相比较而言，这几场比赛中苏落一直中规中矩，没有特别出彩的地方也没有失误，所以大家的关注点都不在她身上。

经过一轮轮角逐，很快就到了五强赛。

进入五强赛的分别是苏落、慕容方、冷云毅、辛虫亮，还有一位陈雪娇。

前面三位大家都知道，但是后面两位很多人都不知道，于是就有很多人问起。

陈雪娇原是二年级的，为了在南宫流云面前比赛，硬是留级到一年级来。她本来在二年级的实力属于中游，但是到了一年级后，简直战无不胜，隐隐有跟慕容方分庭抗礼的趋势。

至于辛虫亮，这个人能够进入五强，完全是因为运气。

原来他是南楚学院的第九名，实力不算顶尖，但也不差，平时默默无闻，一点也不出彩，谁也没想到这次他竟然大爆发，场场胜，最终挤掉他们南楚学院的第一名辛一豪和第二名周二飞，幸运地进了五强之列。

第一场比赛，他的对手是北雪学院的第五名，谁都以为他要被拍出局了，结果，他的对手在修炼的时候差点走火入魔，自动放弃比赛。

第二场比赛，他的对手是西夜学院的第四名，但是这位第四名同学在比赛时滑倒，把自己撞晕了。

第三场比赛，还没上场，他的对手就被人绑架了。

第四场比赛……

这个人，简直就是无敌幸运星！

总之，他就这样离奇地进了五强。

如果说，大家对前面四个人都认可的话，那么对于这位辛虫亮同学，那就是大大不认可。但是，不管大家怎么抗议，也无法否认辛虫亮进入五强的事实。

进入五强赛后，比赛规则发生了改变，从原先的淘汰赛变成了循环赛。根据前面的比赛，评委方给五个人的实力进行了排序，从强到弱分别是慕容方、陈雪娇、苏落、冷云毅，然后是辛虫亮。

循环赛为了照顾到参赛选手，所以每一轮都会抽一个名额轮空。

比如说第一轮，慕容方抽到轮空，那么就是陈雪娇对战苏落，冷云毅对战辛虫亮。

至于如何评定胜负，大赛方规定，选手赢一场积十分，输一场减去十分，平局则为零分。

战斗台上，苏落和陈雪娇相对而立。

“你们说，这场比赛，苏落赢，还是陈雪娇赢？”

“你在搞笑吗？”

“陈雪娇可是二号种子选手，能够跟慕容方相提并论的人物，苏落怎么可能打得过她？”

好吧，结论就是无论如何，陈雪娇都会赢。

“那么你们猜，苏落能挡住陈雪娇多少招？”

“一百招总有的吧？”

“我买的是五十招。”

“十招的赔率才高呢，我花了大价钱买苏落十招会输。”

台下的议论声自然逃不过台上几个人的法眼。

宁皓天摸着下巴，看着容颜绝世的苏落，微微摇头。以他的实力，自然一眼看出陈雪娇的实力远在苏落之上，他对苏落并不抱期望。

楚三没好气地白了他一眼：“宁老大你叹什么气啊，苏落可是要拿新生联赛第一名的人。”

林若羽摇头：“新生联赛第一名？不，她拿不到的。”

楚三急了：“你们一个两个都这样不看好苏落啊？”

宁皓天眼角余光瞟了南宫流云一眼，见他面容平静，这才说：“不是我们不看好她，这是事实。”

林若羽说：“陈雪娇她都赢不了，更遑论慕容方了。”

宁皓天：“这陈家丫头这次是豁出去了，居然背着她家里留级了，啧啧，不知道咱们的南宫哥哥有没有一点点感动呢？”

“反正我觉得苏落输不了。”楚三对苏落有一种盲目的自信。

“为什么？”宁皓天好奇地看着楚三，“楚三，我就特别奇怪，为什么你这么相信苏落不会输呢？”

“因为……”楚三也答不出来，“你们相信我，反正她不会输的。”

楚三几个聊得兴起，南宫流云的神色却依旧高深莫测，那双深邃的眼眸波澜不兴，全场无数双眼睛在他身上睃巡，却没有一个人猜得到他心里在想什么。

战斗台上。

陈雪娇衣袂飘飘，姣美的容颜上，一双犹如冰川般毫无感情的眼眸盯着苏落，墨色长发随风飘舞。

“就是你死缠着南宫哥哥？”陈雪娇明艳的脸上满满都是骄傲之色。

苏落目光微沉，没有回答她的话。

陈雪娇高昂起头，蔑视着苏落：“为了能在无数人面前光明正大地击败你，所以，我留级了，我才是最爱南宫哥哥的人，你算什么？”

苏落眼眸危险地眯起。

因为她发现，随着陈雪娇的怒气值上涨，她身上散发出一股让人心惊胆战的黑色气息。

即便是苏落，亦有一种想转身逃跑的冲动。

“苏落！本来我想让你跪下，饶你一条小命，但是现在我决定，我要当着所有人的面，杀了你！”陈雪娇身上瞬间散发出一股逼人的气势！

黑色的气息朝苏落笼罩过来，即使苏落祭出重力空间，黑色气息依旧无孔不入。

苏落的心渐渐沉了下去，因为她发现，在黑色气息的笼罩下，她竟然有一种溃不成军的绝望感。

“苏落，受死吧！”陈雪娇酝酿出了她最大的底牌，也是最强大的一招——弑杀。

一道红芒射向苏落，速度快得让人震惊。在所有人震惊的目光中，苏落手中的暮云剑使出：“神女剑法！”两道攻击重重撞在一起，轰——

就连台上的楚三都忍不住站了起来，一双冷眸死死盯着战斗台上的人。

在红芒爆裂的那一瞬，一道曼妙的身子倒飞而出，在半空中狂喷一口鲜血，最后狠狠地砸到战斗台后壁上。巨大的暴击直接将战斗台的保护结界轰得犹如蜘蛛网般蔓延开，随后哗啦啦地碎裂。

所有人都张大了嘴巴，死死盯着那飞出去的人。微风吹过，少女裙角飘起。她的身形动了动，挣扎着站了起来。

“苏落？”

怎么会是苏落？！她竟然接不住陈雪娇的一招？她竟然毫无还手之力地被震飞出去？自从进入东华学院后，苏落一路战斗一路赢，即使面对芸韵那场艰难的战斗，她依旧笑到最后，然而现在，她竟然连陈雪娇的一招都接不了。这就是二年级的实力吗？

苏落手掌紧紧捂着嘴，剧烈地咳嗽了几声，掌心瞬间渗出一抹鲜红的颜色。

陈雪娇一招之后，苏落输了，而且重伤。

“我不信！”

“苏落怎么会变得这么弱？”

“这个人真的是苏落吗？”

“难道以前的那些威名全是假的？”

“苏落耀武扬威这么久，没想到也有今天。”

“老子押苏落一百招败落啊。”

“老子才惨好吗？花重金押她十招败落，没想到她这么不争气，一招就败了！”

战斗台下议论纷纷，几乎所有人都对苏落表示失望和鄙夷，因为她害他们输大钱了！

陈雪娇自然是很得意的，她居高临下地斜睨苏落：“我还以为你有多厉害呢，为了对付你，我想了足足十天的计谋，结果咧，你竟然一招败落，简直太不堪一击了。果然，盛名之下难副其实啊。”

苏落捂着胸口，仍在剧烈咳嗽。从西南归来，精神力才只恢复三成，没想到一上来就面对陈雪娇的最强精神攻击，这就像拿鸡蛋去撞石头，不输才怪。

陈雪娇漂亮的眼睛从评委席上扫过，一想到自己在南宫哥哥面前将苏落击败，她顿时得意得尾巴都要翘起来了，她蔑视地瞟着苏落：“你说，我是杀了你好呢，还是饶你一命呢？”

苏落眼神淡漠，冷冰冰地说出三个字：“我输了。”说完，捂着胸口就往下走。

陈雪娇盯着苏落，冷哼一声：“算你认输认得快！不然的话，非杀了你不可！”

说完这句话，她就高高兴兴地转头望着她的南宫哥哥。

这次花费很大的代价留级下来，光是这一场，就大大地赢回了所有的本钱。而就在这时，一道寒冰般的视线落到她身上。

陈雪娇只觉得脊背发寒，全身僵硬。她下意识地顺着视线望回去。但是，那道视线却消失了。

是谁？陈雪娇看着评委席上的几位翩翩美少年，眼中露出一丝疑惑。

随着苏落一路离去，无数双眼睛都看着她，目光中包含着失望和可惜，更多的是鄙视。

宁皓天皱皱眉，默默地看了南宫流云一眼，对楚三道："这下麻烦大了。"

楚三原本还处于震惊之中，听宁皓天这么一说顿时回过神来："南宫家族的人都在关注苏落……这次考核，对于别人来说是新生联赛，但是对于苏落来说……"

这是南宫流云为她争取来的，让龙凤族人认识她的机会。

可是，苏落一招败在了陈雪娇手下。

楚三深深地叹了口气，苦恼地揉揉眉心：这下麻烦大了。

三人同时望着南宫流云，南宫流云却起身："你们看着办。"说完，这位主评委又飘然远去。

三人面面相觑，南宫二少好任性，他们根本拿他没办法。

南宫流云跟之前一样，一路尾随着苏落。

苏落强撑着走出战斗场，一口鲜血顿时喷出，身子更是一阵踉跄，差点摔倒。

南宫流云走到她身边，稳稳地扶住她。

苏落抬起水色眼眸，望进眼前这一眸深潭。

南宫流云弯腰打横抱起苏落，一袭翩然华丽的月白色软袍垂地。

"放开我！"苏落眸中浮现一抹怒色。但是此刻的她精神力透支，脑袋疼得几乎要炸开，哪里反抗得了？

不远处的唐雅岚和费君平飞奔而来，但是当她们看到公主抱一样抱着苏落的南宫二少，顿时停住脚步，怔在当场。

"我不要去静园！放开我！"苏落雪白的手推着南宫二少瘦削的胸膛。

"我送你回去。"南宫流云眸色深邃，周身杀气腾腾。

轻轻的风吹过，腰际的玉带翩然飞舞，肆意轻扬。

两人离得近，苏落能够闻到从他身上散发出来的芳草清香。在清新的味道中，苏落默默地闭上眼睛，陷入了泥沼般的黑暗中。就连她自己都没有发现，她一直叫南宫流云放开，但是她的手紧紧抓着他的衣襟。

看着南宫流云稳稳地抱着苏落离去，费君平一把拉住唐雅岚："我们不要过去了。"

唐雅岚很是着急："苏姐姐伤得很严重！她需要我们的照顾！"

费君平用看白痴一样的目光看着唐雅岚："外伤算什么，心里的伤才是最重要的，你别告诉我你不知道南宫二少是苏落心里的伤的唯一解药。"

"那……你确定？"唐雅岚定住脚步，南宫二少看上去杀气腾腾、气势汹汹，真的不会打苏姐姐吗？

费君平没好气地翻了个白眼，拉着唐雅岚回到座位上。

还有下一场比赛，苏落不在，她们要帮苏落观察对手。

别墅里。

南宫流云将苏落抱到月白色大床上，正要将她放下，却发现她那双小手紧紧揪着他胸前的衣襟，用力得仿佛长在上面。

这丫头……南宫流云靠在床头，乌黑的青丝一泻而下。他小心翼翼地抱着苏落，让她半靠在他胸前，白玉般的纤细手指一下一下温柔地摩挲着她的墨发，那张在人前疏离冷漠的绝美容颜，此刻却满满都是疼惜。

他的手掌，那样温暖，动作那样小心翼翼，生怕吵醒她。他的另一只手与她十指交握，而他身上的灵气正源源不断地输入她体内。

两人相互依偎，手指相扣。

窗开着，原本湛蓝色的天空中出现一片赤红的晚霞，晚霞退去，夜幕降临。

南宫流云优雅慵懒地斜靠在床头，一只手轻轻拍着苏落的后背，那双水色星眸望着夜空。静谧的夜晚，他冷漠的嘴角却绽放出一抹温润如玉的笑容，笑容比樱花灼热。

能这样抱着她，比拥有整个天下还让人向往。

南宫流云走的时候是在原地消失不见的，所以，当台下的人反应过来的时候，都愣然了，主评委竟然又不见了！没有了主评委，这比赛还继续吗？

各院的副院长也是头痛，因为以南宫流云的身份，他们是说不得骂不得打不得，什么都干不了，只能任由他来去自如。

还好楚三勇敢地站了出来，接过主评委的职责，宣布比赛继续。

下一场比赛是辛虫亮对冷云毅。

今天的比赛，似乎很喜欢爆冷门。

所有人都以为，在绝对实力面前，运气就是纸老虎，所以，他们全押冷云毅会赢。

但是眼前的比赛有些出乎所有人的意料。

这一次，辛虫亮的对手没有走火入魔也没有被人劫持绑架，冷云毅安然地走上战斗台，稳稳地站定在他面前。

比赛开始后，冷云毅没有滑倒，也没有倒霉发出事故，两人稳扎稳打。

然而，让所有人震惊的是，他们一直以为靠运气的辛虫亮竟然赢了！他在第一百招的时候，将冷云毅拍飞出去，从而赢得胜利！

天哪！

南楚学院的第九名，打败了北雪学院的第一名啊！

这一刻，整个学院都轰动了！所有人都激动了！

“这辛虫亮简直太让人惊奇了！”

“对啊对啊，没想到他竟然隐藏得这么深！”

“一开始还以为他买通对手了，但是现在想想，他能买通别的对手，可买不通冷云毅啊，冷云毅可是冷家人！”

“所以说，排除了买通，排除了幸运值后，辛虫亮堂堂正正地击败了冷云毅！”

“这匹黑马可真让人震惊啊！”

“嘿嘿，我之前就信辛虫亮，所以买了他赢。”

“我也买了他赢，哈哈哈！”

“所以说现在很多事说不准啊，你们看，苏落之前呼声多高，看着多嚣张啊，结果咧，被陈雪娇一巴掌拍飞了。但是这位辛虫亮，之前所有人都说他是靠运气才晋级，可结果咧，人家硬是拿出实力，光明正大地击败了冷云毅。”

“冷云毅可是北雪学院第一，冷家的人啊，这下辛虫亮的名声也够响亮了。”

所有的赞美都围绕着这位冉冉升起的新星，所有的诋毁都给了倒霉的苏落。有了苏落这个倒霉蛋垫底，冷云毅受到的指责微乎其微，负面影响几乎没有。

苏落被嘲笑，连带着整个东华学院都被人嘲笑。

东华学院的人已经受了一个多月窝囊气了，好不容易等到他们的苏老大回来，一个个昂首挺胸做好扬眉吐气的准备了，横幅都制作出来了，可结果——

苏落输了……

一招败落……

这简直就是……

东华学院的学生们胸口憋着一口气，差点憋出内伤。

苏落并不知道外面的纷纷扰扰，她就连在睡梦中都在发愁自己的精神力如何恢复。

等她睁开眼的时候，只觉得脑袋晕晕乎乎的，全身僵硬而酸痛，像是睡姿不好导致的后遗症。

苏落揉揉脑袋，第一眼看到的是一张完美无瑕的容颜。这张脸肌肤胜雪，脸上看不到一丝毛孔，细腻完美得让女人都会疯狂嫉妒。完美肌肤上，轮廓线条分明，五官精致如雕刻，那浓密卷翘的睫毛下是一道微微发青的卧蚕，泄露了他的疲劳过度，但是他的嘴角孩子气般抿起，似乎做了个美梦。

趴在他瘦削的胸膛上，苏落仔仔细细、一眨不眨地盯着他的容颜，生怕一眨眼他就会消失在眼前。

这个人，这张脸，原本与她何等亲密，但是现在有多久没有仔仔细细地看过了？

苏落抬起纤细如玉的手指，轻轻地朝他脸上摸去。然而手指还没接触到他的肌肤，苏落的手就顿在半空。

她面上平静，心里的两个“小人”却在剧烈交战。

一个叫作理智。

一个叫作感性。

理智小人告诉苏落，这个男人已经不是她的南宫流云了，他心里有别的女人，他背叛了他们的爱情，所以，不要理他，立刻离开他！

感性小人告诉苏落，这个男人为她闯龙潭虎穴，为她不惜重伤也要承受别人的掌力，为她不惜付出极其珍贵的定位破空珠将她带回来，他心里有她。

理智小人和感性小人在苏落脑袋里吵得不可开交，最终，苏落的手还是轻轻地落到他的眉心。

他的眉毛那么漂亮，最好的墨锭也描不出他剑眉的颜色。

他的眼眸那么好看，睁开眼所有的人物都会黯然失色。

他的轮廓，线条冷硬，棱角分明，勾勒出君临天下的王者霸气。

他的容颜，是任何辞藻都无法形容的美，他的天赋卓绝天下，他的实力高深莫测。

他是这样完美，完美得世间独一无二。

但是——

苏落的眼底闪过一抹抽痛，从眉心摩挲到唇角的手慢慢收回。

然而就在这一瞬间，苏落发现她的手被握住，一双绝美深邃的星眸，正一眨不眨地凝望着她。他眼底的霸气，显露无遗。

苏落皱眉，冷然道："放开我！"苏落一边说一边甩开他的手，因为距离太近，一拳砸到了南宫流云的胸口。不知道是苏落的动作过大，还是南宫二少不堪一击，他松开了苏落的手，纤细手指捂着殷红的唇，一阵又一阵地咳嗽起来。

苏落动作迅速地爬下床，森严戒备地盯着他："你怎么会在这里？"回答她的，是南宫流云一声接一声的咳嗽。

苏落冰冷的神色渐渐有一丝减弱，她忽然想到之前南宫流云重伤垂危就是伤在胸口位置，满打满算也不过才一个多月。刚刚她撞击的地方……苏落弱弱地瞟了南宫流云一眼："你、你没事吧？"回答他的是南宫流云剧烈的咳嗽。

已经一个多月了，她输了那么多血过去，按说他已经好了大半啊，怎么看着这么严重？要说严重的话，苏落觉得自己才是伤得比较严重的那个呢。伤……苏落的眼皮微微一跳，随即整个人一僵，因为她忽然发现她的伤几乎痊愈了！

怎么可能？她原来的伤就够重了，再加上被陈雪娇那一掌所伤，伤势不是一天两天能够好的，怎么一觉醒来……

"我睡了多久？"苏落下意识地看了看通讯珏上的日期，发现她并没有睡多久。

"你……是你……救了我……"苏落颤抖着指尖指着南宫流云。

他这是将她的伤转移到了他身上！所以，可以确定的是，南宫流云竟然把血祭学会了，而且加以改良。这男人究竟是怎样的智商？！简直恐怖！

苏落倔强地梗着脖子，冷哼一声："你别以为救了我，我就会原谅你！"

南宫流云抬眸，那双绝美深邃的眼眸默默地看了苏落一眼，眼底有着一丝显而易见的委屈。瞟完苏落后，南宫流云低头，继续咳嗽。苏落又走近几步，停到他身边，眼眸紧紧地盯着他："你、你怎样了？"

南宫流云那张颠倒众生的容颜偏了过去。苏落伸手握住他的手腕，南宫流云却拂过她的手，掀开月白色锦被，站起身来。

"让我看看。"苏落见他脸色苍白毫无血色，心中的担心到底超越了强硬的自尊。

南宫流云淡然起身，冷然地披衣，径直往外走去。

"南宫流云，你给我站住！"苏落气急败坏地喊他。

前方颀长瘦削的身影微微停顿，他转过头，那双珍贵如黑曜石般的眼眸，高深莫测地看着苏落，眸底深邃无底，荧光流转。在那样的目光下，苏落一时之间怔住，久久无语。

南宫流云优雅地转身，冷然离去。他走过之处，散发着一股淡淡的琼花清香。

看着他离开，苏落上前一步，却终究没有喊出口。她知道他在等那句话，她知道她的没有回应让他失望，但是……就这样当作什么事都不曾发生过吗？她做不到！所以，苏落只能眼睁睁地看着南宫流云离开……

苏落有些郁闷地揉揉眉心，现在事情的发展，越来越脱离她的掌控了。苏落不知道的是，接下来的事情，更超出她的掌控。

一直缺席评委席的冷七少回来了。

第二场比赛。

谁也没想到，依旧是慕容方轮空。身为一号种子选手的他，一次次轮空，越发让人感觉到他实力的神秘。

这一场。

苏落对战冷云毅。

辛虫亮对战陈雪娇。

因为前面一战苏落一招败给陈雪娇，所以大家对苏落的实力低估了一大截。

之前冷云毅跟辛虫亮的比赛，冷云毅虽然输了，但毕竟撑了那么久，所以大家还是很看好他的，言语间对苏落多有蔑视。

评委席上，突然多了一位翩翩美少年，大家先是一怔，随后爆发出一阵雷鸣般的掌声。

"冷七少！"

"冷七少来了！"

"跟南宫二少相提并论的冷七少来了！"

观众们唯一的遗憾也圆满了。

冷七少站起，举手投足间皆是高贵气质，周身透出一股诱人的慵懒邪魅气息。他淡然地摆手，悠然坐下。

不知谁大胆地喊了一句："冷七少怎么现在才来啊？"

没人觉得高高在上的冷七少会回答这个问题，但是出乎大家意料的是，这位霸道强势妖娆轻狂的冷七少居然一本正经地回答："因为要给某个人打气啊。"

这个回答，让人震惊的同时，又留下很多八卦的空间。给某人打气？是谁有这么大的面子，能够让高高在上的冷七少亲自过来打气？

“难道是冷云毅？”

“因为接下来是冷云毅和苏落的比赛啊。”

“可这冷云毅只是冷家的旁支而不是嫡系，再说即便是嫡系，冷七少也未必看在眼里吧？”

“不是为冷云毅打气，难道是为苏落？哈哈哈，这个笑话简直太好笑了。”

就在大家猜测不休的时候，没人注意到，南宫二少那双透着傲然绝世锋芒的眼眸，犹如出鞘的冷剑，一道骇人的寒芒一闪而过。

不知道谁大着胆子问：“冷七少是为谁打气来的啊？”

问话的人战战兢兢，不确定冷七少会不会翻脸。

出乎所有人的意料，一向以杀人为乐的冷七少，此时似乎心情不错，那双深邃含笑的眼眸瞟了身侧的南宫流云一眼，眸中如黑曜石般浅浅发光，唇角更是笑意盎然。

他说：“本少爷当然是为了苏落而来啊，你们是瞎子吗？不会用眼睛看啊。”

苏、苏落？所有人惊诧得下巴都快掉了。一瞬间，所有的视线全朝苏落望去。

第十章 对决

战斗台上，和冷云毅淡然而立、正准备战斗的苏落有种如芒在背的感觉。

这个冷七少……尽添乱。苏落看着他，眼底满满都是无奈。

冷七少似乎没看到苏落眼底的无奈，他眉若远黛，眼似桃花，灼灼发光，笑容满面，很高兴地朝苏落挥手：“落丫头，一定要赢哦。”

这……众人皆惊。

不是说冷七少嗜杀成狂，霸气得让人难以靠近？不是说冷七少不为女色所动？不是说冷七少绝情残酷？但眼前这位笑得眼睛眯成弯弯的月牙状、发自内心高兴的人，真的是冷七少吗？那么热情洋溢，亲昵如常……就仿佛两人是一对恋人。

苏落头痛地扶额，恨恨地瞪了冷七少一眼：“闭嘴！”

聪明如苏落，何尝不知道冷七少是故意在南宫流云面前表现跟她的亲昵熟络，故意帮她气南宫流云的？可现在问题已经够复杂了，冷七再插入一脚，复杂得苏落都无奈了。

苏落一声令下，却让全场的人差点吐血。那可是冷七少，堂堂冷家最杰出的惊才绝艳的少年，被所有人捧在掌心的冷七少！但是苏落居然叫他……闭嘴。

天哪，她就算找死也别这样啊，这是想死无全尸吗？冷七少的破脾气，天下尽人皆知的好吗？但是，让所有人无语的是，当众被骂，冷七少那漆黑的眼眸却越发灼灼发光，眸光流转，散发着淡淡的温柔和宠溺。在场几乎所有女生都胸口一窒，深深地被他吸引。

这一刻，无数人恨不得化身为苏落，成为冷七少眼中的那一抹温柔。

苏落何尝看不出冷七少的故意，她深吸一口气，才压抑住想暴打他一顿的冲动。她恨恨地瞪着冷七少：“你别添乱。”

冷七少眼里闪动着璀璨如星的光芒，很听话地举手投降：“好好，你别生气，都听你的，嗯？”最后一个字，尾音带着柔柔的宠溺，简直让人沉醉。

苏落扶额，不想跟他说话了。

此刻，评委席上仿佛被割裂成了两块，一边是冷七少的热情，另外一边是南宫流云的冷酷。苏落下意识地想朝南宫流云望去。

她的目光从宁皓天、林若羽、楚三脸上扫过，看到了他们眼中的难以置信，震惊中，又有着浓浓的失望。这样的目光让苏落的心一丝丝地沉了下去。最后她终于鼓起勇气，目光定定地与南宫流云对视。南宫流云目光森冷如寒冰凝结，带着睥睨天下的傲气，好看的菱唇淡漠地上翘，带着不可一世的嚣张傲慢。

苏落在他的眼眸中看出了事不关己的淡漠……她的胸口位置，不受控制地一阵钝痛，呼吸一窒。他竟然不在乎吗?

此刻，在众人眼中，苏落那抹纤细的身影立在战斗台上，傲然独立，恍若一抹悲伤的影子。她低垂着小脑袋，沉浸在委屈的世界里。

她对面的冷云毅，气呼呼地瞪着苏落。

委屈？真正该委屈的是他冷云毅好不好？人人都知道他是冷家人，但是现在，冷家最为重视的小七爷却站出来，点名说支持他的对手，这让冷云毅憋屈得很想一头撞死。他现在都不知道自己该怎么办，施展全部实力，将苏落碾压，打得她一败涂地？还是控制住实力，故意输给苏落，以博小七爷欢心?

冷云毅心中纠结极了，所以当他看到占了便宜还卖乖的苏落似乎一脸委屈的样子，怒气值那是突突上升。

“来战吧！”冷云毅决定，就算他要故意输给苏落，那也得将她打成重伤为自己出这一口恶气。到时候就算冷七少责怪，他也可以说，这是为了表演更逼真啊。嗯，就这样！

苏落冷冷地抬眸，她知道此刻有许多人正盯着她的一举一动。上一场已经输给陈雪娇，这一场若是再输给冷云毅……苏落身侧的手紧紧捏起。如果再输，她苏落丢得起这个人，南宫流云却丢不起这个人，毕竟他曾经当着那么多权贵子弟的面，承认跟她的关系。她不能让别人觉得南宫流云眼光不好，识人不清。

苏落深吸一口气，目光淡然地看着冷云毅：“不要有压力，施展出你的全部实力吧。”

这句话，听在冷云毅耳中，更像是一种暗示。冷云毅呸了一声：“苏落你行的，勾引小七爷，走上层路线。你放心，我一定会输给你，但是在输之前，你也不会好过！”话音刚落，冷云毅就动了。

长剑震动，清晰的剑鸣声嗡嗡作响，随着剑鸣声响起，冷云毅周身的灵气突然间暴涨，凝聚成一件坚硬的铠甲，覆盖在冷云毅的身体上。铠甲流光和灵气闪动，一看就知道防御力惊人。

苏落的眼眸微微眯起，评委席上的人也都眼眸微眯。

楚三重重一拍桌子：“青衣防御铠甲！没想到这冷云毅在冷家还挺受重视的，冷家竟然传了他青衣防御铠甲！”楚三一边说，一边朝冷七少那边冷冷哼了一声。即便刚才冷七少对苏落表现出暧昧，楚三有些不高兴，心里毕竟还是向着苏落的。

冷七少漫不经心地瞥了楚三一眼："你对她的实力不了解，难怪会担心，我可相信我家小落落了。"

楚三下意识地朝南宫流云望去。他明显看到南宫流云那修长如玉的手蓦然攥紧，手背青色血管突突地跳着，那双深眸如寒霜凝结，煞气几乎冲天。

楚三瞪了冷七一眼："怎么说话的？什么叫作你家小落落？苏落是你们家的吗？你追得到她吗？不害臊！"

冷七少慢悠悠地看了南宫流云一眼，神色得意扬扬："追女孩子当然要不害臊啊，害臊怎么追得着？笨死了。"

楚三嗤笑一声。冷七少一本正经地看着他："不信？问你们家南宫二少嘛，这不就是个最典型的例子吗？"

楚三一时语塞。这个冷七，说话不噎人会死是不是？

南宫流云好看的凤眸微眯，黑曜石般灼灼发光，他漫不经心地瞥了冷七少一眼："看来你很闲？"

冷七少盯着南宫流云。

俗话说得好，最了解你的人不是你的朋友，而是你的敌人。所以南宫流云这句话一出，楚三还没反应过来，冷七少却已经盯着南宫。年青一代最杰出的两位少年，同样惊才绝艳，同样骄傲霸气，同样不可一世，同样容颜绝美。冷冷对视间，火花四射，光芒四溅。

冷七少似火，南宫流云似冰。评委席上，楚三几个顿时似被烈火炙烤，又如坠冰窖，冰火两重天的感觉让他们酸爽极了。若不是实力不差，在这两人的对峙下，他们估计已然成为炮灰，湮灭在世间。

冷七少最终还是嗤笑一声："南宫流云，即便你升了军衔，也不过跟我平级，还命令得了我？"

南宫流云似笑非笑："没记错，你的管辖范围是西北二十五城？"

冷七少带着压抑的杀戮气息，阴冷地盯着南宫流云："别告诉我，你准备放修罗界的人进入二十五城。"

南宫流云唇若含丹，眉眼间有着淡淡的残酷。冷七少霍然站起来，指着南宫流云："你疯了！"

南宫流云那双犀利中带着杀气的眼眸，好似草原孤峰上的独狼，冷厉逼人，锐利残酷。他抬着下巴，如贵族般倨傲冰冷，那勾勒的嘴角，带着残酷薄情的笑，笑意却不达眼底，声音轻柔得仿佛一片飘落的羽毛："你在说什么呢？"

冷七少犀利如鹰隼的眼眸恶狠狠地盯着南宫流云，原本的漫不经心已然不见，取而代之的是愤怒。反观南宫流云，他的眼眸犹如幽暗的深潭，一眼望不见底，只知道那眼眸中有着似笑非笑的戏谑。

冷七少气呼呼地坐下，冷嗤一声："即便修罗界的人进入二十五城又怎样？只要修罗十二阎王不来，能怎样？"

南宫流云冰冷的嘴角漫不经心地勾起："修罗十二阎王啊……似乎也挺闲的。"

"南宫流云！"冷七少盯着南宫流云，杀气甚浓，"你疯了！你真的疯了！"

如果南宫流云故意让修罗界的人进入自己管辖的二十五城，如果他故意引修罗十二阎王中的一个过来，那对于二十五城来说，简直就是一场末日灾难。他相信，南宫流云有绝对的实力能够神不知鬼不觉地将修罗界的人引来；他也相信，南宫流云有绝对的实力将自身的嫌疑撇得干干净净。

"你不会的。"冷七少目光带笑，却狠戾逼人，轻讽道，"你不会拿龙凤族的尊荣开玩笑的。"

南宫二少的冷眸却直直地盯着他，眸底透着阴冷的锋芒，殷红薄唇邪魅轻勾："我认真的。"

"你……"冷七少气急败坏地指着南宫流云，"你应该改名叫南宫流氓！"每次都威胁人，不威胁人会死似的！

南宫二少轻讽："彼此彼此。"

"我是一定要娶苏落的！你威胁也没用！"冷七少昂然仰着下巴。

南宫二少轻摇折扇，温柔和蔼地一笑："十天。"

风马牛不相及的话，别人听了不懂，冷七少却双唇抿成一条直线："你信不信，我让她在我身边待多久，她就会待多久？"

"八天。"南宫二少温温柔柔地笑着。

冷七少拳头捏紧，冷眸阴寒嗜血："不就是引修罗界的人进来吗？南宫流云，你能做的事，我也能做的！"冷七少嗤笑。

"哦？原来冷家跟修罗界勾结呢。"南宫流云眼眸中泛起妖邪般的绚丽光芒，似笑非笑，"明天倒是可以进宫一趟。"南宫流云的毒舌，不是谁都能领教的，至少冷七少在这方面是输给他的。

冷七少嗤笑一声，转过身专心看苏落的比赛，懒得理那个笑得一脸欠扁的男人。

楚三几个看着南宫流云和冷七少唇枪舌剑，心中更是微微吃惊。以前这两位也没少斗，但从来都是个人战个人止，不牵涉家族。但是现在不仅牵涉家族，更是牵扯到帝国军事战略……

现在就已经是这样，那么往后……简直不敢想。他们没想到，一个小小的苏落，竟会有这样大的影响。

台上，苏落和冷云毅的战斗正进入白热化阶段。

冷云毅能够长年居北雪学院第一名，实力不容小觑，再加上有青衣铠甲防御，更是如虎添翼。这样不论速度、力量还是防御都强大的对手，苏落是很少见的。她口中虽然说得轻松，心中却谨慎对待，精神高度集中。

苏落全神贯注地盯着冷云毅的每一个轻微的动作，借此来分析他的下一招攻势。冷云毅对于苏落的算计心知肚明，却不以为意，因为他深信，在绝对的实力面前，所有的旁门左道都是纸老虎。

冷云毅冷嗤一声，手中的冷剑一抖，朝苏落当空劈下。有了青衣铠甲防御后，冷云毅需要做的就是攻击、攻击，强大地攻击！

长剑在苏落的瞳孔里放大，几乎在刺入苏落瞳孔的那一瞬间，只见苏落身形往后一矮，长剑挟带着刚烈的狂风贴着苏落的头顶呼啸而过。虽然没有刺入瞳孔，但是苏落的青丝被削下了一小撮。随着那纷纷扬扬落下的青丝，许多人的心都紧紧揪起。

就差一点点了！就差一点点，冷云毅的冷剑就将苏落的头皮削去了。

眼见苏落躲过，冷云毅冷笑一声："算你好运！不过好运气不会一直跟着你，再接我一招！"半空中的冷云毅借势，反手又是一剑朝苏落的心脏处刺去。

苏落脸色凝重。冷云毅有了青衣铠甲之后，只需要一味进攻便可以，所以他的攻击会越来越强。如果她一味防御，在她的实力比冷云毅略弱的情况下，即便她能撑到最后，那也只有一个输字。想要赢，只有一个办法。那就是打乱冷云毅的进攻节奏，让他改进攻为防御，由苏落掌握进攻的主动权！

在台下几乎所有人都不看好苏落的情况下，只见苏落脚尖轻点，面对冷云毅恐怖的攻击，她非但没有躲避，反而还如离弦之箭朝冷云毅暴射而去！

"天！"

"苏落迎上去了！她竟然迎上去了！"

"这是以卵击石啊，她不要命了吗？"

好多人都捏紧了拳头，为苏落担心得心都揪起来了。

"来得好！"冷云毅脸上浮现一抹狰狞的冷笑，冷剑的攻击力更是陡然间又暴涨了三成！

就在冷剑即将刺入苏落的心脏时，半空中的苏落身形以一个诡异的姿势扭动，身体贴着冷剑擦身而过的那一刻——苏落的脚尖朝冷云毅的虎口狠狠一踹。

冷云毅所有的灵气都在冷剑上，没有注意到虎口，被苏落这一踹之下，顿觉虎口发麻，痛得他冷汗直冒，身形更是因此僵硬。

高手对决，一点点时间都可以成为决胜的关键，更何况苏落早就计算好了一切。只见苏落对着地面挥出一掌，借力旋转身体。砰——苏落一脚踹向冷云毅的脑袋。这一脚，蕴含了苏落所有的灵力，攻击力可想而知。

冷云毅虽然有青衣铠甲护脑，但是脑袋毕竟是人体最薄弱处，受到强大的震动后，冷云毅只觉得一阵头晕眼花，眼前更是一阵阵发黑。一步错，步步错，说的就是冷云毅此刻的情况。他失去了一次先机，被苏落抓住机会，所以接下来对于他来说，就是噩梦般的存在。

只见苏落手中的暮云剑脱手而出，朝冷云毅狂射而去。

暮云剑的剑灵在沉睡，所以它仅仅是一柄锋利的兵器，而不是神器。如果可以，苏落并不想使用暮云剑。因为用多了，难免会被人发现十二圣器的端倪，而且对暮云剑里沉睡的剑灵也不好。但是，自从承影剑被毁之后，苏落手里一直没有称手的神兵利器，因此不得已一次次用上暮云剑。

暮云剑划破长空，带起一股狂烈的罡风，闪电般朝冷云毅袭去。

“小小剑术，岂能伤我！”冷云毅嗤笑一声，不闪不避，伸出手朝暮云剑抓去，“慕容家的暮云剑，这便归我了！”

苏落知道冷云毅不会放过抓到暮云剑的机会，这一切都在她的算计之中。

只见她眼眸中闪过一道得逞的狡黠光芒，就在冷云毅抓到暮云剑的时候，苏落冷笑一声：“给我爆！”

轰——一道蘑菇云般的轰炸随着苏落一声令下而狂暴。

冷云毅因为抓着暮云剑，所以处于爆炸中心，随着这一声爆炸，他可惨了。他怎么都没想到，暮云剑是苏落的一个圈套，他怎么都没想到，苏落竟然在暮云剑上抹了爆炸药粉。如果没有青衣铠甲护身，此刻的他早已经被苏落炸得血肉模糊。但即便有青衣铠甲护身，此刻的冷云毅依旧被炸得灰头土脸，整个人晕晕乎乎的。

青衣铠甲并不是万能的，它是冷云毅的灵气幻化而成，当爆炸的强度超越冷云毅的实力时，青衣铠甲便呈蜘蛛网状裂开，最后化为一道青烟，消失在空气中。

没有了防御力的冷云毅，还没回过神来，苏落已经开始了猛攻模式。重力空间犹如麻布袋一样，将他当头套住。然后就是苏落的独角戏了，噼里啪啦一顿狂揍！

台下几乎所有人都张大了嘴巴，愣愣地看着眼前发生的一切，眼底满满的难以置信和震惊。苏落揍累了，才终于解去束缚他的重力空间，踢了踢陷入半昏迷状态的冷云毅：“认不认输？”

冷云毅被苏落摧残得鼻青脸肿，裸露的地方几乎没有一寸好肉，他半睁开红肿的眼，仇恨的目光盯着苏落，磨着后槽牙：“我能不认输吗？”

台下的观众们一听，不，不对，这话有歧义。这说明冷云毅是不甘心认输的，为什么不甘心认输呢？因为——

“冷云毅是故意认输的！”

“更确切地说，冷云毅是因为某个人的话而不得不认输。”

“冷七少公开追求苏落，冷云毅一个旁系子弟，哪里敢伤苏落啊。”

“就是就是，这场比赛可真不公平啊，原来走通评委，想赢就能赢的哦。”

有人反驳：“刚才苏落的实力比冷云毅爆发出来的可强多了，她是有实力的！”

“那为什么连陈雪娇的一招都招架不住的苏落，能够痛快利落地打赢冷云毅？如果这不是冷云毅迫于压力隐藏实力故意输给苏落，那又是什么？”

“苏落胜之不武！”

“请评委们主持公道！”

一道道激烈的反对声响起。

冷七少嘲弄的目光扫视一圈，嘴角勾起一抹邪魅的冷笑。凡被他的目光扫过之处，原本激情澎湃的人瞬间噤声，脸色苍白地低下脑袋，避开冷七少的视线。

气氛一瞬间变得有些诡异。冷七少鹰隼般的冷眸邪佞地扫过一周，眸底泛起妖邪般的光芒：“冷云毅隐藏实力？”没人敢直视那双邪魅的眼。

冷七少嘴角带着嗜血般的残酷冷笑：“苏落作弊才赢？”

虽然内心想点头，但是在冷七少的压迫下，没人敢吭声，甚至连大气都不敢出。

风吹过，四周只有树叶沙沙的声音。冷七少狭长的凤眸微眯，眸底发出淡淡的幽冷光芒：“现在我宣布苏落赢，有不同意见的站出来。”

不同意见当然有，但是……在冷七少那杀人的目光中，谁敢站出来？这不是找死吗？众人都默然无声。

冷七少冷冷一笑：“既如此，我宣布，这场比赛苏落赢。”

既然冷七少已宣布，便是既定事实，众人心里再不甘心，也只能咬牙认了。最冤枉的是苏落，明明是靠自己的实力赢的，结果却被污蔑为作弊。苏落低头，看到冷云毅脸上诡异的冷笑，顿时心头一阵火起，抬起脚就踹了下去。

“唔——”冷云毅嘴角弥漫出一道鲜红的血液，低头缓缓地倒了下去……

众人目瞪口呆地看着苏落扬长而去……好霸道的苏落……

“南宫二少，接下来的比赛就辛苦你了。”冷七少朝南宫流云拱手，就要站起来。

谁知道，南宫流云却似笑非笑：“评委不能随意离席。”

冷七少冷笑：“什么时候的规定？”他可是调查得清清楚楚，南宫流云中途离席好几次了。

“现在开始的规定。”南宫流云双眸微眯。

冷七少盯着南宫流云，南宫流云则似笑非笑地任由他打量。冷七少何尝不明白他的意思？只要他一走，南宫流云就会把他从评委的名额上踹走。

冷七少抚了抚锦袍上的褶皱，不紧不慢地坐下，闲适地开口：“接下来的比赛看看也好，替我家落落探探敌情。”说到那四个关键字的时候，冷七少嘲弄地斜睨向南宫流云。

南宫流云目光森冷似寒铁，淡粉色的薄唇勾起嗜血的冷笑，但是并没有说一个字。

接下来是陈雪娇对辛虫亮。

一个是为了南宫流云而特意从二年级留级的陈雪娇，另一个是被上苍眷顾的无敌幸运星辛虫亮。这场比赛，几乎所有人都赌陈雪娇会赢。因为辛虫亮再幸运也是有限的，总不能一直无敌下去。而陈雪娇拥有一招击败苏落的实力，所以，大家对她的预估，甚至是超越慕容方的。

当然大家都不知道，当时的苏落精神力透支，实力不足三成。所以，当陈雪娇和无敌幸运星辛虫亮大战时，大家都以为陈雪娇会赢，就连陈雪娇自己也这样认为。可结果是……

在战斗到九百九十九招的时候，辛虫亮运气爆发，而陈雪娇霉运当头，用火元素炸辛虫亮的时候不慎重伤她自己，于是——形势完全逆转。在所有人的目瞪口呆中，辛虫亮打败陈雪娇，拿到最后的胜利。

眼睁睁地看着这样的事发生，所有人都不好了。就连冷七少和南宫流云，眼底都浮现一抹讶异。一个人的运气怎么可能好到这种程度？怎么可能保持这么长久？辛虫亮身上到底有着怎样的奇遇？

随着这场比赛的传开，辛虫亮的名字响彻整个帝国学院，甚至传扬到帝都。帝国学院沸腾了，几乎所有的老师和学生都在议论这位辛虫亮。

苏落一招败落在陈雪娇手下，而陈雪娇败给辛虫亮，所以得出结论：苏落实力远远弱于辛虫亮。

冷云毅和辛虫亮的战斗，辛虫亮赢了，但是赢得很艰难，由此得出结论，辛虫亮和冷云毅实力相差不大。

那么，根据上面的两个结论，苏落怎么可能赢冷云毅呢？所以，就是赤裸裸的作弊！

伴随着辛虫亮的崛起，苏落的名声却跌落谷底……辛虫亮享受了多少赞美，苏落就承受着多么严重的诋毁。慕容方则完全置身事外，一副超然的样子。

龙凤族。

南宫流云的星落院。

南宫流云身边有四个得力的护卫，两个在明，两个在暗，分别是星一、罗二、棋三、布四。星一、罗二在明处，而棋三、布四在暗处保护。

此刻棋三淡灰色的影子出现在南宫流云面前，面容冷然地跟南宫流云汇报。

“这是流言散播的情报整理。

“这是苏姑娘今天的行程详情。

“这是……”

棋三待南宫流云看完一沓纸后，又递上另外一沓。

棋三一直在暗中保护着苏落，所以对她的一举一动了如指掌。南宫流云将情报往桌上一丢，纤白的手指敲击着桌面：“族内风评如何？”

棋三闻言，微微摇头：“三十六位长老中，三十五位给苏姑娘打了差评。”

南宫流云挑眉。棋三的声音没有一丝起伏：“另外一位长老打了超差评。”

南宫二少疲惫地揉揉眉心。这次是他给自己争取的机会，也是给苏落争取的机会，但是结果出乎意料地差。

“按理说不该如此。”南宫流云目光冰冷地扫了棋三一眼，“南宫流皓去长老院了？”

棋三声音依旧平淡：“是。”

这就对了。想到那一溜的差评，南宫二少苦笑着摇头：“苏落呀苏落，你也有今天，可见我大哥对你真是……”不过南宫流云并没有流露出怒意，因为一切都在他的掌控之中。

楚三问过南宫流云，为何不去压制那些对苏落不利的流言。南宫流云当时淡然一笑，因为他很清楚，没有低谷，何来的高峰？苏落被压制得有多惨，之后的反弹就会有多高，才会让南宫家族的人看到她是怎样惊才绝艳。

苏落，不会一直被抹黑下去的。

苏落明明赢了，得到的待遇却比输了还要差。苏落本人还没什么，她身边的费君平和唐雅岚却都义愤填膺地帮她打抱不平。

“老大！明明是那冷云毅技不如人，他还装成故意输给你，简直恶心透了！”

“就是啊苏姐姐，咱们告诉冷七少去！让冷七少狠狠地惩罚他！”

苏落淡淡一笑：“还有两场比赛，有的是机会证明。”

唐雅岚干笑地摸摸脑袋。

接下来苏落的对手一个是无敌幸运星辛虫亮，还有一个是一号种子选手慕容方，以苏落今天对付冷云毅那吃力的样子，真的有可能赢吗?

苏落淡淡一笑：“外面很多人都不看好我?”

唐雅岚弱弱地看了苏落一眼，弱弱地点头。

苏落似笑非笑：“那就好办了。”

她在唐雅岚和费君平耳边低语了一句。

“老大你确定?”

“真的要这样做吗?”

面对她们的疑惑，苏落前所未有地认真道：“去吧。”

“哦。”接过一枚空间戒指，唐雅岚和费君平对视一眼，将信将疑地去了。

苏落则坐在摇椅上，单手支着下巴，不知道在想什么……

楚三几个正往星落院找南宫流云，但是一路过去，听到不少窃窃私语。

“听说那个帝国学院的新生想做咱们二夫人。”

“说什么傻话呢，那新生连中帝学院都进不去，还想做咱们二少夫人?”

“你们听说了吗?这届新生联赛，这姑娘被压制狠了，可拿不到新生第一。”

“拿不拿得到新生第一，跟咱们有什么关系?你们都快闭嘴吧！”

“不啊，十七管事大人，难道你没听说吗，咱家夫人跟二少爷有赌约呢，一旦那姑娘拿到新生第一，就进入二少夫人的候选人之列啊。”

“咱家夫人这么注重门第，能答应?”

“二少爷的智慧……咱族里谁扛得住?”

“也对……”

“不过最近夫人的心情很好，今儿个还出门逛街去了，浩浩荡荡一群人，有说有笑的。”

楚三几个一面听着压低声音的议论，一面冷着脸朝星落院而去。

静谧的清晨，琼花树下，少年翩然坐在草木藤椅上，锦袍下摆弯弯绕绕如暖云状，洁白的琼花洋洋洒洒地飘落，落上他的墨发、眉上、肩头。

少年颇有闲情逸致地手掌微张，看着那如雪的琼花在他指缝中落下。

楚三径直走到南宫流云斜对面的位置，强占了他最喜欢的秋千后，才没好气地瞟了南宫流云一眼："你倒是老神在在。"

宁皓天和林若羽沿着石桌，在石凳上坐下，也好奇地打量着南宫流云。他一向是自信满满的，万年归来后更是多了一份气定神闲。

南宫流云瞟了楚三一眼，不紧不慢地反问："为什么不老神在在？"

楚三："苏落的事怎么办？"

南宫流云不解："什么？"

楚三为苏落抱不平："苏落输了，人人踩她，可她赢了，还是人人骂她，凭什么啊？是不是要她退赛，那群人才会甘心？！"

楚三一直对苏落很好，所以看到她受这样的委屈，心情自然激动。南宫流云意外地看了他一眼。

"你这么看我干吗？我还能真跟你抢不成？"楚三没好气地冷哼，"听说这几天你家母亲大人心情挺舒畅的？"

南宫流云温润慵懒地靠在躺椅上，嘴角勾起一抹似笑非笑的弧度："暂时先不要告诉她。"

楚三冷笑："是怕她知道你家这么多难缠的人，从而选择放弃？"

南宫流云不紧不慢地看了楚三一眼。他没告诉楚三的是，苏落到现在还没答应要他，又何来放弃一说？

"今天苏落对战那黑马。"楚三不无担心地看着南宫流云，"你觉得她能赢？"

辛虫亮打败陈雪娇，而陈雪娇一招打败苏落……有脑子的人都推断得出苏落绝对不是辛虫亮的对手。

南宫流云单手点着下巴，想了想，从怀里摸出一沓紫晶票朝楚三丢去。

"干吗？"楚三接过来，不用数他也知道数额有多惊人。

"全押。"南宫流云脸上浮现一抹温润如玉的笑容。

第三场比赛。

虽然仅仅是帝国学院一年级新生联赛，但是因为有苏落，所以几乎整个帝都都被牵动起来。有无数人关注，就有无数人议论，而议论声对苏落一直是不利的，直到站到台上，下面的议论声仍没有停止。

"你们说苏落的后台那么大，辛虫亮会不会故意输给她？"

"听说皇族找辛虫亮了，只要他这场不输，毕业后就直接编入皇族羽林卫，这么好的前途，辛虫亮傻了才会被收买。"

"而且因为上次的战斗被质疑，这次额外请了长老院里的长老过来监督，所以有没有放水，长老们是不好糊弄的。"

“既然这么公正，那苏落输定了。”

“对啊对啊，这次比赛结果肯定会让苏落很难堪……”

“我都替苏落捏把冷汗啊！这要是再被一招送下去，你说这丢脸都丢到姥姥家了。”

台上，苏落神色不变，依旧是一贯的清冷和从容，她看着辛虫亮，神情似笑非笑。昨天也不知道是谁，往她们别墅塞了个信封，上面写着“苏落收”。唐雅岚和费君平确定没有危险后，才将信拿给苏落。当苏落看完那封信后，眼底有一丝淡淡的笑。

“往前走十步，往下看。”苏落照着信封里的指示，往前走了十步，蹲下，掀起一块地砖，果然看到一张卷起来的字条。

“往右走十五步，抬头看。”于是，苏落拿着指示字条又照做，果然看到了写在灯笼上的一行比蚊子腿还细的指示。

苏落一步步按照指示玩。费君平和唐雅岚则跟在她身后，好奇地看着她找出一条又一条信息。随着时间过去，越来越多的信息被找出来，她们的脸色也越来越苍白。这个人竟然能够随意出入她们家，放了这么多信息，而她们居然毫无所觉……如果这个人心怀不轨……真是想想都让人脊背发寒。

与费君平和唐雅岚起伏不定的心绪相比，苏落倒淡然许多。最后，她终于在她卧室的枕头底下寻找到了最后一封信。

所以，她也终于知道辛虫亮为什么能够一路高歌猛进了。信里很详细地解释了，辛虫亮在比赛之前得到了幸运星项链，他透支了幸运星项链的幸运之气，将幸运值恒定在一个稳定的高度。所以前面的比赛，他才能一路胜利，做出战无不胜的假象。

幸运星项链已经被炼化，别人是取不走的，而苏落要想打败辛虫亮，只有两个办法，一个是比他更幸运，还有一个就是当辛虫亮身上的厄运指数超越幸运指数的时候，他的幸运星项链也无能为力。

苏落不知道那位好心送情报的人是谁，但是经过之前辛虫亮的几场比赛来看，苏落确定这神秘信封上的信息所言是真。到底是谁送来的这封信？难道是冷七少？以他之前戏弄人的风格，倒像是他的手笔。不过，眼前最重要的事就是对付辛虫亮。这段时间苏落受了不少冤枉气，而今天，她准备全部释放出来。

台下，来观赛的人挤满了整个赛场，但还有很多没来的人，也都关注着这场比赛。

虽然宁三殁了，但是宁家一直没有放弃跟南宫家族联姻的打算，而宁五小姐就是他们推出来的人选。所以，当他们知道南宫流云和他母亲的那个赌局时，宁家的人比任何人都关注这场比赛。

他们怕辛虫亮被收买，所以暗中找过他：“不能输！如果敢故意输，就小心头上的脑袋！”

辛虫亮这几天也是可怜，不少人跑来警告他，不许被人收买，不许故意输！而且这些人身后代表的家族，抬出来那都是能吓死人的。但是他好想大声说，根本没有任何人跑来收买让他故意输好吗？

苏落看着脸色变幻莫测的辛虫亮，嘴角微微勾起："出招吧，幸运少年。"

辛虫亮总觉得苏落的眼眸中有一丝他看不懂的深意。明明不如自己，她又是从哪里来的自信？不过，战斗台上不宜多想，所以辛虫亮敛容，全神贯注地投入和苏落的战斗中。他并没有小视苏落，相反，他非常重视苏落，所以一上来就开启无敌幸运指数！砰砰砰——

苏落差点被自己的裙子绊倒，身子一阵踉跄。比赛到现在才过去不到五分钟，苏落已经五次险象环生，差点就要被丢下战斗台了。

台下的人都一脸果然如此的表情。苏落的输，几乎是所有人认定的事。

而此刻，许多夫人聚集在南宫夫人的院子里。这群人，大多是宁夫人召集的。宁夫人是宁五小姐的母亲，所以事事替宁五铺路。

要知道，女人间的八卦是传播得最快的，特别是这群权贵之家的夫人，顶起了贵族圈的半边天。如果苏落招了这群夫人的厌恶，以南宫夫人爱面子的性子，她会让苏落进门？所以，宁夫人算准了这件事，就故意吆喝着请了一群跟她交好的夫人，来到南宫夫人的院子做客。

夫人们聊着各自的家常闲话，宁夫人便在不经意间提到了南宫流云的亲事。宁夫人淡定地喝着香茗，漫不经心地看了被众夫人簇拥的南宫夫人一眼，淡淡一笑："南宫夫人，听说，你们家二少最近看上了个女学生？"

许多夫人并不知道这件事，闻言，纷纷用惊奇的目光看着南宫夫人。南宫夫人面色不显，只淡淡地说："你倒是消息灵通？"

于是，诸位夫人便问什么事，宁夫人抓住机会将南宫流云和南宫夫人的对赌说了一遍。

"什么？只要那苏落得了新生联赛第一名，就能进入候选人名单？"诸位夫人很不服气，她们家的女儿怎么就不给进！

宁夫人嘲讽地冷笑："新生联赛第一名，她想得美，第二名她都不行！"

诸位夫人平日里也是高高在上的，但是在这样的场合，是以南宫夫人和宁夫人为主的，谁也没办法抢四大家族夫人的风头。

南宫夫人淡淡一笑："且看着吧。"

见两位夫人感兴趣，其余的夫人顿时眼睛发亮，暗自吩咐自家人去盯着新生联赛。若是以往，别说新生联赛，就是中帝学院的新生比赛，也入不了她们的眼。

万众瞩目下，苏落和辛虫亮的战斗如火如荼地进行着。一开始，苏落处于下风，所以消息传回来的时候，宁夫人嘴角是冰冷而得意的嘲弄冷笑："果然是上不得台面的乡下丫头，浪费本夫人的时间。"

其余的夫人都奉承着称是，倒是南宫夫人，眼眸半眯着，神色间若有所思。她儿子的眼光她是知道的，难道去下界轮回一趟，竟将眼光也丢了？

"且看着吧。"南宫夫人悠闲地喝着茶。

新生联赛战斗场上，看着苏落连连闪避，险象环生，辛虫亮嘴角浮现一抹得意扬扬的笑容："小心咯，真正的比赛现在才开始。"

苏落似笑非笑地点头："你说得很对，真正的比赛现在才开始呢。"

辛虫亮狐疑地看了苏落一眼，看到她眸中那抹似笑非笑，忽然脊背一冷，一股寒气从脚底蹿起。这是怎么回事？

就在辛虫亮心生疑惑的时候，苏落的右肩头上突然多了一只通体黑色的小猫咪。小猫不过巴掌般大，黑色毛皮色泽发亮，姿态高贵优雅，特别是那双墨绿色的眼睛，幽幽沉沉，仿佛能将人的魂魄都勾了去。

"你拿出一只小猫咪能干啥？"辛虫亮不解地问。

苏落微微勾起唇角："听说你有幸运星项链？"

辛虫亮下意识地捂住自己胸口位置，同时，他惊恐地瞪着苏落："你说什么？"

苏落淡淡一笑："不承认没关系，我只是想告诉你，我的这只小黑猫拥有厄运之体。"

幸运之星和厄运之体？辛虫亮盯着苏落："那又怎样？"

苏落笑道："试试看就知道会怎样了。"

不等苏落吩咐，她肩头的小黑猫就消失了。等小黑猫再出现的时候，它正抓着辛虫亮的衣角。

"我这小黑猫可是三转厄运之体哦，请千万小心。"苏落很好心地提醒辛虫亮。

什么三转厄运之体？听了但是完全没有懂啊！辛虫亮不知道的是，就在他专心听苏落说话的时候，小黑猫抓着他的衣角，轻盈的身子犹如一片羽毛，嗖嗖嗖地蹿到了辛虫亮身上。等他发现的时候，小黑猫已经爬到他头顶上了。

"什么东西？"辛虫亮一摸头顶，发现一头的水。可是都没有下雨，哪来的水？怎么还有股尿臊味？是错觉吗？辛虫亮很快反应过来，根本就是小黑猫撒的尿啊！

"给我站住！"辛虫亮当即一巴掌朝小黑猫拍去。小黑猫身形一闪，抓着他的头发甩到后背上，辛虫亮则一巴掌重重砸到他自己的脑门上，不仅沾了一手的尿，而且还拍得他自己头晕眼花。被厄运之体小黑猫破解了幸运指数后，辛虫亮就开始倒霉了。

"给我站住！"恼羞成怒的辛虫亮从晕晕乎乎中醒来，转身就去追小黑猫，而小黑猫并没有直接跑到苏落怀里躲起来，它悠闲地迈着优雅的步子让辛虫亮在它身后追。

被小黑猫下了厄运术的辛虫亮倒霉透了。啪——他一脚踩在地上的尿液上，脚底一滑，当即摔了个四脚朝天，然而还没等他反应过来，就看到之前他跟苏落战斗时凝聚出的巨石哗啦啦地往下砸。辛虫亮反应快速地一个翻滚，逃出巨石的轰击，但是，还没等他回过神来，就又看到一处熊熊燃烧的地火将他包围。当他好不容易逃出地火，却发现他的抗火药剂已经用光，全身被烧得焦黑，痛得他眼泪都快出来了。

还没等他逃窜，他又被苏落的重力空间笼罩住，苏落的剑尖定定地指着他的咽喉处："服不服？"

辛虫亮欲哭无泪。此刻的他狼狈极了，跌得鼻青脸肿，身上又被烧得焦黑，脸上也是黑乎乎的一团，除了牙齿，全身上下都是黑的。

苏落似笑非笑地用剑指着他的咽喉："你的厄运还有段时间，如果你想玩的话……"

"我服！我服！我服了！"辛虫亮一边哭一边举双手投降。正因为他之前使用过幸运星项链，将别人的运气都吸收了过来，他才能够更深切地体会到厄运之体会给他带来怎样的霉运。再这样下去，他非被厄运折腾死不可。

"我输了我输了！苏姑娘放过我啊啊啊——"辛虫亮当即大喊大叫。他一边喊，一边飞快地往战斗台下跑，跑得鞋都掉了一只。其速度之快，简直让人瞠目结舌。

苏落和辛虫亮的交战看似很久，事实上却不过三分钟的时间，所以，当辛虫亮窜逃离开的时候，众人才终于回过神来。

"这……"

"不会吧……"

"辛虫亮跑了……"

而且，刚才所有人都亲眼看到辛虫亮有多狼狈!

"之前辛虫亮不是把陈雪娇打败了吗？"

"然后陈雪娇把苏落打败了。"

"但是现在苏落把辛虫亮打败了。"

"……"

"有黑幕！"不知道谁站起来大吼一声，"辛虫亮一定是被收买了！"

南宫流云嘴角勾起一抹嘲讽的弧度。冷七少阴鸷的目光在这人身上打量。不过不需要他们站起来，因为长老会早已经特地派人过来监督。

胡子花白的长老站起来，威严而大声地宣布："经鉴定，参赛选手苏落，没有任何作弊现象，参赛选手辛虫亮，没有任何作弊现象！"

长老会的宣言，谁也不敢质疑。冷七少冷哼："我代表自己，证明这场比赛没有作弊。"

南宫流云轻松随意地笑了："不是这场比赛没有作弊，整个比赛都没有作弊。"

楚三几个也纷纷站起来表明立场。

当所有的评委、长老、强者、高手都说没有作弊时，众人才郁闷地接受了这个事实。辛虫亮确实败了，败在了苏落的小黑猫身上。

"谁能想到苏落的小黑猫竟然是厄运之体啊。"

"辛虫亮也真够倒霉的，之前一路上高歌猛进，结果咧，一只小黑猫就收拾了他。"

"真正倒霉的是我们吧？我们可是押了辛虫亮赢的。"

"……"

而这时候，消息传回龙凤族。

"什么？"看到手里传来的消息，宁夫人脸色微微一变。怎么可能！赢的人竟然是苏落！

南宫夫人看着手里传递来的消息，眼眸中闪过一抹复杂之色，不过她很快收敛情绪，淡淡一笑："倒是有些意外。"

宁夫人心里暗恨，刚才她把话说得那么满，口口声声骂苏落是上不得台面的小丫头，信誓旦旦声称苏落绝对不会赢，但是事实狠狠抽了她一耳光。

南宫夫人看着她，笑了起来："不过是个野丫头，宁夫人何必动气？"

见南宫夫人也如此看低苏落，宁夫人的心情顿时好了，她笑着说："哪里动气了，只是没想到那野丫头运气竟这样好，被她翻盘了，有些惊讶罢了。"

南宫夫人轻笑，并没有搭话。宁夫人抬眸瞟了端坐在一旁的慕容夫人一眼："听说下一场，那丫头跟你们慕容家的孩子比？"

慕容夫人原本并不在意这新生联赛不联赛的，但是架不住家里慕容泽宇和慕容沫天天念叨，所以她也稍微了解了一点。

慕容夫人笑着说："听孩子们说，确实如此呢。"

"你们家慕容方不会输吧？"宁夫人追问。

慕容夫人顿时笑起来："输不输我是不知道，不过最近慕容方倒是入了老爷子的眼，在老爷子跟前服侍呢。"

原本慕容方可是旁系子弟，老爷子嫡系子孙已经够多了，哪里会记住他一个旁系孩子的名字？

慕容方得到老爷子的青睐，慕容夫人是高兴的，因为他是慕容沫的人。

"得了慕容老爷子亲自指点，慕容方还会输？"宁夫人顿时开心起来，"下次就是苏落对你们家慕容方了。"慕容夫人点头称是。

宁夫人一向强势又拔尖，气场又强，家族背景又深，没人会不长眼地得罪她，即便是慕容夫人，也得违心地奉承她。

宁夫人问："下次比赛是什么时候？"

慕容夫人笑着说："听孩子们说，下次就是最后一轮了，所以在七天后。"

"那七天后我们再聚，我倒要看看这苏落怎么赢你们家慕容方！"宁夫人一拍桌子，兴高采烈地做了决定。

然而，宁夫人高兴得似乎太早了。

今天的慕容方可没轮空，他抽到的对手是冷云毅，可是，他竟然缺席了。缺席等于自动放弃比赛，所以，慕容方输给了冷云毅。

冷云毅场场输，没想到竟然赢了一号种子选手，他的心情顿时很是复杂。心情比他更为复杂的，当属下赌注的那群人了。他们千算万算，怎么都没算到慕容方会缺席比赛……这场输得真叫他们窝囊憋屈。

当慕容家知道这个消息时，已经太迟了。

这一路上，慕容沫和慕容泽宇陪着慕容方去的，所以他们清楚发生了什么事。

因此，当他们被老爷子提过去教训时，慕容沫当即跳出来大声说："爷爷，我们迷路了！”

慕容老爷子的视线从慕容泽宇脸上扫过，慕容泽宇垂头丧气：“爷爷，我们真的迷路了……”

“怎么回事？”慕容老爷子不怒自威。

原来早上出门的时候，慕容泽宇多长了个心眼，他怕慕容方会在路上遭到攻击，于是决定亲自保护慕容方过去。这次，慕容方可是他们的重点保护对象。只要他能狠狠将苏落羞辱一顿，就能替慕容家大大出一口恶气。毕竟南宫二少和冷七少都争苏落，这两个人若是讨好苏落，谁知道腹黑狡诈的他们会想出什么主意来？于是，慕容泽宇决定亲自护送，而慕容沫也跟着凑热闹。

一大群护卫浩浩荡荡地护送着这三个人朝帝国学院而去。经过天枫林的时候，他们发现怎么都走不出去，就好像在里面转圈似的，一遍又一遍地沿着原路走。

走了三四圈后，他们终于发现迷路了！

可是不会啊！天枫林就只有一条笔直的路，没有任何岔道，更别说拐弯了，他们怎么走来走去都走不出去呢？而比赛就要开始了！

“被人黑了！绝对是被人黑了！”慕容泽宇握拳，气得眼睛都红了！

“但是，是谁呢？”慕容沫歪着脑袋，想不明白。

她第一个想到的是苏落，可是苏落今天对战辛虫亮啊，黑慕容方干吗？

当他们知道苏落赢了辛虫亮后，慕容方想通了，简直气红了眼眶：“一定是冷七少！这样既可以栽赃给冷云毅，又可以洗脱苏落的嫌疑！”慕容方愤怒地握紧拳头，“这一局我弃权了，就等于输掉一次积分，而苏落也正好输掉一次积分。”

慕容沫脑中灵光一闪：“下一场，就是你跟苏落的对战了！”

慕容方点头：“我和她各输一局，所以，只看最后一局了。”

慕容沫冷笑：“苏落还打得过你？”

慕容方握紧拳头：“如果再像今天这样迷路呢？”

是啊，如果再像今天这样迷路，慕容方岂不又等于弃权？岂不等于苏落赢了最终的比赛？

“这不公平！”慕容沫大叫。

慕容泽宇没好气地看了她一眼：“现在南宫流云和冷云景都帮她，你还想讲公平？”

这两位的腹黑狡猾阴险如出一辙，若是敌对还好，但若是联手，这天下谁人能敌？

帝国学院的新生联赛虽小，奖励却不错。第一名拿走几乎百分之九十的奖励，剩下的百分之十才会让其余的四个人分，所以，谁都想要第一名。

慕容家通过特殊渠道得到消息，这次新生联赛的第一名，可以选择获得大额积分，也可以选择进入剑冢！

剑冢，那是连四大家族子弟都会眼红的圣地，那是帝国学院最吸引人的地方。一般都是毕业生第一名才有机会进剑冢挑选适合自己的绝世神兵，但是这一次，这么好的机会竟然给了新生联赛第一名！所以，慕容家打定主意，无论如何都要拿到这个第一名。而其余家族，早就后悔没有早早留级，来竞争这个名额了。

据说，进入剑冢的奖励，是那位神秘莫测的帝国学院院长亲自下的命令。

苏落那边并不平静。当她夜晚回别墅的时候，却看到门口有一个人。那是一道颀长瘦削的身影，衣袂飘飘，风姿卓绝，遗世贵公子般矜贵无双。

黑暗中，南宫流云斜靠在门口的墙壁上，低垂的眼眸下，睫毛卷翘，眼睑处洒落一片阴影。他清冷中带着一丝忧郁的气质，再配上那倾世绝美的容颜，谁能不受吸引？

苏落怔怔站在原地。她原想推门而入，当作没有看到他，但是想起之前他将精神力输入她身体内，让她恢复实力进行比赛，苏落抬起的手，顿在了半空。

苏落深吸一口气，转身面向南宫流云。在苏落过来的时候，南宫流云一直用那双漂亮清冷的眼眸可怜般看着苏落，神色带了一丝委屈。那么清澈漂亮的眼睛，那么无辜迷茫的眼神，谁要是硬得起心肠，苏落真心佩服。

“你来做什么？”苏落故作冰冷地盯着南宫二少。南宫流云抿着润泽的下唇，大眼睛扑闪扑闪的。

“既然不说，那我进去了。”苏落抬手就要拉门，可她抬起的手，下一刻却被南宫流云握住。

“你——”苏落还来不及说话，南宫二少已经将她压在墙壁上，俯身而下，攫住她的唇。

“唔——”苏落下意识地捶打他的胸膛。想起上次捶得他胸口重伤，苏落的力道轻也不是，重也不是。就在苏落犹豫间，原本还有点忐忑的南宫二少当即攻势凶猛，在口中攻城略地，一阵肆虐。

“放……手……”苏落闷哼出声，却在下一刻发现一股带着腥味的液体经过她的舌尖，流入咽喉。

苏落最擅长炼药，所以当即明白南宫流云给她吃药了。

“你给我吃了什么？咳咳——”苏落终于推开南宫流云。

南宫流云的唇虽然离开了她，但是手依旧环着苏落纤细的腰，将她挤在墙壁与他的胸膛之间。苏落无路可逃，只能无奈地继续跟他保持这个暧昧的姿势。她觉得今天的南宫流云过分亲昵，明明他们还在冷战。

于是，她狐疑地瞪着南宫流云。居高临下的南宫二少嘴角勾勒出一抹邪魅的笑，温柔地摩挲着苏落洁白无瑕的面容。

“你给我吃了什么？”苏落皱眉盯着他。

“绝情丹，不嫁我会死的。”南宫流云敛容，严肃地盯着苏落，一本正经地说。

“那我就死给你看！”苏落冷笑。

南宫流云严肃的俊颜上微微绽开一抹笑意，他紧紧握住她的柔荑，在她耳边吹气：“那我陪你同年同月同日死。”看到苏落皱眉，南宫流云宠溺地揉揉她的脑袋，“明日就要比赛了，回去好好睡一觉。”

南宫流云这么说，苏落还真觉得有点困。反正那丹药总不会是毒药，更不会是什么绝情丹，所以苏落没好气地瞪了南宫流云一眼，毫不犹豫地推门而入，哐当一声将南宫流云关在外面。

苏落进去后，南宫流云那只为她而绽放的笑容缓缓收敛，他盯着院子里古树的阴影处：“出来吧。”

一道颀长的月白身影慢慢踱步而出。那是一张勾魂摄魄般绝美的容颜——冷七少。一柄折骨扇怡然自得地扇着，他看着南宫流云，脸上是醉人的笑容：“南宫二少有心了。”

南宫流云淡漠地瞟了他一眼，仿佛在看一片空气。冷七少不紧不慢地走到南宫流云面前，斜倚在墙壁上，慵懒地打量着他。果然，在苏落面前的南宫流云和在普通人面前的南宫流云是不一样的，他的温柔似乎只给她一个人。这样好，这样争起来才够味嘛。

冷七少似笑非笑：“南宫流云，你说说，你为什么总是能抢先一步呢？”抢先一步告诉苏落关于辛虫亮的信息，抢先一步将慕容方弄得迷路，现在又抢先一步给苏落送灵源晋升丹。

灵源晋升丹非常稀有，各大家族里都是留给继承人修炼晋升的。那并不是药材修炼而成，而是家族长老坐化时，以毕生的修为凝聚，才能修炼出一颗来，运气不好还一颗都没有，所以十分珍贵。

若是被龙凤族知道南宫流云拿这么宝贝的丹药强迫苏落吞下，别人会不会生气不知道，南宫流云的哥哥南宫流皓是一定会被气死的。

南宫流云目光绝美而深邃，他同情地看着冷七少，带着胜利者的笑容：“冷云景，为什么你总是迟我一步呢？”

冷七少的目光瞬间冷冽逼人：“你以为抢先一步就能步步占先机吗？”

“我比你先认识她。”南宫流云盯着冷七少，霸道而强势地宣告，“她是我的。”

“正因为她是你的，所以我才抢啊。”冷七少似笑非笑，“你南宫流云看上的人或物，哪有一件是不好的？”

南宫流云猛然间一把擒住冷云景的衣领，黑曜石般的眼眸里杀气凛然：“就这么想死？”

冷云景凤眸微眯：“你杀不了我。”

南宫流云冷冷地松开钳制他衣领的手，帮他将衣领拍整齐，指着他：“冷云景，你简直幼稚！”

冷七少漫不经心地笑着：“抢来的，才是最好的。”说完，他率先走了，一边走，一边朝身后的南宫流云摆手。那风姿卓绝的身形，悠然潇洒的背影，看上去似乎心情很好。

盯着这道背影，南宫流云凤眸中有一道浅浅的寒芒闪过。

走出别墅区后，冷七少原本的悠然潇洒早已不见，取而代之的是刺骨的冰冷。他身边不知何时出现一道淡灰色的影子：“七少，属下拦不住南宫二少……唔——”淡灰色的身影口中涌出一丝鲜血，缓缓地栽倒在地。

冷七少冰冷而绝情的身影决然离去。

淡灰色的身影很快被处理得干干净净，地上的血迹被擦拭得就像从来不曾有过一般，让人找不到丝毫痕迹。

苏落并不知道深夜的别墅区外发生的事。吞下灵源晋升丹后，她回到房间，就觉得眼皮越来越重，最后她滚到床上，陷入了泥沼般的黑暗中。

第二天，苏落依旧沉睡，还是唐雅岚早早地跑来找她，从而将她惊醒。醒来后的苏落总觉得自己的身体有点不对劲，等她查探时，大圆满阶！当苏落发现这一点时，整个人呆愣当场。

不知不觉，已经到了最后一轮比赛。

苏落对战慕容方。高高的战斗台上，两人分别立于一根高耸入云的擎天柱上，衣袂飘飘，猎猎生风。台下，无数双眼睛盯着台面上。这次，为了大大地赢一场，也为了支持慕容方，慕容家临时开了九家赌场，专门赌苏落和慕容方的输赢。

赌局很有意思。很多人押慕容方赢，毕竟大家对他的实力有目共睹，但是不知道哪里冒出来的三股资金，全都赌苏落赢。

这三方押苏落赢的资金联合起来，数目非常壮观，再根据苏落的赔率，如果这次她赢了，慕容家族可就要赔惨了。但是慕容家族来者不拒，一概全收，相当自信。

慕容方本就胜券在握，这七天经过老爷子的辅助晋升，整个人气场都发生了变化，眉目间隐隐有一股勃发的锐气，犹如出鞘的剑，锋芒毕露！

龙凤族里，诸位夫人早早就约定了，一起观看这场比赛，所以南宫夫人特地开辟出一块屏幕晶石，由家族强者进行能量转化，做实况转播。

战斗台上，慕容方轻蔑地盯着苏落："你自己下去，还是我踹你下去？"

苏落似笑非笑地勾起唇角："死道友不死贫道，你不入地狱谁入地狱，还是你自己下去吧。"

"好一副尖牙利嘴。"慕容方嗤笑一声。

"哪里及得上阁下这张狗嘴呢！"苏落暗骂慕容方是慕容沫养的一条狗。

"好！敬酒不吃吃罚酒！受死吧！"慕容方暴喝一声，随即出手。

遥遥天空中，苏落和慕容方各自出手，在无数人的目光中，两道身影朝对方攻击而去。那恐怖的气势，台下观众即使隔得远也能够感觉到强大的威力。

半空中，两道身影交错而过，又朝彼此攻击。

"苏落居然没有掉下来？"

"苏落居然能够承受慕容方的一掌？"

"苏落居然能施展出那样恐怖的袭击？"

众人的脸色微微变化。难道从一开始，苏落就在隐藏实力？为的就是现在这场决赛？不会吧！他们可是放了大本钱进去，这次不会输到倾家荡产吧？

许多人都睁大眼睛，死死地盯着半空中那场强者之战。

慕容方的视线定格在苏落身上，他那鹰隼般的眼眸若有所思地盯着苏落：“原来，你一直在扮猪吃老虎。”

直到真正跟苏落交上手，慕容方才意识到，之前对苏落的实力的评估一直太低了。什么陈雪娇一招灭苏落！

慕容方可以肯定，以苏落现在表现出来的实力，她打败陈雪娇绰绰有余。

苏落嘴角微微勾起，却没有说话。慕容方冷笑：“不过，你的实力还是不行。”

脚尖重重一踏擎天柱，慕容方的身影化为一道残影，手中的长枪抡起，几乎与身体合二为一。长枪划破天际，威力凶猛，蓄势待发！苏落手中依旧是暮云剑。恢宏的剑气从她身上如流水般流转而出，剑尖直指慕容方。

但是，苏落忽然觉得眼前一闪，再定睛看时，却发现前方失去了慕容方的身影。他的速度竟然快到这种程度？突然失去攻击目标让苏落的心猛然间提起，她眼中闪过一抹森严戒备，大脑迅速运算着。

刺——苏落手中的暮云剑跟斜刺里钻出的长枪碰撞，发出一道白色光芒。

“暮云剑！”慕容方咬牙切齿，恨恨地盯着苏落。

这是慕容沐的暮云剑！两人兵器相撞，苏落倒飞出去，慕容方则近身贴着擎天柱。苏落衣袖翻飞，白色轻纱裹住擎天柱，顺势一收，身形便往回拉。她心中暗想，轻纱果然没有青藤好用，等有时间她要好好培育一株植物系灵宠，至于碧落大陆的那株变异相思树，到底是跟不上中央大陆的等级了。脑海中这个念头闪过之际，苏落却发现——

刺啦——一道清晰的布料断裂声传来。原来九舞轻纱竟然被慕容方直接砍断。

下方的人群中发出惊呼。众人眼睁睁地看着苏落从半空直线坠落。

实况转播的龙凤族里，诸位夫人看着苏落坠落，纷纷摇头。

“就这点水平？”

“还没开始呢，就结束了，太没看头了吧。”

宁夫人更是嫌弃地摇头：“啧啧，太浪费我们的时间了，还以为怎么也能撑个三五招呢。”

反倒是南宫夫人，那双眼睛若有所思地看着苏落。宁夫人狐疑地看了南宫夫人一眼：“你怎么看？”

南宫夫人淡淡一笑：“好戏还在后头呢。”

果然，就在苏落坠落到一半的时候，一道轻纱再次飞出，缠绕住擎天柱。慕容方追击而下。但是苏落当即放出陨落红莲异火缠住慕容方，为她自己争取为数不多的时间。如此反复三次后，苏落的身形稳稳落地，受到的冲击力几乎可以忽略不计。

等慕容方甩开陨落红莲追过来的时候，苏落已经平稳地站在地面上，似笑非笑地看着他：“你来迟了。”

“那倒未必！”慕容方当即出招。

两道身影疾驰而过。每一次暮云剑和长枪碰撞，都会火花四溅，并且震动出一圈肉眼可见的冲击波，像一圈圈荡开的波纹，让人心惊胆战。

一招又一招，看得人眼花缭乱，但是大家心中都泛起了丝丝涟漪。苏落竟然真的跟慕容方有一战之力！她之前究竟隐藏得有多深？

就在众人对苏落的评价有所提升的时候，慕容方眼底闪过一抹诡异的冷笑。只见他手中的长枪在跟苏落的暮云剑再一次碰撞的时候——

轰！长枪猛然间爆炸。爆炸声惊天动地，一道蘑菇云般的烈火熊熊燃烧。暮云剑在爆炸中心，深受影响，原本渐渐复苏的剑灵又被打回原形，差点魂飞魄散。

暮云剑的剑身，出现了一道明显的裂痕，就连苏落也受到了剧烈震荡，一股鲜血猛然间从咽喉处往上涌。

噗——苏落只觉得咽喉一阵腥甜，一口鲜血狂喷出来。然而，这还不是最严重的。苏落受到爆炸波及继而被震伤的时候，慕容方却没有，所以他趁机对苏落发动了猛烈攻击，狠狠地朝苏落轰去一拳。苏落下意识地格挡。轰！恐怖的劲风波纹般扩散。

慕容方身形不动，稳若磐石，苏落却伤上加伤，一阵气血翻涌，噔噔噔地退了七步。一个纹丝不动，另外一个后退七步，谁强谁弱一目了然。

看到苏落处于下风，台下的观众们发出一阵唏嘘声。

“苏落本来就不如慕容方，能撑到现在已经很不容易了。”

“能跟慕容方战这么久，也不丢脸了。”

“她本来是第四的实力，现在拿亚军，已经算她运气了。”

众人议论纷纷，说来说去都是认为慕容方才是当之无愧的第一名。

宁夫人似笑非笑地瞟了南宫夫人一眼：“这就是你刚才说的好戏？”

南宫夫人淡淡一笑，并不说话，心里却不太高兴。下一刻，宁夫人的笑容更盛，她拉着南宫夫人：“快看快看，好戏果真在后头呢！”

水晶屏幕里，慕容方趁着苏落受伤，朝她发动强烈攻击。砰砰砰——慕容式七十二腿，迅猛地朝苏落踹去。苏落连连后退闪避。慕容方的攻击却一脚比一脚强，苏落完全处于接连挨打的状态。

看到苏落的狼狈处境，宁夫人笑得比谁都欢，乐得花枝乱颤：“打得好，打得太好看了。”

南宫夫人本来也是不喜欢苏落的，但是看到宁夫人这个样子，她的脸色却不好看了，她家流云的眼光什么时候变得这么不好了？

慕容式七十二腿之下，苏落不断后退，最后更是被狠狠一脚踹了出去。苏落的后背撞在擎天柱那刚硬的柱子上，脊背几乎被撞得断裂。她的身体随着柱子滑落地面，全身火辣辣地疼，四肢仿佛都不是自己的了，痛得麻木，身上气血翻涌，血液灼烧般沸腾。苏落靠着柱子，挣扎着想站起来，却发现自己一点力气都没有。

慕容方一步一步走到苏落面前，居高临下地盯着她，眼底是不阴不阳的诡笑："苏落，你还敢跟我打吗？"慕容方一边说，一边蹲下身，强而有力的手掐着苏落的咽喉。

此刻苏落的五脏六腑几乎都移了位，全身痛到麻木，神志昏昏沉沉，一点反抗之力都没有。

台下，冷七少面色如寒霜笼罩，一双冰冷黑眸利剑般盯着慕容方。片刻后，他霍然站了起来。

"不要干扰比赛。"南宫流云严肃的目光盯着冷七少。

冷七少偏头盯着南宫流云，嘴角勾勒起一抹邪魅阴沉的诡笑："南宫流云，你在说什么？"

南宫流云清冷的目光看着他："你是评委。"

冷七少指着南宫流云，指尖因压抑着愤怒而颤抖："你就是这么对待自己喜欢的人的？"

南宫流云目光冰冷，面容冷凝，没有说话。冷七少眼底浮现一抹邪佞的森冷："南宫流云我教你这一回！对待自己喜欢的人，就是要偏袒，就是要护短，就是要不顾一切帮她把敌人打死！"说完，冷七少就要不顾一切地上去把慕容方拍死。

"你喜欢她？"南宫流云眉目间浮现浓浓的肃杀之气。

冷七少顿时哑然。昨晚他还一直说他是因为南宫流云喜欢才要抢的，但是现在……冷七少嘴硬："你喜欢的我就喜欢！你不护她我护她！"说完，冷七少抬起大长腿就要往台上冲。

南宫流云却一把拎住他，将他往座椅上一丢："她不需要你弄巧成拙，给我坐下！"

南宫流云护苏落的方式跟冷七少不同。冷七少护苏落，那就是直接而粗暴地冲上去护着。南宫流云护苏落，不是直接而粗暴，而是考虑到方方面面。他看到苏落受伤，身侧的手早已经紧握成拳，手背上青色血管突突直跳。慕容方早已经被他宣判了死刑，但是他知道，生死之际能将灵源晋升丹的潜在药效最大程度地激发出来，所以——

战斗台上，慕容方掐着苏落的脖子，脸上是狰狞而扭曲的冷笑。

"你说，我这样掐下去，你会不会死呢？"慕容方一边说，一边用力地掐着。苏落只觉得咽喉处一阵灼痛，空气被切断，眼前更是一阵阵发黑。就在苏落痛苦难当的时候，她忽然发觉丹田处一道温热的气息缓缓升起。

这是……随着温热的气息缓缓上升，苏落原本窒息的肺部，仿佛多了一丝空气。而且，苏落发现她原本破败不堪的身体，被这股温热的气息包围，正以肉眼可见的速度修复。

第十一章 剑冢

慕容方并不知道苏落身体内发生的变化，他掐着苏落，狰狞而恐怖地冷笑着："苏落，你的潜力很不错，连我都嫉妒你呢。"

苏落冷笑地看着他。

"你的潜力，让我害怕呢。"慕容方又用力几分。

苏落嘴角的血迹滚落。

"如果留着你，不出几年，你就会踩着我的脑袋越过去。"慕容方一字一顿地说。

苏落似笑非笑地看着他。

"所以，我现在就掐死你，看你还怎么跟我争！"慕容方用力朝苏落的咽喉扭去，他要扭断苏落的脖子。

就在慕容方要下手的时候，苏落幽冷的声音响起："你要敢杀我，不用你走下战斗台，就会有人帮我报仇。"

慕容方的心猛然间一震，他忽然想起慕容沫听到的传闻：南宫二少和冷七少都对苏落有意。

就在慕容方微微怔住的那一秒，苏落眼底闪过一抹得逞的冷笑，她脚尖狠狠朝慕容方下身踹去。苏落这一脚，快狠准，慕容方又是半蹲着，毫无防备，所以，当他反应过来的时候，已经被苏落那一脚踹飞出去了。

在慕容方倒飞出去的那一刻，台下所有人都惊呆了。还能这样？眼看着苏落就要被捏死了，局势却陡然间发生变化。可是，苏落之前不是被打得奄奄一息了吗？她哪里来的力气踹飞慕容方？众人心中充满了疑惑。

不仅观众们看呆了，实况转播的那些夫人也都呆若木鸡。评委席上，冷七少都看傻了，就连南宫流云，也是哭笑不得。

此刻，所有人都用一种很吃惊的目光看着苏落，没人注意到欲哭无泪的慕容方。慕容方被踹飞后，捂着下身，大口大口地吸着气。疼！太疼了！对于男人来说，那是他们最脆弱的地方，哪里经得起苏落那么使尽全力一踹？

“你——你——”慕容方愤怒地瞪着苏落。

此刻的苏落，表面看着狼狈，但是她的身体已经修复得好了大半。为了修复苏落的身体，灵源晋升丹被最大程度地激发，所以现在的苏落已经是大圆满一星巅峰实力。苏落迎风而立，墨发飞扬，神色漠然。

慕容方知道，如果被苏落掌握先机，那么死的人就是他了，所以他强忍着痛苦，率先朝苏落发动攻击。砰！慕容方毕竟底子还在，此刻为了速战速决，他一出手就是杀招。

苏落冷冷一笑，知道这种狂暴的状态慕容方坚持不了多久，于是，她采取了暂时逃跑的战术。

苏落转身就跑，现在已经大圆满一星实力的她，瞬移速度更是快上加快。全盛时期的慕容方能追上她，此刻的慕容方却完全拿她没办法。每次，当他几乎快抓住苏落的衣角的时候，苏落一个瞬移就跑掉了。慕容方恼羞成怒，气急败坏，随着时间过去，愤怒的他几乎失去理智。

实况转播现场，诸位夫人原本还各自闲聊着，但是此刻都被这场追逐战吸引了目光，不由自主地全部盯着水晶屏幕看。宁夫人看到苏落狼狈逃窜，不由得冷笑，嘲讽道：“这野丫头，除了撩阴腿就是逃窜，这样的人能赢，我给你们每个人一个奖励！”

南宫夫人似笑非笑地瞟了她一眼：“你这话说得也太满了。”

“难道说，南宫夫人有异议？”宁夫人端起香茗饮了一口，淡淡地扫视过去。

南宫夫人倒不是看出苏落有什么潜力，她是相信自己儿子的眼光。被宁夫人这么不阴不阳地激了下，南宫夫人的脾气也上来了，她说：“本夫人倒是觉得，这苏落会赢。”

哇！在场的夫人眼睛都闪闪发亮。好难得，今天这两位夫人是要公开斗起来吗？那岂不是有好戏看？

宁夫人呵呵一笑：“那咱们来打个赌呗。”

南宫夫人不甘示弱：“怎么说？”

“如果我赢了，苏落永远不能进你们家的门，别说当正妻，就是当侍妾、奴婢都不行。”宁夫人笑吟吟地看着南宫夫人，“如果你赢了，苏落进你们家当侍妾当奴婢我一概不管。”宁夫人这是在为她家的宁五扫清道路呢。

南宫夫人闻言，眉头顿时皱起来。这宁夫人，女儿还没嫁进来，就想管流云房里的事？这手伸得未免也太长了！

南宫夫人顿时很是不悦，冷冷地看了宁夫人一眼：“如果你赢了，苏落永远不能进我们南宫家族的门；如果我赢了，以后宁家的手就不要伸那么长了。”

不只不让宁家管苏落的事，南宫流云别的事，他们宁家也休想干涉。

诸位夫人面面相觑：“……”

这赌注透露出来的信息，似乎有点多啊。

两位夫人就此立下赌注。随后，她们纷纷盯着水晶屏幕，咬牙切齿地希望自己能赢。这不仅关乎赌注，而且关乎面子。

而此刻，慕容方还在忍痛追逐着苏落。让他越来越心凉的是，他发现随着他剧烈运动，他下身的痛越来越剧烈，现在已经到了吸一口气都疼得差点晕过去的地步。众人能够清晰地看到慕容方脸色苍白，额头上的汗珠一滴滴地滚落，他咬着牙，面容狰狞而扭曲。

慕容方依旧快速追逐着，他并不知道，在他掐着苏落的时候，苏落剧烈挣扎，指甲抓破了他脖子上的皮肤。苏落隐藏在指甲中的毒素早已经渗透进他的血管。运动越剧烈，毒素蔓延得就越快，到现在除了双腿，慕容方上半身都已经被毒素弥漫了。所以说，千万不要得罪炼药师，特别是厉害的炼药师，不然什么时候死的都不知道。

苏落听到慕容方那气喘吁吁的声音，眼底有一抹得逞的狡黠笑意。她忽然间停住脚步，一个瞬移站到慕容方背后。

慕容方因为受到毒素和剧痛的影响，反应迟缓，所以当他意识到眼前失去苏落的身影时，心里顿时暗叫一声不好，然而还没等他反应过来，出现在慕容方身后的苏落，重重一脚踹向慕容方饱满的臀部！那么重的力道，有种石破天惊的声响！

众人只见一道黑影瞬间往前飞去！砰——一声重响，慕容方撞在结界壁上。若是正常情况，战斗台的结界壁会自动打开，让慕容方飞出战斗台，但是，现在的情况有点诡异。慕容方后臀受到重力，直直朝前方飞去，一脑门轰到结界上，结界非但没有打开，反而将他反弹回去。

当慕容方朝苏落倒飞过去的时候，苏落又是一脚，狠狠踹向慕容方。于是，慕容方就在结界壁和苏落的腿脚间一次又一次地循环着。

众人："……"他们忽然有一种脊背发寒的感觉。他们很清楚，慕容方败了。他想认输，但是他的咽喉一动也动不了，更别提发出一点声音了。

众人下意识地朝主评委的位置望去。控制战斗台结界的是主评委，也就是南宫流云。此刻的他冷然而坐，面目森冷，目光如黑曜石般熠熠发光，那眼底的光芒有着高深莫测的寒意。没人敢盯着看，因为仿佛多看一眼，下一刻就会死在这双眼睛之下。

南宫流云是故意的，故意不打开结界壁，故意让慕容方在无数人面前出丑，故意让慕容方求生不得求死不能。好狠的手段！好明目张胆的护短！他甚至都不加掩饰。

慕容方毕竟是帝国学院难得的人才，所以被派来监督的那位长老，轻咳一声。

冷七少没好气地扫了他一眼："老头，你喉咙不好呢？"

这位长老，出自冷家。

此刻，战斗台内，苏落把慕容方当球一样踢着，终于踢累了，于是她一抹额头上的汗，纳闷了一声："咦，这结界怎么就撞不开呢？"

众人绝倒。

苏落状似疑惑地用腿轻轻一扫，只见慕容方破败不堪的身子骨碌碌地朝台下滚去……

众人："……"有这么偏心的吗？！一道道视线都望着南宫二少，南宫二少神情漠然，似乎什么都不知道。

此刻，南宫家族。

看实况转播的诸位夫人，全都面面相觑，一个个低垂着脑袋，抿着唇，没人敢抬头看宁夫人一眼。宁夫人已经将帕子都攥破了。输了，慕容家那小子居然输了！这大好的局面，他居然也能输？！

南宫夫人忽然笑出声来："我就说吧，有好戏看，瞧这逆转，真是精彩纷呈、高潮迭起，再好看的戏剧都没这好看，这水晶屏幕做得值！"别人会照顾宁夫人的情绪，但是南宫夫人并不需要，所以她从来都是有什么说什么的。

而这句话，狠狠地戳中宁夫人的心窝。南宫夫人对宁夫人说："你别瞪我，我说的可是事实，你输了就是输了，可不许抵赖。"

"说得好像你自己没输似的。"宁夫人冷哼。南宫夫人跟她儿子也有赌约呢。如果苏落赢了，则进入南宫二少夫人候选者之列。

原本，南宫夫人是很不欢迎苏落进入这个候选者之列的，但是看到这事能将宁夫人气成这样，南宫夫人觉得，这也不完全是坏事儿。能坐到南宫夫人的位置，她的实力和眼力都不是普通人能比的，所以她能够看出苏落在战斗中所表现出来的勇气和毅力。那临危不惧、悍不畏死的强者勇气，给南宫夫人留下了深深的印象。

如果说一开始南宫夫人给苏落打零分的话，现在好歹也有十分了。南宫夫人瞟了宁夫人一眼，淡淡一笑："输了便输了，我输了，那苏落可就进流云选妻的候选人名单了，你能占到什么便宜？"

宁夫人被气了个倒仰。

确实！南宫流云里里外外护着苏落，宠着苏落，任谁都看得出来他有多在意苏落，这已经不是一般意义上的喜欢了，这是爱上她了。宁夫人想到这，心里更堵了，她一甩袖："今日有些不舒服，这便回去歇着了，南宫夫人不用送了。"说着，不等南宫夫人说话，宁夫人就气呼呼地走了。

一群夫人面面相觑。一边是气呼呼离开的宁夫人，一边是气定神闲喝茶的南宫夫人……好难选啊。南宫家族跟宁家旗鼓相当，但是南宫家族的后辈天资卓绝，将来成就更高，所以这些夫人在心里就偏向了南宫夫人这边。除了几个跟宁夫人走得特别近的，很多人继续留了下来。

南宫夫人轻笑，觉得自己有点傻气了，为了那样一个野丫头，竟跟宁夫人斗上嘴了，明明她不喜欢那丫头。

对，她可不喜欢那丫头了。南宫夫人端庄地坐着，一边想着，一边目不转睛地看着屏幕里苏落那耀眼的英姿……

这时候，评委们一致宣布，这次新生联赛第一名：苏落！

此刻的苏落，因为跟慕容方的一场战斗，衣衫染血，嘴角也带着血迹，容颜略显狼狈。但是再狼狈，也遮不住那绝美的容颜。风吹起她的长发，墨发飞舞。她那双绝美深邃的眼眸里，闪耀着强者之光。

众人看着她，眼中有着一瞬间的迷离。这样一位超凡脱俗仙姿玉骨的女神，受尽了他们的非议、指责、辱骂、污蔑，她没有反驳一句，没有一丝报复之心，而是用她的行动来证明她的实力。她的实力，足以拥有一切赞誉！

"苏落得第一，我服气！"

"当之无愧！"

"非她莫属！"

不知不觉中，一道掌声响起，紧跟着，第二道、第三道……最后，掌声变得雷鸣般热烈，久久不曾停止。

南宫夫人看着水晶屏幕里神色从容的苏落，嘴角带起一抹淡淡的笑意，但是很快她就意识到，她是讨厌苏落的，于是，南宫夫人冷哼一声，板着脸，对身边的护卫说："搬走搬走，快把这碍眼的屏幕搬走！真难看！"

护卫恭恭敬敬地接过这差事，心里却默默吐槽：您刚才看得可起劲了啊，怎么就难看了？

龙凤族，长老院。

这群高高在上的长老，平日里就是中帝学院的毕业联赛都没时间关注。但是现在，他们进了南宫二少设下的圈套，竟然主动关注那小小的新生联赛。

长老们都有一种很无力的感觉。他们一开始连看都懒得看这场新生联赛，但是慢慢地，他们开始关注苏落，直到这最后一场比赛。

"这丫头其实还可以啊。"

"天赋不错，潜力不错，难得的是，毅力也不错。"

"难道你们没注意到吗，比赛这一个月里，她一开始真正的实力只能排第五，但是每一场比赛她都在进步。"

"若是给她足够的时间，这丫头会长成什么样啊？"

"不管什么样，总之，你们打分的时候要斟酌，不能打太高。"三长老冷哼一声，"难道你们忘了吗？这综合分是要拿给老爷子看的。"

老爷子的观感，会影响到南宫家族少夫人的人选。他们才不要一个出身下界草根来历的少夫人呢，龙凤族丢不起这人。

苏落并不知道那么一群夫人在关注她，更不知道龙凤族的诸位长老在关注她。此刻的她，虽然赢得了新生联赛第一名，但是她的神色依旧淡然无波，镇定从容，仿佛风过水无痕般淡定。

看着台上苏落那双闪烁着智慧光芒的深邃眼眸，南宫流云脸上露出一抹浅浅的笑。他的落丫头，真的很可爱呢。

冷七少冷嗤一声："南宫二少什么时候变得跟毛头小子似的了？"

南宫流云绝美深邃的眼眸轻飘飘地在他脸上扫过："冷云景。"

"干吗？"突然这么一本正经的样子，吓了冷七少一跳。

"什么东西都给你抢的资格，但你若是敢抢她，连敌人都没的做！"南宫流云的目光在冷七少的脖子上扫过一眼，留下一个冷飕飕的眼神，随即便朝苏落所在的战斗台而去。

冷七少摸摸脖子，气呼呼地瞪了南宫流云一眼："想杀我？南宫流云你居然真的想杀我！"

南宫二少不理他的叫嚷，径自上了台。台上，苏落眉目如画，一双琥珀色的眼眸深不见底。南宫流云定定地站在苏落面前，星辰般的眼眸一眨不眨地凝望着苏落，似有千言万语都汇聚在这一眼之中。苏落却别过脸去，没有理他。

台下众人又是一阵倒抽冷气。南宫二少，居然被人嫌弃……这简直让人大开眼界。很多女生火辣辣的目光几乎将苏落碎尸万段。好在南宫夫人这会儿命人将水晶屏幕搬走了，不然护短的她看到自家儿子受到冷遇，她这做母亲的肯定又要给苏落负分了。

面对苏落的冷漠，从来脾气不好的南宫二少却不以为意，抿唇一笑，粉色的薄唇微微翘起。他不常笑，所以当他笑起来的时候，才那么魅惑。

台下众人被南宫二少的笑迷得七荤八素，那一双双眼睛只痴痴傻傻地看着她们心中的男神。而她们心中的男神只对苏落一个人笑，他看着苏落，轻笑出声："你这丫头，气性真的很大。"

苏落纤长睫毛扑闪，淡漠地看着他："我们很熟吗？"

扑哧——原本心情不好，双手枕在脑后靠着椅背生闷气的冷七少当即笑喷出来。

但是，南宫流云的脾气似乎很好，他温柔地看着苏落，眸中有着醉人的宠溺。他一只手固定住苏落尖细光洁的下巴，另一只手掏出帕子，将苏落嘴角的血迹擦拭得干干净净。苏落想反抗，但是南宫流云的手强而有力，即使苏落实力进步很大，却也不是她挣脱得了的。

下颌被定住，苏落只能气呼呼地跟他对视。看到苏落如一只愤怒的小兽，南宫流云觉得可爱极了，揉揉苏落的脑袋："想好了，选哪个？"

南宫流云脸上带了一丝无奈，耐心很好地跟她讲解："新生联赛第一名有很多奖励，你能拿走其中的百分之九十，其余的对你来说都是鸡肋，暂且忽略不计，现在只说最重要的。"

苏落被吸引了注意力，认真地看着他。这丫头睫毛纤长浓密，当她一眨不眨认真看着别人、凝神倾听的时候，简直让人移不开眼。

南宫流云继续道："其一，你可以选择积分，大量的积分，这些积分足够你享受四大家族子弟的特殊待遇。"

这个苏落听过。

南宫流云看着苏落那闪亮的眼眸，又道："第二个选择，就是进剑冢。"

"剑冢？"苏落很是迷茫。

"剑冢，正常情况下，毕业生中的冠军才有资格进剑冢一次，所以，这次特意开放让你选，你就不要放弃机会了，你的暮云剑也该收起来了。"南宫流云笑嘻嘻地说。

苏落看到南宫流云一脸笃定她会选进剑冢，心里可不爽了，但是——

暮云剑在这次战斗中确实破损了，剑灵受到剧烈冲击，修为再次被削弱，苏落都感觉特别对不起暮云剑。

她现在最需要的就是一柄称手的神剑，独立于十二圣器之外，能让她当兵器用的神剑。这样的宝贝，可遇而不可求，不是有钱就能买到的。而剑冢这个选项，就在苏落最需要神剑的时候出现在她面前，诱惑着她去选。

"我选择……"苏落气呼呼地瞪着南宫流云那一脸笃定笑容的脸，闭了闭眼，"剑冢。"她不会跟自己的前途赌气。

剑冢的具体位置，除了核心长老和院长大人，别人一概不知，这是帝国学院的机密之一。

在某位核心长老的带领下，苏落被蒙着眼送进剑冢内。

当苏落睁开眼的时候——

她不知道自己身处何方，但是眼前的情景，让她有一种说不出的怪异感。这里仿佛是一个光怪陆离的世界，苏落能够看到很多生物的存在，有精灵、魔兽，甚至还有人类。他们仿佛看不到她，各自忙碌着，有的在绣花，有的在翻滚，还有的在蹦蹦跳跳……苏落睁大眼睛，迷茫地看着这个陌生而诡异的世界。

不是说剑冢吗？在苏落的印象里，剑冢就是埋剑的地方啊，可她眼前看到的不是剑，而是一个个活生生的生物。这哪里像阴森森的剑冢？分明就是一方灵气充裕生机勃勃的小世界。

就在这时，苏落发现不远处传来一阵打斗声，于是，她加快脚步赶过去。

只见一只穿着火红色兜肚的胖乎乎的小精灵，扎着两根冲天辫，一头朝前方撞去。在它面前，是一只花斑豹!

小精灵和花斑豹你来我往，打得非常激烈。苏落一直靠在墙边，目不转睛地看着它们。

小精灵的实力和花斑豹不相上下，两只打着打着，小精灵就不耐烦了：“不跟你玩了！”话音刚落，小精灵就化为一朵娇艳欲滴的鲜花，静静地伫立在小溪边，迎风摇曳生姿。

苏落看到这朵花的时候，顿时全身一震。这朵花，在师父的笔记中有记录，而苏落还是第一次见。

这是水月玄仙花啊！原来刚才那扎着冲天辫胖乎乎的小精灵，竟然就是水月玄仙花的花魂。那么，那只花斑豹呢，它的本体又是什么？苏落好奇地朝花斑豹望去。原本跟小精灵打架的花斑豹见没的玩了，郁闷地抓抓脑袋，摇身一变，变成一柄通体花斑色的剑插在悬崖下方的土坡上。原来是花斑剑的剑魂。

苏落看得眼睛都直了。刚才它们两个打得惊天动地，威力恐怖，可见实力不俗，远不是现在的苏落能够相比的。

花魂，还有剑魂，苏落想想都差点流口水。可惜她进入剑冢后，就只能拿一样东西啊……

这么多好东西就只能拿一样，苏落眼泪都要掉下来了。她慢悠悠地走到水月玄仙花面前。不等苏落发问，水月玄仙花就很傲娇地抬起花瓣，犹如抬着下巴一样高傲。

“你颜值这么低，我才不要跟你说话！”花魂精灵傲娇地斜睨苏落。

苏落指指自己的鼻子。她颜值低？不是苏落王婆卖瓜自卖自夸，如果她算颜值低的话，那整个大陆就真没有高颜值的人了。

苏落：“你愿不愿意跟我走？”

如果这精灵花魂愿意跟她走，那苏落就不管什么剑魂不剑魂了，直接带了它就走。但是，小精灵很骄傲地瞪了苏落一眼：“你颜值这么低，我才不要跟你走！”

小精灵一副“后辈你给我走开”的嫌弃目光，顿时把苏落惹恼了。好，很好。苏落指指它的鼻子，转身就走。

苏落故作很不开心地扬长而去，心里却已经打起了小九九。现在她真真切切地感觉到，这剑冢里面的东西，并不局限于剑，还有各种各样的草药和宝贝，最难能可贵的是，这些东西全部修炼出了灵识，变成了生命体。

这么多宝贝，随便拿一个，苏落都占大便宜了。让苏落无奈的是，这些宝贝灵识眼界高着呢。水月玄仙花看不上苏落也就算了，跟它对战的花斑剑，在苏落过去的时候，竟然也是甩都不甩她。就好像在它们眼中，自己高高在上，苏落完全进不了它们的眼。

苏落还真就不信了，她一路走走走，一路观察着这些修炼出灵识的瑰宝，它们沉浸在自己的世界里，对苏落完全无视。

没有得到宝贝认可，苏落又怎么可能拿走它们呢？现在苏落算是明白了，难怪学院敢将她放进来随便挑，敢情早就知道她不会捞着什么好东西呢。

以她现在的等级来说，实在太低了，所以得不到它们的承认也不怪它们。但是，她该怎么办呢？苏落最后只能无奈地接受这个事实，摸摸鼻子，转而朝等级低一些的剑魂宝贝走去。

剑冢里，插着一柄柄寒光闪闪的剑，一群光着屁股的小破孩子正在周围嬉戏玩闹。不用猜都知道，这些小破孩子就是剑魂了。

这些宝贝的等级，跟它们变化出来的生命等级是相对应的，所以苏落只找那些灵魂暗淡一些、刚修炼出灵识的小剑魂。但是，即便苏落放低要求，那些灵识也不见得有什么好态度，一个个骄傲得很，眼角余光都不甩苏落一下，玩捉迷藏玩得可起劲了。

苏落："……"

后来，她终于拿出了撒手锏：上品天灵水。

终于，凭借着上品天灵水，一群小破孩子终于正眼看苏落了，一拥而上将她包围："我要吃！我要吃！快给我吃！"

但是当苏落表示："吃了我的东西必须跟我走。"哗啦啦，这群小破孩子瞪了苏落一眼，跑得飞快，理都不理苏落了。

苏落心想："剑灵都是这么难哄的吗？"

苏落想尽了办法，但是这群小剑灵该吃吃该喝喝，也能跟苏落对话几句，但是说起跟她走，就一个个绷着小脸不乐意了。

苏落进入剑冢的时间是有限制的，学院只给了她一个时辰，而现在时间已经过去一大半了，苏落心中不免有些着急。

就在这时，苏落看到前方两只剑灵正在打架。这威势，简直惊天动地，地动山摇，恐怖异常。

前方正在战斗的并不是小破孩子，那么小的剑灵还没有如此恐怖的威力。那是一个少年和一个中年人，打得残影交错，威力赫赫，没人敢走近。

苏落很识时务地转身就要离开，因为她知道，一旦被波及，这些剑灵不会有事，她这凡人的身体就要遭殃了。于是，苏落转身就跑，可已经来不及了。那两只剑灵最终对掌，庞大的威压波纹般荡漾开来，苏落拼命往外跑，但是后背被强大的威力波及。苏落噗的一声吐出一口鲜血。她只觉得全身气血翻涌，整个身子都快要炸裂了。

真是仙人打架凡人遭殃，这些剑灵终究不是现在的她能够收服的……想到这，苏落不免有些垂头丧气。

苏落没有意识到，刚才她吐出的一口鲜血喷在地上，正以肉眼可见的速度消失。那中年剑灵眼光那叫一个毒啊，它被少年剑灵逼得内伤严重，差点就要魂飞魄散了，却吸收到了苏落的血。它从来不知道，原来人类的血竟然是如此——鲜香甜美！如此让人心神荡漾。这哪里是血？这根本就是修复它们灵魂的瑰宝！

这人类的血液，对于它们剑灵来说，是绝佳的疗伤圣药！因为中年剑灵原本被少年打得快断气，但是吸收了那一口鲜血之后，顿时精神百倍，实力更是恢复到巅峰状态。于是，中年剑灵又开始跟少年战斗。

这两只剑灵本来实力就相差无几，在中年剑灵恢复巅峰状态而少年处于疲惫状态的情况下，中年剑灵很快就取得了胜利。

他一脚踩着少年的胸口，冷冷一哼："小子，小小年纪就这么嚣张，叫你狂！"说完，中年剑灵将少年一踹，然后兴冲冲地朝苏落跑去。

苏落为了不被这两位强者的战斗力所波及，远远地退开了，正靠着一棵树疗伤。刚才还高冷孤傲的中年剑灵跑到苏落面前，郑重而严肃地鞠了一躬。苏落认出，这中年剑灵也是之前拒绝过她的剑灵之一，当时可是连正眼都没瞟她一下呢。

于是，苏落很茫然地看着这九十度鞠躬模样的剑灵，不解地问："你干吗？"

"请姑娘收了我吧！"中年剑灵执着地鞠着躬，一副苏落不答应他就不起来的架势。

这一百八十度态度大转变，让苏落心里有些没底。中年剑灵越是求苏落，苏落越是不敢轻易答应。她不解地盯着中年剑灵，问："为什么？"

中年剑灵还没说话，之前被踹走的少年剑灵也跑来了。它原先一直在纳闷，中年剑灵凭什么在一败涂地的时候突然崛起将它踹飞，很快它就想起，中年剑灵吸收了那人类的血液。

此刻，看到中年剑灵不要脸地跑去求收留，更是大大证明了少年剑灵的猜测。于是，少年剑灵也屁颠屁颠地跑过去，撅着屁股，对苏落九十度大鞠躬："姑娘，收我吧，我的潜力可比他强多了。"

中年剑灵一听，顿时不乐意了："我先来的！人类都讲究个先来后到！"

少年剑灵嘲讽地瞟了他一眼，不屑地勾起唇角："我后来的又怎样！强者为尊才是人类的主流思想！"

中年剑灵肺都快被气炸了："臭小子，我可是赢你了！"

少年剑灵不甘示弱："那是因为你吸收了人类的血！"

"我的本体可是断魂剑，三十万年的历史了！"

"我的本体是灵光剑，十万年的历史比你短，但是你三十万年的还打不过我十万年的呢！"

"我是四级灵宝，你才三级！"

"我马上就要升四级了，你才三级呢！"

"不许你跟我抢人类丫头！"

“你才不要跟我抢！她是我的！”

两只剑灵可能是常年待在剑冢里，从来不跟外界接触，所以不通世事，表现出来的都是最真实的情绪。

通过它们吵架的内容，再加上苏落那融合了智慧头骨的脑子，她终于将事情猜了个七七八八。原来她的血液对剑灵来说有这样的妙用，原来她怀揣着这样的宝贝自己都不知道。

看到这两只剑灵争成这样，其余的剑灵也都被吸引过来了，有少年、有中年，还有一批为数不少的熊孩子。它们听说苏落的血大补后，顿时都心动了。待在剑冢里年复一年日复一日，日子可单调可无聊了，谁不想出去见见外面的世界啊？之前只是嫌弃宿主的实力差而已。

现在这人类姑娘实力虽然差得让人吐血，但是，听说那血好啊，喝了后剑灵的灵力大涨呢。

于是，一大拨剑灵拥过来：“选我！选我！选我！”

圈子外围的剑灵生怕苏落看不到它们，各种着急啊，举着手蹦跶着跳跃着，急吼吼喊道：“选我！选我！选我！”

苏落脑壳都有些疼了。她记性很好，过目不忘，所以记得很清楚，这一大拨剑灵中，有好些是之前她兴冲冲地跑去问要不要跟她走，结果人家根本不屑她的。而且，苏落还听到它们在那嘲笑：“哈哈哈，这个小小的人类，她是脑残吗？居然敢来收咱们！”

“不自量力！”

“简直可笑！”

“我要选一个英俊潇洒的强者当宿主！”

“我要选一个高冷腹黑的强者当宿主！”

“我要选一个强大无比的强者当宿主！”

然而现在，这些剑灵却都争先恐后地要认苏落为主。

苏落都有些无语了。就在她还在考虑的时候，一个气势汹汹的魁梧汉子走过来，一只手拎着中年剑灵，另一只手拎着少年剑灵，将这两只剑灵一左一右地丢开。

清除了障碍后，魁梧汉子威风凛凛地站在苏落面前。苏落那双漂亮清澈的眼睛不解地看着它。魁梧汉子傲慢地抬着下巴，骄傲无比地冷哼：“我可是五级剑灵，比它们都厉害，带我出去！”

怎么连五级剑灵都跑来跟它们抢这个名额？可恶！众剑灵看着这位气势汹汹的魁梧剑灵，都敢怒不敢言，暗中握拳。

苏落从原来的万人嫌弃到现在的万人追捧，也不过是一小会儿的事，若是别人，心态肯定转不过来，但是苏落一向淡定惯了的，所以她的脸上依旧是风过水无痕般淡然。

苏落的视线从眼前这群剑灵脸上一一扫过。诸剑灵全紧张兮兮地盯着苏落，就连那魁梧汉子都有些忐忑，额头上渗出细密的汗珠。大家都在等待着即将到来的命运。

然而，苏落淡淡一笑，说：“你们都很好。”

诸剑灵顿时眼前一亮。真的吗？这是在夸它们吗？

不得不说，在剑冢里待久了，这些剑灵的智商属性都很呆萌。苏落点点头：“你们都很好，都很厉害，一根手指头就能把我戳趴下。”

诸剑灵既得意又骄傲地仰着下巴，那是，也不瞧瞧它们是谁，能修炼出剑灵的剑，那至少都是圣器！

这些剑灵就好像被放在孤儿院里等待着好心人领养的孤儿，眼巴巴地看着苏落，眼底闪烁着最原始的渴望。

“但是——”苏落的话来了一个转折，顿时，所有的剑灵都有一种很不好的预感，身形一凛，紧张地盯着苏落，生怕自己会落选。

苏落笑眯眯地看着它们：“但是我刚进来剑冢，很多剑灵都还没看呢，所以现在还不能做出决定。”

这倒也是。苏落对它们笑笑，摆摆手，继续绕着剑冢走。

一开始，大家都看着苏落离开的背影，眼神伤心而落寞。渐渐地，有聪明的剑灵趁着大家不注意，偷偷地跟在苏落身后。

开始还是一个两个剑灵，但很快就是十个、二十个，到最后是一两百个……大家都眼巴巴地跟在苏落后面。

苏落一路逛着剑冢，不知不觉中一回头，就发现后面好长好大的一条尾巴。

苏落：“……”

看到苏落回头，剑灵们都对苏落讨好地嘿嘿一笑。

苏落：“……”

其实剑灵们很想出剑冢，这就是一个认可不认可的问题。一旦认可了，自然人人要争抢这个出剑冢的机会。

苏落一边走，一边心痛地想，这一大拨剑灵，每一个站出来，实力都碾压她，如果能够全部带出去，那可真是太美好了。可惜……她只能带走一个，真是想想都觉得好心痛。

苏落一边走一边郁闷，但是她也不得不为帝国学院的底蕴而感到震惊。不愧是帝国学院，这么多圣器剑灵就跟菜市场里摆摊似的摆出来。在其他势力，这里的每一柄剑拿出去，都能威震四方吧？

不过苏落很快就想通了，现在的她，最重要的就是找一柄最称手的兵器，她有娘亲大人教的神女剑法，如果再配上绝世神剑，那威力肯定恐怖。

苏落回头，看着后头那黑压压一片的剑灵。根据刚才剑灵们的对话，苏落大致分清楚了剑灵的等级。剑冢里的剑灵，从一级到六级，刚才那位自荐的魁梧汉子是五级，但是对于六级的剑灵，这些剑灵也都没印象，像是只存在于传说中。

走着走着，忽然，苏落眼角余光看到半截剑。那把剑非常普通，剑柄都已经半烂了，而且露出来的半截剑身锈迹斑斑。这种破剑应该当破烂被回收吧？

苏落一边走，一边想着，并没有将这柄剑放在眼里。忽然，苏落脑中一道灵光闪过，她身形一僵，倏然间停住脚步。看到苏落停住脚步，那一大拨剑灵也跟着停住，面面相觑，茫然不解地看着苏落。

苏落开始一步又一步地往后退，剑灵们不解归不解，但也跟着齐齐后退。就这样，他们一步步后退，最终后退到那柄破剑处。然后，剑灵们就看到苏落拐到右边，直直走到那柄破剑面前，蹲下身子，定定地看着那柄被所有人嫌弃的破剑。

苏落看着破剑若有所思。刚才她脑中灵光一闪，意识到这里是剑冢，最差的也是一级剑灵，怎么会有这样的破铜烂铁存在？

而且，所有的剑都有剑灵，但是这柄剑——

苏落回头，望着黑压压的剑灵："这柄剑的剑灵何在啊？"

很明显，苏落是看中这柄剑了，这样的大奖却无人认领，因为——

"这柄剑，哪有剑灵啊？"

"这么多年，从来没见这破剑里有剑灵跑出来跟我们玩耍啊。"

"可能以前有吧？但是现在剑灵肯定死了，我们都感应不到它的生机。"

"对啊，剑灵死了，人类丫头你还是选我吧！"

"选我选我！"

"选我选我选我！"

于是，平静的场面又变得闹哄哄了，苏落只觉得耳边嗡嗡嗡一阵乱吵，吵得她额角青筋突突直跳。被太多剑灵喜欢，也是麻烦啊。

苏落这想法，若是让其他进入剑灵选剑的人知道，只怕拍死她的心都有了。

苏落深吸一口气："安静！"

随着苏落一声令下，剑灵们全部下意识地用手捂着自己的嘴，一双双清澈的眼睛看着苏落。

苏落头痛地揉揉眉心，这才专心地观察这柄破剑。那剑柄因为年代久了，苏落的手一握上去，只听咔嚓一声，剑柄竟然直接化为木屑，散落地面。

于是，在苏落面前的，就是一柄没有剑柄的破剑。那群剑灵都用一种"看吧看吧就说这是破剑吧"的眼神看着苏落。但是苏落——她的眼中跳跃着一抹狂喜。因为之前谁也没有注意到这柄剑，所以没有动手试着拔剑，也就没有捏碎剑柄，因此他们不知道，随着剑柄碎裂，出现在苏落眼前的，是剑尾那一抹刺眼的红。这一抹红色，让苏落看出了端倪。

于是，苏落握住剑尾，开始拔剑。剑灵们纷纷皱眉，那位最强大的魁梧大汉说："你别费力气了，这剑是很多年前突然有一天从天上坠落下来直直插进土坡里的。"

苏落抬头望着它。

其他剑灵也纷纷开口劝说。

"这剑从来没人能够拔出来。"

"而且，靠近这柄剑，会很倒霉的，打架总会打输。"

"总之这不是一把好剑啦，快选我啊。"

"选我啊选我啊！"

于是，现场又陷入一片混乱中。苏落头都大了。刚才她确实试过了，想拔出这柄剑，但是怎么都拔不出来。

难道这柄剑，真的不属于她吗？苏落想，她的血既然能让这么多剑灵趋之若鹜，肯定有独到之处，不知道能不能唤醒这把破剑里的剑灵呢？

苏落抱着试一试的想法，咬破了手指，一滴鲜红的血液滚下，滴落在破剑上。咕噜——这是剑灵们整齐划一咽口水的声音。它们争先恐后地要跟苏落走，为的就是她身上的血啊，现在看到她的血滚落，闻到那诱人的味道，一个个简直快忍不住了。

那滴血徐徐滚落破剑上，很快就消失了踪影。苏落眼中却是一喜。有门！于是，苏落又挤出三滴血，滴到破剑上。咕噜咕噜——剑灵们齐齐咽口水的声音。它们嫉妒得眼珠子都快凸出来了。干吗要浪费那么珍贵的血液在破铜烂铁上面，它们也很想喝啊！

苏落没有注意到剑灵们的哀怨神情，全部注意力都在这柄破剑上，因为她隐隐约约感应到，这柄破剑里有一个古朴而渺远的灵魂。随着三滴血液滚落，在血液流过之处，铁锈被洗去，露出一点原本的剑身。

苏落本以为，有了她鲜血的洗涤，这柄剑会发出耀眼的光芒。但是事实让她很失望，即使有三滴血液，这柄破剑还是破剑，那锈迹斑斑的剑身也没有一丝改变。

“就说嘛，这是破剑，没人要的破剑。”

“那三滴血，干吗要浪费给它啦，给我喝多好啊。”

“现在放弃它，回来找我还来得及，我还是会考虑一下的。”

剑灵们纷纷傲娇地说道。

但是苏落好似完全没有听到它们的话，依旧沉浸在要唤醒破剑的世界里，久久难以自拔。别人不知道，但是苏落比任何人都清楚，就在三滴血液滚落下去的时候，她仿佛听到一道细微的叹息声。这声音，若有似无，不是出现在她耳边，而是出现在她灵魂深处。

苏落的手握住剑身，而四周的剑灵们被吓得脸都白了。

“难道人类丫头真的要选这柄剑吗？”

“可它的灵魂在沉睡啊，可能永远不会醒啊。”

“最重要的是，从来没有人能够拔出这柄剑啊。”

它们猜得没错，苏落确实要拔这柄剑了。

剑冢里的情况，别人看不到，剑冢的守剑老者却能够看到。

原本上千年才会有一个人进入剑冢，而且挑走的都是低端剑灵，所以守剑老者从来不在意的。他一直闭着眼，沉浸在自己的修炼世界中。但是这次，他却感觉到一丝异样。当他用灵识查探剑冢时，这位在帝国学院有着超然地位的守剑老者，也是剑冢唯一的守剑人，眼底闪过一丝讶异。

这小姑娘居然……注意到了那把剑？可惜啊……守剑老者微微摇头，那把剑，在剑冢里这么多年，看出它的异样的人也不是没有，但是从来没有人拔起来过呢。不过，这丫头的眼光倒是不错。

守剑老者对苏落高看了一眼，不过也就仅此而已，随后他又闭上眼睛，沉浸在他的修炼世界中。

但是这一次，这位连中帝学院院长大人都忌惮的守剑老者，倏然间睁开眼睛。因为——轰隆隆！一阵剧烈的声响传来。当空一道焦雷以雷霆万钧之势，凶猛地直劈而下。一时间，电闪雷鸣。整个剑冢里，一片刺耳的剑鸣声！而原本黑压压一片吐槽破剑的剑灵，此刻早已经惊慌失措地往回跑，回到它们的本体中去。

因为本体比剑灵状态实力强大，剑灵状态的它们，根本承受不住这样恐怖的威压。整个剑冢陷入一片骇人的黑暗中，只有闪电带来的片刻亮光。

就在这电闪雷鸣中，苏落拔起那柄不被所有剑灵看好的剑。这柄剑依旧锈迹斑斑，看上去就像破铜烂铁，但是，从它出土时的威力来看，这绝对是一柄了不得的绝世神兵！

当苏落将剑完全拔出来的时候，电闪雷鸣停止，黑暗的天空中渐渐出现光亮。那令剑灵们极其惊恐的剑鸣声也随之停歇。那些躲在本体剑里的剑灵，一个个捂着耳朵，瑟瑟发抖，被吓得不敢出来。

而此刻，守剑老者再次睁开眼，看到苏落手握风舞剑，老人家万年不变的严肃脸上，有一种名为震惊的情绪。风舞剑……居然被拔出来了？

苏落并不知道她手里这柄是让守剑老者都震惊的风舞剑，她此刻正皱眉看着这破剑。别看它出土的时候那么嚣张，但是嚣张完之后，这破剑依旧是锈迹斑斑破铜烂铁的样子，哪里像绝世神兵，也不知道锋利不锋利。

苏落拿着这柄传说中的风舞剑，看了看周围，发现不远处有一块石头——

苏落眼中闪过一道亮光，随即快步走了过去。她倒不是想要磨刀，而是——

苏落举起手中的剑，对准那大石头就砍下去。砰——一道钝响，石头纹丝不动地伫立在那，上面没有一点裂痕，反倒是苏落手中的破剑崩出了一个小小的缺口。苏落整个人都不好了。这剑……真的是绝世神兵？此刻的她表示非常怀疑。但是，这时候想换已经来不及了，进入剑冢的时间已经到了。

最后，苏落只能认命地看了看剑冢里的大批宝贝，而她只拣了一柄破剑出来。她不知道的是，在她拿着破剑无奈地出去时，黑暗中，将整个剑冢的情况尽收眼底的守剑老者正用一种同情而怜悯的目光看着苏落的背影。

风舞剑沉寂得太久，想要让它恢复如初，要付出的代价实在是太大了，这小姑娘一穷二白的，怎么可能养得起？

守剑老者长长叹了一口气，既同情苏落，又为风舞剑遗憾。

当苏落走到青铜大门时，留守在此的长老又用黑布将苏落的双眼蒙住，带着她原路返回。

青铜大门打开，苏落抱着破剑走了出去。外面聚集着一大拨好奇的人，有新生有老师也有各家族的人。

据说要剑灵心甘情愿认主才能将剑带出来，别人都是毕业生的实力，以苏落现在的实力，她真的能取出圣剑？但是转念想到苏落能够逆袭拿到新生联赛第一，大家又对她抱着莫大的希望。

于是在煎熬而焦急的等待中，终于等来了苏落。

青铜大门陡然打开，里面漆黑一片，阴风诡异。一道仙姿玉骨的倩影款款而出，步步生莲，摇曳多姿。但是，苏落手里那锈迹斑斑的破剑，却破坏了美好的画面。

“这剑……”

“苏落进去剑冢，就拿了这把剑？”

“这样的破铜烂铁，收破烂的都嫌弃，她居然挑中了？”

“她应该也是不想的，但是以她现在的实力，有剑灵的剑肯定不会认可她，所以她只能捡别人不要的剑。”

“拼死拼活得了个新生联赛第一名，好不容易得到进入剑冢的资格，结果却……唉，可怜人啊。”

“如果这个机会给我，该有多好啊，给苏落简直是暴殄天物啊！”

苏落一句话都没说，这群人却已经脑补了全部“事实”，并且信以为真，还快速传播开来。

于是，苏落为了面子最后带出一柄破剑的消息，很快就被传得沸沸扬扬。

楚三无比同情苏落：“你……唉，要不，我送你一柄？”

苏落没好气地看了他一眼：“我这剑可是宝贝。”

楚三无语：“别闹了，就这破剑，收破烂的都不要，还宝贝呢？”

南宫流云接过破剑，目光注视着这柄剑，久久没有收回视线。

众人见南宫流云看得这样仔细，不由得心中一凛：难道，真的如苏落所说，这是宝剑？

南宫流云将剑交还给苏落，深邃绝美的眼眸看着她，久久不语。

苏落疑惑地看着他。

南宫流云说：“等我。”然后大步离去。

看着南宫流云离去的背影，苏落陷入深思。他到底是看出来了，还是没看出来？

别墅里。

破剑摆在桌案上，苏落、唐雅岚、费君平趴在桌上，目不转睛地盯着它，但是左看右看，这还是一把破剑。

唐雅岚看着苏落：“早知道应该选另外一种的，这剑实在是……”

费君平说：“对的，应该选择积分，有了积分就有了资源，有了资源修炼起来就事半功倍，说不定咱们苏老大还能跳级呢。”

苏落淡淡一笑。帝国学院每一千年才举办一届招生，所以，要想从一年级晋升到二年级，也得一千年，想要跳级，何其难啊。

“现在不是说这个的时候。”苏落戳戳那锈迹斑斑的破剑，“这剑，说不得也只能靠我的血去孕养了。”

唐雅岚问怎么回事，苏落就把当时滴血的事给说了。

但是，苏落身体里的血液之前输了大半给南宫流云，如果强行孕养这把剑的话，她的身体会再次出现状况。就在苏落百爪挠心、拿这柄剑没有任何办法的时候，她的通讯珏响了。苏落一看，发现是一个熟悉的名字。她跟唐雅岚和费君平打了声招呼：“许老师找我，或许有破解之法，我过去一下。”因为许老师让苏落带着破剑去，所以苏落猜测肯定跟这剑有关。

许老师让苏落去的地方是帝国学院图书馆。

事实上，进入帝国学院这么久，苏落一直忙忙碌碌，所以这还是她第一次到图书馆来。

图书馆伫立于枫林深处，环境清幽，是个看书的好去处。苏落刚到门口，就有一位看上去二十来岁的男子上来跟她说话："你是许老师请来的？"

"是。"苏落认真地点头。

"我是二年级的余鱼，在图书馆工作，许老师交代过，所以你跟我来吧。"因为苏落容貌上的优势实在太突出了，所以余鱼对她的态度客气而友好。

路上，苏落问了不少关于图书馆的问题，余鱼都友善地有问必答，这让苏落心情不错。所以，苏落也很快问出来，余鱼要带她见的人是帝国学院博学大师之一的羽尚大师。

余鱼带着苏落来到图书馆后面的小院，恭敬地敲了敲门。里面传出许老师的声音："赶紧进来吧。"

余鱼对苏落一笑："你快进去吧，我没有羽尚大师的允许是进不去的。"

苏落朝余鱼点头致谢，随后推门而入。许老师看到苏落，当即站起来："快过来见过羽尚大师。"

苏落想，这位羽尚大师应该跟解开破剑之谜有关。于是，她下意识地朝羽尚大师望去。只见这位羽尚大师眉清目秀，清冷高贵，神色间带着拒人于千里之外的疏离。

"拜见羽尚大师。"苏落态度恭敬。虽然不知道这位大师有没有真本事，但是许老师引荐的，苏落不会让他没面子。

羽尚大师瞟了苏落一眼，一句废话也没有，只定定地伸出手。许老师笑呵呵地说："羽尚大师博闻强记，研究的方向正是剑，所以你这把剑找他看正合适。"

苏落将信将疑地看了这位清冷孤傲的小老头一眼，眼底浮现一抹怀疑之色。就连南宫流云都需要回去查看资料，这位羽尚大师难道能看出端倪来？不过想归想，苏落手中动作不慢，将那柄剑从空间里拿了出来。

苏落怕空间的泥土沾染上古剑，所以在它身上包裹了一块厚重的布。将缠绕在古剑上的布打开后，苏落将剑往羽尚大师面前一推："大师您请看。"

羽尚大师手中握着剑，细细地观察着，眉头深深皱起。

时间一点点过去，羽尚大师的注意力一直在古剑上，没有丝毫分心。他的手在剑身上一寸寸摸过，动作缓慢，没有漏过任何地方。

苏落能够明显看到，羽尚大师额头上微微冒出汗来，可见这个检验的办法并不轻松。她跟许老师对视一眼，这都过去一个时辰了，羽尚大师到底看出什么没有？就在苏落狐疑不已的时候，羽尚大师终于停下手中的动作，拿出一方帕子，细细地擦拭额角的汗珠。

许老师看着羽尚大师："大师，这剑……"

羽尚大师点点头，又摇摇头。苏落一脸茫然，这是什么意思？羽尚大师不等苏落问，自己就解答了他们的疑惑："这剑，确实是绝世神兵，但是是什么剑，我一时之间也辨认不出来。"

"一定要知道是什么剑吗？"苏落问。

羽尚大师不屑地冷哼一声："不知道此剑的来历，就没有办法唤醒里面的剑灵，你说是不是一定要知道？"

苏落并不介意羽尚大师的态度，但凡大师，总是性情古怪的。

其实，刚才羽尚大师摸剑的时候，苏落隐约感觉到剑柄处有一道白光闪过，所以她想了想，咬破手指，指尖的鲜血滚落在那剑柄处。

“你干什么？”羽尚大师凶狠地瞪着苏落，怒喝一声，“你知不知道，如果不是被剑灵选中，凡人的血液污染剑灵，会造成剑灵更严重地沉睡？！”

羽尚大师凶神恶煞地瞪着苏落，苏落却指着那剑柄处：“大师你看。”

羽尚大师气呼呼地顺着苏落所指的方向望去，却见剑柄处浮现出一抹火红的颜色，分明是苏落的血液。血液凝聚出了一个奇怪的图案。与其说是图案，倒不如说是文字，只是这文字实在太过复杂，苏落根本没见过。

跟苏落不同，羽尚大师看到这古朴图案的时候，眼眸瞬间一亮。他整个人都快趴在剑上了，一双眼睛死死盯着那图案，看得眼珠子都快掉出来了。

“羽尚大师……”许老师还没问，就见羽尚大师惊慌失措地丢下他们，直接夺门而出。

苏落：“……”

许老师：“……”

两人对视一眼。什么情况？羽尚大师不会是被这剑吓跑了吧？

因为摸不清楚现在的状况，所以许老师和苏落都没动，两人依旧坐在小屋子里，静静地等待着。

苏落心想，这羽尚大师不会是查资料去了吧？果然不出苏落所料，不到一刻钟的时间，羽尚大师就捧着厚厚一摞书过来，重重地往桌上一放，然后开始迅速翻阅。在他眼中，仿佛没有了苏落和许老师这两个人，他只全身心地沉浸在翻书的世界中。

翻阅了一本，没有，丢。

再一本，没有，继续丢。

羽尚大师面前厚厚的一大摞书，原本足有半人高，但是随着一本本丢出去，很快就只有一指厚了。忽然，羽尚大师大叫一声：“这里！”

苏落和许老师赶紧凑上去看，然后他们就看到那本古朴的书上，出现了古朴的图案形文字，虽然跟苏落剑上的文字不同，但绝对是同一风格。

羽尚大师惊喜连连，于是，他又开始一页页地翻页查询，最后终于让他找到了那三个关键字。

“你们看，这是第二个文字——舞。”

苏落点点头，确实如此。

羽尚大师脑子里忽然闪过一道灵光：“不会是上古绝世神兵——风舞剑吧！”

风舞剑？苏落一脸茫然，表示自己完全没有听说过。

于是她问：“什么风舞剑？”

羽尚大师根本没空回答苏落的问题，拼命地翻着书页，那激动得近乎疯狂的样子，跟之前的雍容华贵疏离高冷简直判若两人。这样反差的对比，让苏落对风舞剑充满了好奇。

许老师听到羽尚大师说出“风舞剑”三个字，整个人都愣住了，就跟被雷劈了一样，喃喃自语：“风……舞……剑……不，不会吧？这怎么可能？！”

苏落更好奇了：“风舞剑怎么了？”

许老师捏捏自己的大腿，猛摇头："不会，怎么可能会是风舞剑？传说中那可是风舞主神的惯用兵器，虽然风舞主神已经陨落，可是……怎么可能呢？"

主、主神大人惯用的兵器？苏落艰难地咽了咽口水："我这剑，是主神大人惯用的？"

虽然苏落不知道风舞主神是谁，但是主神啊，肯定很厉害！小克他娘亲大人就是主神呢，厉害得简直让人仰望好吗？

就在这时候，羽尚大师忽然爆发出一声惊叫。苏落从来不知道，之前那样淡定从容的羽尚大师，会爆发出那样尖锐的惊叫。

他大吼一声："找到第三个文字了！在这里，你们看！"根据书里的翻译，苏落剑上的第三个文字，是：剑。

"舞剑……不会真的是风舞剑吧？"

羽尚大师和许老师对视一眼，下一秒，两人狂冲上去，激动得脸上肌肉乱颤，双手乱抖，翻书页的时候用力得几乎要把书页扯下来。

看到他们如此激动，苏落表面上看着淡定从容，内心却起起伏伏，难以平静。如果真的是风舞剑，那她这次岂不是赚大了？主神器啊！虽然是破败的被封印的主神器……苏落在心里祈祷，娘亲大人，请赐予我运气吧！

就在苏落双手握在胸前祈祷的时候，许老师大叫一声："第一个字找到了，在这里，就在这里！"

"风……第一个字是风！"

"天哪！"羽尚大师太过激动兴奋，得知真相的刹那，身子往后倒，一屁股坐在地上。

许老师也差不多，直挺挺跪坐着，双眼绽放出耀眼的亮光。主神器也是分等级的。主神惯用的主神器，里面孕育着最精纯的剑灵，剑灵一旦被唤醒，那实力简直……

羽尚大师和许老师不断地喘着粗气，都用一种很诡异的目光看着苏落，死死地盯着她。苏落不解："现在，你们可以告诉我，这风舞剑，究竟……"

许老师深吸一口气，好不容易压抑住狂跳的心脏："这剑……这剑确实是风舞主神最喜欢的风舞剑，你的运气怎么就这么恐怖？"

羽尚大师也抬手抹去额头上的细汗："这太恐怖了，太恐怖了，必须要让学院知道。"

许老师脸色一变："羽尚大师！这是苏落自己从剑冢里带出来的风舞剑！剑灵已经认她为主，不然她根本没办法将风舞剑从剑冢里带出来！"

许老师一声怒吼，将激动的羽尚大师吼住。

趁着羽尚大师愣住，许老师声音急促道："就算学院知道了能如何？难道还要将苏落的风舞剑抢回去不成？！"

苏落的风舞剑，这几个字深深刺痛了羽尚大师的心。他爱剑成痴，研究数万载，风舞剑是他有生以来见过的最强大的剑。他何尝不知道剑灵已经认主后，不能再轻易更改？

羽尚大师大口喝了一碗茶，终于镇定下来："你说得没错，她既然能从剑冢里将风舞剑带出来，必然是经过守剑老前辈同意的，倒是我多虑了。"

许老师知道羽尚大师不会再插手这事，这才暗中松了口气。

是他叫苏落过来的，结果鉴定出了这样一个出乎意料的答案，若是因此而害得苏落失去风舞剑，那他这辈子都会在愧疚中度过。

见现场气氛冷静下来，苏落弱弱地问："这风舞剑的剑灵，现在还被封印着吧？"

羽尚大师点点头又摇摇头："看着像封印，但是从气息上看，应该是剑灵把自己封印进去的。"

"啊？那怎么解？"苏落好奇地问。不解开剑灵的封印，这柄剑就只是一柄破铜烂铁，连砍石头都会砍出豁口的存在啊。

许老师淡淡一笑："这事，你可问对人了，羽尚大师正是这方面的博学大师，你可要多向羽尚大师请教才是。"

苏落黑漆漆的眼睛看着羽尚大师。

被戴了一顶高帽子，羽尚大师冷哼一声。

"这事，不是那么容易的。"羽尚大师并没有拒绝。事实上，这时候如果苏落把剑拿走，不让羽尚大师研究的话，生气的反而是羽尚大师。

苏落想，不是那么容易，也就是说有办法咯？于是，她漂亮清澈的大眼睛扑闪扑闪地看着羽尚大师。羽尚大师看了苏落的手指一眼："你的血，很有用。"

苏落叹了口气："需要多少血？"

羽尚大师认真地说："如果要唤醒剑灵的话，十个你身上的血加起来，应该差不多了。"

苏落差点一口血喷出来。她现在最多只能拿出身上十分之一的血来救急，十个她身上的血加起来才够的话……那是想都不要想了。

"所以，只能借助外力。"羽尚大师也很遗憾，"唤醒剑灵，最好的办法就是用白牙晶。"

白牙晶，那是什么东西？苏落表示完全没听说过。

只见羽尚大师衣袖一拂，他面前摆出了六颗晶石。

羽尚大师知道苏落是风舞剑的主人后，态度一百八十度大转变，不等苏落问，就跟苏落解释："这颗是初级白牙晶，F级积分可以兑换；第二颗是中级白牙晶，E级积分可以兑换；第三颗是高级白牙晶，D级积分可以兑换，以此类推，这第六颗是宗师级白牙晶，A级积分可以兑换。"

苏落哦了一声，但其实还是有些茫然不解。

羽尚大师将初级白牙晶放置到风舞剑上，过了片刻，风舞剑却没有丝毫反应。羽尚大师认真地解释："一般的剑，对初级白牙晶会产生反应，但是风舞剑这种级别的，肯定是没反应的。"

苏落的心微微一沉。要知道，积分等级是从一年级到六年级，一年级是F级积分，只能兑换F级的东西，而六年级是A级积分，可以兑换A级的东西。

羽尚大师说完后，又认真地拿出中级白牙晶放在风舞剑上。等待了片刻，依旧没有反应。

苏落的心都快揪起来了。风舞剑如此骄傲，她怎么喂得饱它？E级都不行，可苏落现在才一年级，只能兑换F级的东西啊。

羽尚大师摇摇头，宣布失败后，拿出了高级白牙晶放到风舞剑上。

“还是不行。”

“超级白牙晶？还是不行。”羽尚大师摇头。

苏落简直快哭了，这风舞剑简直要坑死她啊。然而更坑的还在后头呢，因为羽尚大师颤抖着手，将大师级白牙晶放了上去，片刻后，羽尚大师同情地看着苏落，无奈地摊手：“还是不行。”

苏落：“怎么会这样？那，试试宗师级白牙晶？”苏落是咬着后槽牙说出这句话的。

羽尚大师点点头，将最后一颗宗师级白牙晶放到风舞剑上。就在宗师级白牙晶放上去的那一瞬间，只见一道白光闪过，那颗白白胖胖手指盖般大小的白牙晶直接消失在三人眼前。

“被吞噬了！”羽尚大师激动地一拍桌子，“被吞噬了！宗师级白牙晶被吞噬了！”

然而，苏落的反应并不是激动，而是……无奈。她深吸一口气，咬牙看着羽尚大师：“这宗师级白牙晶……多少积分可以兑换一个？”

羽尚大师这才意识到，苏落还是一年级的新生，而不是六年级的毕业生。他顿了顿，说了一个数字。苏落顿时有一种想哭的冲动。

“那，那要唤醒剑灵，需要多少颗……宗师级白牙晶？”苏落可怜兮兮地望着羽尚大师。

羽尚大师同情地看着苏落，一时之间说不出话来。

苏落眼泪都快掉下来了：“到底……多少颗啊？”

羽尚大师轻咳一声，不忍心地别过脸去：“这个数目……不是你能够承受的。”

“到底，多少？”苏落郑重地问。

“数不清。”羽尚大师认真地看着苏落，“如果我猜测得没错，即使搬空兑换库里的宗师级白牙晶，也远远不够……毕竟，它是风舞主神的主神器啊。”

果然是主神器级的宝贝，不是她现在能够肖想的。

羽尚大师给苏落出了个主意：“没有A级积分的话，其实可以用紫晶币买，据我所知，珍宝轩里就有白牙晶卖的，从初级到宗师级都有，只要你紫晶币够。”

“真的吗？紫晶币就能够买到？”苏落惊喜连连。

要知道，这次新生联赛慕容家开了九个大的赌场，苏落向炼药师公会借了一大笔紫晶币，全押她自己赢，倒是赢了慕容家好多紫晶币呢。

“能买到，就是价格上……”许老师不忍心地看着苏落，“毕竟这是A级积分才能兑换到的东西，所以价格会很贵。”

“多少？”苏落可是赢了一大笔紫晶币呢，怎么也有五百万吧！她可不穷！

许老师唉声叹气：“如果我没记错的话，一颗宗师级白牙晶，至少也是十万紫晶币……”

毕竟这是唤醒剑灵的宝贝，而能孕育出剑灵的宝剑，那都是圣器级别的。

“十万紫晶币买一颗宗师级白牙晶啊？”苏落顿时有一种被雷劈了的感觉。

“嗯嗯。”羽尚大师和许老师郑重点头。

“而要唤醒剑灵的话，需要……不计其数的宗师级白牙晶？”苏落又弱弱地问了一句。

“嗯嗯。”羽尚大人和许老师再次郑重点头。

“那我现在……放弃风舞剑还来得及吗？”苏落简直泫然欲泣。

“不行！”羽尚大师和许老师严肃地大吼!

羽尚大师更是急切地说道：“现在剑灵已经认你为主，风舞剑是主神器，只有主神才能毁掉，你能找到主神毁掉它吗？毁不掉的话，那你放弃风舞剑，只有一个办法，那就是死亡！”

苏落：“……”

羽尚大师循循善诱：“只要你能解出风舞剑的剑灵，凭着这把风舞剑，你就是主神之下数一数二的绝世高手啊！只需要解出剑灵啊。”

苏落没好气地白了羽尚大人一眼：“只需要？这很难好吗？我很穷！”

怀里揣着五百万赌博赢来的紫晶币，苏落郁闷地喊着自己很穷。

“呃……”这一点，羽尚大师和许老师都帮不上苏落的忙，他们手里的紫晶币还没苏落多呢。

苏落疑惑不解地来，高高兴兴地知道这是主神器风舞剑，现在又悲催地发现她要养这剑灵得穷到太平洋去了。

实在是养不起啊……苏落收好风舞剑，郁闷地回到别墅。

羽尚大师和许老师都表示，这件事他们绝对保密，不会泄露出一点信息。但是，当苏落走到别墅楼下的时候，发现有一个人在等她。

第十二章 身份

“楚三，你怎么在这里？”苏落疑惑不解地看着他。

楚三看到苏落，顿时笑嘻嘻地走上去：“受人之托忠人之事，你猜我是受谁之托？”

楚三阳光开朗，乐观大方，苏落虽然跟南宫流云冷战，但是跟楚三的关系一直没有因此而冷却。但现在听到楚三的话，苏落顿时微微皱眉，也不理他，转身就要进别墅。能让楚三跑腿的，这世上就只有那一个人，苏落不用猜就知道。

楚三没想到苏落翻脸比翻书还快，心里惊讶，当即一把抓住苏落的衣袖：“别急着走啊，先把这个东西收好呗。”说完，楚三递过去一张黑色的卡。

这张卡苏落是认识的。因为她的娘亲大人当初留下的三张卡中，其中就有一张黑卡，在迈尔城的时候，那位赵行长大人还为此大为震惊。

苏落眉头微微一挑：“什么意思？”

楚三笑嘻嘻地解释：“听说你现在很缺钱花，所以咯，某位不愿出面的好心人派我来做善财童子，来，别矫情了，快拿着吧。”

苏落的身体颤抖得厉害。她从来不知道，南宫流云竟然在背后默默地做了这么多。他为了他们的未来而努力，她却一次又一次地推开他。

“可是……”苏落脑海中浮现出“宁三”两个字，这两个字让她如鲠在喉，但她终究没有问出口。

“我说了这么多，难道你一点都不动容吗？”楚三失望地看着苏落。

苏落眼神冰冷地看了楚三一眼：“我不要。”

楚三说：“你现在正需要，为什么不要？反正又不是用别人的。”

苏落黑着脸，冷冷地盯着楚三：“你怎么知道我现在正需要？”

她刚从羽尚大师那里回来，就算他把消息传给南宫流云，南宫流云再让楚三将黑卡送过来，时间上根本来不及。

所以，苏落可以确定的是，南宫流云早就知道了她的剑是风舞剑，早知道她需要宗师级白牙晶，所以早早让楚三带了一张黑卡过来。

苏落不知道黑卡里有多少钱，但是她不会接受南宫流云的好意。

楚三硬将黑卡塞到苏落手里："快拿着。"

苏落后退一步，将黑卡塞回楚三手里，淡淡一笑："我有紫晶币，很多很多。你回去转告他，我苏落不需要他的施舍！"苏落硬气地说完这句话，转头就要走。

楚三脸色微微一变，他看着苏落决然离去的背影，冲动地脱口而出："你站住！"

苏落停住脚步。楚三面容严肃地走到苏落面前，眼底有着最深的无奈："你和南宫二少之间到底发生了什么事，为什么你们现在关系弄成这样？"

苏落淡淡一笑，并不说话。两个人中多了一个人，她也想问为什么。楚三痛惜地说："之前南宫二少为了你差点死了，这也就不说了，后来你和冷七去西南边陲之地，他知道后气得差点疯了，当时病情严重恶化，差点就死了，你知道吗？"

苏落静静立着，面色苍白，身侧的手紧紧握起。楚三瞪着苏落："他虽然气得要死，但最后还是去把你带了回来，如果不是深爱到极致，他会这样委屈自己？再后来，在新生联赛上，他一次次帮你，我不信你感觉不到！"

"不要说了。"苏落冰冷地开口，抬脚就要走。她很清楚，再听下去的话，有些东西会改变。

楚三对着苏落的背影，冷冷地说："南宫二少知道你们身份差异巨大，为了让龙凤族接受你，硬是设计了龙凤族三十六长老和他的母亲大人！"

什么？苏落的脸色微微一白，她转头望着楚三。

楚三恨铁不成钢地说："南宫二少这人一向内敛闷骚，什么事都不喜欢用语言表达，只会用行动来证明。当时以你的实力，根本得不了新生联赛第一名，他却坚信你能赢，并且让龙凤族三十六长老和南宫伯母亲眼看你比赛，让他们知道你是多么惊才绝艳。"

苏落怔怔地看着楚三，脑子如被雷劈了一样，整个人呆立当场。

楚三气呼呼地说："他甚至跟南宫伯母打赌，只要你得到新生联赛第一名，就让你进入南宫二少夫人的候选人之列！苏落，你从来不知道南宫二少为了你们的未来有多努力，他步步为营，殚精竭虑地算计，就只为了能够娶你啊！"

"可是……"苏落想到宁三，原本松软的心又下意识绷紧，她冷着脸，深吸一口气，"楚三，这件事你就不要管了，回去吧。"

苏落昂首挺胸地推开门，泰然自若地进了别墅。

"你！"楚三被苏落气得差点倒仰。这世上怎么会有这么铁石心肠的女人？楚三气呼呼地望着那亮起灯的房间，最后只能无奈地离开。

楚三虽然没把黑卡送到苏落手里，却提醒了苏落一件很重要的事情。黑卡，苏落也有，而且她有理由相信，她的娘亲大人给她留下的紫晶币绝对不会少。

第二天，苏落一早就起来了，她要去珍宝轩，费君平和唐雅岚自然跟着。

珍宝轩处在帝都最繁华的街道。这里各种坐骑魔兽川流不息，喧嚣热闹，繁花似锦，跟帝国学院的宁静完全是不同的样子。

苏落和唐雅岚从来没有到过珍宝轩，但是费君平来过，所以她在前面给苏落带路。

苏落原本以为珍宝轩是一座楼，但是当她看到一座占地近万亩的城堡时，深深地倒抽一口气。这珍宝轩，可真够气派的。珍宝轩的门口，两支队伍守护着，苏落一眼望去，目测有二十个人。

每个进去的人，都得出示一张卡，方能通行，所以苏落几个被拦在了外面。

“珍宝轩非等闲之地，请出示会卡，否则不允许入内。”护卫队队长冷冰冰地道。

会卡？苏落完全没听过。

费君平从衣袖中掏出一张卡，出示给护卫队队长看。护卫队队长却皱皱眉：“这张卡已过期，不能入内，你们请回吧。”

“哈哈哈——”一道清脆而得意的笑声从不远处传来。

苏落眼眸半眯着，冷冷地望过去。那是一座华丽的龙鳞马驹车，车子华贵而精美，一看就知道来者不凡。

龙鳞马驹车在经过苏落她们身边的时候，车帘被高高掀起，露出车里两张娇俏绝艳的容颜。果然不是冤家不聚头，龙鳞马驹车里面的两个人，一个是慕容沫，还有一个竟然是宁五。

慕容沫刚才看到苏落三人被护卫队长拦住，高兴极了，笑得花枝乱颤，指着苏落啧啧出声：“瞧你们这一身穷酸样，也就配去下四街当乞丐，居然也敢肖想进入珍宝轩，丢不丢人啊。”

慕容沫这话简直太刺耳了，唐雅岚和费君平顿时面色涨得通红，双手握得咯咯作响。慕容沫冷笑：“怎么？想进去啊？可以啊，跪下来求本小姐，本小姐立刻带你们进去。”

扑哧——车上的宁五顿时笑出声来，她没好气地白了慕容沫一眼：“小沫，你怎么能这样说话呢？苏小姐虽然买不起珍宝轩的东西，但好歹看看过过眼瘾也是好的，人家就这么点追求，你又何苦打击人家？”

慕容沫一副知错的样子：“姐姐，是妹妹错了，妹妹没跟穷人打过交道，所以不了解嘛。”

宁五拍拍她的肩头，然后又转头看着苏落，笑容亲切而热情：“马车还很空的，你们坐进来吧，带你们进去，不过进去后你们可要克制住，因为就算卖了你们，也是什么都买不起的哦。”宁五的话绵里藏针，比慕容沫的更难听。

慕容沫轻蔑地扫了苏落一眼，吩咐车夫：“赶紧走吧，我宁五姐姐要好好挑嫁妆呢，要是迟了，好东西被人抢了可怎么办？”

车夫赶紧驾着龙鳞马驹车离开。

护卫队队长对着苏落三人耀武扬威，一副公事公办的样子，但是看到宁家的马车，立马谄媚地迎上去，亲自开了门，扶稳了龙鳞马驹车，让车子进去。

等到龙鳞马驹车进去后，护卫队队长转头，冷冰冰地盯着苏落几个：“你们快走快走。”他刚才亲眼看到，这三个平民可是惹恼了宁家五小姐和慕容家九小姐的。

苏落淡漠的目光从护卫队队长脸上扫过，如果有一天，珍宝轩被她买下来，她会第一个处理掉这个狗眼看人低的护卫队队长。

不过现在，倒是不必跟这样的小人物计较。

苏落问费君平："除了用会卡，还有什么方式可以进去？"

"如果有黑卡的话，也是可以进去的，但是——"费君平欲言又止，昨天她和唐雅岚趴在窗帘后，眼睁睁地看着苏落将黑卡塞回给了楚三，现在想想心头都在滴血。

"黑卡是吗？这有何难？"苏落淡淡一笑。

护卫队队长一听，顿时笑了："这黑卡可代表着四大豪门八大家族的权贵身份，你拿得出来吗你？"

护卫队队长话音刚落，就看到一张黑卡在他眼前晃悠。护卫队队长以为自己眼花了，揉揉眼睛，黑卡还在，再揉揉眼睛，黑卡竟然还在！

护卫队队长顿时一头冷汗就下来了。谁能想到，这三位走路过来、衣着朴素的姑娘，竟也是随手能拿出黑卡的权贵人物？

事实上，在苏落拿出黑卡的时候，费君平和唐雅岚也愣住了。

她们昨天看得很清楚，苏落明明将黑卡塞到了楚三手里，然后挥一挥衣袖，潇洒地回来了，那这黑卡？

"现在可以进去了？"苏落森冷的声音在护卫队队长耳边响起。

"可，可以，当然可以……"护卫队队长当即让路，让苏落她们过去。

苏落走了几步，突然顿住脚步，回头："阁下怎么称呼？"

这是要事后报复？护卫队队长额头上的冷汗唰的一下就下来了。

"我……我……"护卫队队长结结巴巴，苏落却淡淡一笑："没事，你的脸我记住了。"

说完，苏落带着唐雅岚和费君平扬长而去，只留下脸色苍白的护卫队队长。

珍宝轩是一座椭圆形的建筑。有点像苏落前世见过的鸟巢。

沿着阶梯走上去，很快就到了二层，因为苏落手里有黑卡，所以畅通无阻，再没人敢不长眼地拦着她们。

等真正进入珍宝轩后，苏落才意识到，珍宝轩的底蕴有多厚，不愧是帝国第一大宝库。

费君平给苏落介绍："很多东西都只摆出一个，真正的宝贝都在册子里，有喜欢的，可以让导购取出来给我们看。"

就在苏落她们上来的时候，一位五官清丽的姑娘出现在她们身边，笑容亲和地看着她们。

"你们好，我是蒙可雨，如果你们愿意，接下来的时间我给你们做详细的物品介绍。"小姑娘五官清秀，笑起来很可爱。

苏落观察了她一番，随后点点头，表示许可。

于是，接下来就由这位蒙可雨姑娘为她们介绍。

苏落询问了一下才知道，这位蒙可雨姑娘毕业于惊雷学院。惊雷学院在帝都也是赫赫有名，因为它是仅次于帝国学院、整个灵界排名第二的学院。没想到珍宝轩里一位导购姑娘都是惊雷学院毕业的。

一路上，众人一边看，一边眼睛发亮。

“哇，这个发卡好漂亮。”唐雅岚指着一个闪亮贝壳制作的精致发卡，双眼发光。

蒙可雨笑着解释：“这是天贝发卡，取材于海族里的贵族喃极贝，极其稀少，非常珍贵。天贝卡戴在头上，能让人凝神静气，以最快的速度进入修炼状态。”

苏落看了唐雅岚一眼，知道她很喜欢，而且这天贝发卡对于唐雅岚来说确实很合适。她性子脱跳，静不下心来修炼，有了天贝发卡的凝神静气之功效，应该会好很多。

于是，苏落很豪气地大手一挥：“买！”

唐雅岚当即摆手：“不行不行，我今天只是来逛的，可没打算买东西。”

她可没忘记在过来珍宝轩之前费君平的叮嘱。

这珍宝轩的每一件东西都价格昂贵，所以这次来，她只带一双眼睛看就够了，至于买，将她唐雅岚卖了也买不起一个小物件。

见唐雅岚这么说，蒙可雨也没有露出异样的神色，依旧亲和地笑着。苏落不由得多看了她一眼。

灵界因为等级分明，强者为尊，所以为人处世的标准从来不是与人为善，蒙可雨能保持这样的心态，倒是不容易。

苏落淡淡一笑：“不就是一个天贝发卡，我买得起。”

唐雅岚毕竟是小城里过来的，眼界还跟不上，于是，她弱弱地看了蒙可雨一眼：“这天贝发卡……多，多少钱？”

蒙可雨抿唇一笑：“五十万紫晶币。”

唐雅岚差点吐血，她突然发现，这个世界跟她以为的简直不是同一个！要知道，当初从家里出来的时候，她就只带了几千紫晶币，已经很多很多了啊，怎么现在买一个发卡，居然要五十万紫晶币！

蒙可雨笑着说：“外面的发卡，一个紫晶币能买一打，但那功能怎么能跟天贝发卡比呢？您不喜欢的话，咱们看下一样东西？”蒙可雨笑着缓和了气氛中的尴尬。

苏落她们还没说话，就听到不远处传来一阵轻蔑的嗤笑声。真是冤家路窄，又是慕容沫和宁五。她们每个人身后都跟了五位导购小姐，这次这两位千金大小姐倒是没有直接跟苏落发生冲突，只是跟苏落擦肩而过的时候，鄙夷地冷笑了一声：“买不起就不要来啊。”声音不大不小，足够所有人听见了。

慕容沫身边的那些姑娘涵养可没有蒙可雨好，当即笑出声来。慕容沫和宁五骄傲地跟苏落擦肩而过，张扬霸道，得意嚣张。

唐雅岚知道自己给苏落丢脸了，顿时泫然欲泣：“苏姐姐……”

蒙可雨忙安慰她：“天贝发卡可能不太适合您，没关系，我们看下一样。”

苏落却对蒙可雨淡淡一笑：“包起来。”

唐雅岚：“苏姐姐，您正是需要用钱的时候，不要为了我意气用事，真的，我一点都不委屈。”

苏落没好气地看了她一眼：“你不委屈我委屈，咱丢不起这人，不就是五十万紫晶币吗？姐有钱！”

苏落掏出黑卡，在唐雅岚面前晃了晃。虽然如此，唐雅岚还是很过意不去，于是接下来的时间她不敢再东张西望了。反倒是苏落，这回买上瘾了，从用的到吃的，从吃的到修炼的，从修炼的到药用的……苏落买起来可一点不手软！

唐雅岚的脸色已经有些发白了：“苏姐姐，你……你确定你的紫晶币够吗？”这珍宝轩里的东西多贵啊！一个发卡五十万紫晶币啊！现在大家手里提着肩上扛着，这么多东西加起来，苏落把她卖了都买不起啊。

苏落扫了她们手里的东西一眼：“这才哪儿到哪儿啊，我还没开始购物呢。”

要知道，苏落手里握着那样一张黑卡却不能动用，憋屈了那么久，现在好不容易晋升到大圆满阶可以用了，当然要土豪一回。

“苏姐姐你还买？”唐雅岚紧张得都快透不过气来了，紧紧揪住苏落的衣袖，眼底有着惊恐之色。

费君平也倒抽冷气，提醒苏落：“这里的东西很贵很贵，你，要不先缓缓？”这样买，除了付账的时候自取其辱，还能怎么样？

蒙可雨脸上的笑容都快挂不住了，她不住地提醒苏落：“苏姑娘，要不，先这样？”

苏落很干脆地说：“不用。”

蒙可雨再次提醒：“苏姑娘，要不，先去结账吧？”珍宝轩里摆着的东西，从来不标价的，所以蒙可雨有理由相信，苏姑娘并不知道这些宝贝的价格。

以往的经验告诉蒙可雨，最后，这么多宝贝苏姑娘能买走一件算最好的了，很多东西都会放回原处。这么贵重的宝贝，磕了碰了，她根本赔不起的好吗？

苏落见她为难却还硬挤出笑容，再看看唐雅岚一脸紧张生怕她付不出钱，然后再看看费君平一副想着怎样快速将东西摆回原位的样子，苏落长叹口气。果然不刷卡她们就不安心是吗？

“走吧，这些先付了，然后再去买别的东西。”事实上苏落的购物欲已经发泄得差不多了，现在她主要就是还缺白牙晶了。

于是，在蒙可雨姑娘的带领下，一群人朝结账柜台走去。

这时候，一拨人迎面朝苏落走来。楚三、宁皓天、林若羽，还有两个人苏落并不认识。苏落朝楚三笑了笑，楚三却别扭地转过头去，他可没忘记昨天苏落是怎样让他气得跳脚的。

宁皓天和林若羽有些不解地看了楚三一眼，因为他们很清楚之前楚三有多维护苏落，因此当他们看到楚三不理苏落时，无不惊讶。

苏落想，楚三大概还在生气吧，不过这是她跟南宫流云的事，旁人不好插手的。所以，双方擦肩而过的时候，苏落也没说什么。见苏落一句解释的话都没有，楚三的脸更黑了！

走得稍远几步后，林若羽不免好奇地扯扯楚三的衣袖：“三哥，你这是怎么了？跟苏落闹别扭了？”

宁皓天也好奇地盯着他。楚三冷笑：“闹别扭？她值得本公子闹别扭？开什么玩笑！”

他们旁边的两个人也都是贵族圈子里的发小，只不过关系不如那四个亲密，一个是侯少，一个是任少。

侯少看了苏落一眼，顿时陷入痴迷状态，到现在还扭着脖子盯着苏落的背影看。楚三发现后，一巴掌拍他的后脑勺上："看什么看，小心被人挖出双眼！"

侯少被一巴掌拍醒，顿时回过神来，擦擦口水，双眼放光："这小姑娘漂亮，太漂亮了，小爷我看上了，非得手不可，嘿嘿嘿。"

若是平时，发小们都会打趣几句，但是这次——

侯少发现除了任少外，其余三个都用一种看死人的目光看着自己。他顿时被看得脊背发寒，心里发毛："你们……这是什么眼神？"

楚三几个嘴角整齐划一地勾起一抹诡异的笑。侯少更是喉咙发紧："你，你们……这是几个意思？"

楚三伸手拍拍侯少的肩头："兄弟，哥哥今天告诉你一句话，你且记住了。"

"什么？"侯少心里有点怕怕的。

楚三搂着侯少，指着苏落那渐行渐远的背影，似笑非笑道："不是传说有个女人让南宫二少气得牙痒痒吗？就她。"

"什么？"侯少顿时吓得魂不附体，"这就是将来的南宫嫂子？"

权贵年青一代的圈子里一直流传着这么一个神秘的女子，没想到竟然是她，不过也是，这样的容貌，果然只有宫二才配得上。

"我，我要去给嫂子道歉！"侯少生怕将来苏落会跟南宫二少告状，嗒嗒嗒地就朝苏落跑过去，那动作比兔子还快。楚三几个无奈，只好跟上去。

而此刻，苏落她们已经到付款柜台了，好巧不巧，竟然又遇到了慕容沫她们。慕容沫傲慢地挑着下巴，斜着眼，挑衅地看着苏落。她的视线从苏落的脸上慢慢下移，最后定格在苏落她们的手上。

"哎哟，买了这么多东西啊？"慕容沫真的被惊到了，脸上的笑容越发幸灾乐祸。

苏落没有理她，挑眉看了蒙可雨一眼。蒙可雨会意，让柜台姑娘进行结算。

"等等。"一只指甲涂得鲜红的青葱般纤细的手指，拦在了柜台前面。

只见慕容沫挑眉，朝她身边的姑娘使了个眼色："去，把你们的风娘请出来，就说我有重要的事情要向她举报！"

她这话一出，许多人变了脸色，四周的空气一瞬间变得有些冷凝。但是在这压抑的气氛中，苏落嘴角微微勾起，淡然无波地笑着，似乎任何事也影响不了她一般。

慕容沫眼角余光看到苏落这般镇定，不由得在心中冷冷一笑。

风娘，珍宝轩的大管事。

谁也不知道珍宝轩背后的主人是谁，一直出面的都是风娘。身为珍宝轩面上的掌权人，风娘风韵气度上毫不逊色于苏落所见过的女强人。

风娘看上去三十多的年纪，即使看到慕容家的小姐，也是神色泰然自若，反倒是慕容沫，在看到风娘后，嘴角挤出一抹甜甜的笑容。

"风姨。"慕容沫笑着迎上去，态度非常亲昵。

宁五也甜甜地叫了一声风姨。

风娘朝慕容沫和宁五点点头："出了何事？"她的声音有着女子的柔和，也有着不容小视的强势，刚中带柔，让人不由自主地想亲近。

慕容沫朝苏落所在的位置扫去一眼，冷冷一笑：“风姨，我要向你举报，有人偷窃！”

此话一出，顿时所有人惊住。能进入珍宝轩的，非富即贵，还从来没有出现大庭广众之下偷窃的事，这可算是稀罕事了。而原本要过去跟苏落打招呼的侯少不由得顿住脚步，他还是有眼力见的，这时候不宜出面打搅，他要静观其变。

尾随他而来的楚三几个，顿时也惊住了。慕容沫这是指控苏落偷窃?

风娘姣好的面容上浮现一抹淡笑，视线从苏落面容上扫过，不由得暗暗心惊，这姑娘如此漂亮，倒是世间少有。她看着慕容沫，又问了一句：“偷窃？怎么回事？”

慕容沫得意扬扬地指着苏落，对风娘说：“风姨，就是她，苏落，她偷窃！”

楚三一看慕容沫指控苏落偷窃，顿时就怒了！苏落是什么人？南宫流云给她的黑卡她都能塞回来，她会偷窃？就算全天下的人会偷窃，苏落也不会!

“这臭丫头，敢污蔑苏落，我去揍死她！”楚三说着就要冲上去。

宁皓天无语地看了楚三一眼，就在不久前，他还口口声声要跟苏落绝交，好嘛，现在人家还没出事呢，他就要冲上去护短了。

宁皓天没好气地白了楚三一眼：“如果连这样的事都处理不好，她有什么资格与宫二并肩而立？你给我冷静点，看她怎么处理！”

楚三虽然承认宁皓天说得对，但还是郁闷地瞪了他一眼，转而凝神屏息地看着苏落，生怕她受一丝委屈。

而此刻，风娘感应到躲在墙角的楚三几个，暗暗发笑，面上却不动声色。刚才她已经看过苏落的面相，以她多年的阅历来看，这位姑娘天庭饱满，面容润泽，看着就是性情中人，而且还是人中龙凤，非池中物，横看竖看都不像是会偷窃的人。所以，风娘摇摇头：“不像。”

见风娘直接否认，慕容沫顿时急了：“我有证据！”

“哦？”风娘好奇地看着慕容沫。

慕容沫朝苏落冷冷一笑，指着苏落的后脑勺位置：“这根碧玉梨花簪，可是珍宝轩的？”

一时间，众人的视线都朝慕容沫所指的方向望去。那里，确确实实插了一根碧绿通透的簪子。

唐雅岚惊恐地大叫一声：“啊！”

因为她记得很清楚，苏落出门的时候头发是她帮忙梳的，当时别说碧玉簪，就是白玉簪子也没有一根，因为苏落素来不喜欢繁复的头饰。

唐雅岚的反应，让大家意识到，苏落头上那根碧玉梨花簪确实有问题，于是所有人都盯着苏落！苏落则微微皱眉，抬手将云鬓间的碧玉梨花簪拔下来。

“这……”蒙可雨下意识地捂住嘴巴，因为她认得，这根碧玉梨花簪确实是珍宝轩的东西。

慕容沫一副得意扬扬的样子，居高临下地看着苏落：“人证物证俱在，苏落，你还有何话可辩解的？”

“人证？”苏落嘴角微微勾起，似笑非笑地看着慕容沫。

苏落太镇定了，一点都不像是被拿住赃物的样子……慕容沫心中一凛，面上却骄傲地仰着下巴：“我就是人证！我慕容沫以慕容家族的名誉起誓！我亲眼看见苏落将碧玉梨花簪偷走，插在自己头发上的！”

如果说慕容沫的话不可尽信的话，那么以慕容家族的名誉来起誓，这事就很严肃了。风娘面色微微冷凝，目光平静地看着苏落：“这是怎么回事？”

苏落淡淡一笑：“不是我干的。”

风娘犀利的目光在苏落面容上一扫而过，眉头微微皱起，似乎在沉思。

慕容沫和宁五对视一眼，风娘不会想要放过苏落吧？这可不行！宁五可没忘记，娘亲大人从龙凤族回来后，破口大骂苏落，还说苏落进入了南宫二少妻子的候选名单，这让她恨不得将苏落碎尸万段。而设计给苏落安上偷窃罪的事，就是宁五想出来的，慕容沫只是执行者而已。

宁五双手挽着风娘：“风娘，这事还是尽快处理的好，不然只怕珍宝轩有麻烦啊。”

风娘不解地看着她。

宁五压低声音对风娘说：“这苏落啊可不简单，南宫二少对她好得很，听说往后是要抬进去做姨娘的，这偷窃的事，南宫二少必然不会让人知道。”

也就是说，南宫二少会因为苏落而威胁珍宝轩？

风娘扫了宁五一眼，心中暗道，原本还以为这姑娘有点脑子，现在看来，跟慕容沫还真是难姐难妹，智商在同一个水平线啊，只不知道这位绝美异常的苏姑娘脑子会不会好使一点。

楚三一看苏落受委屈，当即又要冲出去，还是宁皓天说：“你看苏落那淡定如初的样儿，跟南宫二少简直一个模子刻出来似的，她怎么会让自己吃亏？你还是省点心吧。”

“啊……不是……你们怎么都没怀疑苏落偷窃呢？”侯少不解地问，“慕容沫都拿慕容家的名誉发誓了啊。”

宁皓天不由得一怔。虽然他对苏落不太友好，印象也不是太好，但是说她偷窃……他是绝对不信的。他信苏落这个人。

不过现在回想起来……在新生联赛评委席上看到她惊才绝艳的爆发后，他对苏落的印象，好像有了一些改善呢。

“慕容沫简直找死，等着，我这就告诉南宫二少去，让南宫二少来个英雄救美！希望慕容沫能坚持到南宫二少过来！”楚三义愤填膺地掏出通讯珏，当即通知南宫流云。

宁皓天不赞同：“他们家族在开军事会议，你又不是不知道！不要瞎捣乱！”

“别说军事会议了，就是陛下召见，他都能溜出来。”楚三得意扬扬，指着苏落，“你们别看南宫二少不可一世，他这辈子啊，就败这姑娘手里。”

侯少一听，当即双腿发软，要知道之前他可是觊觎苏落的。

“哥儿几个，刚才兄弟有什么话对嫂夫人不敬的地方，你们都没听见，都没听见哈？”侯少紧张死了。

从小一起长大，他可是了解南宫流云的脾气，真是想想都觉得脊背发寒。

这几位少年公子说话间，前方的局势又发生了变化。

风娘淡淡地看着苏落："毕竟人证物证俱在，你有何话说？"

苏落无话可说，只问风娘："碧玉梨花簪价格几何？"

风娘毫不犹豫地说："一百万紫晶币。"

苏落淡然地点头，拿出自己的黑卡："我卡里的紫晶币足够支付碧玉梨花簪，我供得起自己的挥霍，地上这么多东西我都买得起，又何必去偷盗一根价值一百万紫晶币的碧玉梨花簪？"

看到黑卡，慕容沫和宁五脸色微微一变！

她们没想到苏落竟然有黑卡！要知道，黑卡仅限于四大世家八大豪门还有皇族，这十三大家族子弟使用，而且还必须是嫡系子弟才有这待遇，一个人仅限办理一张！

"你手里的黑卡，不会是偷来的吧？"慕容沫下意识地就抹黑苏落。

苏落用看白痴的目光看着她："黑卡被偷了不能锁定？"

"呃……"慕容沫顿时闭嘴了。

情况变得有点复杂，双方各执一词。

"风娘，你要相信我，我真的看见了！苏落真的偷了碧玉梨花簪！"慕容沫抱着风娘的胳膊，其实她已经打定主意了，等回去后，她就会在圈子里散播苏落偷窃的谣言。

谣言之所以是谣言，就不必有事实根据，使劲编就行了。

苏落似笑非笑地看着慕容沫："如果我能证明，我是清白的呢？"

"你要怎么证明？"慕容沫见苏落笑容淡定从容，心里倏然间有一种不好的预感，说不上来哪里不好，就是心里惴惴不安。

"怎么证明是我的事，但是，一旦证明我是清白的，那么就同样证明了你在污蔑我。慕容沫，你要如何补偿我？"苏落冷冷一笑。

"笑话！你能证明什么？我可不信！"慕容沫冷笑。

"如果我能证明我是清白的，那么，这些东西你就帮我付款吧。"苏落指着堆放在柜台上的那些东西。

慕容沫顿时倒抽一口冷气，这个苏落可真够狠的！

"不敢？心虚了？"苏落双手环胸，似笑非笑。

慕容沫真的心虚了，这些东西要她付款，那得多肉痛啊！至少上千年她都没钱可以花了！

宁五见慕容沫犹豫，不得不站出来，冷漠地盯着苏落："苏姑娘对自己很自信？"

苏落点点头："是啊，我没做过的事，自然能证明清白。"

宁五沉吟片刻，眼角余光打量着苏落，猜不透她究竟是在装腔作势，还是真的成竹在胸。可想到南宫二少夫人的位置，宁五赌了！

她看着苏落，认真而严肃地说："如果你能证明你是清白的，这些东西，我和小沫帮你支付了。"

而这时候，趴在墙角的几位少年眼睛都闪闪发亮。

侯少："苏落到底会如何证明呢？"

任少："她真的能够证明吗？"

侯少："我这么聪明的脑袋，苦思冥想了这么久都想不出办法，她能有什么办法？"

楚三没好气地白了他们一眼："你们可不要小瞧苏落，否则会吃大亏的，看着吧，有好戏看呢。"

宁皓天和林若羽摇摇头。不过对于苏落能赢这件事，他们也是打心底坚信的，不知道为什么，反正就是信苏落是清白的。

在所有人好奇的目光中，苏落手中出现了一枚水晶果实。她笑嘻嘻地将水晶果实往前一递，交到风娘手里："这就是证据。"

水晶果实并不稀奇，但是加强版的水晶果实非常稀罕。水晶果实遇到强者的话，会被感应到，但是苏落的水晶果实是她自己空间里种植的，吸收了这么多年的空间灵气，发生了变异。所以，那棵树上出产的加强版水晶果实，唯一的特性就是隐秘。之前慕容沫朝苏落走来的时候，苏落注意到她手里有一抹浅绿光芒，再看到慕容沫那双闪烁着毒光的眼睛，她当机立断在空间里调动了加强版水晶果实，录下了那完整的一幕。

从慕容沫手里握着碧玉梨花簪，到她从苏落身边走过时迅速将碧玉梨花簪插入苏落的发鬓，再到她没事人般离开……一切都被水晶果实记录了下来。

风娘在看的时候，慕容沫也凑了上来，她只看了一眼就震惊得手脚发麻，脊背发寒，一阵寒气从脚底升起……她的作案证据，竟然……全部被拍下来了！这个苏落！

风娘看了影像，视线静静地转到慕容沫身上，那样平静的目光，却让慕容沫有一种如坐针毡的感觉，她的脸唰地红了，双手都不知道该往哪里放。

楚三他们不开心了。他们离得有点远，能够听到她们的对话，但是风娘手里的影像他们是看不到的，在好奇心的驱使下，楚三第一个跑出去。

"给我看给我看！"楚三想从风娘手里抢过水晶果实。

但是风娘手一转动，楚三就扑了个空，由此可见，风娘的实力高出楚三很多。楚三跟风娘也熟，可怜兮兮地看着风娘："给我看看嘛，我好奇！"

风娘没好气地白了楚三一眼："姑娘家的事，你大小伙子瞎掺和啥？快一边去。"

楚三踌躇地看了苏落一眼。苏落笑着说："放心吧，被欺负而不反抗不是我的性格会做的事。"

楚三想起他们还没和好呢，于是黑着脸，硬邦邦地说："谁管你会不会被欺负了！"

苏落笑嘻嘻地说："是呢是呢，你反正不管的，我被人污蔑了你也不会跑出来帮我的。"

楚三被说中，对苏落咬牙切齿却无可奈何。风娘顿时掩唇而笑："你们两个小家伙倒是可爱，真是天造……"

"不能说！"楚三蹦跶起来，捂住风娘的嘴，满脸惊恐，"这话可不敢说，南宫二少非打死我不可，风娘您可别害我啊！"

楚三还没忘记，之前他觊觎苏落，后来被南宫流云收拾得终生难以忘记。

这时候，苏落却不忘提醒慕容沫和宁五："这些东西……"苏落指指柜台上待结账的宝贝。

看着那一大堆宝贝，许多人嘴角开始抽搐。风娘也无语地看着苏落。若是没有楚三他们，若是没有风娘在，慕容沫干脆就甩袖子走了，但是现在众目睽睽之下，她要是敢走，保证慕容家会丢尽脸面。可是想到要付出那么多紫晶币，将来的日子要在负债中度过，她顿时欲哭无泪。

"宁五姐姐，你说过要帮我承担的……"慕容沫泫然欲泣。

宁五光洁的额角上，青色血管突突地跳。这个蠢货！自己做的事被人抓到把柄，现在居然……宁五深吸一口气，硬挤出一抹勉强的笑，对苏落说："我，我帮你付，我不够了再让小沫来。"

苏落淡笑着点头，反正谁付都一样。虽然她的黑卡里有无数的紫晶币，但是能让仇人帮自己埋单，这是一件多么愉快的事啊！

"紫雾虎弩五十万紫晶币。"

"玉女情环八十万紫晶币。"

"凝酥银钉九十万紫晶币。"

"紫霞套装一百三十万紫晶币。"

"龙眼焰伞一百五十万紫晶币。"

"碧羽双盾……"

……

随着一个个东西的价钱被报出来，宁五和慕容沫的脸越来越黑。她们看着苏落的目光，简直就像要吃人！

最后价钱全部加起来……

风娘一脸同情地看着宁五和慕容沫，声音带着前所未有的怜悯："总计，三千五百二十三万紫晶币……"

慕容沫眼白一翻，差点晕过去。

宁五惊骇地瞪大了眼睛，只觉得整个脑子都晕晕乎乎的。一百紫晶币，就够普通人活一年了，现在是三千五百二十三万紫晶币啊，怎么还？

宁五指着苏落："你……你……"

苏落笑嘻嘻地看着宁五："三千五百二十三万紫晶币，风娘，这零头能给抹去吗？"

风娘笑着点点头："这倒是可以。"

宁五很想甩下一切，任性地走人，但是最终她只能硬着头皮筹钱。她自己肯定是没有那么多紫晶币的，最近为了给她筹办嫁妆，宁夫人倒是给了她一笔钱，有八百万之多，再加上她自己历年的积蓄七百万，这就有一千五百万了。

宁五看向慕容沫。

慕容沫气急败坏地说："我只有一千万紫晶币，这还是爷爷特地给我的，余下的我可没有！"

还差一千万紫晶币。宁五又跟慕容沫商量，向她们的哥哥分别借五百万。慕容沫跟慕容泽宇借，而宁五……眼巴巴地看着宁皓天。他们并不是亲兄妹，而是堂兄妹，关系并不是很好，所以在宁五被苏落欺负的时候，宁皓天也没有站出来帮她。

宁皓天借给宁五五百万，于是，终于凑够了三千五百万紫晶币，将苏落的账单给付了。

付完了账，宁五总觉得有什么事情不对劲。她努力想了想，终于想起来了！

宁五怒不可遏地瞪着苏落：“你、故、意、的！”

苏落笑眯眯地看着宁五：“你在说什么？”

宁五怒气冲冲，气急败坏，再也没有大家闺秀的雍容气度，指着苏落：“既然你手里早就有慕容沫栽赃你的证据，那么你早就料到会有现在这一幕！所以你故意拿了这么多东西！”

宁五这句话，几乎提醒了在场所有的人。特别是侯少和任少，不像楚三他们知道苏落脑子好使，这两位还是第一次接触苏落，就目睹了这么震撼的一幕，对苏落的印象深刻得这辈子估计都忘不了了。

不愧是南宫二少看中的人，同样腹黑，同样狡诈，同样坑死人啊。

侯少和任少又用同情而又怜悯的目光看着宁五和慕容沫，这俩姑娘的脑子明显不好使，还偏偏冲上去当炮灰，好好的日子不过，何必这样自虐呢？

宁五看了看通讯珏，忽然眼眸一亮！随后，她的身影就消失了！

宁五离开前，用一种很诡异的目光看着苏落，看得苏落皱起了眉头。

很快宁五就返了回来，手里抓着一个方木箱子。

宁五将箱子放到柜台上，拍了拍，朝苏落冷冷一笑：“三千五百万紫晶币还我，这箱子我就让给你。”

苏落顿时有一种很不好的预感。

“里面是什么？”苏落明知故问。

宁五也不矫情，此刻的她心情非常好，简直眉飞色舞。只见她打开箱子，从里面取出一颗白白胖胖的白牙晶，摊在手心里给苏落瞧：“你说这是什么呢？”

宗师级白牙晶！苏落微微蹙眉。她最想知道的是，谁暗中告诉了宁五她非常需要宗师级白牙晶的消息？难道是羽尚大师？还是从别的渠道得知？

风娘见宁五将整箱白牙晶都搬了出来，眉头深深皱起：“你要全买了？”

刚才大家都看得清楚，宁五已经一穷二白了。

宁五自信满满地对风娘笑着：“风娘放心，刚才被坑的三千五百万紫晶币我会一分不少地给赚回来，而且还有多的呢。”

风娘不信，苏落的脸色却不好。宁五笑眯眯地看着苏落，拍拍那箱子：“苏落，你说怎么着吧。”

苏落歪着脑袋，淡淡地看着宁五，宁五则自信满满地看着苏落。两人对峙着，一时间空气里仿佛火花四溅。

片刻后，苏落转头问风娘：“宗师级白牙晶，都在这里了吗？”

风娘闻言，对苏落露出一抹遗憾的笑：“炼制宗师级白牙晶至少需要宗师级炼金术师，但是因为这个职业太偏门，所以能够达到这种程度的屈指可数，而我们合作的那位炼金术师，在前段时间去世了……”也就是说，宁五手里的宗师级白牙晶是最后一箱了。

苏落皱眉："没有别的宗师级炼金术师了？"

风娘摇摇头，表示很遗憾："这么多年，我们也就只联系上这么一位，所以——"

宁五觉得风娘在帮她，给了风娘一个自己人的眼神。但是苏落很清楚，风娘说的是实话，因为来之前她已经调查过了。况且风娘这个人，看着天不怕地不怕，倒不需要去讨好宁五。

"这么说，我要得到宗师级白牙晶，只能从这个箱子下手了？"苏落问得清楚明白。

风娘笑了笑："珍宝轩里，确实只有这么一箱了。"

宁五得意扬扬地瞟了苏落一眼。慕容沫看到苏落吃瘪，顿时开心地朝宁五跑过去，跟她站在统一战线。

现在的情况，有点难办了。楚三拧着眉，给了宁皓天一个暗示的眼神。宁皓天摊手，一个是他妹妹，一个是朋友的女朋友，他帮谁都不合适啊。

楚三冷哼：你等着被南宫削吧！

宁五比苏落先拿到宗师级白牙晶，按照珍宝轩先来后到的规矩，除非宁五自己不要了，否则，苏落是不可能买得到的。当然，还有一个办法，就是身为主人的风娘拒绝卖给宁五。但是，她跟风娘素不相识，风娘又怎么会帮她呢？

苏落眼眸微微一闪，突如其来地看了风娘一眼："珍宝轩卖吗？"

"啊？"饶是风娘见多识广，江湖阅历丰富，也被苏落这话问得内心一跳，下意识茫然地回应。

苏落这话，让在场的所有人倒抽冷气，大家都用一种"你疯了吧"的眼神死死瞪着苏落。风娘最先回过神来，朝苏落淡淡一笑："姑娘真爱开玩笑。"

苏落一本正经地看着风娘："我不是在跟你开玩笑，我很认真地在问你话呢。"

风娘被苏落理直气壮的态度呛到了："喀喀喀——"

苏落却睁着一双漂亮清澈的大眼睛，一眨不眨地看着风娘，很认真的样子。

风娘："珍宝轩……"

这可是珍宝轩啊！苏落随便挑几样东西，都要付账三四千万紫晶币了，这整整一个珍宝轩，无数万年来的累积，那底蕴岂是简单的？

"苏落你疯了吧！"宁五用一种嘲弄的目光盯着苏落，"你当珍宝轩是什么？路边的小商铺吗？说买就买？你到底知不知道珍宝轩在帝都的超然地位？你到底知不知道珍宝轩到底有多贵？就是南宫二少亲自出面，他也买不了一个珍宝轩好吗！"

"你怎么知道他买不了？你很了解他吗？你们很熟吗，你这样衡量他？"苏落一连串的话，问得宁五憋红了眼。

"我，我是他的未婚妻！你说我了不了解他！"宁五昂首挺胸地道！

宁皓天一看，这样下去可不行，南宫二少既然已经认定了苏落，那么这南宫二少夫人的位置就只能是苏落的，宁五这是自取其辱啊。

于是宁皓天瞪了宁五一眼："胡说八道什么，姑娘家也不害臊，流程还没走，什么未婚夫未婚妻的！"

宁皓天很清楚，这流程是一辈子都走不了的。但是宁五不知道，她只听她母亲大人笃定地说可以嫁给南宫流云的。

她泫然欲泣地瞪着宁皓天："大哥你居然帮着外人说话！"

眼看这兄妹俩快吵起来了，苏落顿觉没趣，只是问风娘："珍宝轩卖吗？"说着扬了扬手中的黑卡。

风娘："卖，只要你买得起。"

听到风娘的这句话，那边差点吵起来的兄妹，注意力也被吸引过来了。

"苏落你得了失心疯吧？"宁五打量着苏落。

"应该是脑抽吧？"慕容沫得意扬扬。

苏落用看傻子的目光看了她们一眼，然后直接将她从未动用过的黑卡递给风娘："划账吧。"

划账吧……就这么轻飘飘的一张卡，轻描淡写的一句话，她就想买珍宝轩？

宁五和慕容沫都狂笑起来。

苏落的视线漫不经心地越过她俩，定格在风娘脸上。

而此刻，侯少和任少也呆了，他们不了解苏落，所以不知道她玩真的还是玩假的。

楚三几个皱起了眉头。他们虽然跟苏落接触不多，但是对她的性子也算了解，她不会开这样的玩笑，她说的应该是真的。

宁皓天瞟了楚三一眼：这是南宫二少的意思？

楚三：南宫二少都不知道我们会来珍宝轩，他也根本没有暗示过什么。

林若羽：苏落好像也是临时起意。

他们三个都想起来，如果不是宁五抢先霸占宗师级白牙晶，苏落也不会提出购买珍宝轩。

风娘也很奇怪，苏落这是哄着她玩儿？

费君平和唐雅岚已经完全傻掉了。以她们的消费观念来说，珍宝轩里最便宜的小物件，她们也只有仰望的地步，可现在苏落要买珍宝轩，已经完全超出了她们的想象……

风娘手里捏着那张看起来普普通通的黑卡，亲自去划账。此刻，所有人的视线都集中到风娘的手上。

风娘对苏落说："输入你的灵力。"

苏落点点头，然后很配合地输入大圆满一星的灵力。风娘微微颔首，指尖轻点屏幕，预备划卡。

所有人都将信将疑地看着这一幕。怎么感觉这么不真实呢。这可是珍宝轩啊，帝国权贵最爱来的寻宝之所在，怎么就……开玩笑吧？一定是在玩笑！

就在苏落将灵力输入黑卡，黑卡开始划账走数据的时候，机器发出一阵警报：嘀嘀嘀——这是账号异常的反应，一般情况下账号余额不足才发出这样的警报。

"哈哈哈！"宁五已经狂笑出声，眼泪都掉下来了，不顾淑女形象地捶着桌子，"哈哈哈哈哈，我就知道，我就知道余额不足！苏落你没钱装什么阔啊！现在丢脸了吧？哈哈哈哈！"

慕容沫也笑得捂住腹部，肚子都抽筋了："哎哟要笑死我了，余额不足啊，哈哈哈——”

楚三看着苏落，眼神带着点尴尬，不过本来就猜到会余额不足的，所以还算没有出乎意料，楚三拍拍苏落的肩头：“没事没事，回头咱告诉南宫二少，让南宫二少把珍宝轩买下来给你当聘礼。”

苏落并没有看楚三，视线依旧定格在那屏幕上。风娘跟苏落一样，眼睛一眨不眨地盯着屏幕，表情前所未有地认真和凝重。

宁五忽然有一种不太好的预感。因为余额不足的话，是会提醒的，但是到现在，那刷卡的机器除了嘀嘀嘀的声音外，就没别的反应了。这有些不对劲啊。

而此刻，风娘和苏落的脸色都有些怪异。

“你们干吗这样看来看去的？这屏幕上到底有什么？也让我看看啊。”楚三好奇极了。

就在这时候，风娘拔了卡，将黑卡交给苏落。慕容沫盯着苏落，满脸嘲笑：“既然没那么多钱，就别充大佬啊，之前还说得那么笃定，你不丢人我还替你丢人呢！”

苏落这厢还没反应呢，风娘板着脸，神色严肃，目光冰冷地盯着慕容沫：“慕容小姐请慎言！不然的话，以后珍宝轩就未必欢迎您了！”

呃？大家都被风娘的态度弄得莫名其妙。风娘这是干吗？她什么意思？

“风，风姨，你是在维护她吗？”慕容沫就像被雷劈了一样，傻愣愣地看着风娘。

风娘点点头，一本正经道：“对啊，我就是在维护她啊。”

慕容沫简直反应不过来，整个脑子都木木的：“你维护那个小贱人来打压我？”

风娘怒了！啪一声，只见她一巴掌直接抽慕容沫脸上。这一巴掌又快又准又狠，抽得慕容沫头晕脑涨，更是整个人都傻了。不仅慕容沫，其余的人也全傻了

这是什么情况啊？风娘怎么会打慕容沫？

“你居然打我？”慕容沫气红了眼，如果不是因为风娘能够自由出入皇宫的身份，慕容沫早就扑上去开打了。

风娘冰冷的目光盯着慕容沫：“这次只是警告，下次再让风娘听到你辱骂她，就不是一巴掌这么简单了！”

“诸位，从今天起珍宝轩有主人了，我们珍宝轩还有要事相商，你们请回吧。”风娘的眼底有着掩藏不住的激动。

珍宝轩有主人了？所有人下意识地望向苏落。

风娘点点头：“我和少主有事相商。”

居然真的是苏落！苏落……竟然真的成了珍宝轩的主人！

“这个……”宁五两只手紧紧抓着装有宗师级白牙晶的箱子。

宗师级白牙晶是唯一能够牵制苏落的东西，但是现在……宁五有一种很想吐血的冲动。

风娘冷冰冰地看着宁五：“宁五小姐还不预备放手？”

“我买！”宁五咬牙切齿地大声道。

风娘冷冷一笑：“不卖。”

“风娘你，你怎么跟变了一个人似的！”宁五不满地控诉。

以前的风娘和蔼可亲，对她们照顾颇多，但是现在的她处处维护苏落，站在她们的对

立面。

风娘确实跟之前变了许多。但那是因为之前她没有立场，所以保持中立。现在的她尊苏落为少主，自然全心全意护着自家少主。风娘一向是很护短的，只是以前没有她可护的人罢了。

宁五和慕容沫瞪了风娘一眼，气呼呼地跑了！

楚三看看苏落又看看风娘，眼底有疑惑不解也有担忧顾虑。风娘没好气地推他："赶紧走，珍宝轩要关门了。"

楚三又担忧地看着苏落。苏落淡淡一笑："这整个珍宝轩都是我的了，你还担心什么？去吧。"

楚三几个心中充满了疑惑，但最终还是一步三回头地走了。

等所有人都出去后，风娘迅速朝苏落跪下，恭恭敬敬道："少主！"

苏落并没有让风娘起来，视线落到风娘的头顶，脑海中浮现刚才那一幕。紫晶币从苏落的黑卡里转了出去，但是下一瞬间，又转入苏落的黑卡里，兜了个圈，紫晶币还是在苏落的黑卡里。而且，苏落清晰地看到，她的黑卡上有一笔笔紫晶币汇入，而汇款账号正是珍宝轩的账号……

当时苏落和风娘都惊呆了！因为这意味着，珍宝轩的每一笔利润收入，全部打进了苏落的黑卡。也就是说，持有这张黑卡的苏落，本来就是珍宝轩真正的主人！难怪当初那位赵行长看到黑卡里的紫晶币后脸色吓成那样。要知道，珍宝轩无数万年来的收入全汇到这张卡上了啊，那紫晶币的数目，让人都差点数不清到底有多少个零了。

"这到底是怎么回事？"苏落让风娘起身，冷然地看着她。

风娘表示不知道，她家祖上传下来的珍宝轩管事位置，从来都不知道主人是谁，只知道将利润汇往少主的账户。

珍宝轩本来是不卖的，但是苏落这张黑卡上的图腾跟风娘家祖上传下来的图腾是一样的，所以她才会假意答应苏落卖珍宝轩。谁知道最后竟然歪打正着，找到了她家少主。

苏落不由得暗暗赞她的娘亲大人看人眼光之准。这么多年来，风娘只是代管珍宝轩，只能拿到利润的百分之一，而百分之九十九都流入不知名账户，风娘竟然坚持了下来。对于风娘的人品，苏落大大赞叹。

于是，苏落又说起风舞剑。

"羽尚大师说风舞剑需要宗师级白牙晶，才能最快速度恢复剑灵，但是，我总觉得他跟宁家有瓜葛。"苏落说。

风娘赞赏地看了自家少主一眼。

风娘本是极其出众的人，若是她家少主愚弄没有造化，那她也郁闷。现在让她碰上苏落，用人不疑，而且观察入微，这让风娘对苏落的印象又好了一些。她说："羽尚本姓宁，曾经是宁家的偏房幼子，后来家败后进入帝国学院，再没有出来。"风娘在帝都这么多年，手中掌握的人脉就是一大利器。

"羽尚说的话可信，但是他对宁家的忠诚，也是旁人无法想象的，所以他会将消息泄露给宁五，这事不难理解。"风娘安慰苏落。

苏落淡淡一笑。她并没有难受，本就是啊，谁也没有义务替她保守秘密，愿意保守是情分，不愿意保守也算正常。

“也就是说，宗师级白牙晶确实能够修复剑灵？”苏落问。

风娘经营着偌大的珍宝轩，所见所闻不是旁人能够相比的，所以苏落算是问对人了。

风娘说：“宗师级白牙晶确实是修复剑灵的绝佳灵药，这点无可否认，不过，还有一个更好的辅助条件。”

“什么？”苏落现在就指望风舞剑觉醒了。

最强攻击招数为神女剑法的她，却连剑都没有，说出去真让人笑掉大牙。

“洗灵池，配合着宗师级白牙晶，有事半功倍的效果。”风娘认真地说。

“洗灵池，那是什么地方？”苏落完全没有听说过。

“洗灵池在西南洗灵山之巅，到达洗灵山倒不难，我们有破空定位珠，想去哪里都方便得很，只是……”风娘沉吟少顷才又道，“这洗灵山不是谁想去就能去的，有年龄限制。”

面对苏落疑惑的目光，风娘说：“修炼二十万年以下的都能够上去，你是符合资格的。”

苏落忽然多了一嘴：“我的正确年龄应该是？”

风娘说：“少主生下来就被封印在蛋里，虽然真正修炼时间不过三百年，但是真实年纪应该是十六万年了。”

“什么？”苏落惊呆了。

风娘笑着说：“楚三他们十八万年，也是符合年纪的。”

楚三十八万年，南宫流云跟楚三是发小，大概也是这样的年纪……

苏落忽然想，在这灵界，大概十八万年就相当于物质位面的十八岁。

而她十六万年，应该相当于物质位面的十六岁？

风娘忽然叹息了一声：“如果能邀请南宫二少同我们走这一趟，该多好啊。”

“干吗邀请他啊。”苏落没好气地轻哼。

“南宫二少十二万岁的时候，就独自上洗灵池清洗他的剑了，他有经验。”风娘不无遗憾地说，“只可惜我跟南宫二少搭不上话，他更不会给我这个面子，邀请不到啊。”

看风娘这般，她应该还不知道自己跟南宫流云的关系。

苏落轻咳一声：“邀请不到就邀请不到，咱们自己也能行。”

风娘皱眉，摇摇头：“不一样的，进了洗灵山后，一身的灵气都会被洗去，也就是说，所有人的灵力都被压制着不能起作用了，变得跟废人一样。”

“啊？”苏落惊讶。

风娘打量着苏落，说：“你晋升大圆满的时候用了丹药，灵气凝聚得并不厚实，非常需要去洗灵山洗灵一次，加上风舞剑洗灵一事，你是一举两得，所以洗灵山必须得去。”

“什么时候去？”苏落问。

“事不宜迟，明日便去，今日先准备些东西。”风娘让苏落去帝国学院告别。

龙凤族。

南宫流云正预备去珍宝轩，结果楚三三个人就兴冲冲地跑过来了。楚三激动地拉着南宫流云，将珍宝轩的事讲了一遍。

楚三依旧不解："我想了半天了，始终不明白，风娘怎么突然间就认苏落为少主了呢？要知道，以风娘的身份，哪里是自甘为奴的？"

南宫流云想了想，并没有多说什么，只是问："风娘真心认苏落为少主？"

楚三说："当然啊，当时慕容沫对苏落出言不逊，风娘当即抽了慕容沫一巴掌，可狠了。"

南宫流云双手负于身后，在房间里踱了一圈，抬眸朝楚三招手："过来。"

"干吗？"楚三一脸戒备地看着南宫流云，但因为好奇，还是慢慢地踱到他面前。

南宫流云对他交代了一句，楚三不解。南宫流云拍拍他的肩头："去吧，办好了带你出去玩。"

楚三狐疑地看了南宫流云一眼。南宫流云朝他摆摆手，示意他赶紧去。楚三虽然不明白，但还是照办了。

第二天，风娘拜托求见南宫流云。两人在书房里聊了一会儿，风娘便起身离开，离开的时候心情似乎很不错。

风娘回到珍宝轩，正好看到苏落从帝国学院回来，于是对她说："这次咱们运道好，此去必然一帆风顺，心想事成。"

苏落不解："嗯？"

风娘兴致勃勃地说："昨日不是说，如果能够邀请到南宫二少，必将事半功倍吗？没想到我们运气这么好，适逢南宫二少要去洗灵池养伤，所以我们跟他一道去。"

跟南宫流云一起？苏落想起她跟南宫流云尴尬的关系，一时之间有些踌躇："一定要跟他一起去？再说，他那人孤高冷傲得很，未必会乐意跟咱们一道上路的。"

苏落试图打消风娘的这个想法，风娘却笑着拍拍苏落的肩头："由珍宝轩提供去往洗灵山的破空定位珠，南宫二少同意了。不过说也奇怪，这位二少平日里拒人于千里之外，这次虽然也不好说话，但居然答应了，倒是让人惊喜。"

苏落细细问了风娘一番，当即咬牙。好个南宫流云，明明是主动跟着她去洗灵山，却傲娇地让风娘去求，付出不少代价，才终于请动他这尊贵的身子。

苏落顿时没好气了，跟南宫流云一道的话，这一路上她会很尴尬。

"我能拒绝吗？"苏落最后一次问。

"少主快别任性，能请到南宫二少，那是何等荣幸？这事就这么定了。"风娘虽然称呼苏落为少主，但是更像她的长辈，该威严的时候威严，连苏落也不好反驳。

于是，这件事就这样定了下来。

第十三章 相见

次日，风娘带着苏落去跟南宫流云会合。

直到这时候苏落才知道，此行人数可真不少，南宫流云、楚三、宁皓天、林若羽，这四个居然都去。另外还有两个人，就是任少和侯少，这两位在珍宝轩的时候是见过的，所以也就不必介绍了。

他们各自带着漂亮的女伴，与其说是陪南宫流云去疗伤，倒不如说是携美游山玩水。

众人会合后，风娘将苏落交到南宫流云手中：“我家少主的事就托给二少了，请多多帮忙。”

南宫流云神色淡淡，对风娘的嘱咐只微微点头。

风娘本想同苏落一道去的，但是南宫二少唯一的条件就是不想再多带一个人。所以，风娘没办法陪苏落一道去了。

破空定位珠一次性最多只能带十个，而现场有十二个人，所以——

当苏落的目光望向他们的时候，众人纷纷笑着往后退避。

楚三更是从苏落手里抢到一枚破空定位珠，在苏落还没反应过来的时候，带着那几个人迅速离开。

苏落：“……”

现场，只剩下苏落跟南宫流云两个。南宫流云神色淡然，那双绝美深邃的眼眸定定地看着苏落，似包含千言万语。

苏落别过脸去：“我们也走吧。”

苏落之前被冷七带着使用过一次破空定位珠，所以这次用起来很顺手。

密闭狭小的空间内，只有两个人。南宫流云斜靠在空间壁上，双手抱臂，修长的腿交叠着，目光深沉地看着苏落。一路上，他就这样定定地凝望着苏落，一句话也不说。一开始，苏落还顶得住，但是越到后来，苏落就越是感觉气氛压抑。

苏落抬眸，望着南宫流云，嘴角扯出一抹似笑非笑的弧度："你窗台上那株紫色蔷薇花养得还好吗？"

南宫流云剑眉微皱，若有所思地看着她。苏落被他看得呼吸急促，气呼呼地瞪了他一眼。

南宫流云似乎想明白了什么，迈着大长腿走到苏落对面的位置，盘腿坐下。矜贵优雅的南宫二少竟然就这样盘腿坐在苏落对面，绝美深邃的眼眸就这样定定地看着她。

"看什么？"苏落只觉得被他这样盯着，手脚都不知道该往哪里放了。

"看你啊。"南宫二少嘴角扬起一抹弧度，"对了，我窗台上的那盆紫色蔷薇花，养得挺好，改日你要不要去看看？"

在苏落眼里，紫色蔷薇花就代表着宁三，而宁三是她心里扎得最深的一根刺，所以，她当场变了脸色，恶狠狠地瞪着南宫流云，气得面色涨红。

"不要看！"苏落瞪着南宫流云。

"其实你可以帮我养的，经过你的手，紫色蔷薇花肯定养得很好，你说呢？"南宫流云一边说话，一边细细观察着苏落脸上的每一道细微的表情。

苏落几乎暴怒！平日里她克制得那么好，遇事从容，犹如风过水无痕般淡定，但是宁三的事，是她无法保持平静的忌讳。

"你给我走开！"苏落一把推开南宫流云，倏然站起来，走到距离南宫流云最远的位置。

南宫流云看着苏落如一只小困兽般缩在角落，双手环膝地蹲着，看上去可怜兮兮的，心瞬间就软了。刚才他已经试探到他要的信息，他的怀疑也得到证明，所以——她是在介意宁三吧？她以为他养紫色蔷薇是因为宁三吧？这傻丫头。

"落落，其实紫色蔷薇花……"南宫流云还没说完，苏落就气呼呼地重重一脚踩他脚上。南宫流云疼得倒抽一口冷气。

苏落瞪他："你再在我面前提一句紫色蔷薇花试试？"

南宫流云从没见过这么凶的苏落，一下怔住，而此刻，破空定位珠已经到了洗灵山山脚下。苏落一把推开密闭空间，直接从里面跑出来，只留下无奈的南宫二少低头看着自己脚上的鞋印。

楚三他们早已经到了，大部队正等着他们。他们特意制造了单独相处的空间给两人，就是想让他们趁机将误会讲清楚，但是看到苏落那气呼呼的脸，楚三到嘴边的话又咽下去了。好吧，看苏落这架势，这俩人不仅没有和好，南宫流云还更加惹恼苏落了。

洗灵山山脚下。

抬头望去，出现在众人面前的，是长长的阶梯，几乎看不到尽头。而他们要去洗灵山，就必须沿着这条天梯走到尽头。

见苏落双手叉腰看着天梯，楚三小心提醒："这天梯，一脚踏上去，身上的灵气就被封住了，只能靠脚力走，这条路将会让你吃尽苦头。"

苏落没好气地说："修炼到现在这种程度，谁没吃过苦头？"

不等楚三说话，苏落已经先一步踏上了天梯。当苏落一脚踏上去的时候，顿时觉得身体忽然间变得沉重，就好像从来不曾修炼过一样。

苏落试着运起灵气，却发现洗灵山果然把灵气镇压住了，现在的她只是个没有灵气、再普通不过的人类而已。

苏落抬头望去。那么长的阶梯，高耸入云，完全看不到尽头……用人类的身体攀爬，果然是对身体极限的一种锤炼。

苏落知道南宫流云在后面，而她并不想跟南宫流云碰头，她怕自己会忍不住跟他吵架。所以，苏落当即迈开步子，噔噔噔地快速往上爬。

楚三一看苏落这速度，顿时一脸担忧："苏落，你慢点，调整呼吸，控制好节奏和速度，不然你前面快了，后面根本支撑不了。"

苏落没有回头，只是举起手朝楚三挥了挥，表示她知道了。楚三看到苏落这样，不由得望着南宫流云："我还以为南宫二少什么都胜券在握呢，原来也有搞不定的时候啊，而且还越弄越糟糕。"

南宫流云轻蔑地瞟了他一眼："你且看着。"

"难道你有办法了？"楚三好奇地问。

"回帝都之前，这误会必须得解开。"南宫流云似乎是说给楚三听，又似乎是说给他自己听。

"那我真是期待了，好好努力，争取早日把人娶回家，免得被别人惦记去。"楚三暗示道。

南宫二少淡笑，并不说话。

苏落为了甩开南宫流云，加快了速度，飞快地往上冲去。可这就像长跑，一开始跑得用力过猛，到后面就跟不上节奏了，苏落也是这种情况。她确实甩开了后面那一大拨人，却也把她自己给累倒了。

原本她可以坐在台阶上休息，但是她想避开南宫流云，看到石阶旁边有一条岔路，便沿着岔路走进去，走了几百米后，寻了一处幽静遮阳处，靠着大树休息。

楚三一群人只当苏落一直在往上爬，所以没有注意到路边。

一直走着，最后大家都累了，于是坐下来休息。

"咦，苏落呢？她的体力竟然这么好，还在往上走？"如果真是这样，那楚三可真要佩服苏落的体力了。

南宫流云微微蹙眉，随手摘了一片碧绿的叶子在唇边一吹，很快就飞来一只小仙鹤。得了南宫流云的吩咐后，小仙鹤当即展开双翅，朝着上方翱翔而去。南宫流云并没有闲着，对楚三说："你们一路上去，我往后找找。"说完，他身形一闪，快速掠了下去。

南宫流云心中有一丝懊恼。这里是洗灵池，人类和魔兽的灵气都会被封住，但是并不表示没有危险，相反，危险还成倍增加。这丫头真是不让人省心，等找到她，非将她牢牢绑在身边不可。

南宫流云知道，苏落肯定是走进岔道了。但是两边的岔道太多，在没有灵力的情况下，要搜寻是一件很麻烦的事。不过，这也难不倒南宫流云。他手中又多了一片绿叶，随后，一道悠扬的声音冷然响起，树林中一大片麻雀四处飞散，帮南宫流云搜寻苏落的身影。

没多久，南宫流云就知道了苏落所在的位置。等他找到苏落的时候，发现这丫头一点事都没有，靠在树上睡得香甜。南宫流云就这样静静地盘腿坐在她面前，温柔地看着她美丽的睡颜。

苏落浅眠，所以很快就醒了，醒来后第一眼就发现自己的脑袋竟然枕着南宫流云的肩膀……苏落当即站起来，拍拍身上沾染的尘土，似乎拍得很认真，但其实是在掩饰尴尬。南宫流云不以为意，朝苏落淡淡一笑："走吧。"

南宫流云朝苏落伸出手，苏落却冷冷地无视他那白玉般骨节分明的手，冷冷一哼："把你的手拿开。"

南宫流云的手落到苏落的脑袋上："你这丫头气性还真大，这都生多久的气了，还没气够呢？"

"不要跟我说这个话题，不然我会忍不住跟你吵架！"苏落声音冰冷。

南宫流云即便再睿智，遇到不配合的苏落，也有点无可奈何。就在他决定一鼓作气将事实说出来的时候——

忽然，他眉心一跳。

"小心！"南宫流云一把将苏落拉到怀里，随后就地一滚，隐藏在一棵两人合抱的古树后面。

就在这时候，一道挟带着劲风的箭矢朝苏落原来所在的位置冲去，狠狠扎进古树里。嗖嗖嗖——又是连续不断的九支箭矢，朝苏落他们的藏身之处射去。

没有灵气之后，苏落和南宫流云就没有了自保之力。南宫流云眉头深深皱起："这个人只是试探，他身后躲着一支队伍，一旦我们暴露，就会被包围起来。"

到时没有灵力的他们，犹如待宰的羔羊。

南宫流云迅速观察了下四周的环境，大脑里精准计算后，得出了最佳的撤退路线。他朝苏落示意。苏落知道，这时候如果她再任性，等待他们的将会是难以想象的后果。这群人既然能够找过来，说明有备而来，只是不知幕后首脑是谁。

"这是针对你的暗杀。"南宫流云试探了几次后，认真地对苏落说，"而目标，极有可能是风舞剑。"

"那怎么办？"苏落握紧了拳头。

南宫流云揉揉苏落的脑袋，声音带着醉人的柔情："有我在，你担心什么？"这时候的南宫流云，虽然身上没有灵力，但是他的大脑堪比最厉害的武器，有他在，就有一种天不怕地不怕的安全感。

苏落忽然被自己脑海里跳出来的想法吓了一跳，抬眸看向南宫流云，而此刻南宫流云也正在看她，两人四目交接，都在彼此眼中看到了别样的情绪。

苏落当即别过脸去，说道："左边有十个人，如果分散开来，我有办法将他们全部杀死。"

南宫流云却摇头："太危险。"

苏落皱眉："不危险怎么脱离包围圈？"

南宫流云淡笑着摇头："用惯了灵气，一下子失去后，速度力量方面还不习惯，这是你的劣势。"

"不。"苏落斩钉截铁地看着南宫流云，"我很习惯。"

到灵界之前的苏落就是一个杀手，虽然过去很多年了，技巧生疏了，身体的本能反应却刻在骨子里，是她想忘都忘不了的。

南宫流云见苏落如此笃定，心里微微动摇："你确定？"

苏落非常认真地说："非常确定！"

南宫流云看着眼前的苏落。一起迎敌时，两人之间那种默契自然而然地就出现了，看来——

南宫流云看了看对面隐藏在黑暗树丛后的敌人，嘴角勾起一抹不易察觉的笑容。

当即，南宫流云便开始重新部署战略。现在暴露出来的人数有二十个，但是黑暗中隐藏了多少，这点还不能确定，只能见机行事。

南宫流云将外袍脱了，包裹上枯枝，朝苏落使了个眼色。苏落郑重点头。

一、二、三——当南宫流云喊到三的时候——

包裹着枯枝的衣服飞掷出去，闪过一道残影。于是，嗖嗖嗖——一道道箭矢暴射而出，瞬间就将那衣服射成了刺猬。

对方很快就意识到不对，领队下令停止射击。然而，南宫流云要的就是停止的这一瞬间。于是，嗖一声，南宫流云和苏落快速朝着前方掠去，冲出了包围圈子。

"被骗了！射击射击！"领队气急败坏地怒吼着下令。

但是这时候射击已经太迟了，眼前早已经没有了那两个人的身影。

"追！"领队怒喝一声，带领着足有二十人的队伍飞快地追了上去。

因为没有了灵力，所有人都在同一条起跑线上，包括南宫流云。但是南宫流云跟苏落身体素质好，所以他们跑得很快，没多久就将那群人给甩下了。

跑出包围圈后，苏落心中疑惑："这群是什么人啊？怎么看他们的打扮，这么像大山里的人啊？"

南宫流云点头："就是大山里的人。"

这下苏落更疑惑了："他们为什么要追杀我们？我们怎么招惹他们了？"

南宫流云特别喜欢苏落用"我们"这两个字，闻言，他似乎也很疑惑："难道你做了什么天怒人怨的事？"

苏落没好气地白了他一眼。

她就爬个阶梯，累了走进岔路睡了个午觉，哪里有时间去招惹当地土著啊？这些土著她还是第一次见好吗？

"是你招惹了他们吧？"苏落亮晶晶的眼眸在南宫流云脸上睃巡。

南宫流云轻哼。

苏落指着南宫流云："肯定是你，瞧你这张脸，目似春水，满面桃花，一定是你招惹他们土著公主了，要把你抢回去当压寨女婿！"

南宫流云惊讶地看着苏落。

苏落顿时得意："怎么？我猜对了？"

南宫流云伸手揉揉苏落的脑袋："没发烧啊，怎么就开始胡思乱想了？"

就在这时候，苏落忽然听到一阵凌乱的脚步声。

"不好，他们又追来了，快跑！"苏落来不及多想，抓了南宫流云的手就跑，一边跑一边说，"这些土著还挺厉害的，我已经将我们的逃跑痕迹抹去了，他们居然还能追上来，不愧是常年生活在大山里的人，野外追踪果然厉害。"

南宫流云看着苏落，神色柔情似水，眸中带着宠溺。

因为逃亡，所以他们跑进丛林，距离天梯已经越来越远了。前方出现一片草地，草足有半人高，很容易隐蔽。

苏落心头一喜："只要躲进草地，掩去足迹，我们就能甩开追杀的那批人。"

南宫流云只点头，因为他把这次逃亡的指挥权让给了苏落。后面传来嗒嗒嗒的脚步声，苏落来不及多想，当即拉着南宫流云猫着身子就往草丛深处跑去。

苏落每走一步，都会用竹竿探测草地，确定无误后才会踏上去，所以一路安全地走到草丛深处。

然而就在这时候——

"啊——"南宫流云发出一声轻呼，苏落赶紧回头看，却发现南宫流云脚底下那块土层松了，出现一个黑洞，而他的身体正在往下坠落。

"小心！"苏落顿时脸色大变，当即飞扑过去，双手攥住南宫流云的手。

然而，南宫流云的身体已经在往下坠落了，所以苏落根本拉不住，再加上冲击力，苏落反而被带得往下坠落。两人直接摔到洞底下去了。

摔到地上的时候，南宫流云先着地，苏落则整个人趴在他身上，两人唇对唇，鼻对鼻，姿势暧昧极了。

"咯咯——"苏落被飞扬的尘土呛到，捂着唇咳嗽起来。她一边咳嗽，一边从南宫流云身上爬起来，南宫流云则半天爬不起来。

"你怎么了？"苏落焦急地看着南宫流云。在摔下来的时候，苏落可是重重砸到了南宫流云身上，她没有受伤，南宫流云却……

"没事。"南宫流云摆手，就是不让苏落看。

"肯定有事，你给我起来！"苏落瞪着南宫流云，神色凶狠。

南宫流云可怜兮兮地看了苏落一眼，别过脸去，就是不起来。他这是表示他只吃软的，不吃硬的。

这个人！苏落现在很确定，南宫流云的后背肯定受伤了，而且伤得不轻，可他明知道她心疼，就是不给她治。

"你以为我很想看吗？既然如此，那你就自己疼去吧！"苏落吃硬不吃软，冷笑一声。

然而，苏落没有看到，南宫流云低垂的眼眸中，浮现一抹受伤的情绪。若是在以前，她一定会哄着让他给她治的……

就在这时候，凌乱的脚步声越来越近。苏落的脸色很不好看，因为她知道，刚才掉下来的时候动静太大，根本瞒不过后面的追杀者。

“现在怎么办？”苏落问南宫流云。

南宫流云像赌气的小男孩，就是不跟苏落说话。苏落恨不得摇着他的肩膀大喊“小祖宗我们现在被追杀啊闹什么脾气不要闹了好吗”！可是，南宫二少任性起来，苏落又不哄的话，气氛就僵住了。

苏落他们所在的洞，是当地土著挖出来专门猎杀大型魔兽的，足有十几米深。而四周都是光滑的墙壁，没有任何可以借力的地方，所以以他们现在的身体状况，根本就出不去。

就在两人冷战的时候，脚步声终于停在了洞口处。苏落的心沉了下去。

苏落回头看着南宫流云：“就这样被捉回去？”

南宫流云依旧赌气，不理苏落。

苏落：“……”

而此刻，上方的土著们已经将这个洞口包围了，那位领队更是凶神恶煞地宣布：“里面的人听好了，都给我举起双手，否则万箭齐发！”

现在的苏落有一种虎落平阳被犬欺的感觉……不能动用灵力，果然是天底下最悲催的事了。

苏落看着南宫流云，而南宫流云很干脆地举起了双手。

苏落：“……”

领队的冷笑：“现在我们放下绳子，你们爬上来，限时三十秒。”

嗖的一声，一条长绳被甩了下来。

苏落看着南宫流云：“你先上去？”

南宫流云这次并没有拒绝：“好。”于是他站了起来，后背对着苏落，抓着绳子，艰难地开始往上爬。

苏落终于看清楚了他的后背，只见那里被鲜血染红了一片，血肉模糊。苏落下意识地往地上望去，那里插满了尖锐的铁刺！这是狩猎大型猎物的洞穴，肯定会有机关，而南宫流云摔下去的时候，用他的身体挡住了机关。

看着南宫流云摇摇晃晃地往上爬，看着他的后背汩汩流血，苏落的眼睛都红了。他可是雍容矜贵不可一世的南宫二少，何曾这样狼狈过？苏落的心都疼得揪了起来。她当即抓住绳子，带着南宫流云，两人在三十秒之内爬了上去。

苏落抬头一看，这群人果然是土著，穿着还是很原始部落的风格，树叶和粗布混搭，手上的武器也是原始弓箭。

没想到她和南宫流云竟然栽到这群原始人手里，苏落也只有叹气的份了。不过当务之急是给南宫流云止血。

“带走！”领队一声令下，顿时就上来四个人。

两个人去拎苏落，另外两个去挟持南宫流云。

“等等！”苏落当即叫了一声，“要跟你们走可以，但是我必须先帮他止血疗伤！不然他会因为失血过多而死的，你们就算抓到人，也没用是不是？”

领队的犹豫了一下。

苏落拿出随身携带的简易疗伤包，示意她会很快。南宫流云却冷哼一声，赌气地说：

“不用。”

苏落急了：“现在都什么时候了？别闹了！我先帮你止血。”

南宫二少很傲娇地仰着下巴：“你根本不关心我，不要假惺惺地对我好。”

苏落被气得够呛：“好，我就是假惺惺对你好，现在可以让我帮你止血了吗？”

“不好！”南宫二少冷傲地抬眼望天。

“又怎么不好了？”苏落双手叉腰，气呼呼地站在他面前，就像对付一个很不听话的小屁孩！

“你态度不好。”南宫二少很傲娇。

“给你止个血，你还那么多要求啊？”苏落重重叹息一声，拿眼神暗示南宫流云：大少爷，现在咱们被人捉了，还能不能看清眼下的形势了？

南宫流云那双绝美深邃的眼眸轻飘飘地瞟了苏落一眼，一副“你自己看着办”的样子。

苏落知道，这家伙是故意的。他就知道在这种情况下自己会妥协，所以故意这么傲娇，这根本就是阳谋。而事实上，苏落还真是没办法不管他的伤。

苏落深吸一口气，脸上硬挤出一抹笑容，声音柔和：“南宫二少，让我帮你疗伤好吗？”

南宫二少嫌弃地瞅了苏落一眼：“感情不到位。”

不就是给他止血吗？还这么多要求？以前都是别人跪求苏落这位药王谷里出来的皇级炼药师给治疗，结果她现在还得求着南宫流云让她治，这什么世道啊。

“南宫流云，别闹了！”苏落瞪着他。

南宫流云轻哼一声，偏过脸去，他就要闹。

南宫二少怎么这么幼稚呢！这一刻，苏落想到以前没有失忆的南宫流云，他也是这样，傲娇得很，赌气时像个孩子，每次都非要她哄。

想到这，苏落的心都柔软了，她看着南宫流云，拉拉他的衣袖。

“干吗？”南宫二少闷闷地出声。

“别闹了，快点让我治，不然的话，受苦的还是你。”苏落关切地说。

“你心疼我了？”南宫二少得意得眉角微微上挑。

“我心疼我的血，你身体里可流着我的血呢，流得多了到时候我又要给你输血，多麻烦？”苏落状似不耐烦，始终不肯说一句好话。

南宫流云气呼呼地瞪着苏落。

这时候，围观了许久的土著领队似乎才回过神来，挥挥手道：“走，将他们带到乱葬谷去！”

乱葬谷，一听就知道不是什么好地方，南宫流云后背的伤口还没止住，被尸毒感染了怎么办？苏落当即跳出来：“等一下！”

但是，土著们已经不给机会了，将苏落和南宫流云捆绑得跟粽子似的，扛在后背上，一路狂奔。

背南宫流云的那个人在前，苏落在后。所以苏落能够清楚地看到，南宫流云后背的血滴滴滚落到那个背他的土著身上，再顺着滴落地面。苏落心疼得胸口钝钝地疼，看着南宫流云的后背，眼眶都红了。这些土著没有灵力，但是天生神力，就跟当初田园村的那些人一样，所以苏落根本没办法反抗。

土著们跑得很快，但是半天过去了还没走到目的地，天却渐渐黑了。领队下令休整。土著们对大山很熟悉，所以很快就找到了一个供他们休息的山洞。

洗灵山那么大，别说一天一夜，就是一个月也走不完。而他们要去乱葬谷的话，还需要不少时间。

山洞外面很窄，仅容一人通过，但是进去后就发现山洞不小，足以容纳百人。将苏落和南宫流云丢在角落，土著们就自己点起篝火烤肉了，没人理会苏落他们。

苏落路上觉得很奇怪，所以问过扛她的那位土著，但是那位土著大哥一声不吭。现在苏落心中充满了疑惑，但是想来也只有到了他们口中的乱葬谷，才能知道真相了。

苏落抬眸朝南宫流云望去。此刻的他浑身被绑成了粽子，双手反剪在身后，半靠在墙壁上，眼眸紧紧闭着，脸色因为失血过多而格外苍白。

苏落一寸寸艰难地挪到南宫流云身边，压低声音："你怎么样？还能坚持吗？"

南宫流云半睁开眼，瞟了苏落一眼，干脆转过身去。他还在跟苏落赌气呢。

苏落简直哭笑不得，却又心疼得不行。

"你说你怎么就这么幼稚呢，非要人哄你才让治？那你让白胡子皇级炼药师治疗的时候，人家也这样哄你啊？"苏落没好气地说。

南宫流云那双黑白分明的眼睛就那样看着苏落，眼底有着苏落读不懂的深情。

"紫色蔷薇花是给流星治疗的草药之一。"南宫流云清冷的声音在苏落耳畔响起。

"什么？"苏落双眼茫然。

南宫流云漂亮的眼睛在黑暗中更显清澈，他一字一顿，认真地说："南宫流星是我三弟。"

苏落只觉得脑子嗡的一声，顿时就炸了。南宫流星是南宫流云的弟弟，而紫色蔷薇花是治疗南宫流星的圣药？

"流星一直是宁三在治。"南宫流云还嫌插的刀不够，一脸平静地吐出事实真相。

苏落全身僵硬，双手颤抖不已，她死死盯着南宫流云："所以，静园里种植的紫色蔷薇花……"

南宫流云冷然地看着苏落："宁三说必须有七转紫色蔷薇才能救流星，当时你砍掉的紫色蔷薇花里，有一株是五转的。"

五转，已经是南宫流云种植的紫色蔷薇花里，等级最高的了。

那株紫色蔷薇花，承载了南宫流云这位兄长无数的心血和期待，却被苏落一怒之下斩断了。苏落整个人都蒙了……她就傻傻地看着南宫流云，感觉整个人天旋地转。他种植了那么多年，呵护了那么多年，却被她一怒之下毁了。那是何等愤怒？难怪当时他拽她的时候拽断了她的胳膊。却原来不是因为宁三，而是因为他弟弟……

"那宁三？"苏落怔怔地问。此刻她懊恼得恨不得拍自己脑袋一巴掌，她当时怎么就那么愚蠢呢！

南宫流云仍然冷然地看着苏落："什么宁三？"

“你跟宁三啊……”苏落看着他。

南宫流云目光凶狠得咄咄逼人：“我跟宁三有什么事？”

“你们不是……青梅竹马吗？”苏落弱弱地看着南宫流云，现在的她气场弱极了。

南宫流云冷笑，直截了当地说：“流星喜欢她，她喜欢我，我喜欢你。你呢，喜欢的又是谁？”

这样果决而犀利的话，犹如一柄利剑刺入苏落胸口。

苏落傻乎乎地看着南宫流云，因为那一句“她喜欢我，我喜欢你”而窃喜。

在那样盛气凌人的目光中，苏落轻咳一声：“我帮你处理伤口吧。”

这些土著虽然将苏落绑了起来，但是苏落前世可是特工，解绑是必学课程，所以三五下就将绳子解开了。

苏落故意转移话题，南宫流云那双锐利的眼却一眨不眨地盯着苏落，硬逼她说实话。

“我……”苏落正要说话，却见南宫流云靠在墙壁上，抬眸望着外面的星空，星空中一颗流星划过。

苏落明显看到南宫流云眼眸中有着深深的自责和懊恼。

他说：“你知道流星吗？”

苏落：“不是已经滑落了吗？”

南宫流云身侧的拳头紧紧攥起：“他还没滑落！他还没有死！他会活过来的！”

苏落从来没有见过这样激动的南宫流云。他一向是隐忍而内敛、克制而严肃的人，情绪并不外露，但是这一刻，他的激动根本抑制不住。

南宫流云深吸一口气，说道：“给你讲一个故事吧。”

南宫流云讲的故事，就是他的弟弟，南宫流星，一个曾经惊才绝艳的天才少年，后来却如流星般划过天际，陨落人间。

以前的南宫流云可不是现在这样的，他脾气不好，桀骜不驯，暴躁易怒，少年时期更是爱打架，再加上他天赋高实力强出身好，从来就没打过败仗。但是常在河边走哪能不湿鞋，最终他还是跟七皇子对上了。

七皇子也是匹脱缰的野马，野性难驯，骄傲自负。于是，南宫流云带的一批人跟七皇子带的一批人杠上了，最后七皇子被南宫流云狠狠揍了一顿。随后，南宫流云就被南宫老爷子扔进了军队，三年后回来，他却发现七皇子想报复他不得，结果报复到了南宫流星身上。

南宫流星是一个很天真单纯的小孩子，当时他才十三万岁，相当于物质位面的十三岁。七皇子却对他下了死手！南宫流星虽然没有死，却成了植物人。这件事七皇子做得很隐秘，所有人都知道是他干的，但就是查不出证据。

南宫家族本就遭皇族忌惮，如此一来，跟皇族的关系更是降至冰点。南宫流云回来后，也拿不到证据，因为所有的人证物证都被七皇子毁灭了。南宫流云岂会这样善罢甘休？他杀人还需要证据吗？于是，凭借着他的最强大脑，他让七皇子很痛苦地死去，同样做得不留任何证据。

皇室知道七皇子是南宫流云杀的，但是他们根本找不到证据。于是这件事不了了之。

南宫流云虽然报了仇，他却一点都不快活，因为他的弟弟因为他成了植物人，可能永生永世都醒不过来了。

本来龙凤族已经放弃南宫流星了，南宫流云却拼死要将南宫流星的身体保存下来，如果不保存下来，南宫流云宁愿死！

那样激烈的态度，终于让龙凤族点头答应下来。

但是保存南宫流星的身体何其难？他身边必须有一位长老给他输送灵气，保持他气息不断，几万年下来，龙凤族精疲力竭，几番想要放弃，南宫流云却咬紧牙关就是不同意！

因为那是他弟弟！是因为他而被人报复再也醒不过来的弟弟！那个孩子总是小尾巴似的跟在他后面跑，那个孩子小小年纪就很乖，一点都不像他少年时期那么叛逆，那个孩子天赋卓绝，若是顺利长大，现在是何等惊才绝艳？也正是因为发生了这件事，南宫流云的性子才完全转变了。

原来的他暴躁易怒，在这件事之后，才转变成了现在这个样子。

南宫流云用很平静的语气讲述着那一段过往，苏落的心却狠狠揪了起来。因为她一直看着他的眼睛，所以不会看不到他眼底的伤口和悔恨。

不知不觉中，苏落的手覆盖在南宫流云的手背上，眼底心里满满都是心疼。

这样骄傲得不可一世的少年，也有不堪回首的往事，也有懊悔不已的曾经。

苏落完全能够理解，南宫流云对他弟弟有着怎样的遗憾和抱歉，而他连“对不起”三个字都没办法让南宫流星听到。

南宫流云低头，看着苏落那双手。他忽然轻笑起来：“你是在心疼我吗？这事都过去好几万年了，该痛的都痛过了。”他笑得若无其事，那笑容里却有着最深的伤口。

苏落没好气地捶了他的胸口一拳：“你假笑给谁看，难道我会笑话你吗？想哭就哭出来吧，我的肩膀借你用。”

南宫流云捂住胸口，闷哼一声。因为苏落已经解开了南宫流云身上的绳索，所以他也已经恢复自由了。

苏落看他脸色都白了，又是一阵心疼。她懊恼地看着自己这只老是惹祸的手，然后才关切地望着南宫流云：“我给你止血。”

“血早就止住了，要不然流到现在，再多的血都流光了。”南宫流云没好气地说。

“你身上还有倒刺，必须要拔出来，否则伤口发炎会很麻烦。”见南宫流云不以为意，苏落急得差点跺脚，“现在我们身上没有灵气保护，就是再普通不过的普通人，发炎的伤口足以致命，你不要闹了。”

偏偏苏落带过来的药都没法用。

因为普通的身体承受不住灵药，一旦吃下去就会爆体而亡。

南宫流云却很傲娇地别过脸去。

“要怎样你才肯治？”苏落心疼得不行。

“除非……你亲我一下。”南宫流云歪着脑袋，瞅着苏落，眼底有一丝委屈。这么长一段日子，她竟然一直误会他跟宁三有什么，因为这个才不原谅他，南宫流云觉得好冤枉好委屈，他才不会轻易原谅这丫头呢！

南宫流云刚这么想着，苏落就欺身而上，双手捧着南宫流云的脸，重重地吻了下去。因为太过震惊，南宫流云的眼睛大大地睁着，血液一下子全涌上脑子，大脑一片空白，一种电击似的酥麻感袭遍全身。

苏落捧着他俊美绝伦的容颜，狠亲了一口后就要离开。但是温软的双唇当前，又是自己心爱的女子，南宫流云岂容她离开？只见他一只手环在苏落的腰际，将她固定在怀里，另一只手攫住她尖细光洁的下巴往上一抬，一个吻就覆盖上去。他的吻太快太强势霸道，凌乱了苏落的思绪。特别是她的脑子，一阵阵迷醉地眩晕。南宫流云攫住苏落的呼吸，周而复始地缠绵，灵巧的舌点点蚕食着苏落的理智。这种温热让苏落的身体逐渐升温，有一种娇羞的气息萦绕在周围。

不知过了多久，两人才渐渐分开。苏落的喘息，凌乱而粗重。南宫二少舔着唇，那双清亮深邃的眼眸中，浮现一抹满足的亮光。

“你……”苏落指着他，却不知道说什么。

南宫流云似乎心情很好，深邃的眼眸亮晶晶地看着苏落，笑得像个孩子。苏落都无奈了：“现在可以让我帮你治疗了吧？”

南宫流云很乖地点点头，转过身去，让苏落处理他后背的伤口。血是止住了，但是伤口已经有发炎的趋势。苏落将南宫流云的后背清洗干净，拔了一根根倒刺。好在苏落手上技术好，稍微差一点，拔出倒刺就带出一片血雾。

将最好的金疮药撒上去，用纱布包扎好后，总算是处理好伤口了。

忽然，苏落意识到一丝不对劲。四周太安静了。她记得他们是被掳劫过来的，刚才那些土著围坐在一起，兴高采烈地喝着酒，发出的声音不小，但是现在——

苏落抬头望去，却见这些土著都东歪西倒地躺在地上，发出均匀的呼吸，看上去像是陷入了深度睡眠。

他们是从什么时候进入深度睡眠的？苏落发现自己一点都不知道。

“走吧。”南宫流云牵着苏落的手，带她离开。

“不杀了他们？”这才是面对掳劫者的正确态度吧？

南宫流云眼眸含笑地看了苏落一眼，那星眸中的意味深长让苏落有一丝异样的感觉。

到底是哪里出了错？苏落被南宫流云拉着离开时，一边走还一边在想。

一开始被莫名其妙地追杀，然后是逃亡，逃亡中明明可以逃跑，却又总是莫名其妙地被追踪上，最后南宫流云还坠落山洞。

不对！她苏落没坠落山洞，以南宫流云的睿智，他会表现得这么拖后腿？灵气被压制的是身体，不是大脑啊。如果这一切从结果开始往前推的话……

苏落脑中灵光一闪。

“南宫流云！”苏落气呼呼地大喊一声。

南宫流云正高高兴兴地牵着苏落的手走在山林中，猛然间听她大喝一声，他便知道，这丫头终于猜出真相了。

不过他本就没打算瞒着，否则的话，演技也不会这样拙劣。

南宫流云停住脚步，侧眸看她，剑眉微挑。

“这一切都是你设计的对不对！”苏落用一种很无语的眼神瞪着南宫流云，“从一开始，这群土著就是你引来的，你故意让他们追杀我们，故意掉落山洞，故意被捉，故意……”

“故意在你面前说流星的事，让你心软，然后让误会完美解开？”南宫流云接替苏落的话。

“你说，到底是不是故意的？”苏落指着他。

南宫流云故作委屈地抱怨：“到现在才看出来，可见你没放多少心思在我身上，真是让人伤心的发现。”

苏落差点被他气死。他设计了这一切，结果还抱怨她不够心细。

苏落气呼呼地甩开他的手往前走去。

“嘶——”南宫流云倒抽一口冷气，闷哼出声。不用说，又是因为他后背的伤。

苏落回头：“不要拿你后背的伤来博取同情。”

南宫二少睁着无辜的大眼：“可是真的好痛……”

见苏落犹豫，南宫二少又自言自语：“如果不是要陪你，我才不来这鬼地方，如果不来这鬼地方，我才不会受伤，如果不是因为受伤，我才不会喊你，如果……”南宫二少这语气，分明带了点撒娇的味道。

撒娇？那位不可一世强势霸道瞪一眼就能把人活活吓死的南宫二少也会委屈会抱怨会撒娇？这话传出去真的会活活把人吓死。

可是苏落现在就眼睁睁地看着传说中的南宫二少对她抱怨委屈还撒娇。

苏落忽然想起前世见过的一段话：男人只有在他心爱的女人面前才会撒娇。如果一个男人让你见到了常人所没见过的一面，那他一定是很爱你的。爱会让他变得柔情似水，让他像个孩子一样在你面前撒娇，时刻需要你的关怀和疼爱。

苏落以前觉得这段话是无稽之谈，顶天立地的男人怎么会撒娇？但是现在看到南宫流云露出只在她面前表现的这一面，她竟然觉得这段话好对。

南宫流云见苏落怔怔地站在那里不说话，那么自信洋溢的他眼底竟然浮现一抹忐忑……生怕会让她不开心。

而苏落抬眸间对上他的眼，正好看到他那不安的神色。

苏落忽然间觉得心里一阵酸楚，这段时间她究竟在做什么？南宫流云这样不可一世的人都会因为她的犹豫而露出忐忑不安的神色。

苏落快步走上去，重重地环住南宫流云的腰，脸埋在他的胸口位置，双手抱得很紧很紧。南宫流云能够感觉到苏落的真心。这一刻，他紧绷的身体终于放松，他环住苏落，俊颜埋在她的肩窝处，露出了有生以来最灿烂的笑容。

两人久久拥抱着，皎洁的月光在他们身上投下一道细细的影子，两道影子紧紧拥抱不分彼此。许久许久，两人才分开。

“接下来我们去哪里？”苏落环住南宫流云，笑容甜美。

“洗灵池吧，你的风舞剑需要洗灵，想必洗过之后会有很大的变化。”南宫流云牵着苏落，一路往洗灵池而去。

此刻，苏落由衷地感谢风娘，感谢她想到了洗灵山，感谢她让他们有机会冰释前嫌，将误会讲清楚。解除误会后的苏落，犹如卸去心口的大石，整个人焕然一新，重新活过来一般。

等南宫流云和苏落回到山顶的时候，已经是第二天一大早了。

因为失去联系，楚三几个都急坏了，除了一个人留守在山顶，其余人都下去找了一圈，结果都没找到人。正在他们着急的时候，苏落和南宫流云到了。

楚三眼神那叫一个尖啊，一眼就看到南宫流云和苏落相携而来，他的第二眼就是观察南宫流云，见南宫流云神色平和宁静，少了一分暴躁戾气。

第三眼，他看到了一个笑意快从潋滟美眸中溢出来的苏落。好嘛，消失了一天一夜，这两个人居然和好了。

不过楚三一句打趣的话都不敢说，只拿眼神瞅着他们。要知道，如果他敢取笑，回头南宫二少就会让他生不如死。不过这两个人和好，真是太好了，要不然，他还真不知道在南宫流云的雷霆高压下，他能坚持多久。前阵子南宫流云总是莫名其妙地暴躁发脾气，火气大得很，想必从现在开始，他就不必受无妄之灾了，好极好极！

这次过来洗灵山，苏落本来的目的是洗灵池，但是因为收获了跟南宫流云的爱情，洗灵池一事竟变得无足轻重。

风舞剑洗灵的事苏落没有多插手，一切交给了南宫流云。

原本成功率很低的洗灵，在南宫流云手中，成功率就变成了百分之一百。

洗灵池边，南宫流云将洗好的风舞剑交给苏落：“锈垢已经洗去了，你感应一下剑灵的状况。”

苏落将风舞剑接在手中，不由得大大赞叹了一声。

原本的风舞剑，简直就是破铜烂铁，丢在路边都没人捡的，但是经过南宫流云的手洗灵之后，锈迹已经全部被洗去，此刻看上去干干净净。

苏落没想到，洗去锈迹后的风舞剑，剑身泛着一抹紫色，带着妖邪的光芒。

这道紫色光芒非常诡异，盯着看久了，会让人有一种眩晕的感觉，仿佛灵魂都被吸引去了。

南宫流云说：“这是紫色妖光，主要是精神攻击，在洗灵山发挥不出作用，但是到了外界之后会紫光大盛，对敌的时候是一个很大的优势。”

苏落一直缺精神攻击类的功法，现在她都不需要修炼功法，一柄风舞剑就搞定了。

“不过现在剑灵还未恢复，精神攻击弱得很，聊胜于无吧。”南宫流云说。

苏落用心感受着剑灵，果然，剑灵还是没什么反应。

“风舞剑一共七层封印，现在仅仅打开一层，威力就已经很强了，若是有朝一日七层封印全部解开……”南宫流云眼眸亮闪闪的，“到时候你就知道了。”

“七层封印要如何才能全部解开呢？”苏落一脸疑惑。

“现在先用白牙晶，前几层白牙晶的作用会很大，每天固定时间给它一颗就行了。”南宫流云说。

苏落这时候想起来：“宗师级白牙晶很难得，我手里只有一箱，这一箱只能用一年。”

“放心，有我在。”南宫流云宠溺地揉揉苏落的脑袋。

有南宫流云在，珍宝轩办不到的事，他都能办到的。

苏落抿唇一笑：“嗯。”

两人之间的气氛处处透着宠溺和暧昧，简直羡杀旁人。

楚三他们也都带着女伴，但仅仅是女伴罢了，一种肤浅的关系，怎么也达不到灵魂上的契合。

所以楚三看到南宫流云和苏落那自然而然中透着恩爱气息的相处模式，羡慕极了。

宁皓天一拍楚三：“干吗一直盯着他们看？”

楚三说：“难道你没意识到，他们相处的画面很美吗？每一分每一秒都透着淡淡的甜蜜气息，每一次眼神对视，都让人怦然心动，看着看着就让人恨不得也找这么一个人谈恋爱。”

宁皓天没好气地白了楚三一眼：“胡说八道。”

虽然他如此评价楚三，但是转头看到南宫流云和苏落的相处，他的眼神也放柔了许多。

当初他是不认可苏落的，甚至觉得天底下没有任何一个女人能够跟南宫流云匹配，每一个类型中最优秀的女孩子选出来，优点集中到一起，也配不上他的好。可是南宫流云就是选定了苏落，执拗而坚决，任何人劝都不听。当全世界都反对时，他还是一往无前地往前冲。不得不说，这样的勇气，极少有人具备。

他的固执，终于让他身边的人将关注的目光放到苏落身上，然后，他们也就渐渐发现了苏落的好。

宁皓天阅女无数，但是不得不说，这姑娘确实有让人刮目相看的资本，一次次让人侧目，一次次让人惊艳，真不知道以后她还会有怎样惊人的举动。

不过幸好，误会解除，皆大欢喜。不过，有一个人估计要哭了。宁皓天想起宁五，不由得暗自苦笑。宁五怎么配得上南宫流云？他从一开始就反对，但是家族里的人盲目乐观，竟然已经开始准备定亲事宜，真是……

看着眼前这两个人说着说着就玩闹嬉戏起来，宁皓天自己都没发现，他的嘴角勾起了一抹温和的弧度。

“自从流星的事情之后，南宫二少很久没有这样笑过了。”楚三看着南宫流云调皮地逗苏落，惹得苏落追着他打，不由得笑起来。

宁皓天不得不表示赞同。

大家在洗灵池待了两天，玩了一阵，然后就马不停蹄地往回赶。破空定位珠真是好东西，也就珍宝轩可以这么豪气地随意拿来用。风娘早早地就在原地等着了，看到苏落和南宫流云携手而来，简直都惊呆了。这已经是她短短五天内第二次震惊了。

“你们……”风娘惊讶地看着两人。

南宫二少高冷疏离地朝风娘点点头。苏落故作委屈：“我们本来就在一起的啊，风娘居然这么不了解我，好伤心啊。”

风娘没好气地拍了苏落的肩头一下，这孩子，现在也学会逗她了。不过看到苏落跟南宫流云在一起，风娘在震惊之后，就是满心欢喜。南宫二少的大名，风娘当然是如雷贯耳，她也曾想过，到底是哪家的姑娘能幸运地摘走这竿仙竹。结果好嘛，竟然被她家的姑娘摘走了，所以风娘除了欢喜外，还满满都是得意。这种美妙的心情，只有做家长的才能体会，而风娘于苏落而言，就相当于她的半个长辈。

苏落想起南宫流云之前故事中所说的南宫流星，拉了他的衣袖走到角落位置，认真地看着他："我去看看流星吧？"

南宫流云略微沉吟。苏落以为他不知道自己的医术，于是将自己闯药王谷的事给南宫流云说了一遍："你放心，我现在的医术虽然不敢说排名帝都第一，但是炼药师公会的四位皇级炼药师都是不如我的，再加上我有师父的笔记，说不定会找出办法来。"

南宫流云虽然一直跟苏落冷战，但是她的事他如何会不关注？棋三每天事无巨细都会汇报给他。

南宫流云理了理苏落微乱的鬓发，抿唇一笑，眼底是醉人的温柔："我一万个信你，只是母亲大人一直亲自看护流星，护得跟眼珠子似的，她不会那么容易接受别的炼药师，你且等着，这事很快就能办好。"

"嗯！"苏落甜甜一笑，心里多了一重心思。

现在她跟南宫流云在一起是必然的事，就算她再不愿，也得得到龙凤族的认可，而南宫夫人的认可，尤为重要。龙凤族花费了巨额财力物力人力延长南宫流星的性命，南宫流云和南宫夫人更是殷殷期盼南宫流星有朝一日能够醒过来。如果南宫流星在她的手里醒过来的话……那么她跟南宫流云在一起的难题就会好解很多。这事，无论是对她、对南宫流云、对南宫夫人，还是对南宫流星而言，都是好事。

但如果救不好……苏落摸着下巴，这个可能性还是很大的。

第二天南宫流云就来找苏落，告诉她一个消息。

南宫流云拉了苏落，让她坐在他腿上，如玉般的修长手臂环住她柔软的腰肢，目光与她对视。

"怎么样？你母亲同意了吗？"苏落看到他卧蚕处一片青色，知道他一定十分疲惫。

南宫流云声音中带了一丝叹息："流星的事在龙凤族很隐秘，只有长老及以上的人知道，而母亲不允许除了维持流星灵气的长老外的任何人接近他，所以——"

南宫流云想起了他跟母亲的对话。他刚说出苏落的名字，南宫夫人的脸色就黑了。

"什么？你让一个黄毛丫头来治疗流星？你是要害死你弟弟吗？

"你弟弟现在身体每况愈下，不能受到任何污染，你还想让外人来看她？

"为了娶你的心上人，你连你弟弟的性命都可以牺牲吗？南宫流云，你害你弟弟还不够吗？！"

南宫夫人连这样的狠话都说出口了，可见她有多心痛多愤怒！

在南宫夫人那样盛怒的情况下，南宫流云还能说什么？看着病床上骨瘦如柴的弟弟，他心里的痛不比任何人少。

南宫流云自然没有向苏落转告南宫夫人的那番话，他只是说："母亲大人对你的医术不了解，对流星又那样紧张，不接受也是正常，你且再等等。"

苏落知道事情肯定没有南宫流云说的这样轻描淡写，不过他不想将不好的话带给她，她承他的情。

南宫流云捏捏苏落雪白的面颊，逗她笑：“不开心了？”

苏落摇摇头，叹气：“我也想把医术名声传播出去，只是副会长告知，炼药师殿堂一直在暗杀炼药师公会的天才炼药师，他怕我会被炼药师殿堂惦记上。”

忽然，南宫流云和苏落的通讯珏在同一时间响起。

南宫流云的通讯珏显示的是：林四发病了，速来，拉苏落来更好！

而发给苏落的是：林四发病了，如果能来，速度来！

发信息的人是楚三。

楚三一直谨记炼药师公会那次苏落闯药王谷的事，而且当时他是被那四位皇级炼药师下了封口令的，不得对外宣扬苏落闯药王谷的事。

所以，他不确定苏落会不会治疗林四，毕竟林四跟她没有什么交情。

当然，如果南宫流云出面的话，苏落肯定不会有二话。

“楚三知道你的事？”南宫流云微微皱眉。

苏落快速将闯药王谷的事给他说了一遍，怕他对楚三心生芥蒂，就解释说：“当时他是被下了封口令的，不是他不愿意跟你讲，当然如果你问他的话，他也不会瞒你。”

“你倒是了解他。”南宫流云轻哼。

“我是了解你看人的眼光。”苏落没好气地说。

这是在夸他交朋友的眼光好。

“这方面你的眼光就确实不如我好了。”南宫流云暗示苏落看朋友的眼光不如他。

“你是在暗示，我看上你所以眼光不好？”苏落立刻将了他一军。

“牙尖嘴利的小丫头。”南宫流云笑着捏捏苏落那粉嫩的脸颊。

林家此刻已经陷入一片慌乱之中。

林若羽的身子一向不好，从洗灵池回来后也没什么不良的反应，但是前两天他不知道去哪里了，是被人抬回来的。

被抬回来时他情况已经非常不好了，经脉紊乱，器官衰竭，一度停止呼吸。林家的炼药师在进行抢救，但是脸色非常难看。

林家子嗣单薄，林若羽可是林家唯一的嫡系血脉，唯一的继承人！如果他去了，整个林家都会陷入混乱。

此刻，林若羽的母亲已经急得快昏过去了，而林若羽的父亲也从军队赶了回来。那样铁骨铮铮的汉子，此刻看上去却全身僵硬似铁，脊背瑟瑟发寒，脸色苍白，眼眶都红了。

林若羽被谁伤成这样已经不重要，重要的是保住他这条小命。林家的炼药师好不容易抢回林若羽的一口气，急匆匆地走了出来。

“怎么样？！”林父一把拎住林炼药师的脖子，目眦欲裂。

林炼药师艰难地开口：“属下无能为力，大人快另请高明吧……”

“什么叫无能为力？你这是什么意思！”林父怒得快吐出血来！大吼大叫！

林炼药师被那样的怒气波及，当即一口血喷出来，他艰难地抬着头：“快去……请皇级炼药师……快……不然少爷会死的……”

会死的……这三个字一出，林夫人只觉得眼前一黑，人事不省了。

“夫人！”林父急得额头冒汗。

林夫人挣扎着醒过来：“我没事……你快去……快去！我的羽儿啊……龙凤族有皇级炼药师！”

“不，我去！我去求南宫夫人！我去求她！”不等林父回答，林夫人挣扎着爬起来，跌跌撞撞地往外跑去。

“快，送夫人去龙凤族！一路上好生看护！”林大人本想陪着去，但是现在林若羽在里面抢救，生死未卜，他又岂能离开？

林炼药师则用尽一切办法吊着林若羽的命。

而此刻，林夫人用最快的速度跑到龙凤族，直接冲到南宫夫人面前，泪眼蒙眬，大哭大喊：“姐姐救命，姐姐救命啊！”

南宫夫人刚将南宫流星料理后退出来，就碰到发鬓凌乱跌跌撞撞的林夫人，顿时被吓了一跳。还没等她问出来，林夫人就赶紧说：“羽儿出事了，皇级炼药师，姐姐快借我皇级炼药师，羽儿快死了呜呜呜——”

林夫人已经处于崩溃边缘了。她就这么一个儿子啊，从小身子就不好，战战兢兢地养到现在这个年纪，哪知道……

南宫夫人意识到事情的严重性，当即扶住林夫人：“皇级炼药师没问题，你别急，我这就随你一起过去。”南宫夫人跟林夫人性子相投，关系一向不错，不像跟宁夫人那样只是面子上的关系。

南宫夫人带着南宫家族的皇级炼药师匆匆而来，还没等他们踏进院子，就听见里面传出林炼药师的声音：“不好了！少爷不好了！”

皇级炼药师当即冲了进去。

时间一分一秒地过去，外面的人都紧张而慌乱地等待着，里面的人也并不好受。南宫家的皇级炼药师一边忙着处理伤口，一边额头上汗流不止。最近这段时间，这位皇级炼药师特别憋屈。因为南宫二少的伤他治不好，南宫三少的伤他还是治不好，甚至连眼前这位林家少爷的伤，他都没把握啊。别说治好，看着那汩汩流出的鲜血，他根本止不住。

林炼药师看到南宫家的炼药师手忙脚乱，顿时有一种不好的预感。

“您……”林炼药师急切地看着南宫炼药师。

南宫炼药师神色焦急：“止不住，这血止不住啊，能用的药都用上了，根本止不住，你先看着！”

南宫炼药师匆匆掀开门帘走了出去。

“怎么样怎么样？我的羽儿没事吧？啊？”林夫人一边哭一边急切地问。

南宫炼药师语速很快地道：“不行，林少爷中毒了，他的伤口根本止不住血，要想止住血就要先解他的毒，可是现在根本不知道他中的是什么毒！”

“那怎么办？！”林夫人和林大人手足无措。如果这时候让他们用自己的性命换林若羽的性命，他们也毫不犹豫会换。

南宫炼药师赶紧说：“炼药师公会里有四位皇级炼药师，每一位的医术都比我强，如果能请到他们，或许有一线生机。”

一线生机也是生机！现在的他们，不能放过任何一点点机会，因为这关乎林若羽的命啊！

可平日里炼药师公会的皇级炼药师都是神龙见首不见尾的，他们也不会出门去别家府邸看诊，而现在林若羽根本不能动，林家跟炼药师公会的关系又不亲密。

综上所述，很难请到皇级炼药师啊。

“我去请，就算给他们跪下，我也要请他们过来，哪怕只请到一位！”林若羽的爹，八大豪门的掌权人，急得眼眶都红了！

南宫夫人提醒了一句：“林老爷子的面子比你们好使。”

原本老人家正闭关修炼，不好打搅，但现在也没有其他办法了。

于是，闭关许久的林家老爷子被拍门声惊醒了。

知道真相后，他哪里还静得下心去修炼？林若羽可是他林家唯一的嫡系孙子，也是他唯一的亲孙子啊。

“我亲自去炼药师公会请，就不信请不来那几个老顽固！”林老爷子身影一闪，原地当即不见了他的踪影。

看着林家慌乱成一团，林夫人又晕死过去，南宫夫人当即出面，将林家的事料理妥当，免得忙中出什么乱子。

林老爷子亲自出面，直接就找上了炼药师公会的副会长。副会长大人很快就跟林老爷子过来了。

知道林若羽的情况紧急，副会长大人也没有多说什么，朝林老爷子拱拱手，就进了抢救的屋子。

屋子里，林若羽已经脸色苍白气若游丝了。

南宫炼药师是认识副会长大人的，于是赶紧跟副会长大人说了一遍之前的情况，最后总结：“血里有毒，但具体是什么毒我还没研究出来，不解毒血根本止不住。”

副会长大人点点头，走上去观察。

确实如南宫炼药师所言，林若羽身上出血的地方太多了，大腿、手臂等外伤也就罢了，最严重的是，他的五脏六腑也都在出血。因为没有及时清理，现在已器官肿大，腹部更是凸起。

又因为中毒，他脸上一片漆黑，就跟抹了一层墨似的，甚至连流出来的血都是黑色的。

副会长大人当即脸色就不好了。这毒性太严重了，而且林若羽伤得这样重，他根本一点把握都没有啊。

他在林若羽身上划了好几刀，插入引流管，将林若羽内脏器官里的血液导流出来。

这样暂时缓解了内脏的压力，但是以林若羽的实力估计，一旦流失的血超过全身血液的二分之一，他就会陷入休克，若是只剩下三分之一，他就面临死亡的威胁了。

副会长大人估算过，林若羽的血液已经流失过半了。

“血是止不住了，先解毒。”副会长大人当机立断。

副会长的手很稳，速度也很快，他将黑色血液滴在一个白色容器里，快速地分析着。

但是，这毒……副会长大人只觉得眼皮微微一跳，一种危险的感觉让他脊背发凉。他似乎在哪里见过这毒，可一时怎么都想不起来。

南宫炼药师看到副会长大人陷入沉思，再看看林若羽身体的温度渐渐降了下去，眼底顿时呈现一片灰暗之色。这样下去不行啊……副会长大人好像也没办法啊……

忽然，南宫炼药师神色一动。他猛然想起，当初自家二少昏迷不醒的时候，楚三少可是从外面拉了一位很年轻的绝美少女回来，经那位姑娘治疗后，二少当日就醒过来了。但是这事被瞒住了，二少不让外传，所以就连夫人都不知道里面的细节。

南宫炼药师知道南宫二少、楚三少、宁大少和林四少这四个人关系很好，如果这次通知到位，可是一份大大的人情。于是，南宫炼药师当即走到角落，将信息发给了楚三少。因为当初是楚三少将人带过来的。

楚三看到这个消息，整个人都蒙了，然后就有了他通知南宫流云和苏落这件事。

其实副会长大人也在第一时间想到了苏落。如果苏落在的话，以她闯过药王谷的那身不俗医术，应该会有办法的吧。但是，副会长大人毕竟是有私心的。

林家人多嘴杂，一旦请苏落过来，让她救好了林若羽，到时候被炼药师殿堂惦记上了怎么办？遭遇暗杀怎么办？一边是老友的孙子，一边是小苏落的安危，副会长大人很犹豫啊。但是南宫炼药师无知者无畏，早就把消息传播出去了。

传播完消息后，南宫炼药师问副会长大人："怎么样？"

副会长大人摇摇头："不行啊……"

顿时两个人都垮下脸来。

副会长大人长叹一声："我去说。"

看到副会长大人走出来，林家一群人都拥了上去："怎样？"

特别是林老爷子，一双虎目紧紧盯着副会长大人，面上故作镇定，但是那微微颤抖的手泄露了他的紧张。

副会长大人无奈地摇摇头："病人身上的毒太强了，很遗憾，我帮不上什么忙……"

林家的人听闻此言，一个个脑子似乎都被惊雷劈过，一片空白。

副会长是什么人？相当于帝都现在最厉害的炼药师了，他说帮不上忙，那就等于直接宣判了林若羽的死刑啊！

"羽儿！"刚苏醒过来的林夫人一口气没喘上来，又厥了过去。

林家的其他人也都蒙了。这可是林家的独苗啊！

"副会长大人，请您施以援手！求求您救救他吧！"

"或者您还认识什么人？请您推荐推荐啊！"

"我们林家就这么一根独苗啊，羽儿从小身子就不好，好不容易养到这么大……"

林家的人真要给副会长大人跪下了。

还认识什么人？副会长大人心里那叫一个犹豫不决啊。他是真的不想将苏落扯进这个局里。

副会长大人甚至怀疑，这样诡异到他都无法解的毒，会不会是炼药师殿堂的手笔，会不会是炼药师殿堂给苏落设下的圈套。

副会长大人打定了主意，有些坏事，是一定要有人做的！他宁愿辜负老友的期待，宁愿一辈子内疚，也不要让苏落这位最有前途的天才炼药师出事。

副会长大人的想法很好，但是下一刻，南宫流云就牵着苏落出现在他面前。

副会长大人看到苏落，骤然瞪大双眼，一把拉过她走到角落，当即压低声音怒喝："谁让你来的！"

苏落："不是来救人吗？"

副会长大人："你知不知道，今天你救了林若羽，明天你的名声就会传遍整个中央大陆！到时候炼药师殿堂会如何对付你！"

苏落："先看看再说吧。"也不能真的见死不救。

就在这时候，南宫流云一声令下："闲杂人等全部退出院子！"

所有人面面相觑。

许多人都是林府的重要人员，不是林若羽的亲属就是家族长老，自问都不是闲杂人等，所以犹豫不定地看着南宫流云。

而此时，屋子里传来林炼药师惊恐的叫声："少爷停止呼吸了！"

这一惊非同小可，林父当即一个激灵："哪些是闲杂人等啊！"

南宫流云抬手点了几下，随后冷冰冰地说："其余的全部出去！"

南宫流云点的几个人包括林老爷子、林父林母，还有南宫夫人，其余的林家人全部得出去！

本来南宫流云在林家发号施令名不正言不顺，但是他身上就是有那种君临天下的王霸之气。他这么一点人数，林家的人虽然心有不甘，但到底不敢违拗。他们看了林老爷子一眼。

屋里突然又传来林炼药师惊恐的叫声："脉息停止了！快啊！救命啊！"

林老爷子当即变了脸色。年青一代中，南宫流云是首屈一指的领头，林老爷子一直很看重他，知道他这样做必然有其道理。于是，林老爷子手一挥："还不快点退下！"

林家众人闪得飞快，但是他们都没有走远，而是在院子外面静静地等候着，心中紧张而忐忑。

闲杂人等出去后，南宫流云牵着苏落的手："进去吧。"所有人都愣住了。

林夫人一把拉住苏落的胳膊："什么？让她给羽儿治？"

南宫夫人脸色更是一变："南宫流云你知不知道你在干什么！别以为我不知道她的炼药师等级！我都查过了！她在炼药师公会只是个大师级炼药师！不信你问副会长大人！"

副会长大人嘴角微微抽搐。看来他们的保密工作做得还是很不错的，南宫夫人都以为苏落是大师级炼药师呢。

苏落知道，南宫流云跟林四是发小，今天就算看在南宫流云的分上，她也一定会救林四的。苏落朝南宫夫人和林夫人微微勾唇："林若羽现在已经停了脉息，死马当活马医的道理你们不懂吗？"

两位高高在上的夫人没想到苏落态度如此不客气，一时间不知道怎么回应。

林老爷子深深地看着南宫流云。南宫流云微微颔首。林老爷子是很信任南宫流云的，又深深看了苏落一眼，当即下令："进去吧。"

林家其他人慌的慌、吓的吓，但是林老爷子犹如一株常青松柏，挺直腰板，高傲地直立着，仿佛参天大树，庇护着整个林家。

苏落心想，这些家族里的老爷子，每一位都是从上古神王时代走过来的，没一个是好相与的。苏落原本以为进去救治会被千般阻拦，但是有南宫流云在，很多事情真的能省去许多麻烦。

在南宫流云鼓励的目光中，苏落朝他微微一笑，握拳："我会尽最大的努力。"

南宫流云宠溺地揉揉苏落的脑袋："我一万个信你。"

看着苏落走进去的背影，南宫流云目光柔情似水，星眸中闪着他自己都不知道的柔光。南宫夫人自从苏落进来后就一直在关注她，所以苏落跟南宫流云的一举一动她都看在眼里。当她看到南宫流云用那种情意绵绵的目光宠溺地看着苏落时，南宫夫人惊诧地瞪大双眼。

她的儿子她最了解。南宫流云小时候桀骜不驯，长大后沉稳内敛，他何曾对别人有过这种眼神？就是对他妹妹，他也冷淡得很。南宫夫人的眉头微微皱起。

林夫人紧张地抓着南宫夫人的手，声音慌乱中带着哽咽："姐姐，她行不行啊？她不是上次新生联赛第一的那位姑娘吗？"

炼药师和武者很少有人能够双修，因为人的精力毕竟是有限的。既然苏落在修炼上有独到之处，那她的炼药师方面，肯定是不行的吧？

南宫夫人皱皱眉头："所以说流云在胡闹呢。"

"啊？"林夫人的脸色瞬间变得惨白惨白的，她家羽儿都已经断气了，还要被胡乱治吗？林夫人快急疯了！

不管林夫人如何着急，但林老爷子已经同意了，她就是想喊苏落出来也不行了。

"我要进去！我要亲自看着！"林夫人冲动地要往里面闯。

林老爷子怒喝一声："全给我闭嘴！"

顿时，所有人都不敢说话了，一个个焦急地看着那紧闭的门扉。

苏落和副会长大人此刻都在房间里。

林若羽躺在床上，双眸紧闭，全身都是黑色，鲜血还是源源不断地流出，看上去非常恐怖。苏落看了林若羽一眼，当时沉下脸来，塞了一颗丹药进他口中。

"他咽不下去！"林炼药师大叫一声。

苏落说："这颗皇级万能延缓解毒丹是流质，已经被我戳破了，液体会自动流进他口中，无须担心。"苏落一边说，一边拿出她的小黑猫。

一看到小黑猫，在场的几个炼药师都不解地看着苏落。苏落拍拍小黑猫的脑袋："去吧，伤口处的毒是你爱吃的。"

苏落现在还没研究出林若羽中的是什么毒，但是她给林若羽吃的丹药，任何毒都能够缓解，人称皇级万能延缓解毒丹。

再加上有小黑猫舔舐林若羽的伤口，所以很快，原本渐渐冰凉的林若羽的身体，微微有了起色。

半个时辰后——

"有了！有了！有脉息了！"林炼药师摸着林若羽的脉息，原本已经完全探不到了，但谁能想到，半个时辰后脉息竟然又回来了，他当即激动地大喊大叫。

他的声音直接传到了外面。林夫人原本还在闹腾着要冲进去亲眼盯着苏落，此刻听到这个消息，顿时喜得站都站不住了。刚才她都以为她的羽儿去了……林夫人抑制不住呜呜哭起来。

南宫夫人眼底闪过一丝疑惑。真是苏落救的？

第十四章 救治

外面的人兴奋，苏落却愁眉不展，因为她还没有研究出来林四中的究竟是哪种毒。他的脉搏之所以恢复，是因为苏落的皇级万能延缓解毒丹缓解了他的毒素爆发。但是时间毕竟是有限的，三天之内研究不出来，林若羽还是得死。

见外面的人盲目高兴，苏落微微皱眉，这事得事先说清楚，要不然，到时候治不好林若羽，责任全在她身上。

于是，苏落丢下手里研究到一半的毒素，掀开帘子走了出去。

看到苏落出来，林家的人都满怀期待激动万分地盯着她！

“羽儿醒了是不是？你救活了羽儿是不是？”林夫人激动极了，一把抓住苏落的手，力量大得惊人。

苏落同情地看着她，声音平静地道：“林若羽的脉搏确实回来了，但是有几句话我想提前说明一下，免得到时候伤了彼此的和气。”

“什么？”林夫人有一种不好的感觉。

苏落语调平稳地道：“林若羽的脉搏能暂时回来，是因为我给他吃了缓解毒素的丹药。但是他身上所中何毒，用何药解毒，都还没有研究出来，如果三天内还是研究不出解药，那么林若羽的命我是救不了了。”

“这、这……怎么会这样，三天？就三天？”林夫人只觉得脑门轰的一声炸裂了。

苏落点点头：“我只能说我会尽我所有的努力去救治他，但是结果如何，要看老天爷眷顾不眷顾了。”

苏落说的是实话。这次林若羽的毒，是她有生以来见过的最霸道的毒！她现在对这种毒也是束手无策，没有头绪。

“你，你有多少把握？”林父目光紧紧盯着苏落。

苏落叹息一声：“如果要说实话的话，我只能说，成功的希望不到百分之一。”

什么？！在场的所有人都变了脸色，成功率不到百分之一，这是什么概率？这根本是宣判了死刑啊！

林父当即变了脸色，林夫人更是软倒在南宫夫人怀里。

苏落虽然于心不忍，但是该说的风险她还是得提前告知。

“如果你们有更好的炼药师，可以去请。”苏落朝他们郑重点头，然后转身准备进入房间。

更好的炼药师？炼药师公会的副会长都被请来了，哪里还有更好的炼药师？所以，只能期望那百分之一的概率了吗？

林父脸色变幻莫测，身侧的拳头狠狠握紧。他一咬牙，冲着苏落的背影许以重诺：“如果你能救活羽儿，以后林家就是你坚定的靠山！”

这句话，太重了，但是跟林若羽的命比起来，当苏落的靠山算什么？所以林老爷子没有反对。

听到林父的话，苏落的脚步顿了顿，却没有回头，掀开帘子进了房间。

进屋后苏落加快速度开始研究对抗的解药，很快就发现一点端倪，但她还来不及进一步研究，那边林炼药师又开始叫了。

“不好！少爷开始抽搐了！口吐白沫！”林炼药师是一点办法都没有了。

“副会长，这里先交给你。”苏落站起来就往林若羽那边跑。

副会长大人一点没有被冒犯的愤怒，点点头，接替了苏落的工作。

南宫炼药师眼底闪过一丝震惊。要知道副会长大人可是炼药师公会明面上的掌权人，平日威严极了，现在苏落叫他过来接替他就过来了，这……

南宫炼药师用一种很神奇的目光看着苏落。但是苏落此刻是注意不到他的，因为林若羽的情况还在恶化。

“肾脏衰竭！”

“肝脏衰竭！”

“心脏衰竭！”

“……”

五脏六腑竟然全部衰竭，林炼药师的手都在颤抖。

与林炼药师相比，苏落冷静得让所有人震惊。她的手蕴含着灵力，不断分析着，很快她就得出结论：“毒素变异了，变成了更复杂的复合型毒素。”

“那，那怎么办？”原本毒就已经无解了，好不容易有了一点头绪，毒素又变异了。

苏落望向小黑猫。这种毒太恐怖，小黑猫吸收了一点点，就已经有点晕头转向，走路都跟打醉拳似的了。苏落心疼它，于是将小黑猫收回了空间，让它好好安睡。

至于林若羽……苏落将手划出一道血痕，手指上滴落了十滴血，苏落吩咐每隔一分钟，给林若羽服下一滴。

现在这种情况，炼丹已经来不及了，于是苏落飞快地报出药材，让林炼药师去煎药。

林炼药师抓着单子快速跑出去，让人从林府的药库里抓药煎药。而此刻苏落并没有闲着，因为林若羽的器官全部衰竭，她需要在最短的时间内将他器官里的黑血排出来。

苏落用灵气将林若羽的黑血缓缓抽出，然后再用上品天灵水孕养他的器官，如此清洗一遍，能够保持三天的生命。

林若羽的五脏六腑苏落都要清洗孕养一遍，工作量何等大，而且苏落做事严谨而细致，不允许有一丝遗漏，所以三个器官清洗下来，她的额头上就布满了细密的汗珠。

南宫炼药师一直把着林若羽的脉搏，随时汇报他的生命体征。

“毒素又快要蔓延开来了！”南宫炼药师紧张地提醒。

苏落点点头，加快了手中的动作。

此刻的林若羽是在跟死神赛跑，苏落若是慢上一点点，他就有可能会死。

可怜的苏落，上次的伤还没好利索，现在失了血液，又耗费大量灵力，她的脸色苍白得可怕。

苏落脸上出汗如浆，很快就模糊了视线。

“叫南宫流云进来。”林炼药师端着煎好的药进来时，苏落低声吩咐。

于是林炼药师又赶紧跑出去。

身为林府最厉害的炼药师，林炼药师平日里也是高人一等的存在，但是现在的他就像个打杂跑腿的。不过想想副会长大人都听苏落吩咐，他也就没有什么不甘心了。

事实上，林若羽几次面临生命危险，确实都是苏落救下来的。

一次是巧合，再一次难道还是巧合吗？所以林炼药师对苏落的佩服也越来越深。

苏落这边刚跟林炼药师吩咐完，林炼药师还没跑到门口，南宫流云就掀开门帘进来了。

他大步走到苏落面前，看到苏落苍白的面容，南宫流云深邃的美眸中闪过一抹心疼。

苏落没有客气，直接说：“我的精神力不足以支撑。”

上次在别墅的时候，南宫流云为了让苏落比赛，帮她将精神力恢复到圆满，所以只有他能帮她。

南宫流云点点头，冷静地走到苏落身后，右手掌心贴着苏落的后背，源源不断地将精神力输入到她体内。

精神力和灵力是不同的两种魂，灵力容易输送，但是精神力非常难，一个不小心，就会损害人的灵魂，让人变成白痴。

而苏落，只信任南宫流云。

“引流管子给我。”苏落伸出手。

南宫炼药师很有眼色地从苏落自带的一堆医学器材中选出中型的引流管子递给她。

有皇级炼药师打下手，又有南宫二少补充精神力，苏落可算是如虎添翼。

“钳子。”苏落又伸出手。

苏落精神力高度集中，神情专注，体力灵力精神力便直线下降。

终于，在将林若羽腹腔内的器官全部清洗一遍，用针线缝合，落下最后一针，剪断鱼肠线后，苏落微微踉跄了一下。

南宫流云当即抱住她，动作轻柔，那双星眸中有着深深的怜惜和心疼。

南宫流云要抱苏落离开，苏落却摇摇头，神色疲惫地又滴出十滴血：“每隔一个时辰，喂他一滴。”

随着十滴血流出，她更是头痛欲裂。

南宫流云抱着她要去旁边休息，苏落小猫咪一样蜷缩在他怀里，大声说话的力气都没有，她只低低地说："抱我去研究台，刚才我有了新的想法。"

"你需要休息。"南宫流云看着苏落软绵绵的身体，心疼得不得了。

"没有时间了。"苏落疲惫地摇头，"我答应过你要尽全力的……我会尽全力的……"

南宫流云胸口一阵钝钝地疼，他心疼地摸摸小丫头的脑袋："不要太累着自己，嗯？"

"有你在，不累的。"苏落虚弱的脸上挤出一抹笑来。

南宫流云更是心痛，但也只能硬起心肠，将苏落抱到研究台。他并没有放下苏落，而是一直将她抱在怀里，让苏落坐在他腿上，手上源源不断地将精神力导入给她。

林夫人听到里面的慌乱声，很想冲进去，却被林老爷子喝止了。

老爷子实力何等厉害，神识释放出来，整个林府都在他的神识之内，所以他能够清晰地看到苏落抢救林若羽的场景，也能够清晰地看到苏落的疲惫。

第一天，苏落研究出了对抗病毒的药剂，可惜病毒已经变异成第二期了，所以她还得研究。

第二天，毫无收获。

第三天……

外面的林家人依旧守着，一步都没有挪开。他们的精神已经高度紧张，犹如绷紧的弦。里面一直没有消息传来，这样他们心里反而好受。

因为没有消息，就代表没有坏消息。

林夫人最怕的就是苏落从里面出来，然后跟他们宣布她无能为力。

想到这，林夫人的手紧紧攥起，手背上青色血管暴起。

她发誓！只要这次苏落能救活她儿子，她一定将苏落当亲生女儿对待！

林老爷子知道苏落在尽力，也知道她救得有多辛苦。所以，老爷子对苏落还是很有好感的。

即便之前对苏落的医术持怀疑态度的南宫夫人，此刻也若有所思。

因为三天前，副会长大人就宣布林若羽会死，他无能为力，但是现在已经过去三天了，至少林若羽还活着。

这说明苏落的医术确实有高明之处。

南宫夫人眼神变化莫测，心里犹豫不决。她想，再看看吧，看看林若羽会不会被救活再说。

而此刻，房间里。

三天两夜，苏落一直没有合眼，她的眼睑下是一片青灰色，神色疲倦到极致。

因为研究毒素非常耗费脑力，同时也耗费精神力，如果不是有南宫流云源源不断地将精神力输送给她，苏落不是已经支撑不住，就是变成白痴了。

南宫流云看着三天两夜都专注地沉浸在研究解毒药剂中的苏落，眼底的心疼越来越浓。

苏落疲惫虚弱到极致却靠毅力硬撑着的样子，让南宫流云这铁骨铮铮的军帅看了，眼眶都微微发红。他完全能够想象，这三天两夜苏落经历着怎样的艰难。

而就在这时候。

"不好了！少爷的器官又出现衰竭了！"林炼药师紧张地大吼一声！

他这一吼，不仅惊醒了苏落，也让外面守着的林家人被吓了一跳。

苏落赶紧从南宫流云怀里跳下去，然而因为双腿麻痹，她差点一脑袋栽地上去。

南宫流云当即拉住她的手，苏落天旋地转间已经被南宫流云抱在怀里："不要动，我抱你过去，能省点力气。"

现在的苏落，那么虚弱，力气能省一点是一点。

外面的林夫人已经惊慌得失去理智，不管不顾地往里面冲去。

但是这次林老爷子没有喝止她，因为……这或许是他们母子最后一次见面了。

林夫人、林大人还有南宫夫人，包括林老爷子，全拥进了房间。

南宫流云正欲喝止，苏落却微微摇头："让他们看吧。"

苏落的变异阶段丹药才研究到六成，可时间已经不等她了。

林若羽的身体，经受不起再次清洗器官，苏落的身体状况也支撑不了再次清洗内脏。

苏落拿着透明容器，容器里是淡绿色的液体，液体里有一只只白色虫卵，密密麻麻的，看得人头皮发麻。

苏落知道林家真正的掌权人是林老爷子，于是她直接看着林老爷子："解毒药剂我才研究到六成，但如果不注射的话，林若羽死定了，您怎么选？"

苏落直接将烫手山芋丢给了林老。

林夫人几个全部紧张地盯着林老爷子。

林老爷子略一沉吟："之前你说只有百分之一的把握能够救活羽儿。"

苏落点头。

林老又说："现在你有百分之六十的把握能够救活羽儿？"

苏落又点点头。

林老干脆地一拍桌子："那还等什么，快救人！"

林老爷子开口，就相当于是签了手术同意书了，苏落点点头，吩咐林炼药师："把这液体喂林若羽吃下去。"

所有人都吃了一惊！

"可这虫卵……"林炼药师惊恐地瞪大双眼！

苏落自己是没力气喂，不然的话，何必麻烦别人？

南宫流云当即端过碗，问苏落："直接灌进去？"

苏落点点头："灌进去之后，将虫卵引导至全身经脉，血液所经过之处，必须要有虫卵！"

南宫流云点点头，正要将液体给林若羽灌进去的时候，林夫人大叫一声："不行！"

苏落抬眸，狐疑地看了她一眼。

"不行不行！你这虫卵依附在羽儿的身体里，等虫子在羽儿的血管里孵化出来，到时候他会死的！你这等于是先救了他，然后再杀他，我不允许你这么做！"林夫人状似疯狂，怒吼出声。

苏落看着林老爷子：“林夫人说得没错，这是血雉虫卵，等进入血管后一个时辰内就会孵化出血雉虫，但是血雉虫吐出的泡泡就是解毒药剂，等血雉虫的泡泡将林若羽身上的毒解了后，我自有办法将血雉虫取出。”

这就是欲先取之，必先予之的另一种解释。

苏落想解毒，必须先植入血雉虫，这是必需步骤。如果时间够的话，苏落能从血雉虫的身体里提取出解药，但是现在时间不够，这一切只能放在林若羽的身体里进行。

当然苏落将这件事对林家人明说了：“成功率只有六成。”

林夫人犹豫不决！

“器官加速衰竭了！”林炼药师又大喊了一声。

苏落目光定定地看着林夫人：“成功率只有五成了。”

林夫人吓得脸色发白，双手颤抖，林老爷子则冷静地开口：“治吧。”

他话音刚落，南宫流云就端着药碗，一大碗液体全部灌入了林若羽体内。

苏落随即说道：“还要林老爷子帮忙将虫卵均匀输送到林若羽的奇经八脉之处。”

苏落让南宫流云输送精神力那是迫不得已，这种秘法只有他会。

现在有林老爷子在，苏落自然不会再让南宫流云累着，于是这个活就交给了林老爷子。

林老爷子救孙心切，也不跟苏落计较什么，但是其余的人都用一种很神奇的目光看着苏落。

那可是林老爷子啊！苏落使唤起来居然一点都不紧张，使唤得理所当然？

大家在林老爷子的威严面前都会不由自主地挺直腰板，心头惶恐。苏落居然一点都不怕！

这一刻，就连南宫夫人都对苏落另眼相看，这傻大胆的勇气倒是可嘉啊。

苏落并不觉得这是如何了不起的一件事，此刻的她，正全神贯注地看着林老爷子的动作。

不愧是林老爷子，手法之稳，不是小辈能比的。

经过半个时辰的扩散，虫卵已均匀分布在林若羽身体各处。

“少爷的器官衰竭更严重了！”林炼药师大声说。

所有人都看向苏落，下意识地，他们已经将苏落当作主心骨了。

苏落手中出现了十三枚金针，下一刻，只见苏落手起针落，十三枚金针整整齐齐地插入林若羽身体各处的经脉重要之处。

林老讶异地看了苏落一眼，因为他很清楚，苏落的金针落下之处，是虫卵分布最集中的十三处。

苏落手指犹如抚琴一样，轻柔地在金针上扫过，十三枚金针，犹如麦浪般此起彼伏，针尾更是不住颤抖。林若羽原本不断抽搐痉挛，但是此刻，十三枚金针一下，他的身体渐渐恢复了平静。

这简直是奇效啊！大家下意识地看向苏落，想夸她一句。苏落却已经疲惫地靠在南宫流云怀里，疲惫地闭上眼睛，声音带着浓浓的倦意：“半个时辰后林若羽会有反应，到时候喊我。”话音一落，三秒后，她就进入了睡眠状态。

这三天，她实在太疲惫了。所有人看着苏落青白的脸色，都有一种深深的敬意。林夫人眼底更是饱含歉意。

大家连呼吸都放低了，生怕打搅到苏落休息，可是他们又不舍得离开，因为只有亲眼看着，他们才能安心。

南宫流云轻柔地抱着苏落，他自己坐在软榻上，让苏落小猫咪似的蜷缩在他怀里。他动作轻柔地拍着苏落的后背，哄着她睡觉，眼里是深深的眷恋。

南宫夫人一直盯着南宫流云，若有所思。

半个时辰，在大家忐忑不安的等待中，终于过去。大家都在犹豫着要不要叫醒苏落时——苏落缓缓睁开眼。半个时辰，不多一秒，也不少一秒。

然而，下一秒——

林炼药师大叫起来："少爷体内的毒素沸腾了！"

苏落还没说话，南宫流云已经轻柔地抱起她，下一刻就到了林若羽的床边。苏落回头对南宫流云柔情似水地扬起笑容。他们之间的默契，是任何人都介入不了的。

南宫夫人看着两人的互动，眉头又微微皱起。苏落并没有察觉南宫夫人眼底的情绪，她此刻全部注意力都在林若羽身上。

苏落一一拔掉金针后，手指放在林若羽的颈项处开始诊脉。

"怎样？"林夫人紧张而忐忑地盯着苏落。

苏落点点头："血雉虫已经孵化出大半了，现在正在跟变异型毒素对抗，拿铜盆来。"

楚三反应很快，听了苏落的话，赶紧捞了个铜盆递给苏落。

"扶他起来。"苏落揉揉太阳穴，尽量精简用词。因为说话，都会消耗她不多的精神力。

一事不烦二主，楚三已经快速将林若羽扶了起来，而下一秒，噗一声——一口浓浓的黑血从林若羽口中喷出。

第一口血，黑得犹如墨汁一样，看得人触目惊心。紧跟着，林若羽连续吐了五口血。林夫人心疼得直掉眼泪，紧紧揪住林大人的衣袖，身形更是颤抖不已。

"羽儿身体里的血本就少了，再这样吐下去，他会死的！"林夫人忍了忍，终究没忍住，哽咽地说出口。

解释很耗费精神力的，但是抬眸看到众人将信将疑的眼神，苏落微微叹了口气，解释道："吐出来的是毒血，吐了才能活。"

林老爷子看到苏落疲惫得随时会晕过去的样子，不由得瞪了林夫人一眼。

连着吐了五口血之后，林若羽终于缓过一口气。林炼药师一直把着他的脉搏，所以清楚得很，他惊喜地大叫："少爷的脉搏比之前有力了！"

众人神色间浮现一抹惊喜之色。

楚三看着苏落。

苏落示意："先让他躺回去。"楚三赶忙照做。

苏落这次拿出七根金针，快速插入林若羽身体内。众人明显感觉到，苏落手指拂过金针的速度比之前缓慢了一些。再仔细观察她的面容，能够清晰地分辨出，她的脸色比之前更加青白了一些。

南宫流云扶在苏落腰际的手微微发抖，他甚至有点后悔让苏落过来救林若羽了……他的丫头明明已经疲惫到极致了。

让七根金针尾端颤抖之后，苏落闭了闭眼：“十五分钟后喊我。”

这次都不用三秒，下一秒，苏落就歪倒在南宫流云怀里，彻底昏死过去。

大家这才知道，原来金针渡穴是这样耗费灵气和精神力，苏落甚至是用生命在救治林若羽。

看着那样虚弱的苏落，林大人和林夫人眼底有着深深的歉疚……

事实上，这次的救治难度已经超出了苏落的能力范畴。如果病毒不变异，苏落是有把握救的，但是变异后的病毒，实在太恐怖了。

接下来的十五分钟，众人度分如年。他们的视线不断从苏落脸上转移到林若羽脸上，又从林若羽脸上转移到苏落脸上。一边担心林若羽会毒发，一边又担心苏落会沉沉睡去醒不过来。

好在十五分钟准点到的时候，苏落即使再疲惫，也挣扎着睁开了双眼。

那双漂亮清澈的眼眸，此时木木的，哪里还有平日的灵动潋滟？

苏落声音很低：“抱我过去。”

南宫流云心疼地捏捏苏落苍白无血色的容颜，最终还是将她抱到林若羽面前。

众人清晰地看到，苏落拔金针的手指都微微颤抖。她是真的已经到达极限了。

楚三看着这样的苏落，眼眶都红了，他别过脸去，默默地拭去了眼眶中的泪水。

就连铁石心肠的南宫夫人，此刻都不由得为苏落的坚持而动容。这丫头，似乎比她想象的要好那么一点点。

苏落再次把金针拔出。

她看了楚三一眼。

楚三那么聪明的人，当即会意。

下一秒他就扶起林若羽，林夫人则急急忙忙端上铜盆。

林若羽又哇哇地连续吐了五口血。

此刻不用苏落讲，大家都已经看出来了。

林若羽一开始吐出来的是浓如墨汁的黑血，但是渐渐地，他吐出的血液中，黑色越来越淡，鲜红的颜色越来越浓。到现在，林若羽吐出的已经是鲜红的血液了。

林夫人高高提起的心，终于放松了一大半，她眼巴巴地看着苏落。

苏落能理解为人母的担忧，沙哑着声音说：“林若羽好一些了，剩下的毒已经不严重，再过片刻就会被血雉虫吞噬干净。”

但是现在还有一个问题，血雉虫怎么办？

那么多的血雉虫潜伏在林若羽的血管里，而此刻，大家都能清晰地看到，林若羽手背上的青色血管有着点点凸起，不用说，这就是血雉虫无疑。

苏落正想说话，南宫流云却目光冷厉地扫了众人一眼，但是对上苏落的时候，语气却轻柔极了：“你不需要解释，按你说的做就行。”

苏落看着南宫流云，虚弱地扬起一抹笑容。

有他在身边，温暖又贴心，每一分每一秒都是那样幸福。

苏落点点头，示意南宫炼药师："我说，你做。"

南宫炼药师受宠若惊！

现在他真真实实看到了，这位备受二少宠爱的苏姑娘，炼药师的技能那绝对是登峰造极，若是他有幸能学到一招，绝对是此生最大的造化了。

南宫炼药师不像别的古板固执的老头，他接受苏落的速度很快。这是个实力为尊的世界，不仅武力如此，炼药也是如此。

"苏姑娘你说，我一定照做！"南宫炼药师信誓旦旦。

苏落淡然点头，取出一株草药："捣碎，取汁液。"

南宫炼药师赶紧照做。

苏落半依偎在南宫流云怀里，眼眸半闭着，仿佛随时会晕过去。

南宫炼药师三下五除二捣碎了药，取了一小撮汁液，然后眼巴巴地跑到苏落面前。

苏落点点头："划开他的手背血管，将绿色药汁涂抹上去。"

南宫炼药师又照做。

苏落不解释，但是大家都已经猜到，她大概是要用这奇怪的药汁吸引血雉虫爬出来。

涂抹了药汁后，血液并没有流出来，反而是一分钟时间不到，一只肥肥的血雉虫从血管处钻出脑袋，两只触须试探着外面光亮的世界。

"夹！"苏落一声令下。

南宫炼药师还没反应过来，楚三已经抢先一步，用镊子精准无误地夹住那只血雉虫，使用灵气将其用力一扯！

众人就看到一根蚯蚓般长的血雉虫被硬生生地扯出血管。

血雉虫原本的虫卵是白色的，但是因为吸了变异型毒素，它们全身漆黑如墨，而且肚子胀得大大的，很显然这次吃得很饱。

苏落说："用特殊的容器将血雉虫保管好，我有用……"

说完这句话，苏落再也坚持不住，在南宫流云怀里沉沉地昏死过去。

楚三夹着那根血雉虫，有点不知所措。

一边的副会长大人直接丢给楚三一个密闭性很好的透明瓶子，副会长大人自己则跑到苏落身边，心疼地看着苏落，口中长叹："这丫头燃烧自己的精神力都要救人，以前可没这样的善心。"

他低声喃喃自语，别人的注意力都在林若羽那里，只有抱着苏落的南宫流云听得一清二楚。

南宫流云的手越发抱紧苏落。他知道，因为林若羽是他的朋友，所以她拼尽全力。

这样惹人怜爱的丫头，他怎忍心辜负？

"她如何了？"南宫流云心疼地摩挲着苏落安静的睡颜，眼底满满都是怜惜。

副会长大人给苏落把过脉后，说："没有大问题，她是太疲惫了，让她睡，等她自然醒过来就恢复了。"

南宫流云抱着苏落就要出门。

林夫人见苏落要被抱走，吓得魂都没了，赶紧冲上去拉住苏落的衣角：“不能走，她怎么能走呢？她走了羽儿怎么办？”

副会长大人没好气地说：“令公子已经好了大半，等他身上的血雉虫全部夹出，再服用几颗复元丹，不日就会康复。”

林夫人将信将疑地看着副会长大人。副会长大人不由得苦笑。好嘛，在苏落这丫头的医术衬托下，他堂堂副会长大人的医术也遭人怀疑了呢。好在副会长大人心胸宽广，再加上对方是苏落，所以他并没有什么异样的感觉。若是换作别的心胸狭窄的固执老头，还不得把苏落恨死？

果然，当血雉虫被清理干净之后，林若羽缓缓睁开了眼睛。

“少爷醒了！”林炼药师激动地大叫一声。

这三天，大家提心吊胆生怕林若羽死了，而现在他终于醒了。

副会长大人把完脉，脸上布满笑容：“很好，毒素已经完全清理干净了，这条小命是保住了，接下来好好调养补血，三个月后又是一条好汉。”

副会长的话，顿时将现场的气氛点燃。林夫人喜极而泣，林大人那样铁骨铮铮的汉子，眼眶也红了。

苏落被南宫流云抱走。

副会长大人向林老告辞。

南宫夫人见大局已定，于是也跟林夫人告辞。林夫人拉着南宫夫人的手，眼泪珍珠似的往下掉：“谢谢，谢谢姐姐……”

南宫夫人苦笑：“我也没帮上什么忙，你谢我干什么？”

林夫人瞪大眼睛：“苏落小神医难道不是你们家的吗？”

南宫流云和苏落的互动看上去那么温馨美好，谁还忍心破坏啊？林夫人现在是一万个支持苏落嫁南宫流云的。

南宫夫人轻哼：“她倒是想进我们家门，不过，龙凤族的门是那么好进的？”

谁知，听南宫夫人这么一说，林夫人瞬间眼睛大亮，兴奋地拔高音量：“姐姐，那你可千万不要让她进门，等我们家羽儿身子大好了，让羽儿将小神医追回来，你们家不要，我们家抢着要！”

南宫夫人顿时没好气地白了林夫人一眼：“开什么玩笑。”

林夫人很认真地说：“姐姐，我可没有跟你开玩笑，只要你一句话，你是真不让苏落进门是吧？”

南宫夫人顿时说不出话来。

一开始，她对苏落印象确实不好，一个下界来的野丫头，迷惑得她儿子神魂颠倒的，南宫夫人怎么可能会喜欢苏落？但是后来南宫流云将苏落拉进大家的视线，逼得所有人去观察她。新生联赛时，南宫夫人就渐渐发现，这丫头竟然还有可取之处，而这次救治林若羽的事，更是让她对苏落好感增加。

如果说之前已经打到十分，那么现在，应该涨到二十分了吧？

南宫夫人心里想着，没好气地瞟了林夫人一眼："你就不嫌弃那丫头的出身？"

林夫人看到宝贝儿子醒了，心情雀跃得不行，看世界的眼光都跟以前不同了，有一种豁然开朗的感觉，于是，她笑着说："我儿子的命最重要，现在只要我儿子喜欢的，别说是下界，就是下下界，我也给他找来！"

南宫夫人顿时不说话了。林夫人的这番话，确实影响了南宫夫人，让她陷入了沉思。

林老爷子知道苏落救治的事不宜外传，于是下了封口令。

不论谁问起，都说人是副会长大人救的，而苏落只是副会长大人的助手。

南宫流云抱着苏落飞快离去。他并没有将苏落抱回龙凤族，而是将她带回静园。

南宫流云将苏落轻柔地放在床上，看着她沉沉睡着的容颜，手指轻轻地摩挲着她雪白无瑕的面颊，最后停顿在她眼睑处的青色阴影上。

南宫流云让秋月打了一盆温水过来。他将雪白干净的帕子浸润到盆里，拧得半干，拿过苏落的手，细细地帮她擦拭。他的动作很轻柔，就好像对待易碎的珍宝。他的眼神充满怜惜，恨不得将她藏起来，以后不再让她治任何人。

他的神色那么柔软，绵绵情意毫不掩饰。

秋月退出去之前看到南宫二少的样子，脸上的震惊掩饰不住。那样雍容矜贵的二少，也会亲自照顾人？这应该是他第一次给女孩子擦手吧？

秋月记得当初宁三小姐脸上脏了，想让二少帮忙擦一下，二少却直接夺了自己的帕子丢到宁三小姐怀里让她自己擦。

宁三小姐拿着秋月的帕子那咬牙切齿的样子，秋月至今还历历在目。

当年宁三小姐为了二少，不管做了多少努力却都得不到回应。别人劝她，当时宁三小姐还说，二少这样的人，怎么可能会照顾女人？他没有回应是应该的。真应该叫宁三小姐看看现在的二少。他哪里是不会照顾女人，不照顾，只是因为那个女人不是他心爱的罢了。

秋月知道自家二少对这位神奇的苏姑娘另眼相待，却怎么都没想到，二少已经情深至此。这样的深情，若是家族反对……秋月想想都替他心疼。

不能再多待，秋月脚步匆匆，动作轻柔地带上门离开。

副会长大人只说让苏落自然醒，苏落却迟迟不醒，显然是之前救治林若羽累惨了。

一天、两天、三天……十天、二十天、三十天……苏落还是没有苏醒的迹象。在这期间，南宫流云已经收到军方调集令了，他却以修炼为由留了下来。不管如何，他都不会在苏落需要他的时候离开。

这一日，南宫流云正在给苏落擦拭手指，外面突然传来一阵脚步声。

静园与世隔绝，能被允许进入的人屈指可数。

很快秋月就过来禀告："夫人来了，正在书房里等二少。"

南宫流云没有说话，仔仔细细地擦拭完苏落的每一根手指，擦得葱白如玉，这才满意地放下帕子，朝秋月点点头："好。"

秋月暗自腹诽，以夫人的脾气，二少再不去只怕要发脾气了呢。

南宫流云暗中扫了黑暗中隐藏的某个淡灰色身影一眼，那身影瞬间一僵。

“保护好她。”南宫二少对着空气说了一句。

淡灰色影子点点头。

自从知道苏落有可能会被炼药师殿堂惦记上，南宫流云就将保护他的两大暗卫之一拨了出来保护苏落。

南宫流云到书房的时候，南宫夫人果然等得不耐烦了。不过这次她有求于人，倒也没有发脾气。

“流云，过来坐。”看到南宫流云出现，南宫夫人高兴地招招手，示意他过去。

自从南宫流星的事情发生后，南宫夫人极少对南宫流云笑，更别提笑容这么灿烂了。

“母亲大人。”南宫流云在她下首坐下。

母子俩以前关系很好，但是南宫流星的事发生之后，两人关系就日渐疏远，彼此冷漠。所以一时之间，气氛竟有些尴尬。

南宫夫人受不了这气氛，干脆单刀直入，她盯着南宫流云：“流星的事，你预备怎么办？”

“母亲这话的意思是……”南宫流云故作沉吟。

“你之前不是想让苏落给流星看看吗？这事我允了。”南宫夫人一拍桌子，“你快让那丫头出来，我今天就要把她带走。”

南宫流云微微皱眉。他不知道的是，这一个月来，南宫夫人的内心是怎样犹豫和煎熬，她一直在等南宫流云将苏落送来救流星，但是左等右等就是等不来，最后她干脆自己跑来要人了。

南宫夫人硬着头皮说出这句话，满心以为南宫流云会很开心地拉着苏落就跟她走。但是她失望了，因为南宫流云那好看的剑眉紧紧蹙起。

南宫夫人的心咯噔一下，有点不好的预感，因为她对她这儿子太了解了。

果然，沉吟了片刻后，南宫流云淡淡摇头：“不行。”

南宫夫人心头火一下子冒了上来，她一拍桌子：“当初推荐那臭丫头的人是你，现在说不行的也是你，南宫流云你什么意思？别忘了流星是怎么躺在那里的！”

南宫流云看着南宫夫人，眼眸中倏然间闪过一抹寒意。

南宫夫人意识到自己说了什么，后面的话顿时戛然而止。这是他们母子的疮疤，她一直避免提及，但是情急之下还是说出口了，南宫夫人恨不得咬掉自己的舌头。但她是一个很爱面子的人，即便心里懊恼，面上却依旧强硬如女战士。

南宫流云神色平静，只淡淡地看着她：“母亲回去吧，落落还没苏醒。”

“什么？”南宫夫人不解。

南宫流云深深地看着南宫夫人。

所有人都以为苏落看病很容易吗？又有谁知道，自从治疗林四后，这都一个月了她还没有苏醒！

“林四的毒连副会长大人都无能为力，可见毒性之凶狠，母亲难道以为落落很容易就解开那毒？”南宫流云淡漠地道。

南宫夫人心中微微一怔，脑海里不由得浮现一个月前苏落救林若羽的场景。确实，当时的苏落好几次明明都要昏过去了，却靠着强烈的意志力硬撑着。

南宫夫人皱眉："正因为她救了林若羽，才允许她救流星啊，你以为谁都有资格救流星？"

身为龙凤族的夫人，南宫夫人被人捧惯了，从来都是高高在上，从不考虑别人的想法。这话站在她的角度来看确实如此，但是在别人的角度来看，却相当极品。南宫流云甚至被这句话气笑了。他森冷凌厉地盯着南宫夫人："你走吧。"

南宫夫人顿时怒了："流星是你弟弟，难道你不想治好他吗？！"

南宫流云深邃绝美的容颜上浮现一抹沉痛："我想，但是母亲大人，不能因为苏落喜欢我，你就对她为所欲为。求人，就得拿出求人的态度。"

"你让我求她？！"南宫夫人用一种看疯子的目光看着南宫流云。她是什么身份，那臭丫头又是什么身份？竟然叫她去求那个臭丫头，简直痴心妄想！

南宫夫人瞪了南宫流云一眼，气呼呼地带着一群下人走了。她怕再待下去会被她的二儿子气出病来。

看到南宫夫人离开，南宫流云神色平静，淡然无波。但他心里并不是真的无波无澜。流星是他心里最深的内疚，有机会治好流星，他就算拼了性命也会去做。但是，流星的病岂是容易治的？落落到现在都还没醒，他本就心疼极了，如何忍心？

门外，夕阳的余晖将苏落的身影拉得纤长。

苏落就站在那里，看着南宫流云负手立于窗边，颀长的身姿挺拔如松，长衣宽袖，翩然若仙。看不到他的表情，苏落却从他的背影中看出了悲伤的情绪。

苏落轻快地走上去，双手环住他瘦削的腰，绝美的容颜贴在他的后背上。

南宫流云并没有回头，握住苏落的手，两人静静而立，感受着夕阳的余韵。

四周寂静，仿佛时光在这一刻停留。

半晌，苏落的声音打破了周围的寂静："我去吧？"

南宫流云转身，在苏落还没反应过来的时候，将她旋转一抱，让她坐在窗台上与他面对面。苏落双手环在他的颈项上，心情愉快地看着他。

"醒了？"南宫流云问。

"嗯。"苏落调皮地一寸寸摩挲着南宫流云的容颜。这张脸真是好看啊，肌肤细致如美瓷，线条如刀削般棱角分明，还有五官，每一处都如同精雕细琢过，精致到完美。有些人的美，看一段时间就看厌倦了，但是南宫流云的美，让人越看越沉迷，越看越难以自拔。

"头还痛不痛？"南宫流云声音轻柔，仿佛在呵护易碎的美瓷。

"不痛了。"苏落认真地摇头。

"精神力恢复了？"

"恢复大半了。"

"刚才我母亲的话，你听到了多少？"苏落的手指在南宫流云的菱唇边晃动，于是，南宫二少一口咬住她的手指。

"哈哈哈，痒！"苏落想将手指抽出，可怎么都抽不出，偏偏南宫流云那灵活的舌头还时不时撩拨她一下。

"南宫流云，你不是有洁癖吗？你居然吸我的手指！"

"因为是你啊，傻丫头。"南宫流云没好气地捏捏她洁白无瑕的俏鼻。

好不容易将手指抢回来，苏落双手环住他的颈项，小脑袋枕在他的肩窝处，认认真真地提议："我去治流星吧？"

南宫流云一时之间没有说话。

四周的气氛有些清冷。就在苏落不解的时候，南宫流云那宽大炙热的手掌，轻抚上她的墨色发丝。

苏落从床上起来后，听到争吵声一路过来的，她一身雪色中衣，如墨的青丝轻柔垂落肩头，有几分凌乱。

南宫流云沉吟半晌，才说："等你恢复好再说。"

"可我已经恢复好了啊，你娘都急成那样了，你一点都不急？"苏落笑看着他。

南宫流云宠溺地捏捏苏落的小脸："等你彻底好了再说。"

"可我真的彻底好了嘛。"苏落很想为南宫流云解忧。

"至少一年之内，你不许再动医术了。"南宫流云虎着脸，严肃地告诫苏落，"一睡就是一个月，你想让人担心死吗？你救人的时候一点都不为自己的身体着想吗？你现在还是一个人吗？"

苏落被南宫流云训得垂下脑袋。

南宫流云虽然黑着脸骂她，苏落却窝心极了，因为他处处在为她着想。她弱弱地偷偷抬头，那双带笑的潋滟美眸看了南宫流云一眼。

南宫流云正瞪着她呢，当场逮了个正着："你还笑？有什么好笑的？"南宫二少已化身为军帅，仿佛在训他手下的兵。

苏落知道，南宫流云这是故意板着脸，让她意识到事情的严重性。这样严厉的南宫流云，反而让苏落红了眼眶。她有一种找遍全世界终于找回碧落大陆上的南宫流云的感觉。

南宫二少见训着训着，苏落被他训红了眼眶，心中一阵慌乱。难道他刚才真的太严厉了？

"你别哭啊，我吼得也不是很大声吧？"南宫二少有点自责，但是他越是这样，苏落的抽泣声就越大。

"我……不是真的训斥你啊，但这个事情真的很严重，你要记在脑子里，我真不是在骂你……"南宫二少有点手足无措了。

谁知，看到南宫二少手忙脚乱笨拙地安慰她，苏落却哇的一声大哭起来。南宫二少有点傻眼了。

"好了不哭了不哭了，我错了……"南宫二少都快要哭了。

好不容易苏落才止住哭声，进入抽抽噎噎的状态。

痛痛快快地哭过一场后，苏落的眼睛鼻子都是红的，就跟小兔子似的，但是哭过一场后，她的心情犹如拨开乌云，晴空万里。

自从到中央大陆后，南宫流云就忘记了她，好不容易追着他了，又出现一个莫名其妙的宁三，这个传说中已经死去的女人让她和南宫流云冷战了那么久。

这么长一段时间，苏落一直将这种情绪死死地压抑着，因为她只有靠自己，她要坚强。

这一哭，将苏落积压很久的郁结都哭了出来，这是一件大好的事，不然累积得多了，于苏落的精神境界修炼会有很大的影响。

苏落一边抽泣，一边拉着南宫二少白羽静蚕丝精制而成的锦袍擦眼泪鼻涕，像个惹人疼的小女孩。

南宫二少看着宽袖上的眼泪鼻涕："……"

若是别人，敢让他沾到一丝眼泪鼻涕，肯定被他大卸八块了，可是这丫头……南宫二少只能无奈地叹气，他还宠爱地揉揉苏落的脑袋，自己拿袖子帮她将眼泪鼻涕擦干净，动作温柔极了。

苏落一边抽泣还一边抬着那双桃子般红肿的眼睛问他："你疼我，比你疼流星多是不是？"

南宫二少点点苏落红红的鼻子："这会儿还惦记这个？"

"人家就是想知道嘛！"苏落拉着他不松手。

南宫流云叹气，知道不给她答案她是不会罢休的，可偏偏这个女孩他不忍心让她有一丝不开心。

于是他说："流星有那么多人疼，你就只有我，我不疼你谁疼你？"

所以，明明他很想让她治流星，明明一天都等不了，但是考虑到她的身体，他宁愿把时间延迟到一年后……

其实南宫流云不让苏落现在去治还有一个原因。

流星沉睡了这么久，中央大陆所有的炼药师都请遍了，都没办法，难道苏落就一定有办法？以南宫夫人现在对苏落的态度，流星被救好了是应该的，若是救不好就是苏落的责任，反而落不着好。

南宫流云舍不得他的落落受这种委屈。

南宫夫人回到龙凤族后，越想越生气。这还没娶媳妇儿呢，就忘了娘，要是娶了媳妇，还不得把她这个娘忘得干干净净？

所以说，婆媳是天敌呢，这是天然存在的矛盾。

南宫夫人这次落座没多久，就听到有人通传，说是林夫人来了。

龙凤族不是谁家夫人都能来的，能够自由进出的林夫人就只有林若羽他娘了。

"请她进来。"南宫夫人疲惫地挥挥手，让她身边最得力的白嬷嬷亲自去请林夫人。

跟南宫夫人的抑郁相比，林夫人简直可以用眉飞色舞来形容。儿子从鬼门关被硬生生地扯回来，林夫人现在看整个世界都是美好的。

林夫人也不客套，坐到南宫夫人身边，直截了当地说："姐姐，这回我来可是有要事跟你商量！"

南宫夫人没好气地看了她一眼："羽儿的伤好了？你就出来乱跑？"

"正因为他的伤好了，所以我怎么也得来这一趟啊。"林夫人笑眯眯地看着南宫夫人，"姐姐，这件事你可一定得帮我。"

"什么事？"南宫夫人忽觉不妙。

林夫人乐呵呵地说："羽儿的毒是苏姑娘解的，而苏姑娘跟你们家流云的关系，咱们也都有目共睹了，所以姐姐，我这回可是来问问你，你说我们府上送什么礼给苏姑娘才好？"

南宫夫人就是因为苏落的事被南宫流云气回来的，好不容易平息了一点怒火，此刻一听林夫人这么说，那火气又噌噌噌地往上冒。

但因为对方是自己的闺密，南宫夫人又不能发脾气，只能冷哼一声："不过是个乡下丫头，有什么见识？随便给点东西就打发了，再不济跑珍宝轩一趟，随便拿一件给她，她可不当宝贝了？"

林夫人却笑着说："姐姐又客气了。"

南宫夫人："我没跟你客气！"

林夫人扑哧一声，掩唇笑了："那姐姐这是想让我大大地丢一回脸呢？姐姐不会不知道，这苏落啊，现在可是珍宝轩的老板呢，你让我去珍宝轩随便买件东西打发她？姐姐，我这是想结恩，不是想结仇啊。"

南宫夫人心里顿时咯噔一下。

她瞪大眼睛："珍宝轩……"

看到南宫夫人疑惑的目光，林夫人才敛了容，一脸疑惑："这事姐姐竟然不知道？这事派人一打听就知道了啊。"

自从林若羽被救回后，林夫人就把苏落当成了大恩人，到处打听她的消息，想送给她最需要的谢礼，没想到越打听越心惊。

这苏落别看是下界来的，但是她干的事，帝都谁比得过？以前她还跟着大家下界野丫头般乱叫，现在她想起来都觉得脸红。

南宫夫人听了林夫人的话，脸上顿时变色。

什么话？这是指她跟流云母子不亲，还是指她不关注外界信息？

"我，我当然知道啊，刚才跟你开玩笑呢！"时时刻刻爱面子的南宫夫人轻哼一声。

林夫人又笑了："作为未来的婆婆，姐姐，你说我到底送什么好呢？"

南宫夫人实在是烦了苏落这个名字，顿时没好气地说："我哪里知道？这事你问我，还不如问楚三他们几个小子。"

南宫夫人不过是随口推托，谁知林夫人却眼眸大亮："姐姐说得对，我这便去找他们！"

说完，林夫人就提着裙子，在丫鬟婆子们的簇拥下匆匆离去。

"哎，你……"南宫夫人看着步履匆匆的林夫人，顿时一阵没好气！

苏落苏落，怎么现在每个人都在她面前提苏落，她跟这丫头是前世有仇吗？！

林夫人走的时候，跟南宫炼药师擦肩而过。

南宫炼药师也是过来找南宫夫人的。他一直是负责给流星看病的，这次来，难道是因为流星的事？

南宫夫人心里一紧，赶紧说："快请。"

不得不说，南宫夫人的预感是正确的。

南宫炼药师也没有说别的，开门见山，单刀直入：“夫人，三少的病情不太稳定啊。”

南宫夫人的脸色顿时一变。

“你这话什么意思？”她的流星，难道……

南宫炼药师说：“这种变化十年前就已经出现了，只是那时候很慢，但是最近一段时间以来，病情恶化得越来越快，这事，夫人也是知道的。”

南宫夫人痛苦地扶额。流星是她亲手照顾的，身边日常照顾的也是她最得力的大丫鬟，所以流星的情况她很清楚。

自从十年前，流星开始脱发，皮肤越来越干涸，身上的肌肉萎缩得厉害。

“若是按照你的计算，流星他……”南宫夫人面容凄苦。

南宫炼药师严肃地说：“夫人，三少他活不过一年的。”

南宫夫人痛苦地闭上眼睛。活不过一年……她的宝贝流星活不过一年了？

沉浸在痛苦中的南宫夫人蓦然回神，恨恨地握拳：“你是不是有什么办法？快说！只要有希望，我们全都要试！”

南宫炼药师郑重点头：“以前是没办法，但是现在……夫人还记得一个月前林府治疗林少爷的苏姑娘吗？”

南宫夫人痛苦地捂住闷闷的额头。白嬷嬷赶紧上来伺候，却被她挥开。

苏落苏落，又是苏落！怎么家里每件事都跟苏落有关？！

南宫夫人深吸一口气，将心里的恶感压下去，这才缓缓睁开眼，盯着南宫炼药师，一字一顿道：“你说。”

南宫炼药师看了看南宫夫人，说道：“苏落在炼药方面的技能远远胜于我，特别是那一手金针，出神入化，奥妙非常，所以夫人，不管苏落有没有办法治好三少，这毕竟是一个机会啊。”

南宫夫人心里发苦。她如何不知道苏落在炼药师方面厉害？可是她纡尊降贵亲自去请人，居然被南宫流云给赶出来了，这样丢人的事她自然不好跟南宫炼药师说。

见南宫夫人沉吟，南宫炼药师又加了把火：“夫人，三少的生命在流逝啊……”

南宫夫人的拳头狠狠握起。

“我知道了，你先回去吧。”南宫夫人让南宫炼药师先走了。

“白嬷嬷，去请大少过来一趟。”南宫夫人想来想去，还是觉得让南宫流皓跟南宫流云直接沟通比较好。

林夫人从龙凤族离开后，回了自家府邸。

楚三和宁皓天这段时间经常来看林若羽，果不其然，刚进林若羽的院子，她就看到这三个发小围坐在一起闲扯。

“林伯母？”楚三第一个看到林夫人，甜甜地喊了一声。

林夫人非常客气地和他们寒暄了几句，这才单刀直入：“你们了解苏姑娘吗？”

楚三眼眸微微上挑：“林伯母的意思是？”

林夫人满脸笑容：“林姑娘救了羽儿的命啊，当时那么多炼药师都没办法，就连副会长大人都说没救了，可见是真不行了，苏落却硬生生将羽儿的命从鬼门关拉了回来，这是大恩啊，一定要报的！”

看到林夫人夸苏落，楚三心里很开心。

不过他还是提醒：“这事可不能对外说，苏落是副会长大人的助手呢。”

林夫人虽然不知道苏落的名声为什么不能传扬，但这浇不灭她的热情，于是她兴冲冲地问楚三：“苏姑娘现在最想要却得不到的是什么啊？”

楚三歪着脑袋想了想，眼珠微微一转，决定助苏落一臂之力，于是他说：“她应该最想嫁给南宫二少吧。”

林夫人得到这个答案，想了想，觉得楚三说得很对！

林夫人暗想，她虽然不能拍板，却能影响南宫夫人对苏落的观感，等南宫夫人渐渐对苏落产生好感，自然而然就能接受苏落了。

于是，林夫人就有了奋斗目标！

看着林夫人兴冲冲地离去，林若羽不由得苦笑：“我母亲一向风风火火的，听风就是雨。”

不过，他也很赞同母亲的做法。有恩就要报，而且是救命之恩，如若不报，会遭天打雷劈的。

林若羽经过一个月的调理，虽然还未全好，但已经能坐起来说说话，偶尔拄着拐杖走几步了。

他精神不错，跟楚三聊得起劲，反倒一旁的宁皓天沉默不语。

“宁老大，想什么呢？”楚三一巴掌拍在宁皓天的肩膀上。

宁皓天苦笑：“世事变化无常，没想到之前我们还抵触苏落，现在倒是主动帮忙撮合她跟南宫二少了。”

“喂，你们抵触好吗？我可一直很赞同的。”楚三举起双手，表示自己很无辜。

宁皓天苦笑着摇摇头。

想当初，他对苏落的印象可不好，他根本想不明白，以南宫二少那样的眼光，怎么就选了那样一个丫头。但是之后苏落办的一件又一件事，打击得宁皓天也只能认了。

“这丫头可真有大本事。”明明是从下界来的，愣是让他们这群权贵都认可了她。

“那是，我眼光可比你好，我第一眼看到苏落就知道这丫头将来有大造化。我说宁老大，你也认了吧，这人啊，谁能不受伤啊？若是你再对苏落横眉竖眼的，下次小心苏落不治你哦。”楚三笑嘻嘻地说。

宁皓天笑了笑。

他本来也没那么快认可苏落，但是她救了他兄弟，就凭这点，他也得还她一个人情。

“只怕南宫伯母那里……”宁皓天摇摇头。

“南宫大少那里也很难说……”林若羽也苦恼。

这一提醒，大家都想起了南宫流云的大哥，南宫流皓。

南宫流皓严肃内敛，严于律己，严于待人，他最重视家族门第，性格又固执，只怕这事……很难啊。

众人脸上都蒙上了一层淡淡的无奈。

苏落选择的这条路，真的是万分艰难。

“我相信她。”楚三笑眯眯地说，“你们一开始也不认可她，但是现在还不是赞同了？所以南宫夫人和南宫大少现在不认可她，但是苏落总会有办法让他们认可的。”

自始至终，楚三都很相信苏落。

宁皓天和林若羽若有所思地点点头。

宁皓天回到宁家时，看到不断有仆人往内院抬东西，忽然有一种很不好的预感，他拦住人便问。

“这是五小姐的嫁妆啊，正要送往五小姐院里呢。”仆人兴高采烈地说。

宁五？嫁妆？

宁皓天的心顿时咯噔一下往下沉，他当即朝宁五的江汀院走去。还没踏入江汀院，宁皓天就听到一阵阵欢快的笑声从里面传出来。

宁皓天的眉头紧紧皱了起来。当他修长的身影走进屋子的时候，宁五第一个看到他。

“大哥，你怎么来了？”宁皓天跟宁五是堂兄妹。

宁皓天的父亲排行老大，不过已经殁了。宁五的父亲排行老二，现在掌家的正是宁五的父亲宁锡元。

宁皓天的视线在众人面上掠过。

这里的人倒是不少，婶母也在，各房的妹妹也来了不少。

宁皓天皱眉：“你们刚才在说什么，笑得那么开心？”

宁九小姐是宁皓天的亲妹妹，她仰着巴掌大的小脸，笑嘻嘻地说：“哥哥，我们在说五姐姐嫁入龙凤族后，可得带姐夫来给我们瞧瞧，可不能藏起来啊。”

“龙凤族？姐夫？”宁皓天的眉头皱得更紧了。

宁九小姐天真地点头：“对啊，大哥不知道吗？五姐姐要嫁给南宫二少啊。”

此话一出，宁皓天顿时有一种被雷劈了般的感觉。

他目光森冷而凌厉地盯着宁五，声音不自觉带了一丝怒意：“谁传的谣言？！”

宁皓天此话一出，所有人都愣住了。

谣言？宁五要嫁给南宫二少是谣言？

在场的人可不少，所以，当她们听到这句话时，顿时愣在原地，随后，她们目光狐疑地看着宁五和她的母亲。因为大家都知道，宁皓天跟南宫流云亲如兄弟，既然他这么说，肯定是有事实依据的。

宁五顿时有一种被雷劈中的感觉，她泫然欲泣地转向她的母亲。

宁夫人好不容易找回自己的声音，激动地说：“皓天你这说的是什么话？五儿跟南宫二少的婚事，南宫夫人可是亲口同意的！”

“什么时候的事？”宁皓天步步紧逼。

“就，就在昨天啊……”宁夫人说，“南宫夫人亲口说的！”

宁皓天的眉头深深皱起，他觉得这件事有点复杂了。

"南宫夫人的原话是如何说的？"宁皓天冷静地问。

宁夫人找回了气势，冷冷一笑："南宫夫人自然是夸五儿好，南宫家族不要她，难道还要下界的野丫头？"

宁皓天知道南宫夫人不会那么快认可苏落，但是她私下为南宫二少的婚事做主这一招，实在是昏招。

宁皓天还是给了婶母一句忠告："这婚事铁定不能成，婶母自己乐意准备是婶母的事，只这事不要往外面传，免得到时候不仅自取其辱，而且还丢了宁家的脸！"说完，他便扬长而去。

宁夫人好半天才回过神来，不由得破口大骂："宁皓天是怎么回事！什么叫作婚事铁定不能成？我五儿的婚事不成，难道那野丫头能成？五儿可是他妹妹，他怎么能这样说！"

宁夫人气得眼眶都红了："果然是有爹妈生没爹妈养，我们二房什么时候亏待过他，他要这么诅咒我五儿！"

宁九小姐一听，顿时怒了！什么叫有爹妈生没爹妈养？他们的父亲母亲当初可是为了救二叔才去世的！

宁九小姐将手中的茶碗往桌上一砸，冷冷一笑："婶母可敢当着我爹娘的灵位说这番话！"

宁夫人顿时愣住。

宁九冷笑："我哥哥说得对，这婚事铁定是不成的，你们到时候就等着自取其辱吧！"

气呼呼地丢下这句话，宁九就跑去追她哥了。

宁夫人简直要被气疯了！这死丫头！其他人一看这场面，都知道留下来会被当炮灰，于是一个接一个地告退，瞬间走得干干净净。

"母亲……"宁五哭着抱住宁夫人。

宁夫人拍拍宁五的脸："傻丫头，没事，这事是南宫夫人亲口答应的，她还能改不成？！这南宫流云，咱家五儿嫁定了！"

宁五呜呜哭着："母亲，如果不能嫁南宫流云，我宁愿死！"

南宫夫人还是有点策略的，她知道苏落苏醒了，于是让南宫流皓将南宫流云约走，行了个调虎离山之计。她自己则亲自去找苏落。

大厅里。

南宫夫人绷着脸，端着香茗，一口一口地品着。苏落坐在下首，嘴角带着淡淡的笑意。四周气氛有些压抑。

南宫夫人原本以为苏落会受不了压抑的气氛而主动开口，而苏落一旦开口，就落了下乘。然而让南宫夫人又惊又怒的是，这丫头的定力竟然这么好，笑眯眯的像个小弥勒佛，既不紧张也不慌乱，泰然自若得很啊。

南宫夫人知道，她要是再不说话，就只能继续这么枯坐下去，等南宫流云回过神跑回来……事情又会很麻烦。于是，南宫夫人压下心底的怒火，轻咳两声。

苏落抬眸，似水清眸笑嘻嘻地看着南宫夫人。南宫夫人差点被茶水呛到。她就想不明白了，这下界来的小姑娘，怎么比他们权势之家出来的姑娘定力还要好？

“你就是苏落？”南宫夫人声音冰冷。

苏落心想，这不是废话吗？之前救林若羽的时候好像您不在场似的。

苏落淡淡一笑，点头：“是我。”

“你可知我今天来找你的目的？”南宫夫人盯着苏落。

苏落双眼茫然。南宫夫人冷笑：“在说出目的之前，本夫人先告诉你一个事实。”

“什么？”苏落好奇地看着她。

“宁家小五跟流云的亲事快要定下来了。”南宫夫人一边说话，一边暗中观察苏落。

这样一个巨大的炸弹，肯定轰得苏落头晕目眩吧？南宫夫人窃喜。但是，她看到的还是一个淡然若水的苏落。

只见苏落神色淡然，目光清澈，脸上带着笑容。

南宫夫人不得不佩服苏落的定力，这种情况下，她居然还如此镇定。

“你就没什么想说的？”南宫夫人皱眉。如果苏落是这样的反应，那是不是说明，她对流云其实没有情意，流云娶谁都与她无关？

“夫人说话多了，渴不渴，要不要先喝口茶？”苏落淡笑着建议。

南宫夫人气都气饱了，还喝什么茶？她看着苏落的目光更凶。

苏落浅浅一笑：“所以，要怎样才能让宁五和流云的亲事不成呢？夫人觉得，如果我答应去救流星，这门亲事还能不能成？”

南宫夫人顿时哑然。这个臭丫头！她居然知道！

“你怎么知道的？”南宫夫人惊讶地瞪着苏落。

苏落很无奈地摊手：“恭喜您了，您有一个特别聪明睿智的儿子。”

这个特别聪明睿智的儿子，不用说都能知道是南宫流云了。

南宫夫人顿觉尴尬。她算计了整整一天，好不容易想出这个办法来，却没想到流云早早就知道了，那她还让流皓约流云出去……南宫夫人的脸有些发红。

眼看着南宫夫人就要恼羞成怒，苏落笑眯眯地率先开口：“南宫夫人，不如我们做个双赢的交易如何？”

“说！”一口气刚要发泄出来，却又被硬生生地逼回去，南宫夫人别提胸口有多闷了。她重重灌下一口茶水，也没有浇灭心中的怒气。

苏落笑着说：“我去治疗流星，您取消婚事。”

南宫夫人本就是为这事而来，现在被苏落抢了先，她反而处处显得被动。南宫夫人恶狠狠地瞪着苏落，却不舍得说个不字，因为事关流星的性命。

但是，正所谓漫天要价就地还钱，哪有这么简单的事？南宫夫人冷哼：“你治好流星，我取消婚事。”

苏落却摇头：“我没看过流星，但是能将整个灵界炼药师都难住的病，绝不是简单的，就算能治，一时半会儿也好不了。再说了，我治病的时候看心情的，心情不好，治疗效果也会打折扣。”这是明晃晃的威胁了。

到时候如果苏落心中有怨，流星又在她手里，她在流星身上动什么手脚，那可如何是好？南宫夫人踌躇。

苏落知道，现在是谈判的最好时机。她本就不指望南宫夫人能够在短时间之内接受她的。所以，苏落淡淡地笑了：“那我们都各自退一步吧，我去治流星，不管能不能治好，流云的婚事，以后您不再插手。”这才是苏落今天真正的目的。

南宫流云有个糊涂娘亲，脑子不够使，主意却多得很，很容易就闯祸。难怪对南宫流云的妻子人选管得那么严，因为不想再娶一位南宫夫人这样的了吧？

南宫夫人还在讨价还价：“你只要治得流星有起色，我就答应你，不干涉流云的婚事！”

这一点，苏落倒是愿意退让一步，毕竟是以后的婆婆，不能逼得太紧了。

苏落笑着点头：“合作愉快。”

南宫夫人直到这一刻才蓦然发现，从一开始到现在，这臭丫头从说话的语气到动作，竟然一直是跟她平起平坐的平等关系，一点都没有身为晚辈的恭敬！

南宫夫人虽然成功地让苏落答应救流星，却生了一肚子闷气。

她气呼呼地站起来：“明日午时若你不来龙凤族，约定自动取消！”

说完，南宫夫人带着浩浩荡荡的一群下人，趾高气扬地离开了！

那群下人原本还以为夫人会压制得那姑娘抬不起头，结果却是……看着自家夫人那散发着怒火的背影，众人眼观鼻鼻观心，谁都不敢多说一个字。

但是他们内心对苏落的印象完完全全颠覆了。原本以为是胆小懦弱怕事好拿捏的小丫头，没承想竟是个胆大包天有勇有谋的智慧女，这下夫人可真是踢到铁板啦。

看到南宫夫人气冲冲离去，苏落端起茶，心情愉悦地抿了一口。

她觉得，这位南宫夫人真是不错，至少什么都摆在明面上，高兴不高兴都是直接又粗暴，不像有些女人，笑里藏刀绵里藏针，虚伪又会装。

跟那些笑面虎相比，苏落倒是宁愿跟南宫夫人这样的人相处。

南宫夫人不知道苏落竟会这样评价她，她回到龙凤族后，狠狠摔了三个茶杯才解气。

白嬷嬷无奈地看着南宫夫人：“夫人您气啥呢？”

南宫夫人气呼呼地说：“那个臭丫头，太不像话了，有这样顶撞人的吗？她以为她是谁啊，还敢跟我提条件！”

白嬷嬷叹气。要不是当初国公爷救了南宫老爷子，夫人的身份也是够不上嫁到南宫家族的，这都是命啊，命好谁也无可奈何。

白嬷嬷劝道：“夫人，虽然过程不太顺利，但结果是好的，她明日就会过来给三少治病了，您想想三少啊。”

南宫夫人想到流星，眼底一片柔情，她握了握帕子：“如果她治不好流星，哼！”

白嬷嬷提醒南宫夫人：“若是治疗有起色，宁家那婚事可得趁早了了，免得夜长梦多，无端生出什么事来。”

南宫夫人点头。

第二天，南宫夫人早早地就起来了，一整个早上她都有些坐立不安。

白嬷嬷叹气，自家夫人就是个没心机没城府的，一点事情都会摆在脸上。也不知道苏落是怎样说服南宫流云的，第二天，他跟苏落相携而来。

南宫夫人看着那双牵在一起的手，冷冷一哼。但是下方的两个人都当没听见，这又气得南宫夫人想砸茶杯。

不过在她恼怒之前，苏落笑嘻嘻地问："这是要歇一会儿，还是直接去看病人？"

南宫夫人等一早上了，哪里还等得了这片刻？于是霍然站起来："跟我走。"

南宫流星的住处距离南宫夫人的正房很近，出了后角门就是一处圆形建筑，犹如盖下来的钟，四周没有窗户，密闭性非常好。

建筑物的暗处，守护着大量护卫，能够被允许进去的人很少。

南宫夫人只带了南宫流云、苏落，还有南宫炼药师，进去之后，苏落的第一反应就是冷。

天寒地冻，比冰窖都冷多了。南宫夫人似乎很适应这样的温度，在前面走得很快。

苏落这时候发现，原来这圆形建筑物的内墙壁都是冰系砖块建造而成。冰系砖块，摆成冰系阵法，源源不断地释放出寒冰之气，补充着里面的寒气。

苏落皱眉，南宫流星的身体本就虚弱，抵御寒冷需要消耗身体本身的能量，这寒气对他的害处可是很大的。但是苏落并没有说话，决定静观其变。

南宫夫人带着苏落等人一路向下走，越是往下，寒气越重，苏落的眉毛上都结了白色的冰霜。

她的眉头越皱越紧。

很快，前方出现一座冰屋。

南宫夫人并没有直接带苏落进去，而是冷冰冰地盯着她："看到了吗？"

冰屋是透明的，所以站在外面，就能将里面的景象看清楚。冰屋里只有一张大床，床上是一位瘦骨嶙峋的小少年。小少年的眉眼还没完全长开，神色间倒是有三四分跟南宫流云相似。

他双眸紧闭着，双手交叠在腹部，而他的足部位置，有一位年事已高的长老，此刻两只手掌正抵在他足底的涌泉穴，源源不断地输入灵气，维持着他的生机。

"你看出了什么？"南宫夫人看着南宫流星，眼底有着深深的痛苦和哀戚之色。

苏落看出了不少东西，但是，她偏偏说："要把脉才知道。"

"记住我们的约定！"南宫夫人冰冷的目光盯着苏落。

苏落似笑非笑地勾起唇角。

苏落走进去的时候，那位抵着南宫流云足部输送灵气的长老就像入定了一般，眼皮子都没有翻一下。

南宫流云之前告诉过苏落，长老们每隔一年轮换一次。

现在这位是十五长老，一位固执、呆板、严苛的小老头。

苏落看着十五长老，对南宫夫人说："若同时输入灵气，就算把脉，也诊断不出什么来。"

南宫夫人的脸色瞬间一沉！因为她很清楚，如果没有人给流星输入灵气，不到一刻钟他的生命就会快速流逝。

苏落说："一刻钟的时间，足够了。"

苏落将手中的金针朝南宫夫人晃了晃。

南宫夫人狐疑地看了苏落一眼，想起了当初在林家时，苏落的那些金针有多神奇。

于是，南宫夫人示意十五长老先暂停。

十五长老吹胡子瞪眼："你们瞎胡闹什么？知不知道这样会害死流星这孩子？"

苏落对十五长老笑了笑："南宫夫人是南宫流星的娘亲，她比任何人都希望能够治好流星，她不会害流星。"

"那你会害流星？"十五长老根本不信苏落这个黄毛丫头救得了流星。

还没等苏落说话，南宫流云却拍拍十五长老的肩膀。

"二少？！"十五长老顿时神色一动。

"放开。"南宫二少声音冷淡，却不失威严。

"好，好啊。"十五长老很听话地放开抵在南宫流星涌泉穴上的两只手，很干脆地站起来，走到角落去了。

苏落默默地看了南宫流云一眼。果然，在南宫家族，南宫流云的威严不容小觑啊，就连长老们都不会反驳他的话。

十五长老终于让开了，苏落当即握住南宫流星的手腕。但是，随着时间过去，苏落的脸色却越来越凝重。南宫流星竟然没有脉息！就算是植物人，他也应该有脉息吧，但是南宫流星的脉息已经停止了。

苏落将一根非常轻细的绒毛放在南宫流星的鼻子下面，绒毛久久没有扬起一丝细微的反应。苏落抬眸看着南宫流云："没有脉息，没有呼吸。"南宫流云点点头。

南宫夫人看苏落神色不对，一把抓住她："你有办法的对不对？"

苏落长叹一声："没有外伤也没有内伤，难道是灵魂受到污染？"

苏落手指间出现一道细细的光芒。她的属性里有光系，因为用处不大，所以经常被她遗忘。但如果南宫流星真的是灵魂被污染的话，那光系的净化术就会有作用。

苏落食指带着点点闪光，从南宫流星的头部一寸寸地探索下去，当她探索到胸肋处时，额头上已经出现一层细密的汗水。但是苏落并没有停止，她带着光点的手指一寸寸往下，从头到脚，花费了接近十五分钟的时间。

南宫夫人急道："时间快到了，你倒是想出办法没有？"

南宫夫人一边对苏落说话，一边盯着南宫流星床头的生命探测器。这个生命探测器，显示着南宫流星现在的身体状况。

苏落终于收回手指，脸色也越发凝重，她看着南宫流云，认真地说："南宫流星的灵魂被一层浓浓的黑雾包裹着，这些年他的灵魂被黑雾吞噬得只剩下一点点了，如果当年一开始就发现，还能救治，现在就……"

"现在怎样？"南宫夫人急切地问！

苏落说："现在怎样，我可说不好。"

十五分钟时间到，南宫流星床头的生命探测器瞬间变成赤红色，同时发出一阵嘀嘀嘀的急促叫声，听得每个人都心惊胆战。

南宫夫人正欲扑上去，却被南宫流云一把拉住。

因为苏落说："十五长老先不急，我试试用金针能不能缓解黑雾情况。"

说话间，苏落手中的五根金针齐齐插入南宫流星的心肺部位。

与此同时，苏落将灵气注到金针上，针尾上传来一阵轻微的颤抖。

自从上次到神化阶段又被打回原形从头开始修炼后，苏落的灵气就跟别人的不同，而是变异型灵气。

所以，当针尾颤抖时，苏落能够清晰地感觉到，原本蔓藤一样死死缠绕着南宫流云的灵魂的黑雾散去了一些。

而随着黑雾散去，生命探测器嘀嘀嘀的叫声竟然停下来了。

南宫夫人原本用看仇人的目光盯着苏落，恨不得将她吞了，但是当她注意到生命探测器的警报停下来后，她顿时惊住了。

南宫夫人看着十五长老，十五长老也看着南宫夫人。

随后，两人一个朝南宫流星冲去，一个朝生命探测器冲去！

十五长老说："生命探测器没有坏！"

南宫夫人说："星儿还活着！"

然后两人齐齐看着苏落，眼睛瞬间放亮！比天上的星星还要闪亮！

"你能治！你能治疗星儿对不对？"南宫夫人激动地抓住苏落的手，就像抓住一根浮木，激动得脸上的肌肉都在颤抖。

苏落一时不察被南宫夫人抓住，手背被南宫夫人的指甲掐进肉里，疼得她一哆嗦，痛呼一声。南宫夫人意识到掐疼苏落了，赶紧松开她，但是口中还是很着急地逼问她："告诉我你能治！"

苏落叹口气："很麻烦的。"

这四个字，南宫夫人听在耳中，顿时心花怒放。很麻烦的，就表示虽然麻烦，但是能治啊！

"什么麻烦，你尽管说！我们不怕麻烦！"南宫夫人激动地说。

苏落没好气地说："可这病真的很麻烦……"

"不麻烦还找你来？到底需要什么你直说，我们一定给你弄来，你快说！"南宫夫人看苏落吞吞吐吐的快要急死了。

这时候，南宫流云走到苏落身边，宽大的手掌握住她的手，将他的体温和关切一起传递过去。苏落知道，能够治好南宫流星的话，就去除了南宫流云压在心头多年的石头。能治她当然要治，只不过……

"我需要通过接下来的几次治疗，才能确定最终方案，现在还在探索阶段。"苏落看着南宫夫人，认真地说，"不过，我想长老们可以歇歇了。"

十五长老心头一惊："什么意思？"

苏落抿唇淡淡一笑："南宫流星中的是灵魂诅咒，他的灵魂被黑雾包围，当然你们看不到也感觉不到，但是我可以。"

她停了下继续说：“我可以用金针缓解黑雾的聚拢，如此一来，南宫流星不再需要你们输入灵气，身体状况也不会变差，应该说，会变好。”

南宫夫人和十五长老都若有所思地看着床上瘦得皮包骨头的南宫流星。

此刻的他，身体上插了五根金针，每一根针尾都在颤抖。但确实如苏落所说的那样，他不需要灵气，生命探测器上的生命值也没有下降。

“这金针要一直插着吗？”十五长老问。

苏落说：“等针尾停止颤抖就可以拔掉了，不过这是第一次施金针渡穴——”

苏落用光明属性的手指探查了一下，对南宫夫人说：“得等等才能确定间隔的时间要多久。”

南宫夫人似懂非懂，但又觉得苏落讲的东西很厉害的样子。十五分钟很快就到了，苏落将金针拔出，消毒后收了起来。

而没有金针的刺激，连接在南宫流星左手腕上的生命探测器依旧没有发出警报声。

南宫流云看着床上没有一丝气息的南宫流星，脸上露出淡淡的笑意。他相信，有苏落在，流星一定会醒过来的。

苏落带着光系属性的手指一直压在南宫流星的胸口，时时刻刻在研究那黑色雾气。随着金针的拔出，原本逃逸的黑色雾气又渐渐回来了。

苏落经过精密计算，得出了大概的间隔时间。

“怎么样？”南宫夫人紧张地盯着苏落。

苏落说：“现在是初期，每天施针一次，就能够维持他的生命，而不需要灵气输入。”

“这是真的吗？”南宫夫人欢喜极了，“那，什么时候能治好他？他什么时候能醒过来？”

苏落没好气地白了南宫夫人一眼，很不客气地说：“您可真是好高骛远，他可是整整躺了几万年，怎么可能这么容易就治好？若是一开始就让我治，我保证还你一个健康活泼的南宫流星，可惜他从一开始就被人治坏了，现在麻烦得很，我可没有完全治愈他的把握。”

南宫夫人被苏落说得无法反驳。如果苏落被她惹恼了，一怒之下拂袖而去，那她就真是哭都哭不出来了。

“听你的，你说怎么治就怎么治，你需要什么药材就给你什么药材，只要你能专心治星儿。”南宫夫人大手一挥，整个南宫家族都成了苏落的后援。

苏落说：“丑话说在前头，我现在只能改善南宫流星的身体状况，至于他什么时候会醒，我是没有把握的。”

南宫夫人想起当初在林府的时候，苏落也是这样对林夫人说的，她还说只有百分之一的可能性呢，结果还不是把人救活了？

“改善身体状况？改善到什么程度？”不愧是南宫流云，一出口就直抓重点。

苏落说：“等他的身体不需要金针渡穴都能够自然维持下去时，才能着手准备让他苏醒的事。”

“那什么时候他的身体才不需要金针渡穴都能自然维持下去？”南宫夫人关切地问。

苏落说：“黑色雾气全部拔除，他就能够自己活下去了。那时候，才能开始着手他灵魂修复的事情。坦白讲，修复灵魂需要的精神力太高了，我现在的实力还不够，所以没有办法。”

不过修复灵魂是第二阶段的事了，现在得将第一阶段顺利度过，才算过了难关。

“对对对，现在最重要的是维持星儿的性命，别的都不重要。”南宫夫人心中一喜，“这么久了，生命探测器还没有响，真是太好了。”

苏落点点头，拉着南宫流云就要走。

南宫夫人急了，大惊失色：“你要到哪里去？”

苏落回头，不解地看了她一眼：“南宫流星一天只需要施针一次就行了，明日的这个时辰我会过来，这里冷得很，我可受不了，我要走了。”

苏落牵着南宫流云转身就走，走了几步，她顿住脚步，看了南宫夫人一眼：“如果不是地底下太冷，南宫流星的能力都去对抗寒冷了，两天施针一次也是无妨的。”说完，苏落拉着南宫流云转身就走。话她已经说得很明白了，南宫夫人照不照做就是她的事了。

南宫夫人顿时蒙了，喃喃自语：“可这冰窖，是宁三让建的啊……”

苏落脚步一顿。宁三？她心中顿时有一丝窃喜，没想到告状竟然给告对了。话自己已经点到了，至于南宫夫人会理解成什么样，就看她的想象力了。

而此刻，正如苏落所料，南宫夫人顿时陷入了沉思。

“白嬷嬷，苏丫头那话是不是说，如果没有冰窖，星儿的病情不会这么严重？”南宫夫人想明白后一把拉住白嬷嬷的手，用力得指节根根泛白。

这话……白嬷嬷也不知道啊，但是南宫夫人已经认定了！

“你还记得吗？苏丫头之前说，如果一开始就让她救的话，星儿早就活了，嬷嬷！你说宁三是不是故意把星儿治成这样的啊？！”南宫夫人的脑洞已经越来越大了。

白嬷嬷：“……”她真的不知道啊。

“这个宁三！枉我一直那么看重她，她竟然……”南宫夫人脸上杀气腾腾。

白嬷嬷吓了一跳。

“夫人您要做什么？”每当夫人露出这种表情的时候，就说明她要闯祸了。

南宫夫人对十五长老说：“麻烦十五长老将这座冰窖拆了！另外，请十五长老守护在这里，我很快就会回来的。”

十五长老点点头：“你去吧，若有事，我会用灵气护住他。”

南宫夫人郑重地朝十五长老点头，随后拎起裙子，快步往上冲。她心里那叫一个气啊！她不管宁三是有意还是无意的，总之，宁三治坏了她的宝贝儿子！

于是，南宫夫人带着一大拨龙凤族的人，气势汹汹地冲到了宁家。

宁夫人被宁皓天闹了一通之后，好不容易恢复心情，调起了气氛，让大家欢欢喜喜地继续准备嫁妆。

就在她高高兴兴的时候，外面有人报：“南宫夫人到——”

南宫夫人？宁夫人高兴地迎了出去。

然而，她看到的是一个凶神恶煞目光猩红近乎要吃人的南宫夫人！

“南宫夫人你……”

啪——南宫夫人冲上来，直接一巴掌就朝宁夫人脸上抽去。

这一巴掌，又快又狠又准，直接抽得宁夫人蒙了……

在宁夫人还没反应过来的时候，南宫夫人就指着她的脸破口大骂："好你个杜秀琳！自己不是好东西，生了个更不是东西的！简直让人恶心！"

此刻，院子里的下人们全惊呆了。这、这竟然是南宫夫人骂出来的吗？这跟市井里的泼妇骂街有何区别？

事实上，真的急怒攻心，还管什么雍容优雅，直想打一架再说。更何况，南宫夫人心里憋得苦啊，那么多年，她的宝贝星儿躺在那里生死未卜，这么多年来，龙凤族那么多长老耗费灵力为他续命。

"桓婉凤！你发什么疯！你居然敢打我！你还记不记得，你家南宫流星的命是我家宁三续的！"宁夫人也怒了！

南宫夫人一听这话，气得肺都要炸了！不提宁三还好，一提宁三，南宫夫人的理智都要丧失了。

她颤抖着手指指着宁夫人，目光凶狠得几乎要吃人："你居然还敢提宁三？我杀了你！"

宁夫人完全不明所以。宁三怎么了？南宫夫人不是一直很喜欢宁三，恨不得将宁三抢回家里去养的吗？

"你什么意思？你给我说清楚！"宁夫人气得要冲上去。

南宫夫人冷笑："我什么意思？杜秀琳我告诉你，如果我家星儿好了便好，若是没好，这事就没完！"

宁夫人再好的脾气也被激怒了！她想冲上去，却被宁五死死拉住了。

开玩笑！面前这位是南宫二少的妈妈，未来的婆婆，怎么能够得罪？

宁夫人看冲不上去，就只有骂了："桓婉凤你个白痴！上来就打！谁给你的胆子！我家三儿当初为了救你家流星，晕倒了多少次！你敢这样对我，你就不怕天打雷劈吗？！有本事你再来啊！你敢再打我试试！"

啪——南宫夫人冲上去，直接又是一巴掌抽过去！

这一巴掌，几乎将所有人打傻了。

原本宁夫人是可以避开这一巴掌的，可她的双手被宁五死死拧在身后，一点反抗的力气都没有，就这样硬生生地被打了。

宁夫人委屈得快哭了，大叫一声："宁五！"

这还没嫁过去呢，就这样护着婆婆，拉着她这个做妈的给未来婆婆打，这女儿太让她心寒了！

宁五也被吓哭了："娘亲，我……我将来还要嫁到龙凤族，我……"

南宫夫人狠戾的目光在宁夫人和宁五脸上扫过："嫁到龙凤族？你嫁谁呢？！"

宁五听了南宫夫人这话，蓦然间抬头，看到的是南宫夫人眼底那毫不掩饰的恨意！

要知道，南宫流星是南宫夫人最小的儿子，也是她最喜欢的儿子，却被宁三折腾成那样，南宫夫人没有杀了宁夫人就算她气性好了！

“最好祈祷我家星儿早点醒过来！哼！”南宫夫人气势汹汹地来，又耀武扬威地走了。

宁家的护卫现在大半是宁皓天在管，所以直到宁夫人离开后，一大拨的护卫才拥过去。

“二夫人！二夫人！”

“滚！都给我滚！”宁夫人气得差点吐血。

于是，大家都灰溜溜地滚了，他们也不想跟恐怖的龙凤族掐上。

宁五抱着宁夫人的胳膊抽泣。

宁夫人一巴掌把她拍开：“你这个胳膊肘往外拐的臭丫头！还哭！哭什么哭！”该哭的明明是她好吗？

“娘亲，这到底是怎么回事啊？”宁五抱着宁夫人不撒手。

宁夫人回忆了一遍南宫夫人冲上来的情景，不解地说：“南宫夫人突然变得很讨厌三儿……”

因为宁夫人发现，她两次挨打都是因为提到了宁三。

宁五其实不在乎这到底是怎么回事，她只在乎她的亲事。

“娘亲大人，亲事……亲事怎么办啊……如果不能嫁给流云哥哥，我宁愿死！”宁五又以死威胁。

宁夫人被气得够呛，手指头直戳宁五脑门：“死死死，有本事你真的给老娘去死啊！威胁谁呢你！李嬷嬷！把五小姐带下去关在院子里闭门思过！没有我的允许，谁都不能放她出来！”

宁夫人也是因为之前她被宁五拉着让南宫夫人打这事弄得心寒了。

“娘亲！娘亲！”宁五不甘心地大喊大叫。她的美梦刚刚做了两天，为什么这么快就醒了？她不要！

“娘亲！一定是苏落做的手脚！她才想嫁给流云哥哥呢，肯定是她针对我们家！您去查啊！”宁五被带了下去，那撕心裂肺的哭喊声却久久没有停息。

宁五到死都要拉个垫背的，却没想到她不知道过程却蒙对了结局。

宁夫人吃了这么大的亏，自然会去查。她虽然查不到苏落具体做了什么，但确实是苏落前脚刚踏出龙凤族，后脚南宫夫人就气势汹汹地跑来打她了。

苏落！宁夫人恨得咬牙切齿。

第十五章 伏击

南宫夫人打了宁夫人两巴掌后，胸口郁气消了大半。这时候，理智回归的她，想想都有点后怕。毕竟宁家跟南宫家族都是四大超级隐世家族，并列而不是从属关系，她就这样冲上去把人当家主母给打了，这话好说不好听啊。不知道南宫墨渊会不会生气。不管了，反正她已经出气了！南宫夫人干脆破罐子破摔地想。

果然，等南宫夫人回去的时候，整个大厅里一片灯火通明。一股恐怖的威压笼罩着整个龙凤族，所有的下人被吓得大气都不敢出。南宫夫人倔强地梗着脖子，朝大厅走去，还没走近，就感觉到了南宫墨渊那熊熊怒火。

南宫夫人硬着头皮走了上去。

“你还敢回来！”南宫墨渊双手负在身后，目光凌厉地瞪着南宫夫人。

南宫夫人咬着下唇。她天不怕地不怕，就怕南宫墨渊生气。

南宫墨渊气呼呼地指着南宫夫人，恨铁不成钢地道：“你都多少岁的人了？你儿子都多大了？还胡闹？堂堂龙凤族当家主母跑去跟人打架？”南宫墨渊的手指都在颤抖。

南宫夫人弱弱地抬头，扫了南宫墨渊一眼。南宫墨渊那森冷的笑，顿时让她心里一凉。

“我错了……”南宫夫人的认错态度很好。

南宫墨渊简直被气笑了：“你错了？你说说看你错在哪里！”

“我不应该自己跑去打杜秀琳那个贱人，我应该……给你汇报，然后再去打……”南宫夫人越说到后面，气势越弱。

南宫流云他爹：“……”

南宫夫人见南宫墨渊被她气得快抽筋了，赶紧说：“我打杜秀琳是有原因的！她家的宁静仪，我们一直以为是好的，结果你猜怎么着！星儿就是活活被她治坏了！”

然而，宁三之前的形象实在是维持得太好了，以至于南宫墨渊宁愿相信宁三也不愿意相信南宫夫人。

只见他冷冷一笑："你闹够了没有！先是跑去打了宁夫人，然后又栽赃宁三，这就是你的身份该做的事？"

南宫夫人见他不信，顿时气死了："南宫墨渊，你才闹呢！我告诉你！我们的星儿有救了！他之前就是被宁三治坏的！如果宁三现在还活着，我活活捅死她的心都有！"

南宫墨渊微怔。他这位夫人脑子是不太够使，但是有什么说什么，从来藏不住，所以……

"你刚才说什么？"南宫墨渊只觉得脑中灵光一闪，却捕捉不到什么。

"我说，我活活捅死宁三的心都有了！"南宫夫人很生气！

"前一句。"南宫墨渊内心难掩激动。

"我们的星儿是被宁三治坏的。"

"再前一句。"

"我们的星儿有救了啊。"南宫夫人用看白痴的目光看着南宫墨渊，"难道我没告诉你吗？"

南宫墨渊："没有……"

不过，星儿能治了？这是夫人脑海中出现的幻觉吧？几万年来都治不好，怎么可能突然间就……但是正因为这让人激动的消息，南宫墨渊都忘记训南宫夫人了。

南宫夫人一把拉过他的手，激动地说："我出去都一个时辰了，十五长老还守在那里呢，走，咱们瞧瞧星儿去！"

南宫墨渊狐疑地看着南宫夫人，以为自家夫人魔怔了，出现幻觉了。但他还是什么话都没说，任由南宫夫人牵着他，一起走到南宫流星住的地方。

看到南宫夫人，十五长老眼中满满的惊喜，他快步跑过来："夫人，一点事都没有，星儿很好。"

南宫夫人吊着的一颗心，顿时就放回去了。

南宫墨渊这才意识到有问题。正常情况下，十五长老会抵住星儿的涌泉穴，源源不断地输入灵气。

但是现在，十五长老竟然跑到他面前来了。

"家主。"十五长老朝南宫墨渊点点头。

南宫墨渊狐疑地看看十五长老，又不解地看看南宫流星，最后他的视线定格在南宫流星身上。星儿还是那么瘦骨嶙峋，全身只剩下皮包骨，不过，他的生命体征竟然升高了。

"我记得星儿的生命体征之前是十五点的，现在升到十七点了？"南宫墨渊难以置信。

十五长老笑着说："是啊，自从苏姑娘施针之后，这短短的时间里，星儿的生命体征就升了两个点，想当初我们为了升一个点，可费了老鼻子劲。"

墨渊大人不解。

于是，南宫夫人用得意的语气，跟南宫墨渊讲述了下午的事，末了，她说："倒是看不出来，那丫头小小年纪，医术那么好，才这么点时间，星儿就不用灵气维持生机了，而且生命体征还提高到十七了。"

南宫墨渊也是大喜，他本来对南宫流星的痊愈不抱希望的，但是突然间喜从天降，打得他措手不及，却又喜笑颜开。

“好！好啊！夫人做得好！”南宫墨渊乐呵呵地说，“赏！今天龙凤族大喜，每个人都有赏！三等赏赐！”如果星儿真能好，就算是一等赏赐，甚至是特等赏赐，南宫墨渊也一点都不心疼。

南宫墨渊身边跟着的大总管乐呵呵地下去赏赐了。龙凤族的赏赐是有成例的，三等赏赐便是每人一百紫晶币。南宫家族那么多人，一人一百紫晶币看着似乎不多，但是总数额是非常惊人的。

随着赏赐下去，很多族人便都知道，南宫流星少爷有救了！于是，整个龙凤族喜气洋洋，沉浸在快乐中。甚至连南宫墨渊都忘记跟南宫夫人追究她打人家宁夫人的事了。所以白嬷嬷常说，南宫夫人命好。

南宫家族一片欢天喜地，相比较而言，宁家就如寒霜笼罩了。他们原本等着龙凤族派人来道歉的，结果得到的消息是，南宫家族在庆祝。

庆祝什么？庆祝南宫夫人打了宁夫人？宁家的人顿时就坐不住了。

宁家家主并没有出面。两家夫人打架，家主出面的话，有些小题大做了，而且稍微一个护短，就容易矛盾升级。而且，一旦家主出面，就没有转圜的余地了。

于是，由宁家五长老出面解决问题，南宫家族派出的也是五长老。

宁家的五长老还没说什么，南宫家族的五长老就很嚣张地撂下话：“你们家宁三小姐将我们家三少爷治坏了，如果不是她故意治坏，我们家三少爷也不用躺这么久！你们宁家等着吧！到时候还有一笔账要算呢！”

撂下狠话，丢下目瞪口呆的宁家五长老，南宫家族的五长老傲慢地扬长而去。

宁家五长老赶紧跑回宁家，将事实汇报给大人和夫人。

宁锡元一听这话，气了个倒仰。

宁夫人却瞪大眼睛：“难怪桓婉凤那个贱人那么恨静仪，原来她是这样想的！如果不是静仪，他们家南宫流星早死了几万年了！现在反而来算旧账！简直丧心病狂！恩将仇报！老爷，这口气咱们宁家可咽不下去！”

宁锡元目光冰冷地盯着宁夫人：“先不说静仪有没有治坏流星，单说这件事，为什么早不提晚不提，偏偏在五儿和南宫流云婚事将成的时候被提出来？是谁提的这事？是谁在抹黑静仪？”

宁夫人瞪大眼睛：“是苏落那个小贱人！”

南宫家族。

南宫墨渊原本想将这件事告诉老爷子，但是他又担心流星的病治不好老爷子空欢喜一场，于是决定还是先瞒着老爷子。但是，下一刻，老爷子身边的王伯就来喊人了。

“老爷子请大人和夫人过去。”王伯笑眯眯的，慈眉善目的样子。

南宫老爷子以前住正院，后来将家主之位交给南宫墨渊之后，他就寻了个僻静之地搬了过去。

“父亲大人。”南宫墨渊恭恭敬敬地喊着。

“父亲大人……”南宫夫人站在南宫墨渊身边，声音低低的。

真要论起来，府邸里南宫夫人最怕谁，那就非南宫老爷子莫属了。老爷子是从上古神王时代的血腥杀戮里走过来的，积威已久，一个眼神都能让人魂飞魄散。

老爷子哼一哼，南宫夫人的心就会抖一抖。

应该说，南宫家族里没有不怕老爷子的。

但是现在，退下来的南宫老爷子正在悠悠闲闲地剪着枝叶，脸上是缅怀的神色。

“你们来了？”老爷子抬眸看了他们一眼，继续修剪他面前那株七色丁香。

“不知道父亲大人召唤是为何事？”南宫墨渊问。

南宫老爷子的视线越过南宫墨渊，直直射到南宫夫人身上。

南宫夫人内心一阵哆嗦，手脚冰凉，她赶紧认错：“父亲大人，我错了，我不该跑去打宁夫人，我应该把她绑起来拉回家再打，父亲大人我真的错了……”

南宫老爷子揉揉额角，对南宫墨渊说：“回头娶个聪明点的媳妇儿。”

南宫墨渊严肃地点点头。

南宫夫人羞愧地垂着脑袋。

南宫老爷子也不知道是叹息还是欢喜：“你们生的这几个孩子，智商都加到流云脑子上了，太不均衡。”

南宫墨渊：“是……”

南宫老爷子横了他一眼：“是什么是，智商均不均衡你还能说了算？”

南宫墨渊：“……”

这位南宫家主是手握重兵的大帅，威武霸气，但是在家里，也是个被老爷子训斥的乖儿子。

南宫老爷子忽地转了话题，看着南宫夫人：“星儿真能治？”

这话题南宫夫人喜欢，她顿时眉开眼笑：“对啊对啊！老爷子，我跟您说哦，这回可真找着神医啦，那位苏丫头年纪小小，但是本事可不小，她手里那几根金针在星儿身上扎来扎去的，然后星儿现在都不需要长老们输送灵气了。哦对了，那丫头还说，如果当初星儿受伤的时候就是她治，早就被她治好了，哪里会受这几万年的苦？我的星儿命好苦呜呜呜——”

南宫老爷子无语地看着说笑就笑、说哭就哭的南宫夫人。

他白了南宫墨渊一眼，再次提醒：“孙媳妇儿情商必须要高。”

南宫墨渊一脸严肃地点头，其实却暗暗想笑。老爷子的意思他明白，比照着夫人，反着来挑就对了。

这一代，有老爷子亲自坐镇，而下一代有南宫流云坐镇，所以处在中间这一代，她不用承担家族的艰辛，可以为所欲为，反正出了事，不是有老爷子镇着，就是有南宫流云护着。

但是南宫流云的妻子不一样，她得跟南宫流云并肩而立，男主外，女主内。所以这个人选，一定得慎重再慎重。

事实上老爷子也不是讨厌南宫夫人，相反，他倒是觉得南宫夫人不错。

因为有些人蠢吧，自己不承认，主意还挺大的，暗地里搞各种随便一看就能知道真相的阴谋。

南宫夫人知道自己蠢，所以什么事都摆在台面上，蠢无可蠢，也是一种境界嘛。

通过南宫夫人的描述，南宫老爷子的脑海里多了一个人名：苏落。

一个小小年纪医术超凡、行事独立的漂亮姑娘。

医术超凡说明她智商高，行事独立说明她情商高，而且还长得漂亮？倒是可以留意一下。南宫老爷子暗想。

得到了想要的回答，南宫老爷子嫌弃地摆手："你们下去吧，别在我这里烦。"

"父亲大人早点睡，保重身体。"南宫墨渊恭敬地说。

"父亲大人不要生气，我以后不会再惹您生气了……"南宫夫人很自责。

南宫老爷子也是无奈，这个儿媳妇啊，连他是开心还是不开心都看不出来，不过看在她这么真诚的分上，南宫老爷子也只是挥挥手。

南宫夫人低垂着脑袋："父亲大人是不是也在怪我跑去宁家打人？"

南宫墨渊揉揉南宫夫人的脑袋："怎么办才好呢？"

南宫夫人仰着脑袋："什么？"

南宫墨渊长叹一声："父亲大人要我们给流云娶个聪明的媳妇，可他媳妇聪明，到时候你被人卖了还高高兴兴地数钱，怎么办才好呢？"

可惜智商没法补，也没法修炼，不然南宫墨渊一定会替南宫夫人好好补一补。

南宫夫人："我真有那么愚蠢？"

南宫墨渊很不客气："比你想象中还要愚蠢。"

南宫夫人愤怒地踩了他一脚："那你找不愚蠢的去！气死我了！"

南宫夫人气呼呼地走了，南宫墨渊则笑笑地跟在她身后。虽然愚蠢，可他就是喜欢，能怎么办呢？

所以就像白嬷嬷说的，南宫夫人就是命好。

第二天，天刚蒙蒙亮，南宫夫人就起来了。她原本一直气呼呼的，但是被南宫墨渊哄了几句，顿时就开心起来了。

"起这么早干吗？"南宫墨渊打着哈欠，正想拎南宫夫人回去睡回笼觉。

但是这次南宫夫人特别坚定："不行！我要去接苏丫头！"

南宫墨渊狐疑地看着她。

南宫夫人解释："苏丫头说了，星儿现在身体虚弱得很，灵魂被黑雾笼罩着，每天都得给他施一次针。我都想好了，现在距离施针时间还有三个时辰，还是早早过去接了人，我才能安心，这要是出点什么事给耽搁了，我非被吓死不可！"

南宫夫人麻利地收拾好自己，丢下南宫墨渊，飞快地就往外冲。

南宫墨渊苦笑着摇头，吩咐隐藏在黑暗中的暗卫："多带些人手，保护好夫人。"

"是。"

不得不说，有些事真的不能乱说，容易一语成谶。

昨天离开后，苏落因为很久没有回帝国学院，而接下来她要一边治疗南宫流星，一边捣饬她的风舞剑，没有时间回帝国学院上课了，所以她准备找教导主任说说。

教导主任依旧是呼延雷，但是他对苏落的态度已经发生了一百八十度的大转变。不仅仅是因为苏落得到新生联赛的第一给他争得了荣誉，主要还是因为他看到南宫二少和冷七少都在争夺苏落。

最后苏落能不能嫁入豪门大族先不说，单说现在，她要是一个不高兴，跟南宫二少或者冷七少稍微抱怨一下她的教导主任。好嘛，就连副院长都保不住他了。

所以，呼延大人现在对苏落客气得很，简直就差当姑奶奶般供着了。

所以，当苏落找他说准备请假一段时间去外面修炼的时候，呼延大人当即一拍桌子："行啊，没问题！"

苏落原本以为会费一番口舌呢，没想到这么容易就搞定了，连她自己都有些难以置信。

"呼延大人不会趁机把我开除吧？"苏落狐疑地看了他一眼

呼延大人吓得脸色发白："哎哟小姑奶奶，现在谁还敢开除您啊，我要是有这念头，南宫二少先得把我开除了。您是还不知道您现在的身份地位吗？"

"我现在什么身份地位？"苏落没好气地说。

"您现在的身份地位……反正我不敢得罪。"呼延大人认错态度好得不行，他现在生怕苏落回过头来跟他算旧账。

当初他也不知道为什么猪油蒙了心，竟然一再针对苏落。

"苏姑奶奶，以前多有得罪的地方，您大人大量，莫计较莫计较哈，以后有什么吩咐尽管说，能力范围内的一定给您办得妥妥的！"呼延大人拍胸脯保证。

于是，苏落就在呼延大人的溢美之词中，晕晕乎乎地被送走了。

而她手里还拿着厚厚一沓请假条。请假条内容空白，时间空白，但是签名栏上有呼延大人遒劲有力的签名。

也就是说，有了这么厚一沓请假条，在一二年级这个阶段，苏落想请多久请多久，想不来上课就不来上课。

苏落："……"

果然这就是特权吗？

拿着厚厚一沓请假条，被呼延大人恭恭敬敬地送出来的苏落，路上碰到了副院长大人。

副院长大人虽然不如呼延大人这样拉得下脸，但是他那常年冰冷的脸上，竟然硬挤出一抹很勉强的笑容，还主动跟苏落打招呼："出去啊？"

苏落："……"她朝副院长大人点点头，离开了东华学院。

因为南宫流云今天要去军部报到，所以没有陪着苏落，苏落看看时间差不多了，就决定先去龙凤族，宜早不宜迟嘛，要是路上有事耽搁了，害得流星病发，那她大好的局面又要变差了。

苏落离开帝国学院没多久，就进入了天枫林。

犹记得上次也是在天枫林，遇到了唐家老爷子，还救了他一命。倒是好久没有去看唐家老爷子了，回头得去看看他恢复得怎么样了。

忽然，苏落有一种脊背发寒的感觉，这是她对危险与生俱来的感应！嗖！苏落一个翻身转到坐骑的腹部，下一秒，无数的箭矢瞬间朝她迎面袭来。

苏落顿时一惊。看来袭击的人不少！

苏落的坐骑此刻早已经被射成了马蜂窝，好在苏落闪避得快，不然的话，被射成马蜂窝的就是她了。

就在这时候，黑暗中掠出两道黑影，一前一后将苏落挡在中间，随后，他们迅速朝敌方攻去。这两个黑影明显是帮苏落的，但是苏落并不知道他们是谁的人。

苏落也不是躲在别人背后让别人保护的人，这时候她已经看明白了，敌人有十五个，每一个的实力都非常不错，至少有当初辛虫亮那样的程度。

苏落能够打一个两个，但是十五个人一拥而上的话，她就只有乖乖受死的份了。但是现在有两人帮忙，苏落当即不客气了。

只见苏落身形一闪，一个瞬移来到敌方背后，手中的妍华匕首寒光闪闪。趁着对方不备，苏落朝敌人的脖子抹去。扑哧！鲜血如雾气般喷薄而出，呈扇状洒落地面。一个敌人就这样被苏落解决了。

其余的敌人看到苏落的身影，全部朝她拥去。保护苏落的两人皱眉，当即也飞扑过来。

就在打斗正激烈的时候，南宫夫人带着一群下人，浩浩荡荡地朝帝国学院去了。本来南宫夫人出门很早的，她下意识地以为苏落在静园，于是跑去静园找人，结果很不幸，苏落和南宫流云都不在，不过秋月告诉南宫夫人，苏落回帝国学院去了。于是，南宫夫人又带着下人，浩浩荡荡地奔去帝国学院。

南宫夫人特别爱面子，自然特别爱摆排场，所以她每次出门都轰轰烈烈，摆足了架子。跟在她身后的护卫，一般至少有五十人。

这时候，立刻有护卫禀报："夫人，前方有战斗。"

南宫夫人心头猛然一跳："快去看看是不是苏落！"

不得不说，女人的第六感真是非一般准，南宫夫人就是怕苏落路上出事，才特地来接她的，这会儿听到战斗，自然第一反应就是苏落出事了。

"走，我们去现场看看！"南宫夫人根本坐不住，拎着裙子，飞快地往战斗的地方跑去。

而这时候，护卫已经飞快回来："回夫人，苏姑娘遭伏击。"

轰！南宫夫人的脑门瞬间炸了。真的被伏击了……南宫夫人很快回过神来，目眦欲裂，几乎怒出血来："还不快去帮忙！谁都可以死，就苏落不可以死！都给我记住了！"

"是！"护卫们留下十个人保护南宫夫人，其余的人流水般朝苏落所在的位置狂涌而去。

这些护卫都是南宫墨渊精挑细选出来，专门保护他家夫人的。因为知道他家夫人爱闯祸，所以挑选的护卫都是实力好又会打架的。南宫家族的这些护卫凶神恶煞地冲了上去，将战斗圈子团团围住！

护卫队长："保护苏姑娘！杀！"

如果各个家族的护卫拉出来比一场的话，那龙凤族的护卫绝对是稳赢的，一个个身形彪悍，高大威猛，如狼似虎！

他们冲进去后，拎起刀子，就跟切西瓜一样开始虐杀对手！

龙凤族的护卫人数众多，实力又强，气势又威猛，战局很快就得到了控制。

龙凤族的护卫并没有将所有杀手给杀了，而是留下了五个活口。

战局结束，苏落转头就找之前飞出来救她的两道黑影，却找不到了。

因为就在龙凤族护卫出现的时候，那两人看到苏落安全后，就已经悄然退去。

苏落眼底闪过一丝疑惑。这两个帮她的人到底是谁？是南宫流云派来保护她的吗？还是炼药师公会派的人？

苏落想了半天想不通，不过反正这不是什么坏事，苏落也就没再纠结。

这时候，南宫夫人已经冲过来，大喊大叫："苏落呢？苏落在哪里？"

南宫夫人的护卫队长紫衣将苏落的位置指给了南宫夫人。

南宫夫人看到苏落没事，顿时大大松了一口气。刚才真是吓死她了！她简直无法想象，如果苏落出事的话，那她的星儿……

"没事就好，你活着就好。"南宫夫人激动地说，随后，她就愤怒地指着那五个活口，"给我查！我倒要看看是谁派人来杀苏落的，可别是我想的那个人！"

南宫夫人虽然愚蠢，但该有的智商还是有的。她从自己的立场出发去想，她昨天才冲去宁家打了人，以宁家的势力不可能查不到苏落给流星治病的事。

宁家没办法报复她，说不定就从苏落下手！因为这是从源头上掐灭了救星儿的机会！所以，南宫夫人有理由相信，追杀苏落的极有可能是宁家的人！

紫衣的逼供效率很高，他将五个人分别提到五个地方，交叉审问的结果就是，两个人自尽，其余的三个人全招供是宁夫人买凶杀人。

当紫衣将这个结果汇报给南宫夫人的时候，苏落也在旁边听到了。

苏落皱眉："宁夫人为什么要派人杀我啊？我都不认识她……"

南宫夫人暴怒："好你个杜秀琳，我家星儿刚刚有点好转，你就派人杀治疗他的炼药师，你这是有多恨我家星儿啊！好好好！昨天那两巴掌还没打疼是吧！"

苏落一脸讶异地看着南宫夫人……

不会吧？昨天的策略这么快就起效了？她不过是暗示南宫流星有可能被宁三治坏了而已啊。

苏落故作茫然不解："宁夫人怎么会杀我呢？她怎么会害南宫流星呢？这说不过去啊……"

"你怎么这么笨！"南宫夫人鄙视地瞪着苏落，"杜秀琳这个贱人，她以为杀了你，没人救星儿，她家宁三以前害星儿的事就不会被揭露出来！呵呵呵！她怎么会想到，我早早料到了这一步，亲自去接你，亲眼看到这一幕！"

苏落故作天真道："啊……居然是这样……"

南宫夫人用看白痴的目光看着苏落："你怎么这么愚蠢！这种危险时刻，你都不让流云保护你的吗？"

苏落："……"

"还愣着做什么，赶紧跟我回去，误了时辰我可饶不了你！"南宫夫人凶巴巴地瞪着苏落，但是看到她一身狼狈，又皱皱眉头，将自己的锦帕递过去，"擦擦，脏兮兮的，像小狗似的。”

南宫夫人虽凶，苏落却不怕，她反而笑起来：“夫人对我真好。”

南宫夫人很凶地瞪着眼：“好你个头！你可别想歪，我是为了星儿！等你救了星儿，你看我还理不理你！”

苏落笑嘻嘻地说：“那时候您就是我婆婆了，肯定拿我当亲生女儿一样疼爱，怎么会不理我呢。”

南宫夫人简直被苏落的厚脸皮给惊住了，目瞪口呆地瞪着苏落。

她边上的白嬷嬷看到两人相处的模式，不由得扑哧一声笑了出来。

南宫夫人顿时觉得拉不下脸，强硬地瞪着苏落：“懒得理你！”说完，南宫夫人高傲地甩帕子走人。

白嬷嬷对苏落和善地笑了：“夫人就是这样，小孩子脾气，苏姑娘莫见怪。”

苏落笑着摇头：“挺对我脾气的。”

白嬷嬷苦笑着摇摇头。这话真是倒过来了，按照正常情况，苏落的话应该是夫人说的，可现在……唉，自家夫人真是小孩子脾气。

南宫夫人觉得苏落的话无耻得不可思议，不过白嬷嬷倒是听进去了。

她活了这么多年，阅历丰富，见过的人何其多，但是像苏落这样坦荡率真的还真是少见，或者可以说仅见。

当初都说宁三小姐好，适合当未来的龙凤族当家主母，夫人对宁三也喜欢得不得了，恨不得带回家养。

白嬷嬷却觉得，苏落比宁三小姐感觉起来舒服多了。

白嬷嬷带着苏落坐上了南宫夫人的龙驹。

南宫夫人看到苏落上来，冷哼一声，别过脸去，不过也没让苏落滚下去。

一路上，南宫夫人还以为苏落会跟她赔笑，主动搭话，对她讨好谄媚呢，可结果——

苏落居然闭着眼，靠着车壁，坦然地睡起觉来。

南宫夫人简直气得不行，指着苏落，对白嬷嬷说：“还大言不惭地说要当我儿媳妇呢！你瞧瞧，你瞧瞧她这是什么态度！根本就当我是雕塑！”

白嬷嬷看着告状的南宫夫人，拼命忍住才没让自己笑出声来。

“夫人，您是要一个给您端茶倒水捏腰捶背谄媚讨好的儿媳妇，还是要一个能医治三少的儿媳妇？”白嬷嬷一句话结束南宫夫人的牢骚。

南宫夫人直截了当：“当然是一个能医治我家星儿的儿媳妇，我又不是招丫鬟，丫鬟咱们家还少吗？”

白嬷嬷说：“对啊，这不就是了？”

“可不对啊，谁说能医治星儿的就一定能做我儿媳妇了？”南宫夫人差点被白嬷嬷带沟里去，好幸运突然回了神。

白嬷嬷笑了笑，心想，这事儿您可做不了主，二少主意大着呢。

说说笑笑间，众人回到了龙凤族。这时候的南宫流星已经不住在那冻死人的地方了。

地窖已经拆掉，南宫流星被移到了他以前住的院子——无白院。

如昨天一样，苏落开始给南宫流星施针。

她也没有让别人出去，任由大家看着。

南宫夫人看到苏落娴熟的医术，眼中满意。这丫头，当儿媳妇不足，但确实是个好大夫，比之前那些治疗星儿的大夫靠谱多了。

十五分钟后，苏落将金针徐徐拔出。

南宫夫人希冀地望着苏落："以后也是每天施针一次吗？那要多久黑雾才会消除？如果黑雾一直没有消除，那你不得一直给星儿当大夫？我家星儿不是得一直受你所控？"

南宫夫人这话一出，全场寂静。

白嬷嬷恨不得拍南宫夫人一下。哎哟，我的夫人！哪有这样说话的，人家现在还没治好三少呢，这河还没过呢，您就拆桥？

苏落也顿了顿，无语地看着南宫夫人，嘴角微抽。这样的南宫夫人，到底是怎样生出南宫流云那个腹黑狡诈王者的？这南宫流云的爹智商得高到什么程度才平均得过来？

苏落想了想，再想了想，最终，还是无奈地说："要不，南宫夫人换人来治？"

南宫夫人顿时哑然。随后，她又是一阵恼怒："你在威胁我？"

苏落双手无奈一摊："才听出来吗？"

南宫夫人那叫一个怒啊，气呼呼地指着苏落，被气得简直说不出话来。

其实苏落知道南宫夫人为什么老冲自己发脾气，因为不服气，而且总自以为是南宫流云的娘亲，苏落就一定得顺着她让着她哄着她，但是苏落就是不惯她这破脾气。可苏落越是不搭理她，南宫夫人就越生气，但是再生气，她的星儿的命还是捏在苏落手里，所以南宫夫人真的拿苏落没有办法。

苏落利落地收拾好金针盒子，对白嬷嬷说："病人家属对大夫的信任尤其重要，既然夫人不信任我的话，那就另请高明吧，我不伺候了。"说完，苏落利索地转身就要走。

南宫夫人急傻眼了："你……你这个臭丫头！"

苏落没理她，怡然自得地走了。南宫夫人气得发抖，对白嬷嬷说："这个臭丫头，什么破脾气，还真以为就她一个人能治了？"

白嬷嬷朝天翻了个白眼，然后郑重地看着南宫夫人："这么几万年了，还真就只有她能治，夫人……"

"你这么看着我干吗？你不会让我跟她道歉吧？"南宫夫人傲娇地仰着下巴。

白嬷嬷："夫人不预备道歉？"

南宫夫人得意扬扬地摆摆手："白嬷嬷，你太不会看形势了。"

"啊？"白嬷嬷不解地看着自信昂扬的南宫夫人，"什么情况？"

南宫夫人冷笑："这臭丫头不是说了吗？她想嫁流云！呵呵，想嫁我儿子，还不上赶着讨好我这未来婆婆，还在那里摆什么臭架子，这丫头愚蠢得跟头猪似的！"

白嬷嬷的冷汗滴滴答答往下流……

南宫夫人又道："其实我看这丫头机会不大。"

白嬷嬷心头猛然一跳："夫人这话怎么说？"

南宫夫人得意扬扬："这话可不是我说的，是老爷子说的。"

"老爷子知道苏姑娘的存在？"白嬷嬷狐疑地看着南宫夫人。

南宫夫人得意地说："老爷子说了，这孙媳妇啊，要找智商、情商都高的，你看看这苏落，笨得要死，老爷子那里完全过不了关的啦。"

白嬷嬷怜悯地看着被她从小照顾到大的南宫夫人："……"

"嬷嬷你这是什么眼神，弄得好像愚蠢的人是我似的。"南宫夫人忽然又得意起来，"你猜，那丫头走到哪里时会返回来？"

白嬷嬷重重叹了口气。

就在这时候，外面的紫衣进来了。南宫夫人很开心地问："那臭丫头折回来了吧？"

紫衣一脸不解："不是啊，苏姑娘已经出了东北门，而且苏姑娘说接下来的日子里她要闭关修炼，不能给三少治疗了，让夫人另请高明。"

此话一出，南宫夫人顿时如遭雷劈，怔在当场。

"怎么可能！她不想嫁流云了吗？"南宫夫人傻了。

紫衣无奈地看着南宫夫人。南宫夫人眉头死死地皱了起来，她有些无措地看了白嬷嬷一眼。白嬷嬷提醒她："夫人，快去追吧，您想想三少啊……"

南宫夫人瞪大眼睛，难以置信地看着白嬷嬷。白嬷嬷说："难道到现在您还没意识到，苏姑娘根本不受您威胁啊……"

虽然很打击人，但这确实是事实。南宫夫人心中怒极了，虽然她也意识到苏落不受她摆布，但是这样甩脸子走人，真的是……真的是……

白嬷嬷继续道："您也别指望二少了，难道您没听过一句话吗？有了媳妇忘了娘啊。"

南宫夫人被气得差点吐血。她是不可能亲自去将苏落请回来的，于是，她看着白嬷嬷："你去追的话，我是不会拦着你的！"

白嬷嬷自然了解自家夫人的性子，能说出这话，已经很难得了。

白嬷嬷找苏落的时候，苏落确实闭关了。这让白嬷嬷很无奈，当她将消息汇报给南宫夫人的时候，南宫夫人气得差点跳脚："让她去！让她闭关去！没了张屠夫我还不信就吃不上猪肉了！"

白嬷嬷无语："那除了苏姑娘，夫人您说还有谁能治三少？"

南宫夫人气了个倒仰。白嬷嬷又说了一句："今天一天都没见到苏姑娘，等到了施针的时候还看不到，到时候可……"

事实上，此刻的南宫夫人已经后悔了，她指着白嬷嬷倔强地说："你怎么办事的？找个人都找不好？"

白嬷嬷："……"

南宫夫人冷冰冰地说："你明天再去！"

第二天白嬷嬷又去了，但是她还是没有见到苏落。南宫夫人已经坐立不安了，眼见施针时间又到了，左等右等就是等不来苏落，南宫夫人气得又砸了个杯子。也不知道南宫流云去执行什么任务了，就好像完全消失了一样，南宫夫人发了好几条信息都没见他回。

"夫人，现在咱们怎么办？"白嬷嬷问。

而就在这时候，床上躺着的南宫流星床头的生命探测器忽然嘀嘀嘀地响起来。

南宫夫人的心被紧紧地吊了起来！她一个箭步冲到南宫流星面前，就看到他的生命体征在不断下降。

南宫夫人早就请了十五长老守护在一旁，于是，十五长老抵住南宫流星的涌泉穴，将灵气输入进去。一开始还好，稳住了病情，南宫夫人大大松了口气，但是很快……生命探测器上面的生命值又在往下降。南宫夫人这时候是真的疯了！

“怎么样？到底怎么样？”南宫夫人急得眼睛都红了。

十五长老额头上的汗水滴滴往下滚落。他艰难地看了南宫夫人一眼，说：“夫人，不行啊，三少的病情我根本压不住，快请苏姑娘过来！”

南宫夫人一开始还抱着侥幸心理，但是——

现在眼睁睁地看着生命探测器上的生命值呈直线下降，眼睁睁地看着南宫流星的身体开始剧烈抽搐，南宫夫人快急疯了，这时候哪里还管什么面子不面子？她拎起裙子就冲出大门，同时口中大喊：“我去找苏落，十五长老请一定要撑住！”

十五长老此刻已经面色青白，汗如泉涌，僵硬地点了点头。

南宫夫人飞速地冲出院子。她很清楚，南宫流星的情况非常紧急，若是她再耽搁下去，流星会被她害得没命。

南宫夫人不管不顾地往前冲，后面许多下人跟着她跑，浩浩荡荡一大拨人。

结果南宫夫人跑太快，砰的一声撞到人了。南宫夫人正要大骂，却发现被撞到的是苏落，她顿时惊了，下一刻，她一把拉住苏落：“跟我走！”然后她就气势汹汹地将苏落拉过去了。

南宫流星的情况已经很严重了。他经过苏落的治疗后，再接受原来那种治疗模式肯定是不行了。苏落也知道这一点，她不会拿南宫流星的性命开玩笑，所以算好了时间过来等着的，不过南宫夫人比她想象中还要急。

她将苏落扯到南宫流星面前，目光森冷地盯着苏落：“快救他！快救他！”

此刻，十五长老已经快崩溃了，因为他输过去的十成灵力，只有一成能被吸收，其余的都逸散在空气中。

苏落上去接手，依旧是金针渡穴。看着简单地刺入金针，一点都不难，但是其中的门道只有苏落才懂。

在苏落的金针刺入之后，原本情况危急的南宫流星情况得到了缓解，渐渐平静下来。一刻钟后，苏落收针，这次的治疗已经完成。南宫夫人终于意识到苏落的不可或缺。

苏落瞟了南宫夫人一眼：“他的情况已得到缓解，以后两天施一次针便好。”

见苏落要走，南宫夫人赶紧拦住她：“你不能走！”

苏落狐疑地看了南宫夫人一眼。南宫夫人说：“总之你来了就别想走！要是两天后你在外面再被人追杀，你死不足惜，我的星儿却没人治了！所以，你必须住下来！”

苏落：“住下来？”她没有答应也没有拒绝，只目光清澈地看着南宫夫人。

南宫夫人理所当然地说：“你当然要住下来，就住这无白院，你得时时刻刻守着星儿。”

苏落摇头：“这样的话，我的心情会不太好。”

南宫夫人一开始还没明白苏落的意思，但是很快就意识到，苏落曾经说过，她心情不好的话，治疗效果就不好。顿时南宫夫人就哑然了。

苏落笑嘻嘻地看着南宫夫人："要住下来也不是不行，就住星落院吧。"

南宫夫人顿时就不高兴了。

"星落院是流云的院子，你这是要趁机登堂入室吗？你还让不让我的流云娶媳妇儿了？"南宫夫人瞪眼。

"他的媳妇不就是我吗？"苏落看着南宫夫人，笑嘻嘻地说。

南宫夫人顿时被气了个倒仰。她真没见过这么厚脸皮的姑娘！但是，看着眼前的苏落，她能怎么样呢？骂，骂不过；打，打不得；威胁？人家根本不理你！最后，南宫夫人只能甩袖子，丢下一句："随便你！"说完之后，她就走了。反正现在只要星儿能被治疗就行了，其余的事都是次要的。

于是，苏落就这样堂而皇之地在南宫流云的星落院住了下来。此消息一出，顿时惊爆整个龙凤族。

星落院。

苏落刚住进去，就发现有点不对劲。

有两个大丫鬟，一个美艳，一个柔弱，两人时不时地就用诡异的目光瞅着她，一副不怀好意的样子。

就在这时候，白嬷嬷带人过来了。

南宫夫人虽然不管这事，白嬷嬷却很乐意管。不管是因为南宫流星的关系，还是因为南宫流云的关系，白嬷嬷都有意跟苏落处好关系。

可当她走进星落院，也感觉到不对劲。以白嬷嬷这么多年的经验，她很快就明白发生了什么事。白嬷嬷冷冷一笑，看来有些人是不服气呢。

大小丫鬟分别是春月和夏月。春月看到白嬷嬷，赶紧迎上去，非常热情。夏月性子温和而柔弱，没有春月热情，但对白嬷嬷的态度也好得不行。

白嬷嬷目光冰冷地从她们脸上扫过，一声不吭，现场的气氛顿时就下降至冰点。

别看白嬷嬷在南宫夫人面前温温柔柔的，在这些下人面前却很有威严。春月、夏月顿时被吓住了。白嬷嬷也没说什么，只冷冷地交代一声："苏姑娘是族里如今最尊贵的客人，如果你们有一丝怠慢，别说南宫二少，就是夫人也绝对饶不了你们！"

春月和夏月互相看了一眼，都低下头去。白嬷嬷冷冰冰地扫他们一眼，进去找苏落了。

春月皱眉："哪家好的姑娘会主动要求住进男人的院子？"

夏月看了春月一眼："少说一句，小心白嬷嬷听见了饶不了你。"

春月冷哼："等二少回来，还不得掀翻了天去？我们都知道二少素来有洁癖，怎么会允许一个陌生姑娘住他的院子？"

夏月也冷笑："就算有夫人撑腰又怎样？且看着吧。"

白嬷嬷进院子跟苏落说了几句话后就告退了，她来只是代表南宫夫人表明一下态度。这其实是白嬷嬷自作主张。南宫夫人才不会那么细心地去关心苏落的处境，是白嬷嬷看出了苏落对龙凤族的重要性，主动向她示好。她在苏落受到冷遇的时候主动站出来撑腰，苏落虽然觉得没必要，但还是承她的情。

于是，苏落多跟她说了一句：“南宫流星的情况还没好转，现在是每隔两天施针一次，但随着时间的推移，一个月，甚至一年施针一次都是有可能的。”

白嬷嬷的眼眶都湿润了。以她老嬷嬷的身份，主动跟苏落示好，为的不就是请求苏落好好治疗三少吗？

白嬷嬷眼巴巴地看着苏落，苏落想了想，又说：“等一年施针一次的时候，就可以准备苏醒工作了。”

白嬷嬷闻言，霍然站起来。不等苏落说话，白嬷嬷当即撩起裙子给苏落下跪。

春月和夏月正端着茶水点心进来，看到白嬷嬷跪在地上，两人瞬间脸色大变。白嬷嬷，夫人身边最信任的人，平日里地位很高，在下人里素有威信，然而这样的人，却给苏落跪下了，而且，苏落还坦然受之！

白嬷嬷给苏落磕了一个头：“苏姑娘，有劳了！”

白嬷嬷不傻，眼底反而有着广泛阅历的睿智，所以她知道，要复活一个人谈何容易？越是这种逆天之事，所受到的反噬就越大。所以她给苏落磕头磕得心甘情愿。但是春月和夏月不知道其中的内情，白嬷嬷离开后，她们还是深受打击的模样，久久回不了神。

苏落目光慢悠悠地从她们脸上扫过：“还戳着当冰雕啊？出去！”

春月冷冷一笑：“苏姑娘，要滚出去的人是你吧？有白嬷嬷和夫人撑腰，你以为自己后台很硬，二少一定不会赶你走是吧？如果这样想的话，你就大错特错了，我们二少可是连大人的话都不听，更遑论夫人了，你别痴心妄想了！”

苏落慢悠悠地瞟了她们一眼：“你们就是这样对待未来的当家主母的？”

“未来的当家主母？”不只春月，就是夏月都跟着笑了，脸上是满满的讽刺。

春月说：“你的脸皮还真厚，你等着吧，等我们二少回来，看他会不会把你扔出去！”

也不知道是苏落的运气太好还是太差，南宫流云当晚就回来了。

还没等他踏入院门，春月、夏月两姐妹就迎上去。好在她们懂规矩，知道跟素有洁癖的二少保持一小段距离。

而此刻，站在庭院里的南宫流云听到了一阵优雅的琴声，绵绵不绝于耳。

南宫流云不由得皱了皱眉头。

春月以为时机成熟，立马跟南宫流云告状：“二少，有个女人住进了星落院！仗着有夫人撑腰，死赖着不走！”

春月平日里说话不会如此粗俗，但是现在她被嫉妒蒙蔽了双眼，所以行事就少了一份理智。

南宫流云瞥了她一眼。

春月见二少神色不善，心里越发开心，以为南宫流云这是在怪那个登堂入室的女人呢。

于是春月告状告得更起劲了：“白嬷嬷跟她的关系特别好，亲自送了她过来，而且还让我们不许胡闹，二少，您看这事儿……”

南宫流云收回视线，抬脚朝屋里走去。

春月和夏月对视一眼，都在彼此眼中看到了狂喜之色！走走走，快跟上，二少这就要赶那个女人滚了！

本来春月和夏月行事不会这么张扬而脑残，不然她们也不会在南宫流云身边近身伺候。但是女人一旦被嫉妒蒙蔽双眼，什么脑残事都不是事了。

南宫流云一脚踏入房门。

悠扬的琴声依旧不绝。

春月在心里冷笑，苏姑娘你就作死吧，我们二少来了，你居然还不站起来打招呼，居然还敢大大咧咧地坐着弹琴？

南宫流云就站在那里，目光温柔地看着苏落弹完最后一曲。

直到琴音结束后，啪啪啪的掌声响起。

两人相视而笑。

苏落更是快步走上去，双手环住他清瘦的腰部，紧紧地搂着。才短短几天不见，就有如隔三秋的感觉。

看着面前相拥的两人，春月和夏月就像被雷劈了一样，立在当场，久久无法动弹。

春月看看夏月，夏月也看看春月，两人嗫嚅着嘴唇，难以置信的神色中透着浓浓的苦涩。

二少一直有洁癖的，最讨厌肢体接触，最不喜欢跟人亲近，可是……

可是她们竟然看到二少抱住苏姑娘，俯下身，霸道地攫住苏姑娘的唇！

春月和夏月顿时蒙了。两人从震惊中回过神来之后，脸色顿时苍白得可怕。

苏落慢悠悠的声音传来："你们有事？"

春月和夏月茫然地看着苏落，而后她们迎接的便是南宫二少冰冷如飞刀般的眼神。

他说："滚出去！"

春月和夏月咬紧牙关，只能顺从地退了出去。从二少的语气和对话中，她们忽然明白，原来外界的传闻是真的。

在二少身边伺候了这么多年，她们比任何人都知道二少的冷漠绝情，他怎么可能会去追女生？所以当她们看到苏落主动住进来时，心里别提多幸灾乐祸了。

然而，事实狠狠地抽了她们一巴掌。

苏落在星落院住了下来。

上有夫人撑腰，下有南宫流云宠着，春月和夏月两个大丫鬟被苏落压得大气都不敢出。每隔几天，苏落就治疗一下南宫流星，所以小日子过得优哉游哉的。

苏落在南宫流云的院子一住就是半年。

这一日，她正在给南宫流星针灸。

随着时间过去，施针间隔的时间越来越久，到现在，基本上针灸一次可以保持数个月了。

南宫夫人对苏落的态度已经好多了。

"怎么样？"南宫夫人见苏落神色轻松，便激动地问她。

苏落点点头："这次针灸后，可以保持南宫流星一年没问题了。"

南宫夫人长长舒了口气，但是很快她就激动起来："一年？你说过的，一年的话……"

苏落点点头："保持一年的话，就可以着手准备复活他的事了。"

南宫夫人拼命点头。

复活啊，她的宝贝星儿要复活了！

"但是——"苏落认真地看着南宫夫人："复活不是一件容易的事，甚至可以说，很难。"

南宫夫人："什么意思？"

苏落说："复活没有百分之百的成功率，我只有五成的把握。"

这个概率，不算高也不算低，南宫夫人却长长舒了口气。

苏落狐疑地看着她。

南宫夫人笑着说："我还以为什么事。林若羽百分之一的成功概率都被你救活了，现在这五成的把握你还能治不好？蒙谁呢？"

苏落差点吐血："伯母！不是这样算的！"

南宫夫人理所当然地摆摆手："我知道的，你肯定能治好星儿的，你怎么可能会治不好星儿呢？你可是苏落啊。"

苏落："……"

看着南宫夫人那张笑脸，苏落只能无奈地叹口气："复活南宫流星需要很多药材，别的还好说，但是其中有一种药材不长在灵界，所以很难找。"

"不长在灵界，那它长在什么地方？"南宫夫人皱眉。

"修罗界。"苏落一字一顿地说。

南宫夫人当然知道修罗界，因为修罗界跟灵界是死敌，而龙凤族是守护灵界的最主要力量。

修罗界的很多人死在龙凤族，而龙凤族也有很多子弟死在修罗界人手里，双方是死敌。

所以，南宫夫人一听，顿时神色一变："什么药？"

"如果夫人能保密的话……"

南宫夫人急了："事关星儿，就算有人把刀架在我脖子上，我也不会说啊！"

苏落点点头："噬灵珠。"

"这是什么东西？"南宫夫人表示自己听都没有听说过。

苏落微微勾起唇角："别的皇级炼药师都未必听过这个名字，您没听过，很正常，但它是炼制复活丹的必备药材之一。"

苏落说得这么肯定，南宫夫人还有什么可说的？这段时间以来，苏落对南宫流星的治疗有目共睹，南宫夫人就算想找错都找不出来。

苏落看着南宫夫人，认真地说："所以我要去修罗界。"

南宫夫人被苏落吓了一跳，皱着眉头很是担心地道："修罗界岂是说着玩的？那里的人可凶残了，最仇恨咱们灵界的人，一旦被对方发现你是灵界的人，无数修罗界人就会蜂拥而来，将你杀得片甲不留，这样你也要去？"

苏落耸肩："噬灵珠只有我能感觉到是什么东西，别人就算看到了也认不出来，如果夫人觉得我不必去的话，那我不去好了。"

南宫夫人纠结了。苏落去，怕她出意外，到时候谁来救星儿？苏落若不去，噬灵珠又只有她一个人知道。

南宫夫人纠结得面容都扭曲了，她死死盯着苏落："你让我想想……让我想想……"

苏落点点头，她有足够的时间等南宫夫人做出决定。

苏落从南宫流星的院子走出来时，她的通讯珏响了起来。咦，居然是呼延大人？

"现在有空吗？回学院一趟吧，大家都等着你哦。"呼延大人的语气真是前所未有地好。

苏落恶寒了一下，她确实有大半年没有去帝国学院了，所以点点头："可以。"

等苏落到达帝国学院的时候，发现会议室里黑压压一片人。苏落扫了一圈，目测有十九个人，加上她一共二十个。这二十个人，就是新生联赛前二十名的学生。

苏落看着他们，他们也看着苏落。唐雅岚跑过去，将苏落拉到她们身边就座。

学员中，有不少人对苏落怀有敌意，见到她出现，一个个冷哼。

在场的老师不多，都是各院的副院长和教导主任，除了东华学院的，苏落基本不认识。

见所有人到齐后，四位教导主任和四位副院长坐在学员对面那一排座位上。

自从苏落拿到新生联赛第一名，东华学院就成为四大学院之首了，而东华学院的副院长也成了四位副院长中地位最高的一位。

副院长说："今天召集大家来，是通知大家一件事。新生联赛后，按照惯例会拉出去特训，这次经过四大学院讨论，终于确定了方案。"

所有人都睁大眼睛看着他。副院长大人冷静地丢出一句话："这次，我们要去的地方是——修罗界！"

全场顿时一片寂静，几乎所有的学员都用一种诡异的目光盯着副院长大人。副院长平静地点点头："你们没有听错，这次，你们这二十名最杰出的学员，将会在我的带领下，组团去修罗界。"

周二飞急吼吼地大叫起来："修罗界？以我们现在的实力，怎么去修罗界闯荡？"

辛一豪也说："上一届的师兄师姐们去的是南部边境，上次二十个人只活了十五个人，修罗界更是凶险十倍，所以请老师慎重。"

陈雪娇冷冷一笑："这么怕死，那你别去好了。"

周二飞愤怒地盯着陈雪娇："你这个女人这么嚣张，说不定最先死的那个人就是你！"

辛虫亮却表示很有兴趣："既然学院让我们去修罗界特训，肯定会有安排，不会置我们的性命于不顾，大家急什么？"

唐雅岚有些害怕："能不能不去……"

费君平暗中捏了她一把。

唐雅岚弱弱地看着费君平，她是真的很害怕啊……听说修罗界的人长得三头六臂九根尾巴，如果她遇到，别说战斗了，吓都要被吓死了。

慕容方和冷云毅都冷笑地看着苏落。他们当然是倾向于去修罗界的，越是乱的地方，就越可以趁机动手。

他们对苏落积怨已久。这一年的时间，他们拼命修炼，努力向上，就是时刻准备着有一天能够将苏落杀了，一雪前耻！

等大家议论得差不多了，副院长才摆摆手，现场顿时安静下来。

副院长冷冰冰地扫了他们一眼："去修罗界的事上面已经确定，就不需要讨论了，这次叫你们过来是通知你们，而不是询问你们的意见。"

众人顿时寂静无声。副院长冷冷一笑："身为新生联赛前二十名的你们，有这个实力，却没有这个胆量吗？"

周二飞举手，副院长示意他发言。周二飞弱弱地说："副院长大人，可不可以……不去？"

副院长冷笑般勾起嘴角："可以啊。"

周二飞脸上露出一抹喜色，唐雅岚的心情也顿时放松了，但是副院长紧跟着说："既然你们连这个勇气都没有，又有什么资格待在帝国学院？"言下之意就是，不参加去修罗界的特训，就会被退学。

周二飞蔫蔫地坐下了。唐雅岚脸上难掩失望。副院长将下面所有人的表情都看在眼里，这才开口："但是，你们担心的情况，学院也同样担心，所以，这次我们去的只是修罗界的边境血海城。"

一听到只是边境城池，众人都微微松了口气。

副院长很会控制学员的情绪，在众人刚刚放松一点的时候，他又来了一个但是："但是，血海城各种族混杂，血腥杀戮盛行，你们想要活着回来，并不是一件容易的事。这一届，你们的死亡率超过了百分之三十。"

众人又紧张起来。百分之三十，也就是说，在场二十位学员会死掉六个！

副院长看到他们，冷冷地勾起唇角："为了减少死亡率，你们需要一位称职的队长，一位好的队长有可能会将死亡率降低到零。"

队长？很多人下意识地看向苏落。因为她是新生联赛第一名，要说队长的话，应该首选就是她吧？

可是……不少人的视线又转向慕容方，因为在他们眼中，还是觉得慕容方的实力比苏落强一些。

慕容方挑衅地看着苏落。

副院长的视线在两人脸上扫过，不动声色地说："这次的队长……举手表决。这关乎到你们自己的性命，每个人都将因为自己的选择而对自己的生命负责，所以你们举手之前请慎重考虑。"

众人心中万分纠结。到底是选苏落呢，还是选慕容方呢？

冷云毅第一个发表意见："苏落之所以能得到新生第一名，跟南宫二少的关系很大，但是这次，南宫二少总不会跟我们一起去吧？而慕容方的实力是实实在在的，所以我选慕容方。"

周二飞看看苏落，又看看慕容方，举起手："苏落可是在所有人面前堂堂正正地打败了慕容方，什么叫作靠南宫二少？再说，你怎么知道南宫二少不会陪苏落去？不管怎么说，苏落，我支持你！”

“我也选苏落！”费君平举手表态。

“我当然选我们苏姐姐啊。”唐雅岚举手。

“我选慕容方。”陈雪娇毫不犹豫地偏向慕容方。

接下来，在场的二十人中，候选人就只有苏落和慕容方，其中九个人支持慕容方，九个人支持苏落。于是，事情就僵持住了……

慕容方得意扬扬地挑眉，挑衅地看着苏落。他虽然是第二名，但是支持者并不比苏落少，可见苏落有多么不得人心。

四位副院长、四位教导主任也没预料到会出现这样的情况，在副院长的召集下，八个人开了一个小会，最后由副院长大人总结：“你们都坚定了自己的选择，不改了？”

众人先是一阵犹豫，但是很快就冷静地点头：“不改了。”

副院长又看向苏落：“那么你呢？”

苏落本来并不想做什么队长的，因为做队长就意味着甩不掉的责任，背负着别人的性命，做很多事都会束手束脚，但是面对慕容方挑衅的目光，她微微一笑：“捞个队长当当，似乎也不错。”

副院长的视线又转向慕容方。

慕容方冷静而自信地说：“这个队长的位置，就算为了这群支持我的人，我也坚决不会退让！我会带领他们，平安地从修罗界回来，一个人也不会少！”

最后的结果是慕容方带一队，苏落带一队。

回到龙凤族之后，苏落将这消息告诉了南宫流云。

“你要去修罗界？”南宫流云微微皱眉。

南宫夫人今天将南宫流云叫过去，说了很多话，所以南宫流云知道苏落要亲自去修罗界寻找噬灵珠。

苏落点点头。她原本以为南宫流云会嘱咐她去修罗界的注意事项，但是让她奇怪的是，南宫流云只说了一个字：“好。”

好？就这样简单地把她给打发了？

苏落摸着下巴，觉得此刻的南宫流云怪怪的。按理说，他不该如此冷漠吧？

“你……最近挺忙？”苏落狐疑地看了他一眼。

南宫流云点点头：“很忙，走不开。”

苏落哦了一声，继续狐疑地看了南宫流云一眼。

南宫流云微微勾起唇角：“如果有你的帮忙，事情或许会简单许多。”

“怎么帮？”苏落问。

“随我来。”南宫流云牵着苏落的手，带着她朝军营走去。

南宫流云带苏落来的地方，属于帝都京郊一处隐秘所在。如果不是南宫流云带苏落过来，以苏落的谨慎认真，也未必能摸索到。

经过七道关卡，两人终于到了一处山洞门口。门口立着两个严肃凌厉的士兵，看到南宫流云，两位士兵啪的一声朝南宫流云敬了一个标准的军礼！

南宫二少俊朗的容颜依旧冷凝，朝他们点点头，然后牵着苏落进入里面。

外面是简陋的山洞门，越是往里越是宽阔，有点像从葫芦口走进去的感觉。

还没走几步，就见前方迎面过来一群人。

为首的那位中年人一身戎装，标准国字脸，气宇轩昂，有一种铁血军人的硬朗气质。他看到南宫流云，当即迎上来，对南宫流云行了一个标准的军礼。

南宫流云点点头："闵中校，情况如何？"

闵中校的目光从苏落脸上扫过，却并没有在意，神色间带了一抹焦急："回上校大人，他的情况越来越差，别说救活，用尽手段也没办法让他苏醒片刻时间……"

闵中校一边跟南宫流云汇报，一边瞥了苏落一眼。

事关军事机密，他不好直言。

南宫流云却说："她是我请来的炼药师，你但说无妨。"

闵中校微微一愣，狐疑的神色只是一闪而过，多年的军旅生涯让他很快镇定自若："这位……炼药师？"

军队里最好的炼药师可是皇级炼药师，不属于任何派系，只任职于军部。

上面派了那位白发苍苍名声享誉军部的汤炼药师过来，汤炼药师忙活了一个多月都无济于事，几乎要宣布放弃了，这位小姑娘能行？

不过闵中校并没有提出质疑，因为南宫上校的眼光奇准，就没有看走眼的。

他对苏落友好地笑了笑："那就麻烦这位小炼药师了。"

"我姓苏。"苏落没好气地瞥了他一眼。小炼药师？难道还有大炼药师不成？

闵中校神色着急而哀戚："那就麻烦苏炼药师了，请务必将他救醒，不然这趟修罗界之行，牺牲了那么多兄弟，结果却……"

苏落看了南宫流云一眼。

南宫流云牵着苏落一边往里面走一边给她解释。里面躺着的那个人是军情九处第一队队长，他带领小队潜入修罗界刺探军事地图，但是惨遭对方屠戮，最后只逃出了他一个人。关键时刻他怕地图被搜回，咬牙记下那块区域地图，将原件焚毁。所以，如果他久久不醒甚至死去，那其余兄弟付出的生命代价就都白费了。

现在所有人都在殷殷期盼这位一队的队长颜永飞苏醒，但是他身中奇毒，毒素侵蚀大脑……后果不堪设想。

等南宫流云讲完的时候，他们刚好停在一处门口。

闵中校亲自将门打开，欢迎苏落进入。

这时汤炼药师刚好看过来，闵中校当即问："汤大人，颜永飞他……"

汤炼药师神色疲惫，一脸沮丧，他长叹一声，摇摇头："恕老夫无能为力，颜队长……老夫救不了。"

汤炼药师的徒弟正在帮他收拾治疗的药物和器械，然后规规矩矩地放进药箱里。

汤炼药师这是准备放弃了？

闵中校当即神色大变："汤炼药师，您再想想办法！您再坚持一下！颜永飞的意志力很坚强，他能挺过来的！求您帮帮他！”那么冷静的硬汉，说到这儿，眼圈微微发红！

颜永飞肩负五十位兄弟的希望！如果他不能苏醒，不能将地图描绘出来，那么五十位兄弟的性命就等于白白牺牲了！

汤炼药师无奈地摇摇头：“就算他能醒过来，脑子也废了，不行的。军部还有别的病人，老夫就不耽搁了，你……节哀。”说完他拍拍闵中校的肩头，摇摇头就要往外走。

闵中校整个人愣在那里，宛若石头一般……

颜队长是他的手下，死去的五十名兄弟也是他的手下，难道他真的要眼睁睁地看着英雄就这样痛苦地死去而无能为力？

就在这时候，原本连在颜队长手里的生命探测器忽然嘀嘀嘀地响起来！

这东西苏落并不陌生，之前南宫流星生命危急之际也响起过这样的声音。

汤炼药师却依旧往外走。

闵中校顿时急了，用力一把扯住汤炼药师：“大人！请您救救他！他快要死了！请您救救他！”

汤炼药师却摇摇头，他的侍童则目光凶狠地瞪着闵中校：“中校大人请松手！师父说不能治就真的不能治！师父都治不好的病，放眼整个天下，也没人治得了，既然师父已经宣布无法治疗，那么神仙下凡也治不了！快松手！”

汤炼药师皱皱眉头，却并没有呵斥他的侍童，可见这是说出了他的心里话。

然而闵中校犹如溺水之人抓住最后一根救命稻草，死都不放！汤炼药师既无奈又气愤，但是看看闵中校那双湿润猩红的眼，责备的话又说不出来。

他们并不知道的是，就在他们纠缠的时候，苏落已经快步走到颜队长身边。

除了南宫流云，没有人注意到苏落手中出现三枚金针，而这三枚金针正在以极快的速度刺入颜队长脑部三穴道。

苏落的动作又快又稳，所以直到三枚金针没入，别人也没注意到她的动作。

那侍童无意中回头，忽然就看到苏落，他顿时一惊：“你是谁？你在做什么！”

于是，所有人的注意力全集中到苏落身上。

此刻，苏落并没有时间跟他们解释，因为如汤炼药师所言，颜队长的情况已经非常危急了！

汤炼药师的眉头紧紧皱起！他既然已经宣布无法医治，这丫头突然蹿出来，这是打他的脸呢？想到这，汤炼药师神色有些不善。

他盯着苏落，声音冷厉：“哪里来的臭丫头，颜队长于国有功，遗体岂能遭人亵渎？来人，把她拖出去！”

汤炼药师相当于国医圣手，在军部的威望很高！而且他是军医，虽然是文职，但是军衔非常高，乃堂堂中将！

他这话一出，门口守着的士兵们顿时拥了进来，朝苏落快步而去！可还没等他们接近苏落，就听到一道冷然的声音在耳边响起。

“且慢。”南宫流云眼眸微眯，盯着汤炼药师。

汤炼药师朝南宫流云一看，顿时微微一惊。他供职于军部，南宫家族又占据军部半壁江山，南宫流云则是半公开的龙凤族未来继承者，汤炼药师想不认识他都难。

南宫流云淡淡看了汤炼药师一眼，神色依旧冷然：“汤大人这是要做什么？”

汤炼药师指指苏落，又指指南宫流云：“你的人？”

这三个字，南宫二少爱听，于是傲娇的二少得意地点头：“我的人。”

汤炼药师紧跟着皱眉，神色不悦：“你的人在折腾什么？病人已经脑死亡了，神仙下凡也救不活，何苦再折腾他的遗体，亵渎英雄尊严？要试验，完全可以找别人去！”

这还是汤炼药师顾及这位是龙凤族未来的继承者，所以说话收敛了许多，要是换成别的晚辈，骄傲的汤炼药师早就一顿劈头盖脸的臭骂了。即便是小辈的父亲、爷爷来，他也照骂不误，因为他军衔高、威望高。

南宫流云现在还是上校，中间还有少将，然后才是中将，所以跟汤炼药师的军衔还无法相提并论，若是换成别人，早就不敢吭声了，南宫二少却冷冷一笑。

“汤大人当真以为自己医术天下第一了？”南宫二少神色悠然自得，漫不经心。

汤炼药师闻言，冷冷一笑！他对南宫流云尊重，是因为这小辈不是池中物，还因为其家世显赫，但是小辈不承他的情，他又何必给小辈面子？

汤炼药师嗤笑：“老夫不敢说医术天下第一，但是老夫治不好的病人，还没旁人能治好过！这一点，从不曾破例！”

南宫流云慢悠悠地瞟了他一眼：“那么，今天就可以破例了。”

一句话，堵得汤炼药师面色涨红。

“呵呵！”汤炼药师冷笑，“若真有此人，老夫下跪拜师又何妨？”

南宫二少却极认真地摇头：“你放心，她不会收你的，她对徒弟的颜值要求比较高。”

汤炼药师差点气得一口血吐出来：“她是谁？南宫上校指出来，倒是让老夫见识见识！”

汤炼药师直呼南宫上校，可见已经气极了。

南宫二少自信满满地朝前方一指：“喏。”

汤炼药师有一种被戏弄到吐血的恼怒，他朝南宫流云拱拱手：“南宫二少今日侮辱之言，老夫铭记在心，就此告辞了！”

汤炼药师这是记恨南宫流云了。

南宫流云似笑非笑地看着他：“难道你不想亲眼看看你救不活的人却被别人救活是种怎样的感觉吗？”

一而再再而三的侮辱，让久居上位、被奉承惯了的汤炼药师大怒。可他还没发话，南宫二少就似笑非笑地勾起唇角：“你听——”

气急败坏的汤炼药师顺着南宫流云的话，竖起耳朵一听，忽然，他眉头紧皱，突然意识到有点不对劲。

“师父，救急呼叫声停止了。”侍童愕然。

对啊，就是这个！汤炼药师恍然大悟，随即他却冷冷一笑：“死了当然就没有声音了。老夫早就说过治不好，结果你们看——”

汤炼药师说话的时候，他的侍童一直在拉扯他的衣袖。岂有此理！还懂不懂规矩了？！

汤炼药师冰冷的目光射向侍童。

侍童的眼底却有着难以置信的惊骇之色，他惊诧地说："师父，您看，生命值稳定下来了……"

汤炼药师只觉得一道雷从他头顶上劈下。生命值稳定下来了？怎、么、可、能！一定是小童看错了！

汤炼药师当即转过身去，目光森冷地盯着生命探测器！下一刻，他果然看到生命值稳定在十五。原本都降到零了，什么时候升到十五的？

汤炼药师来不及多想，当即快步朝苏落走去！当他来到苏落身边的时候，亲眼看到苏落从颜队长脑部拔出三根细长的金针。

随着金针拔出，颜队长的生命值有轻微的波动，掉到了十三，但是很快又稳定下来。

汤炼药师眉头深深皱起，伸手给颜队长把脉，把了好久，他才狐疑地将颜队长的手放开，眼底神色凝重。

闵中校看看神色淡然的苏落，再看看神色凝重的汤炼药师，也陷入了深深的思索中……

刚才是什么情况？

汤炼药师宣布放弃治疗，南宫上校带来的漂亮小姑娘却将颜队长的生命值稳定住？事情变化太快，他的脑子都有些转不过来了。因为这几乎颠覆了他以往的认知！

汤炼药师目光疑惑地看着苏落："你是怎么做到的？"

苏落并没有看汤炼药师一眼，因为她还有很重要的事情要做。拔出的三根金针上带着毒液，所以此刻的苏落正将三根金针放入器皿里浸泡，浸泡出毒素溶液，她才能进行更好的分析。

面对中将大人兼皇级炼药师的疑问，苏落连一个眼神都没有给他，只低头顾着自己手里的事情。她的手速非常快，那白皙如玉的青葱手指迅速翻飞着，培养着器皿里的毒素。

汤炼药师尴尬地站在那里，堂堂皇级炼药师就这样被一个小丫头无视了。

汤炼药师身边的侍童受不住这样的冷遇了。要知道，平日里汤炼药师无论走到哪里都是威风八面、受人敬仰、高高捧着、阿谀奉承着的。

"你这丫头聋了吗？！我师父问你话呢！"侍童气呼呼地指着苏落。

"闭嘴！"三道声音异口同声地响起。

一道是苏落，一道是南宫流云，还有一道是汤炼药师的。

侍童被呵斥得弱弱地低下头……

汤炼药师又凑上去一步，距离苏落很近，因为这样才能细心地观察苏落的动作。

苏落却嫌弃他太近了，于是皱眉道："这位老先生，麻烦你离远一点，我这施展不开手。"

这位可是中将大人！竟然嫌中将大人碍手碍脚！这丫头嫌脖子上的脑袋长太久了是不是！但是侍童不敢呵斥，因为他了解自家师父，汤炼药师对于炼药有一种疯狂的执着。

闵中校眼巴巴地凑上来，欲言又止。

苏落看他忍得辛苦，于是开口说道："颜队长中的毒很复杂，是一种混合型毒素，我现在只辨认出其中的九种，所以还没办法炼制出解药。"

“那……”闵中校心里忐忑不安。

苏落说：“但是我在培养毒素，不出意外，三天后就能分辨出其余的毒素了，这一点闵中校无须担心。”

汤炼药师冷笑：“你说得倒是轻巧，就算你能解毒，到时候醒过来的病患也是一个白痴！他的脑子已经损伤了，药石无效！”

闵中校闻言，眼底一痛！

苏落冷冰冰地瞥了汤炼药师一眼，说：“这位老先生说得不错，颜队长伤的是脑子，以毒素破坏脑部系统，所以现在只能先解毒，等毒解了之后，再进行脑部修复。”

闵中校闻言，顿时一喜！这位小姑娘是南宫上校找来的，既然她说解完毒后再修复脑子，那么定然是没问题的。

汤炼药师又是冷冷一笑：“小姑娘想当然，实在是天真！这脑已经损伤了，你还能修复？简直滑天下之大稽！老夫可不信！”

苏落不悦地看着这个一直跟她唱反调的老头，不耐烦地说：“小老头，既然你这么不服气，那就好好站在旁边看着，有你惊呆的时候！”

小老头？她居然喊堂堂皇级炼药师，堂堂中将级别的大人物小老头？而且她的语气还那么不耐烦！

侍童被气得差点晕过去，汤炼药师不怒反笑：“好，好，老夫不走了，就站在这里看着，看你如何解毒，看你如何修复脑损伤！”

汤炼药师说干就干，还真拉了张凳子坐到颜队长床前，目光挑衅地看着苏落。

苏落差点翻白眼……这小老头怎么跟小孩子赌气似的？忒幼稚了吧？不过她现在可没时间陪这小老头玩。颜队长的毒比她想象的还要复杂，一丝都错不得，所以苏落现在全神贯注地盯着培养器皿，不断研究着。

如此过了三天。

在这期间，颜队长多次生命垂危，汤炼药师多次幸灾乐祸，然而结果都是被苏落抢救回来。

有一次，颜队长的脉息、心跳都已经停止半个时辰了，所有人都已经选择放弃了，但是苏落没有放弃，她一次又一次地按压他的心脏位置，最后竟然真的将颜队长从死神手里抢了回来！

但是颜队长的情况并不好，他很痛。

因为脑神经被损坏，所以每时每刻，他都处于千万虫蚁噬咬般的疼痛中，每时每刻他都在流冷汗，痛晕了又苏醒，苏醒了又痛晕过去，浑身像是从水里捞出来一样。

有专门的士兵帮他擦拭身体，但是一刻钟后，他又会浑身湿透……

所有人都不忍心再看下去。

若是旁人，早就已经在极度痛苦中放弃自己的生命，但是颜队长没有。因为知道自己肩负着五十名兄弟的希望，所以他不能死！颜队长用坚强的信念，硬生生地挺过了这三天。

闵中校那样的硬汉，眼圈红了又红。

就连久经生死的南宫流云，眼底都有一丝动容。

而此刻，疼晕过去后又苏醒的颜队长，又陷入一种疯狂的疼痛状态！他抱着脑袋，不断地撞着床！

士兵们狠狠压制着他的身体，却被他强大的力气掀飞。最后上去五六个人，才勉强将疯狂的颜队长压制住。

汤炼药师眼底闪过一丝遗憾，他看着苏落，说："他的脑神经已经疯狂到崩溃了，不行了，没救了……"

苏落冷冰冰地白了他一眼，嗤笑一声："原来军部最好的炼药师，也不过如此。"

汤炼药师愤怒地一拍桌子，但是不等他口出狂言，苏落就冷冷一笑："我会治好他，拭目以待吧，军部最好的皇级炼药师。"

"如果你能治好他，我拜你为师！"汤炼药师气呼呼地道！

苏落冷冷一笑："没听我家南宫说吗？我将来的徒弟，颜值一定要高，看着就要赏心悦目，小老头你没机会了。"

汤炼药师差点被苏落气得晕过去。

别人看着苏落的目光都有些变了。一开始都以为苏落不过是南宫上校带过来的小姑娘，谁都没有认真对待她，但是随着她一次又一次地将颜队长从死亡线上拉回来，众人看她的目光渐渐有些不一样了。

而现在，他们看到苏落威严而自信地炼制解药，看到苏落谈笑风生间气得汤炼药师吐血，对苏落的佩服之情油然而生。

就在跟汤炼药师斗嘴的时候，苏落看着毒素器皿的眼眸中闪过一道亮光！

"成功了！"苏落抹去额头上的汗，亲自捧着碗走过去，在南宫流云的帮助下，将整整一大碗液体全部喂进颜队长口中。

不用苏落说，南宫流云已经点了颜队长胸口几处穴道，让颜队长动弹不得。如果不及时点住穴道，颜队长绝对会吐出来，那苏落辛苦了三天的结晶就白费了。

颜队长眼睛半睁着，目光灰暗颓然地看着苏落，眼珠子一动不动。

苏落看着他，说："你放心，我一定会治好你的，不仅仅解毒，还会治好你的大脑，让你将地图重新绘制出来。"

经过三天的观察，苏落已经可以确定，颜队长的大脑确实被毒素损伤了，但并不是完全损伤，所以有时候他会有一小段时间的清醒。

而现在，通过颜队长的神色，苏落可以断定，他正处于半清醒状态。

果然，听到苏落的话，颜队长眼眸蓦然间睁大！

这段时间，颜队长清醒的时候，耳边充斥着的都是汤炼药师的话。

"治不好了，这病老夫没办法医治啊。

"脑损伤这么严重，就算主神来了也无济于事啊。

"放弃吧，不用浪费人力物力了，治不好的……"

在这样丧气的环境中，颜队长几乎被影响得丧失了求生的本能，但是苏落接手后，她这么斩钉截铁地告诉他——她会治好他！

她会让他将地图绘制出来！

在无尽的痛苦折磨中，颜队长即使是铁人，也渐渐陷入绝望之中。所以，当苏落那么自信满满地告诉他这句话时，第一次，颜队长心中有了一丝希冀……

看到颜队长眼中绽放出的神采，汤炼药师瞪大了眼睛……

然后，他竟然眼睁睁地看着原本只有十三的生命值，往上蹿了一点点，跳到了十四点。

汤炼药师："……"

渐渐地，颜队长觉得眼皮越来越重，随后陷入了泥沼般的黑暗中。

他全身一开始还不断冒冷汗，但是没过多久，冷汗竟然停止了。

而他原本的十四点生命值，开始逐步平稳地往上升。

十五点、十六点、十七点……

看着逐渐攀升的生命值，汤炼药师说不震惊那是假的。这是被他放弃的病人，却被一个黄毛丫头给治得……至少性命应该无碍了……

"你……"汤炼药师能屈能伸，倒不觉得多丢脸，只是嘴硬道，"就算稳住了生命值又怎么样！他的大脑已经损坏了，跟白痴没两样，你还真能治不成？"

苏落说："精神最复杂的莫过于灵魂，人体最复杂的莫过于大脑，颜队长生命无碍了，现在准备修复大脑。"

闵中校愣是看直了眼。

"生命无碍了？真的无碍了？！"闵中校激动地握紧拳头。

苏落用一种很奇怪的眼神看了他一眼："当然啊，解毒又不是多难的事。"

苏落故作茫然只为了坑汤炼药师。

果然，耿直的闵中校看了苏落一眼，又转头看了汤炼药师一眼，眼中露出一抹狐疑之色。汤炼药师身为堂堂皇级炼药师，实力是不是太差了些？

不仅闵中校这么想，周围其余的人也都有了这种想法。

汤炼药师气得胡子都哆嗦了，却没有任何办法！本身就技不如人，还有什么说的？

"老夫就不信你能修复好他的大脑！"汤炼药师往板凳上一坐，朝苏落冷笑，"老夫还真就不信了！"

苏落同情地看着这位军部最厉害的炼药师，摇摇头："那你就看着吧。"

就在这时候，苏落的通讯珏响起。

第十六章 特训

苏落拿起来一看，发现是帝国学院发来的信息：明日一早所有人在帝国学院集合，一起出发特训！

苏落眉头微微皱起："明天集合？这可不行。"

闵中校问苏落什么事，苏落皱眉道："明日要出发去特训。"

闵中校顿时急了！汤炼药师更是急了！这怎么行？他还没看到苏落修复颜队长的脑神经呢，他还没笑话这丫头呢。

汤炼药师抢着说："你哪个学校的？"

苏落说："帝国学院东华分院一年级。"

汤炼药师冷冷一哼，当即拿出通讯珏，冷冰冰地吩咐了一句，完了之后，他对苏落说："快点动手修复啊，还愣着做什么？"

苏落还没动手修复，她的通讯珏就又响了，她拿起来一看：因此刻特训危险重重，准备工作还未做好，所以经院方研究决定，出行时间待定，具体出发日期届时通知。

从苏落告诉汤炼药师，再到苏落接收到第二条信息，这中间的时间差都不到一分钟吧，哪门子的经院方研究决定？

汤炼药师见苏落顿住，于是赶紧催促她："别分神啊，赶紧动手啊！"

苏落这时候才意识到，眼前这位小孩子脾气的汤炼药师，在军部的身份地位还真挺高的。不过，苏落并没有跟他客气，只冷冷一笑："反正你都是输，早输不如晚输。"

苏落话说得自信十足，手上的动作却小心翼翼的，不敢有一丝马虎。

她将沉睡中的颜队长翻了个身子，让他侧卧在床上，后背对着自己，右手掌覆盖在颜队长的脑门上。等她再收回手时，颜队长的头发已经被苏落抹光了，露出亮堂的脑袋。脑门上，青筋清晰可见。

苏落将右手掌覆盖上去，闭上眼睛，注入她的变异型灵气，一寸寸地检查颜队长脑部的神经，检查的结果让苏落忧心忡忡。颜队长的脑部神经损坏得很严重，十分之九已经被毒素侵蚀坏了，只剩下十分之一可用。

苏落检查的时候，所有人的视线都在她身上。等她放下手时，大家都欲言又止。

苏落顿了顿，说："颜队长的情况比想象中还要严重……"

众人神色一变。

苏落紧跟着说："但是我有九分的把握可以治好他。"

众人神色顿松。

"九分的把握？小丫头说大话也不怕闪了舌头。"汤炼药师冷冷一笑。

苏落微微勾起唇角："你做不到的事，别人难道也做不到吗？要知道人外有人天外有天啊，汤炼药师。"

以汤炼药师的身份，以往都是他教育别人，可从没有被别人教训过。现在这丫头老气横秋地这么一说，汤炼药师还真是愣住了。

"你这丫头实力确实不错，但还没到让我老汤服气的地步，除非你将他治好。"汤炼药师指着颜队长。

"你不说我也会治好他。"苏落目光淡淡地从汤炼药师脸上扫过，"饱受万箭穿心之痛却依旧从修罗界艰难地回来，这样的铁血硬汉，不应该受此折磨，更不应该被放弃。"说完，苏落再没理会愣住的汤炼药师，准备给颜队长治疗。

治疗脑损伤，苏落需要动用珍贵的精神力，所以，她对闵中校说："清场。"

本来现场应该只有苏落和南宫流云，还有病患颜队长，但是汤炼药师死皮赖脸要留下，谁也赶不走他。

在闵中校清场前，苏落挥笔写了一张药材单子给闵中校，让他照方子抓药。

汤炼药师要看，苏落就说："这方子可是绝密，你要看可以，但是上面的药材可得你承担。"

汤炼药师炼药成痴，看到新奇的药方哪有不看的道理，闻言，当即说："我道是什么，却原来是区区药材，无妨，拿老夫的手令去军方药材库取便是，若是没有，老夫的药材库里再添上。"

苏落等的就是这句话。

说实话，治疗脑损伤非同小可，苏落除了用精神力修复外，更需要药材辅助，所以她开出来的药材都不是简单的。

汤炼药师一看上面的药材，脸色微微一白。

但是苏落已经拿住了他的话，淡淡一笑："如果汤炼药师觉得拿不出药材的话……"

说实话，上面的药材，若是按照颜队长的级别，闵中校去拿药还真是凑不起来，因为有些贵重的药材汤炼药师都心疼得一抽一抽的。

所以，苏落才会将主意打到汤炼药师身上，反正他要凑上来，不坑他坑谁呢？

汤炼药师仔仔细细盯着上面的药材，捂着一抽一抽发疼的胸口，咬牙说："这三十八种药材里，其中三十五种，军方药材库里有，拿我的手令去即可。"

苏落笑眯眯地看着汤炼药师交代小侍童。

小侍童点了点圆圆的脑袋。

汤炼药师又心痛地看着最后的三种药材，前面三十五种药材加起来都没后面这三种贵，他严重怀疑这黄毛丫头在坑他。但是自己说过的话，哭着也要兑现啊……所以汤炼药师只能咬牙切齿地将钥匙交出去，对小侍童说："去，拿来吧，拿来吧！"

小侍童看着垂头丧气蔫了的师父，再看看春风得意的苏落，不由得脊背一寒……

就在三天前，还没有任何人将这位姑娘看在眼里，但是三天后，这里的人全听她的话，就连师父都被坑得有苦说不出……这位姑娘，怎么就这样厉害呢！

接下来，苏落的全副身心都放在修复颜队长的大脑上。好在经过一段时间的调养，苏落的精神力已经恢复到巅峰状态，所以修复起来还不算太吃力。

第一天，苏落修复了三根纤细的脑神经。

汤炼药师在旁边看直了眼："一天就修复三根？而且修复得血脉畅通？丫头，这技能你练习过很多次了吧？"

苏落慢悠悠地看了他一眼："第一次用啊。"

她不想打击汤炼药师，但是每次他都凑过来让她打击，苏落也是无语了。

汤炼药师被苏落的话打击得又跑到一边垂头丧气去了。

第二天，苏落修复了五根。

汤炼药师跑过来，想说点什么，但最终还是没说。

第三天，苏落修复了七根。

第四天，苏落修复了九根。

……

等到第十天，除了粗大的脑血管，细小的神经基本已经被苏落修复得差不多了，颜队长也已经苏醒过来，能够保持大半时间的清醒了。

颜队长迫不及待地想要将脑海里的地图绘制出来，苏落却不让他动。

"现在是你治疗脑神经最关键的时刻，不容许你分心做别的事，反正绘制地图不差这一两天，治好了你的大脑，以后你想绘制多久就绘制多久。"

苏落知道修罗界地域广袤，颜队长脑海里的地图虽然只是一小块区域，但是要全部绘制出来，也需要很多时间，现在的他耗费不起这个心血。

随着颜队长一天天地好起来，苏落的名字也渐渐开始在军方高层流传。

苏落知道颜队长的重要性，但是她不知道颜队长会重要到军方高层都关注的地步。之前苏落救治的人都属于外界，军方并不认可，但是这次救了颜队长，军方的态度就不一样了。又因为人是南宫流云带去的，所以这件事很快就传到了南宫老爷子耳中。

为此，南宫老爷子还专门将南宫流云找去，话里话外提起了苏落。虽然没有直呼苏落的名字，但经由南宫流云的讲述，苏落的形象已经进入老爷子的脑海里，以后再相见，自然会有好印象。

待南宫流云走后，南宫老爷子坐在院子里，慢悠悠地修剪着盆栽。

伺候在一旁的王伯见老爷子心情不错，不由得替南宫二少高兴，看来那位苏姑娘最近表现亮眼，渐渐进入了老爷子的视线呢。

老爷子一生戎马，对军队里的士兵爱护得很，这次苏落能够将那位颜队长救活，老爷子自然高兴，这是其一。

颜永飞境外涉险，身上背负着五十名兄弟的期望，脑子里又有着对帝国贡献巨大的地图，苏落救活了他，老爷子自然高兴，这是其二。

汤炼药师素来高傲得目中无人，老爷子看不惯，这次苏落教训了他，老爷子自然高兴，这是其三。

有了这三点，老爷子想对苏落印象不好都难。

“听说那丫头还在治流星？”南宫老爷子不理俗世，那是因为他不感兴趣，现在感兴趣了，自然该知道的都要知道。

王伯密切关注着这件事，闻言眉开眼笑：“老爷子，还别说，苏姑娘还真有可能是神医下凡，三少爷的病那么严重，几万年来府里都束手无策，但是自从这苏姑娘接手后，病情已经好转，夫人开心得很。”

南宫老爷子微微颔首。

他考虑得要更深一些。当初因为流星的事，流云暗中将皇子给弄没了，这事他知道，皇帝陛下也知道，但因为一命赔一命，谁也不好说什么。但是如果现在流星醒过来，那当初那位皇子的死……

随着时间的过去，颜队长的伤已经渐渐好了。

因为苏落即将去修罗界，而她对修罗界又知之甚少，所以在治疗颜队长的时候，苏落就专门问了颜队长一些修罗界的事。

这事真是问对人了。

颜队长因为绘制修罗界地图的事，队伍驻扎在修罗界，整日里闯南走北地跑，所以比很多人都要了解修罗界。

因着苏落对他有救命之恩，所以颜队长自从恢复说话后，就事无巨细地跟苏落讲述了修罗界的很多事，许多都是颜队长生活中的领悟和技巧，是从任何书本上都学不到的。

苏落知道颜队长说的这些常识对她有用，但是她没想到，这些到最后竟然能救她一命……如果苏落现在知道的话，她会感慨真是救对人了。

自从苏落救了颜队长后，汤炼药师还想请教苏落，但是苏落并没有给他这个机会，因为……她要去特训了。

特训的事，一拖再拖之后，实在拖不下去了。

就在苏落结束治疗颜队长的第二天，学校就宣布再次集合。

苏落在规定时间内赶到。队伍依旧如之前说的那样，苏落带领九个人，慕容方也带领九个人。

带队老师是副院长，呼延大人是助理。

另有暗中保护的强者若干，但因为他们隐藏在暗中，所以除了副院长，没人知道具体数目。

副院长看着苏落，微微皱眉：“你迟了。”

整支队伍，十九个人都到了，就专门等着苏落一个人。

苏落神色淡然，对副院长点点头："有事耽搁了，还好赶上了，不过我这次带来的好消息，应该不会让大家失望。"

副院长还没问，慕容方那边就传来一道冷哼。

"好消息？我倒要听听看你拿出什么借口将迟到的事掩盖过去。"

"哎，人家可是堂堂的第一名，想迟到就迟到的啦，你们嫉妒啊？"

"第一名又怎样？如果不是靠着背景，这第一名她能拿到手？有本事特训的时候也把背景带上啊。"

慕容方的队伍里传来一道道嘲讽的声音。

唐雅岚跑出来，双手叉腰就要开骂，但是被苏落制止住了。

苏落神色依旧淡然，看不出什么情绪。

副院长皱了皱眉："什么好消息？"

苏落淡淡一笑："这消息，我来通知不合适，副院长大人很快就会知晓的。"

就在这时候，副院长的通讯珏响起，他接起来，听了几句话。但是越听，他的脸色就变得越……诡异，最后，他手指微微颤抖地将通讯珏挂断了。

因为这事冲击力太大，以至于副院长的表现，所有人都看在眼里。

"副院长大人……"

"什么情况……"

"发生了什么事……"

所有人脸上都带着深深的疑惑。

副院长轻咳一声，用极其复杂的目光看了苏落一眼后，这才扫视四周。随着副院长手掌往下一压，现场一片寂静，所有人都眼巴巴地看着副院长大人，等着他宣布消息。

副院长深吸一口气，再次深深地看了苏落一眼，这才宣布："这次去修罗界特训，情况有了一些变化。"

变化？什么变化？为什么副院长大人一副被惊吓到的样子？

副院长终于说了："这次我们的队伍里要新加入四个人。"

众人一听，顿时窃窃私语。

"这是什么大情况？不就多带四个人吗？"

"应该是没有进入前二十名的新生，硬是通过走关系把人塞了进来吧？"

"以前也有过这样的情况，这不足为奇。"

就在众人窃窃私语的时候，副院长又说了："这四位……情况有点特殊，如非必要，你们不要打搅他们。"

咦？到底是谁啊？大家的好奇心被高高地吊起。

就在这时候，一道道稳健的脚步声从身后传来，众人回头一看。

四位绝美的少年，一个个俊朗如玉、卓尔不凡，那惊世的容颜、尊贵的气派，让人见之忘俗！

这四个人，大家并不陌生，因为之前新生联赛评委席上坐着的就是他们！

“他、他们……”

“怎、怎么会……”

“是不是……哪里搞错了……”

大家都看得目瞪口呆。副院长口中的四个人，不会就是传说中的这四位倾城公子吧？

在大家震惊的目光中，副院长艰难地点头：“这四位公子将会加入我们的队伍，随我们一起去修罗界。”

加入特训队伍？众人的眼睛倏然亮了！天哪！帝国尊贵的四位少年，居然加入他们的队伍，带领他们并肩作战？原先他们还觉得去修罗界是苦差，但是随着这四位少年的加入，几乎所有人内心都在狂喜！也不知道学院哪里来的能耐，竟然能请动这四位，特别是为首的南宫二少。

慕容方忽然有一种不太好的感觉……

副院长顿了顿，看着南宫流云他们四个，有些为难地说：“我们现在的队伍分成了两支小分队，分别是以苏落为队长的十个人，和以慕容方为代表的十个人。”

南宫二少一直没动，神色疏离而冷漠，出来说话的是楚三。

楚三挑眉看了副院长一眼，不等副院长再多说什么，他便笑了笑：“这两支队伍，是自由加入的吧？”

副院长也不敢得罪这四位尊贵的大少爷，于是点头：“自由加入。”

楚三点点头，直接走到苏落身边。

慕容方那支队伍的人脸色这一刻全变了！

楚三少他们四个关系那么好，楚三少毫不犹豫地选择苏落，那么其他人呢？

南宫二少必然是选苏落的啊……

果然，南宫流云瞟了楚三少一眼，楚三少便乖乖地退开一步，让出了苏落身边的位置。

四个人，已经有两个人选择苏落的队伍了。

慕容方此刻隐藏在衣袖中的手紧紧握起。

陈雪娇已经后悔得肠子都青了。她为什么从二年级退到一年级？就是因为要在四位少年，特别是南宫二少面前有亮眼表现，不求做嫡妻，做个侍妾她也甘愿，但是现在——

苏落这边的队员难掩心中的狂喜，慕容方的队员陷入深深的绝望，副院长是完全无奈……他的身份根本无权干涉四位尊贵少爷的选择。

会不会有奇迹发生呢？慕容方那边的队员们紧张兮兮地盯着还未做出选择的宁皓天和林若羽。

宁皓天的视线在众人脸上一一扫过，他唇角微勾：“如果本少爷也选苏落队的话，对另外这支队伍不太公平了啊。”

慕容方这边的十个人狂点头，同时眼睛大亮！

对啊对啊！如果四位少爷都去那边，那简直是大大的不公平！

宁皓天却又漫不经心地说：“可是，公不公平跟本少有什么关系？”说完，他毫不犹豫地抬脚走向苏落的队伍，留下泫然欲泣的慕容方队。

倾城四少，只余下林若羽一个人。林若羽的命都是苏落救的，他还能有别的选择？这位白皙纤细的少年朝慕容方的队员挥挥手，自然而然地归队了。

四位少年的选择，既在情理之中，又在意料之外。

而此刻，苏落这边的人才从惊喜中回过神来。

“哇！倾城四少都在我们的队伍里耶！”

“我们将会跟传说中的倾城四少并肩作战！”

“天哪！我竟然距离我的偶像这么近！简直太太太美妙了！”

“哇哇哇！我们选对了！我们选苏落选得太对了哈哈哈哈！”

苏落这边的人抑制不住激动，又是蹦又是跳，兴奋得不得了。反观慕容方那边，一个个耷拉着脑袋，垂头丧气，无语凝噎……苏落这边的人还嘲笑他们：“谁让你们一开始不选苏落的？现在后悔可来不及了！我们有倾城四少！”

“后悔了吧？后悔就对了！不后悔才傻呢！”

“嘿，你们慕容方不是说了，会把你们安安全全一个不少地带回来吗？羡慕我们干啥？我们有倾城四少！这是你们能羡慕来的吗？”

慕容方那边，这时有一个人弱弱地举手：“副院长大人……现在还能选择换队伍吗？”

此言一出，所有人都盯着副院长，慕容方则死死盯着那举手的新生！

这名新生叫应有为，平日里文文弱弱的，没有存在感，但是关键时刻他竟然站出来说出大家的心声。

副院长看了苏落一眼，苏落淡淡一笑，并不说话。

一开始都追随慕容方而去，现在看到倾城四少在她的队伍里，又想要跑过来？世上哪有这样便宜的事？对于背叛者，苏落一向不吝惜自己的冷漠。

副院长一看苏落冷漠的目光就知道她的选择。于是，副院长摇头：“暂时不行。”他也没把话说死，暂时不行，代表着以后有可能性。

苏落似笑非笑地看了副院长大人一眼。

慕容方那边的队员从原来的绝望，到生出一丝微弱的希望。是不是只要他们努力，得到苏落的认可，就可以进入他们的队伍了？

这其中，最气的人自然是慕容方了。原本局面好好的，谁知倾城四少忽然就站到苏落身后，局面一面倒不说，而且到修罗界并不简单，要先到边境城池，然后穿透最薄弱的空气，进入域外战场，最后偷偷潜入修罗界边境之城血海城。所以，这次去修罗界血海城路途遥远，又因为有倾城四少的加入，院方还在犹豫要不要拿出飞行坐骑时，南宫二少大手一挥，不知道从哪里调来了飞船。

这种飞船能够跟飞行坐骑一样在中央大陆这样超重力的上空飞行，何等贵重？

于是，大家都托了南宫二少的福，有飞船可以坐。

飞船是小型的，短小精悍，牢不可破。因为要在飞船上待一年半载，所以里面的陈设该有的都有，只不过在分房间的时候，有点不公平。

这种事自然不是倾城四少亲自动手的，飞船上自有管理人员。事实上，当这艘飞船出现在大家面前的时候，众人几乎都被吓了一跳。因为飞船舱体上是三个大大的字：苏落号！

这艘飞船，竟然是以苏落的名字命名的！

当时大家一看，都怔住了。他们知道南宫二少对苏落的喜爱，但是没想到竟然喜爱到这种地步，连飞船都以她的名字命名。

苏落当时也怔了怔，但是随后就被南宫流云拉上去了。这种高调的秀恩爱，让苏落心里有一种暗爽的感觉。

看着南宫二少堂而皇之地牵着苏落的手上去，慕容方那个队伍里，不少人几乎咬碎了银牙，太让人嫉妒了！

到了飞船上之后，双方队伍的不公平并没有消失，对比反而越发明显。

飞船的管事名为应无为，他带领着十个人，服务整艘飞船。

因为有了南宫二少的事先吩咐，所以应无为对苏落恭恭敬敬，这让某些人越发嫉妒。

应无为为难地对苏落说："主人，飞船的房间不太够，您看……"

应无为的一声主子，表明了这艘飞船属于苏落所有，大家都在蹭苏落的飞船坐。

苏落慢悠悠地看了他一眼："你看怎么安排好？"

应无为一本正经地说："一共有十五个标准房间，还有一个大通铺……所以小的建议，可以让其中一支队伍住大通铺，您觉得如何？"

苏落歪着脑袋想了想，说："不知道标准房间跟大通铺有什么区别？"

应无为认认真真地给苏落解释："标准房间里可以调整重力度，可以调整灵气浓度，可以进行封闭式修炼，但是大通铺就……只是提供睡觉的地方，原是提供给随从杂役住的。"

此刻，大家全在休息舱里。

休息舱分左边和右边。苏落队坐在左舱，慕容方那支队伍坐在右舱，两支队伍中间只隔着两米宽的走道。所以，苏落和应无为的对话，不仅苏落这边的人听得见，慕容方那边的人也是听得清清楚楚。

此去修罗界，虽然有飞船恐怖的速度，但是据说怎么都需要一年的时间。

这一年时间里，在标准房间里的人可以根据里面的设施和资源进行最好的修炼，而大通铺里的人……

慕容方这边的人都快哭了……他们不要住杂役房啊！

苏落歪着脑袋想了想，朝应无为点头："你的建议倒也不错。"

"那主人觉得谁住大通铺合适？"应无为笑容亲和。

苏落的视线落到慕容方那支队伍那边。

人，最怕差别待遇。本来有飞船坐已经是超级待遇了，如果苏落的队伍也住大通铺，那大家心里是平衡的，不会有什么怨言。

但是现在——

苏落看着神色扭曲的慕容方，笑嘻嘻地说："那就委屈慕容公子你们住大通铺了。"

虽然是意料中的答案，慕容方队伍里的人还是一阵憋屈和郁闷，这种感觉真是糟透了。苏落这边的人则喜上眉梢，一个个眉飞色舞，用崇拜的目光看着苏落。

跟对了老大，就是这样爽！

应无为还嫌对方不够郁闷，添加了一句："标准房间里的灵气都是经过提纯的，对你们的帮助会比较大。"

经过提纯的灵气，很贵的！这是常识！现在飞船里居然为他们免费提供！

苏落队又是一阵欢呼，而慕容方队越发垂头丧气。

趁着大家去看房间的空隙，苏落牵着南宫流云来到中舱的落地窗前。这一块落地窗是透明的，透过窗户可以看到湛蓝的天空，棉花糖般的云朵。在此期间，南宫流云嘴角挂着淡淡的笑，那双深邃绝美的眼眸，一直专注地看着苏落，似乎怎么都看不够。

苏落没好气地拉他的衣袖："谢谢。"

南宫流云揉揉苏落的脑袋："你应得的。"

"难道是……"苏落眼眸亮了亮，她可是救活了颜队长，让他脑子里的地图得以画出来，这可是大功!

但是直到苏落离开，都没收到任何好处，苏落还以为军方就是这样小气的，却原来送了她大礼。

不过——

"这也太大方了吧？军方知道我现在最需要的是飞船吗？"苏落笑眯眯地指着南宫流云，"是你，对不对？"

南宫流云轻笑起来。他的落丫头总是这样聪明，叫他一点都瞒不住。

南宫流云点点苏落白皙的琼鼻："原本他们想送你一辆飞车，速度也很快的，不过飞车可到不了修罗界那么远的地方，再说，就你一个人有飞车也不合适，所以就让他们换成了飞船。"

"即便在军方，飞船也很珍贵的吧？"苏落对飞船完全不了解。

南宫流云却轻笑起来："飞船类型分巨、大、中、小四种，质量等级可分为SABCDEF七种等级，拿到市面上流通的通常是E、F两种，如果出现D级，会被竞到很高的价，当然这种只有大家族才能出手竞拍，散户就算了。"

苏落仰着巴掌大的小脸，仰慕地看着俊美的南宫流云。

南宫流云抚摸着苏落的发丝，美眸中带着一丝笑意："军部抠门得很，不过你这艘飞船是爷爷亲自下令批的，所以拿到了A级小型飞船，给你倒是够用了。"

按照南宫流云说的，D级就已经引起那些家族疯狂竞拍了，那么A级的飞船，岂不是让人疯掉?

"不过为了掩护你的身份，外面喷的是D级的漆，只有强敌侵犯的危急时刻，才会化身为A级防御。"见苏落久久不语，南宫流云又加了一句。

苏落却没注意到南宫流云的这句话，她一把抓住南宫流云的手，难掩内心的激动："你爷爷亲自批的？"

南宫流云："嗯，A级的只有爷爷那个级别才有权限审批，而且高度保密。"

然而苏落的关注点是："你爷爷知道我救了颜队长？"她眉宇间有着难掩的欣喜。

南宫流云点点头："爷爷特地找我去问了这事。"

也就是说，她救颜队长的事，南宫老爷子知道！并且，他对她评价不错，所以才有了A级小型飞船待遇。苏落咬着下唇，窃喜不已，美目中不由自主地带出些喜色。

南宫流云如何不知道苏落此刻的心情？虽然她一直表示不在意，但是门第出身一直客观存在，不是她说不在意就可以不在意的。如果能够得到爷爷的认可，那么以后的事就会容易很多。

南宫流云想起爷爷那高深莫测的神色，捏捏苏落的小脸：“来日方长，以后有你表现的机会。”

苏落得意地仰着下巴：“当务之急，就是找到噬灵珠，把你弟弟复活，到时候老爷子还能视而不见？”

“对了，你去修罗界有什么任务？”苏落可不信南宫流云会这么闲地陪她去做新生特训，身在军部的他，一向是很忙的。

南宫流云捏捏苏落粉嫩的耳垂：“这么聪明，以后可怎么骗？”

“那你就永远不要骗我啊。”苏落仰着小脑袋，认真地看着他。

“永远……”南宫二少咀嚼着这两个字，垂下星眸，眸中带笑地凝望着苏落，“你是在跟我许下永远吗？”

随便一句话都能被歪到这上面去，苏落也真是服了，没好气地冷哼一声。

然而还未等她说话，南宫二少已经开口：“既然你这么希望，本少就勉为其难允许你保留这个愿望。”

“你——”什么叫作她这么希望？什么叫作勉为其难允许她保留这个愿望？南宫二少你的脸皮还能更厚一点吗？

苏落正想理直气壮地反驳，却已经被南宫流云环住纤细楚腰，朝他的方向一带，苏落脚下不稳，不由自主地跌落他怀里。

苏落下意识地双手揪住他胸口的布料。不等苏落反应过来，南宫二少已经俯身深深吻了下去。此刻，天空湛蓝，白云悠悠，阳光柔柔，暖日融融，绚丽的夕阳余晖将缱绻拥吻的影子拉得很长，很长……

时间仿佛永远停留在这一刻，多美的画面……

这幅画面，并不是没有人看到，相反的是——

一群人看完了房间后，都决定去看看外面的景色，于是朝落地窗那个舱门走去，结果推开门，就看到比外面的景致更美的画面……

原本很多人不明白，南宫二少那样高高在上的身份，怎么就这么喜欢苏落呢？

但是当他们看到这幅缱绻拥吻的画面时，一个个被震得说不出话来……

更有女生感动地捂唇轻呼。太美了……美得让人不忍心打破这画面，美得让人好想哭。

不知不觉中，苏落和南宫流云相恋的事，就这样自然而然地被接受了。

苏落队的人都为苏落高兴，因为现在传说中的南宫二少已经是他们的队长的男朋友了！自己人呢！

慕容方队的人，为了能够早日跳槽到苏落队，也都表示恭喜，只除了对苏落暗恨的陈雪娇。

有一日，苏落跟陈雪娇在餐厅碰到。

陈雪娇暗恨苏落，所以在苏落经过的时候，暗中伸腿绊了苏落一下。

陈雪娇的实力非常不错，她又是出其不意，原本满心以为苏落会被算计。

但是让她惊奇的是，苏落却抬脚重重地从她脚上踩了过去。

"嘶——"陈雪娇疼得倒抽一口冷气，等她低头看时，她的脚踝已经高高肿了起来。

"你！"陈雪娇愤怒地瞪着苏落。

还没等她骂出口，苏落拉了她面前的椅子坐下，目光似笑非笑地看着她："陈雪娇同学是吧？"

陈雪娇恨恨地瞪着苏落。

"你嫉妒我是吧？"苏落慢悠悠地叉了一口蛋糕，悠闲地品着。

这话可真够直白的，陈雪娇愣在当场。

苏落深邃的眼眸漫不经心地扫了她一眼："在你搞不清状况发怒之前，我有必要先提醒你一件事。"

"你是在警告我不许肖想南宫大人？！"陈雪娇冷哼。

苏落却摇摇头："我家南宫那么完美，被人惦记很正常，不被惦记才奇怪呢，我要说的不是这事。"

"那你要说什么？！"陈雪娇死死盯着苏落，脑海里浮现那次落地窗前看到的拥吻画面，心里嫉妒得如熊熊烈火燃烧。

苏落用看白痴的目光看着她，指着飞船："你到现在还没搞清楚状况吗？这是苏落号，是我的飞船，你信不信，你再骂我一句，我直接把你丢下去？"

陈雪娇咬牙切齿地瞪着苏落！她虽然知道这是苏落号，但是从来没有从心底认同这是苏落的飞船。

苏落似笑非笑地看着陈雪娇额头上青筋暴起，心情很好地走了。

陈雪娇看着苏落离去的背影，身侧的手紧握成拳，青色血管突起。实在太气人了！但是人在屋檐下，这是苏落的飞船，苏落的……陈雪娇气得面颊通红，几乎咬碎银牙，却一点办法都没有。

想起苏落那无畏的眼神，陈雪娇很清楚，如果真的惹恼了苏落，她真的下得去手！

因为有飞船代步，所以大大提高了效率。穿越了边境空气流，飞越了荒芜的域外战场，前方就要进入修罗界了。而时间，已经过去了一年。

苏落看到南宫流云一脸严肃的样子，伸手捏捏他的脸："是不是有话要问我？"

旁人看到他们二人亲昵的动作，都已经习以为常了。

南宫二少的脸，也就只有苏落能捏，旁人多看一眼试试？

南宫流云瞟了苏落一眼："你说呢？"

苏落笑起来："难为你这一年来都不问，我可是憋不住要说了。"

若要比谁沉得住气，南宫流云是苏落有生以来见过的人当中最厉害的。

之前苏落说过，南宫流星身上施过金针后可以维持一年，现在算算时间，也到了南宫流星该施针的日子了。

南宫流云将苏落抱在怀里，问："那你是如何做的？"

苏落笑嘻嘻地说："那是说给你娘听的，让她着急而已，事实上，我当时完全激活了你弟弟的身体潜能，只要我们能在十年内回去，就能赶上救他。”

南宫流云想到母亲大人着急期盼他们回去，而事实上他们还没到达修罗界的景象，也是无语了。

“撒谎的小丫头。”南宫流云捏捏苏落洁白无瑕的小鼻子。

苏落想起南宫夫人手足无措的样子，哧哧地笑起来，后来整个人埋在南宫流云怀里，笑得肚子都疼了。

若是别人敢这么戏弄南宫夫人，南宫流云必将严惩，可是苏落……

南宫二少叹了口气，最后也只是宠溺地揉揉她的小脑袋，跟着苦笑起来。都说娶了媳妇忘了娘，以前他对这句话嗤之以鼻，但是现在，还没娶着媳妇儿呢，他的心就已经长偏了。

“对了，到了修罗界后，我把楚三几个留给你，我得去执行任务。”南宫流云对别人隐瞒，对苏落却全部坦诚。

“跟颜队长的任务有关？”苏落问。南宫流云点点头。

苏落说：“这样的话，接下来的日子里，我要闭关。”

苏落闭关并不是修炼，而是炼制丹药。现在放眼整个灵界，炼药能力超越她的，几乎没有，苏落炼制出来的丹药是最好的。

苏落只要一想到如果颜队长身上的毒放到南宫流云身上，她就心疼得不得了，于是，她沉下心开始炼制丹药。

据苏落从颜队长那里得到的消息，修罗界在丹药方面的研究是超越灵界的，所以他们炼制出来的毒，灵界的炼药师几乎束手无策。苏落将自己关了起来，闭门不出，静下心去炼制她能够炼制出来的最高等级的解毒丹药。气体的、液体的、固体的……植物毒、动物毒、人体毒……各种各样的都有，而且全部是皇级的！

最后，苏落分门别类放好，贴上标签，装了整整一箱子送到南宫流云面前，拍拍箱子：“我能想到的、能有药材的、能炼制出来的解毒丹都在这里了，你若是还敢给我中毒失联什么的，你自己看着办！”

苏落看着凶，但是关切之意溢于言表。

苏落他们因为实力不高，所以只活动在血海城，而且帝国学院在血海城本就有一个据点，专门供帝国学院的学生历练的。所以他们过去后，虽然看似危险，但是安全系数很高。

反观南宫流云，他要深入修罗界腹地，可谓处处危机。

“傻丫头，我又不是单独执行任务。”灵界军部在修罗界自有暗线协助他。

“反正我就是担心嘛，你给我记住了，就算我拿到了噬灵珠，我也是一定会在修罗界等你的，你若不回来，我是肯定不会回去救你弟弟的！”苏落威胁他。

看到这丫头严肃地皱着小眉头，一本正经地说着这些话，南宫流云只觉得心里熨帖极了。他长臂一伸，将苏落搂入怀中：“傻丫头，好好照顾自己。”

“你答应我！”苏落认真而严肃地要求。

南宫流云轻笑，揉揉苏落的脑袋，深邃的星眸认真地凝视着她：“好，我答应你，我们一起回去灵界。”

修罗界很远，但总有到的一天。

一年过去了，苏落号终于进入修罗界。

在血海城还未到的时候，南宫流云就悄然消失在苏落号上。除了苏落，谁也没有注意到。

而苏落号，也不能堂而皇之地进入血海城，因为太明目张胆，修罗界的人一查就能查到。

在距离血海城一千公里的森林，众人下了苏落号。

苏落号虽足有上千平方米，好在它被设计出来的时候加入了空间元素，所以苏落将它变成了小小的飞机模型，放进了空间之中，等待下次回去的时候再启动。

至于在修罗界，除非万不得已，苏落是不可能使用苏落号的。

因为一旦使用，对方就会知道她是灵界来的。

直到所有人走出苏落号，才终于有人咦了一声："南宫二少呢？"

这时候，大家才意识到南宫二少不见了。

不过苏落、楚三几个知道内情，所以只淡淡地回应他们："南宫二少去处理别的事情，很快会回来。"

苏落也希望南宫流云很快就回来，但她知道，这几乎是不可能的事情。

此刻，大家降临在森林里。

这里是一座山头连着一座山头的原始丛林。放眼望去，四周是遮天蔽日的古树，河流汹涌，气势磅礴，天色阴沉，气氛阴暗，让人有一种压抑的感觉。

很多人是第一次离开灵界，所以对外面的世界有一种新奇的感觉，又有一种茫然的恐慌。

苏落却不一样。她一路从碧落大陆走来，经过十八大陆，然后再到灵界，走过的路经历过的事见过的世面比他们多多了。苏落看着周围，感受着修罗界不一样的灵力波动，眼底闪过一丝新奇。

因为她刚才试着吸收了一点修罗界的灵气，却忽然发现，修罗界的灵气跟她身体里的变异型灵气有某种方面的契合，让她有一种修炼下去就会事半功倍的感觉。

不会真的这么巧吧？苏落在心里默默地想。如果真是这样，那她这次来，好处可太大了！

副院长见人群有一丝躁动，便出声："大家少安毋躁，很快就会有人来接我们了。"

因为刚才他已经释放出帝国学院独有的标记。修罗界的人早就得到他们要过来的消息，早早就有专人等候在这里。

果然，不到一刻钟时间，就有一个小女孩从树丛里钻出来。小女孩五六岁的样子，扎了两个细细的小辫子，小脸粉雕玉琢，看上去非常可爱。

但是这样可爱的小女孩，却狐疑地看着他们，直接丢出一句："天王盖地虎！"

苏落下意识地就想到一句"宝塔镇河妖"。

其余的新生都愣住了，这小女孩说的是什么？暗语吗？但是，领队的副院长却轻咳一声，一本正经地回了一句："小鸡炖蘑菇。"

扑哧——不少人下意识地笑了，但是被副院长瞪了一眼，一个个只好捂住嘴巴涨红了脸憋着。

小姑娘瞪着副院长，又绷着小脸严肃地说："天王盖地虎！"

副院长轻咳一声："小猫抓老鼠。"

众人又是扑哧一声笑出声来。这暗号也太逗了吧？然而小姑娘还是很严肃的，绷着小脸，又瞪着副院长："天王盖地虎！"

副院长那么阴冷的一个人，此刻神色也有些尴尬，他咳嗽一声："我是二百五。"

"哈哈哈——"众人再也忍不住，放声大笑起来。

副院长冰冷的目光从他们脸上扫过，那森冷的视线，顿时让他们憋住了笑。

小女孩却很开心，老气横秋地大手一挥："好了，本姑娘找对人了，你们跟我来吧！"

于是，小姑娘也不管他们，自顾自转过头，雄赳赳气昂昂地在前面带路。

这小丫头倒是有些个性，苏落暗想。对出了暗号，小姑娘放心了，副院长也放心了，于是，大家跟着小姑娘一路走着。

在距离城门很近的时候，出来两个人。

一位妙龄少女，一位青葱少年。

"赵副院长，"妙龄少女认出是赵副院长，上来跟他打招呼，同时惊呼，"这次竟然是您亲自带队？"

妙龄少女邵诗桔是东华学院二年级里成绩杰出的学员，受赵副院长栽培。

赵副院长眸中有一抹苦笑："是啊，这趟行程不容有失，院方的压力也很大啊。"

赵副院长一边说，一边瞅了苏落一眼。

邵诗桔若有所思地看了苏落一眼，看到她那让人惊艳的容颜，不由得皱了皱眉。她只扫了一眼，就不动声色地收回了视线。

随后，她便说："你们要进城的话，得先换修罗界的衣裳，做修罗界人的打扮，不然的话容易被认出来。其实修罗界的人跟灵界的人长相方面差不多，主要是气质方面，修罗界偏阴暗一些。"

邵诗桔将修罗界的注意事项又事无巨细地给大家科普了一遍。她说的时候，视线总会不由自主地瞟向苏落，然后她发现，她说的注意事项，苏落竟然一个忌讳都没犯，而且做得比任何人都好。

邵诗桔暗暗心惊。这位苏落姑娘气势收敛的时候，阴暗气息浓郁，就像活脱脱的修罗界人，看不出一丝灵界的气息。

要么她是活脱脱的修罗界人，要么她的演技是影后级别，邵诗桔知道，苏落属于后者。想到这里，邵诗桔对苏落的忌惮和戒备又深了一层。

讲解完之后，众人换了修罗界的衣衫，改变了发型和气质，再挂上修罗界特有的腰牌，乍一看，还真是一支修罗界的小佣兵。帝国学院在血海城的就是一个佣兵据点。

在邵诗桔的带领下，一行人进入血海城的基地。

进城的时候，周二飞这二货东张西望，难掩心中的好奇，所以被守城的士兵一把揪住了。

大家的心都狠狠提了起来！好在邵诗桔反应很快，暗中给那士兵塞了一枚晶石，将周二飞这二货给捞了回来。

大家有惊无险地进了城，来到一座占地面积极大的城堡前。

城堡处于西部偏远之地，街面人烟稀少，不需要跟太多人接触，因此隐蔽性很好。

邵诗桔带领着大家参观城堡。

苏落刚才注意到，城堡的名字是佣兵之辰（七星）。

邵诗桔给大家介绍："在这里说灵界语是没有关系的，因为无数的界面，都是用大陆通用语。

"这座城堡名曰佣兵之辰，像这样的城堡血海城有很多，所以我们并不起眼，也不突出，很难被发现。

"这里的佣兵城堡分三个等级，分别是日、月、星，我们的城堡经过我们帝国学院无数年的努力，终于跻身于七星行列。"

苏落暗暗咋舌。七星？那要几星才能升到月级别，又有几月才能升级到日级别？

苏落没有问，但是周二飞早已经嚷嚷着喊出来了。

邵诗桔说："九星，能晋升到月，九月，晋升到日，而我们的城堡现在是七星，距离晋升到月级别，应该不会很久了，这就要靠大家的努力了。"

周二飞问："为什么要靠我们努力？我们能做什么努力？"

邵诗桔耐心地说："血海城会发布任务，而我们七星级别的可以接到七星任务，只要我们的人完成足够多的七星任务，就能够跻身八星，再跻身于九星，然后晋升到月级别。"

邵诗桔见大家似乎没什么兴趣，不由得皱眉，说："神武宗在血海城也有据点，他们已经晋升到月级别了。在灵界，他们还不如我们帝国学院呢，但是在这血海城，神武宗竟然一再压在我们头顶上，老大们已经很不满了。"

苏落并不知道邵诗桔口中的老大是谁，但是设身处地地想，被神武宗压制，谁也不会开心。

邵诗桔说："月级别的可以对星级别的指手画脚，神武宗跟我们同属灵界，但是他们非但不帮我们，反而暗中搞破坏挖墙脚，老大们震怒，所以对你们的要求也提高了。"

苏落心里忽然有一种不好的预感。果然，邵诗桔说："老大们经过商议决定，不追上神武宗在这里的级别，你们一个也回不去！少年们，努力吧！"邵诗桔交代了一通之后，便先行离去了。

她是离开了，留下的一群人却面面相觑。

"等等。"周二飞最先开口，"神武宗在这里的级别是月级，而帝国学院在这里的据点，努力了那么多年才七星……那我们要多久才能追上神武宗的级别啊？多少年？有人能算算吗？"

很多人下意识地望向苏落。

苏落眉头微微皱起，这事非常难办。她冰冷的视线盯着副院长大人。副院长大人的眉头也是深深皱起的，很显然他并不知道这件事。

楚三摸着下巴："如果我没记错的话，这个据点的老大，是冷家的人啊。"

冷家，冷七少……苏落的眉心微微一跳。最近一段时间她都跟南宫流云在一起，已经很久没有听过冷七的名字了，冷不防跳出他的名字，让苏落有一种恍如隔世的感觉。什么时候回去、能不能回去，这些问题暂时不是他们能够考虑的。到时候帝国学院召唤，这边也不能死扣着不放不是？

但是，能够帮忙提升佣兵之辰的威望，本来就是帝国学院每一位学生的职责，所以，他们现在立刻就可以去接任务。接任务有积分奖励，同时有货币奖励。积分用于提升整个佣兵之辰的威望和等级，货币奖励则用于众人在血海城的生活和修炼。

一开始，每个人是单独接任务。接第一单任务，大家显得都很兴奋。

“我觉得这个捉小鸡的任务很适合我。”周二飞舔舔嘴唇，很想将小鸡烤了吃掉。

“我觉得这个收集布匹的任务比较适合我，我对颜色方面比较擅长。”

“我觉得我比较适合寻人任务。”

“我还是接捉贼任务吧。”

而楚三他们只是跟过来玩的，所以不需要接任务，因此，他们三个早早就搭伴去血海城游览了。

就在众人议论纷纷的时候，外面走来一群人。这群人看上去比新生们年纪要大一些，成熟一些，武力值也要高一些。

邵诗桔不知道什么时候出现了，跟新生们介绍：“回来的这些是二年级的学长学姐，能够留下来的，都是二年级里实力不错的，就算不是精英班的，也是仅次于精英班的二班学生，是整个二年级前三百名的人物，你们对学长学姐要有敬畏之心。”

邵诗桔一边说，一边不动声色地瞟了苏落一眼。

苏落暗暗称奇，她不知道自己什么地方得罪了邵诗桔，总感觉邵诗桔有意无意地针对自己。难道是错觉？苏落摇摇头，她的直觉一向很准的。

邵诗桔的话音刚落下没多久，那群二年级的学长学姐就过来了。

这群学生中有东华学院的，有南楚学院的，有西夜学院的，也有北雪学院的。他们对学弟学妹们有一种天然的藐视。

其中一个二年级的学长冷漠地扫了一年级学生一眼，声音带着一丝嘲讽：“这群小弟弟小妹妹又来送死了？学院也真是够大方的啊。”

周二飞最是大胆，不高兴地反驳：“凭什么说我们一定是来送死的？我们是来帮你们提高威望和等级的！”

这位二年级的学长冷哼一声，下一瞬，他强而有力的手已经掐住周二飞的脖子！

周二飞好歹也是一年级前二十名，但是在这位学长面前，他竟然连一丝反抗的力气都没有。

“呃……”周二飞被掐得双脚离地而起，脖子以下位置气管被隔断，一阵窒息的感觉朝他袭去。

周二飞的脸色变得青紫，双手掐着学长的手，离地的双脚拼命地蹬着，求生的本能让他不断挣扎，口中发出嘶嘶的声响。

“记住了，学长我的名字叫杜万清！在我面前嚣张，你小子还没这样的资格！”就在杜万清声色俱厉地警告的时候——

苏落眉头一皱，重力空间犹如麻袋一样朝杜万清兜头套去！照理说，杜万清实力不差，不会那么容易被苏落套住的，但是他太轻敌了，完全没有意识到，一年级的小学妹竟然有跟他不相上下的实力。所以，苏落的重力空间准确无误地套中杜万清的脑袋。

重力空间在那一瞬间，让杜万清压力倍增，同时速度减弱。

虽然仅仅是一瞬间，但是对于苏落来说足够了。

苏落手中握着妍华匕首，狠狠朝杜万清的手背斩去！

杜万清吃痛，手一松，放开对周二飞的钳制。苏落则趁着这唯一的机会，迅速将周二飞朝后一扔，扔到辛一豪怀里。

周二飞大口大口地喘息着，有一种死里逃生的感觉。

四周一片寂静。

所有人的目光都望着场中那位衣袂飘飘猎猎生风、容颜绝世妍丽无双的绝代女子。

杜万清原本大怒，但是当他看到苏落的容颜时，不由得怔了一怔。但他很快就被手背上的痛刺得清醒，他指着苏落，怒不可遏："刚才是你刺的我？"

苏落冷冷地勾起唇角："身为学长，对学弟动手，恃强凌弱，强势霸道，蛮不讲理，难道不该刺你？"

杜万清被苏落的话噎住了。学长教训学弟，这不是再正常不过的事情吗？怎么在她口中，就这么十恶不赦呢？

杜万清摸摸脑袋，转过头，疑惑地看着自己的同学们……

二年级的男同学们，在看到苏落的容颜的时候，心中涌起了一股对小女神的保护欲，所以，这时候出来一位学长，一拍杜万清的脑袋："喂，姓杜的，你怎么能对学弟动手？简直就是恃强凌弱！强势霸道！蛮不讲理！现在，快给老子滚回去罚做十个任务！"

这位学长的地位似乎不弱，因为杜万清对他好像很惧怕，竟然真的被一巴掌拍得跑走了……

苏落若有所思地看着眼前这位学长。

"我叫宁逸海，小女神，很高兴认识你。"宁逸海朝苏落伸出手。

苏落歪着脑袋，细细地打量了他一番。

这个人姓宁，但是跟宁皓天和宁经语似乎不太像。

"宁家的人？"苏落慢悠悠地问了一句。

提到宁家，宁逸海骄傲地挺了挺胸膛："对，我是宁家人！"

"排行第几？"苏落好奇地问。

宁逸海："……"

苏落："我问错了吗？"

宁逸海没好气地说："家族嫡系才能论排行，我是旁系，没在排行里面。这不是常识吗？你是故意在侮辱我？"

宁逸海狐疑地看着苏落。不得不说，他说话可真够直白的。

苏落这才知道，原来旁系是不能入家族排行的，就好像慕容方，他是慕容家的旁系，所以再如何优秀都进不了慕容家的排行。苏落点点头："我明白了。"

她想提醒宁逸海，宁皓天就在这里，但是想到宁皓天很快就会回来，到时候宁逸海见了自然就知道了，所以苏落就没提。

宁逸海的眼睛盯着苏落的容颜专注地欣赏着，好美的小学妹，一定得追到手，不然他的人生都无望了。

怕小女神被别人追走，宁逸海很干脆地搂住苏落纤细的肩头，大声地跟众人宣布："这位小学妹我宁逸海要了，你们谁不服的，给老子站出来！来战！"

宁逸海此话一出，所有人都愣住了。宁逸海那边的人是没想到一向不近女色的他，竟然会对一个姑娘一见钟情，刚见第一面就大胆直白地追。

苏落这边的人都傻掉了。哎哟！苏落可是南宫二少的人，南宫二少啊！你小子居然敢撬南宫二少的墙脚？你是想被凌迟处死呢，还是想被大卸八块而死？所以，一年级的这群新生都用同情又怜悯的目光看着二年级这位大哥级人物宁逸海。

宁逸海被一年级的这群新生盯得有些头皮发麻……他横了新生们一眼："看什么看！不服来战！"

一年级的新生们很想提醒宁逸海，但是大家都很明白，提醒之后会被恼羞成怒的宁逸海当成炮灰，所以，一个个嘴巴闭得紧紧的，一声都不吭。

可偏偏，楚三他们三个结伴出游血海城了，副院长大人跑去跟高层交涉了……

苏落没好气地瞟了宁逸海一眼，很认真地忠告："学长，对自己好点。"

"嗯？"宁逸海不解。这话什么意思？

苏落长叹一口气："年纪轻轻的，大好年华，就不要自寻死路了，收回刚才的话吧，不然你会连自己怎么死的都不知道……"

天地良心，苏落真的是为他好。宁逸海闻言却哈哈大笑起来。他本就豪爽而狂妄，此刻一笑，更是豪气冲天。他拍着苏落瘦削的肩头说："小丫头，学长就要定你了，你答应吗？"

苏落冷冷一笑："你要不起。"

宁逸海闻言，非但没有不开心，反而继续大笑："我要不起？哈哈，小学妹你太逗了！不过我喜欢！"

苏落："……"

诸位新生："……"

苏落想，这时候抬出南宫流云他也是不会信的，还是等宁皓天回来，再把这位脑子拎不清的宁逸海学长拎出去教训吧。

于是，苏落直接问他："现在你可以让开了吗？"

"啊？"苏落的思维跳跃太快，宁学长表示有些转不过来。

苏落指指接任务的屏幕："我们新生要接任务，还请阁下让开些位置。"

若是旁人敢这样不客气地跟宁逸海讲话，他肯定一巴掌拍过去，但是现在说这话的人是小女神，看着小女神那粉嫩嫩的小脸、清澈漂亮的大眼睛，宁逸海魂都飞了，哪里还顾得上生气？于是，他赶紧说："当然，当然得让开，小女神请请请，诸位学弟学妹请。"

为了讨好苏落，宁逸海是爱屋及乌了。

邵诗桔看着宁学长一副讨好苏落的样子，顿时一股气憋在喉咙里！她的第六感果然没错！她讨厌苏落！讨厌极了！

宁逸海并不知道自己为苏落带来了二年级女生们的仇视，他还以为他对苏落的好，苏落会承情呢。但是，在经过他身边的时候，苏落还是丢下一句："我有喜欢的人了。"

"什么？！"宁逸海傻了一下，但是很快反应过来，怒气冲冲道，"你喜欢的是哪个王八蛋，老子去宰了他！"

苏落为了照顾宁逸海的面子，声音还是挺小的，但是宁逸海愤怒之下，那咆哮的声音，几乎整个城堡的人都听见了。

苏落用看尸体一样的目光看着宁逸海："……"

一年级的新生用看白痴一样的目光看着宁逸海："……"

但是没有一个人告诉他，他口中要宰掉的那个人，名字叫：南、宫、流、云！

身处愤怒中的宁逸海没注意到一年级新生们看他时那诡异复杂的目光，他只盯着苏落："你是我的！"

苏落一脸同情地拍拍宁逸海的肩头，眼神中带着怜悯："我真的试图救过你的，真的，相信我。"

什么跟什么？宁逸海表示小女神的话他不懂！

苏落长长叹了口气，朝宁逸海挥挥手。

宁逸海被苏落那怜悯的目光看得心底发毛，弱弱地退了下去……他皱着眉头左思右想，始终想不明白自己到底错在哪里。

慕容方原本想投靠宁逸海的，但是他想了想，宁逸海喜欢苏落，到时候苏落一句话，宁逸海掉头毁掉他，那岂不是得不偿失？所以，他要找的靠山应该是宁逸海的对头。

他就不信了，这个据点宁逸海没有对手！

慕容方那支队伍的人不说，苏落这支队伍的人更不会说，所以，宁逸海真的很苦恼，百思不得其解。

苏落根本不管陷入痛苦思索中的宁逸海，站在屏幕前开始选任务。

因为一开始都是单独执行的任务，主要是测试每个人的能力，所以谁也帮不上谁，一切全要靠自己。

苏落选了一个采集草药的任务。因为她对修罗界的草药很感兴趣。经过甄选后，苏落又帮她队伍里的其余九个人选择了适合他们的任务。

然后，苏落就独自走出去了。

宁逸海看到苏落选的个人任务，眉头皱起，出声提醒："你选的任务难度很高，以你现在的能力很难完成，这只是一个测试，何必如此？"

苏落瞟了他一眼："所以说，你根本不了解我。"

丢下这句话，苏落慢悠悠地走了。

宁逸海想跟上去，苏落却冷冰冰地回头，直视着他："不要跟着我！"

宁逸海在这个据点里的二年级学生中，实力就算不是独占鳌头，那也是前三的存在，他一向狂妄，天不怕地不怕，但是苏落喝止他的时候，对上苏落那双冰冷的眼眸，他竟下意识地一阵瑟缩。宁逸海把这感觉定义为因为喜欢她，所以才怕她……

他抓抓脑袋，觉得自己真的陷入情网难以自拔了……

苏落并没有将宁逸海的事放在心上，因为只要宁皓天从外面逛完回来，很快就会把这件事处理得很完美，所以她根本不需要担心。

苏落的全部注意力都集中在寻找草药上，她要找的草药叫作血炎鬼芽。

灵界跟修罗界，因为地域气候等不同，有一些草药不一样，但是绝大多数草药是共通的。就好比血炎鬼芽，它就是在灵界和修罗界都存在的一种药材。

苏落涉猎很广，炼药师公会里那么大一个图书馆，图书馆里那么多的医书都被苏落翻阅过了。

她的智慧头骨大脑可不是叫着玩的。她不仅涉猎过，而且过目不忘，看过的书就跟扫描进大脑里一样，等她想用的时候，很容易就能调出来。

所以，苏落知道血炎鬼芽的生长习性。

基地分给了每个人一只军旅包，包里有地图等必备物资，苏落将包往空间里一塞，地图却早已印入她的脑海里。

她手里的地图跟颜队长脑海里的地图不一样，她的地图只是普通的区域图，颜队长的地图却是军事分布图，保密度完全不可相提并论。

血炎鬼芽习惯生长在水草丰美的草原之地，而且还是驼鹿栖息之地。所以，只要找到驼鹿，就有很大的概率找到血炎鬼芽。

苏落沿着脑海里的地图路线，一路往西去。安全地出了血海城，苏落进入了尼本山脉，也就是之前他们乘坐苏落号降落的那处山脉。

苏落他们降落的时候已经是尼本山脉的边缘了，而现在苏落要找的驼鹿，生活在靠近北部的位置，所以苏落必须跋涉一段路程。

她恨不得将苏落号拿出来乘，但是想到尼本山脉里随时会有修罗界的人出没，苏落也就只能歇了这个偷懒的心思。

路上，苏落倒是碰到不少魔兽。但是因为尼本山脉并不是修罗界排名前十的山脉，而且这里还属于外围，所以栖息在这里的魔兽的实力，对于苏落来说，并不那么恐怖，一人也能应付。所以她一路走来，倒是畅通无阻。

很快，苏落眼睛一亮！她看到驼鹿了！想要采集到血炎鬼芽，必须先要将驼鹿引开，因为血炎鬼芽对于驼鹿来说，就是滋补它们的养分。

每天进出门前舔一舔血炎鬼芽，它们就能保持一天的旺盛精力。

苏落并不莽撞，相反，她比任何人都要细心。她趴在洞口，小心翼翼地足足等了一夜，才终于看到大批驼鹿在舔舐过血炎鬼芽之后，精神饱满地离开。但是，并不是所有驼鹿都离开了，此刻还剩下三分之一的驼鹿留在山洞里保护着血炎鬼芽。

苏落知道她只有一个小时的时间，因为驼鹿外出喝水，一个小时后就会全部归来。

苏落手中多出一个个炸弹片，这些炸弹片她买了很久，但是一直没有机会用，现在正派上用场。

于是，苏落继续埋伏在洞口，将一颗颗炸弹片往里面丢！

她力道控制得很好！血炎鬼芽长在洞口位置，所以，苏落直接将宽大的洞口给炸塌了。

这个山洞以血炎鬼芽为标志，分成了两个部分，一个是包括血炎鬼芽在内的外部，一个是没有血炎鬼芽但是大量驼鹿被封住的内部。

苏落瞅准机会，迅速地朝那株血炎鬼芽飞扑过去。然而，就在苏落的手即将抓住血炎鬼芽的那一瞬间，一道毒液朝苏落的眼睛射去！

蛇毒！血炎鬼芽身侧竟然有毒蛇盘绕！苏落当即衣袖一卷，将毒液卷在衣袖中。毒蛇知道苏落是劲敌，当即飞向苏落，又是一口毒液朝她脸上喷射去！

“竟然是金睛小白蛇！”苏落惊呼一声！

金睛小白蛇跟血炎鬼芽八竿子打不着，怎么会护着血炎鬼芽？这不科学！此时苏落已来不及多想，因为金睛小白蛇的实力超过了她的预期，它的实力跟苏落竟然不相上下。

里面的驼鹿正在用头撞被封住的洞口，想必不用多久就能出来。眼前的金睛小白蛇实力强大，毒液更是让人忌惮。

苏落知道，她必须在最短的时间内将金睛小白蛇干掉，不然的话，到时候金睛小白蛇和驼鹿联手，倒霉的就是她了。

这时候，苏落无比怀念她的灵宠们。

如果她的灵宠们还在，趁着她缠住金睛小白蛇的机会，跑过去将血炎鬼芽摘了，岂不是神不知鬼不觉？但是她的小神龙被接回家族，她的变异相思树在碧落大陆，她的小黑猫吸收了林若羽身上的毒素后，正陷入沉睡，轻易打扰不得。

所以，现在的苏落只能孤军奋战。

苏落心想，等这边的事情完了，她一定要寻找一株植物宠，好好培养，不然总是束手束脚的。

金睛小白蛇意识到苏落要放大招，当即咬破了红色蛇芯子，毒性最大的血液朝苏落喷洒而去！这是伤敌一千自损八百的招数，但是金睛小白蛇觉得很值得。

苏落嘴角勾起一抹邪恶的冷笑。金睛小白蛇是吗？既然你想找死，那真是对不住了。

苏落手中多出一柄散发着妖娆邪气的紫色之剑！

剑带着灵界的气息，所以苏落轻易不敢拔出。但是现在危急时刻，苏落也顾不得那么多了！

风舞剑爆发出一道邪恶的紫光，金睛小白蛇当即被斩为两截！而且风舞剑是斩在金睛小白蛇的七寸之处，所以金睛小白蛇当即死得不能再死了。

苏落收起风舞剑，同时将死透的金睛小白蛇也收好，因为它的毒液对小黑猫很有用。

小黑猫身为万毒之王的后裔，只有尝遍万毒，才有可能成为万毒之王。

看到那不断发出撞击声的洞壁，苏落嘴角扬起一抹淡淡的笑意。很好，驼鹿还没有冲破山壁。

苏落当即朝洞口掠去，准备采集了血炎鬼芽就跑路。下一刻，苏落嘴角的笑容却僵在嘴角，因为她发现，刚才还在的血炎鬼芽竟然不见了！怎么会不见？

驼鹿根本还没有冲出来，金睛小白蛇又被她一剑斩断，那么，究竟是谁抢走了属于她的胜利果实？

苏落嘴角勾起一抹邪恶的冷笑。她的追踪术可不是说来玩玩的。苏落细心地观察着血炎鬼芽被掐走的茎叶部分的方向，还有地面上的软草痕迹，很快就选定了一个方向，一个又一个瞬移地追赶过去。

很快，苏落就发现一道身影出现在她面前。

她加快了速度，距离那道身影越来越近。那是一个女孩子，背影看上去娇小玲珑，速度又很快，但始终比不过苏落。她回头看到苏落，眼底闪过一抹惊恐之色，脚底瞬间加速！

苏落冷冷一笑，一个瞬移转到她面前，一巴掌拍向她的后肩膀，将她的身子拎住！

"你干吗？！"小姑娘凶神恶煞地瞪着苏落。

苏落没有说话，而是抓起她的右手看了看，又闻了闻，然后冷冷一笑，摊开手："拿出来。"

"什么？"小姑娘故作不解。

苏落似笑非笑地看着她："别装傻了，你的手上有血炎鬼芽的药性残留，不信你自己闻闻。"

小姑娘冷冷一笑："什么血炎鬼芽，我不知道，也根本没有听说过！"

苏落挑眉："这么说，你是不准备交出来了？"

小姑娘冷笑："什么交不交的？你这个人怎么这样胡乱冤枉人！你到底是谁啊？"

苏落淡淡一笑："这么说，你是决定抵赖到底了？"

小姑娘冷笑："我警告你，我是江可曼，佣兵之辰里很多人都知道我们幽灵小队，我的队友就在附近，你敢对我下手，我保证你会死得很惨！"

小姑娘的话音刚落，苏落手指一弹，一枚黑色药丸丢进了江可曼口中。

江可曼被吓了一跳，下意识地想吐出药丸，但是这颗丹药沾上她的唾液后就化为一道液体，顺着食道流了下去，她根本阻止不了。而为了防止她吐，对方还用灵气帮她把药性发挥了出来。

江可曼气得涨红了脸，颤抖着指尖指着苏落："你！你到底给我吃了什么？"

江可曼虽然不聪明，但是她谨记一条，药不可以乱吃的。

苏落丢开江可曼，双手抱胸，笑眯眯地看着她："你说呢？"

苏落越是笑容暧昧，江可曼心里就越是没底，她甚至隐隐约约觉得心口位置有一种麻麻痒痒的感觉。应该……是错觉吧？

苏落嘴角勾起一抹笑，嘲讽地盯着她。

江可曼右手按住心脏处，目光含恨地盯着苏落，一步一步地往后挪，想要跑。

苏落却漫不经心地看着她，并没有阻止她的动作。她似乎完全不担心江可曼跑掉："如果你不想死的话，我奉劝你一句，最好老老实实待在原地。"

江可曼嗤笑："你说的话我会信？"

苏落无所谓地摊手："反正到时候死的人是你，又不是我，随便你信不信了。"

苏落越是态度随意，江可曼心里越是警铃大作。

江可曼甚至感觉心脏处的麻痒越来越强烈……

苏落瞥了她一眼，慢悠悠地道：“这点麻痒就受不住了？这还没开始呢。”

什么？江可曼脸色大变！如果这叫还没开始，那怎样才叫开始，怎样才叫发作？

江可曼死死瞪着苏落，眸中变幻莫测，晦暗不明：“你，你给我下了什么毒？！”

就在江可曼说完这句话后，她顿时脸色大变！如果说刚才心脏处的麻痒还只有一点点，甚至让人觉得是错觉，那么现在，那股麻痒让她整个心脏仿佛被万虫啃咬，痒得她全身冒冷汗，却又挠不到。如果不是有修炼者的意志力，她现在肯定已经在地上痛苦地打滚了。

江可曼知道，今天她想保留血炎鬼芽已经不可能了，正所谓识时务者为俊杰，如果不识时务，她就要在这荒郊野外被毒死了！

“是不是交出血炎鬼芽，你就会把解药给我？”江可漫盯着苏落问道。

苏落笑吟吟地点头：“杀你会脏了我的手。”所以她都不屑杀。

江可曼认真地盯着苏落，研究她的表情，但是苏落在这方面可是影后级别，所以江可曼从苏落脸上什么都看不出来。最后，她只能愤怒而又憋屈地从空间储存袋里摸出血炎鬼芽，朝苏落怀里一掷：“不就是一株破植物，谁稀罕，拿去！”

苏落冷冷地看着江可曼。敢从她手里抢夺胜利果实，苏落都佩服江可曼的勇气。

不过，现在毕竟初来乍到，人生地不熟的，苏落也不愿太招惹是非，所以，她只盯着江可曼，将解药丢了过去。

江可曼吞下解药，顿时一股冰冰凉凉的液体滑过食道，原本麻痒的经脉渐渐平息下来。

江可曼确定解药有效后，那双漂亮的眼睛顿时宛若淬毒：“我记住你了！你给我等着！”

话音未落，几个起落间，眼前就失去了江可曼的身影。苏落冷冷一笑。不肯善罢甘休是吗？那就要看你要怎么编造是非了。

苏落手中把玩着一颗水晶果实，上上下下地抛玩着。

水晶果实对于别人来说很贵，而且很容易被对方的灵气感应到，但是因为苏落的水晶果实是从她的空间里出来的，已经进展为变异型水晶记忆果实了，所以她刚才录像的时候，江可曼完全没有感觉。

苏落做事一向谨慎，自从上次慕容沫诬陷她偷簪子事件后，她就更为小心了。

既然已经拿到了任务物品，苏落就决定先回去将任务交了，然后再接别的任务来做。

她倒是觉得做任务的过程还蛮有意思的。

但是，还没等苏落走出多远，迎面就走来一支小队。队伍有五个人，其余四个苏落不认识，但是江可曼刚刚见过，苏落印象深刻得很。这支小队就是江可曼口中的幽灵小队！

队长季云飘，江可曼的爱慕者。

这群人都是二年级的学生，平日里这支队伍在据点中的地位属于中上，所以气焰高涨，张扬而高调。

江可曼正拉着队长告状，忽然间看到苏落，她顿时大喜！原本还想回去后再慢慢查探苏落的身份，到时候狠狠报复她，结果没想到，老天爷居然如此眷顾她，这样都能遇到。

“队长，就是她！就是这个臭丫头！抢走了我的任务物品血炎鬼芽！”江可曼指着苏落，义愤填膺地恶人先告状。

看着她那悲愤委屈的样子，如果苏落不是当事人，也会不自觉地相信江可曼。

幽灵小队这一路上就一直听到江可曼告状，她将对方描述得十恶不赦，让人厌恶，可没想到到头来是这么一个娇滴滴的小姑娘。

不过就算是娇滴滴的漂亮小姑娘，也不能抢夺别人的任务物品。

所以，季云飘板着脸，盯着苏落，威严而冰冷地开口："就是你欺负小曼？"

苏落淡淡一笑："欺负？怎么欺负？"

江可曼指着苏落，冷冷一笑："你抢走了我的血炎鬼芽！"

"哦？抢走了你的血炎鬼芽？那么请问这位同学，你是怎么得到血炎鬼芽的？"在五个人的包围下，苏落似乎一点不惧，态度悠然地看着江可曼。

江可曼咬牙："如果非要细说才能证明血炎鬼芽是我的的话，那么，我可以告诉你，我先是追踪驼鹿，找到驼鹿的栖息地，趁着驼鹿成群结队出去喝水之际，用炸药弹炸塌山洞，将驼鹿隔断在里面，从而摘到血炎鬼芽！

"但是我没想到，我费尽千辛万苦却功亏一篑，没想到你竟然埋伏在暗中，来了个螳螂捕蝉黄雀在后！

"你竟然趁着我跟金睛小白蛇战斗之际，偷偷摘走血炎鬼芽！你简直太卑鄙了！"江可曼对苏落充满了愤怒，不住控诉！

幽灵小队的人听到自家最受宠的小妹妹被人这样欺负，顿时一个个捏紧拳头，义愤填膺。原本因为看到苏落的容貌对她心生好感，但是想到她这样蛇蝎心肠，他们有一种被她的容貌欺骗的愤怒感！

苏落的目光从这群二年级学长脸上扫过，她微微勾起唇角，似笑非笑地看着江可曼："你刚才说，我趁着你跟金睛小白蛇战斗之际，偷偷摘走血炎鬼芽，然后逃之夭夭？是这样吗？"

江可曼眼眸微眯。难道有什么地方不对？她细细想过，最后点点头："对，就是这样的！"

苏落漫不经心地笑了："那么，这位姑娘，按照你的说法，你最后跟金睛小白蛇怎么样了？你杀死它了吗？"

苏落手里明明有影像，但是她偏不拿出来，她偏要慢慢折磨江可曼，一步步将其逼到死角。敢抢她的东西，还想反过来诬陷？不得不说，江可曼学姐，你实在勇气可嘉。

江可曼眼中闪过一丝迷茫。她偷偷摘走血炎鬼芽的时候，苏落正在跟金睛小白蛇战斗，她怎么知道结果怎么样？

江可曼冷笑："怎么样？我当然杀了金睛小白蛇啊！不然的话，我后来怎么去追杀你，又怎么被你下毒！"

"原来是你杀了金睛小白蛇啊，你用什么杀的金睛小白蛇呢？"苏落笑眯眯地看着她。

"我用什么杀的，关你什么事？"江可曼凶巴巴地瞪着苏落。

"非常有关系，因为这关系着金睛小白蛇究竟是不是你杀的。既然你说你杀了金睛小白蛇，不会连最后怎么杀的都不知道吧？"苏落嘴角带了一丝嘲讽。

"我……我是用……"江可曼想了想，金睛小白蛇是冰系，所以她要用火元素才能克制，于是，她硬着头皮说，“我是用火元素杀的它！现在它已经变成一块焦炭了，死无对证！你能证明什么？”

还没等江可曼说完，苏落手里就出现断成两截的金睛小白蛇，她在江可曼面前晃了晃：“用火元素烧？烧成一块焦炭？那这是什么？”

苏落嘲讽地勾起嘴角。

“你！”江可曼指着苏落，一口气憋在喉咙里吐不出来。

原来她一直在引诱自己走入陷阱当中！这个可恶的臭丫头！

幽灵小队队长皱眉看了江可曼一眼。

苏落则笑嘻嘻地看着江可曼：“你可知道这条金睛小白蛇为什么会在我手里？”

江可曼的反应也很快：“你后来又返回去捡了！”

苏落嘲讽地看了她一眼：“你方才说，我拿了你的血炎鬼芽跑了，又怎么有机会给你下毒？”

“因为你被我追上了！为了独占血炎鬼芽，你狠心地对我下手！”江可曼说起谎来面不改色。

苏落冷冷一笑：“也就是说，从始至终，你的手都没碰过血炎鬼芽？”

“……”江可曼的右手瑟缩了一下，下意识地藏到身后，她梗着脖子道，“血炎鬼芽本来被我抢回来了，可你向我下毒，所以又被你抢回去了！”

苏落哦了一声：“也就是说，我下毒的本事让你很忌惮啊？”

“那是当然！你这个蛇蝎女！”江可曼指着苏落骂道。

苏落双手一摊：“那就奇怪了，我的毒既然让你这么忌惮，你又怎么可能从我手里抢走血炎鬼芽？喏，现在血炎鬼芽在我手里，你来抢抢看。”

苏落就那样漫不经心地拿着血炎鬼芽，挑衅地朝江可曼冷笑。

江可曼脸上一阵扭曲！这个臭丫头，鬼主意怎么这么多，一出又一出的！

“既然之前你能抢走，为什么现在不敢了？来啊，等你抢呢。”苏落笑吟吟地看着她。

幽灵小队的人也都看着江可曼。

江可曼怒极，她被苏落一阵戏弄，明眼人都看得出来，苏落的实力远超江可曼。如此一来，江可曼之前的话语中漏洞可就太多了，不能自圆其说的地方也太多了。能够进入帝国学院的人，有哪一个是傻子？

幽灵小队的人又怎么会不知道江可曼在说谎？

“还需要别的证据吗？”苏落冷冰冰地看着无话可说面色涨红的江可曼，“我这里还有不少能够证明你恶人先告状的证据呢，需要拿出来吗？”

江可曼转头钻到幽灵小队队长季云飘怀里：“队长……呜呜呜……她欺负我！”

苏落扶额望天，嘴角微抽。

季云飘脸上有一抹不自然的神色，但他还是安慰地抚摸着江可曼的后背：“小曼，不哭了……”

“队长，她欺负我……呜呜呜……你要给我报仇！”江可曼指着苏落！

季云飘明知道是江可曼恶人先告状诬陷苏落，但是温香软玉在怀，他却难以把持，冷冰冰地问苏落："怎么没见过你？"

苏落微微皱眉："刚来的。"

"刚来的……一年级？"季云飘他们都知道最近会有一年级的新生过来，所以看到面生的苏落，当即便问。

苏落微微点头。

季云飘说："我们幽灵小队全部由二年级组成，算是你的学姐学长了。"

"所以？"苏落笑眯眯地看着他，神色有些不善。

季云飘冷冷地盯着苏落："面对学长学姐，你该有的态度呢？还不快向你的小曼学姐道歉！"

苏落闻言，不由得轻笑起来："敢情我证明了半天，是江可曼恶人先告状诬陷我，你们还是帮亲不帮理，好，特别好。"

此刻，幽灵小队将苏落包围其中，压抑的气氛几乎将苏落冻结。

季云飘身边的一位队员更是嚣张跋扈："不就是抢你一株血炎鬼芽？抢了便抢了，诬陷便诬陷了，那又如何？"

那又如何？

苏落简直被气笑了："如果这就是你们幽灵小队的行事风格，那么，我可以告诉你们，你们很快就会自取灭亡。"

"哈哈哈——"幽灵小队成员嚣张地狂笑，"在灭亡之前，消灭你是足够的！你道不道歉？"

苏落冷冷一笑，指着江可曼："让她给我道歉。"

"不道歉的话，就将血炎鬼芽交出来。"季云飘朝苏落伸出手。

然而，苏落回答他的，却是——风舞剑！

苏落知道，这支队伍里最厉害的人当属队长季云飘。

现在他们五个人呈合围之势将她包围了起来，动手势不可免。所以，她毫不犹豫地先发制人，而且动用的还是最强攻击风舞剑！反正是二年级的学生，而不是修罗界本地人，只要速战速决，应该不会被发现。

就在季云飘朝苏落伸出手时，苏落的风舞剑毫不犹豫地朝他的右肩刺去！季云飘的实力原本比苏落要强，但是他没想到苏落竟然会下此狠手！所以，他一时不察，竟然被苏落刺入右肩要害！

季云飘被苏落刺了一剑，居然一愣。

幽灵小队其余的成员已经反应过来了！同时也都骇然不已！同学间比斗，很少有真下死手的，这个姑娘陷入危机时果断决绝的样子，当真让人无话可说。

江可曼看到季云飘右肩的伤，当即大叫一声。她正要转头骂苏落，却被苏落一把拎住衣领扯了过去。

季云飘怒极，手中的冷剑刺向苏落，就在剑尖距离苏落只有十厘米的时候，苏落却一把扯过江可曼挡在胸前。

季云飘哪里舍得伤害娇弱的江可曼？于是他在关键时刻硬生生地收回了剑势，然而，力道已经出去，再硬生生收回，伤的只会是他自己。

“唔——”季云飘只觉得喉咙一甜，差点一口血喷出，但他硬生生地将这股腥甜强压了下去。

苏落却抓住稍纵即逝的机会，一记手刀砸向季云飘的颈部，将季云飘给砸晕过去。

幽灵小队成员顿时神色大变！他们的队长实力那么强，即使是在二年级中也是排前面的，竟然就这样被这丫头给放倒了？这丫头到底是什么实力？

事实上，苏落的真正实力是比不上季云飘的，但她实在太会抓时机了，所以季云飘着了她的道。放倒了季云飘后，剩下的这几个人对于苏落来说，压力就没那么大了。

苏落又是用毒，又是用计谋，终于将另外的三个人给放倒了。

最后，就只剩下江可曼一个人。

苏落笑吟吟地看着她。

江可曼眼中却浮现一抹惊慌失措。

“你……你真是一年级的新生？这不可能！”江可曼死都不信！什么时候一年级的新生厉害到这种地步了？

苏落手中执剑，慢悠悠地朝江可曼走去，她的笑容在江可曼看来，恐怖万分。

“你，你不要过来！”江可曼连连后退，面色惊恐。

苏落却依旧一步步朝她走去。江可曼转身想跑，苏落却拎住她的辫子，将她扯过来，一巴掌抽过去：“诬陷我？”

“唔——”好大的力道，江可曼的脸都要被苏落打歪了。

“摆出证据还死不承认？”苏落又是一巴掌抽过去！

“好痛——唔——”

苏落反手又是一巴掌：“居然还敢叫我道歉？”

苏落抬手又是一巴掌。

江可曼的脸高高肿起，她目光毒辣地盯着苏落：“你……你给我……等着……”

“还敢威胁我？”苏落又是一巴掌！

反正江可曼不管说什么，苏落都能找到理由抽她。苏落一脸抽了十几下，将江可曼的下巴都抽脱臼了，这才像丢破布一样将她丢在地上。

苏落居高临下地看着在地上瑟缩成一团、满脸惊恐的江可曼，脸上是森冷而凌厉的冷笑：“想报复我？那么，记住我的名字，我是苏落！”说完，苏落傲然转身，扬长而去。

苏落一开始以为二年级学生很厉害，但是当她出手将二年级的幽灵小队收拾了之后，才蓦然发现，以她现在的实力，也足够进二年级的精英班了。

苏落默默握拳，她的目标并不是进二年级精英班，而是……

她要跳级！她要踩着二年级众人的肩膀，直接跃进三年级！

当然，苏落也知道，跳级考核非常非常难，每次都有不少学生参加跳级考核，但是成功率只有千分之一。更有严重者，还损伤了自己的本源，花费巨大的财力物力才保养回来。所以，苏落很清楚，她现在的实力还不足以跳级，需要努力努力再努力！

据说每一百年会有一次跳级考核，等她回到帝国学院的时候，时间上应该差不多了。

第十七章 剑魂

苏落回到基地。

别人选的任务都不难，不少人都已早早地完成任务，接连续任务去了。

苏落回来的时候，从时间上排，她是在第十五名。

任务大厅里，三三两两的人聚在一起，喝着小酒，或是闲聊，或是胡扯，或是八卦。基地里也就这么点休闲乐趣了。

里面有二年级的学生，也有一年级的学生。

苏落一眼扫过，一年级的学生里，她队伍里的没有，只有几个慕容方队伍里的人，慕容方也在。

看到苏落进来，角落里传来一阵吹口哨的声音。

大家的视线不由自主地朝苏落望去。漂亮确实很漂亮，美得抢眼。不过——

“你们一年级的第一名，就是这漂亮丫头？”慕容方对面一位长相凶神恶煞的刀疤学长饶有兴致地问。

慕容方之前被南宫流云那几个人打击到，所以到了基地后，立马根据手里的情报，寻找了一位跟宁逸海旗鼓相当并且一直是竞争对手的刀疤师兄。

慕容方苦笑而又无奈地摇摇头，神色间有一股欲说却不能说的味道。这表情，太耐人寻味了。

刀疤学长顿时有兴趣了：“这丫头的第一名是被人捧上去的？”

慕容方依旧苦笑，但是那眸中的肯定意思，大家都懂。

刀疤学长摸着下巴：“我就说嘛，一个小小的收集草药任务做了这么久，竟然排到第十五名，你们这第一名也太名不副实了。”

刀疤学长跟宁逸海有仇，宁逸海又当众说苏落是他的女人，所以刀疤学长自然而然地将苏落当成了敌人。

苏落并不知道宁逸海给她惹来了麻烦。在众人的注视中，苏落神色淡然地走到任务大厅，将手里的血炎鬼芽任务交了。

血炎鬼芽任务可不仅仅是收集草药那样的简单任务，要不然的话，二年级的江可曼也不会抢苏落的血炎鬼芽了。

事实上，血炎鬼芽已经是二年级的任务范畴了，后面标注的奖励积分，比一年级的要多很多。

就好像唐雅岚找小鸡的任务，最后只得到10个积分，但是苏落收集血炎鬼芽的任务，有200个积分！

交任务时，跟苏落对接的是一位笑起来有酒窝的可爱小姑娘。

小姑娘见苏落的积分卡是第一次使用，于是很好心地跟她介绍："苏姑娘，我们这里有发放任务奖励，您是要积分，还是要货币奖励？"

"积分如何？货币又如何？"苏落问。

小姑娘态度特别和善："货币就是去外面买东西用的，而积分，可以在咱们基地内部兑换物品。"

小姑娘压低声音，悄悄地跟苏落暗示："其实……积分要合算很多。"

苏落顿时笑了："那就全部兑换成积分吧。"

小姑娘笑逐颜开："好咧，200积分已经划到您卡上了，现在您可以拿着积分卡，到隔壁大厅挑选您需要的物品，那里能满足您的一切需求。"

苏落倒是有些好奇，基地里到底有些什么好东西。她想，这些东西大概都是修罗界本土产的吧？带着好奇的心情，苏落一脚踏入兑换厅。

兑换厅很大，很宽阔，一眼望去便是一个个架子，有点图书馆书架的架势。如那位小姑娘所说，物品分门别类，应有尽有。

苏落并不急着兑换，而是细细地看着，对比着修罗界跟灵界修炼物品之间的差别。

灵界的氛围偏阳光明朗，以火系、水系居多。而修罗界的气氛偏阴暗，所以黑暗系在这里很普遍。

苏落观察了一下，果然看到不少黑暗系的修炼功法、武器，还有丹药。除了这些外，苏落发现了不少让她眼前一亮的药材！

极寒妖芝、哭魂幻根、无极魔草……这些黑暗气息浓郁的草药，在灵界很难寻到，在这里却不难。

苏落看了一眼它们后面标注的兑换积分，都在500到1000之间。

苏落看着心痒，但苦于囊中羞涩，买不起……

在灵界，拥有珍宝轩的她也算是一方土豪了，但是在修罗界，她却连一棵草都买不起，可叹可叹。但是这些草药，苏落是一定要兑换到手的。大不了多多做任务多多积累积分呗，苏落在心里想着。

在经过一片橱窗的时候，苏落的眼眸微微一眯。

她发现被她收起来的风舞剑，竟然有点发烫的感觉。这是错觉吧？

苏落往前走了三步，发烫的感觉消失了。苏落又试探性地往后走三步，那种发烫的感觉又出现了。

有猫腻！而且跟她的风舞剑有关系。

要知道，苏落的风舞剑经过孕养，已经脱去了斑驳铁锈的外壳，成为一柄妖娆紫剑，威力刚猛，不是一般武器可比的。

苏落却不满足。这可是风舞主神曾经用过的风舞剑，仅仅比一般武器厉害有什么用？她要的是比神兵利器还要锋利！

苏落一边在脑海里想着，一边眼睛也没闲着，视线到处睃巡。

此刻在她的右首边是一块木板，木板上堆了一大堆碎片。而能够影响到风舞剑的碎片，就在这里面。

此刻，不远处有一位漂亮的接待员。她见苏落的视线一直盯着那堆碎片，微微一笑，走了过来："姑娘是要看这些碎片吗？要看的话，是可以帮您拿出来的。"

苏落不得不赞一句，基地有些学生不靠谱，但是服务态度还是很好的。

苏落点点头："拿出来我瞧瞧。"

"这里每枚碎片100积分。"漂亮的接待员干脆将整个木板都拿出来，对苏落说，"请您挑选。"

苏落的目光从木板上扫过。碎片大大小小有一百多片，但是苏落并不知道具体哪一片或者哪几片引起了风舞剑的感应。经过苏落的仔细观察，她发现这些碎片材质什么的，都是差不多的。

于是，苏落用了一个最笨的办法。她将风舞剑搁在台子上，同时一片又一片地将碎片拿出来放在距离风舞剑最近的位置。当苏落将一百多块碎片全试验了一遍后，终于确定，这其中有两枚碎片能引起风舞剑的感应。

苏落手里刚好有200积分，于是，她毫不犹豫地拿着她的积分，将这两枚碎片给兑换了出来。

苏落兑换的时候看似淡定，但其实内心是不平静的。

她知道这次她是捡到大便宜了。这两枚碎片能够让主神器风舞剑发出感应，可见价值连城啊，可不是小小的200积分就能兑换出来的。

只能说，兑换厅里的人不识货吧。

兑换完了之后，苏落才问那位接待员："这种碎片还有吗？"

接待员说："里面还有一麻袋。"

苏落："我能进去看看吗？"

接待员很遗憾地摇头："只有等这里的卖掉，里面的东西才会补充出来，个人是不能单独进库房挑选的。"

苏落暂时还没想到办法，但是她知道，现在只有多多赚取积分才能兑换更多碎片。

而且到现在为止，苏落还不知道碎片要如何使用。虽然碎片能够让风舞剑发光发热，但是当苏落将碎片放到风舞剑的剑身上的时候，风舞剑又没有将其吞噬掉……这到底是怎么一回事呢？

苏落扫了手里的碎片一眼，忽然发现，碎片好像是拼图。

如果真是这样的话，那岂不是……只要拼到完整的碎片地图，问题就迎刃而解了？

于是，苏落又去了任务大厅。她需要接任务赚取积分。

任务有很多种，但是苏落要选的，是效率高积分也高的，这样的话，就有点难度了。

经过挑选后，苏落最终将视线定格在草药采集任务上。因为草药方面是苏落最擅长的，肯定更为方便快捷。

她新接的任务是：基地里有人中毒，需要高级的幽冥奇竹来制作丹药解毒。

幽冥奇竹的积分奖励有400，当然，任务难度比血炎鬼芽还要高。

当发放任务的那位漂亮小姑娘看到苏落选择这个进阶任务时，不由得愣了愣，随后好心地出声提醒："苏姑娘，这在二年级里也不算简单的任务，你们一年级的话，最好是从初级任务开始，像这些30积分、50积分的，应该比较适合刚起步的你们。"

就像二年级的学生，当初他们刚来的时候，也都是从10积分、20积分起步的，没人像苏落这样一上来就是200积分、400积分这样跳跃的。

苏落看着幽冥奇竹的进阶任务，唇角微微勾起："我就选这个。"

漂亮小姑娘见苏落心意已决，又问苏落："刚才那些积分你去兑换防御性灵器了吧？如果是这样的话，那安全性还能提高一点。"

她一边说，一边将这个任务交给苏落。

接了任务后，苏落跟刚进来的唐雅岚他们打了声招呼，当即就往野外走去。

好在苏落在飞船上的这段时间，硬是啃掉修罗界不少的医书，所以对这边的草药习性了解不浅。

幽冥奇竹生长在白雪之地，千年开一次花，开花之际，便是采摘之时。只是开花的时候会散发出浓郁的幽香，引起周围魔兽的暴动。

这一群群魔兽就喜欢围绕在它身边守护着它。具体是哪种魔兽守护，苏落现在也说不清楚。

在山脉里寻找了两天，苏落终于找到生长幽冥奇竹的地域。她总共找了三个地方，终于找到一株即将开花的幽冥奇竹。

跟上次一样，苏落趴在暗处，仔细地观察着幽冥奇竹。

跟上次相比，苏落的神色间多了一份谨慎。

当初趴在驼鹿洞口的时候，苏落观察得很仔细，但最后被金睛小白蛇摆了一道，差点功亏一篑。

所以这次，苏落前所未有地认真。

守护在幽冥奇竹面前的是卷毛分鬃骥，而且数量还不少，总共有三只。

苏落在看到卷毛分鬃骥也惦记幽冥奇竹的时候，心里就有点发凉了。这卷毛分鬃骥的实力可不一般，按照苏落现在的实力来说，连一只都打不过，更何况是三只……

这事很难办啊。苏落有些为难地摸着下巴，一边观察卷毛分鬃骥的生活习性，一边思考办法。

卷毛分鬃骥的警惕心很强，苏落还得屏住呼吸，一动不动，将自己化成石头一样毫无生机，才躲过它敏锐的侦察。

苏落躲在石头后面，从她现在的角度望过去，幽冥奇竹就长在那里，但是三只卷毛分鬃骥呈三角形状，将幽冥奇竹包围起来，别说苏落，就是比苏落强的人来，也未必进得去。

这是需要团队协作的战斗，苏落一个人，在任何人看来都是做不到的。

可苏落偏偏不信这个邪。她一定会想出办法来的！

只是，幽冥奇竹不会一直等待她，现在的它已经开出一丝缝隙，想必今晚月圆之际，它就可以吸收日月精华，从而彻底绽放了。

苏落倒也不是没有收获。她注意到，卷毛分鬃骥的后背似乎很怕痒，它们坐上一个时辰后，总会起来，走到悬崖底下那片光滑壁上，后背蹭来蹭去，看上去像是在挠痒痒。如果只有一只卷毛分鬃骥这样也就罢了，但是三只都这样，这就让苏落陷入沉思了。

苏落只觉得一道灵光从她的脑海里一闪而过，但是速度快得她根本捕捉不到，再回想时，却什么都想不起来了。她仔细盯着卷毛分鬃骥，发现每次都是分出两只去挠痒痒，剩下的那只守在原地一动不动。

等另外两只卷毛分鬃骥回来后，第三只才会去。

前面两只卷毛分鬃骥体型庞大，看上去像父母辈，而第三只看上去挺幼小，应该是下一代小幼苗。如果是这样的话……苏落嘴角勾起一抹邪恶的笑容。她有办法了！当即远远地退出去，等跑到安全的地方后，她就找了个隐蔽的山洞躲起来。

与此同时，苏落准备炼制两种药剂。一种是超级强力胶水！还有另外一种……保密。

因为苏落的空间很大，之前她又坑了汤炼药师一把，让他带她进入军部库房，所以……苏落收获颇丰。

苏落的空间就是一个移动的药材库，里面基本的药材都有，能随时供苏落炼药。于是，苏落用药鼎熬煮了一小锅超级强力胶水。这种超级强力胶水，效果如何苏落还不知道，但她可以确定的是，是她能够炼制出来的最强胶水了。

同时，苏落又将两颗火红色的丹药融入超级强力胶水里面。奇怪的是，原本透明的超级强力胶水，在放进去两颗火红色丹药后，依旧是透明的颜色。至于那两颗火红色丹药到底是什么……只怕任何人问苏落，她都不会说的。

苏落带着凉透了的强力胶水回到幽冥奇竹的地方。她看了看天色，距离零点月圆只有不到半个时辰的时间了。那三只挠痒痒回来的卷毛分鬃骥，静默地坐在幽冥奇竹面前，一双双铜铃般的眼睛，死死盯着幽冥奇竹！

从苏落到悬崖底部它们挠痒痒的地方，有一千米，这是最近距离。

但是苏落并没有直线过去，因为这样被发现的概率很大。

所以，苏落宁愿绕路。在绕了一刻钟后，苏落终于悄无声息地摸到它们挠痒痒的地方。

苏落嘴角勾起一抹邪恶的笑，当即拿着刷子，将超级强力胶水刷到墙壁上，刷了厚厚一层。

卷毛分鬃骥全身是毛，一旦被沾上的话，除非将身上的毛皮撕裂，否则的话……

苏落眼眸中划过一道狡黠的笑。

她算好了卷毛分鬃骥过来挠痒痒的时间，所以刷完后就拎着小木桶跑走了。就在她跑走后没一会儿，两只恩爱的卷毛分鬃骥就携手而来。

因为一个时辰就要挠一次，所以它们闭着眼睛走都不会错，也就没注意悬崖壁上被涂抹了超级强力胶水，后背靠着悬崖壁，用力一扭。

等它们反应过来的时候，身子已经动不了了。

两只卷毛分鬃骥对视一眼，都在对方眼中看到了迷茫和不解。

魔兽就算再怎么进阶，智力始终没办法跟人类相比。

就在这时候，守护在幽冥奇竹面前的小卷毛分鬃骥忽然发出一道惨烈的叫声。两只卷毛分鬃骥顿时神色大变！它们想要冲过去保护它们的幼崽，可是，它们就像被人拦腰抱住，身子像老牛犁田一样保持往前冲的姿势，可身子就是出不去。

“嗷呜！”卷毛分鬃骥发出愤怒的咆哮声。

嘶——它们不顾疼痛，后背被粘在墙壁上的部分，连毛带皮跟它们的身体分离了。后背的鲜血狂涌而出，两只惊惧的卷毛分鬃骥却顾不得其他，飞快地朝它们的幼崽飞奔而去。

幼崽坐在原地，抬起黑白分明的清澈大眼睛，看着它后背鲜血淋漓的父母。

卷毛分鬃骥冲上去，见幼崽没事，当即松了口气，但是很快它们就意识到不对劲。

因为幽冥奇竹不见了！它们守护了三年，就为了等它开花那一瞬吸收日月精华，吞噬了它，从而一家三口实力大涨。但是现在居然不见了！

两只卷毛分鬃骥不顾后背的疼痛，当即就要冲上去捉小偷，但是它们并没有忘记它们实力微弱的幼崽。

卷毛分鬃骥随手一拉，就要将幼崽拉到后背上，驮着它向前追。

但是，刚一拉扯——

“嗷呜——嗷呜——”小卷毛分鬃骥疼得眼泪金豆一样往下滚落。

卷毛分鬃骥这才意识到，它们的幼崽跟它们一样，着了敌人的道。

可是，幽冥奇竹不能就这样被人偷走啊！

卷毛分鬃骥安慰了幼崽一句，抱住幼崽的双手用力往上一提！可怜的小卷毛分鬃骥痛得几乎要晕过去了。随着小卷毛分鬃骥被拔出，地面上多了一个浅浅的小坑。

看着疼得几乎要晕过去的幼崽，卷毛分鬃骥恨不得一巴掌拍它自己脑袋上。它怎么会这么愚蠢？明明挖一个小坑，就可以把幼崽挖出来啊。

两只卷毛分鬃骥不顾一切地要将幽冥奇竹追回来，但是，它们刚站起来，就又坐了下去。它们忽然感觉全身好热……

两只卷毛分鬃骥看到对方眼中的赤红色，随后……

可怜的幼崽，被它的父母一巴掌拍晕了过去，以至于看不到最精彩的一幕。

中了苏落的超强版春药的两只卷毛分鬃骥，哪里还有时间去追杀苏落，早就抱着滚成一团了。所以说，得罪谁也千万不要得罪厉害的炼药师，不然连怎么死的都不知道。

苏落拿到幽冥奇竹之后就飞快地跑了。

后来发现卷毛分鬃骥没追上来，苏落就知道她的计划奏效了。

此刻的苏落心情愉快。

因为一开始以为是不可能完成的任务，但是最后不费一兵一卒，甚至没有动一招，就拿到了她心心念念的幽冥奇竹。

“你可是400积分哦。”苏落笑眯眯地看着静静绽放的幽冥奇竹，嘴角勾起一抹得意的笑。

带着幽冥奇竹，苏落又安全地返回了任务大厅。

这时候，苏落接400积分难度的幽冥奇竹任务的事，已经在整个基地传开了。400积分啊，就是二年级都极少有人敢接，这位一年级的新生胆子可真大。

宁逸海急得不行，恨不得飞奔过去找苏落。就在这时候，苏落带着幽冥奇竹回来了。

她并不知道周围这群人这么闲，居然有空讨论她能不能完成任务这样毫无营养的问题，只见她悠然地走过去，交上幽冥奇竹。

发任务的漂亮小姑娘认出苏落，也认出幽冥奇竹是真品，眼眸中顿时闪过一抹惊奇之色：“恭喜！”

苏落淡淡一笑：“全部兑换成积分。”

“好的。”漂亮的小姑娘手脚麻利地将苏落的积分划好。

拿了积分之后，苏落正想走，那位漂亮的小姑娘却朝苏落暗示了一个眼神。

苏落凑了上去。

那小姑娘说：“我悄悄告诉你，其实你做的这个任务是进阶任务。血炎鬼芽、幽冥奇竹，还有另外一种药材原料，是三个连环任务，而任务的最终结果是救基地的一位大人物，如果拿到第三种暗鸦血，除了有原定的800积分外，还有额外的积分奖励。”

苏落狐疑地看了这位漂亮的小姑娘一眼，她好像对自己充满了善意。

“我姓冷。”小姑娘见苏落怀疑，自报家门，“这药是给我叔叔治病，很多人都完成不了，如果你能完成任务的话，我会很感谢你。”

苏落想起来了，基地的大boss确实姓冷。

“额外奖励是什么？”苏落公事公办地问。

“这个任务，三种药材的积分分别是200、400和800，如果你能连续完成三个任务，最后你除了拿到这1400积分之外，还能拿到1400的积分，这就是奖励。”

小姑娘见苏落沉思，又加了一句：“二年级的学生，很多人几年下来都未必能拿到几千积分，你如果能几天之内完成，于你的名声也有大大的好处。”

名声什么的苏落倒是不在意，不过……

“好。”苏落答应下来。

第三种药材，暗鸦血。

苏落毕竟对修罗界的药材了解不深，所以都没听过暗鸦血这个名字，一开始她下意识地以为这是乌鸦的血。但是当她看了冷姑娘递上来的资料后，深深叹了口气。

暗鸦血，原来也是一种草药，一种被暗鸦守护的草药。

苏落这次并没有急着出门，而是去了一趟血海城的图书馆，她将自己沉浸在图书馆里整整三十天。

这三十天，苏落真可谓废寝忘食地看书。

她看书的速度何等快？她似乎根本就没看，而是在扫描，手里的书页以一秒钟一页的速度往后翻，等她翻完一本后，就放到右首边去。

于是，大家就看到这样惊奇的一幕。

苏落走到医药书架前面，也不看书名，双手一捧，二三十本书被她搬到书桌上，然后她就开始翻页了。一秒钟一页，这些书顶天了三百页，所以，苏落基本是五分钟干掉一本书的节奏。

当苏落将书架上的藏书几乎都过滤完一遍的时候，她在图书馆也直接成名人了。一开始大家都以为这漂亮姑娘在装样子，但是谁能连续三十天这样装样子？

苏落却不管这些。她现在最重要的事就是完成进阶任务，找到暗鸦血。

经过这段时间看书，苏落对修罗界的医药界又加深了了解。根据暗鸦血的线索，苏落凭着她的天才寻药本能，别人都找不到的暗鸦血，没多久就被她找到了。

只是，这个地方已经不在基地的控制范围了，如果出了危险，谁也救不了她。但是苏落为了完全连环任务，也是拼了。

最后她发现，根本没办法下手。

苏落原本以为暗鸦血周围会有很多只黑色的乌鸦，但事实上，暗鸦就只有一只，但是这只黑乌鸦的实力比苏落以往遇到的魔兽都要强。

苏落用尽了办法，却也只能伤到暗鸦的皮毛，她自己反而被暗鸦重创！

苏落知道，前面两次的胜利让她太轻敌了，以至于孤身前来，现在她最重要的任务是保住性命，回头寻了楚三，让他来帮忙就是了。但是这时候苏落想跑，也跑不了了。

就在苏落被暗鸦追杀到性命攸关的时刻，一道锋利的黑影一闪而过！

下一刻，苏落难以置信地瞪大了眼睛！因为她竟然看到，剑灵还未苏醒的风舞剑……竟然冲出剑鞘，剑尖刺穿了暗鸦的身体。

风舞剑从暗鸦的身体里穿透而出，转了个圈，又快速飞回剑鞘。

苏落傻眼了。

这时候如果有别人的话，肯定也会傻眼。

苏落看着被刺出一个大窟窿而不断往外喷血的暗鸦，理智才一点点回到她的脑海里。

她反手将风舞剑拿出来，放在手里细细地查看。但是让她失望的是，风舞剑依然如原先那样，一动不动，无波无澜，仿佛已经死去……

可是，苏落百分之百确定，刚才飞出来救她一命的，确实就是风舞剑！

为什么风舞剑会突然间变得这么厉害？就好像沉睡多年的剑灵忽然间苏醒过来一般。

苏落将风舞剑从剑鞘里抽出来，来来回回仔仔细细地看着，忽然，苏落咦了一声。

因为她发现，风舞剑如一泓清水的剑身上，多了两道剑痕。

这剑痕是怎么回事？怎么突然就出现了呢？

就在苏落百思不得其解的时候，她眼眸倏然一亮。难道这两道剑痕跟那两枚碎片有关？

于是，苏落开始在空间里翻找之前花费200积分淘到的碎片，但是里里外外都被她翻遍了，也没有找到碎片的痕迹，就好像碎片永远消失了一样。

苏落暗想，不会是那两枚碎片化成了这两道剑痕吧？

不会是因为两枚碎片化为剑痕的那一瞬间激活剑灵，所以，风舞剑飞出来，将暗鸦刺死吧？

虽然没有确切的证据证明这一点，但是苏落的第六感就是这样认为的。

这么说来，这碎片可真是好东西啊！

这一刻，苏落的兴趣倏然间提高了。她来修罗界，最主要的目的是寻找复活南宫流星的噬灵珠，但是现在她发现，她还有一件很重要的事情要做，那就是寻找碎片，激活风舞剑！

光看刚才风舞剑飞出去刺死暗鸦的画面，苏落就能够想象到，等风舞剑的封印解开，那将是怎样强大。

不过苏落倒没有奢望解开全部封印，现在能解开第二重封印，苏落已经兴奋极了。

在噬灵珠还毫无头绪的情况下，苏落现在的主要目标是收集灵魂碎片，激活第二重封印。

苏落拿着暗鸦血回去，交了任务。

冷姑娘看到苏落这么快就将暗鸦血拿到手，漂亮的眼眸中有着难掩的惊奇！她到底是怎么做到的？这可是一年级的新生啊……绝大多数二年级的学生都做不到，所以这个任务一直这么搁浅下来。

冷姑娘虽然惊讶，却没有开口问什么，麻利地帮苏落将手续办了，然后将积分往苏落卡里一划，笑着说："2800积分都已经划过去了，请注意查收。"

苏落看着卡里的数字，点点头，本来想直接就去兑换大厅，但是因为完成这个连环任务，整个大厅都在播放这个消息，所以——

苏落现在被人围观了，很多人都用一种神奇的目光看着这位漂亮到极致、潜力也好到极致的一年级第一名。

苏落微微勾起唇角。

就在这时候，一位白胡子老头从外面走进来，快步走到冷姑娘面前，面色激动："暗鸦血拿到了？"

冷姑娘笑着将暗鸦血递上去："是呢，完完整整的暗鸦血，没少一片叶子，您收好了。"

这位是基地的高炼药师，平日里性子古怪，大家都不敢得罪他。

高炼药师说："就差这一味暗鸦血了啊，煎成汤药，你叔叔的病啊，就能治好了，走了走了！"

高炼药师拿到暗鸦血就要走。

苏落的眼眸却微微一闪。暗鸦血煎成汤汁？这位炼药师是在搞笑吗？

就在高炼药师经过苏落身边的时候，苏落忽然说了一句："暗鸦血主要的功效在血色叶子，若煎熬成汤汁，在这个过程中，药性会逸散出来，到最后药效只留下不到原来的一半。这位炼药师，你确定要用煎熬的办法来处理暗鸦血？"

苏落这话一出，原本沸沸扬扬的任务大厅，顿时一片寂静。

大家都看着苏落。不管她说得对不对，就冲着她敢顶撞高炼药师，都得朝她竖起大拇指。

高炼药师的脸色顿时黑了，他冰冷地盯着苏落："你是哪个？"

"苏落，一年级新生。"苏落淡淡地说。

高炼药师冷笑："一年级新生敢在我面前大放厥词？你以为你是谁？你不知道这个基地里的丹药，都是我炼制的？你信不信，以后你出任务，我让药店拒绝向你出售丹药？"

苏落没好气地瞟了高炼药师一眼："原来那些大师级丹药是你炼制的啊，我说呢，怎么宗师级那么少，皇级丹药更是一颗都找不着。"

高炼药师差点被苏落气乐了。

这丫头好大的口气啊，开口闭口不是宗师级炼药师就是皇级炼药师，她还真以为她平日里都是服用皇级丹药啊？

看到两人起争执，所有人都噤声，就看着他们吵。

苏落可没闲工夫跟高炼药师瞎扯，她这样做自然有她的目的。

她要亲自挑选灵魂碎片，所以，她需要进入内库的特权。特权哪里来？总不会凭空掉下来，所以，苏落需要亲自给冷姑娘的叔叔治病，从而得到特权。

苏落这明显就是抢高炼药师的活。

但是高炼药师这些年被基地里的这群学生捧惯了，哪里受得了这个？他当即来了个激将法："你行你来啊！"

苏落淡淡一笑："我来就我来，前面带路。"

看到苏落这样自信满满，高炼药师用狐疑的目光看着她，眸中惊疑不定。

但是苏落嘴皮子可利索了，在她的激将法之下，高炼药师根本承受不住，所以，他还真的让苏落去炼药了。

一个时辰后，苏落不负所望地将炼制出来的暗黑解毒丹给高炼药师。

高炼药师将丹药拿在手里细细地查看，然后脸色渐渐开始变了……因为他看得出来，这枚丹药的药性只怕比他之前提议的煎熬之法要好上好几倍吧？

基地的大boss服用之后，他腿上的伤确实好得很快，这让高炼药师对苏落不得不服。

苏落淡淡一笑："你也不必谢我，帮我一个小忙就行。"

高炼药师在基地里的地位比苏落想象中的还要高，所以，苏落的这个忙，他还真帮得上。

很快，苏落就进入内库。高炼药师给她争取了一炷香的时间。

苏落面前放着整整三个大麻袋，各种碎片都被一起放在里面。

苏落看得有些头大，要在一炷香的时间里挑选出能够被她所用的灵魂碎片，这难度有点高啊。但她也没有别的办法，只能用最笨的办法来挑选。

经过一个个比对，最后，苏落终于找出了两枚灵魂碎片，其余的碎片都不对。

苏落花费了200积分兑换走两枚灵魂碎片，回到自己居住的地方后，锁上门就进了空间。

空间里，苏落将风舞剑小心翼翼摆在眼前。

苏落手里是两枚灵魂碎片，但是让她有些傻眼的是……这灵魂碎片，风舞剑要怎么吸收啊？

苏落意识到，上次风舞剑吸收灵魂碎片好像是自己被暗鸦追杀的时候误打误撞完成的，那么现在要怎么办才好？

苏落有些懊恼地坐在地上，双手托腮，开始思索当时被暗鸦追杀的那一幕。

那时候，发生了什么事，风舞剑突然间就吞噬了灵魂碎片呢？苏落回想起当时那一帧帧画面。她受伤了，流血了，难道是她的血沾到风舞剑身上，从而激活了它？

苏落从手指上挤出一滴血，滴落在灵魂碎片和风舞剑上，但是都没有反应。到底是哪里出了差错呢？苏落脑中忽然灵光一闪，她突然想起哪里不对劲了！当时她被暗鸦追杀，吐出一口心血，是心口血，而不是手指上的血吧？

这只是一个猜测，但是事到如今，为了激活风舞剑，苏落也没有别的办法了。只见她一巴掌拍向自己胸口位置，顿时，一股腥甜的血液冲出咽喉，雾气一样洒向风舞剑和灵魂碎片。

可千万不要辜负了我的心口血啊……苏落的视线紧紧盯着风舞剑和灵魂碎片。

运气很好，竟然让她猜对了。苏落的心口血就仿佛灵魂碎片和风舞剑的黏合剂。灵魂碎片飞向风舞剑，一道灵魂一样的白光闪过之后，灵魂碎片消失，而风舞剑上果然多了一道剑痕。

在第一枚灵魂碎片被吞噬后，苏落手里的第二枚灵魂碎片紧跟着也飞向风舞剑。但是又有一点不同，因为前面三道剑痕是在剑头，就好像三簇灵魂，而且它们占据的位置分别是天魂、地魂、命魂。

这……苏落眼中闪过一道惊疑不定的神色，紧跟着她就低头去看剑尾位置。那里有一枚小小的剑痕，占据的是天冲位置。

苏落脑中有一道灵光闪过。人有三魂七魄，风舞剑这样的主神器肯定也有。是不是只要她集齐三魂七魄共十枚碎片，就能解开风舞剑的第二重封印？！

这个想法让苏落激动起来。

之前她已经见识过风舞剑暴起杀暗鸦的厉害，所以非常期待解开第二重封印的风舞剑会是怎样惊艳！

找灵魂碎片！一定要找齐十枚灵魂碎片！

现在苏落手里已经有四枚，还差六枚，但是……苏落看了看这几麻袋，眼底浮现一抹失望之色。

这里面已经没有了……

但是，苏落也不是没有办法。这里是佣兵之辰，任务大厅里能够发布任务，所以——

苏落以匿名的方式挂出了收购灵魂碎片的任务。

苏落原本有2800积分，之前兑换灵魂碎片，苏落花费了400积分，也就是说她现在手里有2400积分。

于是，苏落出的价格远远高于基地的标准兑换价格。一旦被采用，以400积分一枚的价格兑换。

在野外做任务，风里来雨里去，也不见得能得几个积分，但是这碎片一转手立马就是两倍的利润，还有比这更好的机会吗？不少人手里都有碎片，于是他们纷纷拿着自己的碎片跑去任务大厅。

苏落留了一道风舞剑的剑气在水晶球里，所以，只要将灵魂碎片放到水晶球上一扫而过，就能知道是不是苏落需要的东西。

一时之间，灵魂碎片的兑换在基地里掀起一片热潮。看到这种现象，苏落眼底有着一抹欣喜，但同时也有一点担忧。

欣喜，是因为关注的人多了，那些之前手里有碎片的人都会去试一试，看能不能兑换。担忧，是因为跟她作对的人不少，或许有人会故意捣乱。

不过让苏落高兴的是，经过这轰轰烈烈的兑换活动后，她手里多了三枚灵魂碎片，这三枚都是七魄之一。

当风舞剑吞噬了这三枚灵魂碎片后，虽然还不能暴起杀人，但是苏落已经能够感觉到风舞剑上那一抹让人心悸的威压了。

风舞剑已经融合了七枚灵魂碎片，但是这远远不够。

剩下的三枚灵魂碎片苏落却是左等右等都等不来。这让苏落隐隐有一丝忧愁。

剩下的三枚灵魂碎片是没有在基地呢，还是掌控在某人手里待价而沽呢？

很快，苏落就知道了答案。

因为这一天，冷姑娘告诉苏落，有人想找她谈话。

苏落虽然是匿名发布任务，但是有心人想查，还是有蛛丝马迹可寻的。

冷姑娘问苏落："要不要见？他说他手里有三枚灵魂碎片。"

这样的话，苏落就算很不想见对方，也得见了。

"是谁？"苏落问。

"二年级的强者，跟宁逸海声望并列的刀疤。"

刀疤叫什么名字，很多人都不记得了，大家都叫他刀疤，叫着叫着，他的名字几乎没人知道了。

刀疤学长吗？苏落嘴角勾起一抹淡淡的冷笑。

这段时间她闲下来，基地里的事也了解了一些。

刀疤学长跟宁逸海不和。

刀疤学长跟慕容方走得很近。

刀疤学长性子暴虐，阴晴不定，几乎没人敢招惹他。

苏落对冷姑娘说："好，你安排。"

冷姑娘知道苏落急于找灵魂碎片，所以当天下午她就帮苏落安排和刀疤脸见面了。

刀疤脸是独自赴约。

苏落也没有带任何人。

基地，高级休闲区。

这个区域，专门给从外面做高强度任务回来后的二年级学生休憩用的，这个时间段，人烟稀少。

苏落到的时候，刀疤学长已经在了。他霸气地坐在位置上，靠在椅背上，挑着下巴，目光打量着苏落。就好像上位者审视下属的感觉，少了一分尊重。

这让苏落对这位刀疤学长的第一印象就不好。

刀疤学长故意释放出强者威压，原打算给苏落一个下马威，但是让他皱眉的是，苏落悠然走进来，泰然自若地拉开椅子在他对面坐下。

苏落微微勾唇："学长到得挺早。"

刀疤学长慢悠悠地瞟了苏落一眼："是你迟了。"

苏落很无辜："没有啊，我准时准点到，不多一分也不少一分。"

刀疤学长微微皱眉。要知道，平日在这基地里，那些人都害怕他、奉承他、追捧他，几乎没人敢跟他顶嘴的，这丫头……

"仗着自己有几分姿色就狂妄，小丫头，学长劝你一句，收敛点。"刀疤学长阴冷地勾唇。

苏落依旧是那副淡定从容的平静："只有几分姿色吗？"

刀疤学长愣了愣。这丫头可真是不按常理出牌，这样厚颜……不过她也确实当得起十分姿色。

刀疤学长忽然狂放地哈哈大笑起来。

苏落依旧淡淡地看着他。

刀疤学长一拍桌子："你这小学妹倒是有点意思，你要不要到我手底下来做事？放心，刀疤学长一定罩着你！"

苏落："……"

其实苏落是在暗中吐槽楚三他们。这几个人保镖的职务做得可真够不尽职的，刚到血海城就跑得无影无踪，到现在都还没回来，也不怕南宫回来把他们拍飞。

如果他们在，哪里轮到刀疤学长在她面前嚣张？

"怎么样？来吧！"刀疤学长越想越觉得好，"你来的话，我就把慕容方给踹了！你考虑考虑啊！"

苏落："……"可怜的慕容方，如果他听到这句话，会不会很伤心呢？

苏落很坏心地将她跟刀疤脸见面时的影像录了下来，以后慕容方再来找她麻烦的话，她决定恶心恶心他。

于是，苏落微微勾起唇角："这样的话……对慕容方好像不太好吧？"

刀疤学长无所谓地一挥手："慕容方算什么东西，老子想丢就丢，如果你不忍心的话，就将他编入你手下好了。"

苏落心中暗笑，又引得刀疤学长唾骂慕容方几句，她这才关了水晶记忆果实的影像，然后跟刀疤学长谈到正题。

"学长手里真有灵魂碎片？"苏落浅浅一笑。

刀疤学长说："有啊，都是慕容方跑去收集起来，然后送到我手里的，你想要？"

苏落心想，这不是废话吗？不想要我来见你干吗？

刀疤学长摸着下巴："本来吧，你加入我门下，这三枚灵魂碎片给了你也无妨，不过，只怕兄弟们不服气啊。"

苏落心里吐槽，谁要加入你们派系了？就算要加入，也得在你之上。苏落面上却不动声色，一点厌烦的情绪都没有透露出来。

刀疤学长盯着苏落："听说你很擅长找草药？"

苏落皱眉。

刀疤学长说："你也别想骗我，你找到三种草药，完成连环任务，得到大量积分，这在基地里已经不是秘密，都传遍了。"

苏落寻草药的技能还是因为她跟小神龙契约了，小神龙有自动寻宝功能，现在它虽然不在苏落身边，但是这种天赋也多多少少让苏落沾染了一些。所以比起一般人，苏落寻找草药确实方便些。

苏落点点头："不算擅长，懂点皮毛吧。"

刀疤师兄冷笑："你倒是谦虚，不过在我面前谦虚没用。你不是想要灵魂碎片吗？帮我们找一种草药，找到了，三枚灵魂碎片都归你，找不到，你就无条件加入我门下！"

"找什么草药？"苏落冷冷地看着对方。

刀疤师兄拿出一张地图，丢到苏落面前："你自己看。"

那是一张简易地图，一般人看不出里面的名堂，但是苏落之前翻阅了血海城的图书馆，脑海里都是修罗界的各种草药名。而这个地图，就是草药勾勒而成的。苏落第一眼看的时候，还不觉得什么，但是当她看第三遍的时候，低垂的眼眸里浮现一抹狂喜。这地图别人看不懂，但是身为皇级炼药师的苏落怎么会看不懂？

"你们要找的是血雨古藤？"苏落理所当然地将地图叠好，放到自己的衣袖里收好。

刀疤学长看到苏落将地图据为己有，正想说话，但见苏落一口就说出他们要找的草药，当即心神一震："你知道？"

这地图，是他们无意中得到的，拿给不少人看，那些炼药师都看不出名堂，但是苏落一语就道破天机，可见她是看懂了。

苏落无辜地看着他："这么简单的地图，有人看不懂吗？"

"呃……"很不巧，刀疤学长就是看不懂的人之一。

甚至可以说，除了苏落这个妖孽，几乎所有人都看不懂。

刀疤学长死死盯着苏落："既然你看得懂，那就帮我们把血雨古藤找回来！只要你能找回血雨古藤，灵魂碎片不是问题！"

苏落轻哼："我怎么知道你们手里是不是真的有灵魂碎片？如果是骗我的呢？"

从刚才苏落看懂地图开始，刀疤学长对苏落的态度就多了一分尊重。

刀疤学长冷哼："你不信我？"

"我只信灵魂碎片。"面对瞪眼的刀疤学长，苏落一点都不怕，神色依旧那样淡定。

"好，既然你想看，那么，我给你看一枚。"刀疤学长拿出一枚灵魂碎片，在苏落眼前晃了晃就想收回去。

"哎，等等。"苏落示意刀疤学长将灵魂碎片放到蕴含了一道风舞剑剑气的水晶球上测试。

确实是灵魂碎片无疑。

就在刀疤学长想要将灵魂碎片收起来的时候，却被苏落阻止了。

苏落漫不经心地瞟了他一眼："请人做事，难道不需要先付定金的吗？"

刀疤学长愕然，苏落却不疾不徐地说："我也不要求你将三枚灵魂碎片都交给我，但是预付百分之三十，这是规矩吧？刀疤学长不会连这点规矩都不懂吧？”

“小丫头，不要得寸进尺。”刀疤学长咬牙！

可是，他对苏落实在是太不了解了，灵魂碎片既然已经被她看到，断没有收回去的机会了，于是，苏落慢悠悠地靠在椅背上，双眸似笑非笑地看着刀疤学长：“如果不预付的话，那刀疤学长只能去请别人帮忙了。”

刀疤学长皱眉，显然已经生气了。

苏落似笑非笑：“如果我没记错的话，血雨古藤是治疗走火入魔的草药，莫非刀疤学长……”

苏落慢条斯理地打量着刀疤学长：“学长身体健康，血脉畅通，心境通达，没有走火入魔的危险，这样看来，需要血雨古藤之人，一定是学长很重视的人吧？”

在强大的炼药师面前，很多秘密都将无所遁形。

“闭嘴！”刀疤学长气呼呼地将那枚灵魂碎片丢给苏落，“记住了，这是预付的定金！一个月之内，务必将血雨古藤找回来！”

说完这句话，刀疤学长气呼呼地走了。

相比较刀疤学长的愤怒，此刻的苏落简直喜上眉梢，拿到了一枚灵魂碎片，将刀疤学长气走，而且还有那张地图……

那张地图表面上是血雨古藤的分布图，但是，苏落之前在图书馆里看了很多很多资料，所以她知道，血雨古藤伴生的是血焰蛊花，而找到血焰蛊花，找噬灵珠就有线索了！

苏落可没忘记，她来到修罗界，除了风舞剑外，最大的任务其实是寻找噬灵珠。

为什么说找到血焰蛊花就有噬灵珠的线索呢？因为噬灵珠是活的，它到处跑，但是很喜欢血焰蛊花的味道，所以——

苏落原本还烦恼，要怎么才能找到当作诱饵的血焰蛊花呢，这下好了，刀疤学长送上来这么好一张地图。

苏落表面上看起来是被刀疤学长威胁着才去找草药，但事实上，苏落得到的好处比刀疤学长要好多了。

要找血雨古藤，就必须下海。

血海城之所以叫血海城，除了这里腥风血雨屠戮不断外，还有一个原因是：这里连接血海。

血海不同于正常人眼中的蓝色大海，血海是红色的，一片赤红。

要下海，必须要有海底呼吸药剂，不然下去憋几分钟就得浮上来。

在旁人的怂恿下，刀疤学长把寻找海底呼吸草的事交给了苏落。而且刀疤师兄发动了集结任务，新生必须参加，所以，唐雅岚他们都必须要去。

为了自己队伍的人能够在海底更自由，苏落便答应去寻找海底呼吸草了。

反正苏落自己也要用，倒不介意多做一些，再说，苏落查过了，跟海底呼吸草伴生的是血云蛊石，有了血云蛊石的融入，海底呼吸药剂可以炼制出加强版，只是很多炼药师都不知道。

但是刀疤学长并没有将炼制海底呼吸药剂的事交给苏落，而是委托了另外的炼药师。

这位炼药师姓屠，性子比高炼药师还高傲，不过炼药技能没有高炼药师强。

他自己不去采药，是因为他觉得寻找草药是下等人干的活，炼药师高高在上，肯定不能干这种脏活累活的。

苏落找了一些血云蛊石，然后才顺便摘了一些海底呼吸草给那位屠炼药师拿回来。

屠炼药师并不知道高炼药师已经对苏落另眼相看了，所以，他对采到海底呼吸草回来的苏落态度很傲慢。

他轻蔑地瞥了苏落一眼，说："小姑娘，你站住。"

苏落回头看了他一眼："有事？"

屠炼药师不悦地瞪着苏落："本炼药师是让你去采海底呼吸草，你耳朵聋了吗？！你这采摘的是什么？！"

苏落："……"

见屠炼药师对苏落开火，刀疤学长的那些小弟都兴冲冲地留下来，眼底闪耀着八卦的光芒。

基地里实在是太无趣了，所以稍微有点乐子，就会有很多人围观。

苏落抬眸，似笑非笑地看着这位傲慢的屠炼药师："你眼前放着的不就是海底呼吸草吗？你眼睛瞎了？"

"嘶——"好多人都倒抽一口冷气。

这姑娘忒彪悍了吧？

这位屠炼药师可是基地里仅有的两位炼药师之一，大家出门都需要他们炼制的丹药，所以平日里炼药师训斥他们，他们也都只能受着。谁让炼药师是那么珍贵而又稀罕的职业呢？但是现在这位一年级的小姑娘居然跟屠炼药师顶嘴？她居然敢顶嘴耶！大家眼中犹如烈火燃烧，一个个跟打了鸡血似的兴奋。

屠炼药师哪里想得到这位一年级的小丫头敢跟他顶嘴啊，他顿时被苏落噎住了。

苏落则双手抱臂，似笑非笑地看着他，一点不慌张，一点不失措。

屠炼药师见苏落这泰然自若的样子，顿时一股气从胸口往上冲："你这臭丫头还有理了？居然敢跟本炼药师顶嘴！来人，掌嘴！"

屠炼药师往围观的学生扫去。

但是，众人纷纷避开他的视线。笑话，那么漂亮的小姑娘，肌肤细腻如美瓷，吹弹可破的，呵护还来不及，还掌嘴？

屠炼药师气急败坏，苏落却慢悠悠地说了一句："我怎么没理了？陛下杀人还有理由呢，这位高贵的炼药师先生，您要定人罪，好歹给个罪名嘛，总不会是因为你嫉妒我漂亮吧？"

苏落这话一出，全场顿时一阵笑喷。

其实大家都知道屠炼药师为什么看不惯苏落，因为她太漂亮了，而屠炼药师家原本有位漂亮的小娘子，但是后来跟人跑了，所以他憎恶所有长得漂亮的女人。

屠炼药师气得不行，指着那些火红色的石头："本药师叫你去采海底呼吸草，你搬这些石头过来做什么？盖房子啊？”

众人又是扑哧一声笑出来。

看这一老一小掐架，实在是太好玩了。

苏落没好气地白了他一眼：“海底呼吸草不是给你采了吗？没眼睛你拿鼻子闻都闻得到，一共三十人份，我有给你少拿了？再说了，我拿红石头回来垒灶台也行啊，你管那么多？老了老了，怎么就这么爱多管闲事？”

众目睽睽之下，屠炼药师差点被苏落气死，却又一句话也反驳不出来。他本来就是看苏落长得漂亮，对她有敌意，所以故意找碴。

若是换了别的女学生，被骂一顿也就骂了，谁敢反驳？可偏偏这次他碰到的人是苏落，苏落可不是会吃亏的主。

最后还是刀疤学长见屠炼药师被苏落气得浑身颤抖差点厥过去，才出来打圆场。

“哼！”屠炼药师朝苏落的方向重重冷哼，重重甩袖，一副唯女子与小人难养也的鄙视态度。

经此一事，屠炼药师也不回去关起门来干活了，他有意要在众人面前重树威严，所以，他表示要当场炼药！

围观群众自然很开心。在他们眼里，炼药是一种很神秘的事，他们要花费很多货币去买药，但是丹药是如何炼制的他们却没有概念。

于是，大家纷纷鼓掌。

人群中，更是有人高喊：“好！屠炼药师好样的！就应该让小丫头开开眼界，看她下次还敢不尊重炼药师！”

众人纷纷起哄。

屠炼药师多爱面子的一个人啊，有这么多人期待着他的炼药表演，他顿时就得意了。原本准备无视苏落的屠炼药师转头，得意扬扬地瞟了苏落一眼。他原本以为会看到小丫头不甘心的表情，但是那丫头依旧是淡然中带着一抹微笑，泰然自若的样子。

屠炼药师重重冷哼一声，得意扬扬的目光扫过众人，而他的拥护者们早已经帮他将药鼎从炼药室里搬了出来。

屠炼药师手掌中洒落一簇火苗，顿时，药鼎周围犹如九星连珠一样，九个地方都被火苗点燃。

一开始是火苗，很快就蹿起了熊熊烈火。

众人鼓掌：“好！”

屠炼药师得意地瞟了苏落一眼，随后，拿起一根海底呼吸草，跟众人示意，声音高冷：“你们看，高贵的炼药师，就是这么炼药的。”

屠炼药师一边往药鼎里投入草药，一边分析解释。其实他就是炫耀给苏落看的。

而这时候的苏落，双手抱臂，斜靠在一边的柱子上，笑眯眯地看着屠炼药师，眼中有着别人难懂的高深莫测。

屠炼药师在最后一刻放入一株辅助草药，然后得意扬扬地说：“你们看好了，等里面的汁水蒸发，剩下的就是海底呼吸药剂了，到时候，去的人每人一支！”

众人再次兴奋鼓掌："好！"

然而就在这一刻，药鼎的火光猛然间往上蹿！

众人还在鼓掌叫好、都没反应过来的时候，轰一声，整个药鼎顿时发出一道激烈的爆炸声！

一时间，火光冲天！热浪滚滚！灼热的汁水无差别地朝四周喷射！原本还在叫好的人，被飞溅的汁水贱了满头满脸，现场顿时发出一道道惨叫声。

其实最惨的人还是屠炼药师自己。他是距离爆炸点最近的，所以，在他毫无准备的情况下，不仅被爆炸所伤，还被汁水溅到，那情况要多惨有多惨，要多狼狈有多狼狈。

现场顿时乱作一团。屠炼药师不仅被炸伤了，脑子也蒙了。

怎么会呢？

海底呼吸药剂他炼制也不是一次两次了，以前都不会出事的，更是从来没有发生过爆炸，现在怎么可能说爆炸就爆炸呢？

屠炼药师百思不得其解，只能归结为运气不好。

看着现场很多人被炸伤，屠炼药师知道，这会儿如果他再不出面的话，他的名声恐怕就真的毁光了。

屠炼药师手里有一瓶皇级烫伤膏，他珍藏了很久都不舍得用，但是现在只能……

看着那群人疯狂地抢着涂抹皇级烫伤膏，他心里那叫一个痛啊。

皇级烫伤膏的药效非常好，涂抹上去不到一刻钟，原本被溅伤的地方就已经结痂了。

这事是意外，大家也没有怪屠炼药师，只能自认倒霉，无奈地摇摇头，表示要回去了。

屠炼药师下意识地朝苏落望去，看到那双似笑非笑的漂亮眼睛，他顿时一股气往脑门上冲。不行！不能让大家带着他炸丹这样的坏印象离去，这对他的名誉损伤太大了！

"大家请留步。"屠炼药师让大家停住，"刚才只是意外，如果大家相信我的话，请大家继续留下来，跟我一起完成海底呼吸药剂的炼制好吗？"

众人眼底有些犹豫，毕竟谁也不想拿自己的命开玩笑，但是，高傲的屠炼药师第一次求人耶，那就留下吧。

于是，大家都留了下来。

屠炼药师瞟了苏落一眼，他不会被这个小丫头看扁的！

第二只药鼎被搬了出来，而众人下意识地往后退了一步。

屠炼药师心里有些不悦，面上却什么都没说，他开始着手进行海底呼吸药剂的第二次炼制。

苏落看到屠炼药师依旧跟第一次一样的手法，嘴角勾起一抹得逞的笑。

可怜的屠炼药师，他的草药是苏落采摘的，而苏落对采药有着得天独厚的本能，所以她采摘到的草药全部是药性最强最活跃的。

这草药给苏落炼制自然是再好不过，给屠炼药师炼制却不行，因为屠炼药师平日里用到的草药都是中等的。

皇级炼药师级别的草药，用小学生水准的技能去炼制，当然会失败了。

苏落原本是想告诉屠炼药师的，但是屠炼药师太作死了，一开始就针对苏落，敌对苏落，所以，苏落也只能在一边看他的笑话了。

如苏落所料，屠炼药师第二次炼制海底呼吸药剂，失败了。

不过比第一次好的是，这次并没有爆炸，只是炼制出来的不是药剂，而是乱七八糟的药汁……

众人的脸色有点不好看了。

屠炼药师眉头深深皱起，他不明白发生了什么事情，此刻他有些后悔了。这么丢脸的事，他应该躲在炼药室里偷偷练习，可他为了打压小丫头，硬是命人将药鼎搬出来，这简直是……自取其辱啊。

屠炼药师很想哭，但是现实逼得他下不来台。

在第二次失败后，他又开始第三次炼制。可是，第三次他还是失败了！

这时候，屠炼药师的脸色已经有些挂不住了。因为第一次失败没什么，第二次失败有点难堪，但是第三次还失败，这就是技术问题了。

屠炼药师开始找碴了。他朝旁边的小助手吼："你乱跑乱动什么！你不知道会将灰尘带回来吗？你不知道灰尘会影响到成功与否吗？"

可怜的小助手，被训得满脸通红，却一声都不敢吭。但是，在小助手没有帮忙递草药后，屠炼药师又失败了。

屠炼药师简直无地自容了，一边炼制一边说："这个水不够纯净，一定是水的问题！"

第四次失败后他说："周围空气不好，火元素得不到充分燃烧！"

第五次失败后他说："这个风太大了，如果风小一点的话肯定就成功了！"

……

一开始大家还尊重他，因为他是高高在上的炼药师，但是看到他这样推卸责任，大家就有点看不过去了，一个个都毛躁了，跟屠炼药师吵了起来。

屠炼药师自知理亏，在众人的指责下，他无法辩解，于是，只能将怒气发泄到苏落身上。

他指着苏落，说："都是因为她，所以才炼药失败的！"

苏落心想：难道被屠炼药师看出端倪来了？如果他真看出来，那还是有点前途的吧？

于是众人纷纷说："她站在那里一动没动，怎么影响你了？"

屠炼药师说："因为她在，我心情不好，心情不好炼药就会失败。对，就是这样的！"

屠炼药师简直无理取闹了。

苏落当即冷笑起来："这种药效活跃的海底呼吸草你不会用就老老实实认了，能怎么样？非要一遍一遍浪费大家的心血，还指责别人。"

屠炼药师被苏落指着鼻子骂，顿时冷冷一笑："明明就是你采的海底呼吸草有问题！你还抵赖！"

苏落简直无语，正想亲自动手，就在这时候，高炼药师过来了。

屠炼药师一直比高炼药师弱一些，看到他过来，顿时心中不悦。

听说屠炼药师连续失败了五次，高炼药师顿时有了兴趣："我来试试。"

"你来就你来，我不行难道你能行？"屠炼药师冷笑。

然而，让他郁闷到吐血的是，高炼药师动手后，第一遍就将海底呼吸药剂成功炼制出来了。

高炼药师闻着手里的海底呼吸药剂，眼里满是赞赏："今天这海底呼吸草不得了啊，药性活跃而灵动，炼制出来的海底呼吸药剂比之前的药效都要好多了。"

高炼药师的话，侧面证明了苏落采集的海底呼吸草不仅没问题，反而药性很好。

大家都不是傻子，一道道质疑的目光望着屠炼药师，屠炼药师顿时恼羞成怒："既然你们愿意听他的，以后都让他炼制药剂好了！我不管了！"

恼羞成怒的屠炼药师丢脸地跑走了。

他们不知道的是，苏落回去之后，自己炼制了不少海底呼吸药剂。

这次特训，刀疤学长不仅带了二年级的学生，还带上了一年级的。

苏落也不知道刀疤学长是怎么将这个私人任务变成特训项目的，不过她内心是赞成的，因为前期一直在单人接任务，现在是需要团队合作了。

血海城，三面环海，一面是山。所以他们出了城门之后，很快就到达了血海。

苏落和慕容方带领着各自的队伍，刀疤学长带领着二十名二年级的学生，每人喝下一管海底呼吸药剂后，就准备沉入海底。

在进入海底之前，刀疤学长只有一句话："下海之后，任何人都不许单独行动，否则后果自负。"

虽然没有说什么后果，但是苏落能想到的是，在海底一旦脱离队伍又没有海底呼吸药剂补给，很快就会被淹死在血海里。

苏落也嘱咐自己的队员："我希望我能带领你们每一个人安全返回灵界，一个都不少。"

众人的神色间闪过一丝凝重，他们知道事情的严重性。

苏落点点头，这才带领小队下海。苏落是唯一能看懂地图的人，所以由她在前面带路。

血海里能见度很低，众人前进的速度并不快。

让众人惊奇的是，海里除了一片红色，没有鱼也没有虾蟹，甚至连最基本的浮游生物都没有，就好像天地之间只剩下他们，孤寂得可怕。

好在前进了没多久，苏落就感觉到海水的赤红色变浅了，而且周围也出现了一些生物。

看到前方一根冲天的柱子，苏落眼眸微眯，对刀疤学长说："我们距离目的地只有一千海里了。"

刀疤学长见苏落找到了路，心中也是高兴。只要找到路，拿到血雨古藤，治好那个人的病，就是他此生最大的心愿。

一千海里对他们来说并不算远，没多久就到了。

苏落带着众人停留在一处水晶宫门口。

"哇，好漂亮的宫殿。"

"这就是水晶宫吗？不知道里面有没有宝贝？"

"除了老大要的血雨古藤外，应该还有别的宝贝吧？老大总不可能把什么都搬走吧？"

众人围绕着水晶宫，口水差点流下来。

苏落却没有他们心宽，因为她意识到一股危险气息正朝他们笼罩过来。

“小心，是乌龙血爪鱼！所有人散开！把乌龙血爪鱼包围起来！”刀疤学长的声音中带着难掩的激动情绪！

“居然是乌龙血爪鱼，我们发财了！”

“乌龙血爪鱼从头到尾都是宝贝，就连它身上的鳞片都有药用价值！”

“这么一大条扛回去，积分那肯定嗖嗖地涨啊！”

二年级的人都很兴奋，但是一年级的新生就很茫然了，一脸“这是什么东西”的疑惑表情。

在一年级新生还没反应过来的时候，二年级生就已经合力将乌龙血爪鱼给打死了。

不用二年级的人提醒，刀疤学长就说：“这条乌龙血爪鱼，一年级的人没份，回去后所得的积分，二年级的分。”

一年级的即使心有不甘，也只好认了。随着乌龙血爪鱼的出现，其余的鱼怪也全涌了出来。

因为海底呼吸药剂并不能维持太久，所以刀疤学长果断下命令：“慕容方你们小队负责放哨。

“李兴义你们小队负责打鱼怪！

“姚明明你们小队协助李兴义打鱼怪！

“苏落小队负责巡逻！”

苏落微微皱眉，还没等她说话，刀疤学长就说：“但是苏落不能去，你跟我来。”

刀疤学长给了苏落额外的任务，那就是找草药。

刀疤学长身边站了一位纤细白皙的少年，刀疤学长介绍：“他是二年级的段秋容，实力很不错，接下来的五天，他会在你身边保护你，现在你们去找草药吧。”

刀疤学长目光森冷地扫了苏落一眼：“别忘了，你的东西在我手里，如果没有血雨古藤交换，我会毁掉它们！”

苏落眼眸危险眯起，扫了刀疤学长一眼，转头就走。

水晶宫很大，所以苏落将其分成了五个区域，五天分别巡视五个区域，地毯式搜索，希望能够找到血雨古藤。

苏落本来是想带着唐雅岚他们的，但是她意识到，刀疤学长未必全然信任她，派这位段秋容学长过来，应该是为了监视她。所以，苏落将她那支队伍的指挥权交给了费君平，而且她也给费君平准备了不少东西，足够他们在海底用了。

苏落带着段秋容往水晶宫深处潜去。根据血雨古藤的习性，它喜欢生活在深处的淤泥里，在上面是找不到的。

往下潜的时候，苏落发现，刀疤学长派来监视她的这位学长好严肃，一路上绷着个脸，时时如临大敌。

苏落狐疑地看了他一眼，段秋容不悦地瞪回去：“干吗？”

苏落说：“你是不是很怕？”

段秋容板着脸："什么怕不怕？我胆子大得很！我过来是保护你的！"

苏落："哦。"

苏落又问："你是不是二年级里实力最差的啊？"

段秋容大怒："我是来保护你的，我什么都不怕的！我实力好着呢！"

苏落看着他努力梗着脖子装气势的样子，心里发笑。

就在这时候，苏落指着段秋容背后："咦，那黑乎乎的一条是什么东西？好像要缠上你了。"

段秋容嗖的一声躲到苏落身后，两只手捂着眼睛，只露出一小丝的缝隙，紧张兮兮地往外张望。

他见苏落要走过去，立马拽住她的衣袖："你想死吗？去什么去！快跑啊！"

苏落无语地瞟了他一眼："你看清楚那是什么……"

段秋容小心翼翼地往前挪了一步，定睛一看——

那确实是海蟒啊！他死死拉着苏落，颤抖着手，不仅脸色，连声音都变了，口中喃喃自语："你不能去，你不能去，不要去！"

苏落却挥开他，径直朝那恐怖的巨型海蟒走去。

段秋容捂住双眼，瑟瑟发抖。

而这时候，苏落走到海蟒身边，还伸手戳戳海蟒的身体，海蟒却仿佛对她视而不见，径自游走了。

段秋容奇怪得不得了！

海蟒是凶兽，见人就吃，绝对不会留下一点残渣，可怎么对这丫头视而不见呢？难道这丫头身上有什么法宝不成？

就在段秋容苦思冥想还没想明白的时候，苏落却一把拎住海蟒的尾巴，将它整个拎过来，脑袋冲向段秋容。

段秋容："啊！"

尖锐的惨叫声在海底响起！

段秋容看到那血盆大口，被吓得魂飞魄散，就在他双眼一翻快要厥过去的时候，苏落却没好气地说："你到底在怕什么？这只是海蟒的皮啊。"

晕到一半的段秋容当即决定不晕了，他下意识地朝苏落手里的"海蟒"望去。

这一看，他原本高高悬着的心顿时落回去了。

这足以掀飞很多人的巨型"海蟒"，不是真的海蟒，而只是蜕下来的海蟒皮！

段秋容想到刚才他吓得花容失色，觉得好丢脸，硬着头皮道："我，我原本就猜是海蟒的皮嘛，没想到竟然被我猜对了，哈哈哈——"

苏落默默地看着他。

段秋容被苏落看得有点不好意思，但还是说："你这么看着我干吗？你不会真以为我害怕了吧？我跟你说，我胆子大着呢！"

苏落："喀喀……那刚才尖叫的人是谁？"

段秋容："我，我刚才就是吊吊嗓子，对！我刚才就是在吊嗓子！"

苏落："……"

见苏落不信，段秋容一再强调："我胆子是很大的！"

苏落："……"

忽然，苏落一指段秋容身后："哇！真的海蟒来了！快跑！"

嗖——

苏落还没动，却只见眼前一道白光闪过，已经不见了段秋容的身影，那速度快得简直连苏落都要侧目。

其实哪里有什么海蟒，苏落眼前看到的只是一团黑乎乎的岩石罢了。

看到段秋容那快如闪电的逃亡速度，苏落心里却有些惊奇。段秋容学长在速度方面的天赋很让人惊奇啊。如果她以从瞬移里提炼出来的速度教他，这位段秋容学长的速度将会非常让人惊喜！

要不要考虑将这样的奇人收为己用呢？苏落摸着下巴陷入思考中。能不能收为己用，除了天赋外，还要靠人品。现在就看这位段秋容师兄会回来找她，还是直接跑去找刀疤学长了。

原本逃之夭夭的段秋容，在蹿出一小段距离后发现苏落没跟上来，转头一看，已经没有了苏落的身影。段秋容吓得脸色苍白，惊慌失措，脑子乱成一锅糨糊。

他留在原地等了几分钟，还是没有等到苏落。段秋容想，如果她跑的话，再怎么慢也该跑到了啊，可到现在还没过来，是不是真的被吃掉了？

段秋容起身就要往刀疤老大那里跑，但是跑了两步他又停了下来。

老大派他监视和保护苏小学妹，现在小学妹生死未卜，他就这样跑了，道义上会不会太亏欠了？呜呜呜，到底该怎么办嘛！

段秋容内心进行着理智和道德的掐架，但是他不知道，他现在的选择决定了他将来是碌碌无为过一辈子还是光彩绝艳地过一生。最终，段秋容还是过不去心里那关，非常纠结紧张地慢慢往回挪，走三步退两步。

他之前窜逃的时候不过用了一分钟，但是回去的路上足足花了一刻钟……

最后，段秋容看到完完整整的苏落，正悠闲地在水晶宫里烤鱼。

段秋容："你没死？"

苏落没好气地瞥了他一眼，递过去一条烤好的金翅鱼："吃不吃？"

水晶宫里是没有水的，所以烤鱼什么的完全没问题。

在段秋容还茫然的时候，苏落直接将烤鱼丢他怀里。

段秋容能回来，苏落已经把他当成未来可培养的对象了。

段秋容这才意识到自己被苏落耍了……

但是，还没等他说话，苏落就说："前方五百米处有几只七色珊瑚怪，打完了记得把七色珊瑚采回来。"

苏落挥挥手，示意段秋容赶紧去。

段秋容还有话要问苏落呢，但是被她这么一指挥，竟然一句反驳的话都没说出来，乖乖地奉命去做事了。

等将七色珊瑚给苏落采回来，段秋容才郁闷地抓抓脑袋：咦，他什么时候变得这么听话了？但是不容段秋容想明白，苏落又指挥他去干别的活，段秋容就又屁颠屁颠地跑去了。

一整个下午，苏落悠闲地坐在海草编制而成的吊床上，将段秋容支使得团团转。等时间差不多了，苏落再带着段秋容返回。

而此刻刀疤学长带领着队伍，收获颇丰。可惜的是慕容方的队伍是放哨的，苏落的队伍是巡逻的，所有的好处都让二年级得了。

二年级的学长学姐认为这是理所当然的一件事，丝毫不觉得有什么不对的地方。

苏落注意到她队伍里的一些人对那些打鱼怪掉落的物品很有兴趣，眼巴巴地看着，眼底有着浓浓的渴望。

苏落皱眉，有话就直接说了："学长，这事有些不妥当。"

分到不少物品的二年级生们正兴高采烈，忽然听苏落这么一说，大家都愣住了，随后，都充满敌意地盯着苏落。

而刀疤学长也不悦地瞪着苏落："你说什么？"

苏落慢悠悠地说："二年级二十人，一年级也二十人，但是所得到的物品全部被二年级分了，一年级难道就只是跟过来凑热闹的？"

苏落此话一出，二年级的人全用一种看傻瓜的目光看着她。

二年级里蹦出一个人，对苏落冷笑："一直以来的规矩就是如此，我们能带你们这些小新生出来历练，已经是对你们最大的恩赐了，你们还想要分一杯羹？"

另外一个人跟着冷笑："现在这些新生怎么就这么功利？想当初学姐学长带我们的时候，我们可是任劳任怨的，谁敢说一句反对的话？"

"就是，现在的新生啊，啧啧……"

因为涉及自身利益，谁也不希望自己到手的财富被分，所以，二年级的人联合起来反对以苏落为首的队伍。

为什么要说是以苏落为首的队伍呢？因为，慕容方在二年级吐槽的时候就表态，他们是很听话的一年级新生，能够有这个机会出来历练已经很感激了，财富什么的当然是二年级的学长学姐们分了。

慕容方手下的人虽然内心不乐意，但因为惧怕二年级生，所以忍气吞声，也只能认了。

但苏落不是这样性格的人，她冷冷一笑："既然如此，那我的队伍我自己带，就不劳烦你们了！"

被当作免费的苦力，一点好处都没有，还要被呼来喝去地蔑视，苏落才不会让自己队伍的人受这鸟气。

"对，我们要跟着苏老大！"

"我们听苏老大的话！"

"苏老大说什么就是什么！"

能主动选择苏落的，大多数是知道苏落的厉害的，所以，他们全支持苏落。

二年级的人变了脸色，他们还从来没见过这么叛逆、不好管教的一年级新生！

"既然你们眼里只有你们的苏老大，那就让你们老大带着你们这群乌合之众快滚吧！"

“张口闭口苏老大，你们眼里可有我们刀疤老大？”

“滚吧！赶紧滚！以后再也不带你们出来做任务了！”

二年级的人冷笑，嘲讽的话脱口而出。

苏落朝刀疤学长望去，此刻的他摸着下巴，神色平静地看着众人的争论。

苏落看出来了，这种程度的争论，他是不准备管了。

苏落冷冷一笑：“滚是吧？那我们滚好了。”

苏落作势欲走。

刀疤学长却在这时开口：“慢着。”

他有些恼怒苏落。这丫头怎么这么倔！一言不合就要走！可他偏偏还依赖着她寻找血雨古藤，这事换了别人都不行的。

苏落顿住脚步，回头似笑非笑地看着刀疤学长。

刀疤学长从苏落的表情看出，如果这件事没有给她一个满意的答案，她是不会善罢甘休的，她说走，就真的会走。

刀疤学长狰狞地盯着苏落：“你走得了，可你的这群手下走不了，难道你就不为他们的性命担忧吗？你就是这样当他们的老大的？”

一句句质问，都在离间苏落跟他们之间的关系。

“我相信苏姐姐！”唐雅岚虽然胆小，但是每当这时候她总是第一个站出来，给予苏落绝对的信任！

就算她有千般不好，但是绝对忠诚和全然信任，就足以掩盖所有的不好。

“我相信苏老大！”费君平第二个站出来！

“我们相信苏老大！”其余的人也都整齐划一地站了出来，恶狠狠地盯着刀疤学长！

苏老大为他们争取利益，他们绝对不允许自己在这时候拖她的后腿，让她心寒！

面对那一双双坚定的目光，刀疤学长一瞬间有些愕然……

那丫头到底有什么好，为什么这群天之骄子这样全然地信任她？刀疤学长知道，他手下那群人虽然看似对他忠诚，但如果他处于劣势的话……能够真正忠诚的人，又有几个？

苏落双手抱臂，自信满满地瞟着刀疤学长。

多亏了刀疤学长的离间，让她确定了在队伍中的绝对领导地位。既然他们给予她这样的信任，那么她绝对会让他们得到最好的回报。

面对苏落那双灵动星眸里的绝不退让，刀疤学长最后只能败下阵来：“一九分，你们一，我们九。”

苏落似笑非笑地摇头。

刀疤学长皱眉：“你们只是巡逻，我们二年级的要出体力和脑力，多分一些是理所当然的！”

但是苏落一点退让的意思都没有。

“二八分！你们二！我跟你说！这已经是我能给出的极限了！绝对不能再多了！”刀疤学长死死瞪着苏落，“你不要再得寸进尺了！”

二年级的学生都惊奇地瞪着刀疤学长。二八分？这怎么可以！绝对不行！

最惊奇的莫过于慕容方了，他那双剑眉狠狠皱起，拳头更是紧握，手背的青筋突突地跳。如果没有比较，就不会心理不平衡。但是刚才他已经代表小队认栽了，苏落的小队如果能拿到二，那……慕容方只觉得如芒在背，冷汗几乎浸透了全身。

在所有人以为苏落会答应下来的时候，苏落却似笑非笑地摇头："不行。"

刀疤学长怒了，指着苏落："我跟你说，你不要给我得寸进尺！"

苏落漫不经心地看着刀疤学长："争取自己的利益，自然要得寸进尺，刀疤学长不会连这样的道理都不懂吧？"

在场的人，谁都没见过这么坦白厚颜之人，一个个愣住了。

"你待怎样？"刀疤学长咬牙切齿。

苏落慢悠悠地伸出三根手指。

"三成？不行！绝对不行！"刀疤学长坚决地摇头。

"这样的话，就没的谈了。"苏落耸肩，"刀疤学长好自为之吧，希望你能找到你想要的东西。"

苏落挥挥手，带着队伍就要走。

刀疤学长气得脸色通红！他算是看出来了，苏落是真的说走就走，而她的那支小队还真是听话的乖宝宝，像是没有自己的脑子似的，苏落说什么就是什么。刀疤学长想起他最想要的血雨古藤，如果这次下来，得到了财富却找不到血雨古藤，那他真会怄死！这丫头真懂拿什么威胁他最有效！可恶！

想明白这一点后，刀疤学长气呼呼地叫住苏落："好，三成！"

背对着刀疤学长的苏落，嘴角微微勾起一抹得逞的笑容。

而其余的人都愣在原地，怎，怎么可以这样……

以前不是没带过一年级新生做任务，可那都是塞过去一两个积分就打发了，可现在……三成！

这其中，最怒的是慕容方！

苏落的队伍拿到三成，那么他呢，他的队伍怎么办？

慕容方眼巴巴地看着刀疤学长，刀疤学长却对他的乞求视而不见，甚至不给他开口的机会，只对苏落说："只要你表现好，该给你们的，一分都不会少！"

苏落似笑非笑地点点头，含着笑意的眼睛漫不经心地扫过慕容方的队伍。苏落不缺这些东西，但是这件事能恶心慕容方很久，所以苏落表示心情还不错。从原来的被蔑视到成功分三成，在苏落的小队里，威信本就很高的苏落，又被拔高了许多。

不仅在她的小队，就是在这些二年级生的心目中，苏落也成功成为惹不起的人物。欺软怕硬，在任何时代任何时空，都是同样存在的。苏落今日硬挺，给她今后省去了很多的麻烦。

而苏落身边那位胆小如鼠却速度惊人的段秋容学长，全程用一种神奇的目光崇拜地看着苏落。

好厉害啊！

好勇敢啊！

好大胆啊！

好让他崇拜！

慕容方身侧的拳头紧紧捏起……难道他错了吗？

慕容方身后的队员面面相觑……难道他们真的选错了吗？

外围的鱼怪很快就打完了，大家转而进入水晶宫里面。接下来的几天，苏落带着段秋容地毯式排查，但是一直没有找到传说中的血雨古藤。

刀疤学长的脸色越来越黑，看着苏落的目光越来越不善。

苏落心里明白，论武力值的话，她手里的小队根本无法跟刀疤学长手里的那群人抗衡。

二年级跟一年级修炼时间相差一千年，武力差距非常大，若是真的打起来，苏落这支小队伍是不够看的。

刀疤学长每日看着苏落就皱眉，就差吼出“你到底会不会找”这句话了。

但是，苏落的心态依旧那么淡定，她每天带着段秋容在水晶宫底下晃悠，时不时采一株草药，偶尔钻进山洞，将隐藏得很深的物品找出来。

到了第五天，刀疤学长实在是忍无可忍了，瞪着苏落道：“海底呼吸药剂坚持不了多久，你到底能不能找到血雨古藤？！”

刀疤学长之所以这么容忍苏落，是因为把寻找血雨古藤的希望全寄托在她身上，但如果苏落找不到血雨古藤，刀疤学长不介意将这特权收回来！

苏落无奈摊手：“血雨古藤长脚了，到处跑，我哪里知道它跑哪里去了？之前我不是提醒了吗？大家遇到怪异的事情要记得汇报给我，可是你的手下好不听话啊，没一个人跟我汇报的。信息不全，你让我怎么根据蛛丝马迹找血雨古藤？”

刀疤学长被气乐了。她找不到血雨古藤，怪他们咯？

但是，刀疤学长还真没办法跟苏落发脾气，于是，他只能扭头朝他的手下怒喝：“你们有没有发现什么奇怪的事情？不要藏着掖着！如果采用了，大大有奖！如果隐瞒不报最后被发现，重重惩罚！”

大家面面相觑。

奖励也就罢了，但是惩罚，大家都不想要啊。

于是，大家纷纷开始发言。

很快，苏落就听到了她想要的信息。

“等等，你刚才说什么？”苏落的目光落到一位高瘦的学长身上。

高瘦学长说：“我们小队搜索的时候碰到一种会发出笑声的水藻……”

苏落心中一动！她知道血雨古藤会跑，但是它一般是往血焰蛊花所在的地方跑，而刚才那位学长形容的会发出笑声的水藻，很有可能就是血焰蛊花。

于是，苏落问：“发出笑声的海藻在哪里？”

高瘦学长狐疑地看着苏落：“在，在水晶宫西偏北十公里处，不过那里很危险，一般人靠近不了。”

水晶宫西偏北，难怪苏落一直找不到，因为这个地方就是苏落今天要搜索的地方。

于是，苏落说：“我去看看。”

苏落一走，段秋容赶紧跟上了。因为他发现苏小学妹让人有一种很信任的安全感，跟在她身后，他都不太害怕了。

刀疤学长注意到了苏落眼眸中一闪而过的惊喜。莫非，那就是血雨古藤的线索？刀疤学长当即一挥手：“走！大家都跟我来！”

于是，一大拨人浩浩荡荡地跟在苏落身后，朝着高瘦学长所说的很危险的地方冲去。

众人的速度很快，没多久就到了目的地。还没有靠近，大家就很自觉地停下脚步。

就在离他们不远处，有一个湍急汹涌的巨大旋涡，旋涡黑漆漆的，深不见底。而那株发出笑声的水藻就长在漩涡中心的位置。不管旋涡如何汹涌，那株海藻就是迎风摇曳，扬着身子，发出尖锐刺耳的笑声。

苏落看到那发出笑声的血色海藻，就知道是传说中的血焰蛊花。它的笑声尖锐得几乎要刺破人的耳膜。更恐怖的是，笑声中带了一股让人迷失心智的音律！

一开始还没什么，但是当尖锐的笑声跟海浪的音波融合后，渐渐地，大家只觉得脑袋一阵阵眩晕，眼前阵阵发黑。

这里以刀疤学长实力最强，所以他最先回过神来！

刀疤学长咬破舌尖，当即清醒了一些，他看众人眼神有些不对劲，而且失去灵魂般机械地朝旋涡走去，当即大喝一声：“全都给我清醒过来！”

刀疤学长不愧是二年级里名列前茅的人物，他竭尽全力的一声怒吼，顿时让原本沉迷进去的众人一瞬间清醒过来。他们清醒后，就看到自己离旋涡很近，如果再往前走几步就要被旋涡卷进去了。

大家脊背一阵阵冒冷汗，还来不及多想，便快步往后退，终于退到了安全的位置。

大家这时候都脸色苍白，冷汗滴滴答答往下流。

刚才好险！如果不是刀疤学长怒吼，大家都要葬身黑色旋涡了！

大家纷纷向刀疤学长道谢，刀疤学长的心情却不甚好，因为他也没把握能够进入黑色旋涡，拿到那株海藻。

刀疤学长冷冽的目光森冷地盯着苏落：“那株，就是血雨古藤？”

苏落心里啊了一声。那才不是血雨古藤，那明明是血焰蛊花啊。血焰蛊花对刀疤学长没用，但是对苏落是有大作用的。

因为苏落要拿这株血焰蛊花去引诱噬灵珠的。而有了噬灵珠，才有可能复活南宫流星。

但是，如果没有刀疤学长的帮助，苏落可拿不到血焰蛊花，于是，苏落轻咳一声：“得到手了，我才能判断到底是不是血雨古藤。”

刀疤学长差点被苏落气得吐出一口血！等拿到手？如果不是血雨古藤，那岂不是白费力气？

刀疤学长死死盯着苏落：“到底是不是？”

苏落说：“应该是吧……”

第十八章 异火

刀疤学长深吸一口气。如果不是觉得苏落还有用，他会一巴掌拍死她！

苏落说：“反正我觉得是，如果你不信我的话，就不要采好了，就让那个人走火入魔好了。”

刀疤学长气呼呼地瞪苏落一眼，最后下令：“摘！”

摘是要摘，但是怎么摘？

“看！那是什么？”忽然有人惊呼一声。

于是，大家都朝他所指的方向望去。就在他们的右首边，一个又黑又壮的物体正晕晕乎乎地往旋涡飘去。

“是海狮兽！很恐怖的海狮兽！”

众人之前打鱼怪的时候碰到过海狮兽，需要二年级的学生五个人合力，才能勉强制住海狮兽，但是现在海狮兽也不知道怎么回事，挣扎着往回游，却仿佛底下有东西在把它往旋涡中心推。

海狮兽庞大的身躯在海水里挣扎，溅起一道道水花。那疯狂的嘶吼声带着让人战栗的惊恐。众人耳边萦绕着血焰蛊花尖锐的叫声和海狮兽惊恐的求救声！但是那样庞大的身子，却还是一寸寸地被带往旋涡，被旋涡吞噬得干干净净，最后只留下那凄厉的叫声。

大家的脸色都变了。海狮兽长二十米高十米，这样的庞然大物都被吞噬，他们瘦得跟竹竿似的，怎么挣扎得了？

想到这里，大家不由自主地开始往后退。

这时候，忽然有人提议：“其实，我们把人绑起来，然后让他过去采摘，这样的话就没事了，对吧？”

没事？拜托！那旋涡何等巨力，什么样的绳索能够将人捆住？只怕还没到旋涡中心，绳索就被碾压断了好吗？

刀疤学长却说：“这倒不失为一个好办法。”

众人的心顿时往下沉……

刀疤学长的目光从谁脸上扫过，谁就赶紧缩着脑袋垂着头，眼观鼻鼻观心，就是不跟刀疤学长对视，生怕跟他对视就是给他暗示。

刀疤学长头痛极了。海狮兽这件事给了大家太夸张的视觉冲击，现在是叫谁上谁都不会上了。

最后，刀疤学长的视线转向苏落，在场的好多人也齐刷刷地看向苏落！

对啊，就是她！

“刀疤学长请她来是干吗的？”有人开了个头。

只要不是自己去，大家都很开心，于是顿时精神起来了。

“刀疤学长请她来，是因为她自己说会找血雨古藤啊！”

“现在血雨古藤就在眼前，那么是不是……”

唐雅岚站出来气呼呼地说：“不行！苏姐姐那么瘦，肯定会被卷进去，绝对不可以！”

费君平：“我去！”

苏落队伍里的其他人纷纷咬牙：“我去！让我去！”

二年级那些人这时候脸上没有嘲讽，有的是一种无法理解的疑惑。明知道会死，为什么这群人要争先恐后地去送死？难道他们不怕死吗？

于是，有一位学姐问出声：“难道你们不怕死吗？”

费君平说：“死，当然怕，但要看为谁而死！为我们老大死，光荣！”

“对！为我们老大死，光荣！”周二飞、辛一豪他们一个个挥舞着拳头，激动而亢奋地高呼。

二年级的学姐学长们皱眉，暗自嘀咕：“这群人疯了吧？”

他们怎么都无法理解，怎么会有人愿意为别人而死呢？

刀疤学长脸上却浮现一抹动容。因为他也是别人的老大，所以羡慕苏落有这样一帮手下。

当他望向二年级那些学生时，他的眼底是失望的，因为那些人脸上是疑惑，是不解，是难以置信……这说明，他们不会为了他这个老大去死！

此刻的慕容方心里也是复杂的。他没想到苏落的队伍已经这样团结，他只知道，他身后的人不会这样全然支持他。

慕容方暗暗握紧拳头，他不会输给苏落的！

自始至终，苏落脸上都是那一抹淡淡的笑容。

苏落抬手，四周顿时一片寂静。她扫了众人一眼，最后视线定格在她的小队成员身上：“你们很好，但是这次谁都不需要死。”

二年级的学生皱眉：“苏落，你敢不去？”

众人纷纷瞪着苏落。苏落转头看着刀疤学长：“我们原先约定的是，我帮你找到血雨古藤的位置，而不是帮你拿到血雨古藤。”

刀疤学长面上有一丝赧然，但是，确实是这样约定的。苏落淡淡地勾起唇角：“但是，我可以帮你拿到血雨古藤。"

看到刀疤学长眼里瞬间绽放的光，苏落摆手："你不必谢我，因为这是有条件的。"

"什么条件？"刀疤学长盯着苏落。

不止他，所有人都看着苏落。

苏落浅浅一笑："除了血雨古藤，其他的东西归我。"

刀疤学长皱眉："还有别的东西？"

苏落冷笑："你管有没有别的东西，这事你答不答应？"

刀疤学长心中充满了好奇，但是他很清楚，如果他不答应的话，别说其余的东西，就是血雨古藤都拿不到。所以，他按捺住心中的好奇，点了点头。

苏落说："现在所有人都看到了，等一下可不许抵赖。"

众人越发好奇，到底是什么东西啊……

刀疤学长拿出一根绳子，催促苏落："还等什么？现在就行动吧。"

苏落看了看刀疤学长手里的绳子，拿过来试了试韧劲，然后撇嘴："你这是什么绳子，还没接近旋涡就会断掉，我死不足惜，血雨古藤采不到可别赖我。"

可是刀疤学长也很无奈啊，谁知道会有这样一个旋涡，根本没准备别的绳索。

就在大家一筹莫展的时候，苏落眼中却闪过一抹笑意："其实，你们在担心什么？我又不用进去旋涡。"

所有人脑门上都顶着一个硕大的问号。

"不进去？不进去怎么把血雨古藤带出来？"有人问。

苏落淡淡一笑："不进去，自然有办法将血雨古藤带出来。"说完，也不管别人怎么想，苏落席地而坐，随后在她面前出现了一个锅。

大家疑惑地看着苏落，都想不明白。

只见她往锅里倒进去灵气浓郁的清水，然后加入各种一看就很珍贵众人却不认识的草药，锅底下是一种很奇怪的异火在燃烧。

众人的眉头深深皱起。这到底是在干什么？煮饭不像煮饭，炼药不像炼药，光拿水煮草药？这不是胡闹嘛！大家都在窃窃私语，用看笑话的态度看着苏落。

"这不是糟蹋草药吗？"

"而且是拿我们当傻子吧？"

"她以为这样草药就会跑出来？"

"她不会真以为那血雨古藤长脚了吧？"

众人议论纷纷。

然而苏落似乎完全不受影响，她悠然自得地煮着这锅草药。苏落身边的小队成员虽然也茫然疑惑，但是他们一字排开，双手交叠在后，坚定地站在苏落身后，给予她无条件的支持！他们的一本正经，反倒显得其余的人是一场笑话。

随着锅里的草药煮开，一股难以形容的清香味道弥漫开来。

这味道，好香啊……

简直让人食指大动，恨不得跑过去将那锅草药端起来喝掉。

大家眼底的好奇之色越来越浓郁了。他们都想不明白，苏落这是在干吗。

而就在这时，苏落发话了。

“风系的站出来，将香气往旋涡方向吹。”苏落一边煮草药，一边开口吩咐。

苏落身后，哗啦啦站出来两个人。

很快，风就照着苏落吩咐的那样，向着旋涡的方向吹。

“咦！你们看！血雨古藤在晃动！”某一位眼尖的二年级学长当即大叫起来！

大家都随着他的视线望过去！果然！那株血雨古藤不仅在左右摇摆，还上下晃动！

不会吧！所有人死死地盯着那株他们以为是血雨古藤但事实上是血焰蛊花的尖叫海藻。

“天哪，它动了！它动了！”

“它在朝着我们这个方向过来！”

“它居然出旋涡了！旋涡难道对它一点影响力都没有吗？”

“它朝我们这边过来了！过来了！游过来了！”

说游过来，是比较准确呢。

因为这时候大家发现，这株尖叫海藻正在以平滑的姿态朝这边而来，就好像它下面是一艘船似的。

而且，它还一边尖叫一边晃过来。随着尖叫海藻的靠近，苏落这边的人都捂着耳朵纷纷后退！他们可招惹不起这尖叫海藻。

苏落淡淡一笑，口中却发出一道有韵律的轻哼。

苏落的轻哼，仿佛一支摇篮曲，温温柔柔、软软绵绵的，听得人昏昏欲睡。因为苏落融合了大道之音，所以效果很显著，那原本扯着喉咙尖叫的海藻，被苏落的催眠曲催得头晕脑涨，摇摇晃晃。

这时候的它，距离苏落已经很近了。

就在海藻软趴趴的快要昏睡过去的时候，却见一道黑影猛然间朝苏落正在煮的那锅草药飞射而去！

苏落反应极快，就在那小黑影朝锅里蹿去的时候，只听砰的一声响，她将盖子给盖上了。

通过透明的锅盖，可以看到此刻锅里有一条很可爱的小锦鱼，全身金黄，如被阳光的余晖洒落一身，漂亮极了！它被苏落盖到锅里之后，愣了愣，却还是撅着小屁股，对着那锅咕噜咕噜地喝着。

苏落一看，顿时又好气又好笑，当即乐了：“你个小东西，原来是只小吃货啊。”

如果可以的话，苏落好想戳戳它的小脑袋。

“信不信我把你煮熟了吃掉啊？”苏落笑嘻嘻地看着这条小吃货鱼。

本来海底不能烧火，但是苏落的异火非同一般，天地间也就只有这么一簇异火，所以这锅才烧得起来。

这时候，因为苏落停止了哼摇篮曲，所以那尖叫海藻回过神来，扯开喉咙又要叫。与此同时，刀疤学长看到机会，知道机不可失失不再来，于是，他身形快如闪电地飞掠而来！

就在他的手几乎要碰触到海藻的时候，苏落已经先一步掐住海藻的脖子，将它丢进了空间。

见刀疤学长怒而转向苏落的锅，苏落冷冷一笑，将小锦鱼连带着锅，一起收进了空间。

刀疤学长怒极，瞪着苏落："你在干什么？"

苏落似笑非笑，毫不示弱："你又在干什么？"

现在的情景，让苏落下意识地想到了一个成语：图穷匕见。

很快，其余的人也都过来了，二年级的人都心照不宣地将苏落和她的小伙伴们围绕在中间。

而此刻苏落已经收好了血焰蛊花和小锦鱼，慢慢站起来，目光直视刀疤学长。

刀疤学长理所当然地朝苏落伸出手，声音冰冷："将东西交出来。"

"什么东西？"苏落挑眉，似笑非笑地看着他。

"你知道的！"刀疤学长朝前迈了一步，冷冰冰地盯着苏落，"把东西交出来！"

苏落顿时笑了："刀疤学长翻脸跟翻书似的，快得我都反应不过来了呢。"

刀疤学长阴笑："这么说，你是不预备拿出来了？"

苏落淡淡一笑："血雨古藤对我来说又没什么用，给你又何妨？只不过，之前可是谈好了的，这是交易。"

苏落摊开手："只要把我要的东西给我，血雨古藤自然就是你的。"

刀疤学长的脸色却阴沉沉的。

他冷冷一笑："如果我说，我手里已经没有灵魂碎片了呢？"

苏落面色微冷，笑意不达眼底："那么，这血雨古藤就要给我了，这一趟就多谢刀疤学长提供人力物力财力了。"

刀疤学长闻言，哈哈大笑起来，他身后的那群人也都狂笑起来，笑声回荡在周围，将试图靠过来的海底生物都给吓得溜之大吉。看到他们神情中的信心满满，费君平几个顿时皱眉，因为他们的感觉很不好。

果然！

就在下一刻，二年级的其中一位学长身形一动，在众人还没反应过来的时候，他手里已经抓了最弱的唐雅岚在手，将她拎到苏落面前。

刀疤学长目光阴冷地盯着苏落，冷冷一笑："把东西交出来！"

苏落却摇头。

刀疤学长哈哈大笑："你信不信，如果你再不拿出来，你家小伙伴的脑袋会被拧下来当球踢！"

苏落的眼眸微微眯起，他身后的一群人也都神色大变！

唐雅岚虽然实力一般，但是她天真善良可爱热情，在队伍里是很受欢迎的。

刀疤学长见苏落没反应，又是大笑，他一边笑一边指着苏落身后的那群人："你们睁大眼睛看清楚，这就是你们誓死效忠的老大！这就是你们宁愿让手下去死也不愿意把东西交出来的老大！为了这样的人，你们居然还争先恐后地去死，哈哈哈！"

刀疤学长眼中充满了嘲讽的冷笑。

苏落身后的小伙伴们暗中捏紧了拳头，抿着薄唇！

费君平却嗤笑一声："你懂什么？我们老大做事自有安排，如果换作你在苏老大的位置，你保不住我们，但是我们苏老大可以！"

"就是！你以为我们老大跟你一样是榆木脑袋？"

"你以为挑拨离间我们就会放弃她？你放屁！我们信苏老大！"

"对！我们信苏老大！"

这群小伙伴，可以分为好几种类别。

唐雅岚、费君平跟苏落接触得多，所以对她非常信任。

辛一豪、周二飞亲眼见识过苏落的厉害，所以对她很信任。

其余的四五个人，都是在新生联赛中才知道苏落的，不过这一年在苏落号的飞行中，他们的修炼得到过苏落指点，进步很大，所以对苏落也比较信任。

此刻，小队团结起来，一致将枪口对准刀疤学长。

刀疤学长原本以为这种组建不过一年的小队很容易被瓦解，但是他再一次惊讶了，这些人对苏落的信任超出了他的想象。

刀疤学长冷冷一笑："既然你们这么信任她，那就睁大眼睛看看她是如何保护你们的！"

刀疤学长朝身边的那位手下示意："将她的修为废掉！"

"你敢！"费君平愤怒地大吼！

"那你睁大眼睛看看我敢不敢咯！"刀疤学长嘲讽地冷笑道。

慕容方带领的小队距离苏落所在的位置很近。此刻，他看到苏落的小队被人这样欺负，眼底闪烁着幸灾乐祸的光芒。苏落！让你张扬，让你嚣张，让你跋扈！现在终于有人收拾你了！但是慕容方身边的队员们，有些却露出兔死狐悲的悲哀之色。

跟唐雅岚相比，他们又有什么优势？同样是一年级，同样是修为低微，同样是被二年级的人呼来喝去，他们在唐雅岚身上看到了自己的下场。在这个弱肉强食的世界，是不是就必须承受这样的欺辱？

而就在这位高瘦的学长几乎要废掉唐雅岚的时候，苏落微微勾起唇角，看着刀疤学长："如果不想死的话，就让你的人住手。"

刀疤学长盯着苏落，目光森冷："你说什么？"

"我说，如果你们想死的话，尽管对唐雅岚动手。她的一身修为，你们三十个人的性命，倒也赔得起。"苏落慢悠悠地说。

"你！这话什么意思？"

刀疤学长忽然感觉心脏跳动的速度在加快，心几乎都快要跳出来了！

他回头一看，他身边的人几乎都下意识地捂住心口位置，脸色凝重！

刀疤学长这才意识到，他们着了苏落的道，脸色顿时一变！

苏落淡淡一笑，走过去从那位学长手里将唐雅岚拉回来，拍拍她身上的褶皱："没事吧？"

唐雅岚惊魂未定，却拼命冲苏落摇头："我没事我没事……"

苏落将唐雅岚交给费君平，转而看着刀疤学长，眉目间带着嘲讽的冷笑："刀疤学长似乎心跳很快啊，怎么，紧张了？害怕了？恐惧了？”

苏落每问一句就上前一步。

她的实力明明比不上刀疤学长，刀疤学长在苏落的气势下，却一步步后退。

“你给我们所有人下毒了！”刀疤学长恨不得砸自己脑袋！

他准备图穷匕见，拿到血雨古藤就翻脸，却没想到，对方更加防备，早早就做好了逆袭准备。所以说，宁愿得罪强者也不要得罪炼药师，因为强者杀你好歹你还知道，但是炼药师杀人不见血啊。

“你是什么时候给大家下的毒？”刀疤学长咬牙切齿，他竟然完全不知道！

苏落笑嘻嘻的样子，身上完全没有双方对峙的那种剑拔弩张感：“什么下毒啊，刀疤学长说得太难听了吧？”

刀疤学长恶狠狠地盯着苏落！他身后的人也凶狠地盯着苏落！集体被下毒这事，让他们如鲠在喉。

“快把解药交出来！”大家集体向苏落施压。

苏落笑眯眯地说：“在煮草药的时候，学长学姐多闻了点烟，呛了鼻而已，能有多严重？”

二年级的这群学生被苏落气得够呛，却再不敢冲上去用武力压制苏落了。因为他们意识到，苏落绝对是厉害的炼药师，而且是擅长下毒的炼药师。谁知道除了能引起他们心跳加速的毒外，大家还有没有中别的毒？众人只要这样一想，就心有余悸。

正因为如此，所以炼药师这个职业在各界都显得地位超然。

“你到底想怎样？”刀疤学长气呼呼地对苏落低吼！

“刀疤学长干吗这么凶？明明是你先毁约的不是吗？”苏落摊手。

“你到底想怎样！”刀疤学长只觉得自己心脏跳动得越来越快，声音大得犹如擂鼓，整颗心都快要蹦出来了，难受得他整个人都在哆嗦，冷汗淋漓。

苏落似笑非笑：“刀疤学长是不是应该跟我道个歉？”

“你敢！”刀疤学长指着苏落。

苏落笑看着他：“为什么不敢？”

刀疤学长气急败坏却又无可奈何，因为他终于意识到，这丫头无法无天，捅破天的事她都敢做的。

这时候，刀疤学长身后传来一道道痛苦的声音。刀疤学长回头看去，他的手下全捂着胸口，额头上冷汗淋漓，实力弱的站都站不住，已经倒在地上了。

“苏落，你知不知道，你这是违反校规的！”刀疤学长气极了！

她居然敢给这么多同学下毒！

苏落摊手，耸肩，无奈地看着刀疤学长。

刀疤学长知道没办法了，深吸一口气，再深吸一口气：“我……对，对不起！”

与其说刀疤学长在道歉，倒不如说他在威胁。

苏落很嫌弃地看了他一眼：“声音太凶了，我害怕……”

噗——苏落身后早被塞了解药的小伙伴们再也忍不住，笑出声来。

刀疤学长面色涨红，恼羞成怒，正欲发作，但是看到苏落那双灵动如水的清眸，他心中一凛。发脾气于事无补，反而会让事情闹得更糟糕。

刀疤学长实在无可奈何，只能捏着嗓子，用此生最温柔的声音道："我对不起你！"

噗！苏落身后那群人又笑喷了！

刀疤学长恶狠狠地瞪了他们一眼，眼底有着浓浓的警告意味！老子弄不死你们老大，还弄不死你们这群小兔崽子？

周二飞收到这样的眼神威胁，当即跳起来，大声告状："老大，他拿眼神威胁我们！"

可怜的刀疤学长，差点郁闷得厥过去！真是有怎样的老大，就养出怎样的手下！

苏落淡淡一笑："好啦，刀疤学长憋得脸都快渗出血了，咱们先别玩他了。"

苏落一边说，一边将那锅从空间里端出来，此刻，那条小吃货锦鱼已经将里面的药汁喝光了。

苏落很遗憾地看了刀疤学长一眼："你看，你认错的时间太迟了，解药都被这条小锦鱼喝光了。"

"你！"刀疤学长差点被苏落气到吐血，"你快重新烧一锅出来啊！"

刀疤学长记得，之前苏落烧水扔草药，很简单的样子嘛！

苏落却很无奈地摊手："可是，我哪里知道你们会背叛我，所以带的草药又不多，刚才一次性煮完了。"

敢情又是他们的错了？

刀疤学长看到身后手下们东倒西歪的痛苦状，深吸一口气，再深吸一口气，硬挤出笑容："那，现在怎么办？"

苏落看着那条胖胖的小锦鱼，戳戳它的小脑袋，状似随意地说："既然药汁被这条小破鱼吃掉了，那我们把这鱼煮了，不就把药汁熬出来了吗？"

刀疤学长眼睛瞬间一亮！这倒不失为一个好办法。

但是，听了苏落这话，小锦鱼却震惊地抬头，像被雷劈了一样看着苏落。

苏落戳戳它的小脑袋："啧啧，小肥鱼肉还挺厚的，吃起来味道应该不错。"

小锦鱼眼底闪过一抹惊恐之色，它不想死！脑袋圆乎乎的小锦鱼对着锅嗷呜一声——

它刚才喝进去的药汁一口一口地全吐了出来，吐了整整一锅。

只是，原本带着清新香气的药汁，经过小锦鱼鱼腹这道工序后，再吐出来已经变得黑乎乎的，还有了一股别样的味道。

吐完之后，干干净净的小锦鱼嗖的一声蹿到苏落的衣袖里藏了起来，仿佛这样别人就不会注意到它了。

刀疤学长一看到那黑乎乎的药汁，往前一凑——

呕——好浓重的鱼腥味，好想吐……

刀疤学长无语地瞪着苏落，他身后的二年级学生也难以置信地瞪大眼睛！她这是要让他们去喝小破鱼的口水？

"苏落！你这是在侮辱我们！"

"我们坚决抵制！坚决不喝！有本事你毒死我们啊，看你能不能承担起责任！"

“我们是绝对不会喝这么肮脏的东西的！”

“对，坚决不喝！”

众人义愤填膺！

苏落看着他们，脸上却有一丝犹豫，她皱着眉头，很无奈地说：“药汁本来够的，但是被小锦鱼消化了一些，现在应该分不到每人一口吧……”

苏落暗示得太明显了。喝得早能解毒，喝得迟就没啦！就在众人因为磨不开面子而犹豫之际，斜刺里忽然冲出一个高瘦学长，扑向那锅，大大一口就喝了进去。

众人一看，这还得了？！本来就不够每个人分，你一个人还喝那么多？

“你给我下来！”其中一个学长怒了，一把扯住那个人的脚！

事关自己的生死，谁不惜命啊？

一开始大家是磨不开脸，现在都快打起来了，四周乱成一团，哪里还管得了那么多？

“把锦鱼汤给我！”

“啊！不要抢我的汤！我还没喝！”

“谁砸老子脑袋？不想活了？”

“急什么？让老子再喝一口！”

这个时候，也没人管刀疤学长是不是老大了，一股脑地冲上去抢那只锅，谁也没有注意到，他们家的老大在人群里被挤来挤去，何等狼狈。

可是，刀疤学长也中毒了啊，他也要喝那汤的，可是如此汹涌的人潮，他挤进去被弹开，挤进去被弹开……别人看着都替他心酸。好不容易，刀疤学长抢着一口汤了，拿起碗咕噜噜地就给喝了。

因为有的喝得比较大口，所以在场的大概只有一半的人喝到了，其余的人都没喝到。

可是，锅里已经干干净净，倒过来都滴不出一滴汤汁了。

现在要怎么办？！

那十几个人都用祈求的目光看着苏落，这群人里，有九个是慕容方队伍里的。

也就是说，在危机面前，他们又被二年级的学长学姐们给踹开了，而他们的队长慕容方只顾着自己抢，根本没理他的队员。

此举，对慕容方的声誉影响是很大的。

苏落看他们眼中有着深深的恐惧，不由得叹口气：“你们很想解毒？”

十几个人拼命点头。

苏落忽然勾唇笑起来：“有什么好垂头丧气的？你们坐下用自身的灵气把燥热之毒逼出去就好了啊。”

什么？！所有人都用一种难以置信的目光瞪着苏落。苏落很无辜地看着他们，一本正经地说：“对啊，我又没给你们下毒，只不过你们吸进去一点燥热之气嘛，就好像上火一样，多大点事啊，你们自己用灵气就能排出去啊。”

闻言，众人神色各异，但唯一相同的是，他们都咬牙切齿，磨着后槽牙恨不得冲上去跟苏落决斗！

“有这么故意折腾人的吗？有这样简单的办法你为何不早说？！”二年级的学姐气得

不行。

苏落无奈摊手："我本来想说的啊，可是你们抢鱼口水抢得那么欢快，我以为你们玩得很开心嘛。"

二年级那群学姐学长差点被苏落气得发疯，什么叫作他们抢得那么欢快？什么叫作他们玩得很开心？这是在玩命啊！可是，他们又不敢上去报复苏落。

经过这次集体中毒事件后，大家对苏落有一种发自内心的忌惮。如非必要，还是不要招惹这位小煞星了，谁知道她什么时候会下毒，谁知道她哪句话是真、哪句话是假？这群平日里脾气都挺大的二年级学长学姐，此刻愣是将这口气憋回了肚子里去！

因为他们惹不起苏落，但是他们很生气啊，怎么办？所以，他们就拿慕容方队伍里的队员撒气。反正是一年级新生嘛，不欺负他们欺负谁？反正欺负了他们也报复不回来嘛。

不得不说，选择慕容方的这些学生，此刻真的已经开始反思了……

解了毒之后，刀疤学长对苏落恢复了原来的客气，但他还是念念不忘他的血雨古藤。

见苏落没有给他的意思，他便开口提醒："血雨古藤……"

苏落冷笑："灵魂碎片。"

"能不能换成别的东西？"刀疤学长抓抓脑袋，灵魂碎片他是真没有。

其实他手里就只有一枚，被苏落当定金拿走了，他原本想着等苏落找到血雨古藤后他就翻脸，将血雨古藤抢回来。反正对方是一年级新生，抢了就抢了，难道她还敢不服气？

可是……刀疤学长现在知道了，苏落跟别的一年级新生不一样，她是招惹不起的。

苏落似笑非笑地瞟了他一眼："没有灵魂碎片，坚决不换。"

"别逼我！"刀疤学长危险地眯起眼睛。

苏落高深莫测地看着他，眼眸中饱含深意。

刀疤学长顿时气馁……打不得骂不得还要提防对方下毒……他怎么就招惹了这样一位小姑奶奶？

就在刀疤学长动脑筋的时候，忽然——

轰！一道剧烈的声响在众人脑门上炸开。就好像当空一道焦雷狠狠劈过！因为事发突然，再加上震动剧烈，众人的脸色都变了。

然后，他们就看到偌大一座水晶宫，开始摇摇晃晃，而且还发出咯吱咯吱的声响。

水晶宫这是要塌了？众人的脸色顿时一阵惨白。

苏落当即命令自己的小队："以最快的速度回去！不要吝惜用药剂！"

海底呼吸药剂，不仅能够保证在海底呼吸，而且还能够加快在海底游动的速度。

别人的海底呼吸药剂都是高炼药师炼制出来的，药效还可以，但绝不属于顶尖。但是苏落的小队用的海底呼吸药剂，都是苏落亲手炼制出来的，不仅用了灵性最活跃的海底呼吸草，而且加入了血云蛊石，药效更是足足提升了一倍！

来之前苏落就交代过他们，一旦她喊跑，任何人都不许停下来等别人，只管飙自己最快的速度跑！所以，当他们听到苏落这句话时，嗖的一声就往前蹿去。

看到苏落的小队逃跑，其余人也都回过神来，拼命跑起来。必须在水晶宫塌下之前跑出去，不然的话，将会被活活地埋葬在里面。一时间，所有人都飙出自己有生以来最快的速度，一道道白光往前暴射而去，快如闪电。

但是他们心中也闪过一丝狐疑，刚才那恐怖的撞击声，好像不是水晶宫里面发出来的，而是外界传来的。

是外界发生了什么事情吗？但是他们已经来不及多想了，因为每一分每一秒都是逃生的机会。

原本苏落小队的速度是要垫底的，但因为他们有苏落这个皇级炼药师老大，所以他们用的是比其他人好很多的海底呼吸药剂，这次苏落小队竟然跑在了前面。

水晶宫轰然倒塌，不过好在所有人都跑出去了。然而，还没等大家庆幸劫后余生，却忽然发现四周一阵天旋地转，强大的威压从四面八方涌来。苏落队伍的那九个人因为跑在前面，跑出了这恐怖的光圈！而眼前这恐怖的光圈，就好像一个环，将另外的三十一个人都覆盖住了。

苏落因为救段秋容，所以迟了一步，以至于她也被困住了。他们被围在光圈里，逃不出来，也没办法自救，一时间陷入一场僵局。

虽然自己没跑掉，但是她的小队跑掉了，这让苏落觉得轻松很多，因为不用再分心照顾他们的安危。被困在光圈里，他们唯一能做的，就是看着前方的战斗，他们也才意识到有多倒霉了。

战斗双方都是修罗界的人。其中一方头上长角，虾兵蟹将样子的，是海族修罗。另一方人类状态的是陆地修罗。

海族修罗和陆地修罗不知道因为什么而争斗，而倒霉的苏落等人正好碰上了，以至于被禁锢在这一方空间里，根本出不去。

相较于别人的焦虑，苏落依旧神色淡定。她看着战斗双方的海族修罗和陆地修罗，将他们的招式一一记在了脑子里。

海族修罗为首的是一只头顶长着两个钳子的蟹修罗，实力在苏落看来非常恐怖。

陆地修罗为首的是一位长衫布衣面容清瘦的中年人，别人喊他觞大人，他的实力跟蟹修罗在伯仲之间。

蟹修罗和觞大人一场战斗几乎将这一片海域打穿，海水汹涌澎湃！

也正因此，两位大人才联手设下结界，圈出一方小世界。但是就连他们也没意识到，他们竟然将一群灵界的人类给圈了进来。

蟹修罗和觞大人一场大战，战斗得酣畅淋漓，但是对旁观者来说，却是一场非常恐怖的灾难。幸好苏落的小队已经跑掉了，不然的话，别人暂且不说，唐雅岚肯定就挂了。

慕容方队伍里最弱的两个，就因为承受不住那两位强者迸发出的威压而活活被碾压致死！其余的人虽然没有死，但也受伤不轻，特别是内伤，更是严重。

众人都不由自主地看向苏落，因为在他们眼中，苏落娇滴滴的，好似风一吹就倒，但是没想到，这次强力波及中，苏落连一口血都没吐。

别人都不知道，苏落之所以只受了一点轻伤，是因为她有重力空间护体。但是苏落并没有放松，眼底反而划过一抹忧色。她很清楚地意识到，一旦双方结束战斗，以他们的实力，一定会发现缩在角落里的他们，到时候后果不堪设想。

苏落倒是很想搞破坏，将这两位强者一并坑死，但问题是，这两位强者的实力，不是现在的她能够插手的。

至于用毒……实力相差太大，到时候毒素反噬到她身上，那苏落真是怎么哭都不知道了。

苏落苦恼极了，脑子快速运转着，寻求逃出困境之法。然而还没等她想出办法，那两位造成海底动荡的强者已经住手了。蟹修罗凶神恶煞，那森冷凌厉的目光如利剑般朝这边刺来。

觞大人右手手掌张开，一股庞大的光从他手掌中射出，恐怖的吸力朝苏落等人冲来。

凡被光束照射，都被吸力吸住。

“啊！”苏落这边的人惨叫连连，拼命挣扎，却还是被那股庞大的吸力吸去。

“落！”觞大人一声冷喝。

原本朝他飞来的人群瞬间全部往地面砸去。

“哎哟。”

“不要压我！”

“疼死了……”

从半空中直直坠落，而且没办法用任何灵气护体，只能用身体本身的强度去硬扛，那种痛楚，想想都脊背发寒。看到摔得七荤八素乱成一团的这群人，觞大人和蟹修罗眼中有着不悦之色！他们战斗的关键时刻，却被这群人破坏了，这让他们如何高兴得起来？

“你们……继续打，我们先走了……”苏落一个翻身站起来，转身就要溜走。

但是还没等她走出两步，就被觞大人喝止：“站住！”

“你们是谁？哪个族的？”觞大人强者的敏锐感知告诉他，这群人有点不对劲。

苏落心中一突。

不会被认出是灵界来的吧？要知道灵界和修罗界可是世代仇敌，属于你死我活的状态。

不过，还好苏落之前在图书馆看了足够多的书，不仅有医书，还有血海城的城志，所以对这里的情况还算有底。

面对觞大人的质问，苏落回答得头头是道，就在苏落差点将觞大人蒙过去的时候，别的队友出事了。

因为蟹修罗也拎了一个过去，而那位二年级的学长心理素质不过关，害怕会被修罗界的人发现他来自灵界，所以被经验丰富的蟹大人抓到了疑点。

“你们到海里来干什么？不说的话，全部死！”蟹大人面色冷凝，不像是在开玩笑。

刀疤学长瞅了苏落一眼，心想，反正他在苏落手里也拿不到血雨古藤，倒不如让这些修罗界的人跟苏落扯皮去。

刀疤学长为求脱身，直接把苏落给卖了：“我们来找草药。”

草药？其实觞大人和蟹修罗带着各自的队伍，也是下来找草药的，只是两支队伍碰到一起，就掐起来了，草药还没找到，已经打得见红了。

“什么草药？”觞大人随口一问。

苏落这里遇到危险，南宫流云那边的情况也不是很好。自从来到修罗界后，南宫流云就潜伏进人群中，淹没在茫茫人海里，别说修罗界的人，就是灵界隐藏在修罗界的人都找不到他。

不过南宫流云准备主动找上这边的情报部，因为他需要情报分析。然而，让南宫流云皱眉的是，这边克罗行省的情报负责人聂武被修罗界的人捉了。上级问他要不要多派人手过来处理这件事，南宫流云却拒绝了。

他要拿到五十人尸体存放的位置，必须要找到克罗行省的情报负责人聂武，那么救聂武就成为任务中的一环。更何况，聂武跟龙凤族有亲戚关系。

“不行！你做不到的！”第二负责人摇头，试图阻止。

南宫流云神色清冷，他决定的事，任何人都改变不了，除了苏落。

俞琰知道这位南宫二少来自龙凤族，也知道他天赋卓绝，但是现在克罗行省官方明摆着就是拿聂武来做局，如果这样一位背景强大的少爷出事，那他这位置还坐不坐得稳了？

南宫流云回眸，目光犀利深邃，霸道而强势的眼风扫过俞琰。

俞琰也做情报很多年了，什么事没见过，什么人没遇到过？可这一刻，在南宫二少的威压下，他竟大气都不敢出。那双冷眸如寒潭般冰冷，让他脊背微微僵硬。

南宫流云淡红色的唇微微抿着，神色清冷：“到时候做什么，我会通知你。”

南宫流云指着换过的修罗界通讯珏，朝俞琰比了个帅气的姿势，转头就走。

俞琰看到那穿着深黑色锦袍的身影渐行渐远，这才缓缓呼出一口浊气。

这位二少可真是了得，刚才他在的时候，俞琰竟觉得大气都不敢出，甚至有一种面见陛下时紧张中带点惶恐的感觉。

看来龙凤族又能兴旺一代了。

俞琰原本觉得南宫二少单枪匹马是绝对救不出聂老大的，但是现在，他心中油然而生一种期待。

情报据点是一处幽深巷子里的棺材铺子。

出了棺材铺后，南宫流云一边走一边戴人皮面具，动作优雅姿态潇洒。等出了巷子后，原本那位绝美深邃翩然若仙的少年公子已然不见，取而代之的是一位五官扁平普通到毫无特色的年轻人。

更难能可贵的是，南宫流云原本何等气质矜贵，他竟然能够将其完全收敛起来。衣着普通，五官普通，身形普通，这样的年轻人街上一捞一大把，所以南宫二少彻底淹没在人群之中。

原本跟着南宫二少、试图暗中保护他的两个人，对视一眼，都在对方眼中看到一丝无奈。

“走，回去跟俞大人复命吧。”

“是啊，就咱俩这实力，别说保护他了，我觉得遇到危险情况都能反过来。”

两人也算追踪能手，不然也不会被安排来跟踪南宫流云，但是这才不过一分钟，就被南宫二少甩了，这真是人比人气死人。

听到手下的回复，俞琰神色间有一抹惊喜。如果南宫二少是这样的实力，那他对南宫二少救回聂老大的信心又多了一分。

情报上说，聂武被关在西郊横断山脉。

南宫二少通过他那强大的大脑计算，得出结论，这个情报的准确率有百分之八十。所以，干了。

西郊，横断山脉。

山脉四周是一片荒芜草地，时不时有巡逻的卫兵走过。他们的换岗时间看着是没有规律的，但是南宫流云从他们的巡逻频率中看出了一丝端倪。他越发确定，聂武就是被关在横断山脉里。

就在这时，两个巡逻的卫兵一边说话，一边走了过来。

“你说，真会有人来劫狱吗？”

“傻了吧？谁不知道横断山脉有进无出啊，谁敢来？”

“但是听说这位聂武在灵界有点背景的，龙凤族的女婿呢，说不定真会有人来救。”

“那也得救得出去啊，哈哈，你们说，那位传说中面如冠玉美绝人寰的南宫二少会不会亲自来救人？”

“开什么玩笑！那可是矜贵超然的少爷，人家怎么可能会亲自涉险？想太多！”

两个巡逻的卫兵似乎认定了不会有人来劫狱，就算来也绝对是有来无回，所以显得漫不经心。

“我们这样巡逻会不会有点不够认真啊？”其中一个心中忐忑。

“担心什么呢？别人不都这样？”

“好像也是……”

两个巡逻的卫兵渐行渐远。

在他们转过弯的时候，南宫流云从他们的视线盲点里走了出来。

事实上，刚才南宫流云就站在草丛边，他都没藏起来，但因为视角盲点的关系，那两个巡逻的人愣是没有看到他。

南宫流云嘴角微微扯起一抹邪魅的弧度。因为已经完全掌握了对方的巡逻时间，所以南宫流云一路朝横断山脉去时，简直如履平地，无人阻挡。他知道该在什么时间站在什么位置，利用怎样的视角，隐藏在怎样的阴影角度……这一切，都是要精确计算的。

这要换作别人，别说计算，光是听都觉得头晕脑涨了，但是男神的大脑本就是与众不同的。他没有快一步，也没有慢一步，总是能够在合适的时间站在最合适的位置。

外围巡逻的至少有几千人，但在这几千人的密集网状巡逻下，南宫流云愣是悄无声息地摸了进去。

进了横断山脉后，四周是繁茂的古树，就更适合藏身了。

但是，南宫二少的眉头却微微一皱，因为他闻到了一股危险即将来临的味道。

南宫流云抬头，就看到一只追风雷电鹰隼，闪电般朝他飞扑而来！这只追风雷电鹰隼朝南宫流云飞扑过来的同时，深吸一口气，就要鸣叫出声！追风雷电鹰隼是用来示警的！

寂静的深夜，空旷的森林，高空位置，追风雷电鹰隼的声音能够传播很远，如果让它发出声音，那么，南宫流云的位置将会暴露无遗！

就在这千钧一发之际，一道暗器破空的轻微声音响起，再定睛看时，追风雷电鹰隼眼底闪过一丝惊骇之色。它瞪大眼睛，张大嘴巴，想嘶鸣，但是它的声带已经被南宫流云用一片树叶射坏，哪里还发得出声音？

追风雷电鹰隼眼底闪过一丝怒意，转身就要飞走。它很清楚，这个能够摘叶飞射的人类是位强者，不是它能对付的，它要去搬救兵。

南宫流云嘴角勾起一抹邪恶的冷笑，他那只很少用的神之右手伸出，一道金黄色的光芒射向半空中的追风雷电鹰隼。顿时，一股强大无比的吸引力将追风雷电鹰隼的尾巴吸住。追风雷电鹰隼像水里的游鱼一样疯狂地往前扑腾，但是在南宫流云右手的吸力之下，却只能无奈地被扯回。追风雷电鹰隼往后倒飞，重重砸落地面，砸得尾巴部位几乎错位。它愤怒地盯着南宫流云，想怒而狂啸，却只发出嘶嘶的漏风声。

南宫流云斜睨这只尽职尽责的追风雷电鹰隼，拍拍它的脑袋，在它耳边说了几句话。追风雷电鹰隼愤怒地瞪着南宫流云，眼底犹如熊熊烈火燃烧。

南宫流云似笑非笑地挑眉扫了它一眼，神色泰然自若、漫不经心。就在南宫流云抬腿要走的时候，追风雷电鹰隼忽然扑上来，翅膀抱住南宫流云的大腿，抬着脑袋，拼命点头。

南宫流云眼底闪过一抹得逞的笑意，但是神色间似乎颇为为难。追风雷电鹰隼几乎要给他跪下。南宫流云这才皱眉，勉强点头：“如果你要违约，也没什么的。”

追风雷电鹰隼却拼命摇头，眼底满是恐惧。南宫流云唇角微微勾起一抹邪魅的弧度，坐上追风雷电鹰隼的后背，飞向天际。

横断山脉靠双腿走的话，走到山顶要经过无数关卡，但是天空中的暗哨很少。而且正好轮到追风雷电鹰隼它们一家巡逻，更是没人来查了。

可怜克罗行省这位指挥官，在下面安排了十步一岗五步一哨的巡逻，结果，人家南宫二少坐在追风雷电鹰隼后背上直冲而上。

南宫流云做的事，并不是没人知道。

克罗行省，某处仙家洞府内，一位双眸紧闭的白发老者微微睁开眼眸，眼底是无尽的精光闪烁。刚才他的神识扫过横断山脉，竟让他发现一个有趣的小友。

利用追风雷电鹰隼的弱点，将其收为己用，这位灵界来的小友倒是有点意思。

看容貌，应该是那人的后代。那人的后代的话，不增加点任务难度怎么对得起他？

老人家眼底闪过一抹兴味，一招手，一只像漫画中灵魂状态的一团气体出现在他面前。

老人家说：“小七，出门去玩吧。”

小七是一团灵魂诅咒，被它缠上之后，人会倒霉透顶。

它看起来七八岁的样子，平时一板一眼的，在洞府里让大家都很头疼，所以老人家也有将麻烦送出去祸害别人的想法。

小七一听说可以出去玩，没有像前面几位哥哥那样开心，它严肃地板着小脸，小小的灵魂身子却显得一本正经，老成的样子让人有些忍俊不禁。

得到老人家的命令后，灵魂诅咒小七就被老人家一挥手送出去很远。

等小七睁开眼的时候——

南宫流云突然感觉到一股危险来临，他下意识地从追风雷电鹰隼的后背上跃下。

洞府里那位老者眼中闪过一抹精光。敏锐的洞察力、果断的决策力、敏捷的身手，还有强大的头脑，唉，这样出众的年轻人，怎么就不是他们修罗界的人呢？

在南宫流云跳下去的时候，操控着小七的那位老人家一双强大无比的手往下一拍。如果没有老人家插手，南宫流云不会被小七这诅咒灵魂黏上。但那位老者既然是南宫流云的爷爷那辈的人，实力是何等恐怖？所以，年轻的南宫二少，还是不可避免地被灵魂诅咒小七缠上了。

看见小七缠上那小友，仙府里的老者放心地闭上双眼，进入了冥想状态。这种凡尘俗事，他并不是很感兴趣。反正如果有事的话，小七自然会向他汇报，没汇报就是没事。老者很放心地继续修炼去了。

南宫二少瞪着这只虚无状态的灵魂诅咒。小七严肃地板着小脸，低着头认认真真地将尾巴缠在南宫流云的手臂上，一圈又一圈地缠绕着，就像缠绷带一样。

南宫流云没好气地瞥了它一眼，指指那绷带般缠绕的地方，比画了个劈刀的姿势："这里一刀切下，你缠了半天的尾巴就碎成片了。"

啊？小七抬着茫然的双眼，迷茫地看着南宫二少。就这一个表情，南宫流云就知道这是一只蠢萌的灵魂诅咒，他心思动得非常快，瞬间就想出了对付它的办法。

南宫流云嘴角微微勾起："我不问是谁派你来的，你肯定不会说。"

小七认真地点头。

南宫流云："我也不问你实力如何，你肯定不会说。"

小七认真地点头。

南宫二少："我也不担心你会通知别人，你肯定不会这样做。"

小七认真地点头。

南宫二少："我也不担忧……"

……

小七点头习惯了之后，南宫流云又来了一句："我也不担心你会诅咒我，因为你肯定不会这样做。"

可怜的小七这样一下一下点脑袋点得昏昏欲睡，瞌睡连天。

小七下意识地点完了小脑袋，这才意识到不太对劲，它下意识地抬起小脑袋，顿时清醒了一半。

南宫流云眼底带着邪魅的笑："我也不担心你会食言，因为你肯定不会这样做。"

欲哭无泪的小七："……"现在是什么情况？

可怜的小绵羊，到了大灰狼手里后，一个回合就被KO了。

南宫流云深眸里浮现一抹得逞的狡诈："我也不担心你会反悔，因为我已经帮你切断了跟外界的联系。"

惊骇茫然的小七："……"

在知道小七的性格后，南宫流云心里瞬间想出了一个一石二鸟的主意，他让小七不断点头，点得昏昏欲睡，而在这时候它的防备是最弱的，所以南宫流云抓住稍纵即逝的机会，将它脑子里那根跟它主人联系的弦用神之右手包裹住。

也不会包裹很久，只是在他离开之前，小七没办法跟它主人联系罢了。同时，南宫二少又在语言上挖了坑，让蠢萌蠢萌的小七去跳。可怜的孩子，现在正无辜茫然、泫然欲泣、不知所措呢。

见小七绷着小脸，忍住不哭出来，南宫流云笑得越发邪恶。他伸手弹了弹小七的脑袋："好好干活，睁大眼睛看着，等任务结束后，你不就可以回去跟你主人一次性全部汇报了？你现在时不时地汇报，还打搅他睡觉。"

小七瞪着南宫二少，但是转念一想，好像确实是这样哦……

可怜的小七，任务结束后汇报还有什么意义？你家主人派你来就是阻止南宫流云的任务进度啊……那位修炼中的老人家到时候知道了，不知道还笑不笑得出来。

南宫流云倒是不走了，坐下来休息。

小七很着急！

"快走啊！"因为只有任务结束后它才能见主人，当然任务要快点结束啊。

南宫流云摇头："这里环境诡异，需要时间分析，还是先睡一觉再说吧。"

说着，南宫流云就要跳上树，睡他个天昏地暗。

小七一看顿时急了！

"哎呀你别睡！你……反正你别睡！我想到了，这里除了你，别人都看不到我的，我去帮你探路，你给我坐好了，不要睡着！等我回来！"

小七气呼呼地瞪了慢吞吞的南宫流云一眼，嗖的一声就飞不见了。

这时候南宫流云如果想摆脱小七的话，其实很容易的，但是他没有这样做，因为小七这只灵魂状态的小东西，探路绝对是把好手。

没多久，小七就嗖的一声跑回来了，小东西很认真严谨地跟南宫二少汇报："东边一百二十米处有五个明哨、七个暗哨，北边……"

小七一口气不停歇地将周围的情况事无巨细地汇报了一通，完了后，蠢萌的小东西似乎有些着急："他们会看到你的，你根本没办法不被发现地通过！"

如果这个漂亮的少年完不成任务，它就不能跟主人汇报，真是急死人了！

南宫流云的大脑已在快速运转。到了半山腰后，已经不能乘坐追风雷电鹰隼了，只能通过部署严密的卫兵，接近中心。

就在这时候，最艰难的事情发生了。

一道消息传至山顶指挥部。有人来劫狱了！

指挥部原本昏昏欲睡的一群人，顿时如打了鸡血般激动，特别是这次的最高指挥冯尉源，他迅速将一道道命令传达了下去。

南宫流云看到对方的调动频繁起来，心里就有数了。

他微微皱眉，发生了什么他不知道的情况？

蠢萌小七在那急得跺脚："怎么人越来越多了？刚才我查探的岂不是全部作废了？我重新去查探！"

说完，小七一溜烟就跑了。

南宫流云并没有急着走，他坐在隐蔽的视觉盲点，对着修罗界的通讯珏研究。

修罗界的通讯珏跟灵界的并没有太大区别，中枢技能都那么回事儿，只是进入密码不是普通人能够得到的。

南宫流云对灵界的通讯珏非常熟悉，所以当他操作修罗界的通讯珏时，隐隐觉得有一种异曲同工之妙。要知道，这里的指挥部是通过通讯珏发号施令的，所以，南宫流云现在要做的就是入侵指挥部。

此刻，南宫流云的通讯珏忽然变出一个小小的虚拟水晶屏幕，南宫流云的手在上面噼里啪啦地敲动着。

没人知道他在做什么，只见他那双深邃绝美的凤眸认真地半眯着，盯着屏幕上快如闪电般掠过的字符，手指配合地敲动着。

就在这时候，蠢萌小七飞快地飘了回来。它的尾巴缠住南宫流云的手臂，大声疾呼："快走哇，他们搜山了！好多人朝这边过来了！"

但是，蠢萌小七使尽了力气，却挪不动南宫流云半分。

小七急得虚无的身子在半空中扭动，南宫流云却气定神闲地继续着手上的动作。

如果苏落看到的话，一定会往他手里夹一根烟，这样就更像黑客了。

南宫流云没好气地轻哼："他们又看不见你，你急什么？"

小七瞪大眼睛，抓抓脑袋，对哦！它怎么没想到这个？

而这时候，南宫流云已经完成入侵，将通讯珏恢复成正常状态戴回到手腕上。

"走了。"南宫流云敲了敲小七的脑袋。

小七捂着被敲疼的脑袋，眼泪汪汪地跟在南宫流云脚边。

也只有南宫流云才能看到它，听到它说话，还能敲到它的实体。

"前面什么情况？"南宫流云瞟了小七一眼。

小七见自己还有用处，顿时一抹眼泪，心中窃喜，赶紧飞起来，飘到南宫流云身侧，兴致勃勃地跟他说："好多好多的人，朝我们这边过来了，而且他们还在暗中设下机关，很厉害的人都埋伏起来了。"

小七越说越担忧，南宫流云却只是哦了一声。

"你有没有在听我说话！"小七很不开心。

南宫流云显得漫不经心："在听啊。"

南宫流云不仅在听小七说话，而且还在听通讯珏里冯尉源下达的命令。

小七说："那我跟你说啊，我刚才查探到，他们在前方三千米处设了一道陷阱，有五个人埋伏着，然后在右前方五千米处设置了一道障碍，有……"

南宫流云："有一拨火元素的修炼者埋伏着，再过去四千米，有一拨火焰滚球伺候着，再过去……"

小七惊骇："哇！你怎么知道？"

南宫流云随口编来："我能掐会算啊，你现在才知道？要不然的话，怎么能封住你跟你主人的联系？"

小七信了，在它眼里，南宫流云顿时好高大上，它满脸崇拜："那你还能算什么？"

南宫流云双眼望天，慢悠悠地说："我算到你会帮我把滚筒引向他们，让他们的队伍被火焰滚筒烧。"

小七低垂着小脑袋，有些为难地握紧拳头。身为灵魂诅咒，它确实有这个本事啦，但是——

小七抬起无辜纯真的小脸："可是，可是主人派我来是要诅咒你的耶，我得问问主人才能知道要不要帮你。"

南宫流云漫不经心地瞟了它一眼："不这样做的话就完不成任务，完不成任务你就不能去问你主人。"

小七一想："也是哦……"

可怜的小七，根本不知道邪恶的南宫二少偷换了概念，直接就被他给绕晕了。

小七说："好像没有别的办法了……"

南宫流云摊手："你可以不去做的，这样的话，最后你的主人问起来，小七啊，你都干了什么事啊，你就可以说，我一直在睡觉啊。"

"不行！我一定要去做！我才没有睡觉！"小七急匆匆地丢下南宫流云，飞快地飘走，速度快得就好像后面有人在追。

南宫流云有些头痛地揉揉脑袋。本来他想将这小七诱拐回去给苏落玩的，但是这样愚蠢……会不会拉低苏落灵宠的平均智商？这事，再考虑考虑吧。

南宫流云悠闲地坐在树梢上，这时候的他，还有闲心给苏落发信息。因为是用黑客的手段，利用这里指挥部的网，绕过修罗界灵气网的后门，所以不用担心苏落会被追踪。

南宫流云修长的手指轻弹，一条信息发送完毕。等他发完信息后，就听到前方传来一道剧烈的爆炸声！

一时间，前方火光冲天！

浓浓的烟雾呈蘑菇云状，冉冉升向半空！熊熊的火焰将黑暗的夜空照得透亮！无数正在搜索的人，全部朝发出爆炸的方向疯狂地拥去。

南宫流云听到通讯珏里，那位指挥官正在气急败坏地大吼："发现敌袭！第一、第二、第三、第四中队依旧原地待命！第五、第六、第七、第八中队速速朝爆炸区域赶去，呈网状将敌方擒拿，要捉活的！"

南宫流云嘴角勾起一抹邪恶的笑，修长的腿从树枝上一跃而下，稳稳地站立于地面。

而这时候，小七已经飘回来了。小家伙一直被养在家里，很少有机会出来，这还是它第一次出来行动，干的就是这么大票的活，此刻它眼底有着难掩的兴奋和激动，当然还有一丝忐忑。

因为它意识到，它好像帮错人了……明明主人下令要来诅咒这个很漂亮的少年哥哥的，可是它好像……

南宫流云看到它眼底的一抹犹豫，就知道它在想什么，不等小家伙开口，他就漫不经心地问了一句："烟花好看吗？"

小七的注意力顿时被南宫流云带到了那火热爆炸的画面上。

小七从来不曾见过这么震撼的场面呢，于是，它眼底有着难掩的激动，拼命点头：“好看！好好看！”

南宫流云说：“回去说给你主人听，他一定会喜欢的。”

小七眼里顿时闪动着欢快的情绪：“对哦，主人一定会很喜欢的！还有什么？你快说啊，还有什么，我还要去做！”

南宫流云：“……”智商真的太低了。

于是，就在蠢萌小七抢着要活干、南宫流云揉着眉心无奈的情况下，他们一路往山上爬去。因为绝大多数人被爆炸那里拖住了，所以南宫流云一路畅通无阻。但是没多久，南宫流云就停住了脚步。

小七得意扬扬：“前面有一位很厉害的高手哦，很厉害很厉害哦，我跑过的时候他差点就发现我了哦，你过不去的啦，要不要我帮你把他引开？”

南宫流云没好气地瞟了它一眼：“打不过，我不可以走吗？”

南宫流云在这里绕了点路，避开了这位强者。

小七好遗憾，它都没有表现的机会，回去之后都没故事给主人讲了……想到这，小七幽怨的目光一直追随着南宫流云。

南宫流云简直……

指挥部并不知道他们的指挥系统被南宫流云掌握了，所以指挥官冯尉源源源不断地下达着命令。

但是，南宫流云并不知道聂武被关押的具体位置，只知道在东边区域。所以，南宫流云故意在东边区域引起一阵骚动，表示出他已经知道聂武关押的具体位置，并且故意暴露出这次来救援的人有数十个。

指挥官冯尉源顿时中计。

聂武可是一张很好的底牌，这群来救援的人要一网打尽，但是聂武也不容有失。于是，指挥官冯尉源冲着关押聂武的那支队伍下命令：“现在，第九中队押着真正的聂武朝西边转移，原地留下替身！同时，所有的火力朝东边区域围拢过来！现在，立即执行命令！”

冯尉源得到情报，这次过来救援的人，是龙凤族的南宫二少！传说中龙凤族未来的继承者，如果能够抓到他，那么，自己的功劳将大如天。一个聂武算什么？一百个聂武都抵不上一位龙凤族未来的继承者！

冯尉源信誓旦旦要抓南宫二少，但是他并不知道，这消息是南宫流云故意透露的，为的不仅是将聂武从横断山脉救出来，而且还要狠狠抽克罗行省一巴掌。他南宫流云，要在修罗界，留名！

冯尉源更不知道，他引以为傲的指挥系统，早已经被南宫二少入侵，他发布的任何一道命令，南宫二少都知道得清清楚楚。

南宫流云嘴角勾起一抹邪恶的笑容。漫山遍野的人都在抓他，可他依旧衣袂飘飘，宛若遗世佳公子那般泰然自若。

原本，他要冲进去救被重重包围起来的聂武，要耗费很大的力气，并且还未必成功。但是现在将聂武调出来，由一支中队押着，一支中队有一百人，虽然也很多，但是任务难度比之前减少了许多。更何况他手里还有抢着干活的活宝小七。

南宫流云带着蠢萌小七，一路往西边而去。因为原本的埋伏都设在东边，所以西边的路障很少，而且在算无遗策的南宫流云面前……这些路障真的不算什么。

唯一有一次，差点被对方发现，南宫流云展现了他逆天的速度。

一共五个人，同时发现南宫流云，然而他们五个还没反应过来的时候，南宫流云现场抓了五根松针。

嗖嗖嗖。白光闪过，五个人的命门同时被刺中，整齐划一地往后倒地，跟这个世界说拜拜了。

小七原本还一直在南宫流云面前唠叨什么这个人你打不过啦，这个魔兽会吃掉你的啦，但是当它终于见识到南宫流云的实力后，它的嘴巴就像被粘上强力胶水，紧紧抿着，一个字都蹦不出来了。

为了牵制住东边的火力，南宫流云终于给小七派活干了。他让小七跑去那边骚扰。

反正别人也看不到小七，小七的灵魂诅咒想施在谁身上就施在谁身上。南宫流云问了，小七现在一天能诅咒七个人，省着点用，可以拖延足够的时间。

小七一直想表现，到时候好回去跟主人还有哥哥们显摆，所以它很开心地跑了过去。

这边，南宫流云坐在山冈上，吹着习习凉风，等待着第九中队将聂武运送到。是的，冯尉源怎么都不会想到，来救援的南宫流云，比第九中队到达的时间还要早。

南宫流云也没闲着，一百个人，想让他们悄无声息地死去，并不是一件容易的事。而且，这些都是克岁行省军部里特种队临时调过来的，都不是简单人物。

如果冯尉源知道南宫流云在这片草地上做了怎样的布置，他一定不会让一百个特种军人跑来送死。

当南宫流云等得快打瞌睡的时候，第九中队终于姗姗来迟。

为首的是一位大圆满八星的强者，他的左右两边是大圆满七星强者护佑，再下面，大圆满五星六星……最差的也是大圆满三星实力。

这次出动的级别非常壮观，甚至可以用恐怖来形容。冯尉源为何要出动这么多高级别的强者？

这要从头说起。

冯家在修罗界也是军部世家，虽然不及龙凤族在灵界军部那占据半壁江山的霸气，冯家占据三分之一的军部也是有的，所以冯尉源这样的资质也能做到克罗行省的军队二把手。这第九中队里面，不是冯家人，就是冯家派系的。

军部无战争，很难晋升军衔，这次难得有这么好的一次机会，冯家怎会错过？为了让冯家人在这次战斗后升官，冯尉源可是承受着很大的压力才让冯家人上的。如果他知道最终结果，不知道还哭不哭得出来。

这一百名特种军人将聂武围绕在其中，里三圈外三圈地将聂武团团包围了起来。他们就不信了，这样子还能有人救走聂武。

此刻的聂武被钉在十字架上，双手平伸，被捆绑得结结实实，双脚上是重重的镣铐，铐得他寸步难行。

聂武很显然被虐打过，身上的鲜血染红了衣衫，露出来的肌肤上没有一寸肌肤是好的。

他歪着脑袋垂落肩头，全身无力。但是，没有任何人发现，他几乎全闭的眼眸里闪着怎样兴奋的光。一开始，他确实是绝望的，因为他相信没有人能够在重重包围下将他救走。但是后来，他听到看守他的人议论，龙凤族二少爷过来营救。

别人口中是对二少满满的幸灾乐祸，但是聂武在那一刻是激动的。

聂武娶了南宫家族旁系的一位姑娘，所以他对南宫二少是熟悉的，也是崇拜的！

曾经他想拜南宫二少为师，但是被拒绝了。

如果说，灵界军部有一个人能救他的话，那个人非南宫二少莫属了。

虽然，二少现在的实力还没达到巅峰，但是，重兵包围的营救行动，靠的不仅仅是武力，其实最重要的是智力。

南宫流云看了看天色，发现时间不早，好戏，可以开场了。

这群全部背对着聂武、面朝外的特种军人，双眸精光闪闪，注视着周围的一草一木！但是他们不知道，南宫二少正走在之前挖掘好的暗道上。

南宫流云悄无声息地走出地面，站到聂武身边。

聂武感觉到一道阴影，抬起头来，就看到南宫二少出现，他当即倒抽一口冷气！不愧是南宫二少！几米外就是一圈又一圈的特种军人，南宫二少却如鬼魅般站在他身边。

这时候但凡有一个人回过头来，南宫流云和他立刻会被包围得水泄不通，十死无生啊！聂武原本还以为南宫二少会先解救他，然后两人一起对战这群特种军人。

但是，事实并不是这样的。

南宫流云连看都没看他一眼就出手了。他手中不知哪里来的一捧松针，嗖嗖嗖一圈扫过去，最内围的特种军人一瞬间全被射中昏睡穴。

这么细的松针，想杀他们是不可能的，但是让他们晕上三分钟还是不难的。

聂武看到那一圈整齐划一地垂下脑袋的特种军人，脑海中闪过一丝疑惑。这些人实力个个不错，怎么这么容易被射中昏睡穴？

很快聂武就明白了，因为他感觉自己手脚有点发软。

是空气！空气中有毒！

之前苏落可是炼制出一麻袋丹药给南宫流云带上的，其中不仅有解药，而且还有毒药，无色无味的有毒气体也不是没有。

就在聂武想明白的时候，南宫流云又开始了第二圈的攻击，然后是第三圈、第四圈……最后，终于有人感觉到不对劲了，当他们回过头的时候，就看到聂武身边多了一个人。只见他一身黑袍，漆黑的眼眸半眯着，透着深邃倨傲的光，如天神般站立着，给人一种强大的压迫感。

这个人是谁？什么时候出现的？还有他们的伙伴，怎么全晕过去了？

这下子真出大事了，剩下的人已经不多了，满打满算只有十几个人，而且越是外围，实力越差。就在他们准备发送紧急信号的时候，又被南宫流云射中昏睡穴，软软地倒在地上。

“二少！”进入横断山脉之后，南宫流云已经恢复了他本来的容貌，所以聂武一下子就叫出了他的名字。

南宫流云目光冷冰冰地扫了他一眼："你可知罪？"

"属下知罪！"聂武郑重地说。

南宫流云点点头，神之右手握住十字架，十字架当即碎成渣，而聂武也因此获得自由。

"跑吧。"南宫流云不愠不怒地直视着他，眼中有着聂武难懂的高深莫测。

聂武虽然不明白二少要做什么，但是他很清楚，二少的话要听，而且要绝对服从，不然倒霉的绝对是自己。

聂武当即点头，撒开腿就跑，那速度快得简直连他自己都无法想象。

等聂武跑出去一分钟后，南宫流云看到第一圈被他射晕的人已经有苏醒迹象了，他嘴角勾起一抹邪恶鬼魅的笑。

冯家……送你们一个大礼吧。

南宫流云走出包围圈的时候，很潇洒地捏爆了手中的信号物。

轰轰轰——寂静的夜空中，尖锐的爆炸声接连不断地响起。一时间，西边这片区域火光冲天，惊天动地，地动山摇。整个山体硬生生被炸裂，轰然往下倒塌。昏睡过去的冯家特种军人，半睡半醒间，全部被炸得血肉乱飞。

南宫流云迈着潇洒的步子，从容离去。那悠然的背影，根本不像是葬送了近百个特种军人性命的恶魔撒旦，反而像是漫步庭间看花开花落般从容潇洒。

漫天的火花，都成了他身后的背景。

看着火焰冲天中悠然走来的南宫流云，聂武心中油然而生一股敬意！还有惧意！

掌管克罗行省情报多年，聂武知道冯家这群人有多强大，正因为知道，所以他对挥手间樯橹灰飞烟灭的二少越发崇拜。

"二少……"聂武也是铁血男儿，但是在这一刻，一向内敛的他眼眸中有着难以抑制的兴奋。

"五十具尸体，具体位置。"南宫流云冷冰冰地直视他。

聂武眼底闪过一抹错愕："现在就要去……"

刚刚经历过那样一场惊心动魄的营救，立马又要去执行另一个任务？

"那不然呢？"南宫流云并不觉得现在就去将尸体寻回是多难的一件事。

更何况，正因为对方乱成一团，才能出其不意。因为冯家人根本想不到南宫流云会立即进行第二波行动。

"你简直……"聂武无话可说，很快就说出了那五十具尸体的位置。

他不知道，南宫流云之所以着急，是因为他发给苏落的信息，到现在还没有回，他想要速战速决，然后回去找他家的落落宝贝。

南宫流云不知道的是，此刻他的落落宝贝正陷入一场险境。

刀疤学长将苏落出卖了。

刀疤学长说："血雨古藤在她手里！你们要找就找她好了！"

其余的二年级的人也纷纷点头。

觞大人的目光扫过慕容方，一把拎起他的衣领："说！"

慕容方舔了舔嘴角，看了苏落一眼，说："她寻找草药确实很厉害，血雨古藤在她手里不说，她还收了一条小锦鱼，那小锦鱼可不简单！"

苏落的小队离开后，余下的这群人在关键时刻全出卖了苏落。

若是别人，此刻肯定愤怒伤心痛苦，但是苏落依旧淡定从容，神色间不见一丝被背叛的愤恨。

觞大人好奇地看了眼这位过分漂亮的小姑娘。与这位小姑娘的淡定相比，这群男人简直让人心生厌恶！

觞大人连看都不愿意看他们一眼，转头盯着苏落，目光凌厉："小锦鱼在你手里？"

苏落知道瞒不过去，遂点头："是啊，小锦鱼就在我手里，你待如何？"

觞大人朝苏落伸出手，不过他对苏落的态度比对刀疤他们要好多了。

苏落很无奈。实力不够，这种时候也只能识时务者为俊杰。

苏落将藏在怀里瑟瑟发抖的小锦鱼捧了出来。

觞大人拎起小锦鱼的尾巴，目光扫过去，随后，冷冷皱眉："血雨古藤鱼，而且是最低劣的品种，没意思。"

觞大人随手将肥肥的小胖锦鱼扔回苏落手里。

苏落的心顿时放下大半。这只小锦鱼还挺有意思的嘛，之前苏落捕捉到它的时候，那一身金色的光芒几乎闪瞎她的眼，那周身灵气如华光般闪耀，一看就是宝贝。

但是刚才觞大人拎起它的时候，它变成了一只最普通的小胖鱼，而且背上显露出它原本的藤条印记。

刀疤学长心中却猛然一震！什么？这小胖鱼才是真正的血雨古藤？原来血雨古藤少了个鱼字，所有人都以为它是植物，结果它居然是条鱼！血雨古藤鱼！

刀疤学长恶狠狠地瞪着苏落！

这臭丫头肯定早就知道血雨古藤是条鱼，之前她还拿那株会尖叫的海藻来糊弄他，如果他手里有灵魂碎片，恐怕早就被那小丫头骗走了。

蟹修罗，他一向不高兴别人叫他蟹修罗，所以自己起了个名字叫邪修罗。

邪修罗大人沉吟了片刻，却问："就算是低劣的血雨古藤鱼，也不容易捕捉，你们又是如何捕捉的？"

"她用毒！"慕容方阴狠地盯着苏落。他知道，这个时候是杀苏落的最好时机，一旦错过这个机会，就机不可失时不再来。

不等对方问，慕容方就迅速将之前苏落如何给他们下毒的事说了一遍。

觞大人和邪修罗对视一眼，他们都在对方眼中看到了一抹深意。如此说来，血雨古藤和血焰蛊花都是这漂亮的小丫头找到的？这样说的话，这丫头倒是有些门道。

觞大人问苏落："你想不想活命？"

苏落没好气地看了他一眼："谁想死吗？"

觞大人身后的那群人顿时怒了，敢这样跟觞大人说话？

不过觞大人的气度还算不错，他抬手阻止了身后的人，对苏落冷冷一笑："想活命的话，就帮我们寻找一种草药。"

他们之所以下海底，就是为了寻找一种草药。

邪修罗他们也是如此。只是那草药不是一般人能够找到的，其过程之复杂，非一般人能想象。

苏落却冷冷一哼："我不会帮你们的，就算你杀了我所有的队友，我也不会帮你们寻草药的！"

刀疤学长和慕容方他们一听这话，顿时脸都吓白了。苏落怎么能这样坑他们？！

觞大人队伍里走出一个人，手中长长的鞭子朝刀疤学长他们身上抽去。那啪啪啪的声音，听得人毛骨悚然。

刀疤们顿时被抽得血肉模糊，口中痛呼，惨叫不绝。

觞大人和邪修罗不是傻子，刚才这群人出卖苏落，而苏落又故意挖坑，可见她想借他们的手报复。为了让这小丫头解气，觞大人手下的人抽得很开心，抽得刀疤他们遍体鳞伤，到最后意识都有些模糊了，再抽下去就是死了。

刀疤他们也意识到了这一点，于是纷纷向苏落求饶，因为他们知道，求修罗界的这些人没用，根源在苏落身上，只有苏落满意了、解气了，他们才有活命的机会。事到如今，他们真的害怕了。

看到他们痛得全身哆嗦痛哭流涕的样子，苏落冷冷一笑。她并不想杀人，这次惨痛的教训，希望他们能记住。

"如果还有下次，我会让你们知道什么叫作死得不能再死，滚吧！"苏落挥手。

在修罗界，苏落跟刀疤他们是一体的，跟修罗界的矛盾才是主要矛盾，学院内部矛盾，苏落决定等她回去后再解决。

刀疤他们听到滚这个字，顿时清醒过来，踉踉跄跄地跑了，没一会儿就跑没影了。

苏落知道，这次的教训足够他们在床上躺三个月了。

见人跑掉，觞大人和邪修罗并没有阻止，因为他们的主要目标是苏落。

"小姑娘，欠了我们这么多条人命，你预备怎么还？"觞大人是故意将刀疤他们的命算到苏落身上，只有这样才能逼得这姑娘心甘情愿地帮他们找草药。

苏落很无奈，但最终只能点头："你们要找什么草药？"

"碧羽仙藤。"觞大人冷冰冰地说。

苏落摇头："我根本没听过这个东西，怎么帮你们找？"

觞大人冷冷地说："不需要你找，你带路就行。"

苏落茫然地看着他："我都不知道在哪里，怎么带路？"

苏落觉得好奇怪，他们怎么就确定她带的一定是正确的路呢？觞大人冷冷一哼，并不多言，拎着苏落直接冲进了旋涡。若是别人，这时候肯定脸色大变，苏落却依旧神色淡定，因为她知道，觞大人既然有求于她，自然不会让她被旋涡吞噬而死。果然，就在她即将被旋涡卷进去的时候，一道大气泡一样的保护罩将她整个包住，苏落随着保护罩掉进了旋涡中心。

旋涡中心是一个深不见底的黑洞。

第十九章 旋涡

苏落只觉得她的身体迅速往下坠落。她眼睁睁地看着保护罩外，那些魔兽的骨头被旋涡的冲击力碾压成粉末。如果不是有保护罩护着，此刻的苏落也要被绞成肉泥了。

跟苏落在同一个保护罩里的，是那位觞大人。觞大人负手而立，衣袂飞扬，目光凌厉地盯着苏落："怕不怕？"

如果他不问，苏落心里倒还有一点害怕，但是他这样问，苏落反而一点紧张感都没有了。她非但没有紧张感，还好整以暇地趴在透明的保护罩边缘，一边看着被绞碎的各种海怪，一边评头论足。

"这只是独角粉水龙吗？它的身体太脆弱了吗？这么快就被绞成渣了耶。

"咦，这个是水里烟云兽吧？我看它比独角粉水龙的皮硬多了。

"啊？这是什么东西？乌龟吗？它的壳好硬哦，你看，到现在还没碎，哈哈哈……"

看到苏落心情愉悦地指指点点，觞大人无语得嘴角微抽。这丫头现在算是被劫持吧？她能不能稍微有点被劫持者的自觉？这样哈哈大笑真的好吗？

苏落似乎一点都没有发现觞大人内心的不爽，她点评完了那些鱼怪，倒问起觞大人来："你们为什么觉得我一定能帮你们带路呢？这不科学啊。"

觞大人不知道什么叫作科学，他却回答了苏落的问题："尖叫的海藻是血焰蛊花？"

苏落点点头。

觞大人倒是比刀疤学长他们有见识，没有将血焰蛊花错认成血雨古藤。

觞大人冷冰冰地看了苏落一眼："没有钥匙，能打开门吗？"

苏落摇摇头。

觞大人说："血焰蛊花就是打开碧羽仙府的钥匙，而且，血焰蛊花能感应到那株草药的存在，因为血焰蛊花是它身上掉落的一颗草籽长成的。"

苏落哦了一声，表示受教了："那你们怎么不抢我的血焰蛊花？"

觞大人当即眼神一闪："你还没炼化血焰蛊花？"

正常情况下，得到血焰蛊花后，谁都会第一时间炼化它，傻子才会不炼化。

苏落硬着头皮道："你觉得我是傻子吗？傻子才会不炼化等着你们抢呢！"

觞大人冷冷一笑，并不争辩。但是，觞大人并不知道，苏落还真的没有炼化，当然这话苏落是打死也不会说的。

她现在也不能交出血焰蛊花了。因为她知道的东西太多了，一旦把血焰蛊花交出去，她就只有被灭口的命。

别看觞大人现在对她有问必答，仿佛两人之间很和谐，但苏落非常确信，等她带领着他们找到那株碧羽仙藤时，就是觞大人亲手杀她的时刻。

所以，她现在能做的就是拖延，然后脱身。

"碧羽仙府？这又是什么地方？"苏落不耻下问。

觞大人鄙视地看了苏落一眼："你没听说过碧羽仙府？"苏落摇头。

觞大人："你确定是血海城的人？"

苏落心想，你这话问对人了，我还真不是血海城的人，不仅不是血海城的人，还是灵界人，哪里会知道你们血海城的碧羽仙府？

觞大人见苏落一脸茫然，无语地摇头。因为还需要苏落带路，所以觞大人就将碧羽仙府的事简略地给苏落讲了几句。

原来碧羽仙府曾是碧羽大神的仙府！

在大圆满之上是成神，分为小神、中神和大神还有主神！不过小神、中神、大神还能靠努力和天赋，但是主神，除了前面这些外，还需要机遇！毕竟主神的名额是固定的，只有陨落了才会有新的补上去。

大神，是主神之下第一人，在整个灵界都可以横着走，各大家族都要买他面子。所以，大神的传承对于大家来说，是拼了命都要抢夺的宝贝。而现在，碧羽仙府就在这旋涡下。

听了觞大人的话，苏落的脊背却微微冒汗，全身的汗毛根根倒竖起来。她跟觞大人无亲无故，他却和盘托出，这说明了什么？苏落很清晰地认识到，等觞大人在碧羽仙府得到他想要的东西后，绝对会杀她灭口！

苏落嘴角勾起一抹冷笑。既然如此，何不趁着这个时候多问出一点秘密来，让她在仙府多一些安全保障？

于是，苏落又开始问："碧羽大神的仙府这么多年来都没被打开过？"

觞大人嘴角勾起一抹冷笑："怎么会没人打开？只不过仙府不止一处，大家的注意力都在那大仙府上，这处小仙府一直不曾被人发现罢了。"

觞大人扬了扬手里拼接的地图。他们家族费了不知多少心血才终于收集完成地图，才发现碧羽大神最终的休眠之地在此。

苏落淡淡哦了一声。

"碧羽仙藤又是什么东西？可以拿来炼药吗？"苏落一副茫然无知的小白模样。

"碧羽仙藤是一种草药，同时也是一株植物宠。"觞大人确实要灭苏落的口，所以现在并没有隐瞒，“当初的碧羽大神本就是一株植物，后来机缘巧合植物成神仙，而且还成为大神！”

“植物也能修炼成大神？”苏落惊讶地问。

觞大人神色间似有些感叹：“植物成大神何其难？不过碧羽仙藤机遇太好了，她遇到了当年的风舞主神，成为主神手下的使者之一，被风舞主神赐予神光，从而扶摇直上晋升为主神，这等机遇，羡慕不来的。”

可见，觞大人很羡慕碧羽大神的机遇。

觞大人也不瞒着苏落，继续说：“碧羽大神陨落后，据说本体成神的那根仙藤就在这碧羽仙府里面，本大人要找的就是这根碧羽仙藤。”

觞大人说完后，苏落只觉得浑身一震，差点一屁股坐地上。自从掉落旋涡后，苏落就有一种高空电梯直直坠落的失重感。不过这高度可真够恐怖的！

她跟觞大人起码说了十分钟的话，这才坠落到底部。

苏落有些忧愁到时候怎么爬上去。不过现在不是忧愁这些的时候，因为坠落到底部后，觞大人便将她拉出旋涡中心，站到了安全位置。很快，苏落就看到邪修罗他们一行人也跟着过来了。

苏落摸着下巴，眼珠子滴溜溜地转着。如果让她单独对抗觞大人的话，在他绝对的实力下，想要逃命几乎是不可能的事，但是如果有邪修罗来搅局，情况会好很多。

邪修罗会来搅局吗？苏落暗笑。

碧羽仙藤就一根，而人马有两方，能不对掐吗？只有双方对掐起来，她才有可能趁机逃脱。

苏落心中打定了主意，能拿到碧羽仙藤最好，拿不到也不是很遗憾，保住小命最要紧。

觞大人应该不是第一次来了，因为苏落跟在他身边，发现他对此处熟悉得就像在逛自家后院。

觞大人冷漠而高傲，走路速度又快，苏落需要咬紧牙关才能紧跟在他身边。

觞大人见苏落不过大圆满一星的实力，并未将她放在眼里。

可惜觞大人不知道，苏落这大圆满一星纯粹是骗人的，因为她之前功力尽失只为修筑金色丹田，所以她基本能够越三星，运气好能够越四星。也就是说，别看现在的苏落才大圆满一星，但她真正的战斗力是大圆满四星！

出了旋涡后，并不是直接就到了仙府。

一路上，苏落经历了风刃波，穿过了火焰山，越过大渡雷劫……粗略一算，足足有七关！

若是她自己来，这七关根本闯不过去，不过这次她并没有动手，因为在觞大人眼里，她基本是个废物，所以他根本没指望她抗击，这一路上都是他带的人和邪修罗带的人在战斗。

七关闯过来，双方至少折损了十几个人，这才终于在七天后到达一座仙府大门前。

这座仙府伫立在海底。

因为仙府很大，站在门口的苏落看不到全貌。但是光门前的石柱，就看得苏落眼睛发亮！

这石柱可是太极石，炼器的上好材料，拿到外面去卖，价钱老高了。

苏落因为成了珍宝轩的主人，所以很多东西就算她不想知道，风娘也会逼着她去学习。

觞大人瞥了苏落一眼："血焰蛊花。"

在路上，苏落怕血焰蛊花被抢，早已经偷偷将其炼化了，炼化后的血焰蛊花变成了一根钥匙的形状。

苏落正好看到仙府门口有一个钥匙形状的锁眼，心中暗暗警惕。一旦将大门打开，觞大人会不会直接杀她灭口？

苏落想了想，觉得应该不会，因为进去后更是危险重重，觞大人到时候拿她当肉垫都是好的，不会现在就对她下手。

打定主意后，苏落慢慢走到大门前。

看着青铜大门前面的曼妙倩影，觞大人眼底浮现一抹杀意！

这丫头知道得太多了，不能让她活着出去。

不过——

觞大人心里隐隐有一抹担忧。这外面他来过几次，所以熟门熟路，里面却从来不曾进去过，谁也不知道怎么才能找到碧羽仙藤的本体。所以，暂时还得留着这丫头的性命。

邪修罗看到觞大人那阴晴不定的神色，冷冷一笑，故意点破："小觞，杀人也不急于这一时，何必如此性急？"

邪修罗身后的那位年轻人眼底更是浮现一抹猥琐的笑："觞叔叔不喜欢的话，不如将她赏给侄儿吧，侄儿保证不跟觞叔叔抢碧羽仙藤本体。"

邪修罗没好气地拍自己儿子脑袋一巴掌："这是来办正事的，你脑子里都是什么？成天色眯眯的！"

觞大人眼里浮现一抹似笑非笑："只怕海底她生活不惯。"

听到他们轻描淡写地谈论她的归属，就好像在谈论一件货物，苏落肺都要气炸了。但是在现在这种情况下，她却不能爆发。

只能进入仙府后再伺机行动！

苏落发誓，今日之辱，她必将百倍奉还！

苏落开锁开到一半，转过头，淡笑地看着他们："你们在说什么？"

一般遇到这种情况，女孩子羞都羞死了，哪里有像苏落这样还专门回头问他们的？

他们几个一时有些反应不过来。

而这时候，苏落却遗憾地惊呼一声："哎呀不好，血焰蛊花断裂了呢，这可如何是好？"

血焰蛊花断了？

正在等待门开的觞大人和邪修罗当即朝苏落冲去，一左一右将苏落挤开。

觞大人看到苏落手里的半截血焰蛊花，顿时心凉了半截，他的手放在锁眼处，感应着里面的情况。

邪修罗一直注意着觞大人的表情，见他眉头紧皱，心中也是一凉。

然后两人齐齐回头瞪着苏落："怎么回事？！"

苏落摊手："本来没事的，不过后来我专心听你们聊天了，一不小心就……"

觞大人恶狠狠地瞪了苏落一眼！他知道，这丫头肯定是故意的。

邪修罗眉头深深皱起，目光森冷地盯着苏落，眼中寒光闪闪。

"现在怎么办？"觞大人问邪修罗。

邪修罗心中顿时一股怒气狂升。

花费了这么多时间，死了这么多人，才终于到达碧羽仙府门口，结果钥匙断了，还有比这更恶心人的事吗？

"信不信我杀了你？！"邪修罗盯着苏落。

苏落摊手："你杀了我如果能帮你打开门的话，你尽管杀好了，我不介意的。"

"说，你是不是有办法？！"邪修罗的儿子盯着苏落。

苏落无奈耸肩："这血焰蛊花是断了，可它是活的啊，重新长出来就好了嘛。"

话是这样说，不过……这并不是一件容易的事。

苏落说："我实力很弱的，可没办法让它长大，主要还得靠两位大人精心呵护它了。"

苏落推卸责任后，直接将半截血焰蛊花丢到邪修罗手里。

邪修罗试着将灵气输入到血焰蛊花里，果然，他能够隐隐感觉到血焰蛊花有微微的成长。

但是，这成长得也太慢了，要想将血焰蛊花修复到原来的样子，只怕没有十天半个月连续不断输入灵气，是不可能完成的。

觞大人眉头皱得很深，他拿过半截血焰蛊花，实验了一下，最后得出结论："十四天。"

两位大人对视一眼，眼底都有着压抑的愤怒！

"你这臭丫头，如果不是你，也不会耽搁我们的时间！"邪修罗的儿子抬起手就要抽苏落。

但是他在看到苏落那似水美眸中的讥讽时，下意识顿住。

邪修罗一脚将他踹飞："孽障！你还想再修复血焰蛊花一次？！"

事到如今邪修罗和觞大人还有什么不明白的？这血焰蛊花分明是苏落故意弄断的！就在刚才邪飞出言调戏她的时候，她故意报复的！现在还要靠她打开大门，哪里得罪得起这睚眦必报的臭丫头？

邪飞被他老爹一脚踹得斜飞出去。

邪修罗虽然修理了儿子，但是对苏落余怒未消，看都不看苏落一眼，对觞大人说："我七天，你七天，我先你后。"

说完，不等觞大人说话，邪修罗已经盘腿而坐，将血焰蛊花拿在手里，源源不断地输入灵气。

七天过去，邪修罗已经累得脸色惨白。不过，好在血焰蛊花的成长确实有成效，不然他非暴怒不可。

邪修罗不仅面色难看，此刻灵气几乎透支。

他当即咬牙开始恢复实力。

觞大人看到邪修罗的惨状，好看的剑眉深深蹙起，打量了恢复大半的血焰蛊花一眼，最后，却也只能盘腿坐下，复原血焰蛊花。

邪修罗为了复原血焰蛊花，花费了那么多心血，如果他这时候放弃，邪修罗那边的人肯定不干。

正所谓不患寡而患不均，到时候双方必然会掐起来。

同时，觞大人也不得不佩服邪修罗的奸诈！

本来每个人修复二分之一，可是邪修罗只修复了五分之二，还表现出不堪重负的样子，更何况他抢先修复，还有时间恢复灵力，啧啧……

觞大人内心鄙视邪修罗，将这暗恨记在心里，准备等寻到机会再报复。

觞大人身边的人却没有他的度量，一个个脸上义愤填膺，仇视地盯着邪修罗那方。

两位大人不知道的是……其实，他们都被苏落坑了！

苏落确实是故意弄断血焰蛊花的，其一，她就是要双方因为分不均而心怀不满，其二，他们输入到血焰蛊花身上的灵气，打了个转，就径直流到苏落身上了。

这就好像一个瓶子，两边开了口，邪修罗他们从左边口子往里面倒水，而苏落在右边偷偷吸水……

这其实是一个只有苏落才知道的秘密。

苏落之前在空间偷偷炼化血焰蛊花的时候，风舞剑忽然飞出来将血焰蛊花给炼化了，不过风舞剑属于苏落，所以血焰蛊花依旧属于苏落。当两位大人将灵气输入血焰蛊花的时候，风舞剑作为媒介，将灵气从血焰蛊花身上流转到了苏落身上。

经过风舞剑这道关卡的转换，那两位大人再如何厉害，也是觉察不出来的。

虽然他们也疑惑，怎么输了这么多灵气进去，这血焰蛊花就修复得这么慢。

此刻的苏落，也如觞大人一般坐在那里修炼。不过她坐在角落，加上之前邪飞被邪修罗那么一踹，就没有人再敢来招惹她。因为灵气太多，苏落的金色丹田犹如千军万马涌过，一时间她几乎承受不住，全身因为痛苦而颤抖，脸色更是苍白得可怕！但是苏落咬紧牙关，面色依旧保持原来的样子，不让双方看出端倪。

就在这时候，苏落感觉到丹田一阵暖流涌过，舒服得她全身一阵战栗！

苏落知道，在这些灵气的冲撞下，她现在完全可以晋升到大圆满二星，也就是说，她足以对付大圆满五星强者了！

但是，苏落并没有晋升。因为她一旦有异动，就会引起那两位的注意，一旦他们深入细想，说不定就会想到她偷灵气的事，到时候苏落可就真的只有死路一条了！

苏落抵御住晋升的诱惑，硬生生将实力压制到大圆满一星巅峰境界！

当然，她想要突破，随时可以。

当苏落压制好灵气、再睁开眼时，觞大人已经修复好血焰蛊花，此刻正狐疑地盯着她。

苏落收工，不以为然地瞟了觞大人一眼。

觞大人的目光犹如利剑，仿佛能照亮所有隐藏在黑暗中的谎言。但是苏落神态自若，面色淡定，在那种目光的逼视下依然沉静似水。

觞大人收回狐疑的目光，只是怀疑少了很多。

他心中暗想，这丫头充其量大圆满一星实力，怎么可能有办法偷渡他和老邪的灵气而不被发现？所以，是他多心了吧？

觞大人没有注意到，苏落暗中吐出一口浊气。如果他再怀疑多一点，坚持一下，抓着她的手腕探脉，一定会发现她的秘密，好在他放弃了。

事实上，觞大人之所以放弃追究苏落还有一个原因。

他将过多的灵气输入到了血焰蛊花上，现在的他身上其实连一半的灵气都没有了，他才不会让老邪看出端倪。

觞大人冷冰冰地盯着苏落："拿去！"

因为有了之前那件事，所以这次不仅觞大人和邪修罗盯着苏落的一举一动，就是他们各自带来的人马，也都死死盯着苏落。

在这样的盯视下，如果苏落还有异动，那么她绝对是身首异处的下场。

苏落嘴角勾起一抹淡淡的笑。

觞大人冷冰冰地盯着她："你可以动手了！"

她却漫不经心地瞟了他一眼，摊手："问题是，里面有断掉的半截血焰蛊花，不取出来的话，这完整的血焰蛊花根本插不进去啊。"

觞大人的脸色顿时一黑。邪修罗的面色也很难看。这丫头太得寸进尺了！不就开个门吗，这么多事！

就在两位大人几乎快翻脸的时候，苏落却扑哧一声笑出来："哎呀，你们的脸色怎么这么难看？又没叫你们动手，真是的。"

苏落的手掌心贴着锁心。

因为血焰蛊花之前被她炼化过，所以还算听她的指挥。

苏落的手掌好像有一种无形的吸力，将血焰蛊花吸得一寸寸往外挪动，最后，半截血焰蛊花被苏落拿了出来。

苏落没好气地说："你们瞧，多容易的事啊，至于黑脸吗？"

觞大人冷哼一声。

邪修罗干脆不理苏落。经过之前那件事，他们以为还要修复个十天半个月的，脸色当然不好看。敢情这丫头什么都知道，就是故意气他们呢。

不就一句话吗？至于气这么久？这丫头气性还真大。

在门外等了那么久，终于打开碧羽仙府大门。

这道门，高足有百米，打开时那哗啦啦的声响，那展现出来的画面，非常壮观。

但是，门一打开，苏落就感觉不对劲！

因为，小黑猫表现得非常兴奋。

“有毒！”小黑猫那双眼睛跳跃着兴奋的光芒。

最近一段时间，小黑猫跟在苏落身边，真可谓如鱼得水。之前苏落将从林若羽身上取出来的毒素给它吃，它昏睡了一段时间后醒来，实力突突突地暴涨，现在它的实力已经不下于苏落了。

有时候苏落真是羡慕小黑猫。

都不用修炼，只需要吸收毒，昏睡，吸收毒，昏睡，那实力暴涨的速度，她追都追不上。

而此刻，门刚打开，小黑猫就兴奋地钻出脑袋，重重地深吸一口气，然后闭上眼睛，很享受地缓缓吐出一口浊气。

苏落：“……”

小黑猫能吸毒，苏落却不能，所以她用浸润了上品天灵水的湿帕捂住口鼻。

突然，她下意识地朝着左边位置飞扑而去！

就在这时候，那青铜大门砰的一声重重关上，所有人都被关在了里面。

苏落忽然有一种很奇怪的发现。

在这一方仙府世界里，四周是白茫茫一片，好像雾蒙蒙的，能见度非常低，而且因为空气中含着有毒烟雾，呛得人眼泪都快下来了，根本睁不开眼。

可是，苏落发现她所站的位置竟然是没毒的，就好像一进来就安全了。

苏落顺着这个诡异的空间走动，发现这是一个类似于管道的长条形空间。

宽仅容一人站立，长，没有丈量过，所以还不知道。

而一旦进入这个长条形管道空间，迷雾毒气就仿佛被完全隔绝在外面。

苏落的重力空间都办不到这事儿，但是这长形管道做到了。

苏落站在那里，抬眸望去，就看到觞大人的手下和邪修罗带来的手下完全乱成一团，到处奔跑，痛苦尖叫。

而因为跑动，血液流通加快，加速了毒素的蔓延，所以中毒的速度就越快。

觞大人也在其中，不过他似乎在寻找什么东西，用脚步丈量着距离。

觞大人注意到一道视线黏在他背后，猛然抬头朝那个方向望去！

然后他就看到了苏落！

苏落一身素衣罗裙，仙姿玉骨，款款而立。她没有掩鼻，也没有屏住呼吸，就那样淡然地站在那里，看着大家像傻子一样乱跑……

觞大人反应何其迅速！他本就比别人知道多一些，所以知道有长条形管道这样的东西存在，所以进来后他就一直在寻找庇护之地。但是找来找去始终找不到，他都快烦躁了，结果一睁眼，苏落好端端地站在那里。

觞大人当即朝苏落飞掠而去，下一瞬间已经站到苏落身边。

“原来在这里！”觞大人心中一喜！

他正要招呼他的人，却发现一直关注着他的邪修罗振臂一呼：“蟹族的人都跟我来！快！”

瞬间，蟹族人全朝长条形管道空间拥去。

苏落此刻有些懊悔，早知道刚才发现长条形管道的时候不研究直接跑路了，现在倒好，暴露了她第一个发现庇护之地，她想跑都跑不了了。

果然，觞大人不知道从哪里寻出一根黑色镣铐，在苏落毫无反抗之力的情况下，咔一声将苏落给铐上了！

而镣铐的另一头，觞大人铐到了他自己手上。

苏落生气了："你在做什么？！"

觞大人冷冷一笑："小丫头，幸好之前没有杀了你，否则，现在我可就真后悔了。"

苏落冷笑："不知道你在说什么。"

觞大人阴冷地盯着苏落："没想到你还真会寻找草药，看来这回是捡到宝了。"

苏落怒哼："捡到宝了，你还将我铐起来？"

觞大人瞟了蠢蠢欲动的邪修罗一眼，说："正因为捡到宝，所以才将你铐起来啊，不然被别人抢走了怎么办？"

在这碧羽仙府，最危险的就是毒气，而苏落第一个找到庇护之所，足以说明她寻路的本领比别人强，或许这就是血焰蛊花赋予的能力。

"这长条形管道空间到底是怎么回事？"苏落瞪了手上的黑色镣铐一眼。

事到如今觞大人也不再瞒她，因为这事他不说，邪修罗也会争着抢着告诉苏落，还不如他来做一回好人。

觞大人说："碧羽大神，还有一个别名，人称毒神，曾经在炼药师殿堂也是一个大人物。"

觞大人才提一个开头，苏落就听得津津有味。

毒神大人竟然跟炼药师殿堂有关？那他老人家有没有留下炼药师殿堂的特权令牌什么的？苏落的心顿时蠢蠢欲动。

要知道，苏落为了隐瞒她皇级炼药师的身份，隐瞒得好心酸，好多次能够光芒般闪耀的机会都主动放弃，因为怕遭到炼药师殿堂的追杀。所以，如果能够跟炼药师殿堂曾经的大人物搭上关系，那么……苏落心里喜滋滋地想着。

但是她很快就气馁了，别说有没有这东西，她能不能得到这东西，现在她的性命还捏在觞大人手里呢，先想着怎么逃命吧。

苏落在心中默默叹了口气。

而这时候，觞大人继续跟苏落说："碧羽大神的这截碧羽仙藤在仙府里生长了千万年，成了生命体，是洞府的控制中枢。

"这座洞府里充满毒气，一旦在外面待的时间久了，吸收的毒气多了就会死。

"只有碧羽仙藤根须生长的地方，才没有毒气，而你所谓的长条形管道空间，其实就是碧羽仙藤的根系部位。

"但是，碧羽仙藤的根须无色无味而且是隐藏着的，大家看不见，也不知道到底在哪里，能不能躲进根须里避开毒气，全凭运气。

"但是现在——"

觞大人看着苏落的眼神精光烁烁："你能找到安全根须！"

觞大人这话不是疑问句，而是肯定句！所以，当他发现苏落有这功能时，当即将她铐住，生怕她溜走了。有这样一个拥有自动寻路功能的向导在，他们不仅能活下去，而且能找到碧羽仙藤本体，将其带走！

苏落没好气地说：“难道根须不是直接到达本体的吗？难道中间还有断层？”

被苏落的乌鸦嘴说中了。

众人沿着安全根须走了差不多一刻钟时间，前方的根须真的断裂了。

因为觞大人一脚踏出去，发现迅速被毒气笼罩，当即将脚收回来，目光灼灼地盯着苏落！

苏落脸上出现一丝为难，说道：“我之前也是碰巧找到安全根须的，哪里会找路？你们太难为我了。”

觞大人盯着苏落，冷冷一笑，口中威胁：“因为你能寻路，所以你还有利用价值，你知道一旦你没了利用价值，是什么下场吗？”

觞大人朝苏落比画了一个抹脖子的手势。

苏落故作为难：“我只能保证会尽量找，但是能不能找到可不能怪我，因为这需要运气的！”

觞大人冷笑地看着苏落。

苏落没理他，脑中却在快速思考着逃离的办法。事实上，苏落确实有感应，这种感应并不是来自于血焰蛊花，而是来自于风舞剑。

自从寻回了八枚灵魂碎片后，苏落就感觉到风舞剑不再像之前那么死气沉沉了，有一丝鲜活之气。

而此刻，风舞剑在苏落的空间里，悬浮在半空，以指南针的形式，给苏落指明了安全根须的正确方向。也就是说，有风舞剑这自动指南针领路，苏落根本不怕这里的毒气，因为她能找到正确的安全根须躲进去。

“想到办法了？”觞大人瞥了苏落一眼。

苏落淡淡一笑，说：“我也不知道对不对，如果要试验的话，觞大人得陪着我一起过去。”

觞大人把苏落看得很紧，生怕她跑掉，所以不会给她打开镣铐的。

苏落也知道这一点，她这是故意挤对觞大人呢。

觞大人回头，看到一群神色紧张的属下，视线跟邪修罗对视了一眼。

觞大人顿时有一种亏了的感觉。如果他跟苏落去探路，过程中必然会吸进去毒气，他吸进去毒气之后实力会减弱，而一直保持体力的邪修罗一点事都没有。

此消彼长之下，双方的实力会越拉越大。

苏落看到觞大人为难，眼底闪过一抹得逞的笑意。她就是要一次次挑起觞大人和邪修罗的矛盾，如此一来，双方对掐，她才有机会逃命。

觞大人不是想带她探路吗？那就探路好了，苏落一点不担心。

觞大人看着他跟苏落铐在一起的手，冷冷一笑，手上一扯！

哗啦啦，一道丝线出现在苏落的镣铐和他的镣铐之间。

觞大人冷笑："你去探路！"

苏落看了这条丝线一眼，顿时有一种郁闷的感觉，因为丝线很长，足够她探路的了。但是又因为戴着镣铐，苏落根本跑不掉。

觞大人并不给苏落思考的机会，将她推出去："快去快回，如果在外面被毒死了，那你也是白死。"

苏落此刻已经平静。

刚才一路走来，她全凭着自觉带路，而她回头看时，没有发现任何记号。可她明明记得之前觞大人他们怕出不去，在地上做了不少记号。

难道，安全根须还有自动抹去痕迹的功能？

是了，如果能做下记号，也太小看碧羽仙藤的威力了。

苏落嘴角勾起一抹得意的笑，她对觞大人淡笑道："我探路是吗？好啊，非常好。"

苏落果然在前方带路，而且她每次都能找到准确的安全根须。

自从苏落带路后，就再没有无谓的牺牲。

苏落一路带着他们走了很远，然后在一个十字路口停下了。

觞大人盯着苏落："你又要搞什么鬼？"

苏落一脸愁苦地揉着眉心："这个十字路口太复杂了，我一时间判断不出到底该往哪一边走。"

因为之前苏落带的路都是正确的，所以觞大人和邪修罗都很惊喜，对苏落的带路也都很有信心。

但是现在苏落左看看右看看，却不知道往哪边走，两支队伍顿时抓瞎了。

觞大人说："你去探路，探好了回来告诉我们往哪边走。"

苏落冷冷一笑："我探路没有问题，但是这里的毒气比之前更浓郁了，如果我在探路的过程中死掉……"

有人嘲讽地轻哼："死掉就死掉，真以为自己有多了不起啊，好像我们没了你就什么事都干不成似的。"

这人的声音很轻，却故意让苏落能够听到。

苏落冷冷一笑："我是没什么了不起，你们没了我也不会干不成事，但是我只问各位一句，请问你们认识回去的路吗？"

"回去的路？我们做记号了啊，哪里用你担心。"

"你只管探你的路好了，管那么多！"

"不就是会带路吗？带点路得意得尾巴都要翘起来了。"

嘲讽的声音，此起彼伏。

但是，不知道谁回头看了一眼，当即惨叫一声："不好了！"

众人心中都是一惊，纷纷回头望去。

只见最先回头的那人指着来路，说："过来的路上，我脚底一直在画长线，但是现在长线哪里去了？！"

众人回头，只看到白茫茫一片，什么记号，什么印记，全部没有了！

众人的脸色顿时变得惨白惨白的。

就在这时候，有人突然哈哈大笑："你们这群笨蛋，用什么记号？这种事当然要记笔记啦，好记性不如烂笔头嘛！"

这位仁兄唰的一声拿出一个记事簿，翻开来给大家看。

只见上面写：往东走一千五百步，寻路，往西偏北斜走三千五百步……

每一小段路，这位仁兄都记得清清楚楚。

苏落嘴角勾起一抹冷笑："那你按照这个本子上记的步子去走走看。"

这人还真不服气了："走就走，谁怕谁！我能带领大家走出去，我的作用大着呢！"说完，他抱着本子屁颠屁颠跑了。

但是没过多久，这人就垂头丧气地回来了。

别人问他怎么了，他闭着嘴好半天不说话，最后被逼急了，才终于恼羞成怒来了一句："这是阵法啊，路径一直在移动，鬼知道那一小段一小段的安全根须被移动到哪里去了！"

众人："……"

最后的希望破灭，于是，所有人的注意力又回到苏落身上。现在，他们就好像乘船来到一座孤岛上，想要离开，就必须靠苏落。于是，原本对苏落态度不善的人，此刻都不敢得罪她了；原本对她态度不错的，此刻就更好了。

只是觞大人的脸色有些臭，因为他感觉事情有些脱离他的掌控了。

这里毒气浓度这么高，如果苏落死了，大家就全被困在这毒气中央，不敢进也不敢出，只怕最后会活活憋死。

苏落是肯定不能去探路了。

最后，觞大人和邪修罗商定，抽签决定。因为这样才最公平。

而裁判的任务就交给苏落了，因为这里苏落算是中立派。

邪修罗比较倒霉，抽到了一根短的签，于是，这次由邪修罗这边去探路。那位被挑选出来的海族虽然不情愿，但还是带着众人的希望去了。

大家都幻想着他能够跟苏落一样，看一眼就知道安全根须在何处。

但是，这群人明显是做梦做多了，才产生了不可思议的幻觉。事实上，这位海族踏出去没多久，就感觉一阵头晕目眩，呼吸困难，全身犹如置身油锅之中。毒气无孔不入，从他的五官，甚至是皮肤迅速往里面钻去。不过一瞬间，这位海族就呕出一口血，颓然倒在地上。

"伍一！伍一！你怎么样？你醒醒啊！"

不断有人叫唤着他的名字，他却直挺挺地躺在地上，一动不动。

这时候，邪修罗反应最快，只见一道白光闪过，这个伍一就被他扯回到安全根须里面。

之前隔得太远看不清楚，但是现在近距离看到，众人终于能够看清楚伍一的脸了！

"嘶！"很多人受不了地转过脸去！

因为伍一的脸太可怕了！脸上裸露的肌肤上长满了水泡，水泡破裂，脓疮流满了整张脸，肌肤红得犹如在火上炙烤过。此刻的他一动不动地躺在那里，很显然已经死去……

“幸好不是我们的人去，好可怕……”人群中，不知道谁嘀咕了一句。

蟹族的人顿时怒了！一个个双眼赤红，死死地盯着觞族！

“你们什么意思？是不是想打架啊？放马过来啊！老子打不死你！”蟹族的快要气疯了！敢情牺牲的不是他们觞族人，他们还在那幸灾乐祸是吧？

蟹族和觞族对掐，骂得鸡飞狗跳。可惜这里空间狭窄，要不然的话，双方真能打起来。

最后还是两位大人出面喝止，场面才终于平静下来，可是彼此之间的仇恨已经深深地结下了。

这时候，谁也没有注意到最先惹祸的那句话是谁说的。人群中，苏落微微勾起唇角，眼底是一抹得逞的笑意。

事情有点僵持下来了。

因为在见识过伍一的惨状后，谁也不愿意再去当炮灰。

觞大人死死盯着苏落，扯了苏落走到角落。

“其实你知道路的！”觞大人的语气很肯定。

苏落无奈摆手：“我真不知道。”

觞大人冷冷一笑：“要怎样你才肯出手？是不是要本大人砍下你的手臂，你才会听话？”

苏落讽刺地勾起唇角：“砍下我的手臂？好啊，觞大人大可以一试。”

苏落毫不犹豫地迎视着觞大人咄咄逼人的目光。

觞大人心中恼怒！没想到他竟然会被这样一个黄毛丫头弄得如此无奈和憋屈。

“你到底想怎样？”觞大人皱眉。

打，打不得；骂，骂不过；杀又不能杀，还得哄着她，哄得她开心才行。

苏落的视线扫了镣铐一眼，很心疼地说：“哎呀我的手被镣铐弄得都起水泡了，好可怜哦，也不知道什么时候这破镣铐才能摘下来呢。”

觞大人就知道她会这样！但他没办法，只能将苏落的镣铐解开。

苏落一边揉着有些红肿的手腕，一边笑嘻嘻地看了他一眼：“觞大人很上道嘛。”

觞大人回她一句冷哼。

苏落一挥手：“我终于算出哪条道是正确的啦，大家都跟上，不要掉队了！掉队了我可不会回去捡。”

于是，苏落神采飞扬地在前面带路。

“咦。”众人在经过一片山林的时候，忽然发现前方有一丝异样的光芒。

“好像是宝贝的灵气！”邪修罗眼中闪过一抹兴奋，“听说碧羽仙府里随机放置有宝箱，难道那个就是宝箱？”

其实觞大人早就看到了，但他并不想让蟹族发现，不想邪修罗竟然给喊出来了。正好宝箱的位置靠近安全根须，所以，很快众人就来到宝箱面前。

宝箱并没有上锁，可以直接打开。

邪飞站了出来，义正词严地说："之前我们为了探路死了一个人，所以，这宝箱里的东西，我们先拿。"

这话挑不出错，所以，觞大人即便不愿意，也只能同意。

邪飞冲上去，很激动地打开了宝箱！随着一道灵气逸散出来，随后是一道光芒闪耀！待光芒内敛下来，就看到一门大气磅礴的海炮出现在众人面前。

当宝箱被打开时，一道智能的机械声传了出来。

它在介绍这门海炮。海炮造型奇特，大小适中，适合扛在肩头射击。别看它不大，但是威力凶猛，非一般武器可比。而且最重要的是，它的炮弹在海底射击时并不受限制，跟在陆地上一样。

这东西对于陆地上生活的觞族来说非常重要，因为这可以让他们在海里发挥出强大的实力，并且不受海底环境限制。

相反，因为蟹族天生就在海里，它们的实力发挥本来就不受海底环境限制，所以这门海炮对于他们来说，作用就没那么大了。

看到这门海炮，不仅苏落眼前一亮，就是觞大人也眼前一亮。好东西啊！

觞大人见这东西对于蟹族来说好处不大，于是开口道："不如这样，这次的宝箱先归我们觞族，等下次再遇到宝箱，东西就归你们，如何？"

邪修罗一听，咦，好主意啊。

这海炮虽然威力不小，但是对他们来说用处并不是很大。用这样一件对于他们来说鸡肋的东西，来换取下一次的运气，怎么都是赚的，下次打开的宝箱怎么都不会比这个差吧。

就在交易即将完成的时候，苏落忽然嘀咕了一句："我要是有这个东西啊，以后对付海底生物的时候，就不害怕啦。"

蟹族一听，顿时觉得有理。陆地上的觞族要这个东西干吗？想对付谁？

蟹族人一头冷汗冒出来！因为他们意识到，觞大人他们要这海炮，很有可能是要对付他们这些海族！

蟹族人怒了！

觞大人看苏落的目光很不善。如果不是因为她多嘴，他早就完成交易了，早就从傻乎乎的蟹族手里将海炮拿到手了，到时候对付蟹族多容易的一件事啊！

觞大人瞪着苏落。苏落冷冷一笑："觞大人这么瞪着我干吗？莫非，被我戳穿了心事，想要报复？"觞大人冷哼。

就在这时候，苏落感觉手里一重，只见那海炮被邪修罗转移到了她手里。邪修罗说："只要你对着碧羽大神起誓，保证不拿这海炮伤害我们蟹族，这海炮就给你了。"

邪修罗也不是傻子，只要苏落发誓不伤他们，那么在这仙府里，她就只能射杀觞族了啊。

苏落淡淡一笑："既如此，恭敬不如从命了。"

邪修罗接受了苏落的谢意，得意地挑眉，瞟了觞大人一眼。

觞大人怒极，却又无话可说，毕竟之前早就说好了这个宝箱归蟹族所有。

于是，觞大人只能带着怒气上路。

可这样一来，苏落跟蟹族的关系就越来越近了，根据此消彼长的原理，她跟觞族的关系就疏远一些了。

蟹族这边的族人心里喜滋滋的，因为争取到苏落，就表明他们在这碧羽仙府里有了生命保障。还是他们家族长大人厉害，一门海炮就将这位向导从对方的阵营里给硬拉了过来。

因为之前是觞大人一路带着苏落过来的，所以他们都以为苏落是觞族那方的。

于是，蟹族的族人开始争相讨好苏落，不仅态度好得不得了，还争着送苏落海族的小礼物，生怕苏落跑掉。

看到苏落跟蟹族打得火热，觞大人还没说什么，下面的族人就不开心了。苏落明明是自己这边的人，怎么就跟蟹族关系这么好了？蟹族这墙脚挖得实在可恶！

觞族跟蟹族本来就因为种种纷争关系不好，一路上在苏落的刻意引导下，双方关系更恶劣，现在两族更是气氛僵硬得仿佛随时会掐架。

走着走着都能掐起来，就比如现在。

“喂！你个小螃蟹！横着走啊你！撞到我了还不道歉！”

蟹族一听，觞族你们很嚣张啊！于是，螃蟹们用蟹脚刺啦一下，把觞族人的衣服给划破了。

觞族一看，这是要打架是不是？！

就在两族赤红了眼、快要发生局部战争的时候，觞大人和邪修罗不得不出来打圆场。虽然他们也很想打一架，不过现在还没有找到碧羽仙藤的本体，还是要以和为贵，等找到了碧羽仙藤本体，有的是架可以打。

经过调解，双方暂时将仇恨按捺下去。但是这仇恨就好像被烟灰覆盖的火堆，青烟渺渺，只要风一吹，下一瞬间就能熊熊燃烧。

苏落看到两个族群水火不容，心中越发得意，面上却不显半分。接下来，苏落倒没有刻意为难，因为她也想快点找到碧羽仙藤本体。

但遗憾的是，接下来大家的运气不太好，没有宝箱可以捡了。

一路上大家经常会看到宝箱，但都隔很远，根本没办法取。为了碧羽仙藤本体，大家只能忍痛放弃这些宝箱。

不过唯一可以庆幸的是，越是往前走，道路越宽，再也不是之前那样仅容一人通过的宽度了。

但是，难度也增加了。开始出现多条道路，有时候前方甚至会有十几条道让他们选。

十几条中只有一条是正确的，这样的概率……觞族和蟹族面面相觑，谁都不敢选，一旦选错，这辈子都走不到真正的仙藤本体那里。

他们最后只能求助苏落。

苏落倒是没有带他们走弯路。

忽然，苏落有一种危险来临时的本能感应，只见她身子一矮，一根粗壮的青藤犹如最锋利的皮鞭横扫而过！

苏落避过了，但是她身后的那群人可就惨了。

啪啪啪！前面的人被仙藤抽中，瞬间往后倒，而后面的来不及躲避，于是一群人就跟多米诺骨牌似的纷纷往后倒去。

蟹族的运气不好，因为蟹族走在这一边，鲂族走在另一边，所以青藤扫过来的时候，被卷倒的都是蟹族的人，鲂族人则安然无恙。

鲂大人神色冷凝，当即下令："把青藤砍了！"

因为他很清楚，如果不把青藤砍掉，它时不时地跑出来抽一下，倒霉的是大家。鲂族人得令，毫不犹豫地开始下手！

青藤虽然粗壮，但是灵活极了，东一下西一下。随后，粗壮的青藤还一分为十，十根青藤在半空中摇曳多姿地舞动！

鲂族人拿起砍刀，哗啦砍下去，青藤嗖的一声消失了，而砍刀直接砍到蟹族坚硬的壳上。

蟹族人好不容易爬起来就遭遇到这样的砍杀，顿时怒了！

"鲂族你们什么意思！这是要趁机对我们下手啊？！"

"什么什么意思！没看到我本来想砍的是青藤吗？再说，我们是为了救你们才出手的，你们还恩将仇报埋怨我们？"

"哈哈哈！救我们？看看你的砍刀在哪里！这就是你们鲂族救人的方式？"

砍刀卡在这位蟹族的壳上，想拔都拔不出来，可见力道之大了。

蟹族人顿时不依了！

鲂族人也有气了！

但是青藤又时不时地出来调戏一下大家，于是，整个场面混乱不堪，大家应付得手忙脚乱，甚至不知道该先跟谁打。

后来青藤不再出来，鲂族和蟹族就打起来了，一时间打得天昏地暗！

两支队伍忙着互撕的时候，苏落也没闲着，因为她正蹲在地上研究。

之前大家斗青藤的时候，砍下了几片叶子，所以苏落此刻正拿着叶子细细地研究。

这些叶子纹理光滑，灵气浓郁，不过除此之外并没有什么特别之处。就在苏落拿着树叶研究的时候，只听到嗖的一声，她手里的叶子不见了。

等苏落再定睛看时，发现青藤的叶子被胖胖的小锦鱼吃了。

而此刻，血焰蛊花正围着小锦鱼蹦蹦跳跳，跟小锦鱼抢那几片树叶。但是小锦鱼三两口就将树叶吞进去吃得干干净净的，血焰蛊花郁闷地盯着它。

苏落的眼里闪过一道亮光！

这两只小东西争着抢吃树叶，难道这青藤竟是……不会吧？

照理说，植物灵宠的本体一般在根部，而且现在根系道路越来越宽，是不是说明，他们已经非常接近本体了？

苏落回头，看到两个族群打得鼻青脸肿，而鲂大人和邪修罗也忙着战斗，根本没有注意到她的存在。

苏落嘴角勾起一抹邪恶的笑。如果这时候她想溜走，绝对分分钟的事，可是她要跑路吗？苏落在心里摇头。

别人也就罢了，但是觞大人和邪修罗那么冷静的上位者，在没有找到本体之前会打成这样？这不符合逻辑嘛。

那么唯一可以解释的就是，他们两个是故意的！故意露出破绽，让苏落趁乱溜走！

他们知道苏落认识路，能找到真正的本体，所以想让苏落找到本体，然而螳螂捕蝉黄雀在后，他们跟踪苏落抢到真正的碧羽仙藤本体。

绝对是这样的！

苏落心里的冷笑越发明显了！看来，在找到仙藤本体之前，这两族的老大是不会撕破脸战斗的了。

他们想占便宜，苏落偏偏不按照他们设定的路线走，故意要气死他们。

苏落依旧蹲在地上，研究树叶。

觞大人和邪修罗时不时地就瞅苏落一眼，两人交换了一个疑惑的眼神。这鬼丫头不是想跑路吗？现在这么好的机会，她居然不跑？

苏落非但不跑，最后干脆盘坐在地上，闭上眼睛，一边修炼一边等他们打完。

觞大人眉头深深皱起。

邪修罗更是哭笑不得。

这场战斗本就是做戏引苏落入局，结果好嘛，她根本置身事外。

邪修罗朝觞大人挑眉："计划失败了。"

觞大人冷哼一声，收回招式。再战下去，除了伤了两族的力量，没有任何好处。

除了觞大人和邪修罗，其余的族人那可是真枪真刀真干的，还死了好几个人呢。

两位族长都停了，族人也都纷纷停了下来。

看到族人脸上身上血肉模糊，两位族长说不心疼那是假的。然后他们再看看一脸无辜茫然的苏落，气就不打一处来。这场打斗……简直就是搬起石头砸自己的脚，真是想想都觉得心酸。

"走了！"觞大人内心隐痛憋屈，面上却不动声色！

邪修罗走到苏落身边，脸上堆满了笑容："苏姑娘，修炼好了吗？现在可以上路了。"

苏落一脸淡笑："哦，我以为还会再死一些人，你们才舍得住手呢。"

邪修罗的老脸不由得一红！

觞大人的后背也微微一僵！

原来，这丫头什么都知道！那么，他们刚才以族人的死亡为代价，又是演给谁看？一时间，这两位族长只觉得自己像个大笨蛋。

而面对苏落似笑非笑的目光，邪修罗不仅不能动气，脸上还要挤出笑容否认。

邪修罗故作义愤填膺："我们蟹族就这样，脾气上来就不管不顾，谁让觞族这样招惹我们！"

苏落淡淡一笑："这话，邪大人不如对你们死去的族人说吧。"

邪修罗脸上的笑容几乎快挂不住了。

苏落看到他变幻莫测的脸色，欣赏得差不多了，这才站起来，抚平裙摆上几乎不存在的褶皱，漫不经心地说："我知道碧羽仙藤本体在哪。"

如此平淡的一句话，顿时如一颗炸弹投入平静的湖水里，掀起轩然大波。

蟹族人死死地盯着苏落，因为激动而面颊肌肉颤抖。

觞族人本来走出去一小段距离了，听到这句话，当即飞快地跑回来将苏落围了起来。

苏落淡淡一笑："跟我来吧。"说着，她走到了队伍最前面。

觞大人和邪修罗对视一眼……就这么简单？这其中会不会有诈？

但是，碧羽仙藤本体的吸引力实在太强大，超越了所有的顾忌，于是，他们紧紧跟随着苏落的脚步，一路朝着她所引导的方向去。

路上谁也没有开口说话，气氛有着暴风雨即将到来前的宁静。前进的道路弯曲而复杂，就在众人走得有些不耐烦时，前方出现一道亮光。

就好像在幽深黑暗的隧道里，乍然看到前方的光一样，众人原本低落的情绪，瞬间高涨！

"看！那里有光！"

"这是不是说明我们走到碧羽仙藤的中央控制枢纽了？"

"大家冷静！这个时候一定要特别冷静！"

随着这句话一出，大家果然不说话了。要拿下碧羽仙藤还不知道要付出怎样的代价，接下来还有双方互拼，又是生与死的较量，所以现在必须冷静冷静再冷静！

气氛，又回到了之前的冷凝状态，甚至比之前更加冰冷。

苏落坐在队伍最前面，在别人看不见的角度，嘴角勾起一抹邪恶的冷笑。

终于，众人走到了光亮之地！

这是一处花园。一眼望去，无边无际，长满了小小的蔓藤灵草。这些灵草在微风的轻拂下，犹如麦浪一样随波起伏，美得惊心动魄。而在蔓藤灵草的中央位置，有一株庞大粗壮的仙藤。

它全身都是青藤，那一根根青藤跟在路上袭击他们的蔓藤是一样的。这些青藤就好像是仙藤的手，仿佛海里八爪鱼的触须一样随风舞动，画面好看，但也让人不敢靠近。

巨大的仙藤下面，是缠绕在一起的根须，而在它们包围起来的中心位置，有一颗像心脏一样跳动的东西。

所有人盯着那一跳一跳的"心脏"，心中若有所思。

而就在这时候，苏落忽然神色大变："啊！"

大家都被这突如其来的惨叫声惊吓到，纷纷抬头去看苏落。

只见苏落捂住胸口位置，脸色惨白，嘴角流下黑色的血液，看得人心跳加速，纷纷往后避退。

"为什么……你们为什么要这样做……是谁……是你们中的谁？"

苏落难以置信的目光从觞大人脸上转到邪修罗脸上，又转回到觞大人脸上。

"哕——"苏落吐出一口黑血。

原本靠近她的人，全部飞快地往后退。因为那黑血有着一股非常难闻的腥臭味，看着毒性就很强，被喷到就会中毒，好可怕的！

苏落捂着胸口，痛得冷汗淋漓，面色扭曲，她瞪着觞大人："你们得不到它的！即使你们没有中毒，也不会被它所接受的！我诅咒你们这群忘恩负义的人！我诅咒你们！"

苏落摇摇欲坠，声嘶力竭地怒吼着，但是最后，在很多人惊恐的目光中，苏落踉跄地往前一滚，滚到了青藤灵草堆里。她直挺挺地躺着，裸露出来的肌肤全部是黑色的，就好像全身涂了墨汁一样。她一动不动，没了气息。

"她……死了？"

"她就这样死了？"

"她怎么就死了呢？"

觞族人和蟹族人面面相觑。

觞大人和邪修罗更是在彼此眼中看到了不信任。觞大人以为这事是邪修罗干的！邪修罗以为这事是觞大人干的！

没有人认为苏落是在装死，因为她全身中毒黑成那样，是装不出来的。随着苏落死去，场上就只剩下觞族和蟹族了，再没有别的对手。那颗跳动的"心脏"那么明显，再说，苏落最后喊出的那句话，也透露了很多信息。所以，就在觞大人准备动手的时候，邪修罗已经先发制人。

砰！觞大人中招，后退了一步。

觞族人不干了！竟然敢伤我们老大？

于是，双方轰轰烈烈的战斗开始了。这一次，是来真的。

更何况，碧羽仙藤就在那里赤裸裸地引诱他们。哪一方先滴血契约到碧羽仙藤，哪一方就能控制这座碧羽仙府，得到碧羽毒神大人留下的所有宝贝。

所有宝贝啊！这一刻大家是真的疯了。不断有人朝碧羽仙藤冲去，但是不断被拦住。一个觞族人好不容易挣脱了敌人的包围，飞快地冲过去，然后就在他距离碧羽仙藤很近的时候，一只鞋子砸过去，将他的脑袋砸歪了。

蟹族那位邪飞少爷在众多族人的帮助下，飞快地朝碧羽仙藤扑了过去。

"快！杀了那个少爷！"

觞族人不要命地放弃自己的对手，冒着被杀的危险，飞过去一把抱住邪飞的大腿。

邪飞气狠了，一拳又一拳地朝这人的脑袋砸去，砸得他头破血流，脑壳都破裂了，可他还是不放手，邪飞那叫一个气啊，硬生生地将这人砸死，将他的尸体往边上一踹，又要飞扑过去，但是又一个觞族人扑到，狠狠压在邪飞的后背上，就是不让邪飞过去。

四周简直乱成一团，不断有人倒下！但是没有人注意到，苏落的"尸体"发生了一点偏移……

因为，随着周围人群跑来跑去，杀来杀去，难免会有人不小心踩到她。所以，苏落的"尸体"挪啊挪啊，挪到一处偏僻角落……

这个时候，如果有人多看苏落一眼，就会发现异样，就知道他们都被苏落骗惨了。可是，因为苏落之前的死状太惨烈了，没人敢看她的"尸体"一眼，所以所有人都忽略了她。

觞大人和邪修罗原本还能冷静，但是碧羽仙藤就在眼前，伸手就能够着，他们的眼睛里哪里还能看到别的东西？

觞大人受伤了，邪修罗也受伤了，各自的族人也越来越少了。

一百人、五十人……到现在，觞族人还剩下十个，蟹族还有五十个！

邪修罗嘴角扬起得意的冷笑："觞开元！真是抱歉了！今天我邪立夫要赢了！"

此刻，觞大人一条手臂几乎要被邪修罗砍下来，而且他的族人已经越来越少，被蟹族人追着杀了。

"是吗？"觞大人眼底闪过一道寒光，忽然，他的眼睛变成了赤红色。

邪修罗脸色顿时一变，当即倒吸一口冷气："你修炼了魔解神功！所有人，立刻跑！"

然而，邪修罗喊得太迟了。就在他暴喝出这句话的时候，很多人还没有反应过来，就只听见——

轰——一道剧烈的爆炸声响起。在场的不论是觞族人还是蟹族人，全部被炸得粉碎，地上的尸体更是被炸得连骨头都不剩。

邪修罗倒是反应快，他吼出来的时候，已经跑了，但是觞大人最主要的攻击是对准他的，所以，那道红光穿透邪修罗的腹部，再飞射出去。邪修罗被定格在原地，他嘴角溢出一抹血迹，缓缓地转过身，死死地盯着觞大人。

"你……一直在……隐藏实力……"弥留之际，邪修罗冷静得可怕，他眼角余光看到的，全是鲜血和碎肉……

觞大人眼底是嗜血而残酷的冷笑。他双手负在身后，得意地点头："告诉你也无妨，这碧羽仙藤，是我们殿下指明要的。"

王爷？他不是为了觞族？

"殿……下？"忽然，邪修罗眼眸剧烈震动，眼底有着深深的恐惧，"那位殿下？"

觞大人眼中有着最高的敬仰，他挺直脊背，望着东边方向，郑重点头："那位殿下。"

邪修罗忽然一阵惨笑："原来是那位殿下……那位殿下要的东西……你何不早说？"如果早说，邪修罗怎么敢与那位殿下相争？

觞大人嘴角勾起冷笑："殿下说，抢来的东西才是最好的，没人抢的东西，他才不要呢。"

于是，就为了有人抢，为了抬高碧羽青藤的身价，觞大人故意让他们送死吗？

邪修罗倒地的时候，眼底蕴含着深深的恐惧和忌惮。

解决掉了邪修罗，觞大人并未怎么高兴和得意，因为邪修罗本就不是他的对手，他想杀随便就可以杀，之前那么做，只不过是演一场戏罢了。

说起来，那个小丫头的死倒是有些遗憾。虽然一开始他想杀了那丫头，但是到后来，看到她那灵动狡黠的性子，觞大人就改了主意，他觉得将这丫头献给殿下，殿下应该会对她新鲜两天吧？

想到苏落，觞大人不由得朝苏落“尸体”所在的位置望去。忽然，他眉心一皱，她的“尸体”竟然不见了！这是怎么回事？不过转念一想，觞大人就能理解了。可能是之前他释放魔解神功的时候，将那丫头的尸体给炸了吧。觞大人摇摇头，神色间颇为遗憾。不过，在他眼里苏落这个大圆满一星的丫头，实力实在太弱了，所以他根本不在意。

觞大人抬脚朝碧羽仙藤走去，站在碧羽仙藤面前，看着眼前这株灵光闪动、青藤如触须般舞动的仙藤，脸上露出一抹满足的笑容。

苏落临死之前是含着怨气的，她的话，他未必信。所以，觞大人一开始并没有用鲜血滴注的方式去收碧羽仙藤。但是，他用了几乎所有知道的办法，甚至试图将这株碧羽仙藤给拔出来，但是没有用。他不由得皱眉。怎么回事？难道真的是用鲜血滴注的方法？忽然，觞大人眼中闪过一道亮光！

“血焰蛊花！收服碧羽仙藤一定跟血焰蛊花有关！”

但是，血焰蛊花在苏落身上，而苏落已经被炸得尸骨无存了……觞大人眼底是深深的遗憾。早知道……就不让她这么早死了！

没有办法了，只能用鲜血滴注的办法试一试了。觞大人的指甲在手腕上划过，一股鲜血朝碧羽仙藤那跳动的“心脏”喷洒而去！鲜血呈喷雾状，洒落在心脏上。原本稳定跳动的“心脏”，有一瞬间的停滞！

觞大人眼底闪过一道狂喜之色！

这是起作用了？！

觞大人瞪大双眼，眸中带着难掩的激动之色，死死盯着那似乎停滞的碧羽仙藤的“心脏。”

成功了，一定是成功了！

就在觞大人狂喜之际，原本停止跳动的“心脏”，忽然扑通一声，跳动了一下，跟着，又是扑通一声，跳动了一下。

紧接着，心脏跳动的速度越来越快，越来越快！

那“心脏”原本跟叶子的颜色一样，都是绿色的，但是随着觞大人鲜血的注入，它渐渐朝红色转变，而且越来越红，隐隐有一股暴虐的气息涌现！

原本狂喜的觞大人，在这一刻脸色有些变了。他虽然有强大的后台，但是殿下再厉害，也远水救不了近火啊！

他下意识有些惊慌！这株碧羽仙藤虽然还没有袭击他，“心脏”却狂跳起来，冷汗浸透了觞大人的后背！这是一种对危险的本能感应！

觞大人不知道哪里出了错，但是他就是知道，很危险！

“魔解神功！”觞大人将殿下赐他的魔解神功，朝碧羽仙藤攻击过去！

与此同时，他的身形迅速后退！碧羽仙藤哪有性命重要？人死了就真的什么都没有了！

但是，就在觞大人转身要跑的时候，斜刺里一只脚伸出，狠狠绊了他一下！

觞大人哪里想得到现场还有活人会害他？他眼里的敌人只有碧羽仙藤啊。

于是，毫无防备的他结结实实地踉跄了一下。

对于碧羽仙藤和觞大人来说，一秒的时间，就足以定生死！

觞大人慢了这一秒，就注定了他生命到达尽头！此刻的碧羽仙藤，在鲜血的浸润下，彻底进入疯狂状态！原本它是善良的，但是它的“心脏”是不能被鲜血刺激的，一刺激就会陷入疯魔状态！

所以，觞大人触犯了它最大的忌讳！

疯狂的碧羽仙藤那一根根触须般的粗壮青藤，疯狂而暴虐地朝觞大人狂涌而去！

觞大人原本可以跑掉的，因为碧羽仙藤并不是万能的，它的青藤被限制在一定的活动范围之内。

但是他慢了一秒，就那么一秒——

“啊！”觞大人爆发出一道惊天嘶吼！因为那些粗壮的青藤，一根根全部缠绕在觞大人身上，将他严严实实地捆成粽子一般。捆住就完了吗？很显然不是。捆绑觞大人的青藤越收越紧，鲜血则顺着青藤溢出来，从半空中滴落。

觞大人痛苦的嘶吼声响彻安静的碧羽仙府，从一开始的怒不可遏、惊恐万分，到最后的奄奄一息，直至……消失。

很快，青藤上的血就被它们自身吸收干净，得到满足的青藤回到了它们原来的位置，继续在微风中摇曳，仿佛刚才的吞噬跟它们毫无关系。

啪嗒啪嗒——一根根白骨从半空中坠落，觞大人则永远失去了踪影。

这画面实在太过可怕！

事实上觞大人是死不瞑目的，因为他被青藤捆住的时候，看到苏落了。他看到苏落站在他面前，眼中带着微笑，气定神闲，悠然自得。她的脸上没有漆黑如墨的颜色，依旧晶莹剔透，肤如白雪。

苏落看到觞大人身上的白骨滚落在地，眼底有着深深的遗憾，她喃喃自语：“没想到你真的有底牌，幸好我诈死了。”

这次苏落也是运气好。一开始她并不知道觞大人有魔解神功这样狂暴的神功，她以为觞大人跟邪修罗的实力在伯仲之间，这样等他们两败俱伤之后，她才威武地走出来，得意地将碧羽仙藤收了。但是后来，苏落看到觞大人一挥手，所有人都被炸了，邪修罗也被炸死了……那一刻，苏落才真正感觉到害怕！

好可怕的实力！

如果她不是诈死躲过一劫，笑到最后的人不会是她，而是觞大人。但是现在，苏落的目光从那森森白骨上扫过，然后越过它，走到碧羽仙藤面前。

苏落临“死”之前之所以喊那句暗示的话，其实是血焰蛊花告诉她的。

真正的激活方式，觞大人想到了的，其实就是血焰蛊花。所以，当苏落将血焰蛊花放出来的时候，它就自动飞向了碧羽仙藤。

只见血焰蛊花直接飞入碧羽仙藤的身体之后，便失去了踪影。苏落试图控制碧羽仙藤，随后，她脸上的笑容僵在嘴角。因为她发现，她还是控制不了这株碧羽仙藤啊！甚至，她发现她跟血焰蛊花失去了联系！这是怎么回事？苏落还打算留着这株血焰蛊花吸引噬灵珠的，而她到修罗界的真正目的，也是为了寻找噬灵珠复活南宫流星啊！苏落茫然地站在原地，一时之间真的不知道该怎么办了。

而且，苏落看到那株碧羽仙藤的表现，竟然跟之前对觞大人时几乎一模一样！它的“心脏”骤然停止，忽而又开始剧烈跳动！苏落的脸色变了，想到那么厉害的觞大人都被勒成一根根白骨，她能不紧张吗？

第二十章 表白

苏落来不及多想，施展开瞬移就要跑，后面的青藤疯狂地涌过来。而苏落前面的那道木门居然在这个时候砰的一声关上了。

苏落以为自己眼花了，但是她再定睛看的时候，却看到一位矮矮的小孩站在门口。小男孩睁着一双黑白分明的清澈大眼睛，疑惑地看着苏落这个陌生人。

苏落先回头看，还好，她已经跑出青藤的攻击距离了，青藤张牙舞爪着，却始终够不到她的身体。苏落默默抹去额头上的冷汗，然后注意力才回到眼前这个小男孩身上。小男孩一身小小的短褂，粉雕玉琢，粉嫩嫩肥嘟嘟的非常可爱，让人忍不住想捏捏他肉肉的小脸蛋。

苏落走到他面前蹲下，目光与他平视，脸上带着温柔的笑：“小弟弟，你是谁？”

小男孩却冷冰冰地盯着苏落，不理她的问话，只严肃地说：“你陪我玩捉迷藏，赢了我就放你走，输了我就吃掉你！”

苏落：“……”

这时候，苏落感觉到她空间里的小锦鱼在草地上蹦来蹦去地翻滚，心中一动，眼底更是闪过一抹笑意。她将胖嘟嘟的小锦鱼从空间里抱出来，塞到小男孩怀里，揉揉他的小脑袋：“姐姐还有事要忙，就让这只小胖鱼陪你玩吧！”

小男孩还没反应过来，苏落已经走掉了。

小男孩：“喂！”

苏落背对着他，越走越远，只朝他潇洒地挥挥手。苏落过去研究碧羽仙藤了，她就不信了，她会搞不定这株疯狂的小青藤。

此刻，小男孩绷着一张小脸，僵硬地抱着怀里的小胖鱼，那双清澈漂亮的眼睛盯着小锦鱼，好看的小剑眉严肃地皱起。胖胖的小锦鱼也抬着小脑袋，半歪着，疑惑而迷茫地看着小男孩。

一人一鱼，就这样互相瞪着，好像伫立的雕塑一样。小男孩想将小锦鱼丢掉，小锦鱼却咬着小男孩的衣袖，胖胖的小鱼身子挂在他的衣袖上晃来晃去，就好像挂着晒的小咸鱼。小男孩走一步，小胖鱼就晃动一下，走一步，小胖鱼就晃动一下。

小男孩严肃着小脸，道："下去！"

小锦鱼嘴里叼着衣袖，坚决摇头。

苏落回头看到这一幕，不由得笑起来。这画面，很可爱很温馨呢。但是当她回过头继续研究碧羽仙藤时，又不由得叹气了。之前觞大人研究的时候，已经将各种办法试了一遍，当时苏落就躲在一边，所以她很清楚，那些办法完全不行。难道就这样放任碧羽仙藤长在这里？自己千辛万苦在两大族群里求生存，最后不惜假装中毒骗过所有人，最后的最后，却空手而归？

苏落脑中突然灵光一闪，她将所有的注意力都放在碧羽仙藤身上，忽略了一个很重要的问题——小男孩。在这座碧羽仙府里，怎么会出现一个小男孩？他真的是正常人吗？他真的跟碧羽仙藤没有关系吗？

苏落回头，发现不知什么时候，小男孩已经跟小锦鱼玩成一团了。苏落当即朝小男孩走去。小男孩看到苏落，神色一变，双眸中闪过一丝戒备，下意识地就将小胖鱼抱在怀里。

小锦鱼被他死死抱在怀里，差点被勒窒息。此刻，小锦鱼张着嘴巴，呼哧呼哧大口吸着气。

苏落一挥手，小锦鱼就被收回了空间。小男孩只觉得怀里一空，再低头看时，他的小伙伴不见了。小男孩顿时不开心了，用那双黑白分明的清澈眼睛盯着苏落。苏落嘴角勾着淡淡的笑。

最后，还是小男孩先沉不住气，冷冰冰地说："鱼！"

苏落知道小孩子上钩了，心中暗喜，面上却不动声色："鱼可以给你玩，但是你得先回答我一个问题，可以吗？"

见小男孩皱眉，苏落便笑着说："要想得到，就得付出，你可以得到和小鱼玩耍的快乐，而你付出的只是说几句话的工夫，还有比这占便宜的事吗？"

小男孩歪着脑袋瞅着苏落，眸中有一丝迷茫，好像……真的是这样哦？

机不可失，苏落当即便问："你是碧羽仙藤的主体吗？"

小男孩还没考虑好要不要回答苏落的话，冷不防被苏落这么一问，下意识地点头，而且他还很开心地手一挥，那株庞大的碧羽仙藤瞬间变成小小一株葱似的，栽在他头顶上。

苏落："……"

小男孩是碧羽仙藤的主体，那要怎么才能将碧羽仙藤契约了呢？苏落觉得这事有点难办了。不过看到空间里活蹦乱跳的小锦鱼，苏落觉得，事情还没有到绝望的时候。苏落将小锦鱼抱出来给小男孩玩。于是，一人一鱼又很开心地玩在了一起。

等到他们玩得差不多了，苏落朝小锦鱼招招手，小锦鱼就跑到苏落怀里，在她怀里撒娇打滚，苏落给小锦鱼吃的，小锦鱼就吃得很开心。

小男孩戒备地看着苏落，因为他意识到事情不会太好。果然，苏落淡淡一笑："不好意思哦，我们出来太久了，要回家了。"苏落抱着小锦鱼状似要走。

小男孩一听，顿时不开心了："不行！"

“为什么？”苏落一脸迷茫地看着他，“我们要回家了啊。”

“反正不可以！”小男孩拉住苏落的衣袖，可是他左看右看，就是没有看到小锦鱼，他顿时就伤心了，眼中泫然欲泣，看着好不可怜。

苏落眼底闪过一抹狡黠：“要不，你跟我们一起走吧？”

小男孩抬起一双迷茫的眼睛，愣愣地看着苏落。

苏落说：“要不，你去我家看看，如果喜欢的话就住，不喜欢的话，也不会勉强你。”

苏落知道碧羽仙藤最重要的是土壤和灵气，她的空间有最好的土壤和灵气，所以她很有信心当小男孩适应了里面的生活后，再不想搬出来了。

小男孩狐疑地看着苏落。

苏落淡淡一笑，诱哄着他：“小胖鱼就在里面哦，你真的不要进去玩吗？”

小男孩抓抓脑袋。他从来没有出过洞府，也不知道别人家是什么样子的。就在他犹豫不决的时候，苏落的手已经搭上他的肩头，因为他没有反抗，所以当他再定睛看时，发现自己身处在一个完全陌生的环境中。

这里灵气特别浓郁，刚一进来，小男孩就睁大了眼睛，惊讶地打量着四周。

因为他是植物灵宠的本体，所以跟小黑猫、小神龙它们一样，能够自由地出入苏落的空间，然而苏落自己到现在还只能塞进去一只手。

小男孩发现，这是一个崭新的世界，这里竟然有着世界之初的混沌灵气！

他当即像是被雷劈了一样，傻愣愣地看着苏落。

苏落还在诱哄他：“怎么样？这里空气好吧？灵气浓郁吧？你看，前方是河流，围绕着整个空间川流不息，你可以在里面划皮艇，还有这里是山坡，你可以把自己栽种在这里，这里的灵气最浓郁嘛，还有——”

“我要进！”小男孩难以抑制心底的激动，大喊出声。

苏落狐疑地看了他一眼。刚才还表现得那么不愿意，忽然间还抢着要进了？

苏落问：“为什么？”

小男孩用一种看白痴的目光看着苏落：“你是笨蛋吗？你家里有着世界之初最混沌的灵气，你知道这灵气有多难得吗？你居然不知道？”

苏落：“我怎么会不知道？你看我多好，家里有这么稀罕的混沌灵气，还邀请你来玩。”

“我不玩！我要住！我要在这里修炼！我要成为灵界最强大碧羽仙藤！”小男孩急切地抓着苏落的衣袖，这时候如果苏落敢说不让他住，他铁定会翻脸。

苏落现在是完全不明白了。虽然她不知道空间里哪里来的混沌之气，但是能够镇住小男孩就好。

苏落当即咳嗽两声：“如果是客人的身份，进来玩一天两天也就罢了，可是如果想在这里修炼，可得收费的。”

“怎么收费？”小男孩绷着小脸问。

苏落说：“收费可是很贵的，把你卖了都不够还的，还是算了吧……”

“不行！”小男孩激动地拉着苏落，“那你买了我吧，买了我，我就可以一直待在你家里了啊，对！就是这样的！”

“这样会不会不太好？”

“你敢不买我试试？！”

苏落：“……”之前是谁傲娇地对本姑娘不屑一顾的？

不过看到小男孩哭着喊着要做她的植物宠，苏落内心自然是万分高兴的，当然面上还要做出不以为然的情绪来。

在小男孩的一再催促下，苏落这才慢吞吞地跟他签订了主仆契约。

从此，碧羽仙藤就成了苏落的植物宠。

“对了！还有仙府。”小男孩找了半天没找到睡觉的地方，于是他对苏落说，“把我家放在你家吧？反正你家也足够大，然后我可以把我家变小一点。”

把碧羽仙藤的洞府整个收进空间？这样也行？

小男孩说：“当然了，不然我住哪儿？而且，仙府里有好东西呢，你先收进来，我再慢慢跟你讲。”

小男孩口中的好处苏落还不知道，但是她知道，收了仙府对小黑猫来说，是大大有好处。

为了支撑小黑猫的毒素需要，东华学院的修炼室里，整个库的毒素都被小黑猫吸收殆尽，而苏落差点就要被拉黑名单了。

而现在，碧羽仙府这么大一座洞府，里面全是毒气，这对于小黑猫来说，就好像老鼠掉进了蜜罐里，简直开心极了。

在小男孩的帮助下，苏落很快就将缩小版的仙府整个移到了她的空间里去。

好在自从到了灵界后，苏落的重力空间修炼速度暴涨，因此，空间也从原来的足球场大，长到了现在这规模。

小男孩怀里抱着小锦鱼，看着小小四合院形状的仙府，满意地点点头：“嗯，这样就不错啦，以后我就生活在这里了。”

既可以事半功倍地修炼，又可以跟小锦鱼玩，可比以前一个人关在仙府里好多了。

苏落弯下腰跟小男孩对视：“小朋友，你叫什么名字？”

小男孩摇摇头：“我没有名字。”

苏落就笑着说：“那我以后叫你小羽吧，碧羽仙藤的羽。”

小男孩对这个名字没有异议，于是，就这样愉快地决定了。

现在小羽和仙府都属于苏落，所以苏落问得很详细：“仙府里还有什么好东西吗？”

小男孩现在既然已经是苏落的植物宠，自然不会瞒她。

“好东西？主人是说那些海炮吗？”小羽看着散落在他脚边的海炮。

这门海炮是邪修罗送给苏落的。苏落想想之前她在两族之间艰难求生，而现在两族都已经被歼灭，而她独自得到这么多好处，心情越发好了。

她说：“是啊，这炮还有吗？”

小羽歪着脑袋想了想：“有是还有的，不过想要拿到，并不是一件容易的事。”

“哦？”苏落好奇地看着他。

小羽说："仙府一共有五层，每一层里有一个影子，你能打败哪一层的影子，就能把那一层的东西拿走。"

苏落闻言眼睛一亮！她曾经的一个想法忽然跳到她脑海里，并且让她蠢蠢欲动。

她问："不是说碧羽毒神大人当年是炼药师殿堂的大人物吗？有没有代表他身份的令牌，或者别的什么东西？"

小羽是碧羽毒神陨落之后的种子发芽生长出来的，所以并不是真正意义上的碧羽毒神，也没有他的任何记忆。但是，小羽却知道一些东西。

他歪着脑袋想了想，说："有的。"

苏落当即神色一振："在哪里？"

"在第五层。"小羽很认真地想了想，再次点头，"在第五层，关于府主身份的东西，都在第五层。"

"那你能偷偷跑上去……"苏落右手食指往上戳戳。

小羽绷着小脸，很坚决地摇头："我只打得过第一层的影子。"

苏落眼底有一丝疑惑："真的假的？"

"你居然不信我，那你自己去试试！你肯定连第一个都打不过！"小羽被人怀疑了，双手叉腰表示很生气。

"试试就试试。"苏落被小羽领着，来到仙府里的毒神塔。

毒神塔一共五层，每一层都很高，所以累加起来，当苏落仰头看时，也看不到毒神塔塔顶。

第一层，苏落独自进去挑战。

直到真正跟影子挑战上，苏落才知道小羽并没有说谎。这个影子，是碧羽毒神大人留下来的，第一层的影子，比苏落现在的实力还要稍强一点。

苏落跟他交上手，才知道这位影子大人在战斗时是如何卑劣！

各种毒，各种手段，各种想法，只要他有的，他从来不吝惜地实战出来。

层出不穷的手段，几乎逼得苏落手足无措。

苏落这时候才真正意识到，仙府的前任主人碧羽毒神大人是如何诡谲强大。而他，还只是风舞主神的使者之一。那么，风舞主神又是何等让人战栗的存在？

直到这一刻，苏落才意识到她跟碧羽毒神、风舞主神的差距有多大！甚至，她现在都没资格跟碧羽毒神比，大概只有等她打败第五层的影子，才有资格跟碧羽毒神真正对话吧？

现在仅仅是第一层的影子，就逼出了她的所有底牌，甚至她还应付得手忙脚乱节节败退。苏落额头上布满汗水，全身就好像刚从水里拎出来一样，地上都被她的汗水浸湿。她的脸上青一阵红一阵，甚至多处受伤，那都是影子在她身上留下的记号。

苏落现在深吸一口气都觉得肺部要炸裂了，挪动一下身子，都疼得差点窒息。那双轻盈灵动的水眸，这一刻已经有点神志不清的麻木。但是，在这样的情况下，苏落依旧没有放弃！因为，她要赢！

如果连第一层的影子都打不过，那她怎么去冲击第二层、第三层甚至是第五层？苏落咬紧牙关，目光死死盯着影子。果然，在挨打了数十下之后，苏落几乎要痛晕过去的时候，她的眼眸瞬间亮如星辰。因为，她终于找到影子的出招规律了！

就在影子一个拳头再次朝苏落的脑袋狠狠砸来的时候，苏落闪身避过，虚弱的身体仿佛瞬间充满了力量。而此刻，身为仙府的继任主人，小羽是能够看到苏落和影子的战斗的。

小羽的眼睛眨了眨。原来还可以这样打？他之前可一直是用的真正实力对抗啊！小羽看着苏落的目光带了一丝新奇。原本他认苏落为主，只是因为她的小世界里有混沌灵气，而混沌灵气只有世界诞生之初才有，属于一次性消耗品，被吸收光了就不会再生了。

如此机会，小羽岂会放过？所以他坚决要住进小世界。但是现在，他看到苏落跟影子的战斗，眼眸中多了几分连他自己都难以理解的认可……这个小主人，似乎……也没那么差劲？

而毒神塔里的苏落，一拳头将影子撂倒后，赢得了最终的胜利，她自己也气喘吁吁地躺在地上，就连动一根手指头的力气都没有了。

此刻小羽的脸色是吃惊的，因为他发现，随着苏落打败第一层的影子，解锁第一层的禁锢，他的实力竟然有了不小的提升！

小羽看着自己的手，有些难以置信。他知道自己的实力，他虽在仙府里横行霸道，为所欲为，但是只要离开仙府，他就会变得很弱小……

而随着苏落打败第一层影子，那影子就嗖的一声进入了他的身体，成为他的实力的一部分。小羽简直惊呆了。怎么会有这么好的事情？那以后……可得让小主人加紧修炼，争取将第二层到第五层的影子都打败，这样，那些影子就都会飞到他的身体里，成为他身体的一部分！那样，即便是在仙府外，他也可以横行了。那些敢挑衅的虾兵蟹将，等着小爷的报复吧！

小羽内心是激动的，于是，他将他的发现告诉了苏落。苏落也惊讶极了，还有这样的事？不过她内心也是很开心的，因为她收这小碧羽，是要将他当作战斗植物宠的，是要让他去战斗的，如果小羽只在仙府里横，而在外面弱小如蝼蚁，那怎么行？

苏落的修复能力相当不错。之前被影子虐得倒地不起，现在不过半个时辰，她就恢复了部分体力，已经能够站起来正常行动了。

苏落问小羽："打败了第一层影子，应该是有奖励的吧？"

当然，奖励物品肯定是没有第五层好的啦。

小羽点点头，指着影子离开后掉落的一个黄铜箱子："东西都在那里面。"

黄铜箱子并没有上锁，所以苏落一打开，就看到了里面的东西。

咦？这是什么？像一颗颗鸟蛋？

苏落狐疑地看着小羽。

小羽咳了两声："这不是鸟蛋，这是炮弹！你之前不是拿了海炮吗？这就是海炮的炮弹，一共十个炮弹，省着点用！"

"才十个炮弹？你们仙府会不会太小气了点？"刚才她大战影子，可是战得精疲力竭，差点就起不来了。

小羽没好气地朝苏落翻了个白眼："你以为咱们仙府的炮弹跟外面的炮弹是一个级别的

吗？再说，这是海里的海炮，不是陆地上的炮弹，很贵很贵的！”

苏落：“好吧……”

确实，陆地上的炮弹不用考虑海底的阻力，还有海水跟火药的冲突。而制作海底炮弹，必须是身上同时有水元素和火元素的法师，还得是水元素和火元素融合到一定程度的法师，这位法师还必须是炼金术师。

这三个条件加到一起，那是很难很难的，可见当初的毒神大人是何等厉害。

苏落这时候突然想起邪修罗，这老头，原来早知道他自己手里没有炮弹，所以直接将空壳子的海炮送给了她，还卖了她一个人情……

苏落的念头又转到毒神塔上，这光是第一层就得到这样的好东西，那么第二层、第三层呢？第四层、第五层呢？

将仙府收到空间后，苏落的心就安了。

后面的四层慢慢打便是，最主要的是，小黑猫以后很长一段时间的食物有了，她不用再为给小黑猫寻找毒素而费心了。而且苏落发现，仙府里的毒素，是阶段性的。越是远离中央的药园，毒素就越弱。所以，小黑猫可以从最边缘的毒素吸收起，等它的实力晋升上去之后，再慢慢接近中心位置。

此件事情了断之后，苏落就准备回去了。之前她虽然让她的小队先逃了，但是心里终究还是牵挂着。所以回去的时候，苏落加快了速度。亏得苏落收了仙府，不然的话，她想要从那么深的旋涡底部上去，根本不可能做到。

路上，她听小羽说，仙府在海底的速度可以很快，于是，苏落就把变小的仙府拿出来，将其变成潜艇的模样，她自己和小羽则坐在里面，看着一路倒退的风景。

苏落忽然发现前方有点不对劲。因为水波有不正常的震动，而且还传来海兽咆哮的声音。

苏落想起她的海炮，到现在都还没用掉一颗呢，她很想知道海炮的真正威力如何，这样的话，以后使用起来就得心应手了。

小羽怀里抱着小锦鱼，一脸兴奋地看着苏落，小脸红扑扑的。这孩子从出生起就待在海底的碧羽仙府，几乎不怎么出去，所以对所有东西都很兴奋吧？

苏落淡淡一笑：“那我们就去看看这只搞怪的海兽有多厉害，顺便试试我们的海炮！”

于是，苏落便驾驭着仙府模样潜水艇功能的碧羽仙府，朝海兽咆哮的地方冲去。

前方是一座海底山洞，山洞高百米，宽百米，里面九曲环绕，深不见底。苏落正在犹豫要不要进去的时候，里面忽然传出一道惊天动地的痛呼声。

这声音……苏落只觉得有些熟悉，似乎在哪里听到过。很快她就想起来了，这不是慕容方的声音吗？他怎么会在山洞里？

很快，里面又传来一道凄厉的惨叫声。这声音，不是陈雪娇吗？

随即又是一道道尖锐的声音传出来，此起彼伏，高低不同，连在一起，犹如一曲诡异的音律。苏落好奇心更甚，她操控着仙府，进入了这幽深的山洞。拐过一道又一道弯，很快，苏落就到达中央宽广的位置。

一眼望去，苏落吸了口气。好家伙！之前出卖她跑掉的那群人，居然全在这里！除了她的小队逃脱外，其余的人全在这里。不过因为中途有些陨落，所以此刻只有二十七个人。

这山洞是喀斯特地貌，山柱倒挂下来，他们每个人的双手都被捆绑着，高举过脑袋，被严严实实地捆在倒挂的山柱上。而他们面前，是一只狰狞而恐怖的海兽！

这只海兽长得有些像苏落前世的鳄鱼，但是比鳄鱼凶狠百倍！那嘴角露出的两颗獠牙，发出凌厉的杀气！此刻它手里拿着皮鞭，正将挂着的那群人抽得旋转起来。

那二十七个人是呈圆形倒挂着，所以，这只海兽站在中间，想抽哪个就抽哪个。

它那鞭子上有倒刺，抽过去，倒刺深入人体，拔出来，一股鲜血狂喷而出！

苏落不知道他们被挂在这里多久了，但是她知道，这群人如果再被抽下去，肯定血都要流光了。

这时候，海兽发现一丝异样，转过头来。然后，它就看到一座小小的仙府出现在它面前。

苏落和小羽在里面可以看到外面的一切情景，但是外面的人是看不到里面的。所以，此刻没人知道里面坐着的是苏落和小羽。

海兽看到仙府，眼底出现一抹狰狞的冷笑："这房子挺好看的，留下来给我住吧！"海兽不问青红皂白就朝仙府狂扑过去。

苏落正想试试海炮的威力，海兽就这么扑过来，那是再好不过了。于是，苏落一声令下，装备在仙府大门上的海炮直接朝海兽发射。

海炮正对着海兽，冲破了海水的阻力，汹涌地朝海兽狂冲而去。

海兽躲过了第一枚！躲过了第二枚！但是第三枚……砰——炮弹轰轰烈烈地射到海兽的肚皮上，在它身上发生剧烈爆炸！海兽被炸得腹部出现一个血洞，各种器官都流了出来。最后，它怪叫一声就要逃。但是，小羽头顶的青藤倏然间延伸出去，卷起海兽的身体，就像当初碾压觞大人一样，将这头海兽碾压成白骨。

此刻，四周一片寂静。苏落坐在仙府里面，淡淡地看着那被挂着的一群人，手一挥，青藤的顶端出现锋利的尖刀，尖刀划过——

哗啦啦一阵响，原本被挂起来的这群人手上的特殊绳索被切断，纷纷跌落下来。他们重获自由后，第一件事就是爬起来，跑去感谢仙府里的前辈！他们不知道里面的人是谁，但是都知道，里面坐着的是很厉害的前辈！

苏落看着冲过来跪地感谢的学长学姐们，一时之间又好气又好笑，又有一种很复杂的感觉。

这群人之前那样看不起她，现在一个个却都在她面前下跪，就连慕容方也是如此，那么，如果他们知道里面坐着的人是她苏落呢？是吓得魂飞魄散，还是嫉妒得神志不清？

这时候，刀疤学长他们的内心是激动的！这位前辈好厉害，这座仙府更是超然的存在，拍拍马屁，装装可怜，说不定能得到前辈的赏识，捞到点好处呢。

于是，大家拜谢得就更起劲了。

"多谢仙府大人救命之恩。"

"小的无以为报，愿为奴为婢，伺候仙府大人！"

"请仙府大人出来一见可好？"

他们生怕仙府大人离开，于是，一个个磕起头来。

而这时候，苏落打开门，从仙府里走了出来。

本来看到门打开，大家都很激动的！可当他们看清从里面走出来的人时，一个个跟被雷劈了似的，愣在当场——

这是在搞笑吧？里面走出来的人，竟然不是什么仙府大人，而是——而是苏落？！之前被他们集体出卖的苏落？

苏落笑意盈盈地看着他们。

最先回神的人是刀疤学长，他浑身一个激灵，用一种很神奇的目光盯着苏落，指着她："你，你没死？！"

苏落双手一摊，很疑惑地看着他："我为什么要死？"

其余的学姐学长纷纷回过神，瞪着苏落："你不是被修罗界的人捉走了吗？那么多人还杀不了你？"

"你到底是怎么逃出来的？"

"还有这仙府是怎么回事？不要告诉我，这仙府是你的！"

苏落眼眸微微眯起。果然，江山易改本性难移，这句话说得可真是对极了。他们被挂起来抽皮鞭的时候看起来很可怜，然而，一旦他们恢复自由，恶劣本性就又跑出来作祟了。

苏落冷冷一笑："这仙府，还真不是我的。"是小羽的，不过小羽是属于我的。苏落在心中慢悠悠地补充了一句。

"你们，吵死了！"

哇！仙府里果然还有人！仙府大人果然在里面！仙府果然不是苏落的！刚才大家还心怀嫉妒，但是这一刻，全部放心了。还好还好，苏落还是跟他们同一级别的人，她没有因为得到仙府而实力大涨超过大家。

"仙府大人请恕罪，我们不吵了。"

"仙府大人请放心，我们一定保持安静。"

"仙府大人可还好？有什么吩咐请尽管说。"

"你们，进来吧。"小羽手一挥，一副小皇子的样子。

他虽然对外面的世界不了解，却冰雪聪明，举一反三，他见这群人对自家主人不敬，于是准备将他们骗进来，然后好好收拾他们！

哇！仙府大人这是请他们进去吗？那是不是说明，仙府大人对他们印象是很好的？

二年级的学生比一年级的新生脑子转动得快，他们心中还有新的想法。这仙府，看着像是无主的，那么，是不是说明这仙府是可以契约的？

如果将这仙府收了，那简直……真是想想都觉得很美好啊！

至于苏落？哦，难道苏落不是跟他们一样被仙府大人在路上捡到的吗？嗯，一定是这样的。这群人并不觉得是苏落救了他们，相反，他们觉得一定是仙府大人救了苏落，所以苏落才能够从两个强大的族群手里逃出来。

所以，他们对苏落就表现得非常不客气。

于是，在进入仙府之前，他们就向苏落问东问西，想知道仙府里那位前辈的事。

苏落皱眉。

他们还以为她不愿意回答，各种难听的话都说出来了。

"你是不是怕仙府大人对我们印象好了，对你就不好？"

"苏落，你有点大局观好不好？"

"苏落，你这样会不会太自私了？"

苏落："……"

事到如今，苏落还有什么不明白的？原来这群人是想借她这个跳板，从而得到"仙府大人"的认可，最后契约仙府……这群人，看着都挺聪明的，怎么这时候表现得这么傻？

苏落不知道，在见到仙府之后，能够淡定的人也就只有她了。

她心中觉得好笑，却也没有揭穿真相的打算。

毕竟，觞族和蟹族都是去碧羽仙府寻宝的，现在这两族在里面全军覆灭，到时候如果仙府在她手里的事传出去，他们家族里剩余的那些族人找来怎么办？引无数人觊觎碧羽毒神的宝贝怎么办？

以苏落现在的实力，她可保不住这样的宝贝。所以苏落决定，就按照他们的想法，自己扮演被捡回来的打杂角色，而让小羽扮演神秘的仙府大人。

小羽本色演出，倒是没什么难度。于是，在回程的路上，得到苏落授权的他，开始不断折腾这群人。苏落发现自己手里缺了很多草药，于是悄悄跟小羽嘀咕，小羽就表示自己知道了。然后他叫来那群二年级的学生，高深莫测地装了半天。

二年级的一看，哇，仙府大人好深不可测！

然后，小羽慢悠悠地告诉他们："你们最近的行为，我都看在眼里。"

因为小羽的声音经过伪装，听起来苍老有力，很像得道高人，所以这群人并没有看出破绽。

在听到小羽的这句话后，大家心头倏然一颤。仙府大人果然法力无边，大家心里的念头，他老人家居然全知道。

小羽咳嗽两声，然后慢条斯理地说："我这洞府啊，确实是无主之物，你们想要得到洞府的认可，这无可厚非，说明你们有进取之心！"

众人一听，顿时心中大喜。

仙府大人果然非一般人，这样的仙府都可以随手拿出来。

小羽看到他们贪婪的目光，嘴角勾起一抹邪恶而得意的笑。碧羽仙府岂是你们这群小喽啰所能觊觎的？真是不自量力！当然，他不会这样说，他还大大夸了众人一番，夸得他们心思浮动，不知高低。捧了他们一阵之后，小羽说："可是呢，要想得到仙府的认可，必须通过考验，而这考验可是很困难的哦，甚至有可能会付出生命的代价，你们敢不敢？！"

刀疤学长说："巨大的好处就意味着极度的危险，惜命的就不要参加角逐了，免得因此而陨落。"

他自己则第一个站出来："我参加！"

众人一看，心神一动。

这可是仙府，要想得到仙府，怎么能不付出努力？只要得到仙府，别说什么刀疤，就是二年级的第一名也分分钟干掉!

于是，众人纷纷站出来，表示要参加仙府认可赛。

小羽本来就想折腾他们，看到他们集体参加，内心是高兴的。于是，他开始发布各种困难的任务给他们去做。至于什么任务，这得看苏落缺什么。

苏落对修罗界的草药很感兴趣，于是，小羽会意一笑，就对这群二年级的颁布了第一个任务："前方三百海里处有一只万古海云兽，使得那片海底区域生灵涂炭，为了爱和正义，你们谁愿意去铲除它？"

刀疤学长第一个响应："我！"

然后又有其余的二年级学生也纷纷举手："我！"

小羽经过伪装的声音从仙府里传出："好吧，你们可以独自去，也可以组团去，看看谁先完成任务，帮我取回万古海云兽的内丹！"

"出发！"

既然可以组团去，刀疤学长自然不会浪费自家小弟。

于是，一群人浩浩荡荡地朝三百海里处冲去。

那里确实有一只万古海云兽，它的内丹确实是苏落炼丹所需要的材料。

于是，这群刚刚才被海兽吊起来当咸肉晒的二年级学长，为了小羽口中的爱和正义，联手朝万古海云兽下手。

这群学生刚被海兽虐过，身上的伤还没好，就来打万古海云兽，当然会被修理得很惨。但是再苦再痛他们也咬牙硬忍着，没有一个人退缩。打到最后，他们几乎累瘫了，动一根手指的力气都没有了。

万古海云兽很强，但是在这群学生不要命的疯狂联手之下，还是不敌，最后终于死在他们手里。

当然，二年级的学生们也好不到哪里去，一个个差点晕过去。但是大家还是很高兴，于是，在刀疤学长的带领下，大家互相搀扶着，跌跌撞撞地跑回来，将内丹送到仙府门口。

而此刻，苏落不见了。

事实上，万古海云兽的内丹是很不错，但是苏落真正想要的是万古海云兽守护着的那株千枝草。

所以，当刀疤学长们高高兴兴地将万古海云兽打死之后，苏落跑上去，在没人注意到的角落，将千枝草给采了。

在回去的路上，小羽就不断地折腾这些忘恩负义的学生。

小羽问苏落："你还要什么？你还想要什么？"

苏落歪着脑袋想了想，问小羽："你想吃东西吗？"

"东西？是什么东西？能吃吗？"小羽从小在仙府里长大，从来不知道有东西可以吃的。

至于他是怎么长大的？当然是吸空气长大的啊。

苏落拍拍小羽的脑袋："苦了你这孩子了，现在这个季节嘛，有了！"

苏落得意地打了个响指："一路上跑得渴死了，咱们吃红毛果补补身子，再说回去总得给大家带点小礼物吧？”

小羽虽然不知道红毛果是什么东西，但是苏落说什么就是什么，于是，他发布了第二个任务：“现在所有人都去摘红毛果，看看谁摘的更多更好！”

这时候，他们已经从海里出来，回到陆地上了。而仙府已经缩小成巴掌般大小，顶在小羽身上。

众人看到小羽这小屁孩，一开始都很惊讶，但是后来心中全在窃喜。喜什么呢?

其一，这仙府还这么小，果然还没有被契约。

其二，小孩好啊，而且这小孩看上去那么天真无邪，一双漂亮的眼眸里全是迷茫，这样的孩子最好诱拐了。

既然小仙府大人要吃红毛果，大家哪里还敢怠慢？于是，所有人瞬间作鸟兽散，急着去摘红毛果！红毛果说难得也难得，说不难得也不是太难。

它身边没有魔兽守护，但是，长在最高的悬崖峭壁上，一个不小心就会葬身于悬崖底，摔得粉碎。

平日里任务大厅也颁布有这任务，而且积分还不低，但是没人会冒着生命危险去做这种事。现在，小羽一声令下，这群人却跑得比赤兔还快，一溜烟就没影了。只留下苏落和小羽相视一笑。

这群贪婪的人啊……也幸好他们贪婪，不然的话，还命令不了他们呢。

不过，人贵有自知之明，肖想不切实际的东西，终归会被命运愚弄的。

红毛果并不生长在一处，所以赶回来的人，有早有晚。

第一个回来的人，并不是刀疤学长，而是曾经呵斥过苏落的那位学长。他带了五个红毛果回来。虽然明知道吃了红毛果之后，他的体力就会恢复，但是他仍小心翼翼地藏着所有的红毛果，全送到小羽手里。才刚送完，看到刀疤学长还没回来，他心里一突。他生怕刀疤学长采集得比他多，于是他立即一抹额头上的汗，大喊：“我再去采！”

苏落看到他身上的衣衫因为攀爬而磨损，看到他身上被擦伤的皮肤，还有那疲惫的样子，心里暗暗觉得好笑。

刀疤学长等人回来了，带了七个红毛果，他多嘴问了一句别人的情况，苏落就说，那位学长采了五个，怕不够，又屁颠屁颠地跑去采了。

刀疤学长面容狰狞：“骆桓这贱人带着一批人脱离了老子的队伍不算，现在还敢跟老子抢排名！走！我们继续采！老子压也要压死他！”

刀疤学长带着一群人怒气冲冲而去，却不知道，那骆桓本不会背叛他的，皆是因为在别人看不见的角落，被尊称为小仙府大人的小羽，慢悠悠地拍了拍骆桓的肩头，说了四个字：“你很不错。”

就这四个字，点燃了骆桓内心深处的野心！

仙府大人都没拍刀疤说很不错，却拍着自己肩头说很不错，这说明了什么？说明他才是最有希望被小仙府大人认可的那个人啊！

于是，原本刀疤队伍里排第二的骆桓谋划了一段时间后，就跟刀疤决裂了，还带走了刀疤的一群手下，原来的队伍在这时候一分为二。

刀疤气得差点躺着起不来了。他却不知道，这是苏落恼他之前言而无信，所以故意扶持骆桓来跟他斗，让他们互相消耗罢了。

刀疤和骆桓离开后，很快，慕容方带着队伍回来了。

刀疤和骆桓相争的时候，双方都拉拢慕容方，不过慕容方很聪明地从他们的团队里脱离出来了。

如此一来，原本占优势的刀疤，瞬间跟骆桓的实力打平。因为这微妙的平衡，慕容方居然脱离成功。

而此刻，作为争夺小仙府的第三方，慕容方一直小心翼翼地隐藏着他的野心。

但是，小仙府大人是不会让他闲着的。

所以，之前当着刀疤和骆桓的面，小仙府大人表现得似乎对慕容方很有兴趣，不仅让他走近些，还主动从小仙府里拿出点小东西赏赐慕容方。

慕容方想隐藏，小羽却将他立出来当靶子，让他承受刀疤和骆桓的怒火。

不得不说，小羽这一手挑拨离间分而化之用得真是炉火纯青，这群人就这样被他玩弄在股掌之中。

可偏偏，这小孩子还睁着一双无辜而迷茫的清澈大眼睛问苏落："我这样做对吗？会不会矛盾还不够激烈？需不需要再加把火？"

苏落无语地看着这抱着小胖鱼看似天真无邪幼稚无辜的小男孩……谁能想到，他的内心里住着那样一只邪恶的小恶魔？

他还是第一次玩阴谋啊……苏落简直佩服得不知道该说什么了。

小男孩眉目间有一丝小小的羞涩："我有什么地方做得不好，请主人教我。"

苏落无奈地看着他，揉揉眉心："你已经做得很好了，天，你真的是第一次玩阴谋吗？"

这孩子从小被关在仙府里，从来没有接触过外面的世界，第一次上手，她只不过讲了几句要点，他就能玩得这么厉害，这智商得多妖孽啊！天知道，她原本只是想要一个能干活的植物宠而已啊……

植物宠难道不应该都是笨笨的木木的吗？智商这么妖孽的植物宠，苏落也是醉了。

慕容方采集好红毛果回来了。

小羽听说这个慕容方曾经鄙视过自家主人，心中燃烧着小宇宙，面上却依旧纯真无辜的样子。

他找慕容方随便问了几句刀疤和骆桓的情况，结果好嘛！

这个慕容方同学见小仙府大人天真无邪好糊弄，开始两句话还算公正，接下来，他见小仙府大人一脸迷茫，就知道告黑状的机会来了！

他不是不肖想仙府，而是身为一年级学生的他，实力跟二年级学生相差太大。但是现在，他发现自己有机会了！因为小仙府大人好像对他另眼相待呢！

于是，慕容方就很有技巧地开始黑刀疤和骆桓了。

当然，他黑人非常有水平，不是直接说谁谁不好，而是在具体的事例中，透露出刀疤的言而无信，还有骆桓的不忠。

事实上苏落就在仙府里，正拿着他们拼死拼活采回来的红毛果当苹果啃。

谁能想到，在一年级联赛的时候，身为苏落劲敌的慕容方，在分队时，几乎抢走苏落风头的慕容方，现在已经沦落到跟苏落的植物灵宠告状的地步了。

这才多久，他们就已经不是同一水平的竞争者了。

甚至刀疤学长，在不久前还以绝对的优势在苏落面前嚣张，想捏死苏落都很容易，但是现在，为了讨好苏落的植物宠，他能豁出命去。

苏落想想，心里莫名有些感慨。

在强者路上，一路走一路弃。

苏落庆幸她的实力晋升得足够快，不然的话，被甩下的人就是她了。

苏落耳边听着慕容方绞尽脑汁的隐晦告状，口中咬着甘甜多汁的红毛果，心情甚好。就在这样的愉悦心情中，苏落带着小羽回到了驻地。

因为小仙府像个帽子似的戴在小羽头顶上，所以别人都以为那只是个帽子，没觉得奇怪。

至于刀疤学长这群人，一个比一个口风紧！基地里的人可不少，刀疤学长的头号竞争对手宁逸海也在，所以，他们闭紧嘴不透露任何信息，这样跟他们竞争小仙府的人就少了。

苏落本来就不希望这件事让太多人知道，如果基地高层也介入的话，事情会变得复杂。所以当她看到刀疤这群人死死闭着嘴巴、一个字不透露的时候，觉得满意极了。

然而，苏落戏弄他们的心思还没歇。

因为苏落突然觉得肚子好饿，于是她就问小羽："你吃不吃烤七翅乳鸽？"

小羽正拿着红毛果啃，觉得红毛果可好吃了，原来外面的人都活得这么有滋有味啊。

烤七翅乳鸽？一听就很好吃的样子！

小羽不确定地问了句："七翅乳鸽好吃吗？"

苏落很肯定地说："好吃！非常好吃！只是很难买，而且很贵的！"

"我们有苦力啊。"小羽现在很上道了，手一挥，刀疤那群人就屁颠屁颠地跑了过来。

小羽抱着小锦鱼，仰着下巴说："我要考验你们的耐心，你们去血海城买一些烤七翅乳鸽回来。"

一些？刀疤等人苦着脸："小祖宗您是不知道啊，这七翅乳鸽是血海城里卖得最好的一道菜，不仅限量，而且还特别贵啊！"

小羽冷笑："哦，原来我这仙府还比不得七翅乳鸽啊？"

"当然不是！"

"原来你要退出这个考核计划？"

"当然不是！"刀疤脸急了，这样好的机会，一辈子只有一次，他怎么可能会放弃？！

"您要几只？"刀疤脸惴惴不安地问。

"多多益善吧，就看你们谁最用心了。"小羽摩挲着小锦鱼的鳞片，就像在摩挲着小狗的毛皮。

此时这位可爱纯真的小孩，已经有点黑化的趋势了。

"您等着！"刀疤领命而去。

骆桓匆匆赶来，一打听，原来小仙府大人是要烤七翅乳鸽啊？这事可不能让刀疤抢了先！于是，骆桓带着他能带的所有人，急匆匆地出门了。因为限量卖，每个人只能买一只，所以要想买得多，带的人就得足够多。

刀疤、骆桓他们费了老鼻子劲，花费巨资，终于将这一天血海城里那家烤乳鸽店里的乳鸽全部包圆了。

在回来的路上，刀疤和骆桓都有些不解。

小仙府大人为什么要让他们买烤七翅乳鸽？难道这七翅乳鸽里面有什么他们不知道的秘密？

小仙府大人说是为了考验他们的耐心，可买七翅乳鸽并不能完全体现他们的耐心吧？那要怎样才能体现耐心呢？除此之外，是不是还可以额外增加细心之类的，这样才会更讨小仙府大人的欢心吧？

于是，双方人员开始比拼了。

在回来的路上，为了保持七翅乳鸽的原汁原味，细心的骆桓愣是营造出跟烤箱同样的温度，让七翅乳鸽保持最完美的酥脆程度。

刀疤一看，你都这样做，难道我还能输给你？于是，刀疤不仅也用温度维持七翅乳鸽的完美味道，还特地购置了漂亮的鲜花点缀在食盒周围。

骆桓一看，你都用鲜花点缀了，难道我还能输你？于是，骆桓派人花费巨资买了配着七翅乳鸽喝的七彩香槟酒。

这七彩香槟酒很贵的，仅仅一瓶，就让骆桓心脏一阵阵抽痛。

刀疤一看，你居然买七彩香槟，老子岂不是一下子就被你比下去了？

于是，刀疤学长也开启了大购物模式……

等最后两支队伍回去时，几乎人人手里捧着一堆东西。

苏落和小羽对视一眼，看上去好像很好吃的样子耶？

小羽很不客气地将这些东西都收了，然后每个人分别夸了两句不要钱的好话，刀疤和骆桓就很开心地跑走了。

最近一段时间，苏落都在开心逗弄刀疤等人中度过，日子愉快而好玩。她来修罗界倒不像是特训，反倒像是度假来的。当然，如果没有宁逸海来打搅的话，苏落觉得日子会过得更舒服。

宁逸海一直将苏落视作他的女人，所以，闲下来之后，他就天天跑过来。

苏落简直神烦。

宁逸海之所以天天跑苏落这边来，是因为他看到自己的老对手刀疤天天跑苏落面前，所以他有点危机感。

苏落烦得不行，就跟小羽商量，要不要给刀疤他们发布个任务，将宁逸海的腿打瘸算了，免得天天来烦死人了。

宁皓天也真是的，宁逸海是留给他处理的，他倒好，跟楚三那几个到了这边后，直接就失去踪影了。

这一天，是一月一度的集合。

每个月的一号，基地里的所有人都必须参加这个集合会。然后由每个队的队长上去，讲述这一个月的所得所失，接受所有人的质询，这有点像公开的述职报告。

这一天，不仅学生，就连基地里平时不露面的高层，也都会出现。

宁逸海身为这个基地学生中最厉害的存在，自然被推举为领头人，成为在台上主持的学长。其余的队长上去述职时，宁逸海表现得都挺正常的，有说有笑，彬彬有礼。

当苏落上去时，宁逸海那双眼睛就一直盯着苏落看，目不转睛，情意绵绵，如此明显，谁都看得出来他的心思。

苏落的眉头已经深深皱了起来。她之前告诉过宁逸海她有喜欢的人了，后来还告诉他那个人叫南宫流云，可是宁逸海死活不信。他的原话是：小落落啊，我知道你很漂亮很吸引人，但是南宫二少呢，你就不要肖想了，那样的人就是天上的神，可远观而不可亵玩焉。

苏落简直不想跟他说话了。

此刻，苏落三言两语述职完就要退下去，她希望宁逸海能够聪明一点，不要做出让彼此难堪的事情来。但是，苏落的预感从来都是无比准的。

就在她要往台下走的时候，众目睽睽之下，无数高层的注视下，宁逸海喊住苏落："苏落你等等，我有话要跟你说。"

苏落细眉皱起："有话下去说。"

苏落几乎能够猜到他是要说什么。

果然，宁逸海那张脸上满是自信，他对苏落说："我要在所有人面前，大声地说——苏落！我爱你！答应做我女朋友吧！"

宁逸海手里拿着扩音器，声音是那么慷慨激昂，自信满满，铿锵有力！

他吼出这句话后，顿时全场一片寂静。所有人都用一种……很复杂的目光，看着台上的苏落和宁逸海。因为广播台的设计，是高出地面两米的距离，所以，即使是站在最后面的人，也都将台上的两个人看得清清楚楚。

宁逸海见苏落没有反应，自信地笑了："苏落，你不就是担心我不够诚心所以迟迟不答应，甚至还杜撰出你喜欢那位吗？现在我当着这么多人的面，大声宣布我爱你，够有诚意了吧？你总该答应我了吧？"

而台下在寂静之后，顿时陷入一阵喧哗之中！

身为二年级出类拔萃的精英，宁逸海在基地里是很受欢迎的，喜欢他的女孩子不在少数。他这样公开宣布，不知道要碎掉多少芳心了。

苏落那样的容貌，喜欢的人也不在少数，很多少年的心也跟着碎了。

但是，更多的，是看热闹不嫌事大的人。

不知道谁带头喊了一句："答应他！"

然后，渐渐出现一阵又一阵浪潮般的声音："答应他！答应他！答应……"

苏落简直要晕了，怎么会有这种情况发生？她用一种很难以形容的目光看着宁逸海，就那么定定地看着他。

苏落小队的那群人，甚至包括慕容方在内，都用一种看白痴的目光看着宁逸海。这位宁学长……他是嫌自己死得不够快吗？这样上赶着寻死？那位可是……南宫二少的女人啊！

他、也、敢、觊、觎？！这得多瞎眼，才会弃南宫二少，而选你这位学长？宁学长又是哪里来的自信，能够让他说出上面那番话？

而此刻，赵副院长也有点傻掉了……这情况，不对啊。

宁学长见苏落傻愣愣地看着自己，会心一笑："傻丫头，高兴坏了吧？我就知道你会很开心。"

宁学长一边说着，一边走近苏落，伸手想宠溺地揉揉她的脑袋。

苏落冷冷一笑："宁逸海，你闹够了没有？"

"什么？"宁学长不解地看着苏落。

"我告诉过你我有喜欢的人，你现在是在做什么？逼我答应你？简直荒谬！"苏落觉得这个人太不可理喻了，跟他说话都浪费她的口水！

宁学长还是不解："你喜欢的人？哦，你是说你喜欢南宫二少吗？"

宁学长忽然笑起来，指着台下："你问问台下那些女人，哪一个不喜欢南宫二少？那样的神祇，谁不喜欢？但他就是一个画壁上的神，是供人瞻仰的啊，这种喜欢当不得真。"

苏落小队的那群人默默吐槽：这还真就当得了真，只是你宁学长不知道罢了。

然而，当宁学长说出苏落喜欢的那个人是南宫二少时，台下不少人发出一阵阵嘲笑的声音。

发出这些声音的大多是女生，她们自然都认可宁学长的话。

"这个苏落也真是好高骛远，宁学长她都看不上，居然还敢肖想南宫二少！"

"我看哪，她是得了幻想症吧？天天意淫我们的南宫二少！"

"真是恶心透了！南宫二少有她喜欢，真是南宫二少的耻辱！"

一群女人内心都嫉妒极了！她们都是从帝都来的，怎么会不知道南宫二少的威名呢？特别是从小在帝都长大的，那可是从小到大耳边听到的都是南宫二少如何如何完美。

苏落那支队伍的人听到这些议论，顿时忍不住了！我们老大的男人本来就是南宫二少，什么叫作苏落喜欢南宫二少是南宫二少的耻辱！你让苏落不喜欢南宫二少试试！看南宫二少会不会打死你们！

于是，这群一年级的学生冲上去开始跟她们吵架！

二年级的学姐一看，哟呵，一年级的小朋友平时看上去胆小如鼠，现在居然敢跟她们吵架？

于是，正等着发泄的众人就这样乱成一团。

苏落站在台上，看到台下闹哄哄的场景，一时之间觉得头都大了。

宁逸海也蒙了，他不就表个白吗，怎么像双方混战似的？

台下虽然有些乱，但是苏落因为站在高处，所以看得清清楚楚。她的队伍是一年级，实力普遍没办法跟二年级比，一开始的吵架还好，到后来吵着吵着就动起手来，所以苏落一眼就看到她的队员吃亏了！

这还得了！

苏落那么护短，怎么能让她的队员吃亏？看到唐雅岚被一群人摁在地上打，再看到费君平被一位学姐拦腰抱住，另外一个学姐朝她扇巴掌……苏落当场就怒了！

“给我住手！”苏落怒吼一声，这声音蕴含了苏落的大道之音。

打斗中的很多人都愣了愣，但是很快就甩甩头，继续战斗。

到了这种程度，那些基地的高层难道就没有要插手的意思？苏落朝他们望去，那一张张严肃的脸上有着看好戏的兴味。赵副院长倒是想管，但是他身边的人朝他说了一句话，他也就坐着不动了。

好，很好！都不管是吧，那就别怪她苏落大开杀戒！苏落当即就要往台下冲去。宁逸海却一把拉住苏落，苏落一抽衣袖，刺啦一声，宁逸海拉掉了苏落的半截衣袖。苏落怒气冲冲地瞪着他。

宁逸海很好脾气地说：“小落落，下面很乱……”

“小落落是你能叫的吗？！”苏落凶狠地瞪着他！

“呃……小……苏落，你……”

“你给我闭嘴！”苏落冷冰冰地盯着他，“如果今天我的人出了事，宁逸海你给我记住，所有的仇我都会记在你头上！”苏落最后瞪了宁逸海一眼，转身朝战斗圈里冲去。

就在冲过去那一瞬间，苏落口中默念一句：“给我晋升！”其实在碧羽仙府的时候苏落就可以晋升了，但是当时怕引起觞大人的注意，苏落并没有这样做。但是现在这种情况，正是苏落实力大爆发的时候，还隐瞒什么？

只见一道灵光闪过，苏落身上笼罩着一股神光，浓郁的灵气仿佛耀眼的光圈，将她衬托得犹如仙子下凡。

“苏落这是晋升了？”

“还没听说飞一下就能晋升的！”

“她冲我们杀过来了！”

“怕什么？不过是个大圆满二星的一年级新生罢了！”

但是，这位说不怕的二年级学姐话音还没落，就看到苏落一只手抽了过来！啪！一道响亮的声音远远传播出去。许多人都傻掉了。

一年级和二年级有着难以逾越的鸿沟，但是现在，苏落竟然轻而易举地抽了那学姐一巴掌！然而还没等他们回过神，后面的情形就越发让他们回不了神了。

啪啪啪——苏落的身影犹如蝴蝶般在人群中旋转，她的速度快如闪电，就只听到啪啪啪不断抽巴掌的声音此起彼伏，不绝于耳。

一刻钟后，所有的声音都停了下来，四周一片寂静。在场的人全都呆若木鸡，傻乎乎地看着那位漂亮如星辰般闪耀的少女！只见她发丝轻扬，衣袂飘飘，容颜绝世，超凡无双。她那双似水星眸，冷冰冰地注视着周围那群捂着面容的女人，眼底的气势强势霸道，咄咄逼人。

这，这还是一年级的新生吗？她究竟是怎么做到一人掌掴十几个学姐而且无一漏网的？

苏落盯着她们，冷冷一笑：“我苏落的队友，谁敢动！”

那十几个学姐平日里都是高傲极了的，此刻被人这样打脸，怎么受得住？当即就有人想站出来。

苏落更是冷冷一笑：“不服气的给我站出来，打服气就是了！”

顿时，学姐们没人敢站出来了。刚才她们被苏落抽的也不止一巴掌！每个人至少被苏落抽了十巴掌以上。不是她们不想反抗，而是面对苏落的出招，即使她们十几人联手，也根本挡不住苏落的攻势。

要知道，在场的很多人都是二年级的，还有一些是基地的教练和高层。

在他们眼底，一年级新生是最底层的存在，是他们奴役的对象。但是从什么时候起，一年级新生竟然也敢这么嚣张了？

苏落的这一番表现简直让他们刮目相看。所以，一时之间谁也没有说话，大家都愣愣地看着苏落。

而这时候，宁逸海还没发现事情不对劲呢，屁颠屁颠地跑到苏落面前，再扫视周围一圈，面露为难之色。这事，确实是苏落打了她们，要不要让苏落道歉呢？可是，宁逸海又舍不得让苏落道歉，所以很是为难。

这就是宁逸海跟南宫流云最本质的区别。今天如果南宫流云在这里，他的第一句话会问苏落手疼不疼，宁逸海首先想到的却是要不要让苏落道歉。

宁逸海纠结了很久，见气氛实在尴尬，终于还是说了一句："苏落你在干吗呢？她们是你学姐，是你能够随便打的吗？快跟她们道歉！"

有了宁逸海这句话，那群被抽的女人顿时底气足了，纷纷嚣张地站起来，对苏落冷笑道："道歉！快跟我们道歉！"

刀疤都用一种看白痴的目光看着宁逸海。这人就是这么喜欢人家的？他知不知道什么叫作护短啊？这要换了他刀疤，别说让苏落道歉了，他直接上去抽那些大嘴巴的女人几巴掌，而不是让苏落给对方道歉！

苏落目光冷冰冰地看着宁逸海，似笑非笑地扯起嘴角，笑容中满是讽刺："我以为我对你的评价已经够低了，没想到你还一再刷新下限，真是让人佩服。"

"什么？"宁逸海不解，他有说得不对的地方吗？

碰到双方打架，不都是先呵斥自己人，让自家人跟对方道歉的吗？可是大家怎么都用一种看神经病的目光看着他？宁逸海抓抓脑袋，有点不懂了。

苏落冷笑着看着他，气氛一时之间陷入尴尬的境地。基地的高层都用看好戏的态度看着他们，并没有要插手的意思。因为帝国学院是很自由的，在没有危及性命的情况下，他们能不插手是尽量不去插手的。

就在宁逸海被大家盯得有点狼狈的时候，三道身影飞射而来，分别是宁皓天、楚三、林若羽。宁皓天他们好不容易摆脱那件事，将那群人甩开，确定没有被跟踪后，这才高高兴兴地回基地。他们正要找苏落好好商量商量，让她不要跟南宫流云说这段时间他们不在的事，还没等他们想出借口，就发现前方广场上好多人聚集。这是出什么事了？

楚三眼尖，看到跟众人对峙的苏落，当即大叫一声："不好！我落被欺负了！"

什么？宁皓天和林若羽顿时如临大敌！苏落可是南宫流云心尖上的人儿，她要是被人欺负了，那大家就跟着陪葬吧！于是，三人瞬间化为三道亮光，嗖嗖嗖地往出事地点暴射而去，那速度比之前他们逃命时还要快得多。很快他们就出现在苏落身边。

苏落只觉得一道微风吹过，再抬头时，就看到宁皓天几个站在她面前。苏落眼底露出一丝狐疑之色，这三个人怎么跟逃命似的？楚三这么在乎形象的人，跑得发型都乱了，这是后面有人在追？苏落还朝他们后面看了看，没有发现有人追杀啊。

楚三一把抓住苏落，上上下下地打量她，待他看到完完整整的一个苏落，提起的心这才放下。三人对视一眼，同时吐出一口浊气：刚才真是被吓死了。

苏落没好气地瞥了他们一眼：“你们干吗？”

楚三说：“你又是干吗？看到你被这么多人围着，我们心脏病都快要吓出来了好不好，大小姐！”

苏落淡淡一笑：“没什么，不过遇到个表白的，然后跟十几个学姐打了一架，最后被人逼着道歉罢了。”

苏落说得轻描淡写，却听得楚三等三个人心跳加速，脸色发白，全身都颤抖了。

“有人跟你表白？”宁皓天瞪着苏落。

苏落云淡风轻地点点头，指着宁逸海：“这位长得还不错吧？”宁皓天的视线跟宁逸海对上。

宁逸海还没明白发生了什么事呢，宁皓天就一把拎住他的衣袖，目光狰狞。宁逸海被吓得有点发抖：“大哥，大哥您怎么了？发生了什么事啊大哥？”

“谁是你大哥，我可当不起你大哥！”宁皓天当即掐断了宁逸海的攀亲。

宁逸海算是宁家旁系里算比较有出息的，宁皓天对其倒是有点印象，旁系的叫他一声大哥，也是叫得的，但不是现在！若是认下这声大哥，宫二发飙的时候，倒霉的就是他了，他才不会替别人背黑锅。

“大哥，您怎么……”宁逸海不明白为什么平时对他和颜悦色的大哥，突然就变得这么凶了。

“大你个头，我叫你大哥行不行！”宁皓天不淡定了。

这小子竟然跟苏落表白啊！这种事他都不敢做啊，这小子还真是敢啊，这是不知道死字怎么写吗？

“你到底是怎么表白的？”宁皓天的声音有点发抖。他希望这小子含蓄点，不要闹得尽人皆知，要不然的话，就是大哥他也保不了了！

这时候唐雅岚很好心地给宁皓天讲解：“今天是各个队长述职，所有人都在，这位宁逸海在台上拉着苏姐姐不让走，当众跟她表白，口中高喊，‘苏落我爱你答应做我女朋友吧’！”

宁皓天、楚三、林若羽，三人就像被人扼住脖子，差点就窒息了。唐雅岚不顾三个人近乎扭曲的脸，继续不带停顿地讲下去：“苏姐姐说她喜欢的人是南宫二少，结果被宁逸海嘲笑了，宁逸海说，苏落你不就是担心我不够诚心所以才迟迟没有答应，甚至杜撰你喜欢南宫二少吗？现在我当着这么多人的面大声宣布我爱你，够有诚意了吧？你总该答应我了吧？嗯，事情经过就是这样的，如果需要知道苏姐姐暴打诸学姐的事，请再次召唤我，谢谢！”讲完后，唐雅岚很乖巧地撤退了。

宁皓天他们却被震惊得……整个人都不好了。而其余的人，被这三个人的表情吓到了。他们自然知道这三位是什么样的存在，所以看到他们那扭曲狰狞的表情时，全被吓得大气不敢出。

宁皓天最先回过神来，眼眸似深海般就那么直直地瞅着宁逸海。宁逸海被宁皓天瞅得有点发毛，脊背发寒，他弱弱地后退了一步："大，大哥，你，你干吗……"

"你牛啊！"宁皓天指着宁逸海的脑袋，"你牛大发了你！这次，我真是救不了你了，你自求多福吧！"

楚三也摇摇头，拍拍宁逸海的肩头："小伙子，最可悲的不是死，而是连怎么死的都不知道，你是我这些年来见过的最可悲的一位，我深深地同情你啊孩子。"

林若羽长叹一口气，手指发出咯咯的声音，提出建议："要不，我们先掐死他？"

宁逸海的小脸唰一下白了！

"诸位哥哥……不要开玩笑了好不好？"虽然不明白他错在哪里，但他的小心脏都要被吓得跳出来了呜呜——

楚三满脸同情地看着他，语气中带着深深的怜悯："小伙子，不是哥哥们开玩笑，是你在开哥哥们的玩笑知道吗？你以为哥哥们的日子就好过了吗？"

想到南宫流云无差别的报复攻击，楚三很想大声尖叫。如果不是他提议去血海城喝酒，如果不是碰到那件事，如果……没有如果！

林若羽手中出现一根绳索，他冷静地说："不要跟他废话那么多了，先勒死再说吧，也能让南宫先消消气。"

楚三点点头："看来也只好先如此了。"

宁皓天眼中有一抹遗憾，毕竟是他宁家比较有出息的后辈，却不是死在战场上，而是死在愚蠢上，真是想想都觉得丢脸！

林若羽和楚三都看着宁皓天。宁皓天转过身去，抬眸望着天空，沉痛地点了点头。宁逸海一开始还以为哥哥们在开玩笑，但是看这架势，这是真的要活活勒死他啊！难道就没有人阻止吗？

"老师！教练！长老！救命啊！"宁逸海快被吓成神经病了！

"我到底哪里错了？我到底错在哪里啊？你们倒是说啊！我错了我改还不行吗？就算死也得让我做个明白鬼吧？"宁逸海被楚三一手拎着跑不开了，于是带着哭腔恳求道。

楚三说："你傻吗？到现在还不明白？你跟谁表白不好？跟露薇公主表白你都死不了啊，可你偏偏跟苏落表白！"

露薇公主是陛下最喜欢的公主，平日里在帝都可嚣张了，不过这会儿因为被她师父带走了，所以没有在帝都出现，等她回来，帝都又要热闹了。

宁逸海恍然大悟："我明白了！原来楚三哥您喜欢苏落！"

"哎哟！"楚三多温雅的一位翩翩佳公子啊，这会儿被宁逸海吓得声音都哆嗦了，"你小子自己死不要紧，可别拖我下水啊！"

"啊？不是？"宁逸海糊涂了，"难道陛下喜欢苏落？"

啪！宁皓天真心看不下去了，一巴掌拍下去，把宁逸海拍得坐到地上去了。

而此刻，苏落气定神闲地双手抱臂，老神在在地看着他们演这场戏。

看来，宁皓天是不舍得让这位宁家旁系死的，不然的话，不会在她面前演这么久。一巴掌拍下去宁逸海不就死了吗？他不就是在等她的一句住手吗？

楚三和林若羽也在配合他。

宁逸海一直叫他们哥哥，看来宁逸海这个小辈，跟他们还是有点交情的。苏落嘴角勾起一抹淡淡的笑，笑看着楚三等人。

而这时候，楚三几个快速交换了一个眼神。被苏落发现了，现在要怎么办？如果仅仅是因为表白就要弄死的话，他们也觉得，这事未免太不近人情了。但是，事关南宫流云，从来不能按常理出牌，而是要看他的心情。幸好现在南宫不在，事情还有回旋的余地。

忽然一道声音在他们耳边响起："你们在干什么？"这声音，温润，清雅，独一无二。

众人转头，就看到一位绝世容颜的少年。只见他一袭翩然华丽的锦袍，星眸深邃而绝美，五官精致如刀削，气势霸道而强势。他就静静地站在那里，淡淡地看着他们。刚才那句话，就是从他口中说出来的。

"南宫二少！天哪！是南宫二少！"几乎所有女生都在此刻爆发出海豚音般的尖叫。

"南宫二少！"楚三被南宫流云的出现吓了一跳，大叫一声。

南宫流云朝他淡淡点头："看来你又做了对不起我的事了。"

"哪有！"楚三奋力辩解，"没有！"

但是南宫流云目光定定地看着楚三，楚三就有一种隐藏在内心深处的秘密都被曝光的感觉。他郁闷地捶了一下自己的脑袋。在南宫流云面前，什么秘密都保不住。

"需要我问第二遍？"南宫流云冷然的声音在众人面前响起。

谁敢？！但是这事吧，还真不好说，所以眼前这三个人都下意识地避开了南宫流云的视线。其余的围观人群，因为南宫流云的出现集体傻掉了，都没有反应。

还好，人群中有唐雅岚这个活宝。刚才她已经对楚三几个说了一遍事情经过，所以再讲第二遍的时候，就顺口多了。

当唐雅岚将那段话再重复了一遍之后，又很乖巧地退了回去。南宫流云的视线转到宁逸海身上。宁逸海忽然福至心灵："南宫哥哥救我！我大哥他们要杀我！"

宁逸海赶紧跑到南宫流云身后，那傻乎乎的模样，让人又好气又好笑。楚三几个捂住眼睛，简直不忍心看宁逸海的遭遇。这个傻子啊，居然还跑去向南宫流云求救，难道他不知道南宫流云会一巴掌拍死他吗？

事实上，南宫二少才不会那么粗暴。他的眼眸如浓重的墨一样深黑，定定地看着宁逸海："你，跟苏落表白？"

宁逸海哭丧着脸："嗯……"

南宫二少似有若无地瞟了苏落一眼，又气定神闲地问宁逸海："她的回答是……"

"她说喜欢的人是你。"宁逸海没有注意到，这句话说出来后，南宫二少那本就绝美深邃的眼眸里，瞬间闪耀出钻石般耀眼的光芒！

宁逸海白痴一样继续念叨："可是我知道她是在说谎。"

南宫流云剑眉上挑，逗着这个傻子："她没有说谎啊。"

"啊？"宁逸海倒抽一口冷气，差点被呛到，"什么？"

南宫流云牵着苏落的手，对宁逸海，也是对所有人宣布："苏落，是我南宫流云的女人，不服气的，站出来。”

如果说刚才跟宁逸海说话的那个南宫流云带了一丝漫不经心的戏谑，那么此刻的他，全身散发着不可一世的倨傲尊贵之霸气！那浑然天成的强势魅力，美得炫目，却让人不敢靠近！

随着南宫流云的宣布，在场的人都蒙了，特别是之前嘲笑苏落却反被苏落抽巴掌的十几位学姐，此刻她们觉得仿佛啪啪啪地被人打脸。苏落居然真的是……

南宫流云淡淡地看着楚三几个。楚三几个低垂着头，一言不发。刚才他们还想趁着南宫流云不在，保下宁逸海的一条命，现在计划彻底失败了。他们的小动作，怎么瞒得过南宫流云那洞悉一切的犀利目光？

“你们三个，很好。”南宫流云的声音倨傲而冰冷。

楚三的心都开始颤抖了，另外两个也好不到哪里去。

“我们其实……”

“来的时候，我是怎么交代你们的？要好好保护苏落，当时你们是怎么回答我的？”几位在灵界也是排得上号的少年公子，却被南宫流云训斥得低垂着脑袋。

“我们也有……”

“你们也有保护？你们有保护的话，宁逸海会有机会表白？楚三，是你没长脑子，还是把我也当白痴了？”南宫流云本来可以将他们带回去再行训斥，但是，现在他不想给他们这样的颜面。

这还只是表白，若是遇到生命危险，南宫流云不拆了他们的骨头！

“你们三个，回去后进深龙潭，十年！”南宫流云的声音带着嚣张傲慢不可一世睥睨万物的霸气！

楚三小脸都惨白惨白的，他举手抗议：“南宫二少，十年真的会死人的！一年好不好？”

南宫流云冷笑：“你们不该死？”

楚三顿时蔫了，宁皓天和林若羽一个捂住他的嘴巴，一个反剪他的双手。

南宫二少的脾气他们还不知道吗？再顶嘴，直接二十年了好不好？那可是深龙潭啊！想想都要落泪了好吗？

三人都用一种愤怒的目光仇视着宁逸海。

而此刻，宁逸海终于明白问题的症结在哪里了，他是真的想哭都哭不出来了。原来……苏落之前说的是真的啊，原来她喜欢南宫哥哥，南宫哥哥也喜欢她啊，而他居然还敢向苏落表白，他现在真的好佩服自己的勇气呜呜……

南宫流云处罚了楚三三个人，森冷的目光扫向宁逸海。宁逸海当场哭了出来：“南宫哥哥我错了……”

南宫流云似笑非笑地扯起嘴角：“错哪里了？”

“我不该喜欢苏落，不不，我不喜欢苏姑娘的，我真的错了，饶命啊南宫哥哥……”宁逸海小脸惨白。别人不知道南宫流云的手段，他们这群从小看着南宫二少威风凛凛长大的孩子怎么会不知道？

南宫流云皱着好看的俊鼻："你这是在说我眼光不好？"

宁逸海差点吐血："不是的！我，我喜欢，我喜欢苏姑娘！"

南宫流云目光森冷："这是在跟我宣战？"

宁逸海差点以头抢地！那他到底是说喜欢好还是不喜欢好？怎么说什么都是错？不说也是错？那到底要怎么办嘛！

南宫流云凤眸微眯，傲然立于人群中，声音淡淡的，却有一丝说不出的冰冷："宁逸海，你喜欢不起她。"